MAGNUS CHASE

Der Hammer des Thor

AF630295

© Marty Umans

Rick Riordan war viele Jahre lang Lehrer für Englisch und Geschichte. Er lebt mit seiner Frau und seinen zwei Söhnen in Boston und widmet sich inzwischen ausschließlich dem Schreiben. Seine Percy-Jackson-Serie hat den Buchmarkt im Sturm erobert und ist in 40 Ländern erschienen. Auch seine nachfolgenden Serien, »Die Kane-Chroniken«, »Helden des Olymp«, »Percy Jackson erzählt«, »Magnus Chase« und »Die Abenteuer des Apollo«, schafften auf Anhieb den Sprung auf die internationalen Bestsellerlisten.

© Thorsten Berndt

Gabriele Haefs studierte Skandinavistik, promovierte im Fach Volkskunde und übersetzt unter anderem aus dem Englischen, dem Norwegischen, dem Dänischen und Schwedischen. Für ihre Übersetzungen hat sie zahlreiche Preise erhalten, darunter den Deutschen Jugendliteraturpreis, den Willy-Brandt-Preis und den Hamburger Literaturförderpreis. 2008 erhielt sie den Sonderpreis des Deutschen Jugendliteraturpreises für das Gesamtwerk. Gabriele Haefs lebt in Hamburg.

Rick Riordan

MAGNUS CHASE

Der Hammer des Thor

Aus dem Englischen von
Gabriele Haefs

CARLSEN

Magnus Chase im Carlsen Verlag:

Magnus Chase – Das Schwert des Sommers (Band 1)
Magnus Chase – Der Hammer des Thor (Band 2)
Magnus Chase – Das Schiff der Toten (Band 3)
Magnus Chase – Geschichten aus den Neun Welten

Weitere Serien von Rick Riordan im Carlsen Verlag:

Percy Jackson
Percy Jackson – Der Comic
Die Kane-Chroniken
Helden des Olymp
Percy Jackson erzählt
Die Abenteuer des Apollo
Tochter der Tiefe
Nico und Will

AUCH ALS HÖRBUCH BEI SILBERFISCH

Wir produzieren nachhaltig
- Klimaneutrales Produkt
- Papiere aus nachhaltigen und kontrollierten Quellen
- Hergestellt in Europa

FSC www.fsc.org MIX Papier | Fördert gute Waldnutzung FSC® C021394

Wir behalten uns die Nutzung unserer Inhalte für Text- und Data-Mining im Sinne von § 44b UrhG ausdrücklich vor.

Veröffentlicht im Carlsen Verlag
Völckersstraße 14-20; 22765 Hamburg
November 2024
Originalcopyright © 2016 by Rick Riordan
Originalverlag: Hyperion Books for Children, an imprint of the Disney Book Group
Permission for this edition was arranged through the Gallt and Zacker Literary Agency
Originaltitel: »Magnus Chase and the Gods of Asgard, Book 2: The Hammer of Thor«
Copyright © der deutschsprachigen Ausgaben: 2017, 2019, 2020, 2024 Carlsen Verlag GmbH, Hamburg
Illustration auf Seite 48 © Michelle Gengaro-Kokmen
Umschlagillustration: Helge Vogt, trickwelt.com
Umschlaggestaltung: formlabor
ISBN 978-3-551-32214-2

Carlsen-Newsletter: Tolle Lesetipps kostenlos per E-Mail!
Unsere Bücher gibt es überall im Buchhandel und auf carlsen.de

Für J. R. R. Tolkien, der mir die Welt der nordischen Mythologie eröffnet hat

INHALTSVERZEICHNIS

KÖNNTEST DU BITTE AUFHÖREN, MEINE ZIEGE ZU KILLEN?

1 Eins hab ich jetzt gelernt: Wenn ihr eine Walküre zum Kaffee einladet, sitzt ihr am Ende mit der Rechnung und einer Leiche da.

Ich hatte Samirah al-Abbas seit fast sechs Wochen nicht mehr gesehen, und als sie dann ohne Vorwarnung anrief und erklärte, wir müssten über eine Sache von Leben und Tod reden, sagte ich sofort zu.

(Technisch gesehen bin ich ja schon tot, was bedeutet, dass die Sache mit »Leben und Tod« nicht so ganz zutraf, aber dennoch ... Sam schien sehr besorgt zu sein.)

Sie war noch nicht da, als ich im Thinking Cup in der Newbury Street ankam. Dort war es wie immer überfüllt, deshalb stellte ich mich für einen Kaffee an. Einige Sekunden später kam Sam angeflogen – und zwar richtig, einfach so über die Köpfe der Cafégäste hinweg.

Niemand zuckte auch nur mit der Wimper. Normale Sterbliche können magischen Kram nicht so gut verarbeiten, was praktisch ist, denn sonst würden die Leute aus Boston ständig voller Panik vor Riesen, Trollen, Ungeheuern und Einherjern mit Kriegsäxten und Caffè Latte davonrennen.

Sam landete in ihrer Schuluniform neben mir – weiße Turnschuhe, Khakihose und ein langärmliges blaues Hemd mit dem Logo der King Academy. Ein grüner Hidschab bedeckte ihre Haare. An ihrem Gürtel hing eine Axt. Ich war ziemlich sicher, dass die Axt nicht zur Schuluniform gehörte.

Ich freute mich zwar sehr, sie zu sehen, registrierte aber auch, dass ihre Augenringe dunkler waren als sonst. Sie schwankte, als sie nun vor mir stand.

»He«, sagte ich. »Du siehst schrecklich aus.«

»Ich find's auch nett, dich zu sehen, Magnus.«

»Nein, ich meine ... nicht schrecklich. Sondern schrecklich erschöpft.«

»Soll ich dir einen Spaten holen, damit du das Grab noch ein bisschen schneller schaufeln kannst?«

Ich hob resigniert die Hände. »Wo hast du dich in den vergangenen anderthalb Monaten denn rumgetrieben?«

Sie straffte die Schultern. »Ich hab in diesem Halbjahr so viel zu tun, das bringt mich um. Nach der Schule geb ich noch Nachhilfe. Und dann hab ich ja meinen Teilzeitjob, wie du weißt, und muss die Seelen der Toten einsammeln und streng geheime Erledigungen für Odin übernehmen.«

»Die heutige Jugend und ihre vollgestopften Stundenpläne.«

»Und dazu kommt dann noch ... der Flugunterricht.«

»Der Flugunterricht?« Wir bewegten uns in der Schlange vorwärts. »Mit einem *Flugzeug?*«

Ich wusste, dass Sam eines Tages Pilotin werden wollte, aber ich hatte nicht gewusst, dass sie schon Unterricht nahm. »Geht das denn mit sechzehn?«

Ihre Augen funkelten vor Erregung. »Meine Großeltern hätten sich das niemals leisten können, aber ein Freund der Fadlans leitet eine Flugschule. Und die haben dann Jid und Bibi überredet ...«

»Ah.« Ich grinste. »Die Flugstunden sind also ein Geschenk von Amir.«

Sam errötete. Sie ist der einzige verlobte Teenager in meiner Bekanntschaft, und ich finde es total süß, wie sie immer aus der Fassung gerät, wenn Amir Fadlan erwähnt wird.

»Dieser Unterricht ist das umsichtigste, verständnisvollste ...« Sie seufzte sehnsüchtig. »Aber genug davon. Ich hab dich nicht herbestellt, um über meinen Stundenplan zu reden. Wir müssen uns mit einem Gewährsmann treffen.«

»Einem Gewährsmann?«

»Das könnte die Chance sein, auf die ich so lange gewartet habe. Wenn seine Informationen gut sind ...«

Sams Handy summte. Sie fischte es aus der Tasche, warf einen Blick aufs Display und fluchte. »Ich muss los.«

»Du bist doch gerade erst gekommen.«

»Walkürengeschäfte. Codenummer drei-acht-eins: Heroischer Tod im Anmarsch.«

»Das erfindest du.«

»Tu ich nicht.«

»Also ... irgendwer glaubt, im Sterben zu liegen, und schreibt: *Stürze ab. Brauche sofort Walküre*, und dahinter dann eine Reihe von traurigen Emojis?«

»Ich meine mich zu erinnern, dass ich auch *deine* Seele nach Walhalla gebracht habe. Du hattest mir keine SMS geschickt.«

»Nein, aber ich bin etwas Besonderes.«

»Such dir einfach draußen einen Tisch«, sagte sie. »Sprich mit meinem Gewährsmann. Ich komme so schnell wie möglich zurück.«

»Ich weiß ja nicht mal, wie dein Gewährsmann aussieht.«

»Du wirst ihn sofort erkennen«, versprach Sam. »Sei tapfer. Und kauf einen Scone für mich.«

Und dann flog sie wie Supermuslima aus dem Café und ich durfte unsere Bestellung bezahlen.

Ich holte zwei große Kaffee und zwei Scones und suchte mir draußen einen Tisch.

Der Frühling war in diesem Jahr früh nach Boston gekommen. An den Kantsteinen klebten noch immer schmutzige Schneeflecken wie Zahnbelag, aber die Kirschbäume liefen über vor weißen und rosa Knospen. Geblümte Kleider in Pastelltönen blühten in den Fenstern der teuren Boutiquen. Touristen schlenderten vorbei und genossen den Sonnenschein.

Als ich im Freien saß, in meinen frisch gewaschenen Jeans, einem T-Shirt und einer Jeansjacke, ging mir auf, dass das der erste Frühling seit drei Jahren war, in dem ich nicht obdachlos sein würde.

Im vergangenen März hatte ich mich aus Mülltonnen ernährt. Ich hatte unter einer Brücke im Park geschlafen, hatte mit meinen Kumpels Hearth und Blitz herumgehangen, war den Bullen aus dem Weg gegangen und hatte einfach versucht zu überleben.

Dann, vor zwei Monaten, war ich im Kampf gegen einen Riesen getötet worden. Und war als einer von Odins vielen Einherjerkriegern im Hotel Walhalla wieder zu mir gekommen.

Jetzt hatte ich saubere Kleidung. Ich duschte jeden Tag. Ich schlief jeden Abend in einem behaglichen Bett. Ich konnte an diesem Cafétisch sitzen und Dinge essen, für die ich bezahlt hatte, und ich brauchte keine Angst davor zu haben, vom Personal vertrieben zu werden.

Seit meiner Wiedergeburt hatte ich mich an allerlei Seltsamkeiten gewöhnt. Ich war durch die Neun Welten gereist und nordischen Gottheiten, Elfen, Zwergen und allerlei Monstern begegnet, deren Namen ich nicht aussprechen konnte. Ich hatte ein magisches Schwert errungen, das derzeit in Gestalt eines Runensteins um meinen Hals hing. Ich hatte sogar mit meiner Cousine Annabeth ein Gespräch über die griechischen Götter geführt, die sich in New York herumtrieben und Annabeth das Leben schwer machten, und dieses Gespräch hätte fast mein Gehirn zum Schmelzen gebracht. Offenbar war Nordamerika total götterverseucht. Wir hatten es mit einer ausgewachsenen Epidemie zu tun.

Ich hatte gelernt, das alles zu akzeptieren.

Aber wieder in Boston zu sein, an einem schönen Frühlingstag, und wie ein ganz normaler sterblicher Jugendlicher abzuhängen?

Das kam mir komisch vor.

Ich hielt in den Fußgängerscharen Ausschau nach Sams Gewährsmann. *Du wirst ihn sofort erkennen*, hatte sie versprochen. Ich fragte mich, über welche Informationen dieser Typ wohl verfügte und warum Sam meinte, es gehe um Leben und Tod.

Mein Blick blieb an einer Ladenfassade am Ende des Blocks hängen. Über dem Eingang leuchtete noch immer stolz der Name in Messing und Silber: BLITZEN'S BEST. Das Fenster in der Eingangstür war von innen mit Papier zugeklebt, und darauf war in aller Eile mit rotem Filzstift gekritzelt worden: *Wir bauen um. Bald wieder für Sie da!*

Ich hatte gehofft, Samirah danach fragen zu können. Ich hatte keine Ahnung, warum mein alter Freund Blitz so plötzlich verschwunden war. Vor einigen Wochen war ich eines Tages am Laden vorbeigegangen und hatte festgestellt, dass er geschlossen war. Seither hatte ich nichts mehr von Blitzen oder Hearthstone gehört, und das sah ihnen gar nicht ähnlich.

Bei diesem Gedanken machte ich mir solche Sorgen, dass ich unseren Gewährsmann erst entdeckte, als er schon fast vor mir stand. Aber Sam hatte recht gehabt: Er fiel durchaus auf. Schließlich sieht man nicht jeden Tag eine Ziege im Trenchcoat.

Er hatte sich einen Zylinder zwischen die Hörner geklemmt. Auf seiner Nase balancierte eine Sonnenbrille. Sein Trenchcoat verfing sich immer wieder zwischen seinen Hufen.

Trotz dieser raffinierten Verkleidung erkannte ich ihn sofort. Ich hatte diese Ziege in einer anderen Welt getötet und verspeist, und das ist eine Art von Kontaktaufnahme, die man nicht vergisst.

»Otis«, sagte ich.

»Pssst!«, sagte er. »Ich bin inkognito. Nenn mich ... Otis.«

»Ich bin nicht sicher, ob inkognito so funktioniert, aber von mir aus.«

Otis alias Otis kletterte auf den Stuhl, den ich für Sam reserviert hatte. Er setzte sich auf die Hinterbeine und legte die Vorderhufe auf den Tisch. »Wo steckt die Walküre? Ist sie auch inkognito?« Er starrte die nächstgelegene Kuchentüte an, als ob Sam sich darin versteckt haben könnte.

»Samirah musste eine Seele einsammeln«, sagte ich. »Sie ist bald wieder hier.«

»Es muss schön sein, einen Sinn im Leben zu haben.« Otis seufzte. »Na ja, danke für das Essen.«

»Das ist nicht für ...«

Otis schnappte sich die Tüte mit Sams Scone und fing an, sie zu verzehren, mit Papier und allem.

Ein älteres Paar am Nachbartisch starrte meinen Ziegenfreund an und lächelte. Vielleicht erschien er ihren sterblichen Sinnen als niedliches Kind oder lustiger Schoßhund.

»Also.« Es fiel mir schwer, zuzusehen, wie Otis den Scone fraß und dabei das Revers seines Trenchcoats vollkrümelte. »Du wolltest uns etwas erzählen?«

Otis rülpste. »Es geht um meinen Herrn.«

»Thor.«

Otis zuckte zusammen. »Ja, den.«

Wenn ich für den Donnergott gearbeitet hätte, wäre ich bei Thors Erwähnung auch zusammengezuckt. Otis und sein Bruder Marvin zogen seinen Karren. Sie lieferten Thor außerdem einen niemals endenden Vorrat an Ziegenfleisch. Und jeden Abend brachte Thor sie um und verzehrte sie zum Abendessen. Jeden Morgen ließ er sie auferstehen. Deshalb solltet ihr brav zur Schule gehen, Kinder – damit ihr euch später nicht als magische Ziege verdingen müsst.

»Ich habe endlich eine Spur«, sagte Otis. »Zu diesem *gewissen Objekt*, das mein Herr vermisst.«

»Du meinst seinen Ham...«

»Sag das nicht laut!«, warnte Otis. »Aber, ja, seinen Ham.«

Ich dachte zurück an den Januartag, als ich dem Donnergott zum ersten Mal begegnet war. An gesellige Runden um das Lagerfeuer, wo wir Thor zuhörten, wie er furzte, sich über seine Lieblingsfernsehserien verbreitete, furzte, sich über seinen verlorenen Hammer beklagte, mit dem er Riesen erschlagen und seine Lieblingsfernsehserien empfangen hatte, und furzte.

»Ist der noch immer verschwunden?«, fragte ich.

Otis trommelte mit den Vorderhufen auf die Tischplatte. »Na ja, offiziell natürlich nicht. Wenn die Riesen mit Sicherheit wüssten, dass Thor seinen Du-weißt-schon nicht mehr hat, würden sie in die Welt der Sterblichen eindringen und alles zerstören und ich würde ganz tief in der Soße stecken. Aber inoffiziell ... ja. Wir suchen seit Monaten erfolglos. Thors Feinde werden immer dreister. Sie spüren seine Schwäche. Ich habe meinem Therapeuten erzählt, dass es mich daran erinnert, wie ich als Zicklein im Ziegenstall stand und diese gemeinen Typen sich vor mir aufbauten.« Der Blick aus Otis' gelben Schlitzpupillen wanderte in die Ferne. »Ich glaube, damals hat mein traumatischer Stress eingesetzt.«

Das war mein Stichwort, um die nächsten Stunden mit Otis über seine Gefühle zu sprechen. Aber da ich ein Mistkerl bin, sagte ich einfach, »Das kann ich total nachvollziehen«, und wechselte das Thema.

»Otis«, sagte ich, »bei unserer letzten Begegnung haben wir Thor einen netten Eisenstab als Ersatzwaffe besorgt. Er ist also nicht gerade wehrlos.«

»Nein, aber der Stab ist nicht so gut wie der ... *Ham.* Er ruft bei den Riesen nicht die gleiche Angst hervor. Und Thor ärgert sich, wenn er versucht, auf dem Stab seine Serien zu sehen. Der Bildschirm ist winzig und die Auflösung grottenschlecht. Ich mag es nicht, wenn Thor sich ärgert. Dann fällt es mir schwer, meinen inneren glücklichen Ort zu finden.«

Hier ergab ganz schön viel keinen Sinn: Warum es Thor solche Mühe bereitete, seinen eigenen Hammer ausfindig zu machen, wie er den Verlust so lang vor den Riesen hatte geheim halten können, und die Vorstellung, dass Otis die Ziege einen inneren glücklichen Ort haben könnte.

»Thor will also unsere Hilfe«, vermutete ich.

»Nicht offiziell.«

»Nein, natürlich nicht. Wir werden allesamt Trenchcoats und Sonnenbrillen tragen müssen.«

»Das ist eine hervorragende Idee«, sagte Otis. »Jedenfalls habe ich der Walküre gesagt, dass ich sie auf dem Laufenden halte, da sie mit Odins ... du weißt schon, seinen Sondereinsätzen beauftragt wird. Das ist jetzt die erste gute Spur, die ich habe, was den Aufenthaltsort des *gewissen Objekts* angeht. Meine Quelle ist zuverlässig. Er ist auch ein Ziegenbock und geht zum selben Therapeuten wie ich. Er hat auf seinem Hofplatz ein Gespräch belauscht.«

»Wir sollen also einer Spur folgen, die auf Bauernhofklatsch beruht, den du im Wartezimmer deines Therapeuten aufgeschnappt hast.«

»Das wäre super.« Otis beugte sich so weit vor, dass ich schon Angst hatte, er könnte vom Stuhl fallen. »Aber ihr müsst vorsichtig sein.«

Ich musste mir gewaltige Mühe geben, um nicht zu lachen. Ich hatte mit Feuerriesen Fang-die-Lavakugel gespielt. Ich hatte über den Dächern von Boston Adlersurfing betrieben. Ich hatte die Weltenschlange aus der Massachusetts Bay gefischt und den Fenriswolf mit einem Garnknäuel besiegt. Und jetzt sagte diese Ziege, ich sollte vorsichtig sein.

»Und wo steckt der *Ham* denn nun?«, fragte ich. »Jotunheim? Niflheim? Thorfurzheim?«

»Du machst Witze.« Otis' Sonnenbrille rutschte ihm halb über die Schnauze. »Aber der *Ham* ist an einem anderen gefährlichen Ort. Er ist in Provincetown.«

»Provincetown«, wiederholte ich. »An der Spitze von Cape Cod.«

Ich hatte vage Erinnerungen an diesen Ort. Meine Mom war mit mir an einem Sommerwochenende dorthin gefahren, als ich so um die acht gewesen war. Ich erinnerte mich an Strände, Salztoffee, Hummerbrötchen und eine Menge Kunstgalerien. Das Gefährlichste, was uns dort begegnet war, war eine Möwe mit Durchfall gewesen.

Otis senkte die Stimme. »In Provincetown gibt es einen Hügel – den Hügel eines Grabwichts.«

»Und ist das anders als ein normaler Hügel?«

»Allerdings. Ein Grabwicht ...« Otis schauderte. »Also, ein Grabwicht ist ein mächtiges untotes Wesen, das magische Waffen anhäuft. Und Grabwichte haben ihr Grab immer in einem Hügel. Tut mir leid, es fällt mir schwer, über Grabwichte zu sprechen. Die erinnern mich an meinen Vater.«

Das warf eine Menge weiterer Fragen über Otis' Kindheit auf, aber ich beschloss, diese Fragen seinem Therapeuten zu überlassen.

»Gibt es viele Gräber von untoten Wikingern in Provincetown?«, fragte ich.

»Nur eins, soviel ich weiß. Aber das reicht. Wenn sich das *gewisse Objekt* dort befindet, wird es schwer sein, es dort rauszuholen – es liegt dann tief in der Erde und wird von einem starken Zauber behütet. Du wirst deine Freunde brauchen – den Zwerg und den Elfen.«

Das wäre ja schön und gut, wenn ich nur eine Ahnung hätte, wo diese Freunde steckten. Ich hoffte, dass Sam mehr wusste als ich.

»Warum sieht Thor sich diesen Hügel nicht selbst an?«, fragte ich. »Moment … lass mich raten. Er will keine Aufmerksamkeit erregen. Oder er will uns die Gelegenheit geben, Helden zu sein. Oder es ist harte Arbeit und er möchte lieber eine Serie sehen.«

»Um fair zu sein«, sagte Otis, »die neue Staffel von Marvels *Jessica Jones* ist gerade neu im Streaming.«

Der Ziegenbock ist nicht schuld, sagte ich mir. *Er verdient es nicht, dass ich ihm eins auf die Nase haue.*

»Schön«, sagte ich. »Wenn Sam kommt, überlegen wir uns eine Strategie.«

»Ich glaube eigentlich nicht, dass ich mit dir hier warten sollte.« Otis leckte sich einen Krümel vom Revers. »Ich hätte das schon erwähnen sollen, also … jemand … oder etwas … verfolgt mich.«

Die Haare in meinem Nacken prickelten. »Du meinst, die haben dich hierher verfolgt?«

»Ich bin nicht sicher«, sagte Otis. »Ich hoffe, mit meiner Verkleidung hab ich sie abgeschüttelt.«

Na super, dachte ich.

Ich schaute mich um, konnte aber keine möglichen Verfolger sehen. »Hast du dir diesen Jemand genau angesehen?«

»Nein«, gab Otis zu. »Aber Thor hat jede Menge Feinde, die uns daran hindern würden, seinen ... seinen *Ham* zurückzuholen. Sie würden auch nicht wollen, dass ich mich mit dir austausche, schon gar nicht über die neuesten Informationen. Du musst Samirah sagen, dass ...«

FLUNK.

Seit ich in Walhalla lebte, hatte ich mich daran gewöhnt, dass manchmal tödliche Waffen aus dem Nirgendwo geflogen kamen, aber ich war doch überrascht, als jetzt eine Axt in Otis' Brustfell steckte.

Ich warf mich über den Tisch, um ihm zu helfen. Als Sohn des Frey, des Gottes der Fruchtbarkeit und der Gesundheit, kann ich ziemlich umwerfende Erste-Hilfe-Magie liefern, wenn ich genug Zeit habe. Aber sowie ich Otis berührte, spürte ich, dass es zu spät war. Die Axt hatte sein Herz durchbohrt.

»Ach du meine Güte«, Otis hustete Blut. »Ich muss ... jetzt ... sterben.«

Ihm kippte der Kopf in den Nacken. Sein Zylinder kullerte über das Pflaster. Die Dame hinter uns schrie auf, als hätte sie gerade erst bemerkt, dass Otis kein niedlicher Schoßhund war. Er war unbestreitbar eine tote Ziege.

Ich musterte die Dächer in der Straße. Der Winkel, in dem die Axt feststeckte, zeigte, dass sie von irgendwo dort oben geworfen worden sein musste ... ja. Ich nahm eine winzige Bewegung wahr, mit der der Angreifer verschwand ... eine Gestalt in Schwarz mit einer Art Metallhelm.

Das wär's dann mit der Tasse Kaffee in aller Ruhe. Ich riss mir den magischen Anhänger von der Halskette und nahm die Verfolgung des Ziegenkillers auf.

2 Die übliche Jagd über die Hausdächer mit sprechenden Schwertern und Ninjas

Ich sollte wohl mein Schwert vorstellen.

Jack, das sind die Leute. Leute, das ist Jack.

Sein wirklicher Name ist Sumarbrander, das Schwert des Sommers, aber Jack möchte lieber Jack heißen, aus Gründen. Wenn Jack eine Runde schlafen möchte, also fast immer, hängt er an einer Kette um meinen Hals, und zwar in Gestalt eines Anhängers, in den *Fehu* eingekerbt ist, die Rune des Frey:

ᚠ

Wenn ich seine Hilfe brauche, verwandelt er sich in ein Schwert und tötet so dies und das. Manchmal tut er das, während ich ihn schwinge. Manchmal tut er es auch, während er allein durch die Luft fliegt und nervige Popsongs singt. In der Hinsicht ist er magisch.

»Was ist denn los?«, fragte er. »Wen bringen wir um?«

Jack behauptet, dass er meinen Gesprächen nicht zuhört, wenn er seine Anhängergestalt angenommen hat. Er sagt, er habe dann meistens seine Ohrstöpsel drin. Aber das glaube ich nicht, denn Jack hat gar keine Ohrstöpsel. Oder Ohren.

»Den Mörder«, rief ich und wich einem Taxi aus. »Ziege getötet.«

»Aha«, sagte Jack. »Die alte Leier also.«

Ich sprang an der Seite des Hauses von Pearson Publishing hoch. Ich hatte die beiden vergangenen Monate damit verbracht, mich mit meinen Einherjerkräften vertraut zu machen, deshalb erreichte ich mit einem Sprung ein Sims drei Stock über dem Haupteingang – kein Problem, nicht einmal mit dem Schwert in der Hand. Dann sprang ich von Fenstersims zu Mauerbrüstung an der weißen Marmorfassade hoch, und ich konzentrierte mich auf meinen inneren Hulk, bis ich oben angekommen war.

Auf der anderen Seite des Daches verschwand jetzt gerade eine dunkle zweibeinige Gestalt hinter einer Reihe von Schornsteinen. Der Ziegenkiller sah menschenähnlich aus, was einen Mord unter Ziegen ausschloss, aber ich hatte in den Neun Welten genug gesehen, um zu wissen, dass menschenähnlich nicht gleich menschlich ist. Er konnte ein Elf, ein großer Zwerg, ein kleiner Riese oder sogar ein göttlicher Axtmörder sein. (Bitte, kein göttlicher Axtmörder.)

Als ich die Schornsteine erreichte, war meine Beute schon auf das Dach des Nachbarhauses gesprungen. Das klingt vielleicht nicht so umwerfend, aber das Nachbarhaus war ein Klinkerbau, der über fünfzehn Meter weiter auf der anderen Seite eines Parkplatzes stand. Der Ziegenkiller besaß nicht einmal den Anstand, sich bei der Landung die Knöchel zu brechen. Er schlug auf dem Teerdach einen Purzelbaum und rannte dann weiter. Danach sprang er über die Newbury Street und landete auf dem Turm der Church of the Covenant.

»Ich hasse diesen Kerl«, sagte ich.

»Woher weißt du, dass es ein Kerl ist?«, fragte Jack.

Das Schwert hatte einen messerscharfen Verstand. (Tut mir leid, ich kann diese Wortspiele einfach nicht lassen.) Die lockeren schwarzen Kleider des Killers und der metallene Kriegshelm machten es schwer, sein oder ihr Geschlecht zu erraten, aber ich beschloss, ihn erst einmal als männliches Wesen zu denken. Ich weiß nicht genau, warum. Ich nehme an, die Vorstellung eines Ziegen mordenden Geschlechtsgenossen nervte noch mehr.

Ich trat zurück, nahm Anlauf und sprang auf die Kirche zu.

Ich würde euch gern erzählen, dass ich auf dem Turm landete, beim Killer die Handschellen zuschnappen ließ und erklärte: »Du wirst wegen Nutzviehmordes eingebuchtet.«

Stattdessen ... Na ja, die Church of the Covenant hat so schöne bunte Glasfenster, die um 1890 von Tiffany hergestellt wurden. Ein Fenster auf der linken Seite des Gotteshauses hat oben einen fetten Sprung. Das war ich.

Ich knallte auf das schräge Kirchendach, rutschte herunter und packte mit der rechten Hand die Regenrinne. Schmerzensstrahlen jagten durch meine Fingernägel. Ich baumelte an der Kante, strampelte mit den Beinen und trat das wunderschöne Buntglasfenster mitten ins Jesuskind.

Das Gute war, dass ich mein Leben damit rettete, dass ich so gefährlich vom Dach herunterhing. Als ich noch herumzappelte, wurde von oben eine Axt geschleudert und schnitt mir die Knöpfe von der Jeansjacke. Ein Zentimeter weiter und sie hätte mir die Brust aufgeschlitzt.

»He!«, schrie ich.

Ich neige dazu, mich zu beschweren, wenn jemand mich umbringen will. In Walhalla bringen wir Einherjer uns zwar dauernd gegenseitig um, aber wir werden dann rechtzeitig zum Abendessen von den Toten auferweckt. Außerhalb von Walhalla jedoch war ich absolut tötbar. Wenn ich in Boston starb, konnte ich mit keinem kosmischen Neustart rechnen.

Der Ziegenmörder schaute vom Dachfirst auf mich herab. Den Göttern sei Dank waren ihm offenbar die Wurfäxte ausgegangen. Leider hing an seiner Seite noch immer ein Schwert. Seine Leggings und sein Kittel waren aus schwarzem Fell. Ein rußverschmiertes Kettenhemd hing lose über seiner Brust und sein schwarzer Eisenhelm war unten mit einer Art Vorhang aus Kettengeflecht versehen – in der Wikingerbranche nennen wir das eine Helmbrünne –, der seinen Hals und seinen Nacken vollständig bedeckte. Seine Züge wurden von einem Visier bedeckt, das einem zähnefletschenden Wolf ähnelte.

Natürlich einem Wolf. Alle in den Neun Welten lieben Wölfe. Es gibt Wolfsschilde, Wolfshelme, Wolfsbildschirmschoner, Wolfsschlafanzüge und Geburtstagsfeste mit Wolfsthema.

Ich dagegen stehe nicht so sehr auf Wölfe.

»Lass dir einen Rat geben, Magnus Chase.« Die Stimme des Mörders zwitscherte und wechselte dann vom Sopran zum Bariton, als würde sie von einer Maschine für Sondereffekte gefiltert. »Bleib weg von Provincetown.«

Die Finger meiner rechten Hand schlossen sich um meinen Schwertgriff. »Jack, dein Einsatz.«

»Bist du dir sicher?«, fragte Jack.

Der Mörder zischte. Aus irgendeinem Grund sind andere oft entsetzt, wenn sie feststellen, dass mein Schwert sprechen kann.

»Ich meine«, sagte nun Jack, »ich weiß, der Typ hat Otis umgebracht, aber das machen alle. Sich umbringen zu lassen gehört zu Otis' Arbeitsplatzbeschreibung.«

»Hack ihm einfach den Kopf ab oder was auch immer!«, schrie ich.

Der Mörder, der ja kein Idiot war, drehte sich um und floh.

»Hol ihn dir!«, sagte ich zu Jack.

»Warum kriege ich immer die schweren Aufgaben?«, beschwerte sich Jack.

»Weil ich hier baumele und du nicht getötet werden kannst.«

»Bloß, weil du recht hast, ist das noch lange nicht cool.«

Ich schleuderte ihn. Jack flog in Spiralen außer Sichtweite, nahm die Verfolgung des Ziegenkillers auf und sang dabei seine eigene Version von »Shake it off«. (Ich habe ihn noch nie davon überzeugen können, dass es darin nicht »cheese graters gonna grate, grate, grate, grate« heißt.)

Obwohl ich jetzt die linke Hand frei hatte, brauchte ich einige Sekunden, um mich auf das Dach zu ziehen. Irgendwo im Norden hallte das Klirren von Klingen von den Klinkerbauten wider. Ich rannte darauf zu, sprang über die Türmchen auf dem Kirchdach und warf mich über die Berkeley Street hinweg. Dann sprang ich von Dach zu Dach, bis ich in der Ferne Jack rufen hörte: »AU!«

Die meisten Leute stürzen sich nicht ins Kampfgetümmel, um sich über das Wohlergehen ihres Schwertes zu informieren, aber genau das tat ich. An der Ecke der Boylston Street kletterte ich an einem Parkhaus hoch, erreichte Dachhöhe und sah, wie Jack ... na ja, vielleicht nicht um sein Leben kämpfte, aber zumindest um seine Würde.

Jack prahlte oft, er sei die schärfste Klinge in den Neun Welten. Er könne alles durchschneiden und ein Dutzend Feinde auf einmal abwehren. Ich glaubte ihm das gern, da ich selbst erlebt hatte, wie er wolkenkratzergroße Riesen erledigte. Aber es gelang dem Ziegenkiller mühelos, Jack ans andere Ende des Daches zu drängen. Der Mörder war zwar klein, aber er war schnell und stark. Sein dunkles Eisenschwert sprühte Funken, wenn es mit Jack zusammentraf. Und immer, wenn die beiden Klingen einander berührten, schrie Jack: »Au! Au!«

Ich wusste nicht, ob Jack wirklich in Gefahr schwebte, aber ich musste ihm helfen. Da ich keine andere Waffe hatte und nicht mit bloßen Händen kämpfen wollte, sprang ich zur nächstbesten Laterne und riss sie aus dem Zement.

Das klingt wie Prahlerei, ist es aber nicht, ehrlich. Die Laterne war einfach das praktischste waffenartige Objekt, das ich finden konnte – abgesehen von einem geparkten Lexus, aber ich war dann doch nicht stark genug, um ein Luxusautomobil zu schwingen.

Ich griff den Ziegenkiller mit meiner sieben Meter langen Lampen-Lanze an. Das erregte seine Aufmerksamkeit. Als er sich zu mir umdrehte, schlug Jack zu und riss eine tiefe Wunde in den Oberschenkel des Mörders. Der Ziegenkiller grunzte und stolperte.

Das war meine Gelegenheit. Ich hätte ihn erledigen können, doch als ich noch drei Meter von ihm entfernt war, durchschnitt in der Ferne ein Heulen die Luft und ließ mich erstarren.

Meine Güte, Magnus, denkt ihr jetzt vielleicht, *das war doch nur ein Heulen in der Ferne, was soll die Aufregung?*

Ich habe vielleicht schon erwähnt, dass ich Wölfe nicht mag. Als ich vierzehn war, haben zwei Wölfe mit leuchtenden blauen Augen meine Mutter ermordet. Meine kürzliche Begegnung mit dem Fenriswolf hatte meine Sympathien für diese Tiere kein bisschen steigern können.

Dieses Heulen stammte eindeutig von einem Wolf. Es kam von irgendwo jenseits des Parks, hallte von den Hochhäusern wider und verwandelte mein Blut in Frostschutzmittel. Es war genau dasselbe Geräusch, das ich in der Nacht gehört hatte, in der meine Mutter gestorben war – hungrig und triumphierend, das Geheul eines Monsters, das seine Beute gefunden hat.

Der Laternenpfahl rutschte mir aus der Hand und fiel klirrend auf den Asphalt.

Jack schwebte an meine Seite. »Äh, Señor, kämpfen wir noch immer gegen diesen Typen, oder was?«

Der Mörder taumelte rückwärts. Das schwarze Fell seiner Beinüberzüge glitzerte vor Blut. »Dann beginnt es also.« Seine Stimme klang jetzt noch verzerrter. »Hüte dich, Magnus. Wenn du nach Provincetown gehst, wirst du deinen Feinden in die Hände spielen.«

Ich starrte die zähnefletschende Maske an. Ich kam mir vor, als wäre ich wieder vierzehn, allein in der Gasse hinter unserer Wohnung, in der Nacht, in der meine Mutter gestorben war. Mir fiel ein, wie ich an der Feuerleiter hochgeschaut hatte, über die ich soeben entkommen war, während ich die Wölfe in unserem Wohnzimmer heulen hörte. Dann loderten hinter den Fenstern die Flammen auf.

»Wer – wer bist du?«, brachte ich mühsam heraus.

Der Mörder lachte tief in seiner Kehle. »Falsche Frage. Die richtige Frage: Bist du bereit, deine Freunde zu verlieren? Wenn nicht, solltest du Thors Hammer verloren geben.«

Er wich an den Rand des Daches zurück und kippte hinunter.

Ich rannte an den Rand, als eine Taubenschar aufstob, sich als blaugraue Wolke erhob und über dem Schornsteinwald der Back Bay davonwirbelte. Tief unten: keine Bewegung, kein Körper, keine Spur des Mörders.

Jack kam neben mich geschwebt. »Ich hätte ihn erledigen können. Du hast mich nur überrumpelt. Ich hatte keine Zeit mehr für meine Dehnübungen.«

»Schwerter brauchen keine Dehnübungen«, sagte ich.

»Ach, entschuldigen Sie bitte, Herr Fachmann für angemessene Vorbereitungstechniken.«

Eine Wolke aus Taubenflaum segelte auf die Dachkante und klebte in verschmiertem Mörderblut fest. Ich hob eine winzige Feder auf und sah zu, wie die rote Flüssigkeit davon aufgesaugt wurde.

»Und was jetzt?«, fragte Jack. »Was war das für ein Wolfsgeheul?«

Eiswasser sickerte durch meinen Gehörgang und hinterließ in meinem Mund einen kalten, bitteren Geschmack. »Ich weiß nicht«, sagte ich. »Aber was es auch gewesen sein mag, jetzt hat es aufgehört.«

»Sollten wir mal nachsehen?«

»Nein! Ich meine ... wenn wir dann festgestellt haben, woher es kommt, können wir ja doch nichts mehr ändern. Und außerdem ...«

Ich musterte die blutige Taubenfeder. Ich fragte mich, auf welche Weise der Ziegenkiller so plötzlich hatte verschwinden können und was er über Thors Hammer wusste. Seine verzerrte Stimme hallte in meinen Gedanken wider: *Bist du bereit, deine Freunde zu verlieren?*

Etwas an dem Mörder hatte total falsch gewirkt ... und doch total vertraut.

»Wir müssen mit Sam reden.« Ich packte Jacks Schwertknauf und mich überwältigte die Erschöpfung.

Der Nachteil davon, ein Schwert zu haben, das ganz allein kämpft: Was immer Jack leistete, ich bezahlte den Preis, sowie er in meine Hand zurückkehrte. Ich merkte, wie Schrammen an meinen Armen auftauchten – eine für jeden Hieb, den Jack von dem anderen Schwert eingesteckt hatte. Meine Beine zitterten, als ob ich den ganzen Morgen gerannt wäre. Ich meinem Hals bildete sich ein dicker Kloß – Jack schämte sich, weil der Ziegenkiller ihm entkommen war.

»He, Mann«, sagte ich. »Immerhin hast du ihm eine Wunde verpasst. Das ist mehr, als mir gelungen ist.«

»Ja, na ja ...« Jack schien verlegen zu sein. Ich wusste, dass er die schlechten Erlebnisse ungern mit mir teilte. »Vielleicht solltest du dich einen Moment ausruhen, Señor. Du bist nicht in Form, um ...«

»Mir geht's gut«, sagte ich. »Danke, Jack. Das hast du gut gemacht.«

Jack hatte in einem Punkt recht: Ich brauchte Ruhe. Ich wäre gern zu einem Nickerchen in diesen netten Lexus gekrochen, aber wenn der Ziegenkiller auf dem Weg zurück zum Thinking Cup war, wenn er Sam dort überraschte ...

Ich sprang über die Dächer und hoffte, dass es noch nicht zu spät wäre.

Meine Freunde beschützen mich, indem sie mir rein gar nichts erzählen. Danke, Freunde

3

Im Café beugte Sam sich gerade über Otis' Leichnam.

Gäste gingen im Thinking Cup aus und ein und machten dabei einen weiten Bogen um die tote Ziege. Sie wirkten nicht beunruhigt. Vielleicht hielten sie Otis für einen bewusstlosen Obdachlosen. Einige meiner besten Freunde waren bewusstlose Obdachlose. Ich wusste sehr gut, wie sie die Vorübergehenden abschrecken konnten.

Sam sah mich stirnrunzelnd an. Unter ihrem linken Auge sah ich eine neue orange Schramme. »Warum ist unser Gewährsmann tot?«

»Lange Geschichte«, sagte ich. »Wer hat dich geschlagen?«

»Auch eine lange Geschichte.«

»Sam …«

Sie wischte meine Besorgnis beiseite. »Mir geht's gut. Sag mir nur einfach, dass du Otis nicht umgebracht hast, weil er meinen Scone fressen wollte.«

»Nein. Aber wenn das *mein* Scone gewesen wäre …«

»Ha, ha. Was ist passiert?«

Ich machte mir immer noch Sorgen wegen Sams Auge, aber ich gab mir alle Mühe, die Sache mit dem Ziegenkiller zu erklären. Mittlerweile fing Otis' Gestalt an, sich aufzulösen, er zerschmolz wie Trockeneis zu weißen Dampfkräuseln. Bald waren nur noch der Trenchcoat, die Sonnenbrille, der Zylinder und die Axt übrig, die ihn getötet hatte.

Sam hob die Waffe des Mörders auf. Die Klinge war nicht größer als ein Smartphone, aber ihre Schneide sah scharf aus. In das dunkle Metall waren rußgeschwärzte Runen eingeätzt.

»Von Riesen geschmiedetes Eisen«, sagte Sam. »Mit einem Zauber belegt. Perfekt austariert. Wie kann man so eine wertvolle Waffe zurücklassen?«

»Schön. Ich fände es schrecklich, wenn Otis mit einer billigen Waffe umgebracht worden wäre.«

Sam achtete nicht auf mich. Das machte sie inzwischen ganz schön gut. »Du hast gesagt, dass der Mörder einen Wolfshelm trug?«

»Was die Auswahl auf die Hälfte aller Schurken in den Neun Welten begrenzt.« Ich winkte zu Otis' leerem Mantel hinüber. »Wo ist sein Körper jetzt?«

»Der von Otis? Dem geht's gut. Magische Wesen werden aus dem Nebel des Ginnungagap gebildet. Wenn sie sterben, lösen sich ihre Körper in diesem Nebel auf. Otis wird sich wohl irgendwo in der Nähe seines Herrn neu bilden, hoffentlich rechtzeitig, dass Thor ihn zum Abendessen wieder töten kann.«

Mir kam das wie eine seltsame Hoffnung vor, aber auch nicht seltsamer als der Morgen, der hinter mir lag. Ehe meine Knie unter mir nachgeben konnten, setzte ich mich und nippte an dem inzwischen kalt gewordenen Kaffee.

»Der Ziegenkiller hat gewusst, dass der Hammer verschwunden ist«, sagte ich. »Er hat mir gesagt, wenn wir nach Provincetown gingen, würden wir unseren Feinden in die Hände spielen. Du glaubst nicht, dass er ...«

»Loki gemeint hat?«, Sam nahm mir gegenüber Platz. Sie legte die Axt auf den Tisch. »Ich bin sicher, dass der auf irgendeine Weise damit zu tun hat. Das hat er immer.«

Ich konnte gut verstehen, dass sie so bitter klang. Sam sprach nicht gern über den Gott von Lug und Trug. Abgesehen davon, dass er ein gemeiner Kerl war, war er auch noch ihr Dad.

»Du hast kürzlich von ihm gehört?«, fragte ich.

»Nur ein paar Träume.« Sam drehte ihren Becher hin und her wie das Schloss eines Safes. »Flüstern, Warnungen. Er wollte vor allem ... egal. Nicht der Rede wert.«

»Das klingt aber ganz anders.«

Sams Blick war starr und voller Hitze, wie die Holzscheite in einem Kamin, unmittelbar ehe sie Feuer fangen. »Mein Dad versucht, mein Leben zu ruinieren«, sagte sie. »Das ist aber nichts Neues. Er will mich ablenken. Meine Großeltern, Amir ...« Ihre Stimme versagte. »Aber damit werde ich fertig. Es hat nichts mit unserem Hammerproblem zu tun.«

»Sicher?«

Ihre Miene riet mir, mich zurückzuhalten. Wenn ich sie in der Vergangenheit zu sehr bedrängt hatte, dann hatte sie mich gegen eine Wand geknallt und mir einen Arm gegen die Kehle gepresst. Die Tatsache, dass sie mich noch nicht bewusstlos gewürgt hatte, war ein Beweis dafür, dass sich unsere Freundschaft vertiefte.

»Egal«, sagte Sam. »Loki kann nicht dein Ziegenkiller sein. Er könnte keine Axt so werfen.«

»Warum nicht? Ich meine, ich weiß, dass er theoretisch im Hochsicherheitstrakt von Asgard angekettet ist, wegen Mordes oder was auch immer, aber es ist offenbar kein Problem für ihn, vor meiner Nase aufzutauchen, wann immer er Lust hat.«

»Mein Vater kann sein Bild projizieren oder in einem Traum

auftauchen«, sagte Sam. »Bei äußerster Konzentration und für eine gewisse Zeit kann er sogar Kraft genug aussenden, um eine physische Gestalt anzunehmen.«

»Wie damals, als er mit deiner Mom zusammen war.«

Wieder zeigte Sam mir ihre Zuneigung, indem sie mir nicht das Gehirn aus dem Schädel schlug. Wir besiegelten hier im Thinking Cup geradezu unsere Freundschaft.

»Ja«, sagte sie. »Auf diese Weise kann er sein Gefängnis verlassen, aber er kann keine ausreichend solide Gestalt annehmen, um magische Waffen zu benutzen. Dafür haben die Götter gesorgt, als sie seine Ketten mit einem Zauber belegt haben. Wenn er eine verzauberte Klinge aufheben könnte, würde er sich sonst irgendwann damit befreien können.«

Ich vermutete, dass das auf irgendeine unsinnige nordisch-mythische Weise einen Sinn ergab. Ich stellte mir Loki vor, wie er mit ausgestreckten Armen und Beinen in irgendeiner Höhle lag, und seine Hände und Füße waren gefesselt mit – uähhh, ich mochte kaum daran denken – dem Gedärm seiner eigenen ermordeten Söhne. Dafür hatten die Götter gesorgt. Sie hatten angeblich auch eine Schlange über Lokis Kopf angebracht, die in alle Ewigkeit Gift in sein Gesicht träufeln sollte. Barmherzigkeit steht nicht hoch im Kurs bei der Gerichtsbarkeit von Asgard.

»Der Ziegenkiller arbeitet vielleicht trotzdem für Loki«, sagte ich. »Er könnte ein Riese sein. Er könnte …«

»Er könnte alles Mögliche sein«, sagte Sam. »So, wie du ihn beschreibst – wie er gekämpft und wie er sich bewegt hat –, klingt er wie ein Einherje. Vielleicht sogar wie eine Walküre.«

Mein Magen drehte sich um. Ich stellte mir vor, wie er über den Boden rollte und neben Otis' Zylinder zum Stillstand kam. »Jemand aus Walhalla. Aber warum sollte irgendwer …«

»Ich weiß es nicht«, sagte Sam. »Wer immer es ist, er oder sie will nicht, dass wir dieser Spur von Thors Hammer nachgehen. Aber ich glaube nicht, dass wir eine Wahl haben. Wir müssen schnell handeln.«

»Warum die Eile?«, fragte ich. »Ich meine, der Hammer ist jetzt seit Monaten verschwunden und die Riesen haben noch nicht angegriffen.«

Etwas in Sams Augen erinnerte mich an die Netze der Meeresgöttin Ran, wie sie in den Wellen wirbelten und ertrunkene Geister hochjagten. Es war keine glückliche Erinnerung.

»Magnus«, sagte sie, »die Ereignisse überstürzen sich. Meine letzten Einsätze in Jotunheim … Die Riesen sind ruhelos. Sie haben riesige Zauber heraufbeschworen, um zu tarnen, was immer sie vorhaben, aber ich bin ziemlich sicher, dass das gesamte Riesenheer in Bewegung ist. Sie bereiten die Invasion vor.«

»Die Invasion? Wo denn?«

Die Brise ließ den Hidschab um ihr Gesicht flattern. »Hier, Magnus. Und wenn sie kommen, um Midgard zu zerstören …«

Trotz des warmen Sonnenlichts fröstelte ich jetzt. Sam hatte mir erklärt, dass Boston im Mittelpunkt von Yggdrasil lag, der Weltenesche. Es war der leichteste Durchgang zwischen den Neun Welten. Ich stellte mir vor, wie die Schatten der Riesen auf die Newbury Street fielen, wie der Boden unter mit Eisen beschlagenen Stiefeln von Panzergröße bebte.

»Das Einzige, was sie zurückhält«, sagte Sam, »ist ihre Angst vor Thor. Das ist seit Jahrhunderten so. Sie trauen sich keine komplette Invasion zu, solange sie nicht absolut sicher sind, dass er verletzlich ist. Aber sie werden dreister. Sie haben so langsam den Verdacht, dass jetzt der richtige Augenblick sein könnte …«

»Thor ist doch nicht der einzige Gott«, sagte ich. »Was ist mit

Odin? Oder Tyr? Oder meinem Dad, Frey? Können die nicht gegen die Riesen kämpfen?«

Kaum hatte ich das gesagt, da kam mir diese Vorstellung albern vor. Odin war unberechenbar. Wenn er sich blickenließ, wollte er lieber PowerPoint-Vorträge halten, statt zu kämpfen. Tyr, der Gott der Tapferkeit und des Zweikampfs, war mir nie begegnet. Und Frey ... mein Dad war der Gott des Sommers und der Fruchtbarkeit. Wenn man Blumen zum Blühen, die Ernte zum Reifen oder eine Schnittwunde zum Heilen bringen wollte, dann war er der Richtige. Aber die Horden aus Jotunheim verjagen? Eher nicht.

»Wir müssen die Invasion aufhalten, ehe es so weit ist«, sagte Sam. »Was bedeutet, dass wir den Hammer Mjöllnir finden müssen. Bist du sicher, dass Otis Provincetown gesagt hat?«

»Ja. Im Hügel eines Grabwichts. Ist das schlimm?«

»Auf einer Skala von eins bis zehn ist das hoch in den Zwanzigern. Wir brauchen Hearthstone und Blitzen.«

Trotz der Umstände freute ich mich darauf, meine alten Kumpel wiederzusehen.

»Du weißt, wo sie sind?«

Sam zögerte. »Ich weiß, wie man sie erreichen kann. Sie haben in einer von Mimirs konspirativen Wohnungen Zuflucht gesucht.«

Das musste ich erst mal verdauen. Mimir, das abgehackte Götterhaupt, das das Wasser aus dem Quell des Wissens gegen Jahre der Knechtschaft tauschte; das Blitz und Hearth befohlen hatte, ein Auge auf mich zu haben, als ich auf der Straße lebte, weil ich »wichtig für das Schicksal der Welten« war; das in allen Welten eine Reihe von billigen Spielsalons und anderen lichtscheuen Unternehmungen aufgezogen hatte – Mimir verfügte also über eine Reihe von konspirativen Wohnungen. Ich fragte mich, was er meinen Freunden an Miete abknöpfte.

»Warum sind Blitz und Hearth abgetaucht?«

»Das erklären sie dir besser selbst«, sagte Sam. »Sie wollten dich nicht beunruhigen.«

Das war dermaßen unwitzig, dass ich lachen musste. »Sie sind ohne ein Wort verschwunden, weil sie mich nicht beunruhigen wollten?«

»Hör mal, Magnus, du brauchtest Zeit zum Trainieren – und um dich in Walhalla einzuleben und dich an deine Einherjerkräfte zu gewöhnen. Hearthstone und Blitzen haben einfach in den Runen ein schlechtes Omen gesehen. Sie haben ihre Vorsichtsmaßnahmen getroffen, sind untergetaucht. Für diesen Einsatz allerdings …«

»Ein schlechtes Omen. Sam, der Mörder hat gesagt, ich müsste damit rechnen, meine Freunde zu verlieren.«

»Weiß ich.« Sie griff nach ihrem Becher. Ihre Finger zitterten. »Wir werden vorsichtig sein, Magnus. Aber was den Hügel des Grabwichts angeht … Runenmagie und Minenerfahrung könnten da einen Riesenunterschied machen. Wir werden Hearth und Blitz brauchen. Ich sage ihnen heute Nachmittag Bescheid. Und dann erkläre ich dir alles andere. Versprochen.«

»Das war noch nicht alles?« Plötzlich kam ich mir vor, als ob ich während der vergangenen sechs Wochen beim Festmahl am Katzentisch gesessen hätte. Ich hatte alle wichtigen Gespräche der Erwachsenen verpasst. Ich hasste den Katzentisch.

»Sam, du brauchst mich nicht zu beschützen«, sagte ich. »Ich bin schon tot. Ich bin ein verflixter Odinskrieger und lebe in Walhalla. Lass mich mithelfen.«

»Wirst du auch«, versprach sie. »Aber du brauchtest Zeit fürs Training, Magnus. Als wir das Schwert des Sommers erobert haben, hatten wir Glück. Aber bei dem, was jetzt kommt … da wirst du all deine Fähigkeiten brauchen.«

Die Angst in ihrer Stimme machte mir eine Gänsehaut.

Ich hatte uns nicht direkt für vom Glück begünstigt gehalten, als wir das Schwert des Sommers zurückeroberten. Wir hätten viele Male ums Leben kommen können. Drei von unseren Mitstreitern hatten ihr Leben gelassen. Wir hatten den Fenriswolf und eine Bande von Feuerriesen nur mit Mühe daran hindern können, die Neun Welten zu verwüsten. Wenn das Glück war, wollte ich vom Pech nichts wissen.

Sam streckte die Hand über den Tisch aus. Sie nahm sich meinen Preiselbeer-Orangen-Scone und knabberte den Guss ab. Er war von der gleichen Farbe wie die Schwellung unter ihrem Auge. »Ich muss zurück in die Schule. Ich darf nicht noch eine Physikstunde versäumen. Heute Nachmittag muss ich zu Hause ganz schön Schadensbegrenzung betreiben.«

Ich erinnerte mich daran, wie sie gesagt hatte, dass Loki ihr Leben zu ruinieren versuchte, und an den leisen Zweifel, ehe sie Amirs Namen genannt hatte. »Kann ich dir irgendwie helfen? Vielleicht kann ich bei Fadlans Falafel vorbeigehen und mit Amir reden?«

»Nein!« Ihre Wangen wurden tiefrot. »Nein, danke. Das nun wirklich nicht. Nein.«

»Das soll wohl ein Nein sein.«

»Magnus, ich weiß, du meinst es gut. Ich habe eine Menge Probleme, aber damit werde ich fertig. Wir sehen uns heute Abend beim Fest für …« Sie verzog unwillig das Gesicht. »Du weißt schon, den Neuzugang.«

Sie meinte die Seele, die sie vorhin eingesammelt hatte. Als Walkürenchefin vom Dienst musste Sam beim abendlichen Fest anwesend sein und den neuesten Einherje vorstellen.

Ich sah mir die Schwellung unter ihrem Auge an und mir dämmerte etwas.

»Diese Seele, die du geholt hast«, sagte ich. »Dieser neue Einherje hat dich geschlagen?«

Sam runzelte die Stirn. »So einfach ist das nicht.«

Mir waren durchaus schon gewalttätige Einherjer über den Weg gelaufen, aber keiner, der es gewagt hätte, einer Walküre eine reinzusemmeln. Das war Selbstmord, sogar, wenn man schon tot war. »Was für ein Idiot ... Moment. Hat das irgendwas mit dem Wolf zu tun, den ich von der anderen Seite des Parks gehört habe?«

Sams dunkelbraune Augen loderten und standen kurz vor der Explosion.

»Das wirst du heute Abend erfahren.« Sie stand auf und griff nach der Axt des Mörders. »Und jetzt geh zurück nach Walhalla. Heute Nacht wirst du das Vergnügen haben, jemand ganz Besonderen kennenzulernen, nämlich ...« Sie verstummte und suchte nach Worten. »Meinen Bruder.«

4 Ich werde von einem Gepard umgebracht

Wenn man sich für ein Nachleben entscheidet, muss man den Ort gut abwägen. Vorstadt-Nachleben, wie in Folkvanger und Niflheim, sind mit niedrigeren Nicht-Lebenshaltungskosten verbunden, aber der Eingang von Midgard nach Walhalla liegt mitten im Herzen der Stadt, gegenüber vom Park. Die besten Läden und Restaurants sind bequem zu Fuß zu erreichen und die U-Bahn-Station ist weniger als eine Minute entfernt.

Ja, Walhalla. Für alle Ihre wikingerparadiesischen Bedürfnisse.

(Okay, tut mir leid. Ich hatte der Hotelleitung versprochen, einen Werbespot unterzubringen. Aber es war *wirklich* einfach, nach Hause zurückzukommen.)

Nachdem ich im Café noch eine Tüte mit Schokolade überzogener Kaffeebohnen gekauft hatte, ging ich durch den Park und kam an meiner alten Schlafstelle unter der Fußgängerbrücke vorbei. Zwei verdreckte Typen saßen in einem Nest aus Schlafsäcken und teilten ihre Funde aus den Mülltonnen mit einem Terrier.

»He, Jungs.« Ich reichte ihnen Otis' Trenchcoat und Hut, zusammen mit dem gesamten sterblichen Geld, das ich bei mir hatte – an die vierundzwanzig Dollar. »Schönen Tag noch.«

Die Jungs waren zu verwirrt, um zu antworten. Ich ging weiter und kam mir vor, als ob mir eine Axt aus der Brust ragte.

Bloß, weil ich zwei Monate zuvor von einem Feuerriesen getötet worden war, konnte ich jetzt im Luxus leben. Und die Jungs hier und ihr Terrier ernährten sich aus Mülltonnen. Das war nicht fair.

Ich wünschte, ich könnte alle Obdachlosen von Boston zusammenholen und sagen, *hallo, Leute, hier drüben steht ein riesiges Haus mit Tausenden von Luxusappartements und Gratisessen bis in alle Ewigkeit. Mir nach!*

Aber das wäre nicht gegangen.

Man durfte keine Sterblichen nach Walhalla mitnehmen. Man konnte nicht einmal freiwillig sterben, um hinzukommen. Der Tod musste ungeplant und selbstlos sein, und auch dann konnte man nur hoffen, dass gerade eine Walküre in der Nähe war und alles gesehen hatte.

Natürlich war Walhalla damit immer noch besser als die vielen Hochhäuser, die gerade überall in der Stadt aus dem Erdboden schossen. Die meisten waren voller leer stehender Luxuswohnungen – erstklassige vierte oder fünfte Wohnsitze für Milliardäre. Man brauchte keines tapferen Todes zu sterben, um dort hineinzukommen, man brauchte nur einen Haufen Geld. Wenn die Riesen also wirklich in Boston einmarschierten, könnte ich sie vielleicht überreden, eine Runde auf Luxushochhäusern herumzutrampeln.

Endlich hatte ich die nach Midgard gerichtete Fassade von Hotel Walhalla erreicht. Von außen sah es einfach aus wie ein achtstöckiges Gebäude aus weißgrauem Stein – eine weitere superteure Immobilie in einer Reihe von Stadthäusern aus der Kolonialzeit. Der einzige Unterschied: Der Vorgarten des Hotels war von einer drei Meter hohen Kalksteinmauer ohne Eingang umgeben – die erste von vielen Befestigungsanlagen, um uns die Nicht-Einherjer vom Leib zu halten.

Ich sprang hinüber und landete im Hain von Glasir.

Zwei Walküren schwebten in den Zweigen der weißen Birke und pflückten die vierundzwanzigkarätigen Goldblätter. Sie winkten mir zu, aber ich blieb nicht stehen, um mit ihnen zu plaudern. Ich stieg die Vortreppe hoch und stieß die schwere Doppeltür auf.

In der kathedralengroßen Hotelhalle sah alles aus wie immer. Vor dem tosenden Kaminfeuer hingen Einherjer im Teenageralter ab und waren mit Brettspielen beschäftigt, oder sie chillaxten einfach nur (da ist wie Chillen, nur eben mit Streitäxten). Andere Einherjer in flauschigen grünen Hotelbademänteln jagten sich gegenseitig um die grob zurechtgehauenen Säulen, die die Halle umstanden, und spielten Verstecken mit Umbringen. Ihr Lachen hallte unter der hohen Decke wider, deren Deckenbalken von den Spitzen Tausender zusammengebündelter Speere funkelten.

Ich schaute zum Rezeptionstresen hinüber und fragte mich, ob Sams mysteriöser Bruder, der anderen so gern ein blaues Auge haute, wohl gerade eincheckte. Aber ich sah nur den Manager, Helgi, der mit düsterer Miene seinen Computerbildschirm anstarrte. Ein Ärmel seines grünen Anzugs war abgerissen und Stücke seines gewaltigen Bartes waren herausgefetzt. Seine Haare sahen mehr denn je aus wie ein toter Bussard.

»Geh da ja nicht hin«, warnte eine vertraute Stimme.

Hunding der Hotelpage trat neben mich. Sein rotes Warzengesicht war von frischen Kratzern übersät und sein Bart sah ebenfalls aus, als wäre er eben erst in eine Geflügelrupfmaschine geraten. »Der Boss ist wirklich stinksauer«, sagte er. »Also, in Ich-hau-dich-gleich-mit-meinem-Stock-Stimmung.«

»Du siehst auch nicht gerade glücklich aus«, sagte ich. »Was ist passiert?«

Hundings Bart zitterte vor Wut. »Unser neuester Gast ist passiert.«

»Samirahs Bruder?«

»Hmpf. Wenn du ihn so nennen willst. Ich weiß nicht, was Samirah sich dabei gedacht hat, dieses Monster nach Walhalla zu holen.«

»Monster?« Ich musste kurz an X denken, den Halbtroll, den Samirah einst nach Walhalla gebracht hatte. Dafür hatte sie ganz schön einstecken müssen, aber dann hatte X sich später als der verkleidete Odin entpuppt (lange Geschichte). »Du meinst, dieser Neue ist ein echtes Monster, wie der Fenriswolf oder ...«

»Schlimmer, wenn du mich fragst.« Hunding wischte sich ein Büschel Schnurrbarthaare von seinem Namensschild. »Der verfluchte *Ergi* hätte mir fast das Gesicht zerfleischt, als er seine Unterkunft gesehen hat. Ganz zu schweigen davon, dass es rein gar kein Trinkgeld gab ...«

»Piccolo!«, brüllte der Manager hinter der Rezeption. »Hör auf zu fraternisieren und komm her. Du musst die Drachenzähne mit Zahnseide reinigen!«

Ich sah Hunding an. »Er lässt dich die Drachenzähne reinigen?«

Hunding seufzte. »Dauert noch dazu ewig. Ich muss los.«

»He, Mann.« Ich reichte ihm die Tüte mit den Schokokaffeebohnen, die ich im Thinking Cup gekauft hatte. »Halt durch.«

Die Augen des alten Wikingers trübten sich. »Magnus Chase, du bist ein feiner Bursche. Ich könnte dich totdrücken ...«

»PICCOLO!«, brüllte Helgi wieder.

»SCHON GUT! ALTER MANN IST DOCH KEIN ACHTFÜSSIGES PFERD!« Hunding lief zum Tresen und deshalb brauchte ich mich nicht totdrücken zu lassen.

So elend ich mich auch fühlte, ich hatte immerhin nicht Hundings Job. Der arme Typ war in Walhalla angekommen, um sofort von Helgi, seinem Erzfeind aus dem sterblichen Leben, in Knechtschaft gezwungen zu werden. Ich fand, dass er ab und zu Schokolade verdient hatte. Und seine Freundschaft hatte sich schon einige Male als sehr wertvoll erwiesen. Hunding kannte sich im Hotel besser aus als alle anderen, und er wusste immer den neusten Klatsch.

Ich steuerte die Fahrstühle an und überlegte, was wohl ein »Ergi« war und warum Sam einen nach Walhalla geholt hatte. Vor allem aber fragte ich mich, ob ich vor dem Kampf des Nachmittags noch Zeit zum Essen und zu einem Nickerchen haben würde. Wenn man im Kampf stirbt, empfiehlt es sich, satt und ausgeruht zu sein.

Auf den Gängen schielten einige Einherjer zu mir herüber. Die meisten ignorierten mich. Ich hatte zwar das Schwert des Sommers zurückerobert und den Fenriswolf besiegt, aber die meisten meiner Mitkrieger sahen in mir bloß den Kleinen, der am Tod von drei Walküren schuld war und fast die Götterdämmerung ausgelöst hätte. Die Tatsache, dass ich ein Sohn des Frey war, des Sommergottes der Wanen, war mir auch keine Hilfe. Freys Nachkommen tauchten nur selten in Walhalla auf. Ich war nicht cool genug für die angesagten Cliquen – die Kinder von Kriegsgöttern wie Thor, Tyr und Odin.

Ja, in Walhalla gab es Cliquen, genau wie in der Highschool. Und während die Highschool nie ein Ende zu nehmen *schien*, nahm Walhalla wirklich nie ein Ende. Die einzigen Einherjer, die mich akzeptierten, waren meine Flurgenossen im neunzehnten Stock, und ich wollte jetzt unbedingt zu ihnen zurück.

Im Fahrstuhl konnte die wikingische Unterhaltungsmusik meine Stimmung auch nicht verbessern. Die Fragen wirbelten mir nur so durchs Gehirn: Wer hatte Otis umgebracht? Wovor hatte die Ziege mich warnen wollen? Wer war Sams Bruder? Wovor versteckten sich Blitz und Hearth? Und welcher vernünftige Mensch kam auf die Idee, »Fly Me To The Moon« auf Altnordisch aufzunehmen?

Die Fahrstuhltüren öffneten sich zum neunzehnten Stock. Ich

stieg aus und wurde sofort von einem Tier gestreift. Es bewegte sich so schnell, dass ich nur noch eine verschwommene Gestalt in Braun und Schwarz wahrnehmen konnte, ehe es um die Ecke bog und verschwunden war. Dann sah ich Löcher in meinen Turnschuhen, wo das Tier hingetreten war. Winzige Schmerzgeysire brachen auf meinen Füßen aus.

»Au«, sagte ich verspätet.

»Haltet den Gepard!« Thomas Jefferson jr. kam mit aufgepflanztem Bajonett durch den Gang geprescht, gefolgt von meinen Flurgenossen Mallory Keen und Halbgeboren Gunderson. Sie kamen stolpernd vor mir zum Stehen, alle drei keuchend und schweißnass.

»Hast du ihn gesehen?«, wollte T. J. wissen. »Wo ist er hin?«

»Äh …« Ich zeigte nach rechts. »Warum haben wir hier einen Gepard?«

»Das war nun wirklich nicht unsere Idee, das kannst du mir glauben.« T. J. schulterte sein Gewehr. Wie üblich trug er seine blaue Unionsuniform mit offener Jacke über einem grünen Hotel-Walhalla-T-Shirt. »Unser neuer Flurgenosse ist nicht besonders gern hier.«

»Der neue Flurgenosse«, sagte ich. »Ein Gepard … du meinst … die Seele, die Sam hergebracht hat. Ein Kind des Loki. Und das ist ein Werwesen?«

»Unter anderem«, sagte Halbgeboren Gunderson. Als Berserker hatte er einen Körper wie Sasquatch und trug nur eine Fellhose. Runentattoos zogen sich über seine gewaltige Brust. Er knallte seine Streitaxt auf den Boden. »Dieser *Meinfretur* hätte mir fast das Gesicht eingeschlagen!«

Seit ich in Walhalla wohnte, hatte ich eine beeindruckende Menge von altnordischen Verwünschungen gelernt. »Meinfretur«

bedeutete so ungefähr »Stinkfurz«, was natürlich die übelste Sorte Furz war.

Mallory schob ihre beiden Messer in die Scheiden. »Halbgeboren, ab und zu eingeschlagen zu werden, könnte deinem Gesicht nur guttun.« Ihr irischer Akzent wurde deutlicher, wenn sie wütend war. Mit ihren roten Haaren und ihren glühenden Wangen hätte sie als kleine Feuerriesin durchgehen können, nur waren Feuerriesen nicht so beängstigend. »Ich mache mir größere Sorgen darum, dass dieser Dämon das Hotel zerstören könnte. Hast du gesehen, was er im Zimmer von X angerichtet hat?«

»Er hat das alte Zimmer von X übernommen?«, fragte ich.

»Und sofort angefangen, es zu zerlegen.« Mallory machte mit zwei Fingern ein V und zeigte damit dem Gepard hinterher. Miss Keen war Irin, und deshalb bedeutete ihr V nicht Friede oder Sieg, sondern etwas viel Gröberes. »Wir wollten ihn willkommen heißen, aber wir fanden nur Trümmer vor. Kein Respekt.«

Ich dachte an meinen ersten Tag in Walhalla. Ich hatte ein Sofa durch das Wohnzimmer geschleudert und mit der Faust durch die Badezimmerwand geschlagen. »Na ja ... es kann schwer sein, sich einzugewöhnen.«

T. J. schüttelte den Kopf. »Aber nicht so. Der Kleine wollte uns auf den ersten Blick umbringen. Und was er so von sich gegeben hat ...«

»Erstklassige Beleidigungen«, gab Halbgeboren widerwillig zu. »Das muss ich ihm lassen. Aber ich habe noch nie jemanden so viel Schaden anrichten sehen ... Schau es dir doch mal an, Magnus. Mach dir selbst ein Bild.«

Sie führten mich zum alten Zimmer von X. Ich war noch nie drinnen gewesen, aber nun stand die Tür weit offen. Innen sah es aus, als ob sich ein Hurrikan von Stärke 5 als Innenarchitekt versucht hätte.

»Heilige Frigg.« Ich kletterte über einen Haufen zerbrochener Möbel hinein.

An sich sah es ziemlich so aus wie in meiner eigenen Wohnung – vier viereckige Wohnbereiche, die sich wie ein riesiges Plus um einen Innenhof gruppierten. Das Wohnzimmer war früher einmal ein Sitzbereich mit einem Sofa, Bücherregalen, einem Fernseher und einem Kamin gewesen. Jetzt war es ein Katastrophengebiet. Nur der Kamin war noch intakt, aber das Sims war zerkratzt, als ob unser neuer Nachbar sein Glück mit dem Breitschwert probiert hätte.

Soweit ich sehen konnte, waren Schlafzimmer, Küche und Badezimmer ebenso übel zugerichtet worden. Wie benommen ging ich weiter in den Innenhof.

Wie bei meinem stand ein riesiger Baum in der Mitte. Die untersten Zweige erstreckten sich unter der Decke in die Wohnung und schlangen sich um die Dachbalken. Die oberen ragten in einen wolkenlosen blauen Himmel. Meine Füße versanken in grünem Gras. Der Wind duftete nach Berglorbeer – ein bisschen wie Traubenlimonade. Ich hatte die Zimmer mehrerer Freunde gesehen, aber keines hatte einen nach oben offenen Innenhof.

»War das bei X auch so?«, fragte ich.

Mallory schnaubte. »Wohl kaum. Der Hof bei X war ein riesiges Becken – eine natürliche heiße Quelle. Bei ihm war es immer so heiß, feucht und schweflig wie in der Achselhöhle eines Trolls.«

»X fehlt mir.« Halbgeboren seufzte. »Aber ja, das hier ist alles ganz neu. Jede Wohnung richtet sich passend zum Geschmack des Bewohners ein.«

Ich fragte mich, was es bedeutete, dass mein Innenhof genauso aussah wie der des Neuen. Ich wollte nicht denselben Geschmack haben wie eine mörderische Wildkatze, die ein Sohn des Loki war und anderen auf die Füße trat.

Am Rand des Innenhofes lagen weitere Trümmer. Frei stehende Regale waren umgeworfen worden. Das Gras war übersät mit Tonschalen und Bechern – einige waren bunt glasiert, andere aus noch nicht gebranntem Ton.

Ich kniete nieder und hob das Unterteil einer zerbrochenen Teekanne auf. »Meint ihr, unser Freund der Gepard hat die alle gemacht?«

»Jepp.« T. J. zeigte mit seinem Bajonett in die Wohnung. »In der Küche stehen auch ein Brennofen und eine Töpferscheibe.«

»Gute Qualität«, sagte Halbgeboren. »Die Vase, die er mir ins Gesicht geworfen hat, war wunderschön und tödlich. Genau wie Miss Keen hier.«

Mallorys Gesicht wechselte von erdbeerrot zu paprikaorange. »Du bist ein Idiot.« Das war ihre Art, ihrem Freund ihre Zuneigung zu gestehen.

Ich drehte die Scherbe um. Auf der Unterseite waren die Initialen A. F. in den Ton eingeritzt. Ich wollte nicht wissen, wofür die wohl standen. Unter den Initialen gab es eine dekorative Prägung: zwei zu einem ausgefeilten S-Muster verschlungene Schlangen, deren Schwänze sich jeweils um den Kopf der anderen wickelten.

Meine Fingerspitzen fühlten sich an wie betäubt. Ich ließ die Scherbe fallen und hob ein anderes zerbrochenes Gefäß auf: auf der Unterseite die gleichen Initialen, die gleiche Schlangenprägung.

»Das ist ein Symbol des Loki«, sagte Halbgeboren hilfsbereit. »Flexibilität, Wechsel, Schlüpfrigkeit.«

In meinen Ohren rauschte es. Dieses Symbol hatte ich schon einmal gesehen ... vor kurzer Zeit, in meinem eigenen Zimmer. »Woher – woher weißt du das?«

Halbgeboren reckte seine ohnehin schon vorgeschobene Brust noch weiter vor. »Wie schon gesagt, ich habe meine Zeit hier in Walhalla nicht ungenutzt verstreichen lassen. Ich habe eine Doktorarbeit über germanische Literatur geschrieben.«

»Was er jeden Tag nur wenige Male erwähnt«, fügte Mallory hinzu.

»He, Leute«, rief T. J. aus dem Schlafzimmer. Er bohrte sein Bajonett in einen Kleiderhaufen und hob ein dunkelgrünes ärmelloses Seidenkleid hoch.

»Sauteuer«, sagte Mallory. »Das ist von Stella McCartney.«

Halbgeboren runzelte die Stirn. »Woher weißt du das so genau?«

»Ich habe meine Zeit hier in Walhalla nicht ungenutzt verstreichen lassen.« Mallory konnte Halbgeborens Stimme ziemlich gut nachahmen. »Ich habe eine Doktorarbeit über Mode geschrieben.«

»Ach, halt den Mund, Frau«, murmelte Halbgeboren.

»Und seht euch das an.« T. J. hob einen ebenfalls grünen Smoking mit rosa Revers hoch.

Ich muss zugeben, dass mein Gehirn nicht mehr richtig arbeitete. Ich konnte nur an Lokis Symbol auf den Scherben denken und daran, wo ich dieses Schlangenmuster schon einmal gesehen hatte. Der Wirbelsturm aus Kleidungsstücken in diesem Zimmer ergab keinen Sinn – Jeans, Röcke, Jacketts, Schlipse und Partykleider, die meisten in rosa und grünen Farbtönen.

»Wie viele wohnen hier?«, fragte ich. »Hat er eine Schwester?«

Halbgeboren schnaubte. »T. J., willst du das erklären, oder soll ich?«

DUUUHM. Das Widderhorn schallte durch den Gang.

»Mittagessen«, verkündete T. J. »Wir reden nachher weiter.«

Meine Freunde liefen zur Tür. Ich beugte mich weiter über den Scherbenhaufen und starrte die Buchstaben A. F. und die verschlungenen Schlangen an.

»Magnus?«, rief T. J. »Kommst du?«

Mir war der Appetit vergangen. Und auch mein Verlangen nach einem Nickerchen. Adrenalin ließ mein System vibrieren wie eine elektrische Gitarrensaite.

»Geht schon mal vor.« Meine Finger schlossen sich um das zerbrochene Gefäß mit Lokis Symbol. »Ich muss noch schnell etwas nachsehen.«

MEIN SCHWERT HAT EIN BESSERES SOZIALLEBEN ALS ICH

5

Gut, dass ich nicht zum Mittagessen gegangen bin.

Beim Buffet wurde normalerweise auf Leben und Tod gekämpft, und so zerstreut, wie ich jetzt war, wäre ich von einer Fonduegabel aufgespießt worden, noch ehe ich meinen Teller gefüllt hätte.

Bei den meisten Aktivitäten in Walhalla ging es um Leben und Tod: Scrabble, Wildwasserkanu, Pfannkuchenessen, Krocket. (Tipp: Versucht niemals, wikingisches Krocket zu spielen!)

Ich ging in mein Zimmer und atmete einige Male tief durch. Ich hatte halbwegs damit gerechnet, dass hier alles so verwüstet sein würde wie in A. F.s Zimmer – als ob sich meine Wohnung, nur weil die Wohnungen sich so ähnlich waren, aus purer Sympathie ebenfalls zerlegen würde. Stattdessen sah sie so aus, wie ich sie verlassen hatte, nur sauberer.

Ich hatte das Hauspersonal noch nie gesehen. Auf irgendeine Weise schafften sie es immer, aufzuräumen, wenn ich unterwegs war. Sie machten das Bett, ob ich darin geschlafen hatte oder nicht. Sie schrubbten das Badezimmer, auch wenn ich das gerade erst selbst erledigt hatte. Sie bügelten und falteten meine Wäsche, obwohl ich mir alle Mühe gab, niemals irgendein Kleidungsstück herumliegen zu lassen. Echt, wer bügelt und stärkt denn Unterwäsche?

Ich hatte ein schlechtes Gewissen, weil ich diese ganze Wohnung für mich hatte; die Vorstellung von Hauspersonal, das hinter mir herräumte, machte alles nur noch schlimmer. Meine Mom hatte mich dazu erzogen, meinen Dreck selbst wegzumachen. Aber sosehr ich versuchte, das zu tun, jeden Tag tauchte das Hotelpersonal auf und machte erbarmungslos alles hier klinisch rein.

Außerdem legten sie mir Geschenke hin. Das machte mir noch ärger zu schaffen als die gestärkte Unterwäsche.

Ich ging zum Kamin hinüber. Als ich hier eingecheckt hatte, hatte nur ein Foto auf dem Sims gestanden – ein Bild von meiner Mom und mir, als ich acht war, auf dem Gipfel des Mount Washington. Seit damals waren weitere Bilder aufgetaucht – einige, an die ich mich von früher her erinnerte, andere, die ich noch nie gesehen hatte. Ich wusste nicht, woher das Hotelpersonal sie nahm. Vielleicht tauchten die Fotos einfach aus dem Kosmos auf, während sich die Wohnung an mich gewöhnte. Vielleicht hatte Walhalla in der iCloud eine Sicherheitskopie vom Leben aller Einherjer.

Auf einem Bild stand meine Cousine Annabeth auf einem Hügel, im Hintergrund waren die Golden Gate Bridge und San Francisco zu sehen. Ihre blonden Haare wurden zur Seite geweht und ihre grauen Augen leuchteten, als ob ihr gerade jemand einen Witz erzählt hätte.

Ihr Anblick machte mich glücklich, weil sie zu meiner Familie gehörte. Und er machte mich nervös, weil das Bild eine ständige Erinnerung an unser letztes Gespräch war.

Annabeth hatte mir erzählt, unsere Familie, die Chasens, habe eine besondere Anziehungskraft für alte Götter. Vielleicht lag es an unserem einnehmenden Wesen. Vielleicht an unserem Shampoo. Annabeths Mom, die griechische Göttin Athene, hatte sich in Annabeths Dad, Frederick, verliebt. Mein Dad, Frey, hatte sich in meine Mutter Natalie verliebt. Wenn jemand morgen zu mir käme und mir erzählte – Überraschung! –, dass sich die aztekischen Götter bei bestem Wohlergehen in Houston aufhielten und dass meine Cousine zweiten Grades die Enkelin von Quetzalcoatl sei, würde ich das sofort glauben. Und dann würde ich mich schreiend von einer Klippe in den Ginnungagap stürzen.

Annabeths Meinung nach waren alle die alten Mythen wahr. Sie zehrten von Glauben und menschlicher Erinnerung – Dutzende von modrigen Pantheons, die sich noch immer miteinander stritten, wie in den alten Zeiten. Solange ihre Geschichten überlebten, überlebten auch die Götter. Und die Geschichten umzubringen war fast unmöglich.

Annabeth hatte mir versprochen, ausführlicher mit mir darüber zu reden. Bisher hatten wir keine Gelegenheit gefunden. Ehe sie nach Manhattan zurückgekehrt war, hatte sie mir gesagt, dass sie nur selten ein Handy benutzte, weil die für Halbgötter gefährlich seien (obwohl mir das noch nie aufgefallen war). Ich versuchte, mir keine Sorgen darüber zu machen, dass sie seit Januar einfach verstummt war. Aber ich fragte mich schon, was wohl da unten im Land von Griechen und Römern so vor sich ging.

Meine Hand wanderte über das Kaminsims zum nächsten Foto.

Das anzusehen fiel mir schwerer. Meine Mutter und ihre beiden Brüder, alle in den Zwanzigern, saßen nebeneinander auf der Treppe vor ihrem Elternhaus. Mom sah aus wie immer in meiner Erinnerung: Pixie-Bob-Frisur, ansteckendes Lächeln, Sommersprossen, zerfetzte Jeans, Flanellhemd. Wenn man einen Generator an ihre Lebensfreude hätte anschließen können, hätte man die gesamte Stadt Boston mit Strom versorgen können.

Neben ihr saß mein Onkel Frederick, Annabeths Vater. Er trug eine zu große Strickjacke über einem Herrenoberhemd und dazu beige Reithosen, die bis zur halben Wade reichten. Er hielt das

Modell eines Doppeldeckers aus dem Ersten Weltkrieg in der Hand und grinste wie ein Honigkuchenpferd.

Auf der obersten Stufe, die Hände auf die Schultern seiner Geschwister gelegt, saß ihr großer Bruder Randolph. Er sah aus wie vielleicht fünfundzwanzig, aber er war einer dieser Menschen, die alt geboren werden. Seine kurz geschorenen Haare waren so blond, dass sie als grau durchgingen. Sein großes rundes Gesicht und sein massiver Körper ließen ihn eher aussehen wie den Rausschmeißer in einem Club als wie einen angehenden Professor. Trotz seines Lächelns war sein Blick bohrend, seine Haltung wachsam. Er sah aus, als ob er jeden Moment den Fotografen angreifen, die Kamera an sich reißen und darauf herumtrampeln könnte.

Meine Mom hatte mich wieder und wieder gewarnt: *Halt dich ja von Randolph fern. Vertrau ihm bloß nicht.* Sie war ihm jahrelang aus dem Weg gegangen, hatte sich geweigert, mich in ihr Elternhaus in der Back Bay mitzunehmen.

An meinem sechzehnten Geburtstag aber hatte Randolph mich gefunden. Er hatte mir von meinem göttlichen Vater erzählt. Er hatte mich zum Schwert des Sommers geführt und prompt meinen Tod verursacht.

Deshalb hatte ich nicht so ganz große Lust, den guten alten Onkel Randolph wiederzusehen, auch wenn Annabeth meinte, wir sollten ihm noch eine Chance geben.

Er gehört zur Familie, Magnus, hatte sie mir gesagt, ehe sie nach New York gefahren war. *Wir dürfen die Familie nicht aufgeben.*

Ein Teil von mir nahm an, dass sie recht hatte. Der andere Teil hielt Randolph für einen gefährlichen Zeitgenossen. Ich vertraute ihm nur so weit, wie ich ihn werfen konnte, und selbst mit Einherjerkraft wäre das nicht sehr weit.

Himmel, Magnus, denkt ihr jetzt vielleicht, *das ist wirklich krass von dir. Er ist dein Onkel. Bloß, weil deine Mom ihn gehasst und er dich fast dein ganzes Leben lang ignoriert hat und dann an deinem Tod schuld war, vertraust du ihm nicht?*

Ja, ich weiß. Das ist eine totale Überreaktion.

Es ist nur so: Was mir bei Onkel Randolph die größten Probleme machte, war nicht unsere Vergangenheit. Sondern, wie sich das Foto der drei Geschwister seit der vergangenen Woche verändert hatte. Irgendwann, ich begreife nicht, wie, war auf Randolphs Wange ein Fleck aufgetaucht – ein undeutliches Symbol, wie ein Wasserzeichen. Und jetzt wusste ich, was es bedeutete.

Ich hob die Scherbe auf, die ich aus A. F.s Zimmer mitgebracht hatte – mit den eingekerbten Initialen und der Prägung mit den beiden verschlungenen Schlangen. Einwandfrei dasselbe Symbol.

Jemand hatte das Gesicht meines Onkels mit dem Zeichen Lokis gebrandmarkt.

Ich starrte das Schlangenzeichen lange an und versuchte, darin einen Sinn zu erkennen.

Ich wünschte, ich könnte mit Hearthstone sprechen, meinem Fachmann für Runen und Symbole. Oder mit Blitzen, der sich mit magischen Dingen auskannte. Ich wünschte, Sam wäre hier, denn wenn ich verrückt wurde und Trugbilder sah, würde sie mir Vernunft einbläuen.

Da ich aber mit ihnen nicht sprechen konnte, zog ich meinen Anhänger hervor und rief Jack herbei.

»Hey, Señor!« Jack kam durch die Luft gewirbelt und seine Runen leuchteten blau und rot. Nichts ist so schön wie eine Runde Discobeleuchtung, wenn man ein ernstes Gespräch führen will. »Gut, dass du mich geweckt hast. Ich hab nachher ein Date mit einem *heißen* Speer und wenn ich das verpasst hätte ... Oh Mann, dann hätte ich mich erstochen.«

»Jack«, sagte ich, »ich möchte lieber nichts über deine Dates mit anderen magischen Waffen wissen.«

»Hör doch auf. Du musst mehr unter die Leute kommen! Wenn du mitwillst, kann ich was für dich drehen. Dieser Speer hat da eine Freundin ...«

»Jack.«

»Na gut.« Er seufzte, und das ließ seine Klinge in einem schönen Indigoton aufleuchten. Vermutlich fanden die Speerdamen das sehr attraktiv. »Also, was ist los? Keine neuen Ninjas, die bekämpft werden müssen, hoffe ich?«

Ich zeigte ihm das Schlangenzeichen auf der Topfscherbe. »Weißt du irgendwas über dieses Symbol?«

Jack kam näher geschwebt. »Ja, sicher. Das ist eins von Lokis Zeichen. Ich hab zwar keinen Doktor in germanischer Literatur oder so, aber ich glaube, das symbolisiert, na ja, Schlangenhaftigkeit.«

Ich fragte mich schon, ob es wirklich eine gute Idee gewesen war, Jack zu rufen. »Unser neuer Nachbar von gegenüber töpfert. Und jedes Stück hat dieses Symbol auf der Unterseite.«

»Hm. Dann nehme ich mal an, er ist ein Sohn des Loki.«

»Das weiß ich. Aber warum protzt er damit? Sam mag ihren Dad ja nicht mal erwähnen. Aber dieser Typ prägt all seine Produkte mit Lokis Symbol.«

»Über Geschmack lässt sich nicht streiten«, sagte Jack. »Ich bin einmal einem Wurfmesser mit grünem Acrylgriff begegnet. Kannst du dir das vorstellen?«

Ich hob das Foto der drei Geschwister Chase hoch. »Aber irgendwann in der vergangenen Woche ist dasselbe Lokisymbol im Gesicht meines Onkels aufgetaucht. Irgendeine Idee?«

Jack bohrte die Spitze seiner Klinge in den Wohnzimmerteppich und beugte sich vor, bis sein Griff nur noch einen Fingerbreit vom

Foto entfernt war. Vielleicht wurde er langsam kurzsichtig (kurzgriffig?).

»Mmmm«, sagte er. »Willst du meine Meinung hören?«

»Ja.«

»Ich finde, das ist ganz schön seltsam.«

Ich wartete. Jack führte das nicht weiter aus.

»Na gut«, sagte ich. »Du glaubst nicht, dass es vielleicht einen Zusammenhang gibt zwischen ... Ich weiß nicht, einem zweiten Kind des Loki, das in Walhalla auftaucht, diesem seltsamen Zeichen in Randolphs Gesicht und der Tatsache, dass wir nach zwei ruhigen Monaten plötzlich Thors Hammer finden müssen, um eine Invasion zu verhindern?«

»Wenn du das so ausdrückst«, sagte Jack, »dann hast du recht, das ist sehr seltsam. Aber Loki taucht immer an komischen Orten auf. Und Thors Hammer ...« Jack vibrierte, als ob er entweder eine Gänsehaut bekam oder ein Lachen unterdrückte. »Mjöllnir verschwindet immer wieder, das kannst du mir glauben. Thor müsste sich den Hammer mit Klebeband ins Gesicht pappen.«

Dieses Bild würde ich nicht so bald wieder loswerden. »Wie kann Thor den so leicht verlieren? Wie kann irgendwer den stehlen? Ich dachte, Mjöllnir sei so schwer, dass außer Thor niemand ihn anheben kann.«

»Weitverbreitete Fehlinformation«, sagte Jack. »Vergiss den ganzen Nur-die-Würdigen-können-ihn-hochheben-Kram aus den Filmen. Der Hammer ist schwer, aber wenn du genug Riesen zusammenholst – natürlich können die ihn hochheben. Sie können ihn nicht schwingen – geschweige denn richtig werfen, wieder auffangen, damit Blitze herbeirufen –, dazu ist einige Übung nötig. Aber ich weiß schon gar nicht mehr, wie oft Thor in irgendeinem Wald eingeschlafen ist und ein Scherzkeks von Riese einen Baggerlader hingeschoben hat, und schon war der Donnergott hammerlos. Meistens kriegt er ihn schnell zurück, killt die Scherzkekse und lebt glücklich bis ans Ende seiner Tage.«

»Aber diesmal nicht.«

Jack wackelte hin und her, das war seine Version von einem Schulterzucken. »Ich nehme an, es ist schon wichtig, dass er Mjöllnir zurückbekommt. Der Hammer ist wirklich mächtig. Jagt den Riesen Angst ein. Sorgt dafür, dass die Mächte des Bösen nicht das Universum zerstören und überhaupt. Ich hab ihn ja immer eher langweilig gefunden. Er sitzt meistens einfach nur rum. Sagt kein Wort. Lad ihn ja nie zum Karaoke-Abend im Nuclear Rainbow ein. *Katastrophe.* Ich musste beide Stimmen von ›Love Never Felt So Good‹ ganz allein singen.«

Ich fragte mich, ob Jacks Klinge scharf genug war, um die überflüssigen Informationen abzuschneiden, mit denen er mich da versorgte. Vermutlich nicht.

»Letzte Frage«, sagte ich. »Halbgeboren hat dieses neue Kind des Loki als *Ergi* bezeichnet. Hast du irgendeine Vorstellung ...«

»Ich LIEBE Ergis!« Jack schlug vor Begeisterung einen Purzelbaum und hätte mir fast die Nase abgesäbelt. »Bei Freys Frivolitäten! Hier gegenüber wohnt ein Ergi? Das ist doch super!«

»Äh, also ...«

»Als wir einmal in Midgard waren – ich und Frey und zwei Elfen, ja? Also es war so gegen drei Uhr morgens, und dann kam ein Ergi auf uns zu ...« Jack heulte vor Lachen und seine Runen pulsierten in totalem »Saturday Night Fever«-Modus. »Wow. Das war eine *epische* Nacht.«

»Aber was genau ...«

Jemand klopfte an meine Tür. T. J. schaute herein. »Magnus, ich will ja nicht stören ... ach, hallo, Jack, wie geht's denn so?«

»T. J.«, sagte Jack. »Schon von letzter Nacht erholt?«

T. J. kicherte, sah aber verlegen aus. »Fast jedenfalls.«

Ich runzelte die Stirn. »Ihr habt letzte Nacht gefeiert?«

»Ach, Señor, Señor«, sagte Jack vorwurfsvoll. »Du musst wirklich mal mitkommen. Du hast nicht gelebt, solange du nicht mit einem Bajonett aus dem Bürgerkrieg auf der Piste warst.«

T. J. räusperte sich. »Ich wollte dich holen, Magnus. Der Kampf geht gleich los.«

Ich hielt Ausschau nach einer Uhr, dann fiel mir ein, dass ich keine hatte. »Ist es nicht noch zu früh?«

»Heute ist Donnerstag«, erinnerte mich T. J.

Ich fluchte. Donnerstags war alles anders. Und kompliziert. Ich hasste Donnerstage. »Ich hol nur schnell meinen Kram.«

»Außerdem«, sagte T. J., »haben die Hotelraben unseren neuen Flurgenossen ausfindig gemacht. Ich dachte, wir sollten ihn doch besser begleiten. Sie bringen ihn zum Kampf … ob er will oder nicht.«

Eine Wieselsuppe, bitte!

6

Donnerstag bedeutete Drachen. Was wiederum einen noch qualvolleren Tod als sonst bedeutete.

Ich hätte Jack mitgenommen, aber 1.) hielt er Trainingskämpfe für unter seiner Würde, und 2.) hatte er ein heißes Date mit einer Stangenwaffe.

Als T. J. und ich auf dem Schlachtfeld ankamen, hatten die Kämpfe bereits begonnen. Die Heere strömten in den Innenhof des Hotels – eine topografische Tötungszone, die groß genug war, um ein eigenes unabhängiges Land zu bilden, mit Wäldern, Wiesen, Flüssen, Hügeln und Dorfattrappen. Auf allen vier Seiten blickten Reihen von mit Gold umrandeten Galerien auf das Schlachtfeld, bis hoch zum dunstig weißen, leuchtenden Himmel. Von oben schleuderten Katapulte brennende Geschosse auf die Krieger, wie tödliches Konfetti.

Hörnerschall dröhnte durch den Wald. Rauchwolken quollen aus brennenden Hütten. Einherjer jagten durch den Fluss, kämpften hoch zu Ross, lachten, während sie sich gegenseitig niedermachten.

Und weil Donnerstag war, fand sich auch noch ein Dutzend riesiger Drachen zum Gemetzel ein.

Die älteren Einherjer nannten sie »Lindwürmer«. Wenn ihr mich fragt, dann klang das wie etwas nervige Darmparasiten. Aber diese Lindwürmer hatten die Größe eines ganzen Lastzuges. Sie hatten nur zwei Vorderbeine und ledrige braune Fledermausflügel, die zu klein zum Fliegen waren. Meistens schleppten sie sich über den Boden, ab und zu schlugen sie mit den Flügeln, sprangen hoch und ließen sich auf ihre Beute fallen.

Aus der Ferne sahen sie mit ihrer braunen, grünen und ockergelben Haut aus wie eine wütende Schar von riesigen, fleischfressenden Truthahnschlangen. Aber ihr könnt mir glauben: Aus der Nähe waren sie nicht so nett.

Unser Ziel für die donnerstägliche Schlacht? So lange wie möglich am Leben bleiben, während die Drachen sich alle Mühe gaben, uns das zu vermasseln. (Und falls ihr es noch nicht erraten hattet: Immer trugen die Drachen den Sieg davon.)

Mallory und Halbgeboren erwarteten uns am Rand des Schlachtfeldes. Halbgeboren zog gerade die Riemen an Mallorys Rüstung nach.

»Das machst du falsch«, schimpfte sie. »Das ist zu eng um die Schultern.«

»Frau, ich lege seit Jahrhunderten Rüstungen an.«

»Wann denn? Du ziehst doch immer mit nackter Brust in den Kampf.«

»Willst du dich darüber etwa beschweren?«, fragte Halbgeboren.

Mallory wurde rot. »Halt den Mund.«

»Ach, sieh an, hier sind Magnus und T. J.!« Halbgeboren haute mir auf die Schulter und etliche Gelenke wurden ausgekugelt. »Der neunzehnte Stock wäre damit zur Stelle.«

Streng genommen stimmte das nicht. Der neunzehnte Stock hatte fast hundert Bewohner. Aber unser Gang – unsere Wohngegend innerhalb der Wohngegend – bestand aus uns vieren. Und natürlich dem Neuen …

»Wo ist der Gepard?«, fragte T. J.

Wie aufs Stichwort stieß ein Rabe auf uns nieder. Er warf mir einen Leinenbeutel vor die Füße, dann landete er in der Nähe, schlug mit den Flügeln und krächzte wütend. Der Leinenbeutel bewegte sich. Ein langes mageres Tier kam heraus – ein braun-weißes Wiesel.

Das Wiesel fauchte. Der Rabe krächzte. Ich sprach kein Räbisch, aber ich war ziemlich sicher, dass er zu dem Wiesel sagte: *Benimm dich, oder ich hack dir deine wieseligen Augen aus.*

T. J. richtete sein Gewehr auf das Tier. »Als das Vierundfünfzigste Regiment von Massachusetts auf Darien in Georgia zumarschierte, haben wir Wiesel geschossen und daraus Suppe gekocht. Schmeckte gut. Meint ihr, ich sollte mal das Rezept von damals hervorkramen?«

Das Wiesel änderte seine Gestalt. Ich hatte schon so oft gehört, der Neue sei ein Monster, dass ich fast damit rechnete, er würde sich in einen lebenden Leichnam verwandeln, wie die Göttin Hel, oder in eine Miniversion der Seeschlange Jormungand. Stattdessen wuchs das Wiesel zu einem ganz normalen menschlichen Teenager heran, lang und schlaksig, mit einer langen Mähne aus grün gefärbten Haaren, die an den Ansätzen dunkel waren, wie aus dem Rasen gerissenes Unkraut.

Das braun-weiße Fell des Wiesels verwandelte sich in grüne und rosa Kleidung: zerschlissene rosa Turnschuhe, eine lindgrüne Röhrencordhose, einen rosa-grün karierten Pullunder und einen rosa Kaschmirpullover, den er sich wie einen Kilt um die Taille geknotet hatte. Seine Tracht erinnerte mich an das knallbunte Gewand eines Narren oder an ein giftiges Tier, das die ganze Welt warnen wollte: *Fasst mich ruhig an und sterbt!*

Der Neue schaute auf und ich vergaß zu atmen. Es war Lokis Gesicht, nur jünger – dasselbe spöttische Lächeln und die scharfen Züge, dieselbe unirdische Schönheit, aber ohne die vernarbte Lippe oder die Ätzspuren auf der Nase. Und diese Augen – das eine dunkelbraun, das andere wie heller Bernstein. Ich hatte die Bezeichnung für unterschiedlich gefärbte Augen vergessen. Meine Mom hätte von David-Bowie-Augen gesprochen. Ich dagegen von total nervtötenden Augen.

Und das Seltsamste von allem: Ich war ziemlich sicher, dass ich diesen Jungen schon einmal gesehen hatte.

Ja, ich weiß. Ihr denkt, dass so ein Junge ziemlich auffallen müsste. Wieso wusste ich also nicht mehr genau, wo sich unsere Wege gekreuzt hatten? Aber wenn man auf der Straße lebt, sind wild aussehende Leute normal. Nur normale Leute wirken da seltsam.

Der Junge ließ für T. J. ein perfektes weißes Lächeln aufleuchten, aber in seinen Augen lag keine Wärme. »Ziel mit dem Gewehr woandershin, sonst wickele ich es dir wie eine Fliege um den Hals.«

Eine innere Stimme sagte mir, dass das keine leere Drohung war. Dieser Junge könnte durchaus wissen, wie man eine Fliege bindet, und das war eine ganz schön beängstigende Fertigkeit.

T. J. lachte und ließ sein Gewehr sinken. »Wir konnten uns vorhin nicht richtig vorstellen, als du versucht hast, uns umzubringen. Ich bin Thomas Jefferson jr. Das sind Mallory Keen, Halbgeboren Gunderson und Magnus Chase.«

Der Neue starrte uns nur an. Schließlich stieß der Rabe ein gereiztes Krächzen aus.

»Ja, ja«, sagte der Junge zu ihm. »Wie gesagt, ich hab mich jetzt beruhigt. Ich bin auch nicht verpfuscht worden, also ist alles gut.«

Krrroax!

Der Junge seufzte. »Schön, dann stelle ich mich eben vor. Ich bin Alex Fierro. Freut mich, euch alle kennenzulernen. Herr Rabe, du kannst jetzt gehen. Ich verspreche dir, sie nur umzubringen, wenn es nicht anders geht.«

Der Rabe brauste mit seinem Gefieder. Er schaute mich verachtungsvoll an, wie um zu sagen: *Das ist jetzt euer Problem, Kumpel.* Dann flog er weg.

Halbgeboren grinste. »Na, das wäre also geklärt. Da du jetzt versprochen hast, uns nicht umzubringen, können wir anfangen, andere umzubringen.«

Mallory verschränkte die Arme. »Er hat ja nicht mal eine Waffe.«

»Sie«, korrigierte Alex.

»Was?«, fragte Mallory.

»Ich bin eine Sie – außer und bis ich euch etwas anderes sage.«

»Aber ...«

»Dann ist es eben sie!«, schaltete sich T. J. ein. »Ich meine, dann ist *sie* eben sie.« Er rieb sich den Hals, als fürchte er sich vor einer Gewehrfliege. »Und jetzt auf in den Kampf.«

Alex sprang auf.

Ich muss zugeben, dass ich glotzte. Plötzlich war meine ganze Perspektive auf den Kopf gestellt worden, wie bei diesen Tricks, wenn man einen Tintenfleck ansieht und nur den schwarzen Teil erkennt. Dann dreht das Gehirn das Bild um und es geht einem auf, dass der weiße Teil ein ganz anderes Bild ergibt, obwohl sich nichts geändert hat. Das hier war Alex Fierro, nur eben in Grün und Rosa. Noch vor einer Sekunde hatte er für mich ganz klar ausgesehen wie ein Junge. Und jetzt war sie ganz klar ein Mädchen.

»Was?«, fragte sie.

»Nichts«, log ich.

Über uns kreisten die Raben und schrien vorwurfsvoll.

»Wir sollen loslegen«, sagte Halbgeboren. »Die Raben mögen es nicht, wenn man auf dem Schlachtfeld herumtrödelt.«

Mallory zog ihre Messer und drehte sich zu Alex um. »Dann komm, Süße. Zeig mal, was du kannst.«

7 Haben Sie oder jemand, den Sie lieben, schon mal an Lindwürmern gelitten?

Wir zogen wie eine glückliche Familie in den Kampf.

Na ja, abgesehen davon, dass T. J. mich am Arm packte und flüsterte: »Behalt sie im Auge, ja? Ich möchte nicht von hinten gemeuchelt werden.«

Also bildete ich mit Alex Fierro die Nachhut.

Wir gingen landeinwärts und suchten uns einen Weg zwischen den vielen Leichen, die wir nachher beim Abendessen lebend wiedertreffen würden. Ich hätte einige witzige Fotos machen können, aber Handys mit Kamera waren auf dem Schlachtfeld gar nicht gern gesehen. Ihr wisst ja, wie das ist. Jemand macht ein Bild von euch, tot und in peinlicher Haltung, und schon ist es der Hit auf Instagram und ihr werdet noch jahrhundertelang damit aufgezogen.

Halbgeboren und Mallory schlugen für uns eine Schneise durch eine Bande von Berserkern. T. J. schoss Charlie Flanagan in den Kopf. Charlie findet es wahnsinnig komisch, in den Kopf geschossen zu werden. Fragt mich nicht, warum.

Wir wichen einer Salve aus brennenden Teerkugeln aus, die von den Katapulten auf den Balkons abgegeben wurden. Wir hatten einen kurzen Schwertkampf mit dem großen Lou aus dem 401. Stock – netter Typ, aber er will immer enthauptet werden. Das ist schwer, da Lou fast zwei Meter zehn groß ist. Er sucht sich auf dem Schlachtfeld immer Halbgeboren Gunderson aus, da Halbgeboren einer der wenigen Einherjer ist, die groß genug sind, um in der Sache zu Diensten zu sein.

Irgendwie erreichten wir den Waldrand, ohne von einem Lindwurm zertreten zu werden. T. J., Mallory und Halbgeboren scherten fächerförmig vor uns aus und führten uns in den Schatten der Bäume.

Ich bewegte mich vorsichtig durch das Unterholz. Ich hatte den Schild erhoben und trug mein vom Hotel gestelltes schweres Kampfschwert in der linken Hand. Das Schwert war nicht halb so austariert oder tödlich wie Jack, aber es war auch nicht so redselig. Neben mir schlenderte Alex dahin, es machte ihr offenbar nichts aus, dass sie unbewaffnet und die farbigste Zielscheibe in unserer Gruppe war.

Nach einer Weile fand ich das Schweigen irgendwie krampfig.

»Wir sind uns schon mal begegnet«, sagte ich. »Warst du mal in dem Heim für obdachlose Jugendliche in der Winter Street?«

Sie schnaubte. »Das hab ich gehasst.«

»Ja. Ich hab zwei Jahre auf der Straße gelebt.«

Sie hob die Augenbrauen und dadurch sah ihr bernsteinfarbenes linkes Auge bleicher und kälter aus. »Und du meinst, deshalb sind wir Freunde?«

Alles an ihrer Haltung sagte: *Lass mich in Ruhe. Du kannst mich hassen oder sonst was. Ist mir egal, solange du mich in Ruhe lässt.*

Aber ich widerspreche nun mal gern. Auf der Straße waren viele Obdachlose mir gegenüber aggressiv gewesen und hatten mich abgewiesen. Sie vertrauten niemandem. Warum sollten sie auch? Aber dadurch wurde ich nur noch entschlossener, sie kennenzulernen. Meistens hatten die Einzelgänger die besten Geschichten zu erzählen. Sie waren die Interessantesten und wussten am meisten darüber, wie man überlebt.

Sam al-Abbas musste schließlich einen Grund gehabt haben, dieses Wesen nach Walhalla zu bringen. Ich würde nicht lockerlassen, nur weil Fierro verwirrende Augen, einen beeindruckenden Pullunder und einen Hang dazu hatte, Leuten eine reinzusemmeln.

»Was hast du vorhin gemeint?«, fragte ich. »Als du gesagt hast ...«

»Dass ich eine *sie* bin? Hör mal, ich bin transgender und mein soziales Geschlecht ist fließend, du Blödmann. Kannst das ja nachschlagen, wenn es sein muss, aber ich bin nicht hier, um dir Nachhilfestunden ...«

»Das habe ich nicht gemeint.«

»Ach komm. Ich hab doch gesehen, wie dir das Kinn runtergeklappt ist.«

»Na ja, das schon. Eine Sekunde lang war ich vielleicht überrascht. Aber ...« Ich wusste nicht, wie ich weitermachen sollte, ohne mich noch mehr anzuhören wie ein Idiot.

Die Gendersache hatte mich wirklich nicht überrascht. Ein großer Prozentsatz der obdachlosen Teenies, die mir über den Weg gelaufen waren, war bei der Geburt einem Geschlecht zugerechnet worden, fühlte sich aber als das andere, oder sie fanden, dass die ganze Männlein/Weiblein-Kiste nicht auf sie zutraf. Sie landeten auf der Straße, weil – Schocker! – ihre Familien sie nicht akzeptierten. Die Botschaft »Liebe ist hart« kommt wirklich gut rüber, wenn man sein nicht heteronormatives Kind in den Rinnstein tritt, damit es Missbrauch, Drogen, hohe Selbstmordraten und dauernde physische Gefahr kennenlernen darf: Danke, Mom und Dad.

Was mich überraschte, war meine Reaktion auf Alex – wie schnell mein Eindruck von ihr sich auf den Kopf gestellt und welche Gefühle das aufgewühlt hatte. Ich war nicht sicher, ob ich das in Worte fassen könnte, ohne ebenso rot zu werden wie Mallory Keens Haare.

»W-was ich klagen wollte – *sagen* wollte: Als du mit dem Raben gesprochen hast, hast du erwähnt, du hättest Angst gehabt, du könntest verpfuscht worden sein. Wie hast du das gemeint?«

Alex sah aus, als ob ich ihr gerade ein dickes Stück Stinkekäse angeboten hätte. »Vielleicht habe ich etwas heftig reagiert. Ich hatte nicht damit gerechnet, heute zu sterben oder von einer Walküre aufgesammelt zu werden.«

»Das war Sam. Die ist in Ordnung.«

Alex schüttelte den Kopf. »Das verzeihe ich ihr nicht. Da komm ich her und muss feststellen ... egal. Ich bin tot. Unsterblich. Ich werde niemals altern und mich niemals verändern. Ich dachte, das bedeutet ...« Ihre Stimme zitterte. »Spielt keine Rolle.«

Ich war ziemlich sicher, dass es doch eine Rolle spielte. Ich hätte sie gern nach ihrem Leben in Midgard gefragt und warum sie einen nach oben offenen Innenhof hatte, genau wie ich, und was der ganze Töpferkram bedeutete, warum sie Lokis Zeichen auf ihre gesamte Produktion setzte. Ich fragte mich, ob ihr Eintreffen hier einfach ein Zufall war oder ob es etwas mit dem Zeichen auf Onkel Randolphs Fotogesicht und der plötzlichen dringenden Notwendigkeit zu tun hatte, Thors Hammer zu finden.

Andererseits hatte ich den Verdacht, dass sie sich in einen Berggorilla verwandeln und mir das Gesicht abreißen würde, wenn ich versuchte, ihr all diese Fragen zu stellen.

Zum Glück wurde mir dieses Schicksal erspart, weil ein Lindwurm vor uns eine Bruchlandung hinlegte.

Das Monster ließ sich vom Himmel fallen, schlug mit seinen albernen Flügeln und brüllte wie ein Grizzlybär mit einem Hundert-Watt-Verstärker. Bäume zersplitterten unter seinem Gewicht, als er zwischen uns landete.

»ARRRHH!«, brüllte Halbgeboren – das ist Altnordisch und bedeutet HEILIGE MAKRELE, DA IST EIN DRACHE! –, ehe der Lindwurm ihn mit einem Hieb gen Himmel schickte. Aus dem Bogen zu schließen, den Halbgeboren Gunderson beschrieb, würde er wohl irgendwo im neunundzwanzigsten Stock landen, zur Überraschung aller, die dort gerade gemütlich auf ihrem Balkon saßen.

T. J. feuerte sein Gewehr ab. Pulverrauch malte harmlose Blüten vor die Brust des Drachen. Mallory brüllte eine gälische Verwünschung und griff an.

Der Lindwurm achtete nicht auf sie, sondern wandte sich mir zu.

Ich hätte vielleicht erwähnen sollen, dass Lindwürmer echt hässlich sind. Wenn Freddy Krueger und ein Zombie aus »Walking Dead« ein Kind bekämen ... also, diese Sorte von hässlich. Ihre Gesichter haben kein Fleisch und keine Haut, sondern sind nur ein Panzer aus Knochen und freiliegenden Sehnen, funkelnden Hauzähnen und tiefen dunklen Augenhöhlen. Als das Monster seinen Schlund aufriss, konnte ich tief in seine Kehle in der Farbe von faulem Fleisch blicken.

Alex ging in die Hocke und ihre Hände machten sich an etwas an ihrem Gürtel zu schaffen. »Das ist nicht gut.«

»Da sagst du was Wahres.« Meine Hand war so verschwitzt, dass ich kaum mein Schwert halten konnte. »Du gehst nach rechts, ich nach links. Wir nehmen ihn in die Zange ...«

»Nein, ich meine, das ist nicht irgendein Feld-Wald-und-Wiesen-Drache. Das ist Grimwolf, einer der uralten Würmer.«

Ich starrte hoch in die leeren Augenhöhlen des Monsters. Es kam mir wirklich größer vor als die meisten anderen Lindwürmer, mit denen ich schon gekämpft hatte, aber ich war meistens zu sehr mit Sterben beschäftigt, um sie nach ihren Namen zu fragen.

»Woher weißt du das?«, fragte ich. »Und warum sollte irgendwer einen Drachen *Grimwolf* nennen?«

Der Lindwurm zischte und füllte die Luft mit dem Aroma brennender Reifen. Offenbar war er empfindlich, was seinen Namen anging.

Mallory stach auf die Drachenbeine ein und schrie immer wütender, je länger der Lindwurm sie ignorierte. »Wollt ihr zwei uns vielleicht helfen«, rief sie uns zu, »oder einfach nur rumstehen und plaudern?«

T. J. traf das Monster mit seinem Bajonett. Die Spitze prallte von den Rippen des Ungeheuers ab. Als guter Soldat sprang T. J. zurück und machte noch einen Versuch.

Alex riss eine Art Schnur aus ihrer Gürtelschlaufe – ein Stück Stahldraht, der nicht dicker war als eine Drachenschnur, mit einfachen Holzpflöcken als Griffe an den Enden. »Grimwolf ist einer der Drachen, die zwischen den Wurzeln von Yggdrasil hausen. Er dürfte gar nicht hier sein. Niemand könnte verrückt genug sein, um ...« Ihr Gesicht erbleichte und ihre Miene verhärtete sich, als ob sie sich in Lindwurmknochen verwandelte. »*Er* hat ihn zu mir geschickt. Er weiß, dass ich hier bin.«

»Wer?«, fragte ich. »Was?«

»Lenk ihn ab«, befahl sie. Sie sprang in den nächststehenden Baum und fing an zu klettern. Sie brauchte sich gar nicht in einen Gorilla zu verwandeln, sie konnte sich auch so schon bewegen wie einer.

Ich holte zitternd Atem. »Ablenken, klar doch.«

Der Drache schnappte nach Alex und riss mehrere Zweige vom Baum. Alex war schnell, sie kletterte am Stamm immer höher, aber noch ein oder zwei Drachenbisse und sie wäre ein Lindwurmimbiss. Mallory und T. J. hieben noch immer auf die Beine und den Bauch des Ungeheuers ein, aber sie konnten den Drachen nicht dazu anstacheln, sie zu verschlingen.

Das ist nur eine Übungsschlacht, sagte ich mir. *Jetzt greif schon an, Magnus! Lass dich umbringen wie ein Profi!*

Darum ging es schließlich bei den täglichen Schlachten: Wir sollten lernen, gegen jeglichen Feind zu kämpfen, sollten unsere Todesangst überwinden – denn am Tag der Götterdämmerung würden wir alle Geschicklichkeit und allen Mut brauchen, die wir aufbringen könnten.

Warum also zögerte ich?

Erstens, weil ich besser heilen kann als kämpfen. Und weglaufen – darin bin ich wirklich erstklassig. Und zweitens ist es schwer, geradewegs in den eigenen Tod zu laufen, auch wenn man weiß, dass der nicht von Dauer sein wird – vor allem, wenn dieser Tod mit jeder Menge Qualen einhergeht.

Der Drache schnappte wieder nach Alex und verpasste ihre rosa Turnschuhe nur um Haaresbreite.

Sosehr ich das Sterben hasste, noch mehr hasste ich es zu sehen, wie meine Gefährten getötet wurden. Ich brüllte »FREY!« und stürzte auf den Lindwurm los.

Und typisch, Grimwolf schenkte mir nur zu gern seine Aufmerksamkeit. Wenn es darum geht, Monster so richtig wütend zu machen, habe ich ein goldenes Händchen.

Mallory stolperte mir rückwärts aus dem Weg und schleuderte eines ihrer Messer nach dem Drachenkopf. T. J. zog sich ebenfalls zurück und schrie dabei: »Er gehört dir, Kumpel!«

Das sollte eine Ermutigung vor einem qualvollen Tod sein, war aber ziemlich niederschmetternd.

Ich hob Schild und Schwert, wie es die netten Ausbilder in *Wiking 101* vorgeführt hatten. Der Drachenschlund öffnete sich weit und zeigte einige Reihen Extrazähne – nur für den Fall, dass die vordersten mich nicht genug töten könnten.

Aus dem Augenwinkel sah ich Alex im Baumwipfel schwanken – ein verkrampftes, sprungbereites Bündel in Rosa und Grün. Ich begriff, was sie vorhatte: Sie wollte auf den Hals des Drachen springen. Das war ein dermaßen blödsinniger Plan, dass ich meine eigene blödsinnige Art zu sterben nicht mehr ganz so peinlich fand.

Der Drache stieß zu. Ich reckte mein Schwert nach oben und hoffte, den Gaumen des Monsters zu durchbohren.

Stattdessen blendete mich ein plötzlicher Schmerz. Mein Gesicht fühlte sich an wie nach einer Dusche mit einem industriellen chemischen Reinigungsmittel und meine Knie gaben unter mir nach, was mir vermutlich das Leben rettete. Der Drache biss in die Luft, wo sich den Bruchteil einer Sekunde früher noch mein Kopf befunden hatte.

Irgendwo auf meiner Linken schrie Mallory: »Steh auf, du Idiot!«

Ich versuchte, den Schmerz wegzublinzeln. Es wurde nur schlimmer. Meine Nasenlöcher füllten sich mit dem Gestank von brennendem Fleisch.

Grimwolf fand sein Gleichgewicht wieder und fauchte verärgert.

In meinem Kopf sagte eine vertraute Stimme: *Komm schon, mein Freund. Hör auf dich zu wehren!*

Plötzlich sah ich alles doppelt. Ich konnte noch immer den Wald sehen, den über mir aufragenden Drachen, eine kleine rosa-grüne Gestalt, die aus einem Baumwipfel auf das Monster zusprang. Aber es gab noch eine andere Schicht der Wirklichkeit – eine verschwommene weiße Szene, die versuchte, sich durch meine Hornhaut zu brennen. Ich kniete in Onkel Randolphs Wohnzimmer, im Elternhaus der Chase-Geschwister in der Back Bay. Über mir stand jemand, der viel schlimmer war als ein Lindwurm: Loki, der Gott des Bösen.

Er grinste auf mich herab. *Da wären wir ja. Wie schön!*

Im selben Moment schlug der Drache Grimwolf wieder zu und riss seinen Schlund auf, um mich mit Haut und Haaren zu verschlingen.

ICH WERDE GETÖTET UND DADURCH VOR DEM SICHEREN TOD GERETTET

8 Ich hatte noch nie an zwei Orten gleichzeitig existiert. Mir wurde klar, dass mir das nicht gefiel.

Durch die Schmerzen registrierte ich nur noch vage, dass im Wald weiterhin gekämpft wurde. Grimwolf wollte mich gerade in zwei Stücke beißen, als plötzlich sein Kopf zurückgerissen wurde. Alex saß rittlings auf seinem Hals und legte den Draht so fest um die Kehle des Drachen, dass der den Kopf hin und her warf und seine schwarze gespaltene Zunge rausstreckte.

T. J. und Mallory stürzten vor mich und fungierten als Schild. Sie schrien Grimwolf an, schwenkten ihre Waffen und versuchten, ihn zurückzudrängen.

Ich wollte ihnen helfen. Ich wollte auf die Füße kommen oder mich wenigstens aus dem Weg rollen. Aber ich war wie gelähmt, lag auf den Knien, gefangen zwischen Walhalla und dem Wohnzimmer meines Onkels Randolph.

Ich hab es dir doch gesagt, Randolph! Lokis Stimme zog mich tiefer in die Vision hinein. *Siehst du? Blut ist dicker als Wasser. Wir haben eine solide Verbindung!*

Die verschwommene weiße Szene nahm jetzt Farbe an. Ich kniete schwitzend auf dem Perserteppich vor Randolphs Schreibtisch, in einem Viereck aus Sonnenlicht, das durch das Glas grün gefärbt wurde. Das Zimmer roch nach Holzpoliermittel mit Zitronenduft und brennendem Fleisch. Ich war ziemlich sicher, dass der zweitgenannte Geruch von meinem Gesicht stammte.

Vor mir stand Loki – seine zerzausten Haare hatten die Farbe von Herbstlaub, sein markantes Gesicht war von Verätzungen auf Nase und Wangen und von Narben um seine Lippen entstellt.

Er grinste und breitete glücklich die Arme aus. *Wie findest du mein Outfit?*

Er trug einen smaragdgrünen Smoking, ein kastanienbraunes Rüschenhemd, eine Fliege im Paisleymuster und eine dazu passende Bauchbinde (falls man irgendwas an dieser Zusammenstellung als »passend« bezeichnen konnte). Ein Preisschild hing vom linken Ärmel hinunter.

Ich konnte nichts sagen. Ich konnte nicht kotzen, so gern ich das auch getan hätte. Ich konnte ihm nicht einmal eine Gratis-Typberatung bei *Blitzen's Best* anbieten.

Nicht? Loki verzog verärgert das Gesicht. *Ich hab es dir ja gesagt, Randolph. Du hättest mir auch noch den kanariengelben kaufen sollen.*

Ein ersticktes Geräusch kam aus meiner Kehle. »Magnus«, sagte Onkel Randolphs Stimme. »Hör nicht …«

Loki streckte die Hand aus, und seine Fingerspitzen rauchten. Er berührte mich nicht, aber der Schmerz in meinem Gesicht verdreifachte sich, als ob mich irgendwer mit einem Eisen brandmarkte. Ich wäre gern zusammengebrochen und hätte Loki angefleht, damit aufzuhören, aber ich konnte mich nicht rühren.

Mir ging auf, dass ich alles durch die Augen meines Onkels sah. Ich bewohnte seinen Körper, spürte, was er spürte. Loki nutzte Randolph als eine Art schmerzbetriebenes Handy, um Kontakt zu mir aufzunehmen.

Der Schmerz ebbte ab, aber Randolphs zusätzliches Gewicht

hüllte mich ein wie ein Taucheranzug. Meine Lunge rasselte. Meine mitgenommenen Knie schmerzten. Ich fand es gar nicht gut, ein alter Mann zu sein.

Aber, aber, Randolph, benimm dich, tadelte Loki. *Magnus. Ich bitte für deinen Onkel um Entschuldigung. Wo war ich? Ach ja. Deine Einladung!*

In Walhalla lag ich derweil weiterhin gelähmt auf dem Schlachtfeld, während der Drache Grimwolf umhertaumelte und ganze Schneisen in den Wald riss. Ein Lindwurmfuß erwischte Mallory Keen und trat sie platt. T. J. schrie und schwenkte Stücke seines jetzt zerbrochenen Gewehrs, um das Monster abzulenken. Irgendwie schaffte Alex Fierro es, auf dem Drachenhals sitzen zu bleiben und ihren Draht fester zu ziehen, während Grimwolf sich hin und her warf.

Eine Hochzeit!, verkündete Loki fröhlich. Er hielt eine grüne Einladung hoch, faltete sie zusammen und steckte sie in Randolphs Hemdentasche. *In fünf Tagen. Entschuldige bitte, dass es so kurzfristig ist, aber ich hoffe, du kannst kommen, vor allem, da du die Braut und den Brautpreis mitbringen musst. Wenn nicht – na ja, Krieg, Götterdämmerung und so weiter. Da ist eine Hochzeit doch viel lustiger. Und jetzt, lass hören. Was hat Samirah dir erzählt?*

Mein Schädel presste sich zusammen, bis ich das Gefühl hatte, dass mein Gehirn aus meinen Nebenhöhlen quoll. Ein heiserer Schrei kam über meine Lippen, aber ich war nicht sicher, ob der von mir stammte oder von Onkel Randolph.

Alex schrie vom Drachenhals herunter: »Was ist mit Magnus los?«

T. J. rannte zu mir. »Keine Ahnung. Ihm raucht der Kopf. Das ist sicher ein schlechtes Zeichen.«

»Schnapp dir sein Schwert!« Alex zog den Draht noch fester und ließ schwarzes Blut den Drachenhals hinunterrinnen. »Los!«

Ach du meine Güte. Loki tippte meine/Randolphs Nase an. Der Druck in meinem Kopf linderte sich von unerträglichen Qualen zu gemäßigter Folter. *Samirah hat also nichts gesagt. Das arme Ding ist sicher verlegen. Das kann ich verstehen. Ich finde es auch schwer, meine Lieblingstochter herzugeben. Die werden so schnell erwachsen!*

Ich versuchte, etwas zu sagen. Ich wollte rufen: *Geh weg! Du nervst! Verschwinde aus meinem Kopf und lass Samirah in Ruhe!*

Es kam heraus als »*Gaaaaaa*«.

Du brauchst dich nicht bei mir zu bedanken, sagte Loki. *Wir wollen doch beide nicht, dass die Götterdämmerung jetzt schon losgeht, oder? Und ich bin der Einzige, der dir helfen kann! Es waren keine leichten Verhandlungen, aber ich kann sehr überzeugend sein. Der Hammer gegen die Braut. Ein einmaliges Angebot. Ich erzähle dir mehr, wenn du den Brautpreis gesichert hast.*

»Jetzt!«, schrie Alex. Sie riss so hart an ihrem Draht, dass der Drache sich aufbäumte, wobei sich die gepanzerten Hautschichten über seinem Bauch teilten. T. J. sprang vor und bohrte mein Übungsschwert in eine weiche Stelle unterhalb von Grimwolfs Herz. Er rollte sich auf die Seite, als das Ungeheuer mit seinem vollen Gewicht zu Boden fiel und sich dabei selbst aufspießte. Alex sprang vom Hals des Lindwurms und ihre Garotte baumelte, klebrig vor Blut, in ihrer Hand.

Hab ich da Alex gehört? Loki verzog seine narbige Lippe. *Die ist zur Hochzeit nicht eingeladen. Sie würde alles verderben. Aber* – Lokis Augen funkelten vor Bosheit – *gib ihr ein kleines Geschenk von mir, ja?*

Meine Lunge zog sich zusammen, schlimmer noch als früher, als ich Asthma gehabt hatte. Mein Körper fing an, sich zu überhitzen; ich hatte solche Schmerzen, dass meine Organe sich zu Molekülen aufzulösen schienen; meine Haut glühte und dampfte. Loki verwandelte mein Gehirn in Feuer und füllte mich mit Erinnerungsfetzen, die nicht mir gehörten – Jahrhunderte voller Wut und Rachsucht.

Ich versuchte, ihn aus meinem Kopf zu schieben. Ich versuchte zu atmen.

Alex Fierro stand über mir und runzelte die Stirn. Ihr Gesicht verschmolz mit Lokis.

»Euer Freund explodiert gleich«, sagte Alex, als ob das etwas ganz Normales wäre, das eben mal passieren könnte.

T. J. wischte sich die Stirn. »Wie genau meinst du das … dass er *explodiert?*«

»Ich meine, dass Loki Kraft durch ihn lenkt. Das ist zu viel. Magnus wird gesprengt werden und dabei diesen ganzen Innenhof zerstören.«

Ich knirschte mit den Zähnen und brachte ein Wort heraus. *»Weg!«*

»Das hilft nichts«, sagte Alex. »Mach dir keine Sorgen, ich hab eine Lösung.«

Sie trat vor und legte mir gelassen ihren Draht um den Hals.

Ich brachte noch ein Wort heraus: *»Warte.«*

»Nur so kann er aus deinem Kopf vertrieben werden.« Alex' braune und bernsteinfarbene Augen waren unmöglich zu lesen. Sie zwinkerte mir zu … oder vielleicht war das Loki, dessen Gesicht dicht unter Alex' Haut schimmerte.

Bis bald, Magnus, sagte der Gott.

Alex riss an den Enden ihrer Garotte und löschte mein Leben aus.

9

SETZT EUCH NIEMALS MIT EINEM ENTHAUPTETEN GOTT IN EIN SCHAUMBAD

Könnte mir bitte mal jemand erklären, wieso ich träumen muss, wenn ich tot bin?

Da war ich nun, ich trieb dahin in der Dunkelheit des Nichtseins, kümmerte mich um nichts und niemanden und versuchte, mich damit abzufinden, dass ich soeben enthauptet worden war. Dann stürzte ich in diese seltsamen lebhaften Albträume. Wirklich nervig.

Ich fand mich auf einer Dreißig-Fuß-Yacht mitten im Sturm wieder. Das Deck hob und senkte sich. Wellen brachen sich über dem Bug. Graue Regenschauer prasselten gegen die Fenster des Steuerhauses.

Im Sessel des Kapitäns saß Onkel Randolph, der mit einer Hand das Steuerrad umklammerte und mit der anderen sein Funkgerät massakrierte. Von seinem gelben Regenmantel tropfte das Wasser und bildete Pfützen auf dem Boden um seine Füße. Sein glatt geschorener Kopf glitzerte vor Salzwasser. Vor ihm zeigte der Bildschirm des Steuerpultes nichts als graues Wirrwarr.

»Mayday!« Er schrie sein Funkgerät an wie einen störrischen Hund, der nicht Männchen machen will. »Mayday, verdammt noch mal, Mayday!«

Auf der Bank hinter ihm drückten sich eine Frau und zwei Mädchen aneinander. Ich war ihnen niemals begegnet, erkannte sie aber von Fotos in Onkel Randolphs Arbeitszimmer. Ich konnte ihre Namen aus seinen Erinnerungen ziehen, vielleicht, weil ich soeben in seinem Kopf gewesen war: seine Frau, Caroline, und seine Töchter Aubrey und Emma.

Caroline saß in der Mitte, ihre dunkelbraunen Haare klebten an ihrem Gesicht, und sie hatte ihren Töchtern die Arme um die Schultern gelegt. »Alles wird gut«, sagte sie zu den Mädchen. Sie schaute Randolph mit stummem Vorwurf an: *Warum hast du uns das angetan?*

Aubrey, die jüngste, hatte die blonden gewellten Haare der Chase-Familie. Sie hatte den Kopf gesenkt und ihr Gesicht zeigte tiefe Konzentration. Auf dem Schoß hielt sie ein Modell der Yacht und versuchte, das Spielzeug gerade zu halten, trotz der fünf Meter hohen Wellen, die das Steuerhaus schüttelten, als ob sie auf diese Weise ihrem Vater helfen könnte.

Emma war nicht so gelassen. Sie war vielleicht zehn, mit dunklen Haaren wie ihre Mutter und traurigen, müden Augen wie ihr Vater. Aus irgendeinem Grund wusste ich, dass sie sich ganz besonders auf diesen Ausflug gefreut hatte. Sie hatte darauf bestanden, Dad auf seinem Abenteuer zu begleiten – bei seiner Suche nach einem verschollenen Wikingerschwert, das endlich seine Theorien beweisen würde. Dad würde ein Held sein! Randolph hatte ihr die Bitte nicht abschlagen können.

Aber jetzt zitterte Emma vor Angst. Der vage Uringeruch verriet mir, dass ihre Blase diesem Stress nicht gewachsen war. Bei jeder Bewegung des Bootes schrie Emma auf und presste einen Anhänger an ihre Brust – einen Runenstein, den Randolph ihr zum letzten Geburtstag geschenkt hatte. Ich konnte das Symbol nicht sehen, aber auf irgendeine Weise wusste ich, welches es war.

ᛟ

Othala: Erbe. Randolph betrachtete Emma als seine Nachfolgerin, die nächste große Historikerin und Archäologin in der Familie.

»Ich bringe uns nach Hause.« Randolphs Stimme war brüchig vor Verzweiflung.

Er war sich seiner Sache so sicher gewesen und er hatte sich auf das Wetter verlassen. Sie würden einen netten Segeltörn haben. Er hatte sehr sorgfältig recherchiert. Er wusste genau, dass das Schwert des Sommers irgendwo auf dem Grund der Massachusetts Bay liegen musste. Er stellte sich vor, dass er nur einmal kurz tauchen müsste. Die alten Götter von Asgard würden seine Bemühungen segnen. Er würde das Schwert an die Oberfläche holen und die Klinge zum ersten Mal seit tausend Jahren ins Sonnenlicht halten. Seine Familienmitglieder würden zu Zeuginnen seines Triumphes werden.

Aber hier waren sie nun, gefangen in einem plötzlichen Sturm, der ihre Yacht hin- und herschleuderte wie das Spielzeug auf Aubreys Schoß.

Das Boot legte sich nach Steuerbord. Emma schrie auf.

Eine Wand aus Wasser brach sich über mir.

Ich tauchte in einem anderen Traum wieder auf. Mein abgetrennter Kopf dümpelte in einer vollen Badewanne, die nach Erdbeerseife und verschimmelten Waschlappen roch. Auf meiner Rechten schwamm eine fröhliche Gummiente mit abgeschubberten Augen. Auf meiner Linken schwamm der nicht so fröhliche Kopf des Gottes Mimir. Seetang und tote Elritzen hingen in seinem Bart und Badeschaum tropfte von seinen Augen, seinen Ohren und seiner Nase.

»Ich sag euch«, seine Stimme hallte in dem gefliesten Badezimmer wider, »ihr Jungs *müsst* das machen. Und nicht nur, weil ich euer Boss bin. Das Schicksal verlangt es!«

Er redete nicht mit mir. Neben der Badewanne saß auf einer wunderschönen avocadofarbenen Porzellankommode mein Freund Hearthstone, ließ die Schultern hängen und machte ein verzweifeltes Gesicht. Er trug wie üblich eine schwarze Jacke und Hose aus Leder, ein gestärktes weißes Hemd und einen gepunkteten Schal, der aussah wie von einer Twisterdecke abgeschnitten. Seine stacheligen blonden Haare waren fast so blass wie sein Gesicht.

Hearth gestikulierte in Gebärdensprache, so schnell und so empört, dass ich nur ab und zu ein Wort aufschnappen konnte. *... zu gefährlich ... Tod ... diesen Trottel beschützen.*

Er zeigte auf Blitzen, der mit übereinandergeschlagenen Beinen am Waschbecken lehnte. Der Zwerg war so elegant wie immer, mit einem walnussbraunen dreiteiligen Anzug, der zu seinem Teint passte, einer Fliege, die so schwarz war wie sein Bart, und einem Hut, wie Frank Sinatra ihn oft getragen hatte und der den Look irgendwie zu einem stimmigen Ganzen machte.

»Wir müssen los«, sagte Blitz dringlich. »Der Junge braucht uns doch.«

Ich wollte ihnen sagen, wie sehr ich sie vermisst hatte, wie gern ich sie sehen wollte, aber auch, dass sie ihr Leben nicht für mich aufs Spiel setzen dürften. Leider kam aus meinem Mund, als ich ihn öffnete, nur ein hektisch zappelnder Goldfisch.

Mein Gesicht kippte nach vorn in den Schaum. Als ich wieder auftauchte, hatte sich der Traum geändert.

Ich war noch immer ein körperloser Kopf, aber jetzt trieb ich in einem riesigen offenen Einmachglas zwischen Gewürzgurken im Essig. Es war schwer, durch die grüne Flüssigkeit und das gebogene Glas etwas zu sehen, aber ich war offenbar in einer Bar. Getränkewerbung in Neonfarben leuchtete an den Wänden. Riesige verschwommene Gestalten lungerten auf Barhockern herum. Gelächter und Gespräche ließen kleine Wellen durch den Essig laufen.

Ich verbrachte nicht viel Zeit in Bars, und erst recht nicht damit, durch ein dreckiges Einmachglas zu spinxen. Aber irgendetwas hier kam mir bekannt vor – wie die Tische standen, die schrägen Fenster mit Rautenmuster an der gegenüberliegenden Wand, sogar die Weingläser, die über mir hingen wie Deckenlampen.

Eine neue Gestalt bewegte sich in mein Blickfeld – jemand, der noch größer war als die Gäste und ganz in Weiß gekleidet. »RAUS HIER!« Ihre Stimme klang rau und heiser, als ob sie in ihrer Freizeit vor allem mit Benzin gurgelte. »ALLESAMT! ICH WILL MIT MEINEM BRUDER REDEN!«

Mit verärgertem Gemurmel löste sich die Gästeschar auf. In der Bar war es jetzt ganz still, abgesehen von einem Fernseher irgendwo hinten im Raum – ein Sportkommentator sagte: »Nun sieh dir das an, Bill! Glatt ab, sein Kopf!«

Ich nahm diesen Kommentar persönlich.

Am Ende der Bar bewegte sich jemand – eine so große und dunkle Gestalt, dass ich sie bisher für einen Schatten gehalten hatte.

»Das ist meine Bar.« Die Stimme sprach in einem tiefen Bariton, aufgeblasen und voll. Wenn ein Walross Englisch sprechen könnte, würde es sich so anhören. »Warum schmeißt du immer meine Freunde raus?«

»Freunde?«, schrie die Frau. »Das sind deine *Untertanen*, Thrym, nicht deine Freunde. Benimm dich endlich wie ein König!«

»Tu ich doch!«, sagte der Mann. »Ich werde Midgard zerstören.«

»Ha, das glaub ich erst, wenn ich es sehe. Wenn du ein echter König wärst, hättest du diesen Hammer sofort benutzt, statt ihn zu verstecken und monatelang herumzueiern, weil du dich nicht entscheiden kannst. Du würdest ihn auf keinen Fall im Austausch diesem Taugenichts ...«

»Das ist ein Bündnis, Thrynga!«, brüllte der Mann. Ich bezweifelte, dass dieser Thrym wirklich ein Walross war, aber ich stellte mir vor, wie er mit wippendem Schnurrbart von einem Flipper zum anderen hüpfte. »Du begreifst nicht, wie wichtig das alles ist. Ich brauche eben Verbündete, um es mit der Welt der Menschen aufzunehmen. Wenn ich erst mit Samirah al-Abbas verheiratet bin ...«

BLUBB.

Ich hatte das nicht gewollt, aber kaum hatte ich Samirahs Namen gehört, schrie ich in meinem Einmachglas auf und formte eine riesige Blase, die an der Oberfläche der fettigen grünen Flüssigkeit platzte.

»Was war das denn?«, wollte Thrym wissen.

Die weiße Gestalt Thryngas ragte über mir auf. »Das kam aus dem Einmachglas.« Der Satz klang wie der Titel eines Horrorfilms.

»Na, dann bring es um!«, schrie Thrym.

Thrynga hob einen Barhocker und schlug damit gegen mein Einmachglas, schleuderte mich gegen die Wand und ließ mich in einer Lache aus Gewürzgurken, Einmachflüssigkeit und Glasscherben auf dem Boden liegen.

Ich erwachte in meinem Bett und rang nach Atem. Meine Hände flogen an meinen Hals.

Frey sei Dank saß mein Kopf wieder an seinem Platz. Meine Nasenlöcher brannten noch immer vom Geruch der Gewürzgurken und des Erdbeerschaumbades.

Ich versuchte, mir klarzumachen, was soeben passiert war – welche Teile Traum waren und welche Wirklichkeit. Der Drache Grimwolf. Alex Fierro und ihre Garotte. Loki, der sich einen Weg in meinen Kopf brannte und Onkel Randolph auf irgendeine Weise dazu brachte, zu mir vorzudringen. Seine Ankündigung der Hochzeit, die in fünf Tagen stattfinden sollte.

Das alles war wirklich passiert.

Leider wirkten meine Träume genauso konkret. Ich war mit Onkel Randolph an dem Tag auf seinem Boot gewesen, als seine Familie umgekommen war. Seine Erinnerungen waren jetzt mit meinen vermischt. Seine Qual lag wie ein Block aus Stahl auf meiner Brust. Dass er Caroline, Emma und Aubrey verloren hatte, tat mir ebenso weh wie der Tod meiner Mutter. In gewisser Weise noch mehr, weil Randolph niemals damit abgeschlossen hatte. Er litt noch immer jede Stunde an jedem Tag.

Der Rest der Visionen: Hearthstone und Blitzen, die mir zu Hilfe kommen wollten. Ein Grund, mich zu freuen, aber dann fielen mir Hearthstones hektische Gesten ein: *Zu gefährlich. Tod.*

Und die Szene mit dem Einmachglas. Was zum Helheim war das gewesen? Diese geheimnisvollen Geschwister, Thrym und Thrynga – ich hätte fünfzig Stücke roten Goldes und eine Falafelmahlzeit darauf gewettet, dass sie Riesen waren. Dieser Thrym hatte Thors Hammer und wollte ihn eintauschen gegen – ich schluckte Galle mit Essiggurkenaroma hinunter – Sam.

Du musst die Braut und den Brautpreis mitbringen, hatte Loki gesagt. *Ein Bündnis. Ein einmaliges Angebot.*

Loki hatte offenbar den Verstand verloren. Er wollte uns »helfen«, Thors Hammer zurückzuholen, indem er Samirah verheiratete?

Warum hatte Sam das nicht erwähnt?

Das arme Ding ist sicher verlegen, hatte Loki gesagt.

Ich dachte an die Panik in Sams Stimme, als wir im Café miteinander gesprochen hatten, daran, wie ihre Finger um ihren Kaffeebecher gezittert hatten. Kein Wunder, dass sie den Hammer so dringend finden wollte. Nicht nur, um die Welt vor der Invasion zu retten, bla, bla, bla. Wir retteten die Welt doch pausenlos. Sam wollte diesen Ehehandel verhindern.

Aber warum bildete sie sich denn ein, diese blöde Abmachung einhalten zu müssen? Loki hatte kein Recht, ihr zu sagen, was sie zu tun hatte. Sie war mit Amir verlobt. Sie liebte den Typen. Ich würde eine Armee aus Einherjern, magischen Elfen und elegant gekleideten Zwergen zusammenrufen und Jotunheim abfackeln, ehe ich zuließ, dass meine Freundin in die Ehe gezwungen würde.

Wie auch immer, ich musste mit ihr reden, und zwar bald.

Mühsam kroch ich aus dem Bett. Meine Knie fühlten sich noch immer so geschunden und alt an wie die von Randolph, aber ich wusste, das bildete ich mir nur ein. Ich humpelte zum Schrank und wünschte, ich hätte den Stock meines Onkels.

Ich zog mich an und holte mein Handy aus der Kochecke.

Das Display zeigte 19:02. Ich kam zu spät zum allnächtlichen Fest von Walhalla.

Ich hatte noch nie so lange gebraucht, um nach dem Tod in der Schlacht wiederaufzuerstehen. Meistens wurde ich als einer der Ersten wiedergeboren. Ich erinnerte mich daran, wie Alex Fierro über mir gestanden und mir gelassen mit ihrer Garotte den Kopf abgeschnitten hatte.

Ich sah meine Nachrichten durch. Noch immer nichts von Annabeth. Das sollte mich nicht überraschen, aber ich hatte doch Hoffnung gehabt. Gerade jetzt hätte ich meine Cousine mit ihrer Außenperspektive brauchen können, ihren scharfen Verstand, ihre Überzeugung, dass ich mit all diesen seltsamen Dingen fertigwerden würde.

Meine Tür sprang auf. Drei Raben kamen hereingeflogen, kreisten um meinen Kopf und landeten auf dem untersten Ast des Baumes im Innenhof. Sie starrten mich an, wie das nur Raben können, als wäre ich es nicht einmal wert, als Kadaver von ihnen verschlungen zu werden.

»Ich weiß, dass ich zu spät bin«, sagte ich zu ihnen. »Ich bin gerade erst aufgewacht.«

KRÖ!

KRÖ!

KRÖ!

Die wahrscheinlichste Übersetzung:

MACH!

SCHON!

BLÖDMANN!

Samirah würde bei dem Fest zugegen sein. Vielleicht könnte ich mit ihr reden.

Ich griff nach meiner Halskette und streifte sie mir über den Kopf. Der Runenanhänger fühlte sich an meinem Schlüsselbein tröstlich warm an, als ob Jack versuchte, mir Mut zuzusprechen. Oder vielleicht war er einfach guter Laune nach einem vergnüglichen Date mit einem feschen Speer. Egal, ich war froh, dass ich ihn wiederhatte.

Ich hatte das Gefühl, dass ich in den nächsten fünf Tagen kein Übungsschwert mehr benutzen würde. Die Lage schien nicht mehr lange unter Jacks Würde zu sein.

10 DIE UNANGENEHMSTE WIKINGERSAUSE ALLER ZEITEN

Als ob der Drachen-Donnerstag nicht schlimm genug gewesen wäre, nun war in der Festhalle auch noch Themenabend: ein hawaiianisches Luau.

Uäääh.

Ich konnte ja verstehen, dass die Hotelleitung das Leben hier irgendwie interessant gestalten musste, besonders für Recken, die seit dem Mittelalter auf den Letzten Tag warteten. Aber das mit dem Luau kam mir doch ein bisschen zu sehr vor wie Kulturschmarotzertum. (Die Wikinger waren als Kulturschmarotzer berüchtigt. Und dafür, dass sie die besagten Kulturen ausplünderten und in Schutt und Asche legten.) Außerdem war der Anblick von Tausenden von Einherjern in Hawaiihemden und Blumenketten etwa so, wie von einer Neonfarbengranate zwischen den Augen getroffen zu werden.

Die Festhalle war voll besetzt – Hunderte von Tischen waren arrangiert wie in einer Arena und alle schauten auf den Kampfring in der Mitte, wo ein wolkenkratzergroßer Baum unter dem riesigen Dachgewölbe seine Zweige ausbreitete. In der Nähe der Wurzeln drehte sich an einem Spieß über der Feuergrube unser übliches Abendessen: Sährimnir das Festschwein, das heute Abend ein hübsches Halsband aus Orchideen trug. Eine Ananas von der Größe einer Kleinstadt war ihm ins Maul gestopft worden.

Walküren flogen in der Halle hin und her, füllten Krüge, servierten Essen und konnten es auf irgendeine Weise verhindern, dass ihre Baströckchen an den flackernden Tikifackeln entlang der Gänge Feuer fingen.

»Magnus!«, rief T. J. und winkte mich zu sich. Sein Gewehr lehnte neben ihm, der Schaft war mit Klebeband geflickt worden.

Wir hatten keine festen Tische. Das hätte den Spaß ruiniert, miteinander um die besten Plätze zu kämpfen. An diesem Abend hatten meine Flurgenossen eine Spitzenposition auf dem dritten Absatz errungen, nur wenige Reihen vom Tisch der Thane entfernt.

»Da ist ja unsere Schlafmütze!« Halbgeboren grinste und seine Zähne waren durchsetzt von geröstetem Sährimnir. »*Alikarl*, mein Freund.«

Mallory versetzte ihm einen Rippenstoß. »Das heißt *aloha*, du Trottel.« Sie sah mich an und verdrehte die Augen. »*Alikarl* ist Altnordisch für Fettsack, und das weiß Halbgeboren verdammt gut.«

»Ist doch fast dasselbe.« Halbgeboren schlug gegen seinen goldenen Becher, um die Aufmerksamkeit der Walküren zu erregen. »Schwein und Wein für meinen Freund!«

Ich setzte mich zwischen Mallory und T. J. Bald standen vor mir ein Becher voll kaltem Met und ein Teller voll heißem Sährimnir mit Brot und Soße. Trotz all des Wahnsinns, den ich an diesem Tag erlebt hatte, hatte ich einen Mordshunger. Das ging mir immer so nach einer Wiederauferstehung. Ich langte zu.

Am Tisch der Thane saß die übliche Mischung aus toten Berühmtheiten. Ich erkannte Jim Bowie, Crispus Attucks und Ernie Pyle, die alle tapfer im Kampf gefallen waren, zusammen mit Helgi, dem Hotelmanager, und anderen alten Wikingertypen. Odins Thron in der Mitte war leer, wie üblich. Vermutlich erhielt Sam ab und zu einen Befehl des Allvaters, aber seit dem Ende unseres Einsatzes im

Januar hatte Odin sich nicht mehr persönlich blickenlassen. Vermutlich arbeitete er an seinem nächsten Buch – *Fünf Tage bis zur besten Götterdämmerung deines Lebens!* – und an der dazu passenden PowerPoint-Präsentation.

Links von den Thanen stand der Ehrentisch. An diesem Abend saßen dort nur zwei Personen: Alex Fierro und ihre walkürische Patin Samirah al-Abbas. Das bedeutete, dass in allen Neun Welten während der vergangenen vierundzwanzig Stunden nur Alex eines Todes gestorben war, der Walhalla verdiente.

Das war nicht zwangsläufig ungewöhnlich. An einem Abend konnten zwölf Neulinge dabei sein oder keiner. Aber ich konnte mich trotzdem nicht von dem Gefühl befreien, dass heute nur deshalb niemand eines tapferen Todes gestorben war, weil niemand mit Alex den Tisch teilen wollte. Zwei Walküren standen dahinter, als wollten sie einen möglichen Fluchtversuch verhindern.

Sams Körpersprache kam mir ganz schön steif vor. Ich war zu weit entfernt, um etwas zu hören, aber ich stellte mir vor, dass ihr Gespräch mit Alex ungefähr so verlief:

Sam: *krampfiger Small Talk.*

Alex: *noch krampfigerer Small Talk.*

Sam (nickend): *allerkrampfigster Small Talk.*

Neben mir schob T. J. seinen leeren Teller zurück. »Ganz schöner Kampf heute. So was habe ich noch nie gesehen«, er zog den Finger über seine Kehle, »so schnell und kaltblütig.«

Ich widerstand dem Drang, meinen Hals zu berühren. »Das war meine erste Enthauptung.«

»Macht keinen Spaß, was?«, fragte Mallory. »Was war mit dir los, du hast gedampft und standst offenbar kurz vor einer Explosion?«

Ich kannte meine Flurgenossen jetzt seit einiger Zeit. Ich vertraute ihnen wie meiner Familie – ich meine die *Annabeth*-Familie, nicht die *Onkel Randolph*-Familie. Ich erzählte ihnen alles: Loki in seinem grauenhaften grünen Smoking, der mich zu einer Hochzeit eingeladen hatte, die Träume von meinem Onkel, Hearth und Blitz und die Riesenzwillinge in der Bar.

»Thrym?« Halbgeboren Gunderson fischte sich einige Krümel aus dem Bart. »Den Namen kenne ich aus den alten Sagen. Das war einer der Erdriesenkönige, aber es kann unmöglich derselbe Typ sein. Dieser Thrym wurde vor Jahrhunderten schon dauerhaft umgebracht.«

Ich dachte an Otis die Ziege, die offenbar aus dem Nebel von Ginnungagap neu geformt werden konnte. »Riesen können also nicht, na ja, auferstehen?«

Halbgeboren schnaubte. »Nicht, dass ich wüsste. Wahrscheinlich ist das ein anderer Thrym. Aber wenn der Thors Hammer hat ...«

»Wir sollten vielleicht nicht herumerzählen, dass der verschwunden ist«, sagte ich.

»Nur zu richtig.« Mallory runzelte die Stirn. »Du sagst, dieser Riese hat Heiratspläne ...« Ihr Finger bewegte sich in Sams Richtung. »Weiß Sam denn überhaupt von diesem Plan?«

»Ich muss sie fragen«, sagte ich. »Jedenfalls haben wir fünf Tage. Und wenn dieser Riese Thrym dann seine Braut nicht bekommt ...«

»Dann holt er die Buschtrommel raus«, sagte T. J., »und teilt allen anderen Riesen mit, dass er Thors Hammer hat. Und dann fallen sie in Midgard ein.«

Ich beschloss, T. J. nicht daran zu erinnern, dass kein Schwein mehr Buschtrommeln benutzte.

Halbgeboren griff nach seinem Steakmesser und fing an, sich die Zähne zu säubern. »Kapier ich nicht, warum dieser Thrym so lange gewartet hat. Wenn er den Hammer seit Monaten hat, warum sind wir nicht schon längst angegriffen worden?«

Ich wusste keine Antwort, aber ich glaubte, dass es etwas mit Loki zu tun hatte. Wie immer flüsterte er anderen Dinge ein und zog hinter den Kulissen die Strippen. Was immer sich Loki von diesem seltsamen Hochzeitshandel versprach, eins stand für mich fest: Er wollte Thors Hammer nicht zurückholen, weil er einfach ein netter Kerl war.

Ich starrte durch die Halle zu Alex Fierro hinüber. Ich dachte daran, was sie gesagt hatte, als wir Grimwolf gegenüberstanden. *Er hat ihn meinetwegen geschickt. Er weiß, dass ich hier bin.*

Mallory stupste mich an. »Du denkst sicher dasselbe, was? Kann kein Zufall sein, dass Alex Fierro gerade jetzt hier reingeplatzt ist. Du meinst, Loki hat sie geschickt?«

Ich hatte das Gefühl, dass der Goldfisch aus der Badewanne mir zappelnd die Kehle hinunterrutschte. »Wie könnte Loki denn dafür sorgen, dass irgendwer zum Einherje wird?«

»Ach, mein Freund ...« T. J. schüttelte den Kopf. Mit seinem geblümten Hawaiihemd und seinem Waffenrock der Unionsarmee sah er aus wie ein Ermittler aus *Hawaii Five-O: 1862*. »Wie konnte Loki einen uralten Lindwurm in Walhalla loslassen? Wie konnte er den Südstaatlern bei der ersten Schlacht von Bull Run zu Hilfe kommen?«

»*Was* hat Loki getan?«

»Ich wollte damit sagen: Loki kann ganz schön viel«, sagte T. J. »Den darfst du niemals unterschätzen.«

Das war ein guter Rat. Dennoch ... als ich Alex Fierro anstarrte, konnte ich sie einfach nicht für eine Spionin halten. Sie war beängstigend und gefährlich, das schon. Und irgendwie nervig, auch das. Aber dass sie für ihren Vater arbeitete?

»Hätte Loki sich nicht jemanden gesucht, der ... etwas weniger auffällt?«, fragte ich. »Außerdem, als Loki in meinem Kopf war, hat er mir gesagt, ich dürfte Alex nicht mit auf die Hochzeit bringen. Sie würde alles ruinieren, hat er gesagt.«

»Umgekehrte Psychologie«, schlug Halbgeboren vor, während er sich noch immer mit dem Messer zwischen den Zähnen herumstocherte.

Mallory schnaubte. »Was weißt du denn von Psychologie, du Dorftrottel?«

»Oder umgekehrte umgekehrte Psychologie!« Halbgeboren ließ seine buschigen Augenbrauen zittern. »Dieser Loki hat es wirklich faustdick hinter den Ohren.«

Mallory bewarf ihn mit drei gekochten Kartoffeln. »Ich sag ja nur, dass wir Alex Fierro im Auge behalten müssen. Nachdem sie den Lindwurm getötet hatte ...«

»Mit etwas Hilfe meinerseits«, fügte T. J. hinzu.

»... ist sie in die Wälder verschwunden. Sie hat T. J. und mich unserem Schicksal überlassen. Dann brachen die restlichen Drachen plötzlich aus dem Nirgendwo über uns herein ...«

»Und brachten uns um«, sagte T. J. »Ja, das war schon ein bisschen seltsam.«

Halbgeboren grunzte. »Fierro ist ein Kind Lokis und ein Ergi. Auf Ergis ist im Kampf nie Verlass.«

Mallory schlug ihm auf den Arm. »Deine Einstellung ist noch empörender als dein Geruch!«

»Ich finde deine Empörung empörend!«, widersprach Halbgeboren. »Ergis sind keine Krieger. Mehr habe ich nicht gesagt.«

»Na gut, aber was ist denn nun ein Ergi?«, fragte ich. »Als du das zum ersten Mal gesagt hast, habe ich geglaubt, es sei ein Monster. Dann dachte ich, es sei vielleicht ein anderes Wort für Pirat, einer, der dauernd *argh!* ruft. Soll das eine Transgender-Person sein, oder was?«

»Ursprünglich bedeutete es ›unmännlich‹«, sagte Mallory. »Bei Wikingpöbel wie dem da ist es eine tödliche Beleidigung.« Sie bohrte Halbgeboren den Finger in die Brust.

»Bah«, sagte Halbgeboren. »Es ist nur eine Beleidigung, wenn du jemanden Ergi nennst, der kein Ergi ist. Genderfluidität ist ja wohl kaum etwas Neues, Magnus. Unter den Wikingern gab es jede Menge Ergis. Die hatten auch ihren Zweck. Einige der größten Priester und Geistlichen waren …« Er malte mit seinem Steakmesser Kreise in die Luft. »Ihr wisst schon.«

Mallory sah mich stirnrunzelnd an. »Mein Freund ist ein Neandertaler.«

»Überhaupt nicht«, widersprach Halbgeboren. »Ich bin ein aufgeklärter, moderner Mann aus dem Jahr 865 nach Christus. Wenn ihr dagegen mit den Einherjern von 700 redet, na ja … die sehen das alles nicht so locker.«

T. J. nippte an seinem Met und schaute ins Leere. »Während des Krieges hatten wir einen Späher aus dem Stamm der Lenape. Der – oder die – nannte sich Mother William.«

»Was für ein furchtbarer Kriegsname!«, sagte Halbgeboren entsetzt. »Wie soll man denn vor jemandem namens Mother William vor Angst zittern?«

T. J. zuckte mit den Schultern. »Ich gebe zu, die meisten von uns wussten nicht, was sie von ihm halten sollten. Seine Identität schien sich jeden Tag zu ändern. Er sagte, er habe zwei Geister in seinem Körper, einen männlichen und einen weiblichen. Aber ich kann euch sagen – toller Späher. Hat uns auf dem Marsch durch Georgia vor einem Hinterhalt gerettet.«

Ich sah zu, wie Alex aß, wie sie mit eleganten Bewegungen Möhren- und Kartoffelstücke von ihrem Teller aussuchte. Es war schwer zu glauben, dass diese eleganten Finger noch vor wenigen Stunden mit einem Draht einen Drachenkopf – und meinen eigenen – abgetrennt hatten.

Halbgeboren beugte sich zu mir herüber. »Es ist keine Schande, jemanden attraktiv zu finden, Magnus.«

Ich hätte mich fast an einem Stück Festschwein verschluckt. »Was? Nein, ich wollte nicht …«

»Glotzen?« Halbgeboren grinste. »Weißt du, die Priester des Frey wechselten gern. Bei den Erntefesten trugen sie lange Kleider und führten *umwerfende* Tänze auf …«

»Du verarschst mich«, sagte ich.

»Nix.« Halbgeboren kicherte. »Einmal in Uppsala bin ich einer reizenden …«

Er wurde in seiner Geschichte unterbrochen, weil jetzt Hörner durch die Halle schallten.

Am Tisch der Thane erhob sich Helgi. Seit dem Morgen hatte er sein Jackett geflickt und sich den Bart kürzer geschnitten, aber er trug jetzt einen überdimensionalen Helm, vermutlich, um zu verbergen, was Alex Fierro mit seiner zerzausten Bussard-Frisur angestellt hatte.

»Einherjer!«, seine Stimme dröhnte. »Heute Abend ist nur ein einziger gefallener Krieger zu uns gebracht worden, aber ich habe gehört, die Geschichte seines Todes ist absolut beeindruckend.« Er musterte Samirah al-Abbas stirnrunzelnd, wie um zu sagen: *Das möchte ich dir auch geraten haben.* »Also, Alex Fierro, erhebe dich und verblüffe uns mit deinen glorreichen Taten.«

WAS SOLL MAN DENN NOCH ALLES MACHEN, UM AN STANDING OVATIONS ZU KOMMEN?

11 Alex schien keine besondere Lust zu haben, uns zu verblüffen.

Sie stand auf, zupfte an ihrem Pullunder herum und sah sich in der Menge um, als ob sie uns allesamt zum Zweikampf herausfordern wollte.

»Alex, Sohn des Loki!«, stellte Helgi vor.

»Tochter«, korrigierte Alex. »Solange ich dir nichts anderes sage, heißt es Tochter.«

Am Ende des Tisches der Thane hustete Jim Bowie in seinen Metbecher. »Was ist denn jetzt los?«

Ernie Pyle flüsterte ihm etwas ins Ohr. Sie steckten die Köpfe zusammen. Pyle zog seinen Notizblock und einen Kugelschreiber hervor. Er zeichnete offenbar ein Diagramm für Bowie.

Helgis Gesicht zuckte. »Wie du wünschst, Tochter des Loki ...«

»Und du brauchst dich nicht verpflichtet zu fühlen, meinen Dad zu erwähnen«, fügte Alex hinzu. »Ich kann ihn nicht besonders gut leiden.«

Nervöses Gelächter pflanzte sich durch den Saal fort. Neben Alex ballte Samirah die Fäuste, wie um ihre Würgemuskeln aufzuwärmen. Ich glaubte nicht, dass sie sauer auf Alex war – auch Sam konnte Loki nicht leiden. Aber wenn die Thane aus irgendeinem Grund zu dem Schluss kämen, dass Alex keine würdige Wahl für Walhalla war, dann könnte Sam aus dem Walkürenbund gefeuert und nach Midgard verbannt werden. Das wusste ich, denn dasselbe war passiert, als sie mich hergeholt hatte.

»Na gut, Person, die das Kind irgendeines Elternteils ist.« Helgis Stimme war so trocken wie Odins leere Augenhöhle. »Dann zeig uns deine Taten, mit Hilfe von Walkürenvision!«

Diese Wikinger von heute und ihre neumodische Technologie … Um den Stamm des Baumes Lärad tauchten riesige holografische Bildschirme auf. Und nun liefen Aufnahmen von Samirahs Bodycam ab.

Sam war eine Expertin für Trigonometrie, Infinitesimalrechnung und Luftfahrt. Da hätte man doch meinen sollen, sie könnte auch mit einer Kamera umgehen. Falsch gedacht. Immer vergaß sie, wann sie die ein- oder ausschalten musste. Oft befestigte sie die Kamera falsch, so dass der ganze Film auf der Seite lag. Manchmal filmte sie komplette Einsätze, bei denen die Kamera nur Sams Nasenlöcher zeigte.

An diesem Abend war die Bildqualität gut, nur hatte Sam die Aufnahme viel zu früh beginnen lassen. Die Zeitanzeige stand auf 7.03 an diesem Morgen: Wir sahen das Wohnzimmer ihrer Großeltern, einen kleinen, aber ordentlichen Raum, mit einem niedrigen Kaffeetisch und zwei Wildledersofas. Über dem Kamin hing ein gerahmtes Blatt mit arabischer Kalligrafie – ein Wirbel aus goldener Tinte auf weißem Pergament. Eine stolze Ausstellung auf dem Kaminsims zeigte Bilder von Sam als kleinem Kind mit einem Spielzeugflugzeug, auf der Mittelschule auf dem Fußballplatz und auf der Highschool mit einem großen Pokal in der Hand.

Kaum hatte Sam gesehen, wo das Video sich eingeschaltet hatte, da unterdrückte sie ein Wimmern. Aber sie konnte den Film jetzt nicht mehr anhalten.

Das Video zeigte nun drei ältere Menschen, die Tee aus goldgeränderten Tassen tranken. Einen von ihnen kannte ich: Abdel Fadlan, den Besitzer von Fadlans Falafel. Seine silberne Mähne und der maßgeschneiderte Anzug waren nicht zu verkennen. Die anderen beiden waren sicher Sams Großeltern, Jid und Bibi. Jid sah aus wie der Weihnachtsmann oder Ernest Hemingway – mit breiter Brust und einem Mondgesicht mit schneeweißem Bart und einer Menge Lachfältchen, auch wenn er heute die Stirn runzelte. Er trug einen grauen Anzug, der ihm vor zwanzig Jahren und mit zehn Kilo weniger auf den Rippen sicher gut gepasst hatte. Bibi trug ein elegantes rotgoldenes Kleid und einen dazu passenden Hidschab. Sie saß in perfekter Haltung da, während sie dem Gast Tee einschenkte.

Nach dem Bildausschnitt ging ich davon aus, dass Sam auf einem Stuhl zwischen den beiden Sofas saß. Ungefähr drei Meter weiter, vor dem Kamin, lief Amir Fadlan aufgeregt hin und her und fuhr sich mit den Händen durch seine üppigen dunklen Haare. Er sah so umwerfend aus wie immer, in Röhrenjeans, weißem T-Shirt und eleganter Weste, aber sein übliches lässiges Lächeln war verschwunden. Er machte ein gequältes Gesicht, als ob soeben irgendwer auf sein Herz getreten hätte.

»Sam, ich versteh das nicht«, sagte er. »Ich liebe dich doch!«

Alle in der Halle riefen: »Ooooh!«

»Klappe halten«, fauchte Samirah sie an, aber das brachte sie nur zum Lachen. Ich konnte sehen, dass Sam all ihre Willenskraft aufbringen musste, um nicht zu weinen.

Das Video schaltete auf Schnelldurchlauf. Ich sah zu, wie Sam zu unserem Treffen im Thinking Cup flog und dort eine Mitteilung über eine mögliche 381-Situation erhielt.

Sie flog vom Café los und sauste durch den Park zur Downtown Crossing.

Sie jagte in Spiralen abwärts und schwebte dann über einer dunklen Sackgasse zwischen zwei baufälligen Theatern. Ich wusste genau, wo das war, es war um die Ecke von einer Herberge für Obdachlose. Heroinjunkies setzten sich in dieser Gasse gern einen Schuss, und deshalb war sie ein hervorragender Ort, um sich zusammenschlagen, ausrauben oder umbringen zu lassen.

Als Sam dort eintraf, war es gerade ein hervorragender Ort, um von blutrünstigen, leuchtenden Wölfen überfallen zu werden.

An der hinteren Mauer hatten drei riesige Exemplare einen alten Obdachlosen in die Enge getrieben. Das Einzige, was ihn noch von dem sicheren Tod trennte, war ein Einkaufswagen voller leerer Konservendosen.

Mein Abendessen gelierte in meinem Magen. Die Wölfe schürten so viele Erinnerungen an den Mord an meiner Mutter. Selbst, wenn sie nicht so groß gewesen wären wie ausgewachsene Pferde, hätte ich sie überall erkannt. Midgard-Wölfe. Blauer phosphoreszierender Nebel klebte an ihrem Fell und ließ Wellen aus Licht über die Ziegelmauern huschen. Ihre Gesichter waren ebenfalls ausdrucksvoll, mit menschenähnlichen Augen und spöttisch verzogenen Lippen. Das waren die Kinder des Fenriswolfs. Sie liefen langsam hin und her, sie fauchten und witterten, und sie genossen den Geruch der Angst, den ihre Beute absonderte.

»Weg!«, krächzte der alte Mann und stieß seinen Einkaufswagen auf die Tiere zu. »Ich sag doch, ich will das nicht! Ich glaube nicht daran!«

In der Festhalle murmelten die Einherjer unzufrieden vor sich hin.

Ich hatte schon Geschichten über moderne Halbgötter gehört –

Söhne und Töchter von norwegischen Göttern und Göttinnen, die ihr Schicksal nicht akzeptieren wollten. Statt zu kämpfen, wenn Monster auftauchten, ergriffen sie die Flucht und versteckten sich. Einige zweifelten ganz einfach an ihrem Verstand. Sie nahmen Medikamente. Sie ließen sich in eine Klinik einweisen. Andere wurden Alkoholiker oder Junkies und endeten auf der Straße. Dieser Typ war sicher einer von ihnen.

Ich konnte in der Festhalle Mitleid und Ekel spüren. Der alte Mann hatte vielleicht sein ganzes Leben auf der Flucht verbracht, aber jetzt steckte er fest. Statt als Held nach Walhalla zu kommen, würde er den Tod eines Feiglings sterben und im kalten Land der Hel enden – das schlimmste Schicksal, das ein Einherje sich vorstellen konnte.

Dann rief am Eingang zur Gasse eine Stimme: »He!«

Alex Fierro stand breitbeinig da, die Hände in die Seiten gestemmt wie Supergirl – wenn Supergirl grüne Haare hätte und einen rosa-grünen Pullunder trüge.

Alex war sicher nur zufällig vorbeigekommen. Vielleicht hatte sie den alten Mann rufen und die Wölfe knurren gehört. Es gab keinen Grund für sie, sich einzumischen. Die Wölfe konzentrierten sich dermaßen auf ihre Beute, dass sie Alex nie im Leben bemerkt hätten.

Und doch griff sie die Bestien an, verwandelte sich mitten in der Bewegung und stürzte sich als Schäferhund in den Kampf.

Trotz des Größenunterschiedes konnte Alex den größten Wolf zu Boden werfen. Sie schlug ihm ihre Hauzähne in den Hals. Das Biest zappelte und fauchte, aber Alex sprang zurück, ehe es zubeißen konnte. Als der verletzte Wolf mühsam auf die Beine kam, griffen die anderen beiden an.

So schnell wie fließendes Wasser nahm Alex nun wieder menschliche Gestalt an. Sie benutzte ihren Draht als Peitsche und schlug damit um sich. Mit einem einzigen Schlag konnte sie den einen Wolf enthaupten.

»Oooooh!«, sagten die Zuschauer beifällig.

Ehe Alex noch einmal zuschlagen konnte, griff der andere Wolf an. Die beiden wälzten sich durch die Gasse. Alex verwandelte sich wieder in den Schäferhund, sie kratzte und biss, war aber nicht mit ihrer üblichen Gewichtsklasse konfrontiert.

»Werd doch was Größeres«, murmelte ich zu meiner Überraschung. Aber aus irgendeinem Grund hörte Alex nicht auf mich.

Ich hatte Hunde immer gern gemocht – lieber als die meisten Menschen, und auf jeden Fall lieber als Wölfe. Es fiel mir schwer, mit anzusehen, wie der Wolf sich über den Schäferhund hermachte, wie er an Alex' Schnauze und Kehle riss, wie er ihr Fell mit Blut verschmierte. Endlich konnte Alex ihre Gestalt wieder ändern – sie schrumpfte zu einer Eidechse und glitt unter ihren Angreifern davon. Einige Schritte weiter wurde sie wieder zum Menschen, ihre Kleider waren zerfetzt und ihr Gesicht eine furchtbare Maske aus Kratzwunden und Bissspuren.

Leider war der erste Wolf jetzt wieder zur Besinnung gekommen. Er heulte vor Wut – ein Geräusch, das von den umstehenden Häusern zurückgeworfen wurde und in der Gasse widerhallte. Mir ging auf, dass ich dasselbe Geheul von der anderen Seite der Stadt gehört hatte, als ich mit dem Ziegenkiller kämpfte.

Zusammen rückten die beiden verbliebenen Wölfe auf Alex vor und ihre blauen Augen flackerten vor Hass.

Alex fummelte an dem Pullover herum, den sie sich um die Hüften gebunden hatte. Jetzt wurde klar, warum sie ihn trug: Der Pullover verbarg ein Jagdmesser in ihrem Gürtel. Sie zog die Waffe und warf sie dem Obdachlosen zu.

»Hilf mir!«, schrie sie. »Wehr dich!«

Das Messer schlitterte über den Asphalt. Der alte Mann wich zurück und behielt seinen Einkaufswagen zwischen sich und dem Kampfgetümmel.

Die Wölfe griffen Alex wieder an.

Endlich versuchte sie, sich in etwas Größeres zu verwandeln – vielleicht einen Büffel oder einen Bären, schwer zu sagen, aber ich nehme an, sie hatte nicht mehr genug Kraft. Sie fiel zurück in ihre menschliche Gestalt, als die Wölfe sie ansprangen und zu Boden rissen.

Sie kämpfte verbissen, sie wickelte ihre Garotte dem einen Wolf um den Hals, trat den anderen, aber sie war allein gegen zwei und hatte schon zu viel Blut verloren. Es gelang ihr noch, den größeren Wolf zu erdrosseln, er brach über ihr zusammen und drückte sie zu Boden. Das überlebende Biest packte sie an der Kehle. Sie schloss die Hände um seinen Hals, aber ihre Augen blickten schon ins Leere.

Viel zu spät hob der alte Mann das Messer auf. Er drückte sich an der Wand entlang auf den letzten Wolf zu. Mit einem angsterfüllten Schrei bohrte er ihm die Klinge in den Rücken.

Das Monster fiel tot um.

Er trat vom Schauplatz zurück – drei tote Wölfe, deren Fell noch immer in vagem Neonblau leuchtete, Alex Fierro, die röchelnd ihr Leben aushauchte, während sich eine Blutlache wie ein Heiligenschein um ihren Kopf ausbreitete.

Der alte Mann ließ das Messer fallen und rannte schluchzend davon.

Die Kamera zeigte in Großaufnahme, wie Samirah al-Abbas zu der gefallenen Kämpferin hinunterschwebte und die Hand ausstreckte. Aus dem geschundenen Körper von Alex Fierro schwebte ein schimmernder goldener Geist nach oben und schien sich schon jetzt über diesen unerwarteten Ruf zu ärgern.

Das Video wurde dunkel. Es zeigte nicht, wie Alex sich mit Sam gestritten hatte, wie Alex ihr ein blaues Auge verpasste, oder welches Chaos sie auslöste, als sie dann in Walhalla eintraf. Vielleicht war der Akku von Sams Kamera leer gewesen. Oder Sam hatte das Video an dieser Stelle angehalten, damit Alex mehr wie eine Heldin wirkte.

In der Festhalle war es jetzt still, abgesehen von dem Knistern der Tikifackeln. Dann brachen die Einherjer in Applaus aus.

Die Thane sprangen auf. Jim Bowie wischte eine Träne aus dem Auge. Ernie Pyle putzte sich die Nase. Sogar Helgi, der vor wenigen Minuten noch wütend ausgesehen hatte, weinte ganz offen, während er Alex Fierro applaudierte.

Samirah sah sich um, offensichtlich überwältigt von dieser Reaktion.

Alex hätte ebenso gut eine Statue sein können. Ihre Augen waren weiterhin auf die dunkle Stelle gerichtet, wo eben noch der Video-Bildschirm gewesen war, als ob sie durch pure Willenskraft ihren Tod rückgängig machen könnte.

Als der Applaus verhallt war, hob Helgi seinen Becher: »Alex Fierro, du hast ohne Aussicht auf Sieg gekämpft, ohne einen Gedanken an deine eigene Sicherheit, um einen Schwächeren zu retten. Du hast diesem Mann eine Waffe angeboten, eine Möglichkeit, seine Ehre wiederherzustellen und nach Walhalla zu gelangen! So viel Tapferkeit und Ehre in einem Kind des Loki ist ... ist wirklich außergewöhnlich.«

Sam sah aus, als ob sie Helgi gerne ein paar ganz auserlesene Verwünschungen an den Kopf geworfen hätte, aber sie wurde von neuem Applaus davon abgehalten.

»Wir haben inzwischen gelernt«, sagte nun Helgi, »die Kinder des Loki nicht zu streng zu beurteilen. Erst kürzlich wurde Samirah al-Abbas unwalkürenhaftes Verhalten vorgeworfen und wir haben ihr verziehen. Und hier haben wir abermals einen Beweis für unsere Weisheit!«

Neuer Applaus. Die Thane nickten und klopften sich gegenseitig auf den Rücken, wie um zu sagen: *Was sind wir doch weise und weltoffen! Da haben wir uns wirklich ein Plätzchen verdient.*

»Und damit nicht genug«, fügte Helgi hinzu. »Solcher Heroismus von einem Ergi!« Er grinste die anderen Thane an, um seine Überraschung zu teilen. »Ich weiß wirklich nicht, was ich sagen soll. Wahrlich, Alex Fierro, du hast dich über alles erhoben, was wir von deinesgleichen erwartet hätten. Auf Alex Fierro!« Er hob seinen Becher. »Auf einen blutigen Tod!«

»AUF EINEN BLUTIGEN TOD!«, brüllte die Menge.

Niemand schien zu bemerken, wie fest Alex die Fäuste ballte und wie wütend sie den Tisch der Thane anstarrte. Ich vermutete, dass sie Helgis Wortwahl nicht immer so ganz zu schätzen wusste.

Helgi machte sich nicht die Mühe, eine Völva oder Seherin zu rufen, um Alex' Schicksal aus den Runen zu lesen, wie er das bei meinem Eintreffen in Walhalla gemacht hatte. Er ging wohl davon aus, dass die Thane schon wussten, was Fierro Großes vollbringen würde, wenn sie in der Götterdämmerung dann allesamt in den Tod preschten.

Die Einherjer schalteten jetzt voll auf Party-Modus um. Sie lachten und rangen und schrien nach mehr Met. Walküren flogen in Baströckchen und Blumenketten herum und füllten die Krüge, so schnell sie konnten. Musikanten stimmten altnordische Tanzstücke an, die sich anhörten wie akustischer Death Metal, gespielt von streunenden Katzen.

Für mich dämpften zwei Dinge die Partystimmung.

Erstens wandte sich Mallory Keen an mich. »Meinst du noch immer, dass Alex eine legitime Einherje ist? Wenn Loki eine Agentin in Walhalla einschmuggeln wollte, hätte er ihr keinen besseren Zugang verschaffen können …«

Bei diesem Gedanken kam ich mir wieder vor wie auf Randolphs Boot, wo ich von fünf Meter großen Wellen hin und her geworfen wurde. Ich wollte Alex gern vertrauen, bis zum Beweis des Gegenteils. Sam hatte mir gesagt, dass man sich unmöglich durch Betrug den Weg nach Walhalla erschleichen könnte. Aber ich musste mich rund um die Uhr mit Unmöglichkeiten abfinden, seit ich zum Einherje geworden war.

Das Zweite, was passierte: Ich nahm irgendwo über mir eine blitzschnelle Bewegung wahr. Ich schaute zur Decke hoch und erwartete eine hochfliegende Walküre oder vielleicht eines der Tiere, die im Baum Lärad hausten. Stattdessen lehnte mehr als dreißig Meter über mir, fast schon in der Dunkelheit verloren, eine in Schwarz gekleidete Gestalt in einer Astgabel und klatschte langsam in die Hände, während sie unserer Feier zusah. Auf ihrem Kopf saß ein Stahlhelm mit dem Gesicht eines Wolfes als Visier.

Ehe ich sagen konnte: »Schaut mal, da sitzt ein Ziegenkiller im Baum«, blinzelte ich und die Gestalt war verschwunden. Von der Stelle, wo sie gesessen hatte, flatterte ein einzelnes Blatt herab und landete in meinem Metbecher.

12 SAMIRAH UND MAGNUS SITZEN IN EINEM BAUM UND R-E-D-E-N

Als die Massen aus der Halle strömten, entdeckte ich Samirah, die gerade wegfliegen wollte.

»He!«, schrie ich, aber sie konnte mich durch den Lärm der herumbrüllenden Einherjer natürlich nicht hören.

Ich zog meinen Anhänger von der Kette und sagte zu Jack: »Flieg hinter Sam her, ja? Sag ihr, dass ich mit ihr reden muss.«

»Ich kann noch was Besseres tun«, sagte Jack. »Halt dich fest.«

»Boah. Du kannst mich tragen?«

»Ein kurzes Stück, ja.«

»Warum hast du mir das noch nie gesagt?«

»Ich hab es schon ganz oft erwähnt. Und es steht in der Gebrauchsanweisung.«

»Jack, du hast keine Gebrauchsanweisung.«

»Halt dich einfach fest. Aber du weißt ja, wenn du mich erst wieder zum Anhänger gemacht hast, wirst du das Gefühl haben …«

»Als ob ich mich selbst durch die Luft getragen hätte«, vermutete ich. »Und dann werde ich bewusstlos oder was auch immer. Schön. Los geht's.«

Ein Flug mit Air Jack war absolut nicht elegant. Ich sah auch nicht aus wie ein Superheld oder eine Walküre. Ich sah aus wie ein Typ, der an einem Schwertgriff hängt, während das Schwert in die

Höhe jagt – ich hatte den Hintern zusammengekniffen und meine Beine baumelten hin und her. Irgendwo auf Höhe der zwanzigsten Galerie verlor ich einen Schuh. Ich wäre zweimal fast in den Tod gestürzt. Ansonsten, ja, wertvolle Erfahrung.

Als wir Sam fast erreicht hatten, rief ich: »Schau mal nach links!«

Sie drehte sich um und hielt mitten in der Luft inne. »Magnus, was machst du …? Oh, hallo, Jack.«

»Was geht? Können wir irgendwo landen? Der Kerl hier ist schwer.«

Wir landeten auf dem nächstbesten Ast. Ich erzählte Sam von dem Ziegenkiller, der sich oben im Baum Lärad herumgedrückt hatte, und sie jagte davon, um die Walküren zu informieren. Ungefähr fünf Minuten später kam sie zurück und unterbrach Jacks Version von »Hands To Myself«.

»Das ist gar nicht gut«, sagte Sam.

»Ich weiß«, sagte ich. »Selena Gomez kriegt Jack einfach nicht hin.«

»Nein, ich meine den Mörder«, sagte Sam. »Er ist verschwunden. Wir haben das gesamte Hotelpersonal alarmiert, aber«, sie zuckte mit den Schultern, »er ist nirgendwo zu finden.«

»Kann ich mein Lied jetzt zu Ende singen?«, fragte Jack.

»Nein!«, sagten Sam und ich wie aus einem Munde.

Ich hätte Jack fast befohlen, wieder zum Anhänger zu werden. Dann fiel mir ein, dass ich wahrscheinlich für vierundzwanzig Stunden bewusstlos sein würde, wenn er das wirklich machte.

Sam setzte sich neben mich.

Tief unter uns verließen die letzten Gäste des Abendessens die Halle. Meine Freunde aus dem neunzehnten Stock, T. J., Mallory und Halbgeboren, nahmen Alex Fierro in die Mitte und führten sie hinaus. Von hier aus war schwer zu sagen, ob es eine freundliche, kumpelhafte Begleitung war oder eine Art Bewachung, damit Alex nicht irgendwen umbrachte.

Sam folgte meinem Blick. »Du hast Zweifel, was sie betrifft, das weiß ich. Aber sie hat es verdient, hier zu sein, Magnus. Wie sie gestorben ist ... ich bin so sicher, dass es eine Heldentat war, wie damals bei dir, Magnus.«

Da ich mir da selbst nie so sicher gewesen war, konnte Sams Bemerkung meine Besorgnis auch nicht gerade zerstreuen.

»Was macht dein Auge?«

Sie berührte die geschwollene Stelle. »Nicht der Rede wert. Alex ist einfach durchgedreht. Ich hab das nicht sofort verstanden, aber wenn du jemanden an der Hand nimmst, um ihn nach Walhalla zu bringen, kannst du einen Blick in seine Seele werfen.«

»Ist das auch passiert, als du mich geholt hast?«

»Bei dir war nicht viel zu sehen. Da ist es sehr dunkel.«

»Guter Spruch!«, sagte Jack.

»Gibt es eine Rune, die euch beide zum Klappehalten bringen könnte?«, fragte ich.

»Alex war wütend und verängstigt«, fuhr Sam fort. »Nachdem ich sie hier abgesetzt hatte, ging mir auf, warum. Sie ist genderfluid. Sie dachte, wenn sie zur Einherje würde, müsste sie in alle Ewigkeit in einem Geschlecht festsitzen. Und die Vorstellung fand sie einfach grauenhaft.«

»Ach«, sagte ich, was die Abkürzung war von *Ich verstehe, obwohl ich gar nichts verstehe.*

Ich steckte schon mein ganzes Leben lang in einem Geschlecht fest. Probleme hatte mir das nie gemacht. Jetzt fragte ich mich, was das für Alex wohl für ein Gefühl sein würde. Der einzige Vergleich, der mir einfiel, war kein guter. Meine Lehrerin in der zweiten Klasse, Miss Worger alias Miss Würger, hatte mich gezwungen, mit der rechten Hand zu schreiben, obwohl ich Linkshänder bin. Schließlich hatte sie meine linke Hand an der Tischplatte festgeklebt. Meine Mom war in die Luft gegangen, als sie das erfahren hatte, aber ich erinnere mich noch immer an das Gefühl der Panik, weil ich mich gefesselt fühlte und auf diese unnatürliche Weise schreiben musste, nur weil Miss Worger erklärt hatte: *Das ist die normale Weise, Magnus. Also jammer nicht. Du wirst dich daran gewöhnen.*

Sam seufzte. »Ich gebe zu, ich habe nicht viel Erfahrung mit …«

Jack in meiner Hand wurde ungeheuer aufmerksam: »Ergis? Ach, die sind super. Einmal sind ich und Frey …«

»Jack …«, sagte ich.

Seine Runen verblassten zu einem gedämpften Magentarot. »Na gut. Dann lieg ich hier eben wie ein *lebloser Gegenstand.*«

Das entlockte Sam dann doch ein Lachen. Sie hatte ihre Haare jetzt offen, wie oft in Walhalla. Sie hatte mir erzählt, dass sie das Hotel als zweites Zuhause und die Einherjer und Walküren als Teil einer Familie betrachtete, deshalb hatte sie beschlossen, den Hidschab hier nicht tragen zu müssen. Ihre dunklen Locken fielen über ihre Schultern, und ihr grünes Tuch lag um ihren Hals und schimmerte, als ob es versuchte, seine magische Tarnung zu aktivieren. Das war ein wenig beunruhigend, weil Sams Schultern und Hals immer wieder zu verschwinden schienen.

»Hast du Probleme mit Alex Fierro?«, fragte ich. »Ich meine … dass sie transgender ist? Wo du doch religiös bist und so?«

Sam hob eine Augenbraue. »Da ich ›religiös bin und so‹, hab ich hier mit ganz schön vielen Sachen Probleme.« Sie beschrieb mit der Hand einen Bogen. »Ich musste tief in mich gehen, als mir klar wurde, wer mein Dad ist … du weißt schon, *Loki* eben. Ich kann noch immer nicht hinnehmen, dass die nordischen Gottheiten echte *Götter* sein sollen. Sie sind einfach nur mächtige Wesen. Einige sind wie meine nervigen Verwandten. Sie sind auch nur Geschöpfe Allahs, des einzigen Gottes, so wie du und ich.«

»Vergiss nicht, dass ich Atheist bin, ja?«

Sie schnaubte. »So könnte ein Witz anfangen, oder? *Treffen sich ein Atheist und eine Muslimin im Nachleben.* Aber egal, dass Alex transgender ist, ist noch mein geringstes Problem. Ich mache mir viel mehr Sorgen wegen ihrer Verbindung zu unserem Vater.«

Sam fuhr mit einem Finger die Lebenslinie in ihrer Hand nach. »Alex ändert ihre Gestalt so oft. Sie begreift nicht, wie gefährlich es ist, sich von Lokis Kräften abhängig zu machen. Du darfst ihm nicht mehr Macht über dich geben, als er ohnehin schon hat.«

Ich runzelte die Stirn. Samirah hatte mir schon einmal so etwas gesagt – dass sie ihre Gestalt ungern änderte, weil sie nicht werden wollte wie ihr Dad, aber ich begriff das nicht. Wenn ich meine Gestalt ändern könnte, würde ich mich so ungefähr alle zwei Minuten in einen Eisbären verwandeln und aller Welt eine Heiden-Helheim-Angst einjagen.

»Von was für einer Macht reden wir hier?«

Sie wich meinem Blick aus. »Vergiss es. Du bist nicht hinter mir hergeflogen, um über Alex Fierro zu reden, oder?«

»Stimmt.« Ich erzählte, was auf dem Schlachtfeld passiert war – das mit dem Drachen und wie Loki in einem grauenhaften Smoking in meinen Kopf eingedrungen war und mich zu einer Hochzeit eingeladen hatte. Dann erzählte ich ihr von meinen Träumen und dass diese Hochzeit offenbar die von Sam sein sollte, mit einem Barbesitzer namens Thrym, der ein Riese mit Walrossstimme war und die übelstriechenden Gewürzgurken in ganz Jotunheim servierte.

Einiges davon war auch für Jack neu. Trotz seines Versprechens, sich leblos zu verhalten, keuchte er auf und schrie an allen passenden und unpassenden Stellen: »Das soll wohl ein Witz sein!«

Als ich fertig war, schwieg Sam. Ein kalter Hauch schwebte zwischen uns hindurch, wie ein Leck in einer Klimaanlage.

Tief unter uns waren jetzt die Putzkolonnen aufmarschiert. Raben sammelten die Teller und Tassen ein. Wolfsrudel fraßen die Essensreste und leckten den Boden rein. Hier in Walhalla nahmen wir es sehr genau mit der Hygiene.

»Ich wollte es dir eigentlich sagen«, sagte Sam endlich. »Es ist alles so schnell gegangen. Es ist ... einfach über mich hereingebrochen.«

Sie wischte sich eine Träne von der Wange. Ich hatte Sam noch nie weinen sehen. Ich hätte sie gern getröstet – sie umarmt, ihre Hand gestreichelt oder so, aber Sam stand nicht so auf Körperkontakt, obwohl ich auch zu ihrer walhallischen Großfamilie gehörte.

»So bringt Loki also dein irdisches Leben durcheinander«, tippte ich. »Hat er deine Großeltern besucht? Amir?«

»Er hat ihnen *Einladungen* überreicht.« Sam zog eine aus ihrer Tasche und reichte sie mir: goldene Kursivschrift auf grünem Karton, genau wie die, die Loki Onkel Randolph in die Hand gedrückt hatte.

Der unvergleichliche Loki und noch einige andere
laden ein zur Hochzeit von
Samirah al-Abbas bint Loki
und
Thrym, Sohn des Thrym, Sohn des Thrym.
Zeit:
Heute in fünf Tagen
Ort:
Wird noch mitgeteilt

Grund:
Besser Hochzeit als das Ende der Welt
Geschenke sind willkommen
Tanz und wilde heidnische Opfer nach der Zeremonie

Ich schaute auf: »Wilde heidnische Opfer?«

»Du kannst dir ja vorstellen, wie das bei meinen Großeltern angekommen ist.«

Ich sah mir wieder die Einladung an. Die *Zeit*-Zeile schimmerte, *fünf* wurde langsam zu *vier*. Auch die *Orts*-Zeile sah irgendwie holografisch aus, als ob dort bald die Adresse auftauchen würde. »Hättest du deinen Großeltern nicht sagen können, dass das ein Witz sein soll?«

»Nicht, wenn mein Vater die Einladung persönlich überbringt.«

»Oh.«

Ich stellte mir Loki am Esstisch bei den al-Abbas vor, wie er Tee aus einer der wunderschönen goldenen Tassen nippte. Ich stellte mir vor, wie Jids Weihnachtsmanngesicht immer röter wurde, wie Bibi sich alle Mühe gab, ihre königliche Haltung beizubehalten, während unter dem Rand ihres Hidschabs wütender Rauch hervorquoll.

»Loki hat ihnen alles erzählt«, sagte Sam. »Wie er meine Mom kennengelernt hat, wie ich zur Walküre geworden bin, einfach alles. Er hat ihnen gesagt, sie hätten kein Recht, für mich eine Ehe zu arrangieren, weil er als mein Dad das schon übernommen habe.«

Jack zitterte in meiner Hand. »Man muss auch das Gute sehen«, sagte er. »Das ist eine sehr schöne Einladung.«

»Jack …«, sagte ich.

»Stimmt. Ich bin ein lebloser Gegenstand.«

»Bitte, sag mir, dass deine Großeltern nicht einverstanden

waren«, sagte ich. »Sie denken doch wohl nicht, dass du einen Riesen heiratest.«

»Sie wissen nicht, was sie denken sollen.« Sam griff wieder nach der Einladung. Sie starrte sie an, als ob sie hoffte, dass sie in Flammen aufgehen würde. »Sie hatten einen Verdacht, was die Beziehung meiner Mutter anging. Ich habe dir ja gesagt, meine Familie hat seit vielen Generationen Kontakt zu den nordischen Göttern. Die Götter fühlen sich irgendwie ... zu meiner Sippe hingezogen.«

»Willkommen im Club«, murmelte ich.

»Aber Jid und Bibi wussten nicht, welche Ausmaße das hat, bis Loki auftauchte und ihnen einen Höllenschreck einjagte. Was sie vor allem verletzt hat, war, dass ich ihnen mein Leben als Walküre verschwiegen hatte.« Wieder lief eine Träne an ihrer Nase hinab. »Und Amir ...«

»Das war das Video, das wir auf Walkürenvision gesehen haben«, vermutete ich. »Er und sein Vater waren heute Morgen bei euch und du hast versucht, alles zu erklären.«

Sie nickte und zupfte an einer Ecke der Einladung herum. »Mr Fadlan begreift nicht, was da vor sich geht, nur, dass es irgendein Missverständnis gibt. Aber Amir ... wir haben heute Nachmittag noch einmal geredet, und ich habe ihm ... die Wahrheit gesagt. Alles. Und ich habe ihm versprochen, dass ich mich niemals zu dieser wahnwitzigen Heirat mit Thrym bereit erklären werde. Aber ich weiß nicht, ob Amir mir noch glaubt. Er muss mich doch für verrückt halten ...«

»Wir finden schon einen Ausweg«, versprach ich ihr. »Natürlich wirst du keinen Riesen heiraten müssen.«

»Du kennst Loki nicht so gut wie ich, Magnus. Er kann mein ganzes Leben in Schutt und Asche legen. Er hat schon angefangen. Er hat Methoden, da ...« Sie zögerte. »Die Sache ist die: Er hat beschlossen, dass er als Einziger wegen Thors Hammer verhandeln kann. Ich weiß nicht, was er sich davon verspricht, aber es kann nichts Gutes sein. Und wir können ihn nur aufhalten, wenn wir vor ihm den Hammer finden.«

»Dann machen wir das«, sagte ich. »Wir wissen ja, dass dieser Thrym ihn hat. Also holen wir ihn uns. Oder noch besser, wir sagen Thor Bescheid und er kann ihn sich holen.«

Auf meinen Knien summte und glühte Jack. »So einfach ist das nicht, Señor. Selbst, wenn ihr Thryms Festung finden könntet, wäre er ja nicht so blöd, Thors Hammer dort aufzubewahren. Er ist ein Erdriese. Er kann ihn buchstäblich überall in der Erde vergraben haben.«

»Im Hügel des Grabwichts«, sagte Sam.

»In Provincetown«, sagte ich. »Du meinst noch immer, das ist die wahrscheinlichste Lösung? Obwohl uns dieser Ziegenkiller verfolgt und behauptet, es sei eine Falle?«

Sam starrte durch mich hindurch. Sie schien den Horizont zu beobachten und sich vorzustellen, wie aus der Bombe, die Loki auf ihre Zukunft geworfen hatte, ein Atompilz wuchs. »Ich muss es versuchen, Magnus. Im Hügel des Grabwichts. Morgen, gleich als Erstes.«

Ich fand die Vorstellung grauenhaft. Aber mir fiel auch nichts Besseres ein.

»Schön. Hast du schon mit Hearth und Blitz gesprochen?«

»Mit denen treffen wir uns auf Cape Cod.« Sie stand auf und zerknüllte die Hochzeitseinladung. Ehe ich einwenden konnte, dass wir die vielleicht noch brauchen würden, hatte sie sie auch schon den Raben und Wölfen hingeworfen. »Wir sehen uns nach dem Frühstück. Und nimm einen Mantel mit. Es könnte ein kalter Morgen zum Fliegen werden.«

13 GANZ RUHIG. DAS IST NUR EINE KLEINE TODESWEISSAGUNG

Sowie Jack wieder zum Anhänger geworden war, wurde ich für die nächsten zwölf Stunden bewusstlos.

Am Morgen erwachte ich mit schmerzenden Armen und Beinen, als ob ich die ganze Zeit mit einem von meinem Knöchel baumelnden Einherje durch die Luft geflattert wäre.

Alex Fierro glänzte beim Frühstück durch Abwesenheit, obwohl T. J. mir versicherte, dass er ihr einen Zettel unter der Tür durchgeschoben hatte, um ihr mitzuteilen, wo für Stock neunzehn serviert wurde.

»Sie schläft sicher noch«, sagte ich. »Das war schließlich ein anstrengender erster Tag für sie.«

»Falls sie nicht die Mücke da ist.« Halbgeboren zeigte auf ein Insekt, das am Salzstreuer hochkrabbelte. »Bist du das, Fierro?«

Die Mücke gab keine Antwort.

Meine Freunde versprachen, in Alarmbereitschaft zu bleiben und alles Notwendige zu unternehmen, um Loki mit vorgehaltener Pistole in fünf (jetzt vier) Tagen an dieser Hochzeit zu hindern.

»Wir werden auch ein Auge auf Fierro haben«, versprach Mallory und sah die Mücke mit düsterer Miene an.

Ich konnte gerade noch einen Bagel hinunterschlingen, bis Sam eintraf und mich zu den Stallungen über dem Trainingsraum von Stock 422 führte.

Immer, wenn Sam sagte, »jetzt fliegen wir«, war ich unsicher, was sie meinte.

Walküren konnten sehr gut aus eigener Kraft fliegen. Sie waren stark genug, um zumindest noch einen anderen Menschen zu tragen, und vielleicht wollte sie mich in eine große Einkaufstasche stopfen und nach Cape Cod schleppen.

Oder vielleicht meinte sie auch »fliegen« im Sinn von »wir stürzen von einer Klippe in den Tod«. Ich fand, wir machten das reichlich oft.

Heute meinte sie, »auf einem fliegenden Pferd reiten«. Ich wusste nicht so recht, wieso Walküren fliegende Pferde hatten. Vermutlich einfach, weil die cool aussahen. Außerdem hat ja schließlich niemand Lust, auf einem Lindwurm in den Kampf zu reiten und auf und ab zu wackeln wie eine Mischung aus Cowboy, Truthahn und Schlange.

Sam sattelte einen weißen Hengst. Sie stieg auf seinen Rücken und zog mich hinter sich, dann galoppierten wir durch die Stalltore in den Himmel über Boston.

Sie hatte recht gehabt, was die Kälte betraf. Die machte mir zwar nichts aus, aber es wehte ein starker Wind und Sams Hidschab flog mir dauernd in den Mund. So ein Hidschab steht für Bescheidenheit und Frömmigkeit, darum glaubte ich nicht, dass Sam es gut finden würde, wenn er aussähe, als ob ich darauf herumgekaut hätte.

»Ist es noch weit?«, fragte ich.

Sam schaute sich um. Die Schwellung unter ihrem Auge war zurückgegangen, aber sie wirkte noch immer zerstreut und erschöpft. Ich fragte mich, ob sie überhaupt geschlafen hatte.

»Sind bald da«, sagte sie. »Halt dich fest.«

Ich war schon oft genug mit Sam geflogen, um diese Warnung ernst zu nehmen. Ich presste meine Beine um die Rippen des Pferdes und schlang die Arme um Sams Taille. Als wir durch die Wolken nach unten fielen, rief ich vielleicht auch *Meinfretur!*

Mein Hintern wurde im Sattel schwerelos. Falls es euch interessiert, ein schwereloser Hintern ist nicht mein Fall. Ich fragte mich, ob Sam ihr Flugzeug auch so steuerte, und wenn ja, wie vielen Fluglehrern sie schon einen Herzinfarkt verpasst hatte.

Wir brachen durch die Wolken. Vor uns erstreckte sich Cape Cod bis zum Horizont – ein goldenes und grünes Einsprengsel in einem blauen Meer. Gleich unter uns beschrieb die Nordspitze der Halbinsel eine sanfte Kurve um den Hafen von Provincetown. Einige Segelboote bildeten Tupfen auf dem Wasser, aber es war noch zu früh im Jahr für viele Besucher.

Sam flachte unseren Anflug bei etwa hundertfünfzig Metern Höhe ab und flog an der Küste entlang, sie jagte über Dünen und Sümpfe, dann folgte sie dem Bogen der Commercial Street mit den Hütten mit den grauen Schieferdächern und den neongrellen Hexenhäuschen. Die Läden waren fast alle geschlossen, die Straßen leer.

»Wollte mich nur mal umsehen«, teilte Sam mit.

»Feststellen, ob sich hinter dem Mooncusser Tattoo Shop auch keine Riesenarmee versteckt?«

»Oder Meertrolle oder Grabwichte oder mein Vater oder …«

»Hab schon verstanden.«

Endlich bog sie nach links ab und steuerte einen grauen Steinturm an, der auf einem Hügel am Stadtrand aufragte. Das Granitgebäude erhob sich über achtzig Meter hoch und hatte eine Turmhaube, die es aussehen ließ wie eine Märchenburg. Ich erinnerte mich vage daran, dass ich diesen Turm als Kind gesehen hatte, aber meine Mom hatte lieber durch die Dünen wandern und am Strand spazieren gehen wollen.

»Was ist das hier?«, fragte ich.

»Unser Ziel«, sagte Sam. Ein schwaches Lächeln spielte um ihre Mundwinkel. »Als ich den Turm zum ersten Mal gesehen habe, hielt ich ihn für ein Minarett. Er sieht irgendwie so aus.«

»Aber er ist keins?«

Sie lachte. »Nein. Er ist ein Denkmal für die Pilger. Sie sind hier gelandet und dann nach Plymouth weitergezogen. Natürlich gibt es in Amerika auch Muslime, schon seit langer Zeit. Eine von meinen Freundinnen in der Moschee hat einen Vorfahren, Yusuf ben Ali, der während der Amerikanischen Revolution unter George Washington gedient hat.« Sie unterbrach sich. »Entschuldigung, du wolltest bestimmt keine Geschichtsstunde. Aber wir sind auch nicht wegen des Turms gekommen. Es geht uns darum, was darunter ist.«

Ich fürchtete, dass sie nicht den Andenken-Kiosk meinte.

Wir flogen um den Turm herum und sahen uns den Platz davor an. Vor dem Eingang zum Turm saßen meine beiden Lieblingsleute aus den fremden Welten auf der Mauer und baumelten mit den Beinen, als ob sie sich langweilten.

»Blitz!«, rief ich. »Hearth!«

Hearth war taub, deshalb half es nicht weiter, seinen Namen zu brüllen, aber Blitzen versetzte ihm einen Rippenstoß und zeigte auf uns. Beide sprangen von der Mauer und winkten enthusiastisch, als unser Pferd zur Landung ansetzte.

»Kleiner!« Blitzen kam auf mich zugelaufen.

Er hätte für den Geist eines Tropenforschers gehalten werden können. Vom Rand seines Tropenhelms fiel ihm ein weißer Gazeschleier bis auf die Schultern. Die Gaze, das wusste ich, war eine Spezialanfertigung, um das Sonnenlicht abzuhalten, das Zwerge zu

Stein werden lässt. Außerdem trug er Lederhandschuhe, um seine Hände zu schützen. Ansonsten war er so gekleidet wie in meinem Traum: ein walnussbrauner dreiteiliger Anzug mit einer schwarzen Fliege, elegante spitze Lederschuhe und ein knalloranges Tüchlein in der Brusttasche. Genau richtig für einen Tagesausflug in das Grab der Untoten.

Er sprang mich an und umarmte mich und verlor dabei fast seinen Tropenhelm. Sein Deo duftete nach Rosenblättern. »Hammer und Amboss, ich freu mich ja so, dich zu sehen!«

Dann kam Hearthstone angerannt und winkte mit beiden Handflächen, in der Gebärdensprache die Geste für *Jawoll!* Für Hearth war das dasselbe wie ekstatisches Fangeschrei.

Er trug seine übliche schwarze Lederjacke und Jeans und hatte sich den gepunkteten Schal um den Hals gewickelt. Sein Gesicht war so blass wie immer, mit den ewig traurigen Augen und den stacheligen Platinhaaren, aber in den vergangenen Wochen hatte er ein wenig zugenommen. Er sah gesünder aus, jedenfalls nach menschlichen Maßstäben. Vielleicht hatten sie eine Menge Pizza bestellt, während sie in Mimirs konspirativer Wohnung untergetaucht waren.

»Hallo, ihr!« Ich umarmte Hearth. »Ihr seht genauso aus wie in dem Badezimmer.«

Im Nachhinein glaube ich, dass das vielleicht nicht die ideale Eröffnung war.

Ich wollte es wiedergutmachen und erzählte, was alles passiert war – die seltsamen Träume, die noch seltsamere Wirklichkeit, Loki in meinem Kopf, mein Kopf in einem Einmachglas, Mimirs Kopf in der Badewanne und so weiter und so fort.

»Tja«, sagte Blitzen. »Der Capo taucht zu gern in der Badewanne auf. Hätte mich eines Nachts vor Schreck fast aus meinem Kettenschlafanzug gejagt.«

»Das Bild musste ich jetzt wirklich nicht auch noch haben«, sagte ich. »Aber wir müssen über Kommunikation reden. Ihr seid einfach ohne ein einziges Wort verschwunden!«

»He, Kleiner, das war *seine* Idee!« Er gebärdete das auch noch, Hearth zuliebe – kleiner Finger berührt Stirn, dann zwei Finger, die auf Hearth zeigen. Idee. Seine. H für Hearthstones Namenszeichen.

Hearthstone grunzte verärgert. Er gebärdete zurück: *Um dich zu retten, Dussel. Sag es Magnus.* Er machte ein M für mein Namenszeichen – eine Faust mit drei um den Daumen geschlossenen Fingern.

Blitzen seufzte. »Der Elf übertreibt, wie immer. Er hat mir einen Mordsschrecken eingejagt und mich aus der Stadt gezerrt. Aber inzwischen habe ich mich beruhigt. Das war schließlich nur eine kleine Todesweissagung.«

Sam löste ihren Rucksack von den Satteltaschen des Pferdes. Sie streichelte seine Nüstern und zeigte gen Himmel, und unser Kumpel der Schimmel hob in Richtung Wolken ab.

»Blitzen …« Sie drehte sich um. »Dir ist doch klar, dass es keine ›kleine Todesweissagungen‹ gibt, oder?«

»Aber mir geht es gut!« Blitzen zeigte uns ein zuversichtliches Lächeln. Durch seinen Gazeschleier sah er aus wie ein etwas glücklicherer Geist. »Vor einigen Wochen kam Hearthstone zurück von seinem persönlichen Runenunterricht bei Odin. Er wollte unbedingt meine Zukunft weissagen. Also legte er die Runen und … Na ja, die fielen nicht so gut aus.«

Nicht so gut? Hearthstone stampfte mit dem Fuß auf. *Blitzen. Blutvergießen. Nicht aufzuhalten. Vor O-S-T-A-R-A.*

»Was ist Ostara?«, fragte ich.

»Der erste Frühlingstag«, sagte Sam. »Und der ist, äh, in vier Tagen.«

»An dem Tag deiner geplanten Hochzeit.«

»Du kannst mir glauben«, sagte sie verärgert, »meine Idee war das nicht.«

»Also soll Blitzen vorher sterben?« Mein Magen fing an, in meiner Kehle nach oben zu wandern. »Blutvergießen, das nicht aufgehalten werden kann?«

Hearthstone nickte heftig. *Er dürfte gar nicht hier sein.*

»Find ich auch«, sagte ich. »Das ist zu gefährlich.«

»Leute!« Blitzen versuchte es mit einem jovialen Kichern. »Hört mal, Hearthstone lernt doch gerade erst, die Zukunft zu lesen. Vielleicht hat er etwas missverstanden. *Blutvergießen* sollte vielleicht heißen ... *Bleigießen*. Ein Bleigießen, das nicht aufgehalten werden kann. Und dann erst werden wir etwas über die Zukunft wissen.«

Hearthstone streckte die Hände aus, wie um den Zwerg zu erwürgen, und das brauchte keine Übersetzung.

»Außerdem«, sagte Blitz, »wenn es hier ein Grab gibt, dann ist das unter der Erde. Und dann braucht ihr einen Zwerg.«

Hearth setzte zu einem Wirbelsturm aus wütenden Gebärden an, aber Samirah schaltete sich ein.

Blitz hat recht, gebärdete sie. Sie hatte die Gebärdensprache gut gelernt, seit sie Hearthstone kannte – ihr wisst schon, mal so kurz in ihrer Freizeit, wenn sie nicht gerade Seelen einsammelte, Ehrenlisten aufstellte und Jets flog.

»Das ist zu wichtig«, sagte sie. »Sonst würde ich euch nicht darum bitten. Wir müssen vor dem ersten Frühlingstag Thors Hammer finden, oder ganze Welten werden zerstört werden. Oder ... ich muss einen Riesen heiraten.«

Ausweg, teilte Hearth mit. *Muss einen geben. Wissen nicht mal, ob Hammer hier ist.*

»Kumpel«, Blitz nahm die Hände des Elfen, was irgendwie niedlich war, aber auch unhöflich, denn in Gebärdensprache war es das

Gleiche, wie jemandem einen Knebel in den Mund zu stopfen. »Ich weiß, dass du dir Sorgen machst, aber alles wird gut.«

Blitz drehte sich zu mir um. »Außerdem, sosehr ich diesen Elfen liebe, ich werde wahnsinnig in dieser konspirativen Wohnung. Ich würde lieber hier draußen sterben und meinen Freunden helfen, als fernzusehen und Pizza zu bestellen und darauf zu warten, dass Mimirs Haupt in der Badewanne auftaucht. Und du kannst dir nicht vorstellen, wie Hearthstone schnarcht.«

Hearth riss seine Hände los. *Du machst keine Gebärden, aber ich kann von den Lippen ablesen, vergiss das nicht!*

»Hearth!«, sagte Sam. »Bitte.«

Sam und Hearth starrten jetzt so intensiv um die Wette, dass ich spüren konnte, wie sich in der Luft Eiskörnchen bildeten. Ich hatte sie noch nie in so gereizter Stimmung erlebt und wollte auf keinen Fall dazwischengeraten. Fast hätte ich Jack gerufen und ihn ein Lied von Beyoncé singen lassen, einfach, um den beiden einen gemeinsamen Feind zu geben.

Endlich gebärdete Hearthstone: *Wenn ihm etwas zustößt ...*

»Dann übernehme ich die Verantwortung«, formten Sams Lippen.

»Ich kann auch von den Lippen ablesen«, sagte Blitzen. »Und ich kann die Verantwortung für mich selbst übernehmen.« Er rieb sich eifrig die Hände. »Und jetzt wollen wir mal den Eingang zu diesem Hügel suchen, ja? Ich habe schon seit Monaten keine bösartige untote Kraft mehr freigelegt.«

14 WEINE MIR EINEN FLUSS VOLL BLUT. MOMENT. NEIN, LASS ES LIEBER

Es war genau wie in den guten alten Zeiten: Gemeinsam ins Unbekannte marschieren, auf der Suche nach verschollenen magischen Waffen, und einen qualvollen Tod riskieren. Ich hatte meine Kumpel ja so vermisst!

Wir waren einmal halb um den Turm herumgelaufen, da sagte Blitzen: »Aha.«

Er kniete nieder und ließ seine behandschuhten Fingerspitzen über eine Spalte zwischen den Steinplatten auf dem Boden laufen. Für mich sah sie nicht anders aus als tausend andere Spalten hier, aber Blitzen schien diese besonders gut zu gefallen.

Er grinste zu mir hoch. »Kapierst du jetzt, Kleiner? Ohne einen Zwerg hättest du das nie und nimmer gefunden. Du wärst bis in alle Ewigkeit herumgewandert und hättest den Eingang zum Grab gesucht und …«

»Die Spalte da ist der Eingang?«

»Sie ist der *Auslöser* für den Eingang, ja. Aber wir brauchen trotzdem noch Magie, um reinzukommen.«

Hearth ging neben ihm in die Hocke. Er nickte, dann zeichnete er mit dem Finger eine Rune auf den Boden. Sofort verdampfte eine drei Meter große Fläche und legte einen Schacht frei, der geradewegs nach unten führte. Leider standen wir vier gerade genau auf dieser Drei-Meter-Fläche, als sie verdampfte.

Wir fielen mit einigem Geschrei in die Finsternis hinab und das meiste Geschrei stammte von mir.

Die gute Nachricht: Ich brach mir bei der Landung keinen Knochen. Die schlechte Nachricht: Hearthstone schon.

Ich hörte ein feuchtes *Schnapp*, dann grunzte Hearth und ich wusste sofort, was passiert war.

Ich will nicht behaupten, Elfen seien zerbrechlich. In mancher Hinsicht war Hearth der zäheste Bursche, den ich kannte. Aber manchmal hätte ich ihn gern in eine Decke gewickelt und ein *Vorsicht, Glas!*-Schildchen auf seine Stirn geklebt.

»Ganz ruhig, Mann«, sagte ich zu ihm, was unsinnig war, da er mich im Dunkeln nicht sehen konnte. Ich fand sein Bein und konnte die Bruchstelle schnell ausfindig machen. Hearth keuchte auf und versuchte, mir die Haut von den Händen zu kratzen.

»Was ist los?«, fragte Blitz. »Wessen Ellbogen ist das?«

»Ich bin das«, sagte Sam. »Alles in Ordnung?«

»Hearth hat sich den Knöchel gebrochen«, sagte ich. »Ich muss mich darum kümmern. Ihr zwei passt auf!«

»Es ist stockfinster!«, klagte Blitz.

»Du bist ein Zwerg!« Sam löste die Axt von ihrem Gürtel, mit einem Geräusch, das ich gut kannte. »Ich dachte, du fühlst dich unter der Erde so richtig wohl.«

»Tu ich auch!«, sagte Blitz. »Vor allem dann, wenn es unter der Erde hell erleuchtet und geschmackvoll eingerichtet ist.«

Der Widerhall unserer Stimmen verriet uns, dass wir uns in einer weiten Steinkammer aufhielten. Es gab kein Licht, deshalb vermutete ich, dass der Schacht, durch den wir gefallen waren, sich über uns wieder geschlossen hatte.

Positiv war zu vermerken, dass uns nichts angegriffen hatte. Noch nicht.

Ich suchte Hearths Hand und malte Buchstaben auf seine Handfläche, damit er nicht in Panik geriet. ICH HEILE DICH. STILLHALTEN.

Dann legte ich beide Hände auf seinen gebrochenen Knöchel.

Ich beschwor die Kraft des Frey. Wärme breitete sich in meiner Brust aus und wanderte durch meine Arme. Meine Finger leuchteten in einem sanften goldenen Licht und trieben die Finsternis zurück. Ich konnte spüren, wie sich die Knochen in Hearthstones Bein zusammenfügten, wie die Schwellung zurückging und sein Blutkreislauf wieder normal wurde.

Er ließ einen langen Seufzer hören und gebärdete: *Danke.*

Ich drückte sein Knie. »Keine Ursache, Mann.«

»Also, Magnus«, sagte Blitz mit heiserer Stimme. »Vielleicht möchtest du dich umsehen.«

Eine Folge meiner Heilkraft war, dass ich vorübergehend strahlte. Ich meine nicht, dass ich glücklich aussah. Ich strahlte ganz einfach Licht aus. Tagsüber bemerkte man das kaum, aber hier unten, in einer dunklen unterirdischen Kammer, sah ich aus wie eine menschliche Nachttischlampe. Leider bedeutete das auch, dass ich jetzt unsere Umgebung sehen konnte.

Wir befanden uns in der Mitte eines Raumes unter einem hohen Deckengewölbe, wie ein aus dem Fels gehauener riesiger Bienenkorb. Die Decke an die sieben Meter über uns zeigte keine Spur von dem Schacht, durch den wir gefallen waren. Überall an den Wänden standen in Nischen von Kleiderschrankgröße mumifizierte Männer in verrotteter Kleidung. Ihre ledrigen Finger waren um die Griffe von rostzerfressenen Schwertern geschlossen. Ich konnte keinen Ausgang sehen.

»Na, perfekt«, sagte ich. »Die wachen jetzt auf, was? Diese zehn Knaben …«

»Zwölf«, korrigierte Sam.

»Zwölf Knaben mit großen Schwertern«, sagte ich.

Meine Hand schloss sich um meinen Runenanhänger. Entweder zitterte Jack oder ich. Ich beschloss, dass es sicher Jack war.

»Das könnten auch einfach furchterregende leblose Leichname sein«, sagte Blitz. »Positiv denken.«

Hearthstone schnippte mit den Fingern, um unsere Aufmerksamkeit zu erregen. Er zeigte auf den Sarkophag, der mitten im Raum stand.

Nicht, dass ich den noch nicht gesehen hätte. Aber ich hatte versucht, ihn zu ignorieren, in der Hoffnung, dass er dann verschwinden würde. Vorne war er mit kunstvollen wikingischen Bildern verziert – Wölfen, Schlangen und Runen, die um eine Darstellung eines bärtigen Mannes mit einem Schwert wirbelten.

Ich hatte keine Ahnung, was so ein Sarg auf Cape Cod zu suchen hatte. Ich war ziemlich sicher, dass die Pilger ihn nicht auf der Mayflower mitgebracht hatten.

Sam bedeutete uns, abzuwarten. Sie hob vom Boden ab und schwebte mit bereitgehaltener Axt um den Sarkophag.

»Auch hinten sind Inschriften«, berichtete sie. »Dieser Sarkophag ist wirklich alt. Ich sehe keine Anzeichen, dass er kürzlich geöffnet wurde, aber vielleicht hat Thrym den Hammer trotzdem drinnen versteckt.«

»Vorschlag«, sagte Blitzen. »Lasst uns einfach nicht nachsehen.«

Ich schaute ihn an. »Das ist die Meinung des Experten?«

»Kleiner, dieses Grab stinkt nur so nach uralten Zaubern. Es wurde vor über tausend Jahren gebaut, lange ehe die Wikinger nach Nordamerika gekommen sind.«

»Woher weißt du das?«

»Die Spuren am Felsen«, sagte Blitzen. »Wann eine Felskammer gehauen wurde, kann ich genau so leicht erkennen, wie ich das Alter eines Hemdes an der Abnutzung der Fäden sehen kann.«

Das hörte sich für mich nicht gerade leicht an. Aber ich hatte auch kein Studium in zwergischem Modedesign absolviert.

»Das ist also ein Wikingergrab, das gebaut wurde, ehe die Wikinger hergekommen sind«, sagte ich. »Hm ... wie ist das möglich?«

Es hat sich bewegt, teilte Hearth mit.

»Wie kann sich ein Grab bewegen?«

Blitzen nahm seinen Tropenhelm ab. Der Gazeschleier hatte Wirbel in seinem ansonsten perfekt liegenden Haar hinterlassen. »Kleiner, in den Neun Welten bewegt sich dauernd irgendwas. Wir sind durch den Weltenbaum miteinander verbunden, klar? Neue Zweige wachsen. Wurzeln greifen tiefer. Dieses Grab hat sich von dem Ort wegbewegt, an dem es ursprünglich angelegt war. Vermutlich weil ... du weißt schon, weil es mit bösen Zaubern durchtränkt ist.«

Sam ließ sich neben uns nieder. »Ich steh ja nicht so auf böse Zauber.«

Hearth zeigte auf den Boden vor dem Sarkophag. Ich hatte es noch nicht bemerkt, aber unten um den Sarg herum war ein kaum sichtbarer Runenkreis in den Stein geritzt.

Hearth buchstabierte mit den Fingern: *K-E-N-N-I-N-G.*

»Was ist das?«, fragte ich.

Samirah rutschte ein wenig dichter an die Inschrift heran. »Eine Kenning ist ein wikingischer Beiname.«

»Du meinst wie ... Hallo, Kenning, wie geht's denn so?«

»Nein«, sagte Sam in diesem Ich-hau-dir-gleich-eine-mit-dem-Stock-für-Blöde-Tonfall. »Das ist eine Möglichkeit, jemanden durch eine Beschreibung zu erwähnen und nicht durch einen Namen. Zum

Beispiel könnte ich statt Blitzen sagen, *Klug-mit-Kleidung*, und statt Hearthstone *Runen-Richter.*«

Hearth nickte. *Ihr könnt mich gern Runen-Richter nennen.*

Sam musterte die Inschrift im Boden aus zusammengekniffenen Augen. »Magnus, könntest du ein bisschen näher leuchten?«

»Ich bin doch nicht deine Taschenlampe.« Aber ich trat dichter an den Sarg heran.

»Da steht *Blutfluss*«, teilte Sam mit. »Und zwar immer wieder, einmal um den Kreis herum.«

»Du kannst Altnordisch lesen?«, fragte ich.

»Altnordisch ist einfach. Hättest du es gern schwierig? Dann probier's mal mit Arabisch.«

»Blutfluss.« Mein Bagelfrühstück lag mir schwer im Magen. »Erinnert das irgendwen an *Blutvergießen, das nicht aufzuhalten ist?* Mir gefällt das nicht.«

Auch ohne seinen Gazeschleier sah Blitzen ein bisschen grau aus. »Das ist ... vermutlich ein Zufall. Aber ich möchte doch darauf hinweisen, dass es keinen Ausgang aus diesem Raum gibt. Meine zwergischen Sinne sagen mir, dass diese Wände hier durch und durch solide sind. Wir sind in eine Falle getappt. Und der einzige Ausweg ist, sie hochgehen zu lassen.«

»Deine zwergischen Sinne werden mir langsam unsympathisch«, sagte ich.

»Geht mir genauso, Kleiner.«

Hearthstone starrte Blitzen wütend an. *Du wolltest ja unbedingt herkommen. Was jetzt? Kenningkreis brechen? Sarg öffnen?*

Sam zog ihren Hidschab gerade. »Wenn in diesem Grab ein Wicht liegt, dann doch wohl in dem Sarkophag. Das ist außerdem das sicherste Versteck für eine magische Waffe wie einen göttlichen Hammer.«

»Ich brauche eine zweite Meinung«, sagte ich und zog meinen Anhänger von der Kette.

Jack explodierte in meiner Hand zu seiner vollen Größe. »He, Leute! Oh, ein mit bösen Zaubern durchtränktes Grab? Cool!«

»Kumpel, kannst du hier irgendwo Thors Hammer spüren?«

Jack vibrierte vor Konzentration. »Schwer zu sagen. In der Kiste da liegt jedenfalls etwas Mächtiges. Eine Waffe? Eine magische Waffe? Können wir sie aufmachen? Bitte, bitte? Das ist aufregend!«

Ich widerstand dem Drang, ihm eins auf den Griff zu geben, was ja nur mir wehgetan hätte. »Hast du je von einem Erdriesen gehört, der mit einem Grabwicht zusammenarbeitet? Der zum Beispiel ... dessen Sarg als Safe benutzt?«

»Das wäre seltsam«, gab Jack zu. »Eigentlich vergraben Erdriesen ihren Kram einfach in ... ihr wisst schon, der Erde. Also, tief in der Erde.«

Ich drehte mich zu Sam um. »Warum also hat Otis uns hergeschickt? Und wieso sollte das eine gute Idee sein?«

Sam schaute sich in der Kammer um, als versuchte sie zu entscheiden, hinter welcher Mumie sie sich verstecken könnte. »Hör mal, vielleicht hat Otis sich geirrt. Vielleicht – vielleicht war das ein Schuss in den Ofen, aber ...«

»Aber hier sind wir nun mal!«, sagte Jack. »Hört doch auf, Leute! Ich werde euch beschützen. Aber ich kann keine ungeöffneten Geschenke ausstehen. Jetzt lasst mich den Sarg doch wenigstens schütteln, um zu sehen, was drin ist.«

Hearthstone schlug sich mit der anderen Hand gegen seine Handfläche. *Das reicht jetzt.*

Aus seiner Innentasche zog er einen kleinen Lederbeutel – seine Sammlung von Runensteinen. Er zog einen heraus, den ich schon einmal gesehen hatte:

»Das ist *Dagaz*«, sagte ich. »Damit öffnen wir in Walhalla Türen. Bist du sicher …?«

Hearths Gesichtsausdruck ließ mich verstummen. Er brauchte keine Gebärdensprache, um klarzustellen, wie ihm zu Mute war. Er bedauerte, dass wir in diese Lage geraten waren. Er fand es schrecklich, dass wir Blitzen in Gefahr gebracht hatten. Aber hier waren wir nun einmal. Wir hatten ihn mitgenommen, weil er sich mit Magie auskannte. Er wollte die Sache hinter sich bringen.

»Magnus«, sagte Sam, »vielleicht könntest du einen Schritt zurücktreten.«

Das tat ich, ich stellte mich vor Blitzen, nur für den Fall, dass der Blutfluss wie ein Samurai aus dem Sarg sprang und sich sofort auf den nächstbesten Zwerg stürzte.

Hearth kniete nieder. Er berührte die Inschrift mit Dagaz. Sofort loderten die Blutflussrunen auf wie ein Ring aus Schießpulver. Hearth sprang zurück, als der Eisendeckel vom Sarkophag gefetzt wurde, an mir vorüberschoss und gegen die Wand knallte. Vor uns stand ein mumifizierter König mit Silberkrone und Silberrüstung, der die Hände um ein in der Scheide steckendes Schwert geschlossen hatte.

»Jetzt geht's los«, murmelte ich.

Und natürlich öffnete der Leichnam die Augen.

15 ALLE, DIE FINDEN, MAGNUS SOLLTE NIEDERGEMETZELT WERDEN, BITTE MELDEN

Bei Zombies rechnet man eher nicht mit einem Gespräch. Ich stellte mir vor, dass König Mumius »RRRRRR!« oder am Ende sogar »GEHIRNE!« sagen und sich dann der Aufgabe widmen würde, uns umzubringen.

Ich war nicht vorbereitet auf: »Danke, Sterbliche. Ich stehe in eurer Schuld.«

Er stieg aus seinem Sarg – ein wenig unsicher, da er ein klapperdürrer Leichnam war, dessen Rüstung vermutlich mehr wog als er selbst – und steppte einen Freudentanz.

»Tausend Jahre in dieser blöden Büchse, und jetzt bin ich frei! HAHAHAHAHAHA!«

Die Innenwände seines Sarges waren mit Hunderten von Strichen bedeckt, mit denen er über die Jahre Buch geführt hatte. Von Thors Hammer war allerdings keine Spur zu sehen, was bedeutete, dass der Zombie ohne einen anständigen Zugang zu Netflix eingesperrt gewesen war.

Jack zitterte vor Erregung. »Nun seht euch dieses Schwert an! Ist die nicht scharf?«

Ich wusste nicht, wie er 1.) sehen konnte, dass das Schwert weiblich war, und 2.) wie er sehen konnte, dass sie scharf war. Ich war auch nicht so sicher, ob ich die Antwort auf diese Fragen wissen wollte.

Sam, Blitz und Hearth wichen vor dem Zombie zurück. Jacks Spitze schwebte auf die Schwertdame zu, aber ich presste ihn zu Boden und stützte mich auf ihn. Ich wollte Mr Zombie oder seinem Schwert schließlich nicht zu nahe treten.

»Äh, hallo«, sagte ich zu dem Zombie. »Ich bin Magnus.«

»Du hast ein schönes goldenes Leuchten.«

»Danke. Wieso sprichst du eigentlich Englisch?«

»Tu ich das?« Der König legte seinen gespenstischen Schädel schräg. Weiße Fussel klebten an seinem Kinn – vielleicht Spinnweben oder die Überreste eines Bartes. Seine Augen waren grün und hell und absolut menschlich. »Vielleicht ist das Zauberei. Vielleicht kommunizieren wir auf einer geistigen Ebene. Wie auch immer, danke, dass ihr mich befreit habt. Ich bin Gellir, Fürst der Dänen.«

Blitzen lugte hinter mir hervor. »Gellir? Ist Blutfluss dein Beiname?«

Gellirs Lachen klang wie eine mit nassem Sand gefüllte Rassel. »Nein, mein zwergischer Freund. Blutfluss ist eine Kenning, die ich meiner Klinge verdanke, dem Skofnungschwert.«

SCHEPPER!

Hearth war bis zu dem Sargdeckel zurückgewichen und darüber gefallen. Er lag in Krebshaltung da und seine Augen waren ganz groß vor Entsetzen.

»Ah!«, sagte Gellir. »Euer Elf hat offenbar von meinem Schwert gehört.«

Jack zappelte unter meinem Ellbogen. »Äh, Señor? Ich habe auch von ihr gehört. Sie ist … sie ist *berühmt!*«

»Moment«, sagte Sam. »Fürst Gellir, ist hier möglicherweise

irgendwo ein ... ein Hammer? Wir haben gehört, dass Sie vielleicht einen Hammer haben.«

Der Zombie runzelte die Stirn, wobei seine ledrige Haut Risse bekam. »Einen Hammer? Nein. Was sollte ich denn mit einem Hammer, wo ich doch der Schwinger des Schwertes bin?«

Sams Augen trübten sich, oder vielleicht ließ auch mein Strahlen langsam nach.

»Bist du sicher?«, fragte ich. »Ich meine, Schwinger des Schwertes ist super. Aber du könntest doch auch, na ja, der Heber des Hammers sein?«

Gellir ließ Sam nicht aus den Augen. Sein Stirnrunzeln vertiefte sich. »Einen Moment. Bist du eine Frau?«

»Äh ... ja, Fürst Gellir. Mein Name ist Samirah al-Abbas.«

»Wir nennen sie auch Max mit der Axt«, sagte ich hilfsbereit.

»Das wirst du büßen«, fauchte Sam mich an.

»Eine Frau.« Gellir zupfte sich am Kinn und strich einige Spinnweb-Barthaare weg. »Das ist eine Schande. In Anwesenheit einer Frau kann ich mein Schwert nicht ziehen.«

»Ach, was für ein Pech«, sagte Jack. »Ich wäre Skoffy so gern vorgestellt worden.«

Hearthstone kam mühsam auf die Füße. Er gebärdete: *Wir sollten abhauen. Sofort. Nicht Zombie Schwert ziehen lassen.*

»Was macht euer Elf da?«, fragte Gellir. »Warum macht er so seltsame Handbewegungen?«

»Das ist Gebärdensprache«, sagte ich. »Er, äh, möchte nicht, dass du dein Schwert ziehst. Er sagt, wir sollten gehen.«

»Aber das kann ich nicht zulassen. Ich muss euch meine Dankbarkeit erweisen. Außerdem muss ich euch töten.«

Mein Leuchten ließ eindeutig nach. Als Jack nun etwas sagte, beleuchteten seine Runen das Grab mit Unheil verkündenden roten

Blitzen. »He, Zombietyp! Dankbarkeit bedeutet eigentlich eher, eine nette Karte zu schicken, und nicht, *ich muss euch töten.*«

»Ich bin wirklich sehr dankbar«, widersprach Gellir. »Aber ich bin auch ein Draug, der Obergrabwicht in diesem Hügel. Ihr seid unbefugt hier eingedrungen. Also muss ich, wenn ich mich gebührend bei euch bedankt habe, euer Fleisch verzehren und eure Seelen verschlingen. Aber leider gehorcht das Skofnungschwert klaren Regeln. Es darf nicht bei Tageslicht oder in Anwesenheit einer Frau gezogen werden.«

»Was für blöde Vorschriften«, sagte Sam. »Ich meine, was für *vernünftige* Vorschriften. Also, du darfst uns nicht umbringen?«

»Nein«, gab Gellir zu. »Aber keine Sorge. Ich kann euch immer noch umbringen *lassen.*«

Er klopfte dreimal mit der Spitze seines Schwertes auf den Boden. Niemand war überrascht, als die zwölf mumifizierten Krieger aus ihren Nischen in der Wand stiegen.

Die Drauge hatten nicht den geringsten Respekt vor Zombie-Klischees. Sie watschelten nicht, sie stöhnten nicht unzusammenhängend und wirkten auch nicht total tranig, wie sich das für anständige Zombies eigentlich gehört. Sie zogen alle im selben Augenblick ihre Waffen und warteten auf Gellirs Befehl zum Töten.

»Das ist nicht gut«, sagte Jack mit seinem scharfen Blick für Selbstverständlichkeiten. »Ich bin nicht sicher, ob ich die alle erledigen kann, ehe sie euch umbringen, Leute. Und ich will auf diese scharfe Schwertdame ja auch keinen unfähigen Eindruck machen.«

»Prioritäten setzen, Jack«, sagte ich.

»Genau. Ich hoffe, du hast einen Plan, bei dem ich eine gute Figur mache.«

Sam lieferte uns eine neue Lichtquelle. In ihrer freien Hand tauchte ein leuchtender Speer auf – die Feldwaffe einer Walküre. Das grelle weiße Licht ließ die Gesichter der Zombies dampfen.

Hearthstone hob seinen Beutel mit den Runensteinen. Blitzen riss sich die Fliege vom Hals – die, wie seine ganze Frühlingskollektion, mit ultraflexiblem Kettengeflecht besetzt war. Er wickelte sich die Halsbinde um die Faust, bereit, Zombiefressen zu polieren.

Unsere Aussichten gefielen mir nicht gerade: vier gegen vierzehn. Oder fünf, wenn ich Jack als eigenständige Person mitzählte. Das tat ich aber nicht, denn es hätte bedeutet, mich sozusagen doppelt zu rechnen.

Ich fragte mich, ob ich den Frieden des Frey heraufbeschwören könnte. Durch meinen Dad, einen pazifistischen Gott, der Kämpfe an seinen heiligen Stätten nicht gestattete, konnte ich manchmal in weitem Umkreis alle entwaffnen, konnte ihnen die Waffen einfach aus den Händen fliegen lassen. Das war aber sozusagen meine Notlösung. Ich stünde wirklich dumm da, wenn ich das auf diesem begrenzten Raum versuchte und die Zombies einfach ihre Schwerter wieder aufhoben und uns umbrachten.

Ehe ich mich entscheiden konnte, was eine Schwertdame wohl am meisten beeindrucken würde, hob ein Zombie die Hand. »Haben wir ein Quorum?«

Fürst Gellir sank in sich zusammen, als ob sich einer seiner Rückenwirbel in Staub aufgelöst hätte.

»Arvid«, sagte er. »Wir waren jetzt seit Jahrhunderten in diese Kammer eingeschlossen. Natürlich haben wir ein Quorum. Wir sind alle anwesend, weil wir hier nicht wegkönnen.«

»Dann stelle ich den Antrag, diese Versammlung ordnungsgemäß zu eröffnen«, sagte ein anderer Toter.

»Oh, um Thors willen!«, klagte Gellir. »Wir sind hier, um diese Sterblichen zu massakrieren, ihr Fleisch zu verzehren und ihre Seelen zu verschlingen. Das liegt doch auf der Hand. Danach sind wir stark genug, um aus unserem Grab auszubrechen und Cape Cod zu verwüsten. Müssen wir da wirklich …?«

»Ich stimme dem Antrag zu«, rief ein weiterer Zombie.

Gellir schlug sich vor seine Knochenstirn. »Schön. Alle dafür?«

Die zwölf anderen toten Typen hoben ihre Hände.

»Dann ist dieses Massaker, äh, diese Versammlung ordnungsgemäß eröffnet.« Gellir drehte sich zu mir um und seine Augen leuchteten vor Gereiztheit. »Bitte entschuldigt, aber in dieser Gruppe stimmen wir über alles ab. Das ist die Tradition des Things.«

»Welches Dings?«

»Du weißt doch, das Thing«, sagte Gellir. »Von dem Wort *Þingvellir*, Versammlungsfeld. Die nordische Ratsversammlung.«

»Ah!« Sam schwankte zwischen ihrer Axthand und ihrer Speerhand und wusste offenbar nicht, welche sie benutzen sollte oder ob diese Entscheidung einen weiteren Antrag verlangte. »Vom Thing habe ich gehört. Da trafen sich die Nordmänner in den alten Zeiten, um Streitigkeiten zu klären und politische Entscheidungen zu treffen. Darauf beruht auch die Idee des Parlamentes.«

»Ja, ja«, sagte Gellir. »Also, das *englische* Parlament, das war wirklich nicht meine Schuld. Aber als die Pilger kamen …« Er wies mit dem Kinn zur Decke hoch. »Na ja, da war unser Grab schon seit Jahrhunderten hier. Die Pilger landeten und lagerten einige Wochen lang genau über uns. Unbewusst haben sie bestimmt unsere Anwesenheit gespürt. Ich fürchte, wir haben sie zum Mayflower-Pakt inspiriert, haben diesen ganzen Kram mit Rechten und Demokratie in Amerika losgetreten, bla, bla, bla.«

»Kann ich Protokoll führen?«, fragte ein Zombie.

Gellir seufzte. »Dagfinn, ehrlich … Na gut, du bist Protokollant.«

»Ich bin so gern Protokollant!« Dagfinn steckte sein Schwert zurück in die Scheide. Er zog einen Notizblock und einen Kugelschreiber aus dem Gürtel, wobei ich keine Ahnung hatte, wie ein wikingischer Leichnam an solche Schreibartikel kam.

»Moment mal«, sagte Sam. »Wenn ihr schon so lange in dieser Büchse steckt, wieso wisst ihr dann, was draußen vor sich geht?«

Gellir verdrehte seine schönen grünen Augen. »Telepathische Kräfte, was sonst! Jedenfalls, seit wir die Pilger inspiriert haben, sind meine zwölf Leibwächter unerträglich stolz auf sich. Wir müssen einfach alles nach parlamentarischen Regeln machen ... oder thingarischen Regeln. Aber keine Sorge. Wir werden euch schon bald umbringen. Vorher aber stelle ich einen Antrag ...«

»Moment«, fiel ihm ein anderer Zombie ins Wort. »Gibt es noch Altlasten?«

Gellir ballte so wütend die Faust, dass ich dachte, seine Hand würde zerfallen. »Knut, wir sind Drauge aus dem sechsten Jahrhundert. Bei uns gibt es nur Altlasten.«

»Ich stelle den Antrag, das Protokoll von der letzten Besprechung zu verlesen«, sagte Arvid. »Höre ich da Zustimmung?«

Hearthstone hob zwei Finger. Ich konnte ihm keinen Vorwurf machen. Je mehr Zeit sie mit dem Protokoll vergangener Massaker zubrachten, umso weniger Zeit würden sie haben, um uns bei einem zukünftigen zu töten.

Dagfinn blätterte in seinem Notizblock nach hinten. Die Seiten zerfielen unter seinen Fingern zu Staub. »Äh, ich sehe gerade, ich habe das Protokoll gar nicht ...«

»Na, dann!«, sagte Gellir. »Wir gehen gleich weiter zu ...«

»Wartet!«, rief Blitzen. »Wir brauchen einen mündlichen Bericht. Ich will mehr über eure Vergangenheit wissen – wer ihr seid, warum ihr alle zusammen begraben seid, und die Namen und Geschichten all eurer Waffen. Ich bin Zwerg. Die Herkunft der

Gegenstände ist wichtig für mich, vor allem, wenn diese Gegenstände mich töten werden. Ich stelle den Antrag, dass ihr uns alles erzählt.«

»Ich stimme für diesen Antrag«, sagte Samirah. »Alle dafür?«

Alle Zombies hoben die Hand, sogar Gellir – ich vermutete, aus Gewohnheit. Danach sah er sehr unzufrieden mit sich aus. Jack schoss in die Luft und ließ das Ergebnis einstimmig werden.

Gellir zuckte mit den Schultern, was seine Rüstung und seine Knochen klirren ließ. »Du machst uns dieses Massaker sehr schwer, aber na gut, ich werde unsere Geschichte erzählen. Die Herren – rührt euch.«

Die anderen Zombies steckten ihre Schwerter in die Scheide. Einige setzten sich auf den Boden. Andere lehnten sich an die Wand und verschränkten die Arme. Arvid und Knut holten sich Beutel mit Garn und Stricknadeln aus ihren Nischen und fingen an, Fäustlinge zu stricken.

»Ich bin also Gellir«, begann der Fürst. »Sohn des Thorgil, ein Fürst unter den Dänen. Und das«, er klopfte auf sein Schwert, »ist Skofnung, die berühmteste Klinge, die jemals ein Wikinger geschwungen hat!«

»Anwesende ausgeschlossen«, murmelte Jack. »Aber Skofnung ist ein total scharfer Name!«

Ich mochte ihm nicht widersprechen. Und den Ausdruck des Entsetzens in Hearthstones Gesicht mochte ich auch nicht. »Hearth, kennst du dieses Schwert?«

Der Elf gebärdete vorsichtig, als ob die Luft seine Finger verbrennen könnte. *Zuerst hat es König R-O-L-F gehört. Wurde aus den Seelen seiner zwölf Anhänger geschmiedet, allesamt Berserker.*

»Was sagt er da?«, fragte Gellir. »Dieses Rumgefuchtel ist ganz schön nervig.«

Ich fing an zu übersetzen, aber Blitzen schrie so laut auf, dass Arvid und Knut ihre Stricknadeln fallen ließen.

»Dieses Schwert?« Blitz starrte Hearthstone an. »Das mit ... dem Stein ... dein Haus?«

Für mich ergab das keinen Sinn, aber Hearth nickte.

Siehst du jetzt?, gebärdete er. *Wir hätten nicht kommen dürfen.*

Sam drehte sich um und das Licht ihres Speers ließ den Staub auf dem Boden zischen. »Wie meinst du das? Was für ein Stein? Und was hat das alles mit Thors Hammer zu tun?«

»Entschuldigt«, sagte Gellir. »Mir scheint, ich hatte das Wort. Wenn ihr auf der Suche nach Thors Hammer hergekommen seid, dann hat euch jemand ganz falsche Dinge erzählt, fürchte ich.«

»Wir müssen das hier überleben«, sagte ich zu meinen Freunden. »Ich hab da noch eine Ziege umzubringen.«

»Ähem«, sagte nun Gellir. »Wie schon gesagt, das Skofnungschwert wurde von einem König namens Rolf geschmiedet. Seine zwölf Berserker opferten ihr Leben, um die Klinge mit Macht zu füllen.« Gellir musterte seine eigenen Männer stirnrunzelnd, zwei von ihnen spielten jetzt in der Ecke Karten. »Das waren noch Zeiten, als Fürsten eine *gute* Leibwache finden konnten. Jedenfalls, ein Mann namens Eid hat dann das Schwert aus Rolfs Grab gestohlen. Eid lieh es meinem Vater Thorgil, der sozusagen ... vergaß, es zurückzugeben. Mein Vater kam bei einem Schiffbruch ums Leben, aber das Schwert wurde in Island an Land geschwemmt. Ich fand es und benutzte es in vielen glorreichen Massakern. Und jetzt ... hier sind wir! Als ich in der Schlacht gefallen war, wurde das Schwert mit mir begraben, zusammen mit meinen zwölf Berserkern, zu meinem Schutz.«

Dagfinn schlug in seinem Notizblock eine neue Seite auf und kritzelte: »*Zum ... Schutz.* Darf ich hinzufügen, dass wir damit gerechnet hatten, nach Walhalla zu gelangen? Dass wir dazu verflucht wurden, für immer in diesem Grab zu bleiben, weil dein Schwert ein Stück Diebesgut war? Und dass wir unser Nachleben gehasst haben?«

»NEIN!«, fauchte Gellir. »Wie oft soll ich mich denn noch entschuldigen?«

Arvid schaute von seinem halb fertigen Fäustling auf. »Ich stelle den Antrag, dass Gellir sich noch eine Million Mal entschuldigt. Höre ich Zustimmung?«

»Aufhören!«, sagte Gellir. »Hört mal, wir haben Gäste. Wir wollen doch hier nicht unsere schmutzigen Unterkittel waschen, hä? Außerdem, sobald wir diese Sterblichen umgebracht und ihre Seelen verzehrt haben, werden wir stark genug sein, um aus diesem Grab auszubrechen. Ich kann es gar nicht erwarten, mir Provincetown anzusehen.«

Ich stellte mir vor, wie dreizehn Wikingerzombies durch die Commercial Street marschierten, in den Coffeeshop einbrachen und mit vorgehaltenem Schwert Espressos verlangten.

»Genug alte Geschichten!«, sagte Gellir. »Kann ich bitte den Antrag stellen, diese Eindringlinge umzubringen?«

»Ich stimme zu.« Dagfinn schüttelte seinen Kugelschreiber. »Ich hab ohnehin keine Tinte mehr.«

»Nein!«, sagte Blitzen. »Wir brauchen weitere Berichte. Ich kenne die Namen der anderen Waffen noch nicht. Und die der Stricknadeln. Erzählt mir von denen.«

»Du hast nicht das Wort«, sagte Gellir.

»Ich stelle den Antrag, dass uns der nächste Ausgang gezeigt wird«, sagte ich.

Gellir stampfte mit dem Fuß auf. »Auch du hast nicht das Wort. Ich rufe zur Abstimmung.«

Dagfinn sah mich an, als ob er mich um Entschuldigung bitten wollte. »Das ist so ein Thing-Ding. Das kannst du nicht verstehen.«

Ich hätte sofort angreifen sollen, da sie gerade nicht aufpassten, aber das kam mir undemokratisch vor.

»Alle dafür?«, rief Gellir.

»Jawoll!«, schrien die toten Wikinger wie aus einem Munde. Sie sprangen auf, legten Karten und Strickzeug weg und zogen abermals ihre Schwerter.

16 HEARTHSTONE LÄSST SEINEM INNEREN RIND FREIEN LAUF

Jack hielt das für einen hervorragenden Augenblick, um mir eine Trainingsrunde zu verpassen.

Obwohl er absolut im Stande war, allein zu kämpfen, war er davon überzeugt, dass ich lernen müsste, ihn mit eigener Kraft zu schwingen. Weil ich irgendwie würdig oder fähig sein sollte oder so. Im Schwertkampf bin ich aber eine totale Niete. Und Jack beschloss immer im absolut schlimmsten Moment, mich zu trainieren.

»So jung kommen wir nie wieder zusammen«, schrie er und wurde in meiner Hand schwer und bockig.

»Komm schon, Mann!« Ich wich der ersten Klinge aus, die auf meinen Kopf zielte. »Wir trainieren später, mit Schaufensterpuppen oder so.«

»Links ausweichen«, brüllte Jack. »Das andere links. Mach mir Ehre, Señor! Die Skofnungklinge schaut zu!«

Ich war fast in Versuchung zu sterben, nur um Jack vor der Schwertdame zu blamieren. Aber da ich mich außerhalb von Walhalla befand und mein Tod dann permanent sein würde, sah ich ein, dass dieser Plan etwas kurzsichtig war.

Die Zombies rückten näher.

Die Enge hier unten war unser einziger Vorteil. Jeder Draug war mit einem Breitschwert bewaffnet, mit dem er fast zwei Meter Freiraum benötigte, um richtig auszuholen. Zwölf tote Berserker mit Breitschwertern, die eine dicht zusammengepresste Gruppe von sich verteidigenden Menschen in einer kleinen Kammer bedrängen, können ihre Feinde nicht so einfach massakrieren, ohne dabei auch die eigenen Kameraden zu zerhacken, egal, ob sie ein Quorum dafür zusammenbekommen.

Unsere Auseinandersetzung wurde zu einem unbequemen Hin und Her mit viel Stoßen, Fluchen und üblem Zombiemundgeruch. Samirah bohrte Arvid ihren Speer unters Kinn. Das Licht der Waffe verbrannte seinen Kopf wie eine Flamme, die ein Knäuel Toilettenpapier erfasst hat.

Ein weiterer Zombie stach nach Blitzens Brust, aber Blitzens Weste aus Kettengeflecht lenkte den Hieb ab. Blitz knallte seine in die Halsbinde gewickelte Faust in den Bauch des Zombies und blieb – zum allgemeinen Ekel – mit der Hand in der Bauchhöhle des Zombies stecken.

»Krass!« Blitzen bewegte sich rückwärts und zog den Zombie mit sich, er schwenkte ihn umher wie einen ungeschickten Tanzpartner und schlug einen anderen Draug aus dem Weg.

Doch Hearthstone gewann den Preis für den größten Fortschritt im Handgemenge. Er knallte einen Runenstein auf den Boden:

ᚢ

Sofort wurde er von goldenem Licht umschlossen. Er wurde größer und seine Muskeln schwollen an, als ob jemand seine Kleidung aufpumpte. Seine Haare sträubten sich wie elektrisiert. Er packte den nächststehenden Zombie und schleuderte ihn durch den Raum. Dann schnappte er sich einen anderen und brach ihn über seinen Knien in Stücke.

Wie ihr euch denken könnt, wichen die anderen Zombies vor dem wahnsinnigen aufgeblasenen Elfen zurück.

»Was ist das denn für eine Rune?« Aus Versehen traf ich beim Ausholen mit Jack den oberen Teil von Gellirs Sarkophag und verpasste dem damit ein Oberlicht.

Blitz riss die Hand aus seinem Tanzpartner und dieser zerfiel darauf in Stücke. »*Uruz*«, sagte Blitz. »Die Rune des Ochsen.«

Ich setzte in Gedanken eine Uruzrune auf meinen Weihnachtswunschzettel.

Inzwischen schlug sich Samirah eine Schneise durch ihre Feinde und wirbelte ihren Speer in der Hand wie einen tödlichen, gleißenden Tambourstock. Wenn ein Zombie nicht wie erwartet in Flammen aufging, machte sie ihn mit ihrer Axt nieder.

Jack brüllte weiterhin nutzlose Ratschläge: »Abwehren, Magnus! Ausweichen! Verteidigungsmuster Omega!«

Ich war ziemlich sicher, dass es das überhaupt nicht gab. Wenn ich tatsächlich mal einen Zombie traf, dann hieb Jack ihn in Stücke, aber ich glaube nicht, dass diese Treffer beeindruckend genug waren, um Jack ein Date mit der Schwertdame zu sichern.

Als deutlich wurde, dass Gellir die Leibwächter ausgingen, sprang er selbst ins Getümmel, schlug mit seinem noch in der Scheide steckenden Schwert nach mir und schrie: »Schnöder Sterblicher! Schnöder Sterblicher!«

Ich versuchte, mich zu wehren, aber Jack wollte nicht. Vielleicht hielt er es für unhöflich, gegen eine Dame zu kämpfen, vor allem eine, die noch in der Scheide steckte. In der Hinsicht war Jack altmodisch.

Schließlich war Gellir der einzige übrig gebliebene Draug. Seine Leibwächter waren auf dem Boden verstreut, als grauenhafte Sammlung von Armen, Beinen, Waffen und Strickzubehör.

Gellir wich zu seinem Sarkophag zurück und presste das Skofnungschwert gegen die Brust.

»Unterbrechung. Nächster Tagesordnungspunkt. Ich stelle den Antrag, dass weitere Kampfhandlungen ausgesetzt werden, bis wir …«

Hearthstone legte Widerspruch gegen Gellirs Antrag ein, indem er auf den Fürsten zusprang und ihm den Kopf abhieb. Gellirs Rumpf kippte vornüber und unser Turbo-Elf trampelte ihn platt, trat auf ihn ein und schob die vertrockneten Reste auseinander, bis außer dem Schwert nichts mehr übrig war.

Dann fing Hearthstone an, auch das zu treten.

»Halt ihn auf!«, schrie Jack.

Ich packte Hearth am Arm, und das war eindeutig meine mutigste Tat an diesem Tag. Er fuhr zu mir herum und seine Augen loderten vor Zorn.

Er ist tot, gebärdete ich. *Du kannst jetzt aufhören.*

Die Gefahr, dass ich enthauptet werden könnte, war schon wieder groß.

Dann blinzelte Hearthstone. Seine blutunterlaufenen Augen klärten sich. Seine Muskeln schwollen ab. Seine Haare legten sich an seine Kopfhaut. Er sackte in sich zusammen, aber Blitzen und ich waren zur Stelle, um ihn aufzufangen. Wir hatten uns an Hearthstones Ohnmachtsanfälle ja schon gewöhnt.

Sam bohrte ihren Speer in Dagfinns Leichnam und ließ ihn stecken wie eine riesige Wunderkerze. Sie lief in der Grabkammer hin und her und fluchte leise vor sich hin. »Tut mir leid, Leute. So viel Risiko, so große Anstrengungen, und dann kein Mjöllnir.«

»He, das ist super!«, sagte Jack. »Wir haben Frau Skofnung vor ihrem grausamen Herrn gerettet! Sie wird uns ja so dankbar sein. Wir müssen sie mitnehmen.«

Blitzen schwenkte sein oranges Taschentuch vor Hearths Gesicht, in dem Versuch, ihn zu beleben. »Das Schwert mitzunehmen wäre eine sehr schlechte Idee.«

»Weshalb?«, fragte ich. »Und warum hat Hearth so fertig ausgesehen, als er den Namen gehört hat? Was hast du da über einen Stein gesagt?«

Blitz legte sich Hearthstones Kopf auf die Knie, als ob er versuchte, den Elfen vor unserem Gespräch zu beschützen. »Kleiner, wer immer uns hierhergeschickt hat ... das war wirklich eine Falle. Aber die Drauge waren noch das am wenigsten Gefährliche hier in der Kammer. Irgendwer wollte, dass wir das Schwert befreien.«

Eine vertraute Stimme sagte: »Da hast du absolut recht.«

Mein Herz krampfte sich zusammen. Vor Gellirs Sarkophag standen die beiden Männer, die ich in den Neun Welten am allerwenigsten sehen wollte: Onkel Randolph und Loki. Die Rückwand des durchgesägten Sargs hinter ihnen war zu einem schimmernden Portal geworden. Und auf der anderen Seite lag Randolphs Arbeitszimmer.

Lokis vernarbte Lippen verzogen sich zu einem Grinsen. »Gute Arbeit, wie du die Mitgift gefunden hast, Magnus. Das Schwert ist einfach perfekt.«

17 Onkel Randolph geht mir unendlich auf den Nerv

Sam reagierte als Erste. Sie packte ihren Speer und sprang auf ihren Vater zu.

»Nein, Liebes.« Loki schnippte mit den Fingern.

Sofort gaben Sams Knie unter ihr nach. Sie kippte zur Seite und blieb bewegungslos und mit halb geschlossenen Augen liegen. Ihr leuchtender Speer kullerte über den Steinboden.

»Sam!« Ich wollte zu ihr, aber Onkel Randolph hielt mich zurück.

»Nicht, Magnus!« Seine Stimme zitterte vor Panik. »Mach es nicht noch schlimmer.«

»*Noch schlimmer?*« Ich stieß ihn weg.

Wut schäumte durch mein System. Jack fühlte sich in meiner Hand leicht an, bereit zum Zuschlagen. Als ich Samirah bewusstlos zu den Füßen ihres Vaters sah (Götter, ich hoffte, dass sie nur bewusstlos war!), hätte ich meinen Onkel am liebsten mit der Klinge zusammengeschlagen. Ich hätte Lokis Gesicht zu gern einen Super-Uruz verpasst.

Gib Randolph eine Chance, flüsterte Annabeths Stimme in meinem Hinterkopf. *Er gehört zur Familie.*

Ich zögerte … gerade lange genug, um zu registrieren, in welchem Zustand Onkel Randolph war.

Sein grauer Anzug war abgenutzt und mit Asche verschmiert, als ob er durch einen Schornstein gekrochen wäre. Und sein Gesicht ... über seiner Nase, seiner linken Wange und Augenbraue breitete sich ein grauenhafter Krater aus rotbraunem Narbengewebe aus: eine noch kaum verheilte Brandwunde in Form einer Hand.

Ich fühlte mich, als ob mir ein Zwerg die Faust in die Bauchhöhle gerammt hätte. Mir fiel das Zeichen des Loki ein, das auf dem Familienfoto auf Randolphs Wange aufgetaucht war. Ich dachte an meinen Traum vom Schlachtfeld in Walhalla und erinnerte mich an die brennende Qual in meinem eigenen Gesicht, als Loki sich mit mir in Verbindung gesetzt und dabei Randolph als Medium benutzt hatte. Loki hatte meinen Onkel *gebrandmarkt!*

Ich richtete meinen Blick auf den Gott des Betrugs. Er trug noch immer den furchtbaren grünen Smoking, mit dem er in meiner Schlachtfeldvision brilliert hatte, und seine Fliege war in eine kesse Schräglage gerutscht. Seine Augen funkelten, als ob er dächte: *Weiter so, Kleiner. Bring deinen Onkel um. Das könnte unterhaltsam sein.*

Ich beschloss, Loki dieses Vergnügen nicht zu gönnen. »Du hast uns hergelockt«, knurrte ich. »Warum, wenn ihr doch einfach durch ein magisches Portal in den Sarg steigen konntet?«

»Aber das konnten wir ja gar nicht«, sagte Loki. »Du musstest erst den Weg für uns öffnen. Erst dann, na ja ... du bist mit Randolph verbunden. Oder ist dir das noch nicht aufgefallen?« Er tippte sich an die Seite des Gesichts. »Blut ist mächtig. Durch Randolph kann ich dich immer finden.«

»Falls ich dich nicht umbringe«, sagte ich. »Randolph, aus dem Weg.«

Loki kicherte. »Du hast gehört, was der Junge gesagt hat, Randolph. Geh zur Seite.«

Mein Onkel sah aus, als ob er eine Pferdepille schlucken müsste. »Bitte, Loki. Nicht ...«

»Donnerwetter!« Loki hob die Augenbrauen. »Das klingt ja, als ob du versuchst, mir einen Befehl zu erteilen. Aber das kann nicht sein, oder? Das würde schließlich gegen unsere Abmachung verstoßen.«

Bei den Worten *unsere Abmachung* zuckte Randolph zusammen. Er schlurfte zur Seite, während die Gesichtsmuskeln am Rand seiner neuen Narbe zuckten.

Aus dem Augenwinkel sah ich, dass Blitzen Hearthstone auf die Füße half. In Gedanken flehte ich die beiden an, sich in Sicherheit zu bringen. Ich wollte nicht, dass irgendwer Loki im Weg stand.

Sam bewegte sich noch immer nicht.

Mein Herz hämmerte gegen meine Rippen. Ich trat einen Schritt vor. »Loki, was hast du ihr angetan?«

Der Gott warf einen Blick auf seine Tochter. »Wem, Samirah? Der geht es gut. Ich hab nur ihren Atem angehalten.«

»Du hast was?«

Loki winkte angesichts meiner Besorgnis ab. »Nicht auf Dauer, Magnus. Ich finde nur, meine Kinder brauchen eine feste Hand. Viele Eltern sind heutzutage allzu nachgiebig, findest du nicht?«

»Er hält sie unter Kontrolle«, krächzte Randolph.

Loki warf ihm einen gereizten Blick zu. »Erinnere mich doch mal dran, wie gut *du* als Vater warst, Randolph. Ach ja, richtig. Deine Familie ist ja *tot*, und deine einzige Hoffnung, sie wiederzusehen, bin *ich*.«

Randolph sackte innerlich in sich zusammen und wurde aschfahl.

Loki wandte sich wieder mir zu. Sein Grinsen jagte mir Paisleymuster aus Widerwillen die Wirbelsäule hoch. »Verstehst du, Magnus, meine Kinder verdanken ihre Kräfte mir. Zum Dank müssen sie sich meinem Willen beugen, wenn ich das verlange. Das ist nur fair so. Wie gesagt, Blutsverwandtschaft ist eine starke Verbindung. Es ist gut, dass du auf mich gehört und Alex in Walhalla gelassen hast. Sonst wären jetzt zwei meiner Kinder bewusstlos.«

Er rieb sich die Hände. »Möchtest du noch mehr sehen? Samirah ändert immer nur so widerstrebend ihre Gestalt. Vielleicht sollte ich sie für dich zur Katze werden lassen? Oder zum Wallaby? Sie wäre bestimmt ein sehr niedliches Wallaby.«

Der Paisley-Widerwille wirbelte in meinem Magen umher und drohte mit einer Explosion.

Endlich begriff ich, wieso Samirah ihre Gestalt so ungern wechselte.

Jedes Mal spüre ich, dass mich mehr vom Wesen meines Vaters erfasst, hatte sie mal zu mir gesagt.

Kein Wunder, dass Sam Angst hatte, Loki könnte sie wirklich zur Hochzeit mit diesem Riesen zwingen. Kein Wunder, dass sie sich um Alex Fierro Sorgen machte, die, ohne mit der Wimper zu zucken, ihre Gestalt wechselte.

Hatten auch andere Götter ihre Kinder so sehr unter Kontrolle? Konnte Frey …? Nein, ich wollte nicht mal darüber nachdenken.

»Lass sie in Ruhe.«

Loki zuckte mit den Schultern. »Wie du willst. Ich musste sie nur vorübergehend ruhigstellen. Ohne Zweifel hat Gellir es dir erzählt – das Skofnungschwert darf nicht in Anwesenheit einer Frau gezückt werden. Zum Glück zählen Frauen im Koma da nicht mit. Randolph, beeil dich. Das ist der Moment, in dem du das Schwert ziehst.«

Onkel Randolph leckte sich die Lippen. »Es wäre vielleicht besser, wenn …« Seine Stimme schlug in einen kehligen Schrei um. Er krümmte sich zusammen und Rauch stieg von der Narbe auf seiner Wange auf. Mein Gesicht brannte vor Mitgefühl.

»Aufhören!«, schrie ich.

Mein Onkel keuchte. Er richtete sich auf und von seiner Wange stieg noch immer Rauch auf.

Loki lachte. »Randy, Randy, Randy. Du siehst einfach lächerlich aus. Wir haben das doch alles schon besprochen. Du willst deine Familie aus Helheim zurückholen? Ich verlange die volle Bezahlung *im Voraus*. Du trägst mein Zeichen, du tust, was ich dir sage. So schwer ist das doch nicht.« Er zeigte auf das Skofnungschwert. »Hol, Junge. Und Magnus, wenn du versuchst, dich einzuschalten, kann ich Sams Koma noch immer permanent machen. Ich hoffe, du lässt das. So etwas käme doch ungeheuer ungelegen, jetzt, so kurz vor der Hochzeit.«

Ich hätte ihn gern in der Mitte gespalten, wie Hel (ich meine seine Tochter Hel, die zwei ganz verschiedene Seiten hat). Dann wollte ich ihn wieder zusammenkleben und abermals spalten. Ich konnte nicht fassen, dass ich Loki jemals für charismatisch und silberzüngig gehalten hatte. Er hatte meinen Onkel »Randy« genannt. Das allein schrie schon nach Todesstrafe.

Aber ich wusste nicht, wie weit Loki Sam in seiner Macht hatte. Konnte er sie wirklich mit einem Gedanken ins Dauerkoma versetzen? Außerdem machte ich mir Sorgen – oder so etwas Ähnliches – darüber, was Randolph passieren könnte. Der Idiot hatte zwar ein Abkommen mit Loki getroffen, aber ich wusste ja, weshalb. Ich dachte an seine Frau Caroline auf dem sinkenden Boot, an Aubrey mit ihrem Spielzeugboot, an Emma, die aufschrie, während sie ihr Runenstein-Erbe an sich presste – das Symbol für all die Träume, die sie niemals verwirklichen könnte, weil sie nicht lange genug leben würde.

Zu meiner Linken bewegten sich Blitzen und Hearthstone vorwärts. Hearthstone hatte sich ausreichend erholt, um allein zu gehen. Blitz hielt ein Breitschwert in der Hand, das er offenbar einem Zombie abgenommen hatte. Ich streckte die Hand aus und signalisierte damit, sie sollten sich zurückhalten.

Randolph hob das Skofnungschwert auf. Er zog es langsam aus der Scheide – eine Doppelklinge aus kaltgrauem Eisen. In der Mitte leuchteten Runen in jedem Blauton von Permafrost bis Venenblut.

Jack zitterte. »Oh ... oh, wow!«

»Ja, allerdings«, sagte Loki. »Also, könnte ich ein Schwert schwingen und wäre das sagenumwobene Schwert des Sommers mir verwehrt, dann nähme ich das Skofnungschwert.«

»Der mag ja ein mieser Typ sein«, flüsterte Jack mir zu, »aber immerhin hat er Geschmack.«

»Leider«, fuhr Loki fort, »bin ich in meinem derzeitigen Zustand ja gar nicht richtig hier.«

Blitz knurrte: »Da muss ich ihm zum ersten Mal zustimmen. Dieses Schwert dürfte niemals gezückt werden.«

Loki verdrehte die Augen. »Blitzen, Sohn der Freya, was bist du für ein Dramazwerg, wenn es um magische Waffen geht. Ich kann Skofnung nicht schwingen, nein, aber die Chasens stammen von den alten nordischen Königen ab. Sie sind perfekt dafür!«

Mir fiel ein, dass Randolph mir so etwas erzählt hatte – dass die Chase-Familie vom schwedischen Königshaus abstammte, bla, bla, bla. Aber wenn uns das zum Schwerterschwingen befähigte, wollte ich es nicht in meinen Lebenslauf aufnehmen.

Zu gefährlich. Hearthstones Gebärden waren apathisch und schlaff. Seine Augen waren voller Angst. *Tod. Die Weissagung.*

»Die Klinge hat also ein paar Macken«, sagte Loki. »Ich liebe Macken. In Anwesenheit von Frauen kann es nicht gezogen werden. Es kann nicht bei Tageslicht gezogen werden. Nur Menschen von edler Abstammung dürfen es benutzen.« Loki stieß Randolphs

Arm an. »Sogar der hier kommt in Frage. Und wenn die Klinge dann gezogen ist, kann sie erst wieder in die Scheide gesteckt werden, wenn sie Blut geschmeckt hat.«

Jack summte vor lauter metallischem Wimmern. »Das ist nicht fair. Das ist viel zu attraktiv.«

»Ich weiß«, sagte Loki. »Und die letzte kleine Macke des Schwertes ... Hearthstone, mein Freund, möchtest du es ihnen sagen oder soll ich?«

Hearthstone schwankte. Er packte Blitzens Schulter. Ich war nicht sicher, ob er sich festhalten oder sich davon überzeugen wollte, dass der Zwerg noch da war.

Blitzen hob sein Breitschwert, das fast so groß war wie er. »Loki, das wirst du Hearth nicht antun. Ich lasse das nicht zu.«

»Mein lieber Zwerg. Ich weiß es zu schätzen, dass du den Eingang zu diesem Grab gefunden hast. Und natürlich musste Hearthstone das magische Siegel um den Sarkophag brechen. Ihr habt beide eure Rolle gut gespielt, aber ich fürchte, ich brauche noch etwas mehr von euch. Ihr wollt Samirah doch glücklich verheiratet sehen, oder?«

»Mit einem Riesen?«, schnaubte Blitzen. »Nein.«

»Aber es ist für einen guten Zweck! Die Rückgabe des Hammers von – wie hieß der doch noch gleich? Das bedeutet, dass ich eine angemessene Brautgabe brauche, und Thrym hat sich das Skofnungschwert gewünscht. Das ist ein absolut vernünftiger Tausch. Es ist nur so, das Schwert ist ohne Stein nicht komplett. Die beiden sind eine *Einheit.*«

»Wie meinst du das?«, fragte ich. »Was für ein Stein?«

»Der Skofnungstein – der Wetzstein, mit dem die Klinge geschliffen wird.« Mit Daumen und Fingern beschrieb Loki einen Kreis von der Größe eines Tortenbodens. »Ungefähr so groß, blau mit grauen Flecken.« Er zwinkerte Hearthstone zu. »Klingt das irgendwie vertraut?«

Hearthstone sah aus, als ob sein Schal ihn zu erwürgen drohte.

»Hearth«, sagte ich. »Wovon redet er da?«

Mein elfischer Freund gab keine Antwort.

Onkel Randolph stolperte und brauchte jetzt beide Hände, um das verfluchte Schwert zu halten. Die Eisenklinge wurde dunkler und von den Rändern stiegen Fäden aus Eisnebel auf.

»Es wird schwerer«, keuchte Randolph. »Kälter.«

»Dann sollten wir uns beeilen.« Loki schaute hinab auf Samirahs bewusstlose Gestalt. »Randolph, lass uns dieses hungrige Schwert füttern, ja?«

»Nie im Leben!« Ich hob meine eigene Klinge. »Randolph, ich möchte dich nicht verletzen, aber ich würde es tun.«

Mein Onkel stieß ein verzweifeltes Schluchzen aus. »Magnus, du verstehst das nicht. Du weißt nicht, was er vorhat ...«

»*Randolph!*«, zischte Loki. »Wenn du deine Familie wiedersehen willst, dann schlag zu!«

Randolph holte aus, stieß mit der verfluchten Klinge zu – und ich hatte das Ziel komplett falsch verstanden.

Dumm, Magnus. Unverzeihlich dumm.

Ich dachte nur an Sam, die hilflos zu Lokis Füßen lag. Ich musste sie verteidigen. Ich dachte nicht an Weissagungen oder daran, dass alles, was Loki tat, sogar ein achtloser Blick auf seine Tochter, ein Trick war.

Ich sprang vor, um den Schlag meines Onkels aufzufangen, aber er sprang einfach an mir vorbei. Mit einem Entsetzensschrei bohrte er das Skofnungschwert in Blitzens Unterleib.

18 Ich muss noch viel, viel mehr Verwünschungen in Gebärdensprache lernen

Ich heulte vor Wut.

Ich schlug zu und das Schwert flog aus Onkel Randolphs Hand, zusammen mit – äh, vielleicht überspringt ihr diesen Teil lieber – mit zwei rosa Dingern, die aussahen wie Finger.

Randolph taumelte rückwärts und presste sich die Faust gegen die Brust. Das Skofnungschwert fiel klirrend zu Boden.

»Oh!« Blitzen riss die Augen auf. Das Schwert hatte seine Weste aus Kettengeflecht einfach durchbohrt. Blut sickerte zwischen seinen Fingern hervor.

Er schwankte. Hearthstone fing ihn auf und zog ihn von Randolph und Loki weg.

Ich fuhr zu Loki herum, hob abermals Jacks Klinge und zog sie durch das selbstzufriedene Gesicht des Gottes, aber seine Gestalt schimmerte nur wie eine Projektion.

»Er schwingt das Schwert. Er trifft daneben!« Loki schüttelte den Kopf. »Wirklich, Magnus, wir wissen doch beide, dass du mich nicht verwunden kannst. Ich bin ja gar nicht richtig hier! Außerdem ist Kämpfen nicht deine starke Seite. Wenn du deine Wut an jemandem auslassen musst, dann bring Randolph um, aber mach schnell. Wir haben eine Menge zu besprechen und dein Zwerg verblutet.«

Ich konnte nicht atmen. Ich hatte das Gefühl, dass mir jemand puren Hass in die Kehle schüttete. Ich wollte meinen eigenen Onkel erschlagen. Ich wollte das Grab Stein für Stein auseinandernehmen. Plötzlich konnte ich Ratatosk verstehen, das Eichhörnchen, das nur Gemeinheiten von sich gab und den Baum zerstören wollte, auf dem es wohnte.

Es war nicht leicht, aber ich drängte meine Wut zurück. Blitz zu retten, war wichtiger, als mich zu rächen.

»Jack«, sagte ich. »Pass auf diese Meinfretrar auf. Wenn sie versuchen, Sam etwas zu tun oder Skofnung an sich zu nehmen, dann spiel eine Runde Schlachtfest.«

»Alles klar.« Jack sprach mit tieferer Stimme als sonst, vermutlich, um das Skofnungschwert zu beeindrucken. »Ich werde die scharfe Klingendame mit meinem Leben beschützen. Ach ja, und Sam auch.«

Ich rannte zu Blitzen.

»Richtig so!«, feuerte Loki mich an. »Das ist der Magnus Chase, den ich kenne und liebe. Denkt immer an andere. Immer zum Heilen bereit.«

Ich legte die Hände auf Blitzens Unterleib, dann schaute ich zu Hearthstone auf. »Hast du irgendeine Rune, die helfen könnte?«

Hearth schüttelte den Kopf. Auch in seinen Augen loderte Hass von ratatoskischen Ausmaßen. Ich konnte sehen, wie verzweifelt gern er etwas unternommen hätte, irgendetwas, aber an diesem Morgen hatte er bereits zwei Runen benutzt. Noch eine wäre vermutlich sein Tod gewesen.

Blitzen hustete. Sein Gesicht wurde fahl. »Ich – mir geht's gut, Jungs. Brauch nur … kleine Pause.«

»Ganz ruhig, Blitz.« Wieder rief ich die Kraft des Frey herbei. Meine Hände wurden heiß wie die Spiralen in einer Heizdecke und schickten Wärme in jede Zelle von Blitzens Körper. Ich verlangsamte seinen Blutkreislauf. Ich linderte seine Schmerzen. Aber die Wunde wollte nicht heilen. Ich spürte, wie sie sich wehrte, wie sie Gewebe und Adern schneller zerfetzte, als ich sie flicken konnte, und wie sie mit bösartigem Hunger an Blitzen nagte.

Ich dachte an Hearthstones Weissagung: *Blitzen. Blutvergießen. Nicht aufzuhalten.*

Das war meine Schuld. Ich hätte damit rechnen müssen. Ich hätte darauf bestehen sollen, dass Blitz in Mimirs konspirativer Wohnung blieb und sich Pizza bringen ließ. Ich hätte auf diesen blöden Ziegenkiller in der Back Bay hören sollen.

»Alles wird gut«, sagte ich. »Bleib bei mir.«

Blitzens Blick fokussierte nicht mehr. »Hab ... Nähsachen in der Westentasche ... wenn das hilft.«

Ich hätte schreien mögen. Es war gut, dass ich Jack nicht mehr in den Händen hatte, denn ich hätte einen totalen Kylo-Ren-Wutanfall hingelegt.

Ich richtete mich auf und sah Loki und Randolph an. Mein Gesichtsausdruck war offenbar ziemlich beängstigend. Randolph wich in eine Zombienische zurück und seine verletzte Hand hinterließ dabei auf dem Boden eine Blutspur. Ich hätte die Wunde vermutlich für ihn heilen können, aber ich fühlte mich nicht im Geringsten dazu veranlasst.

»Loki, was willst du?«, fragte ich. »Wie kann ich Blitzen helfen?«

Der Gott breitete die Arme aus. »Ich bin ja so froh, dass du das fragst. Zum Glück gibt es auf diese zwei Fragen eine einzige Antwort.«

»Der Stein«, Blitz keuchte auf. »Er will ... den Stein.«

»Genau«, sagte Loki zufrieden. »Verstehst du, Magnus, mit dem Skofnungschwert geschlagene Wunden heilen niemals. Sie bluten einfach bis in alle Ewigkeit ... oder bis zum Tod, was eben zuerst kommt. Die Wunde kann nur durch den Skofnungstein geschlossen werden. Deshalb sind die beiden eine so wichtige Einheit.«

Hearthstone ließ eine dermaßen beeindruckende Salve von Verwünschungen in Gebärdensprache los, dass es eine wunderschöne Performance abgegeben hätte. Selbst, wenn man Gebärdensprache nicht verstand, vermittelten die Gesten seine Wut besser als jede Menge Geschrei.

»Meine Güte«, sagte Loki. »So wurde ich ja seit meinem letzten Scharmützel mit den Asen nicht mehr genannt. Tut mir leid, wenn du so empfindest, mein elfischer Freund, aber du bist der Einzige, der den Stein besorgen kann. Du weißt, dass es die einzige Lösung ist. Also solltest du machen, dass du nach Hause kommst.«

»Nach Hause?« Meine Gedanken bewegten sich mit der Geschwindigkeit von kaltem Sirup. »Meinst du ... Albenheim?«

Blitzen stöhnte. »Zwing Hearth nicht dazu. Das ist es nicht wert, Kleiner.«

Ich starrte wütend Onkel Randolph an, der sich in der Zombienische häuslich niederließ. Mit seinem verdreckten Anzug, seinem vernarbten Gesicht und seinen vor Schmerz und Blutverlust glasigen Augen war er selbst schon halb zum Untoten geworden.

»Was will Loki eigentlich?«, fragte ich ihn. »Und was hat das alles mit Thors Hammer zu tun?«

Er sah mich mit der gleichen hoffnungslosen Miene an wie in meinem Traum, als er sich auf der vom Sturm hin- und hergeschleuderten Yacht zu seiner Familie umgedreht und versprochen hatte: *Ich sorge dafür, dass wir nach Hause kommen.* »Magnus, es tut mir ... tut mir so ...«

»Leid?«, schlug Loki vor. »Ja, es tut dir sehr leid, Randolph. Das wissen wir. Aber mal ehrlich, Magnus, kannst du den Zusammenhang nicht sehen? Vielleicht muss ich deutlicher werden. Manchmal vergesse ich, wie schwer von Begriff ihr Sterblichen sein könnt. Riese-hat-Hammer.«

Er unterstrich jedes Wort mit übertriebener Gebärdensprache. »Riese-gibt-Hammer-zurück-gegen-Samirah. Wir-tauschen-Geschenke-auf-Hochzeit-aus. Hammer-gegen-S-K-O-F-N-U-N-G.«

»Hör auf!«, fauchte ich.

»Dann hast du also verstanden?« Loki streckte die Hände aus. »Gut, denn meine Finger werden schon müde. Also, ich kann keinen halben Brautpreis übergeben. Das würde Thrym niemals hinnehmen. Ich brauche die Klinge *und* den Stein. Zum Glück weiß dein armer Freund Hearthstone genau, wo der Stein zu finden ist.«

»Deshalb hast du das alles hier arrangiert? Deshalb hast du …?« Ich zeigte auf Blitz, der in einer wachsenden roten Lache dalag.

»Sieh es als kleine Anregung«, sagte Loki. »Ich war nicht sicher, ob du mir den Stein aus purer Nettigkeit bis zu Samirahs Hochzeit besorgen würdest, aber du wirst es sicher tun, um deinen Freund zu retten. Und, vergiss nicht, das alles nur, damit *ich* dir helfen kann, den blöden Hammer von Wie-heißt-er-doch-noch-gleich zu besorgen. Also können wir beide nur gewinnen. Es sei denn, du weißt schon, dein Zwerg stirbt. Das sind so kleine, jämmerliche Geschöpfe. Randolph, komm.«

Mein Onkel trottete auf Loki zu wie ein Hund, der Prügel erwartet. Ich brachte meinem Onkel in diesem Moment keine große Liebe entgegen, aber ich fand es trotzdem schrecklich, wie Loki ihn behandelte. Ich dachte an die Verbindung, die ich in meinen Träumen zu Randolph gespürt hatte – als ich die überwältigende Trauer wahrnehmen konnte, die ihn antrieb.

»Randolph«, sagte ich zu ihm. »Du musst nicht mit ihm gehen.«

Er sah mich kurz an und ich begriff, wie sehr ich mich da irrte.

Als er Blitzen erstochen hatte, war etwas in ihm zerbrochen. Er war jetzt so tief in diesen grauenhaften Handel hineingezogen worden, hatte so viel aufgegeben, um seine tote Frau und die Kinder zurückzubekommen, dass er sich keine andere Möglichkeit mehr vorstellen konnte.

Loki zeigte auf Skofnung. »Das Schwert, Randolph. Hol das Schwert.«

Jacks Runen pulsierten in wütendem Lila. »Versuch das nur, Compadre, dann verlierst du mehr als nur zwei Finger.«

Randolph zögerte, wie man das eben so macht, wenn man es mit redenden, glühenden Schwertern zu tun hat.

Lokis aufgeblasenes Selbstvertrauen geriet ins Wanken. Seine Augen wurden dunkel. Seine vernarbten Lippen kräuselten sich. Ich sah, wie dringend er das Schwert haben wollte. Er brauchte es für etwas viel Wichtigeres und nicht nur als Brautpreis.

Ich stellte meinen Fuß auf die Klinge Skofnung. »Jack hat recht. Das bleibt hier.«

Die Adern an Lokis Hals sahen aus, als ob sie jeden Moment explodieren könnten. Ich hatte Angst, er würde Samirah töten und Zwerg, Elf und Einherje an die Wände klatschen.

Ich starrte ihn trotzdem an, bis er den Blick senkte. Ich begriff nicht, was er vorhatte, aber mir ging so langsam auf, dass er uns lebendig brauchte … für den Augenblick jedenfalls.

Im Bruchteil einer Sekunde konnte der Gott seine Fassung zurückgewinnen.

»Schön, Magnus«, sagte er munter. »Bring Schwert und Stein mit, wenn du die Braut bringst. In vier Tagen. Ich sag dir noch, wohin. Und besorg dir einen anständigen Smoking. Randolph, los geht's. Zack, zack!«

Mein Onkel wand sich verzweifelt.

Loki lachte. »Ach, tut mir leid.« Er wackelte mit dem kleinen und dem Ringfinger. »Ging das zu schnell?«

Er packte Randolph am Ärmel. Die beiden Männer stürzten rückwärts in das Sargportal, als würden sie aus einem fliegenden Jet gesaugt. Hinter ihnen implodierte der Sarkophag.

Sam bewegte sich. Dann setzte sie sich auf, als ob ihr Wecker geklingelt hätte. Ihr Hidschab rutschte über ihr Auge wie eine Augenklappe. »Was – was ist denn los?«

Ich war viel zu benommen, um etwas zu erklären. Ich kniete neben Blitzen und versuchte alles, um seinen Zustand stabil zu halten. Meine Hände erglühten mit genug Frey-Kraft, um eine Kernschmelze auszulösen, aber es half nichts. Mein Freund entfernte sich immer weiter von uns.

Hearths Augen standen voller Tränen. Er saß neben Blitz und sein gepunkteter Schal hing in die Blutlache. Ab und zu schlug er sich mit einem V-Zeichen gegen die Stirn: *Dumm. Dumm.*

Sams Schatten fiel über uns. »Nein! Nein, nein, nein! Was ist denn passiert?«

Hearthstone startete eine weitere Tirade in Gebärdensprache: *Hab ich euch doch gesagt! Zu gefährlich! Deine Schuld, dass wir …*

»Kumpel.« Blitzen zog kraftlos an Hearthstones Händen. »Nicht Sams … Schuld. Nicht deine. War … meine Idee.«

Hearthstone schüttelte den Kopf. *Blöde Walküre. Blöder ich. Müssen dich doch heilen können.*

Er sah mich an und hoffte verzweifelt auf ein Wunder.

Ich hasse es, Heiler zu sein. Bei Freys Flitterkram, ich wäre zu gern ein Krieger gewesen. Oder ein Werwesen wie Alex Fierro oder ein Runenleger wie Hearthstone oder sogar ein Berserker in Unterwäsche wie Halbgeboren. Dass das Leben meiner Freunde von meinen Fähigkeiten abhing, dass ich zusehen musste, wie das Licht aus

Blitzens Augen verschwand, in dem Wissen, dass ich daran einfach nichts ändern konnte … das war unerträglich.

»Loki hat uns keine andere Möglichkeit gelassen«, sagte ich. »Wir müssen den Skofnungstein finden.«

Hearthstone stöhnte verzweifelt. *Würde ich tun. Für Blitz. Aber keine Zeit. Dauert mindestens einen Tag. Wird sterben.*

Blitzen versuchte, etwas zu sagen. Es kam kein Wort heraus. Sein Kopf kippte zur Seite.

»Nein!«, schluchzte Sam. »Nein, er darf nicht sterben! Wo ist dieser Stein? Ich hole ihn selbst!«

Ich sah mich im Grab um und suchte verzweifelt nach einer Idee. Meine Augen richteten sich auf die einzige Lichtquelle – Samirahs im Staub liegender Speer.

Licht. *Sonnenlicht.*

Es gab ein letztes Wunder, das ich versuchen könnte – einen lahmen Ladenhüter von einem Wunder, aber es war alles, was ich hatte.

»Wir brauchen mehr Zeit«, sagte ich. »Also machen wir mehr Zeit.« Ich war nicht sicher, ob Blitzen noch aufnahmefähig war, aber ich drückte seine Schulter. »Wir holen dich zurück, Kumpel. Versprochen!«

Ich stand auf, hob mein Gesicht zum Deckengewölbe und stellte mir die Sonne über uns vor. Ich rief meinen Vater an – den Gott der Wärme und Fruchtbarkeit, den Gott der Lebewesen, die durch die Erdkruste brechen, um ans Licht zu gelangen.

Das Grab grollte. Staub rieselte herab. Direkt über mir zerbrach die Deckenwölbung wie eine Eierschale und ein gezackter Streifen Sonnenlicht fiel durch die Dunkelheit und leuchtete Blitzens Gesicht an.

Und vor meinen Augen wurde einer meiner besten Freunde in allen Neun Welten zu massivem Stein.

19 SOLLTE ICH NERVÖS WERDEN, WENN DIE PILOTIN BETET?

Der Flughafen von Provincetown war der deprimierendste Ort, den ich jemals gesehen hatte. Um fair zu sein, das lag vielleicht daran, dass ich einen versteinerten Zwerg, einen Elfen mit gebrochenem Herzen, eine wütende Walküre und ein Schwert, das nicht die Klappe halten konnte, dabeihatte.

Sam hatte einen Uber-Wagen angerufen, um uns am Pilgermonument abzuholen. Ich fragte mich, ob sie mit Uber im Notfall auch Seelen nach Walhalla brachte. Auf dem ganzen Weg zum Flughafen konnte ich nicht aufhören, den »Walkürenritt« zu summen, obwohl wir auf dem Rücksitz eines Ford-Focus-Kombis zusammengepfercht saßen.

Neben mir hatte Jack den Sicherheitsgurt an sich gerissen und nervte mich mit Fragen. »Können wir Skofnung nicht wenigstens für eine Minute noch mal aus der Scheide ziehen? Ich möchte nur Hallo sagen.«

»Jack, nein. Sie darf nicht bei Sonnenschein oder in Anwesenheit von Frauen gezogen werden. Und wenn wir es täten, müsste sie jemanden töten.«

»Ja, aber abgesehen davon, wäre es nicht umwerfend?« Er seufzte und Runen ließen seine Klinge strahlen. »Sie ist wunderbar.«

»Bitte, geh jetzt in den Anhänger-Modus über.«

»Meinst du, ich habe ihr gefallen? Ich habe doch nichts Blödes gesagt, oder? Sei ehrlich.«

Ich schluckte einige gemeine Bemerkungen hinunter. Es war schließlich nicht Jacks Schuld, dass wir in diese furchtbare Lage geraten waren. Aber ich war doch erleichtert, als ich ihn endlich überreden konnte, zum Anhänger zu werden. Ich sagte ihm, er brauche seinen Schönheitsschlaf, falls wir Skofnung später aus der Scheide holten.

Als wir beim Flughafen ankamen, half ich Hearthstone, unseren Granitzwerg aus dem Wagen zu wuchten, während Sam ins Flughafengebäude lief.

Im Flughafen gab es nicht viel zu sehen – es gab nur eine Baracke mit einem einzigen Raum für Abflüge und Ankünfte, davor einige Bänke und hinter dem Sicherheitszaun zwei Startbahnen für kleine Maschinen.

Sam hatte uns nicht erklärt, was wir hier wollten. Ich nahm an, dass sie ihre Piloten-Beziehungen nutzte, um uns einen Charterflug zurück nach Boston zu besorgen. Offenbar konnte sie uns nicht alle vier aus eigener Kraft fliegen, und Hearthstone war nicht in der Verfassung, weitere Runen zu legen.

Hearth hatte seine letzten Reste magischer Energie benutzt, um Blasenfolie und Klebeband herbeizurufen. Dazu hatte er eine Rune eingesetzt, die aussah wie ein ganz normales X. Vielleicht war es das alte Wikingersymbol für Verpackungsmaterial oder die Rune für den Albenheim Express. Hearthstone war so wütend und verzweifelt, dass ich nicht wagte, ihn zu fragen. Ich stand einfach vor der Baracke und wartete darauf, dass Sam zurückkam, während Hearth vorsichtig seinen besten Freund einwickelte.

Wir hatten eine Art Waffenstillstand geschlossen, während wir auf den Uber-Wagen warteten. Hearth, Sam und ich waren unter

Strom wie Hochspannungsleitungen, übermäßig geladen mit Schuldgefühlen und gegenseitigen Vorwürfen, bereit, alle umzubringen, die uns zu nahe traten. Aber wir wussten, dass das Blitzen nicht helfen würde. Wir hatten noch nicht darüber gesprochen, aber wir waren zu einer schweigenden Übereinkunft gelangt, uns nicht gegenseitig anzubrüllen, zusammenzustauchen oder zu verprügeln. Erst einmal mussten wir einen Zwerg heilen.

Endlich kam Sam aus dem Terminal zurück. Sie war offenbar auf der Toilette gewesen, denn ihre Hände und ihr Gesicht waren noch feucht.

»Die Cessna ist schon unterwegs«, sagte sie.

»Das Flugzeug deines Ausbilders?«

Sie nickte. »Ich musste ziemlich betteln. Aber Barry ist echt nett. Er hat begriffen, dass es ein Notfall ist.«

»Weiß er von …?« Ich zeigte in die Runde und meinte damit vage die Neun Welten, versteinerte Zwerge, untote Krieger, gemeine Götter und alles andere, was unser Leben ins Chaos gestürzt hatte.

»Nein«, sagte Sam. »Und ich möchte auch, dass es so bleibt. Ich darf nicht fliegen, wenn mein Ausbilder glaubt, ich hätte Halluzinationen.«

Sie schaute zu Hearthstones Blasenfolienaktion hinüber. »Bei Blitzen nichts Neues? Er ist noch nicht dabei zu … zerkrümeln?«

Eine Raupe kroch in meiner Kehle nach unten. »Zerkrümeln? Bitte sag, dass das nicht passieren wird.«

»Ich hoffe, nicht. Aber manchmal …« Sam schloss die Augen und brauchte eine Sekunde, um sich zu fassen. »Manchmal, nach ein paar Tagen …«

Als ob ich einen Grund gebraucht hätte, um mich noch schuldiger zu fühlen. »Wenn wir den Skofnungstein gefunden haben … dann gibt es doch eine Möglichkeit, Blitzen zu entsteinern, oder?«

Vielleicht hätte ich diese Frage stellen sollen, ehe ich meinen Freund in einen Granitklotz verwandelt hatte, aber Mensch, ich hatte unter gewaltigem Druck gestanden.

»Ich – ich hoffe«, sagte Sam.

Toll. Da fühlte ich mich ja gleich viel besser.

Hearthstone schaute zu uns herüber. Er fragte Sam mit kleinen, wütenden Gesten: *Flugzeug? Wirst Magnus fallen lassen. Mich auch. Kommst nicht mit.*

Sam sah verletzt aus, aber sie hob ihre Hand neben ihr Gesicht und ihr Zeigefinger wies nach oben. *Verstanden.*

Hearthstone arbeitete weiter an der Verpackung unseres Zwergs.

»Lass ihm Zeit«, sagte ich zu Sam. »Es war nicht deine Schuld.«

Sam starrte den Boden an. »Ich wünschte, ich könnte das auch glauben.«

Ich hätte gern danach gefragt, was für eine Kontrolle Loki über sie hatte, hätte ihr gesagt, wie leid sie mir tat, hätte versprochen, dass wir eine Möglichkeit finden würden, um ihren Vater zu bekämpfen. Aber ich nahm an, dass es noch zu früh wäre, das alles zur Sprache zu bringen. Ihre Schuldgefühle waren zu frisch.

»Was hat Hearthstone damit gemeint, dass du uns fallen lässt?«, fragte ich.

»Das erkläre ich, wenn wir losgeflogen sind.« Sam zog ihr Handy heraus und sah nach der Zeit. »Es ist *Zuhr.* Uns bleiben noch ungefähr zwanzig Minuten, ehe das Flugzeug landet. Magnus, kann ich dich mal ausleihen?«

Ich wusste nicht, was *Zuhr* bedeutete, aber ich folgte ihr zu einer kleinen Rasenfläche in der Mitte des Kreisverkehrs am Ende der Auffahrt.

Samirah wühlte in ihrem Rucksack. Sie zog ein zusammengefaltetes Stück Stoff hervor, wie ein überdimensionales Kopftuch, und breitete es auf dem Rasen aus. Mein erster Gedanke war: *Machen wir jetzt ein Picknick?*

Dann sah ich, dass sie das Tuch so auslegte, dass die Spitze nach Südosten zeigte. »Ist das ein Gebetsteppich?«

»Ja«, sagte sie. »Zeit für die Mittagsgebete. Würdest du für mich Wache halten?«

»Ich ... warte. Was?« Ich kam mir vor, als hätte sie mir ein neugeborenes Kind überreicht und ich solle mich darum kümmern. Ich kannte Sam jetzt seit vielen Wochen, aber ich hatte sie noch niemals beten sehen. Ich hatte gedacht, sie tue das eben nicht sehr oft. Ich an ihrer Stelle hätte es so gemacht – so wenig religiöser Kram wie möglich. »Wie kannst du in einem solchen Augenblick beten?«

Sie lachte freudlos. »Die eigentliche Frage ist, wie kann ich in einem solchen Augenblick *nicht* beten? Es dauert nicht lange. Steh einfach Wache, für den Fall ... ich weiß nicht, dass Trolle angreifen oder so was.«

»Warum habe ich dich noch nie beten sehen?«

Sam zuckte mit den Schultern. »Ich bete jeden Tag. Fünfmal, wie vorgeschrieben. Normalerweise gehe ich schnell in eine ruhige Ecke, aber wenn ich auf Reisen bin oder in einer gefährlichen Lage, dann schiebe ich die Gebete auf, bis ich sicher bin, dass keine Gefahr mehr besteht. Das ist erlaubt so.«

»Wie damals, als wir in Jotunheim waren?«

Sie nickte. »Das ist ein gutes Beispiel. Da wir im Moment nicht in Gefahr sind und du hier bist und es an der Zeit ist ... macht es dir etwas aus?«

»Äh ... nein. Ich meine, klar, natürlich. Leg los.«

Ich war schon in allerlei surrealen Situationen gewesen. Ich hatte in einer Zwergenbar gepichelt. Ich war auf der Flucht vor einem riesigen Eichhörnchen durch den Weltenbaum gerannt. Ich hatte mich im Esszimmer eines Riesen an einem Vorhang abgeseilt. Aber Samirah al-Abbas beim Beten auf einem Flughafenparkplatz zu beschützen ... das war etwas Neues.

Sam zog die Schuhe aus. Sie stand ganz still am Ende des Teppichs, hatte die Hände vor dem Bauch gefaltet und die Augen halb geschlossen. Dann flüsterte sie etwas Unhörbares. Sie hob kurz die Hände an die Ohren – die Geste, die wir in der Gebärdensprache für »Hör jetzt gut zu« benutzen. Dann fing sie zu beten an, es war ein leiser Singsang auf Arabisch, es klang, als ob sie ein gut bekanntes Gedicht oder ein Liebeslied aufsagte. Sam verbeugte sich, richtete sich wieder auf, kniete nieder und presste ihre Stirn auf den Teppich.

Nicht, dass ich sie angestarrt hätte. Ich hätte es nicht richtig gefunden zu glotzen. Aber ich passte gut auf, in einem respektvollen Abstand, wie ich hoffte.

Ich muss zugeben, dass ich irgendwie fasziniert war. Und vielleicht auch ein bisschen neidisch. Nach allem, was ihr soeben widerfahren war, nachdem ihr grausamer Vater sie unter seine Kontrolle gebracht und sie bewusstlos gemacht hatte, schien Sam für den Moment mit sich in Frieden zu sein. Sie erzeugte ihre eigene kleine Blase der Ruhe.

Ich betete nie, weil ich an keinen allmächtigen Gott glaube. Aber ich wünschte, ich hätte Sams Ausmaß an Vertrauen zu irgendetwas.

Das Gebet dauerte nicht lange. Sam faltete ihren Teppich zusammen und stand auf. »Danke, Magnus.«

Ich zuckte mit den Schultern und kam mir noch immer vor wie ein Eindringling. »Geht es jetzt besser?«

Sie grinste. »Das ist keine Zauberei.«

»Ja, aber ... wir erleben die ganze Zeit Zauber. Ist es nicht schwer, zu glauben, dass es da draußen irgendwo etwas Mächtigeres gibt als alle diese nordischen Wesen, mit denen wir es zu tun haben? Vor allem – nichts für ungut – wenn der große Boss keinen Finger rührt, um zu helfen?«

Sam stopfte den Gebetsteppich in ihren Rucksack. »Keinen Finger rühren, sich nicht einmischen, nichts erzwingen ... mir kommt das barmherziger und göttlicher vor, findest du nicht?«

Ich nickte. »Ja, könnte sein.«

Ich hatte Sam noch nie weinen sehen, aber ihre Augenwinkel waren rötlich unterlaufen. Ich fragte mich, ob sie wohl so weinte, wie sie betete – ganz privat, in einer stillen Ecke, damit wir nichts merkten.

Sie schaute zum Himmel hoch. »Außerdem, wer hat denn behauptet, dass Allah nicht hilft?« Sie zeigte auf ein leuchtend weißes Flugzeug, das gerade zur Landung ansetzte. »Und jetzt sagen wir Barry Guten Tag.«

Überraschung! Es tauchten nicht nur ein Flugzeug und ein Flieger auf, sondern auch Sams Freund.

Sam lief gerade über die Rollbahn, als sich die Flugzeugtür öffnete. Der Erste, der zum Vorschein kam, war Amir Fadlan, mit einer brauen Lederjacke über seinem Fadlans-Falafel-T-Shirt, nach hinten gestrichenen Haaren und einer Sonnenbrille mit Goldrand, mit der er aussah wie so ein blöder Flieger in einer Breitling-Uhrenreklame.

Sam wurde langsamer, als sie ihn sah, aber es war zu spät, um sich zu verstecken. Sie schaute sich panisch zu mir um, dann ging sie ihrem Verlobten entgegen.

Ich verpasste den ersten Teil ihres Wortwechsels. Ich war zu sehr damit beschäftigt, Hearthstone zu helfen, der einen steinernen Zwerg zum Flugzeug hieven musste. Sam und Amir standen unten an der Gangway und tauschten verzweifelte Handbewegungen und gequälte Blicke.

Als ich endlich bei ihnen ankam, lief Amir gerade hin und her, als ob er sich auf eine Rede vorbereitete. »Ich dürfte nicht einmal hier sein. Ich dachte, du seist in Gefahr. Ich dachte, es gehe um Leben und Tod. Ich …« Er erstarrte. »Magnus?«

Er starrte mich an, als ob ich gerade vom Himmel gefallen wäre, was nicht fair war, da ich das schon seit Stunden nicht mehr getan hatte.

»He, Mann«, sagte ich. »Das alles hier hat gute Gründe. Also, wirklich gute Gründe. Samirah hat nichts … sie hat nichts getan, was du dir vielleicht fälschlicherweise vorstellst. Denn sie hat nichts davon getan.«

Sam starrte mich wütend an. *Nicht sehr hilfreich.*

Amirs Blick wanderte zu Hearthstone. »Dich kenne ich auch. Du warst vor zwei Monaten bei uns im Imbiss. Sams sogenannte Mathegruppe …« Er schüttelte ungläubig den Kopf. »Du bist also der Elf, von dem Sam erzählt hat? Und Magnus, du bist … du bist tot. Sam hat gesagt, sie hat deine Seele nach Walhalla gebracht. Und der Zwerg …«, er starrte unseren in Blasenfolie gewickelten tragbaren Blitzen an, »… ist eine Statue?«

»Vorübergehend«, sagte ich. »Aber daran war nicht Sam schuld.«

Amir ließ dieses irre Lachen hören, das man nicht so gern hört, die Sorte Lachen, die darauf hinweist, dass das Gehirn ein paar Risse bekommen hat, die sich nicht so leicht wieder reparieren lassen. »Ich weiß nicht mal, wo ich anfangen soll. Sam, ist alles in Ordnung bei dir? Hast du irgendwelche Probleme?«

Samirahs Wangen wurden so rot wie Preiselbeerkompott. »Es ist … kompliziert. Es tut mir so leid, Amir. Ich hatte nicht erwartet …«

»Dass er hier sein würde«, sagte eine neue Stimme. »Herzchen, ein Nein hat er einfach nicht akzeptiert.«

In der Tür des Flugzeugs stand ein dünner, dunkelhäutiger Mann. Er war so gut gekleidet, dass Blitzen vor Freude geweint hätte: kastanienbraune Röhrenjeans, pastellgrünes Hemd, eine doppelreihige Weste und spitze Lederstiefel. Sein laminierter Pilotenausweis, der ihm um den Hals hing, verriet seinen Namen: *Barry al-Jabbar.*

»Ihr Lieben«, sagte Barry, »wenn wir unseren Flugplan einhalten wollen, dann solltet ihr an Bord gehen. Wir müssen nur schnell tanken, dann geht's los. Und was dich betrifft, Samirah ...« Er hob eine Augenbraue. Er hatte die wärmsten goldenen Augen, die ich je gesehen hatte. »Verzeih mir, dass ich Amir informiert habe, aber als du angerufen hast, habe ich mir wahnsinnige Sorgen gemacht. Amir ist ein lieber Freund. Und egal, was für ein Drama da zwischen euch beiden abläuft, ich gehe davon aus, dass ihr es in Ordnung bringen könnt. Sowie er gehört hatte, dass du in Schwierigkeiten steckst, wollte er unbedingt mitkommen. Also ...« Barry legte die Hände an den Mund und sagte mit Bühnenflüstern: »Sagen wir einfach, ich bin dein Anstandswauwau, ja? Und jetzt, alles einsteigen.«

Barry wirbelte herum und verschwand wieder im Flugzeug. Hearthstone folgte ihm.

Amir rang die Hände. »Sam, ich versuche ja, es zu verstehen. Echt.«

Sie senkte den Kopf und sah vielleicht gerade jetzt, dass sie noch immer ihre Streitaxt am Gürtel trug. »Ich – ich weiß.«

»Ich würde alles für dich tun«, sagte Amir. »Nur ... rede mit mir, ja? Sag es mir. Egal, wie verrückt es ist, erzähl es mir!«

Sie nickte. »Geh jetzt lieber an Bord. Ich muss noch eine Inspektionsrunde drehen.«

Amir schaute mich noch einmal an – wie um festzustellen, wo meine tödlichen Wunden waren –, dann stieg er die Gangway hoch.

Ich drehte mich zu Sam um. »Er ist deinetwegen den ganzen Weg hierhergekommen. Ihm geht es nur um deine Sicherheit.«

»Das weiß ich.«

»Das ist *gut*, Sam.«

»Ich habe das nicht verdient. Ich war nicht ehrlich ihm gegenüber. Ich wollte nur … ich wollte den einzigen normalen Teil meines Lebens nicht infizieren.«

»Der unnormale Teil deines Lebens steht übrigens hier vor dir.«

Sie ließ die Schultern hängen. »Es tut mir leid. Ich weiß, du willst nur helfen. Und ich würde auf dich in meinem Leben nicht verzichten wollen, Magnus.«

»Das ist gut«, sagte ich. »Denn uns steht noch ganz schön viel Wahnsinn bevor.«

Sam nickte. »Apropos, du suchst dir jetzt besser einen Platz und schnallst dich an.«

»Warum? Ist Barry ein schlechter Pilot?«

»Barry ist ein exzellenter Pilot, aber nicht er wird dich fliegen. Sondern *ich* – und zwar geradewegs nach Albenheim.«

20 IM FALL VON DÄMONISCHER BESESSENHEIT FOLGEN SIE BITTE DEN LEUCHTSIGNALEN ZUM NÄCHSTEN AUSGANG

Barry trat in den Mittelgang, um uns zu begrüßen, und stützte die Ellbogen auf die Rückenlehnen zu beiden Seiten. Sein Deo ließ das Flugzeuginnere riechen wie den Bostoner Blumenmarkt. »Also, meine Lieben, seid ihr schon mal mit einer Citation XLS geflogen?«

»Äh, nein«, sagte ich. »Ich glaube, daran würde ich mich erinnern.«

Die Kabine war nicht groß, aber alles war in weißem Leder gehalten, wie ein BMW mit Flügeln. Vier Sitze waren einander gegenüber angebracht und bildeten eine Art Besprechungsbereich. Hearthstone und ich schauten nach vorn. Amir saß mir gegenüber und der versteinerte Blitzen war Hearth gegenüber angeschnallt.

Sam saß im Pilotensessel, überprüfte Anzeigen und legte Schalter um. Ich hatte gedacht, alle Cockpits wären durch Türen vom Passagierbereich getrennt, aber bei der Citation war das nicht der Fall. Von meinem Platz aus konnte ich vorne aus dem Fenster des Cockpits sehen. Ich hätte Amir gern gebeten, mit mir den Platz zu tauschen. Der Blick auf die Toilette wäre weniger nervenaufreibend gewesen.

»Also«, sagte Barry, »als euer Copilot auf diesem Flug habe ich das Vergnügen, euch mit den Sicherheitsmaßnahmen vertraut zu machen. Der Hauptausgang ist hier.« Er schlug mit den Fingerknöcheln gegen die Tür, durch die wir eingestiegen waren. »Für den Notfall, wenn Sam und ich ihn nicht für euch öffnen können, DU HÄTTEST AUF MICH HÖREN SOLLEN, MAGNUS CHASE!«

Barrys Stimme wurde tiefer und dreimal so laut. Amir, der direkt unter seinem Ellbogen saß, wäre fast auf meinen Schoß gehüpft.

Sam drehte sich langsam um. »Barry?«

»ICH HAB DICH GEWARNT!«, Barrys neue Stimme war verzerrt und wanderte zwischen Bass und Fistelstimme auf und ab. »UND DOCH BIST DU IN LOKIS FALLE GETAPPT!«

»W-was ist los mit ihm?«, fragte Amir. »Das ist nicht Barry.«

»Nein«, sagte ich zustimmend, und meine Kehle war so trocken wie die eines Berserkerzombies. »Das ist mein Lieblingsmeuchelmörder.«

Hearthstone sah noch verwirrter aus als Amir. Er konnte die Veränderungen in Barrys Stimme natürlich nicht hören, aber ihm war klar, dass die Sicherheitsinformationen ziemlich aus dem Ruder gelaufen waren.

»JETZT HAST DU KEINE WAHL MEHR«, sagte Barry/Nicht-Barry. »SOWIE DU DEINEN FREUND GEHEILT HAST, SUCHST DU MICH IN JOTUNHEIM AUF. DANN SAGE ICH DIR, WAS DU WISSEN MUSST, UM LOKIS PLAN ZU VEREITELN.«

Ich musterte das Gesicht des Copiloten. Seine goldenen Augen schauten ins Leere, ansonsten konnte ich keinen Unterschied zu vorher entdecken.

»Du bist der Ziegenkiller«, sagte ich. »Der Typ, der mich beim Abendessen aus dem Baum beobachtet hat.«

Amir blinzelte wie besessen. »Ziegenkiller? Aus dem Baum?«

»GEH ZU HEIMDALL«, sagte die verzerrte Stimme. »ER WIRD DIR DEN WEG ZU MIR SAGEN. NIMM DIE ANDERE MIT, ALEX FIERRO. SIE IST DEINE EINZIGE HOFFNUNG AUF ERFOLG. Und das wäre alles. Noch Fragen?«

Barrys Stimme klang jetzt wieder normal. Er lächelte zufrieden, als könnte er sich keinen besseren Zeitvertreib vorstellen, als nach Cape Cod und zurück zu fliegen, seinen Freunden zu helfen und Ninja-Stimmen aus anderen Welten ein Portal zu bieten.

Amir, Hearth und ich schüttelten heftig die Köpfe.

»Keine Fragen«, sagte ich. »Keine einzige.«

Ich wechselte einen Blick mit Sam. Sie zuckte mit den Schultern und schüttelte den Kopf, wie um zu sagen: *Ja, ich hab's gehört. Mein Copilot war kurzfristig besessen. Was soll ich machen?*

»Na gut.« Barry streichelte Blitzens steinernes Haupt. »Kopfhörer liegen in den Fächern neben euch, falls ihr mit uns im Cockpit reden möchtet. Der Flug zum Norwood Memorial dauert nicht lange. Macht es euch gemütlich und genießt die Reise.«

Genießen war nicht so ganz das richtige Wort.

Ein kleines Geständnis: Ich war noch nie mit einer Citation XLS geflogen, beziehungsweise war ich überhaupt noch nie mit einem Flugzeug geflogen. Mein erstes Mal hätte wohl lieber nicht in einer achtsitzigen Cessna stattfinden sollen, mit einer Pilotin, die erst seit wenigen Monaten Flugstunden nahm.

Das war nicht Sams Schuld. Ich hatte keine Vergleichsmöglichkeiten, aber der Start schien glatt zu verlaufen und wir gelangten ohne Zwischenfälle in die Luft. Allerdings hinterließen meine Fingernägel dauerhafte Kratzer in den Armlehnen. Jede Turbulenz rüttelte mich dermaßen durch, dass ich mich nach unserem Freund Stanley sehnte, dem achtbeinigen fliegenden Pferd (na ja, fast).

Amir wollte keine Kopfhörer, sein Gehirn war ohnehin schon überladen mit altnordischem Wissen. Er hatte die Arme verschränkt und starrte mit trübem Blick aus dem Fenster, als ob er sich fragte, ob wir jemals wieder in der wirklichen Welt landen würden.

Sams Stimme erklang knisternd in den Kopfhörern. »Wir haben jetzt unsere Flughöhe erreicht. Verbleibende Flugzeit zweiunddreißig Minuten.«

»Alles in Ordnung da vorn?«, fragte ich.

»Ja …« Die Verbindung quietschte. »Okay. Niemand sonst auf dieser Frequenz. Unserem *Freund* scheint es wieder gut zu gehen. Jedenfalls kein Grund zur Besorgnis. Ich hab alles im Griff.«

»Meinst du mich? Ich und Besorgnis?«

Soweit ich sehen konnte, wirkte Barry jetzt ziemlich gelassen. Er saß zurückgelehnt im Copilotensessel und starrte auf sein iPad. Ich hätte gern geglaubt, dass er wichtige Flugverkehrsmeldungen studierte, aber ich war ziemlich sicher, dass er *Candy Crush* spielte.

»Irgendeine Meinung?«, fragte ich Sam. »Ich meine, was den Rat des Ziegenkillers angeht?«

Rauschen. Dann: »Er hat gesagt, wir sollten zu ihm nach Jotunheim kommen. Er ist also ein Riese. Das muss nicht unbedingt gegen ihn sprechen. Mein Vater«, sie zögerte, vermutlich, um den sauren Geschmack dieses Wortes hinunterzuschlucken, »hat eine Menge Feinde. Wer immer Ziegenkiller sein mag, er besitzt ziemlich starke Zauberkräfte. Mit Provincetown hat er recht gehabt. Wir sollten auf ihn hören. *Ich* zumindest hätte früher auf ihn hören sollen.«

»Nicht«, sagte ich. »Quäl dich nicht mit Vorwürfen.«

Amir richtete seine Aufmerksamkeit auf mich. »Entschuldige, was hast du gesagt?«

»Nicht du, Mann.« Ich tippte mein Headset-Mikro an. »Ich rede gerade mit Sam.«

Amirs Lippen formten ein stummes *Ah*. Dann widmete er sich wieder seinem hoffnungslosen Starren aus dem Fenster.

»Amir hört nicht mit?«, fragte Sam.

»Nein.«

»Wenn ich euch abgesetzt habe, Leute, dann bringe ich das Skofnungschwert zur Aufbewahrung nach Walhalla. Ich kann Amir nicht mit ins Hotel nehmen, aber … Ich will versuchen, ihm so viel ich kann zu zeigen. Von meinem Leben.«

»Gute Idee. Er ist stark, Sam. Er wird damit fertig.«

Eine drei Sekunden lange Sequenz von statischem Knistern. »Ich hoffe, du behältst recht. Und ich werde auch die Bande aus dem neunzehnten Stock auf den neuesten Stand bringen.«

»Was ist mit Alex Fierro?«

Sam schaute sich zu mir um. Es war seltsam, sie nur wenige Meter entfernt zu sehen und ihre Stimme über Kopfhörer zu hören. »Sie mitzunehmen ist keine gute Idee, Magnus. Du hast ja gesehen, was Loki mit mir machen konnte. Stell dir vor, was er …«

Das konnte ich mir sehr gut vorstellen. Aber ich hatte auch das Gefühl, dass Ziegenkiller nicht Unrecht hatte. Wir würden Alex Fierro brauchen. Ihr Eintreffen in Walhalla konnte kein Zufall sein. Die Nornen oder irgendwelche anderen komischen Weissagungsgottheiten hatten ihr Schicksal mit unserem verwoben.

»Ich glaube, wir sollten sie nicht unterschätzen«, sagte ich und dachte daran, wie sie gegen die Wölfe gekämpft hatte und auf dem sich aufbäumenden Lindwurm geritten war. »Und ich vertraue ihr. Ich meine, soweit du jemandem vertrauen kannst, der dir den Kopf abgeschnitten hat. Hast du irgendeine Vorstellung, wie wir den Gott Heimdall finden können?«

Das Rauschen wurde lauter, wütender. »Leider ja«, sagte Sam. »Mach dich bereit. Wir setzen gleich zur Landung an.«

»In Norwood? Hast du nicht gesagt, dass wir nach Albenheim fliegen?«

»Ihr schon. Ich nicht. Die Einflugschneise nach Norwood führt über den optimalen Absprungbereich.«

»Absprungbereich?« Ich hoffte inständig, dass ich sie falsch verstanden hatte.

»Hör mal, ich muss mich aufs Fliegen konzentrieren. Frag Hearthstone.« Meine Kopfhörer verstummten.

Hearthstone veranstaltete mit Blitzen ein Wettglotzen. Das Granitgesicht des Zwergs lugte aus seinem Kokon aus Blasenfolie und seine Miene war zu sterbender Qual erstarrt. Hearthstone sah nicht viel glücklicher aus.

Albenheim, gebärdete ich. *Wie kommen wir dahin?*

Springen, antwortete Hearth.

Mein Magen wurde bleischwer. »Springen? Aus dem Flugzeug springen?«

Hearth starrte an mir vorbei, so wie immer, wenn er sich überlegt, wie er mit Gebärdensprache einen komplizierten Sachverhalt übermitteln soll … meistens einen, der mir nicht zusagt.

Albenheim ist das Königreich von Luft, Licht, gebärdete er. *Nur zugänglich* … Er stellte einen freien Fall dar.

»Das hier ist ein Jet«, sagte ich. »Wir können hier nicht rausspringen – dann sterben wir.«

Nicht sterben, versprach Hearthstone. *Und nicht direkt springen. Nur* … Er machte eine Puff-Geste, die mich nicht beruhigen konnte. *Wir dürfen nicht sterben, solange wir Blitzen nicht gerettet haben.*

Für jemanden, der kaum je zu hören war, konnte Hearthstone ziemlich deutlich werden, wenn er das wollte. Er hatte mir soeben meinen Marschbefehl erteilt: Nach Albenheim verpuffen, Blitzen retten und erst danach würde ich sterben dürfen.

Amir rutschte auf seinem Sitz hin und her. »Magnus? Du siehst nervös aus.«

»Ja.« Ich hätte gern eine einfache Erklärung geliefert, eine, die in Amirs großzügigem sterblichen Gehirn nicht noch mehr Risse hinterlassen würde. Aber darüber waren wir jetzt hinaus. Amir war ein Teil von Sams Leben, ob das nun gut oder schlecht war, normal oder unnormal. Er war immer nett zu mir gewesen. Er hatte mir zu essen gegeben, als ich obdachlos gewesen war, hatte mich wie einen Menschen behandelt, als die meisten so taten, als ob ich unsichtbar wäre. Er war uns heute zu Hilfe gekommen, ohne irgendwelche Einzelheiten zu kennen, nur, weil Sam Probleme hatte. Ich konnte ihn nicht belügen.

»Hearth und ich werden offenbar gleich *Puff* machen.« Ich informierte ihn über meinen Marschbefehl.

Amir sah so verloren aus, dass ich ihn am liebsten umarmt hätte.

»Bis vorige Woche«, sagte er, »war meine größte Sorge, wo wir unsere nächste Falafel-Filiale aufmachen sollten, Jamaica Plain oder Chestnut Hill. Und jetzt weiß ich nicht einmal genau, durch welche *Welt* wir gerade fliegen.«

Ich überprüfte sicherheitshalber, dass meine Kopfhörer ausgeschaltet waren. »Amir. Sam ist dieselbe wie immer. Sie ist tapfer. Sie ist stark.«

»Das weiß ich.«

»Sie ist außerdem total verrückt nach dir«, sagte ich. »Sie hat um all diese bizarren Dinge in ihrem Leben nicht gebeten. Ihre größte Sorge ist, dass sie sich ihre Zukunft mit dir ruiniert. Das kannst du mir glauben.«

Er ließ den Kopf hängen wie ein kleiner Hund in einem Zwinger. »Ich … ich versuch es ja, Magnus. Es ist nur so seltsam.«

»Ja«, sagte ich. »Und falls das ein Trost ist: Es wird noch seltsamer.« Ich schaltete das Mikrofon ein. »Sam?«

»Ich habe alles gehört«, murmelte sie.

»Ah.« Offenbar hatte ich das mit dem Abschalten doch nicht so ganz kapiert. »Äh …«

»Ich bring dich später um«, sagte sie. »Gleich kommt deine Haltestelle.«

»Warte mal. Wundert Barry sich nicht, wenn wir einfach verschwinden?«

»Er ist sterblich. Sein Gehirn wird schon eine Erklärung finden. Schließlich verschwinden Leute nicht einfach mitten im Flug aus einem Flugzeug. Wenn wir in Norwood landen, wird er vermutlich nicht einmal mehr wissen, dass ihr dabei wart.«

Ich hätte gern gedacht, dass ich nicht so leicht zu vergessen war, aber ich war zu nervös, um mir deshalb weiter Sorgen zu machen.

Neben mir öffnete Hearthstone seinen Sicherheitsgurt. Er zog seinen Schal aus und wickelte ihn um Blitzen, als eine Art improvisiertes Tragegeschirr.

Angenommen, wir überleben, dachte ich. Angenommen, wir können Blitzen helfen. Angenommen, wir haben mehr Glück als während der letzten beiden Tage … oder jemals.

Von einem Herzschlag zum anderen war die Cessna verschwunden. Ich stellte fest, dass ich in der Luft schwebte und dass meine Kopfhörer mit gar nichts verbunden waren.

Dann stürzte ich.

UNBEFUGTE WERDEN ERSCHOSSEN, DANN VERHAFTET UND DANN NOCH EINMAL ERSCHOSSEN

21 Blitzen hatte mir einmal erzählt, dass Zwerge niemals ohne Fallschirm aus dem Haus gingen.

Jetzt begriff ich, wie weise das war. Hearth und ich stürzten durch kalte Luft. Ich fuchtelte mit den Armen und schrie, Hearth dagegen schwebte elegant wie ein Schwan, trotz des steinernen Blitzen auf dem Rücken. Er warf mir einen beruhigenden Blick zu, wie um zu sagen: *Keine Sorge. Der Zwerg ist in Blasenfolie gewickelt.*

Meine einzige Reaktion war ein noch unzusammenhängenderer Schrei, denn ich wusste nicht, wie man auf Gebärdensprache VERDAMMTE AHHHHH! sagt.

Wir fielen durch eine Wolke und alles änderte sich. Wir wurden langsamer. Die Luft war warm und süß. Das Sonnenlicht wurde stärker und blendete mich.

Wir schlugen auf dem Boden auf. Oder, besser gesagt, meine Füße berührten frisch gemähtes Gras und ich federte wieder hoch und kam mir vor, als ob ich höchstens zwanzig Pfund wöge. Ich sprang wie ein Astronaut in der Schwerelosigkeit über den Rasen, bis ich mein Gleichgewicht wiedergefunden hatte.

Aus zusammengekniffenen Augen schaute ich in das gleißende Sonnenlicht – eine weite Parklandschaft mit hohen Bäumen, in der Ferne ein Haus. Alles schien in Feuer getunkt. Egal, in welche Richtung ich mich auch drehte, ich hatte das Gefühl, als ob mir ein Scheinwerfer voll ins Gesicht leuchtete.

Hearthstone packte meinen Arm. Er drückte mir etwas in die Hand, eine dunkle Sonnenbrille. Ich setzte sie auf und der stechende Schmerz in meinen Augen ließ nach.

»Danke«, murmelte ich. »Ist es hier immer so hell?«

Hearthstone runzelte die Stirn. Ich hatte offenbar nicht deutlich gesprochen und es fiel ihm schwer, mir von den Lippen abzulesen. Ich wiederholte die Frage in Zeichensprache.

Immer hell, antwortete Hearth. *Gewöhnst dich dran.*

Er schaute sich um, als ob er nach Gefahren Ausschau hielte.

Wir waren auf der Rasenfläche vor einem großen Herrenhaus gelandet. Niedrige Steinmauern umgaben das Grundstück – ein golfplatzgroßes Gelände mit gepflegten Blumenbeeten und dünnen biegsamen Bäumen, die aussahen, als ob sie im Wachsen von der Schwerkraft nach oben gezogen würden. Das Haus war eine Fachwerkvilla mit Bleiglasfenstern und kegelförmigen Türmchen.

Wer wohnt hier?, fragte ich Hearth. *Der Präsident von Albenheim?*

Einfach eine Familie. Die Makepieces. Er buchstabierte diesen Namen.

Die sind offenbar wichtig, gebärdete ich.

Hearthstone zuckte mit den Schultern. *Normal. Mittelklasse.*

Ich lachte, dann ging mir auf, dass er keinen Witz gemacht hatte. Wenn das hier eine Mittelklassefamilie in Albenheim war, dann wollte ich mit den oberen Zehntausend lieber keine Essensrechnung teilen.

Gehen wir besser, gebärdete Hearthstone. *Makepiece kann mich nicht leiden.* Er rückte Blitzens Geschirr gerade. Vermutlich wog er in Albenheim nicht mehr als ein normaler Rucksack.

Dann machten wir uns auf den Weg zur Straße.

Ich muss zugeben, durch die geringere Schwerkraft fühlte ich mich leichter. Ich schaffte mit jedem Schritt fast zwei Meter und musste mich zwingen, keine weiteren Sprünge zu machen. Bei meiner Einherjerkraft könnte ich, wenn ich nicht aufpasste, glatt über die Dächer von Mittelklassehäusern hüpfen.

Soweit ich sehen konnte, bestand Albenheim einfach aus einer Villa nach der anderen, alle wie die der Makepieces. Jedes Grundstück maß mehrere Hektar, jeder Rasen war von Blumenbeeten und kunstvoll beschnittenen Hecken umgeben. Auf den gepflasterten Auffahrten glänzten schwarze Luxus-Geländewagen. Die Luft roch nach gebackenem Hibiskus und knisternden Dollarscheinen.

Sam hatte gesagt, unsere Einflugschneise nach Norwood habe über die beste Absprungstelle geführt. Jetzt ergab das einen Sinn. So, wie Nidavellir Southie ähnelte, erinnerte mich Albenheim an die reichen Vororte im Westen von Boston – Wellesley vielleicht, mit seinen Villen und Parklandschaften, den kurvenreichen Straßen, den pittoresken Bächen, der verschlafenen Aura von absoluter Geborgenheit ... falls man hierhergehörte.

Unangenehmerweise war das Sonnenlicht so grell, dass es jede Unvollkommenheit betonte. Sogar ein verirrtes Blatt oder eine welke Blume in einem Garten erschienen als krasses Problem. Meine eigene Kleidung sah ebenfalls schmutziger aus. Ich konnte jede Pore auf meinem Handrücken und die Adern unter meiner Haut sehen.

Jetzt begriff ich auch, was Hearthstone damit gemeint hatte, dass Albenheim aus Luft und Licht bestand. Alles hier schien unwirklich, wie aus Zuckerwattefasern, die durch einen Wasserguss sofort aufgelöst werden könnten. Besorgt und ungeduldig lief ich über den federnden Boden. Die superdunkle Sonnenbrille konnte meine Kopfschmerzen nur bis zu einem gewissen Grad mildern.

Nach einigen Blocks fragte ich Hearthstone: *Wohin gehen wir?*

Er schob die Lippen vor. *Nach Hause.*

Ich packte seinen Arm und zwang ihn zum Stehenbleiben. *Zu dir nach Hause?*, fragte ich. *Wo du aufgewachsen bist?*

Hearth starrte eine Gartenmauer an. Im Gegensatz zu mir trug er keine Sonnenbrille. Im grellen Licht funkelten seine Augen wie Kristalle. *Skofnungstein ist zu Hause*, gebärdete er. *Bei ... Vater.*

Das Zeichen für *Vater* war eine geöffnete Hand, die Handfläche nach außen gestreckt, der Daumen vor die Stirn gelegt. Es erinnerte mich an das L für *Loser.* Bei allem, was ich über Hearths Kindheit wusste, war das nur angemessen.

Einmal, in Jotunheim, hatte ich bei Hearth Heilmagie angewendet. Ich hatte etwas von dem Schmerz gesehen, den er mit sich herumtrug. Er war als Kind misshandelt und verspottet worden, vor allem wegen seiner Taubheit. Dann war sein Bruder gestorben – ich wusste nichts über die Einzelheiten – und seine Eltern hatten Hearth die Schuld gegeben. Er konnte unmöglich zu so einem Zuhause zurückwollen.

Ich erinnerte mich daran, wie energisch Blitzen gegen diesen Vorschlag protestiert hatte, selbst als er schon wusste, dass er dann sterben müsste. *Zwing Hearth nicht dazu. Ist es nicht wert.*

Aber hier waren wir nun.

Warum hat dein Vater (Loser) den Skofnungstein?

Statt zu antworten, nickte Hearthstone in die Richtung, aus der wir gekommen waren. In der Elfenwelt war es so hell, dass ich die Scheinwerfer erst bemerkte, als die schwarze Limousine direkt hinter uns anhielt. Am Kühlergrill des Sedan pulsierten rote und blaue Lichtfolgen. Hinter der Windschutzscheibe musterten uns misstrauisch zwei Elfen in eleganten Anzügen.

Die Polizei von Albenheim wollte uns Guten Tag sagen.

»Können wir euch behilflich sein?«, fragte der erste Bulle.

Ich wusste sofort, dass wir in Schwierigkeiten steckten. Nach meiner Erfahrung sagte kein Bulle, »können wir euch behilflich sein«, wenn er auch nur die geringste Lust zu helfen verspürte. Und noch ein klarer Hinweis: Die Hand von Bulle Nr. 1 ruhte auf seiner Dienstwaffe.

Bulle Nr. 2 auf der Beifahrerseite sah ebenfalls aus, als ob er jeden Moment zu tödlicher Hilfe schreiten könnte.

Beide Elfen waren gekleidet wie Zivilfahnder – sie trugen dunkle Anzüge und Seidenschlipse und hatten sich ihre Ausweise an den Gürtel gehakt. Ihre kurz geschnittenen Haare waren so blond wie die von Hearthstone. Sie hatten die gleichen blassen Augen und die gleiche gespenstisch ruhige Miene.

Ansonsten hatten sie überhaupt keine Ähnlichkeit mit meinem Freund. Die Bullen kamen mir größer vor, magerer, fremder. Sie strahlten eine kalte Verachtung aus, als ob sie unter ihren Hemdenkragen persönliche Klimaanlagen installiert hätten.

Und noch etwas fand ich seltsam: Sie *sprachen.* Ich war so oft mit Hearthstone zusammen gewesen, der sich durch beredtes Schweigen verständigte, dass es wirklich verstörend auf mich wirkte, einen Elfen reden zu hören. Es kam mir einfach falsch vor.

Beide Bullen konzentrierten sich auf Hearthstone. Sie starrten durch mich hindurch, als ob ich überhaupt nicht vorhanden wäre.

»Ich hab dich was gefragt, Kumpel«, sagte der erste Bulle. »Haben wir hier ein Problem?«

Hearthstone schüttelte den Kopf. Er wich zurück, aber ich packte seinen Arm. Zurückweichen würde die Sache nur noch schlimmer machen.

»Alles in Ordnung«, sagte ich. »Vielen Dank für die Nachfrage.«

Die Ermittler starrten mich an, als käme ich aus einer anderen Welt, was ich, ehrlich gesagt, ja auch tat.

Der Dienstausweis am Gürtel von Bulle Nr. 1 verriet seinen Namen: SONNENFLECK. Wie ein Sonnenfleck sah er aber nicht gerade aus. Aber andererseits sah ich vermutlich auch nicht aus wie ein Chase, was immer das sein mochte.

Auf dem Ausweis von Bulle Nr. 2 stand WIESENBLUME. Bei so einem Namen müsste er eigentlich ein Hawaiihemd oder zumindest einen Blümchenschlips tragen, aber er war genauso langweilig gekleidet wie sein Partner.

Sonnenfleck rümpfte die Nase, als ob ich den Geruch aus dem Hügel des Grabwichts mitgebracht hätte. »Wo hast du denn Elfisch gelernt, Vollpfosten? Deine Aussprache ist grauenhaft.«

»Vollpfosten?«, fragte ich.

Wiesenblume grinste seinen Partner an. »Was wettest du, dass Elfisch nicht seine Muttersprache ist? Illegaler *Hausvättar*, nehm ich mal an.«

Ich hätte gern darauf hingewiesen, dass ich ein Mensch war, der Englisch sprach, und dass Englisch in der Tat meine Muttersprache war. Und außerdem meine einzige. Elfisch und Englisch waren zufällig dasselbe, so, wie Hearths elfische Gebärdensprache dieselbe war wie die amerikanische Gebärdensprache.

Ich bezweifelte aber, dass die Bullen mir zuhören würden. Ihre Art zu sprechen klang ein wenig seltsam in meinen Ohren; eine Art altmodischer, aristokratischer amerikanischer Akzent, den ich in Wochenschauen und Filmen aus den Dreißigerjahren gehört hatte.

»Hört mal, Jungs«, sagte ich. »Wir machen hier nur einen Spaziergang.«

»In einer netten Gegend«, sagte Sonnenfleck, »wo ihr nicht wohnt, nehme ich mal an. Die Makepieces da unten an der Straße –

die haben eine Meldung gemacht. Unbefugtes Eindringen, Herumlungern. So was nehmen wir hier ernst, Pfosten.«

Ich musste meinen Zorn gewaltig unterdrücken. Als Obdachloser war ich von Ordnungshütern oft genug brutal behandelt worden. Meinen Freunden mit dunklerer Haut war es noch schlechter ergangen. In meinen beiden Jahren auf der Straße hatte ich also ein ganz neues Niveau der Vorsicht gelernt, wenn es um den Umgang mit »freundlichen« Kontaktbereichsbeamten ging.

Aber dennoch ... Pfosten wollte ich nicht genannt werden. Was auch immer der Typ damit meinte.

»Kommen Sie«, sagte ich. »Wir sind seit vielleicht fünf Minuten hier. Wir sind unterwegs zum Haus meines Freundes. Das ist doch kein Herumlungern?«

Hearthstone gebärdete: *Vorsicht.*

Sonnenfleck runzelte die Stirn. »Was war das? Irgendeine Bandenzinke? Sprich Elfisch!«

»Er ist taub«, sagte ich.

»Taub?« Wiesenblume verzog angeekelt das Gesicht. »Was für ein Elf ...«

»Moment, Partner«, Sonnenfleck schluckte. Er zupfte an seinem Kragen herum, als ob seine persönliche Klimaanlage ausgefallen sei. »Ist das ...? Das muss doch ... du weißt schon, der Junge von Mr Alderman sein.«

Wiesenblumes Gesichtsausdruck wechselte von Verachtung zu Furcht. Das wäre eigentlich ein befriedigender Anblick gewesen, nur war ein ängstlicher Bulle noch viel gefährlicher als ein angewiderter.

»Mr Hearthstone?«, fragte Wiesenblume. »Sie sind das also?« Hearthstone nickte düster.

Sonnenfleck fluchte. »Na gut. Ins Auto, alle beide.«

»Wieso denn?«, fragte ich. »Wenn wir festgenommen werden, will ich wissen, warum …«

»Wir nehmen euch nicht fest, Pfosten«, knurrte Sonnenfleck. »Wir bringen euch zu Mr Alderman.«

»Danach«, fügte Wiesenblume hinzu, »seid ihr nicht mehr unser Problem.«

Sein Tonfall klang, als wären wir dann niemandes Problem mehr, weil wir irgendwo unter einem gepflegten Blumenbeet vergraben sein würden. Das Letzte, was ich wollte, war in den Wagen zu steigen, aber die Bullen tippten mit den Fingerspitzen auf ihre elfischen Schusswaffen und zeigten uns damit, wie überaus hilfsbereit sie gern wären.

Ich stieg auf die Rückbank der Limousine.

OFFENBAR IST HEARTHSTONES DAD EIN KUH-KIDNAPPER-ALIEN

22 Es war der schönste Bullenwagen, in dem ich je gesessen hatte, und es waren nicht wenige gewesen. Das mit schwarzem Leder ausgekleidete Innere duftete nach Vanille. Die Trennwand aus Plexiglas quietschte vor Sauberkeit. Der Sitz hatte ein Massageprogramm, so dass ich mich nach einem Tag voll hartem Herumlungern so richtig entspannen konnte. Hier in Albenheim gab es offenbar nur feine Verbrecher.

Nach ungefähr einer Meile behaglicher Fahrt verließen wir die Hauptstraße und hielten vor einem Eisentor, das mit einem eleganten A versehen war. Auf beiden Seiten des Tores waren drei Meter hohe Mauern, gekrönt mit dekorativen Spikes, um den Pöbel aus der hier wohnenden oberen Mittelklasse fernzuhalten. Am oberen Rand der beiden Torflügel drehten sich Sicherheitskameras, um uns zu betrachten.

Die Tore öffneten sich. Als wir auf Hearthstones Familiensitz fuhren, wäre mir fast das Kinn auf den Boden gefallen. Ich hatte unsere Familienvilla ja schon peinlich gefunden.

Der Vorgarten war größer als der Bostoner Stadtpark. Schwäne glitten über einen von Weiden umstandenen Teich. Wir fuhren auf zwei verschiedenen Brücken über einen gewundenen Bach, vorbei an vier verschiedenen Gärten, dann durch ein zweites Tor, ehe wir uns dem Hauptgebäude näherten. Es sah aus wie eine postmoderne Version von Dornröschens Schloss in Disneyland – Wände aus weißen und grauen Steinquadern, die in überraschenden Winkeln hervorragten, schlanke Türme wie Orgelpfeifen und eine Haustür aus brüniertem Stahl, so groß, dass sie vermutlich von an Ketten ziehenden Trollen geöffnet werden musste.

Hearthstone machte sich an seinem Runenbeutel zu schaffen, ab und zu warf er einen Blick zum Kofferraum, wo die Polizisten Blitzen verstaut hatten.

Die Polizisten sagten erst etwas, als wir vor der Eingangstür angehalten hatten.

»Raus«, sagte Wiesenblume.

Sowie Hearthstone draußen war, lief er zum Kofferraum und schlug auf die Klappe.

»Von mir aus«, Sonnenfleck öffnete die Klappe. »Obwohl ich nicht begreife, wieso der dir so wichtig ist. Das ist der scheußlichste Gartenzwerg aller Zeiten.«

Hearthstone hob Blitzen vorsichtig heraus und warf sich den Granitzwerg über die Schulter.

Wiesenblume schob mich zur Haustür. »Bewegung, Pfosten.«

»He!« Ich hätte fast nach meinem Anhänger gegriffen, konnte mich aber noch bremsen. Immerhin hatten die Bullen Hearthstone noch nicht angefasst, aber sie schienen es völlig in Ordnung zu finden, mich herumzuschubsen. »Was immer ihr mit *Pfosten* meint«, sagte ich. »Ich bin es nicht.«

Wiesenblume schnaubte. »Hast du in letzter Zeit mal in den Spiegel geschaut?«

Mir dämmerte, dass ich im Vergleich zu den gertenschlanken, eleganten und gut aussehenden Elfen wirklich eckig und schwerfällig aussehen musste – pfostenmäßig eben. Ich hatte das Gefühl, dass die Bezeichnung sich auch auf meine geistige Gewandtheit bezog, denn warum sollte man jemanden auf nur einer Ebene beleidigen, wenn es auch auf zweien geht?

Ich war kurz versucht, mich an dem Polizisten zu rächen, indem ich Jack einige Hits aus den Top Forty singen ließ. Aber ehe ich etwas unternehmen konnte, nahm Hearthstone meinen Arm und führte mich die Treppe vor dem Haus hoch. Die Bullen trotteten hinter uns her und hielten Abstand zu Hearthstone, als ob sie befürchteten, seine Taubheit könnte ansteckend sein.

Als wir die oberste Stufe erreicht hatten, öffnete sich lautlos die riesige Stahltür und eine junge Frau lief uns entgegen. Sie war fast so klein wie Blitzen, aber sie hatte blonde Haare und zarte Züge wie ein Elf. Ihrem schlichten Leinenkleid und weißen Häubchen nach war sie ein Hausmädchen.

»Hearth!« Ihre Augen leuchteten vor Freude auf, aber sie unterdrückte ihre Begeisterung sofort wieder, als sie unsere polizeiliche Begleitung entdeckte. »Mr Hearthstone, meine ich.«

Hearth blinzelte und schien mit den Tränen zu ringen. Er gebärdete: *Hallo/tut mir leid*, und vermischte beides zu einem einzigen Wort.

Polizist Wiesenblume räusperte sich. »Ist dein Herr zu Hause, Inger?«

»Oh …« Inger schluckte. Sie sah Hearthstone an und dann wieder die Bullen. »Ja, aber …«

»Dann hol ihn«, fauchte Sonnenfleck.

Inger machte kehrt und floh ins Haus. Als sie davonlief, sah ich etwas hinten unter ihrem Rock hervorlugen – eine Art Seil aus braun-weißem Fell, das am Ende ausgefranst war wie eine Vorhangtroddel. Dann bewegte sich die Troddel und ich begriff, dass es ein lebendiger Anhang war.

»Sie hat einen Kuhschwanz«, rutschte es mir heraus.

Sonnenfleck lachte. »Sie ist ja schließlich eine *Huldra.* Es ist ihr verboten, den Schwanz zu verbergen. Wir müssten sie sonst unter der Anklage festnehmen, sich illegalerweise als echte Elfe ausgegeben zu haben.«

Der Bulle warf Hearthstone einen kurzen angeekelten Blick zu und machte deutlich, dass mein Freund in seinen Augen auch kein »echter Elf« war.

Wiesenblume grinste. »Ich glaube, der Knabe hat noch nie eine Huldra gesehen, Sonnenfleck. Was ist denn los, Pfosten? Gibt es in der Welt, aus der du gekrochen bist, keine zahmen Waldkobolde?«

Ich gab keine Antwort, obwohl ich mir vorstellte, wie Jack dem Polizisten einen Selena-Gomez-Song ins Ohr brüllte. Die Vorstellung fand ich tröstlich.

Ich starrte ins Foyer – ein sonnendurchfluteter Säulengang aus weißem Stein mit gläsernem Oberlicht, der bei mir trotz allem Klaustrophobie auslöste. Ich fragte mich, wie Inger sich dabei fühlte, zu allen Zeiten ihren Schwanz zeigen zu müssen. Machte es sie stolz, ihre Identität klarzustellen, oder kam es ihr vor wie eine Bestrafung – eine dauernde Erinnerung an ihren geringeren Status? Ich kam zu dem Schluss, dass das wirklich Schreckliche eine Verbindung von beidem war: *Zeig uns, wer du bist, und dann fühl dich deshalb so richtig elend.* Nicht sehr viel anders als bei Hearth, der aus *hallo* und *tut mir leid* ein einziges Wort machte.

Ich spürte Mr Aldermans Anwesenheit, ehe ich ihn sah. Die Luft wurde kühler und roch ein wenig nach Pfefferminz. Hearthstones Schultern sackten nach unten, als hätte die Schwerkraft von Midgard eingesetzt. Die Tupfen auf Hearths Schal schienen durcheinanderzuwirbeln. Dann ging mir auf, dass er zitterte.

Auf dem Marmorboden hallten Schritte wider.

Mr Alderman erschien, er bog um eine Säule und kam auf uns zumarschiert.

Alle vier traten zurück – Hearth, ich, sogar die Bullen. Mr Alderman war über zwei Meter groß und so dünn, dass er aussah wie einer dieser UFO-fliegenden Aliens aus Roswell, die seltsame medizinische Experimente durchführten. Seine Augen waren zu groß. Seine Finger waren zu dünn. Sein Kinn war so spitz, dass ich mich fragte, ob sein Gesicht in einem perfekten gleichschenkligen Dreieck angebracht war.

Er war allerdings besser gekleidet als der durchschnittliche UFO-Reisende. Sein grauer Anzug saß perfekt, über einem grünen Rollkragenpullover, durch den sein Hals noch länger aussah. Seine platinblonden Haare standen hoch wie die von Hearth. Ich konnte an Nase und Mund eine gewisse Familienähnlichkeit erkennen, aber Mr Aldermans Gesicht war viel ausdrucksvoller. Er sah streng aus, kritisch, unzufrieden – wie jemand, der gerade eine empörend teure, schreckliche Mahlzeit verzehrt hat und über die vernichtende Kritik nachdenkt, die er nun schreiben wird.

»Sieh an.« Seine Augen bohrten sich ins Gesicht seines Sohnes. »Da bist du ja wieder. Immerhin warst du gescheit genug, den Sohn des Frey mitzubringen.«

Sonnenfleck hätte sich fast an seinem eigenen selbstzufriedenen Lächeln verschluckt. »Entschuldigung, Sir. Wen?«

»Den Knaben da.« Mr Alderman zeigte auf mich. »Magnus Chase, Sohn des Frey, oder?«

»Ja, das bin ich.« Ich unterdrückte den Drang, ein »Sir« hinzuzufügen. Bisher hatte dieser Kerl das nicht verdient.

Ich war nicht daran gewöhnt, dass andere beeindruckt waren, wenn sie erfuhren, dass Frey mein Dad war. Die Reaktionen schwankten normalerweise zwischen »Ach, das tut mir aber leid«, »Wer ist Frey?« und hysterischem Gekicher.

Also werde ich nicht lügen. Ich genoss es, wie schnell der Gesichtsausdruck der Bullen von Verachtung überwechselte zu Oh-Kacke-wir-haben-soeben-einen-Halbgott-wie-den-letzten-Dreck-behandelt. Ich begriff es nicht, aber es gefiel mir.

»Wir – das wussten wir nicht.« Wiesenblume wischte mir ein Staubkorn vom Hemd, als ob das irgendetwas besser machen könnte. »Wir, äh ...«

»Danke, die Herren«, schaltete sich Mr Alderman ein. »Ich übernehme jetzt.«

Sonnenfleck starrte mich an, als ob er gern um Entschuldigung gebeten oder mir einen Gutschein über fünfzig Prozent Rabatt auf meine nächste Gefängnisstrafe überreicht hätte.

»Ihr habt gehört, was der Mann gesagt hat«, sagte ich. »Also ab mit euch, Sonnenfleck und Wiesenblume. Und keine Sorge, ich vergesse euch nicht.«

Sie verbeugten sich vor mir – sie verbeugten sich tatsächlich! – und dann zogen sie sich eilig zu ihrem Fahrzeug zurück.

Mr Alderman musterte Hearthstone, als suche er nach sichtbaren Defekten. »Du hast dich nicht verändert«, verkündete er verärgert. »Immerhin hat sich der Zwerg in Stein verwandelt. Das ist ein Fortschritt.«

Hearthstone ballte die Faust. Er gebärdete in kurzen wütenden Ausbrüchen: *Er heißt B-L-I-T-Z-E-N.*

»Aufhören«, verlangte Alderman. »Keine albernen Handbewegungen. Kommt rein.« Er musterte mich eiskalt von Kopf bis Fuß. »Wir müssen unseren Gast willkommen heißen, wie sich das gehört.«

23 SEIN ZWEITAUTO IST DEFINITIV EIN UFO

Wir wurden ins völlig sterile Wohnzimmer geführt. Licht fiel durch hohe Panoramafenster herein. In der zehn Meter hohen Decke glitzerte ein Silbermosaik, das wirbelnde Wolken darstellte. Der polierte Marmorboden war blendend weiß. An den Wänden waren in beleuchteten Nischen Mineralien, Steine und Fossilien zu sehen. Überall im Raum waren auf weißen Sockeln noch weitere Ausstellungsstücke unter Glas präsentiert.

Als Museum betrachtet – klar, viel Platz. Als Raum betrachtet, in dem ich es mir gern gemütlich gemacht hätte – nein, danke. Die einzige Sitzgelegenheit waren die beiden langen Holzbänke auf beiden Seiten eines stählernen Kaffeetisches. Vom Sims über einem leeren Kamin lächelte das riesige Ölbildnis eines Jungen auf mich herab. Der Junge hatte keine Ähnlichkeit mit Hearthstone; sein verstorbener Bruder Andiron, nahm ich an. Der weiße Anzug und das lächelnde Gesicht ließen den Jungen aussehen wie einen Engel. Ich fragte mich, ob Hearthstone als Kind jemals so glücklich ausgesehen hatte. Ich bezweifelte es. Der lächelnde Elfenjunge war das einzig Fröhliche hier im Raum, und er war tot – in der Zeit erstarrt wie die anderen Ausstellungsstücke.

Ich hätte mich gern auf den Boden gesetzt statt auf eine Bank.

Ich beschloss, es mit Höflichkeit zu probieren. Das funktionierte bei mir zwar nie, aber ab und zu mache ich trotzdem einen Versuch.

Hearthstone stellte Blitzen vorsichtig auf den Boden. Dann setzte er sich neben mich.

Mr Alderman machte es sich uns gegenüber auf der Bank ungemütlich.

»Inger«, rief er. »Erfrischungen.«

Die Huldra tauchte in einer Tür wieder auf. »Sofort, Sir.« Sie huschte davon und ihr Kuhschwanz schlug gegen die Falten ihres Rockes.

Mr Alderman richtete einen vernichtenden Blick auf Hearthstone – oder vielleicht war das auch seine normale Du-hast-mir-ja-so-gefehlt-Miene. »Dein Zimmer ist unverändert. Ich nehme an, du bleibst jetzt hier?«

Hearthstone schüttelte den Kopf. *Wir brauchen deine Hilfe. Dann gehen wir wieder.*

»Nimm die Tafel, Junge.« Mr Alderman zeigte auf das Ende des Tisches neben Hearth, wo eine kleine weiße Tafel mit einem Stift an einem Bindfaden lag. Der alte Elf warf mir einen Blick zu. »Die Tafel sorgt dafür, dass er nachdenkt, ehe er spricht ... falls man bei diesem Gefuchtel von Sprechen reden kann.«

Hearthstone schlug die Arme übereinander und starrte seinen Vater wütend an.

Ich beschloss, den Dolmetscher zu spielen, ehe sie sich gegenseitig umbrachten. »Mr Alderman, Hearth und ich brauchen Ihre Hilfe. Unser Freund Blitzen ...«

»Hat sich in Stein verwandelt«, sagte Mr Alderman. »Ja, das sehe ich. Fließendes Süßwasser verwandelt versteinerte Zwerge zurück. Ich sehe nicht, wo hier das Problem sein soll.«

Diese Information allein entschädigte mich schon für den schrecklichen Ausflug nach Albenheim. Ich hatte das Gefühl, als sei das Gewicht eines Granitzwergs von meinen Schultern genommen worden. Aber leider brauchten wir ja noch mehr.

»Ich habe Blitzen absichtlich in Stein verwandelt, müssen Sie wissen«, sagte ich. »Er wurde von einem Schwert verwundet. Dem Skofnungschwert.«

Mr Aldermans Mund zuckte. »Skofnung.«

»Ja. Ist das komisch?«

Alderman zeigte seine perfekten weißen Zähne. »Ihr seid hergekommen, damit ich euch helfe. Diesen Zwerg zu heilen. Ihr wollt den Skofnungstein.«

»Ja. Haben Sie den?«

»Natürlich.« Mr Alderman zeigte auf einen der Sockel in der Nähe. In einem Glaskasten lag ein Stein von der Größe einer Untertasse – grau mit blauen Flecken, genau wie Loki ihn beschrieben hatte.

»Ich sammele magische Gegenstände aus allen Neun Welten«, sagte Mr Alderman. »Der Skofnungstein war eine meiner ersten Anschaffungen. Er wurde mit einem ganz besonderen Zauber belegt, um der magischen Schneide des Schwertes zu widerstehen – und um sie notfalls zu schärfen. Und, natürlich, um in dem Moment, in dem ein törichter Schwertschwinger sich selbst verletzt, sofort heilen zu können.«

»Großartig«, sagte ich. »Wie heilt man damit?«

Alderman kicherte. »Ganz einfach. Man berührt die Wunde mit dem Stein, und sie schließt sich.«

»Also ... können wir ihn ausleihen?«

»Nein.«

Warum war ich nicht überrascht? Hearthstone warf mir einen

Blick zu, der so ungefähr sagte: *Der übelste Rabenvater in allen Neun Welten.*

Inger erschien jetzt mit drei Silberbechern auf einem Tablett. Nachdem sie Mr Alderman bedient hatte, stellte sie einen Becher vor mich hin, dann lächelte sie Hearthstone an und gab ihm seinen. Als ihre Finger einander berührten, wurden Ingers Ohren knallrot. Sie eilte zurück zu … dem Ort, wo sie sich anscheinend aufhalten musste, um nicht zu sehen, aber in Rufweite zu sein.

Die Flüssigkeit in meinem Becher sah aus wie geschmolzenes Gold. Ich hatte seit dem Frühstück nichts mehr gegessen oder getrunken, deshalb hatte ich heimlich auf elfische Sandwiches und Mineralwasser gehofft. Ich fragte mich, ob ich mich nach Herkunft und Heldentaten des Bechers erkundigen müsste, ehe ich trank, wie das in Nidavellir nötig war, der Welt der Zwerge. Die Zwerge behandeln jeden Gegenstand als einzigartig, als etwas, das einen Namen verdient. Nach allem, was ich bisher gesehen hatte, umgaben sich Elfen mit unschätzbar wertvollen Gegenständen und interessierten sich dafür nicht mehr als für ihre Dienstboten. Ich bezweifelte, dass sie ihren Bechern Namen gaben.

Ich trank einen Schluck. Zweifellos hatte ich noch nie so etwas Köstliches getrunken – es hatte die Süße von Honig, den vollen Geschmack von Schokolade und die Kühle von Gletschereis und schmeckte doch ganz anders. Es füllte meinen Magen auf befriedigendere Weise als eine Mahlzeit mit drei Gängen. Es löschte meinen Durst ganz und gar. Der Kick, den es mir versetzte, ließ Walhallas Met schmecken wie die billige Nachahmung eines Energydrinks.

Plötzlich war das Wohnzimmer in kaleidoskopisches Licht gehüllt. Ich starrte auf den gepflegten Rasen draußen, die zurechtgeschnittenen Hecken, die Baumreihen. Ich wollte mir die Sonnenbrille von der Nase reißen, durch das Fenster springen und fröhlich durch Albenheim hüpfen, bis die Sonne mir die Augen aus dem Kopf gebrannt hatte.

Mir ging auf, dass Mr Alderman gespannt beobachtete, wie ich den elfischen Supertrank vertrug. Ich blinzelte einige Male, um Ordnung in meine Gedanken zu bringen.

»Sir«, sagte ich, weil Höflichkeit so gut funktionierte. »Warum wollen Sie uns nicht helfen? Ich meine, Sie haben den Stein doch hier.«

»Ich will euch nicht helfen«, sagte Mr Alderman, »weil ich nichts davon hätte.« Er nippte an seinem Becher und spreizte dabei seinen kleinen Finger ab, um einen funkelnden Amethystring zu zeigen. »Mein ... *Sohn* ... Hearthstone verdient keine Hilfe von mir. Er ist vor Jahren ohne ein Wort weggegangen.« Er unterbrach sich und lachte dann bellend. »Ohne ein Wort. Na ja, natürlich ohne ein Wort. Aber du weißt schon, was ich meine.«

Ich hätte ihm gern meinen Becher zwischen seine perfekten Zähne gerammt, aber ich riss mich zusammen. »Hearthstone ist also gegangen. Ist das ein Verbrechen?«

»Das sollte es sein.« Alderman sah mich düster an. »Dadurch hat er seine Mutter umgebracht.«

Hearthstone verschluckte sich und ließ seinen Becher fallen. Einen Moment lang war nur zu hören, wie der Becher über den Marmorboden kullerte.

»Das wusstest du nicht?«, fragte Mr Alderman. »Natürlich wusstest du das nicht. Warum sollte es dich auch interessieren? Als du gegangen warst, war sie vollkommen verstört und außer sich. Du hast keine Ahnung, wie peinlich dein Verschwinden für uns war. Es gab Gerüchte, dass du Runenmagie studierst, ausgerechnet, dich mit Mimir und seinem Pöbel herumtreibst und mit einem *Zwerg* befreundet bist. Und eines Nachmittags ging deine Mutter im Dorf über die Straße, sie kam gerade aus dem Country Club und hatte sich beim Mittagessen furchtbare Kommentare von ihren Freundinnen anhören müssen. Sie fürchtete ernstlich um ihren Ruf. Sie achtete nicht darauf, wo sie hinging. Als ein Lieferwagen die rote Ampel überfuhr …«

Alderman starrte die Mosaikdecke an. Eine Sekunde lang konnte ich mir fast vorstellen, dass er noch andere Gefühle hatte als Zorn. Ich glaubte, Trauer in seinen Augen zu entdecken. Dann hatte er wieder dieselbe missbilligende Miene wie vorher. »Als ob es nicht gereicht hätte, den Tod deines Bruders zu verursachen.«

Hearthstone griff unsicher nach seinem Becher. Seine Finger sahen aus wie aus Ton. Er brauchte drei Versuche, bis der Becher wieder auf dem Tisch stand. Gelbe Tropfen suchten sich ihren Weg über seinen Handrücken.

»Hearth.« Ich berührte seinen Arm und gebärdete: *Ich bin hier.*

Mir fiel nichts anderes ein, was ich hätte sagen können. Ich wollte ihm klarmachen, dass er nicht allein war – dass er jemandem hier im Raum wichtig war. Ich dachte an den Runenstein, den er mir einen Monat zuvor gezeigt hatte – *Perthro*, das Zeichen des leeren Bechers. Hearths Lieblingssymbol. Hearthstone war von seiner Kindheit ausgesaugt worden. Er hatte beschlossen, sein Leben mit Runenmagie und einer neuen Familie zu füllen – und zu der gehörte auch ich. Ich wollte Mr Alderman anbrüllen, dass Hearthstone ein besserer Elf sei, als seine Eltern es jemals gewesen waren.

Aber etwas hatte ich als Sohn des Frey gelernt – ich konnte nicht immer die Kämpfe meiner Freunde ausfechten. Das Einzige, was ich tun konnte, war, da zu sein, um ihre Verletzungen zu heilen.

Und Mr Alderman anzubrüllen hätte uns auch nicht das verschafft, was wir brauchten. Ich könnte natürlich Jack herbeirufen, den Glaskasten zerschlagen und mir den Stein einfach nehmen.

Aber ich wäre jede Wette eingegangen, dass Mr Alderman über erstklassige Sicherheitsvorkehrungen verfügte. Es hätte Blitzen nicht geholfen, wenn er nur geheilt worden wäre, um dann sofort von einem Albenheimer Überfallkommando umgebracht zu werden. Ich war nicht einmal sicher, ob der Stein wirklich funktionierte, wenn sein Besitzer ihn nicht freiwillig hergab. Magische Gegenstände gehorchten seltsamen Regeln, vor allem, wenn sie Skofnung hießen.

»Mr Alderman.« Ich versuchte, meine Stimme gelassen klingen zu lassen. »Was wollen Sie?«

Er hob eine platinblonde Augenbraue. »Bitte?«

»Abgesehen davon, dass Sie Ihrem Sohn ein elendes Leben bereiten wollen«, fügte ich hinzu. »Das machen Sie wirklich gut. Aber Sie haben gesagt, dass Sie nichts davon hätten, uns zu helfen. Unter welchen Umständen hätten Sie denn was davon?«

Er deutete ein Lächeln an. »Ah, ein junger Mann mit Sinn für Geschäfte. Von dir, Magnus Chase, verlange ich nicht viel. Du weißt doch, dass die Wanen unsere Ahnengötter sind? Frey ist unser Beschützer und unser Herr. Ganz Albenheim wurde ihm geschenkt, als er als Kind seinen ersten Zahn bekam.«

»Und ... dann hat er auf Ihnen herumgekaut und Sie ausgespuckt?«

Mr Aldermans Lächeln verschwand. »Es geht mir darum, dass ein Sohn des Frey einen überaus angemessenen Freund für unsere Familie darstellen würde. Ich würde nur verlangen, dass du eine Weile bei uns bleibst, vielleicht einen kleinen Empfang besuchst ... nur ein paar Hundert enge Geschäftspartner. Zeig dich, lass dich mit mir für die Presse fotografieren. So was in der Art.«

Das goldene Getränk hinterließ jetzt einen bitteren Nachgeschmack in meinem Mund. Fotos mit Alderman – das klang fast so unangenehm, wie mit einem Draht enthauptet zu werden. »Sie machen sich Sorgen um Ihren Empfang«, sagte ich. »Sie schämen sich Ihres Sohnes, deshalb wollen Sie mit mir Ihr Image aufpolieren.«

Alderman kniff seine großen fremdländischen Augen zusammen, bis sie fast normale Größe erreicht hatten. »Ich kenne diesen Begriff *Image* nicht. Aber ich glaube, wir haben uns verstanden.«

»Oh, ich verstehe Sie.« Ich warf einen Rat suchenden Blick zu Hearthstone hinüber, aber er sah noch immer verwirrt und unglücklich aus. »Also, Mr Alderman, ich mache mit bei Ihrer kleinen Fotosession und dann geben Sie uns den Stein?«

»Nun ja ...« Alderman trank ausgiebig aus seinem Becher. »Ich würde natürlich von meinem verlorenen Sohn auch etwas erwarten. Er hat hier noch etwas zu erledigen. Er muss Buße tun. Er muss sein *Wergeld* bezahlen.«

»Was ist denn *Wergeld?*« Ich betete in Gedanken, dass es nichts mit Werwölfen zu tun hätte.

»Hearthstone weiß, was ich meine.« Alderman starrte seinen Sohn an. »Nicht ein Haar darf zu sehen sein. Du musst tun, was getan werden muss – was du schon vor Jahren hättest tun müssen. Und während du daran arbeitest, wird dein Freund ein Gast unseres Hauses sein.«

»Moment«, sagte ich. »Von welchem Zeitraum reden wir? Wir haben einen wichtigen Termin, in, äh, weniger als vier Tagen.«

Mr Alderman zeigte wieder seine weißen Zähne. »Na, dann sollte Hearthstone sich beeilen.« Er erhob sich und brüllte: »Inger!«

Die Huldra tauchte auf, mit einem Geschirrtuch in den Händen.

»Sorg dafür, dass mein Sohn und sein Gast alles haben, was sie brauchen«, sagte Mr Alderman. »Sie wohnen in Hearthstones altem Zimmer. Und Magnus Chase, glaub ja nicht, du könntest mir trotzen. Mein Haus, meine Regeln. Wenn du versuchst, den Stein an dich zu reißen, dann, Sohn des Frey oder nicht, wird das für dich nicht gut ausgehen.«

Er schleuderte seinen Becher auf den Boden, als ob er nicht ertragen könnte, von Hearthstone im Kleckern übertroffen zu werden.

»Wisch das auf«, schnauzte er Inger an. Dann stürmte er aus dem Zimmer.

24 Ach, atmen möchtest du? Das macht dann noch mal drei Goldstücke

Hearthstones Zimmer? Wohl eher Hearthstones Einzelhaft.

Nachdem wir den Boden aufgewischt hatten (wir bestanden darauf, zu helfen), führte Inger uns über eine breite Treppe in den ersten Stock, durch einen Gang mit üppigen Wandteppichen und noch mehr Ausstellungsnischen und weiter zu einer einfachen Metalltür. Sie öffnete die Tür mit einem großen altmodischen Schlüssel, und dabei zuckte sie zusammen, als sei die Tür glühend heiß.

»Entschuldigung«, sagte sie dann zu uns. »Die Schlösser hier im Haus sind alle aus Eisen. Das ist unangenehm für Kobolde wie mich.«

Ich sah ihr gequältes Gesicht und schloss daraus, sie meinte statt »unangenehm« wohl eher »die pure Folter«. Mr Alderman wollte sicher nicht, dass Inger allzu viele Türen öffnete – oder es war ihm egal, ob sie leiden musste.

Das Zimmer war fast so groß wie meine Suite in Walhalla, aber während meine Suite alles enthielt, was ich mir überhaupt nur wünschen konnte, war dieses Zimmer so eingerichtet, dass nichts da war, was Hearthstone sich vielleicht wünschen könnte. Anders als in allen anderen Teilen des Hauses, die ich gesehen hatte, gab es hier keine Fenster. Reihen von fluoreszierenden kleinen Lampen gleißten über uns und lieferten die Atmosphäre eines billigen Möbelhauses. Auf dem Boden in der Ecke lag eine mit weißen Laken bedeckte Doppelmatratze. Keine Wolldecke, keine Daunendecke, keine Kissen. Links sah ich eine Tür, die vermutlich ins Badezimmer führte. Rechts stand ein Wandschrank offen und zeigte eine einzige Garnitur von Kleidern: einen weißen Anzug, ungefähr in Hearths Größe, aber ansonsten eine genaue Kopie von dem Anzug auf Andirons Porträt unten im Haus.

An den Wänden waren Whiteboards angebracht, wie in Schulzimmern, auf denen in ordentlichen Blockbuchstaben Listen standen.

Einige Listen waren in Schwarz geschrieben:

DEINE WÄSCHE WASCHEN, ZWEIMAL DIE WOCHE =
+ 2 GOLD
FUSSBODEN FEGEN, OBEN UND UNTEN = + 2 Gold
GUTE TATEN = + 5 GOLD.

Andere waren rot:
JEDE MAHLZEIT = – 3 GOLD
EINE STUNDE FREIZEIT = – 3 GOLD
PEINLICHE FEHLER = – 10 GOLD

Ich zählte etwa ein Dutzend Listen dieser Art, zusammen mit Hunderten von Motivationssätzen wie: NIEMALS DEINE VERANTWORTUNG VERGESSEN! GIB DIR MÜHE, WÜRDIG ZU SEIN! NORMALITÄT IST DER SCHLÜSSEL ZUM ERFOLG!

Ich hatte das Gefühl, von riesengroßen Erwachsenen umringt zu sein, die alle mit dem Finger auf mich zeigten, mich mit Schande überhäuften, mich immer kleiner und kleiner machten. Und ich war erst seit einer Minute hier. Ich konnte mir nicht vorstellen, hier zu *leben.*

Aber die Tafeln mit den Zehn Geboten waren noch nicht das Seltsamste hier. Auf dem Boden ausgebreitet lag das zottige blaue Fell eines riesigen Tieres. Der Kopf war entfernt worden, aber an den vier Pfoten saßen noch die Krallen – gekrümmte Elfenbeinstacheln, die perfekte Angelhaken ergeben hätten, um große weiße Haie zu fangen. Auf dem Fell waren Goldmünzen verstreut – vielleicht zwei- oder dreihundert, sie funkelten wie Inseln in einem Meer aus dickem blauen Fell.

»Hearth?« Ich war so geschockt von dem Raum, dass ich keine zusammenhängende Frage stellen konnte, wie *Warum?* oder *Darf ich deinem Vater bitte die Zähne einschlagen?*

Er machte eins der ersten Zeichen, die er mich jemals gelehrt hatte – damals, auf der Straße, als er mir beigebracht hatte, wie ich mich vor Ärger mit der Polizei schützen konnte. Er kreuzte zwei Finger und fuhr damit über die andere Handfläche, als schriebe er einen Strafzettel aus: *Regeln.*

Meine Hände brauchten einen Moment, um sich an die Gebärdensprache zu erinnern. *Deine Eltern haben die für dich aufgestellt?*

Regeln, wiederholte er. Sein Gesicht verriet nur wenig. Ich fragte mich, ob Hearthstone früher mehr gelächelt hatte, mehr geweint, überhaupt häufiger irgendein Gefühl gezeigt. Vielleicht hatte er gelernt, aus Selbstschutz so sparsam mit seiner Mimik umzugehen.

»Aber wieso die Tafeln?«, fragte ich. »Die sehen aus wie Preislisten …«

Ich starrte die Goldmünzen auf dem Fell an. »Moment, die Münzen waren dein Taschengeld? Oder … deine *Bezahlung?* Aber warum hast du sie auf das Fell geworfen?«

Inger stand schweigend in der Tür, sie hatte den Kopf gesenkt. »Das ist das Fell des Tieres«, sagte sie und gebärdete dabei die Wörter, »das seinen Bruder getötet hat.«

Ich hatte Rostgeschmack im Mund. »Andiron?«

Inger nickte. Sie schaute sich um, offenbar vor Angst, der Hausherr könne aus dem Nirgendwo auftauchen. »Das ist passiert, als Andiron sieben war und Hearthstone acht.« Während sie sprach, gebärdete sie fast so fließend wie Hearth, als ob sie jahrelang geübt hätte. »Sie spielten im Wald hinter dem Haus. Da gibt es einen alten Brunnen.« Sie zögerte und sah Hearth an; sie schien um die Erlaubnis zum Weitersprechen zu bitten.

Hearthstone zitterte.

Andiron liebte den Brunnen, gebärdete er. *Er glaubte, der erfülle Wünsche. Aber da war ein böser Geist …*

Er machte eine seltsame Kombination von Zeichen: drei Finger am Mund – ein W für Wasser, dann zeigte er nach unten: das Symbol für einen Brunnen. Dann ein V über einem Auge – das Zeichen für Pissen. (Das hatten wir auf der Straße oft benutzt.) Zusammen sah es aus, als ob er den bösen Geist *Brunnenpisser* nannte.

Ich sah Inger stirnrunzelnd an: »Hat er gerade gesagt …?«

»Ja«, bestätigte sie. »So heißt der Geist. In der alten Sprache heißt er *Brunnmigi*. Er kam aus dem Brunnen und griff Andiron an, in Gestalt von … dem da. Ein riesiges bläuliches Wesen, eine Mischung aus Bär und Wolf.«

Immer diese blauen Wölfe. Ich hasste sie.

»Er hat Andiron getötet«, fasste ich zusammen.

Im fluoreszierenden Licht sah Hearthstones Gesicht ebenso versteinert aus wie das von Blitzen. *Ich spielte mit Steinen*, gebärdete er. *Ich hatte ihm den Rücken zugedreht. Ich habe nichts gehört. Ich konnte nicht …*

Er griff in die Luft.

»Das war nicht deine Schuld, Hearth«, sagte Inger.

Sie sah so jung aus mit ihren klaren blauen Augen, ihren rosigen Apfelbäckchen und den blonden Locken, die unter ihrem Häubchen hervorlugten, aber sie hörte sich an, als habe sie den Überfall mit eigenen Augen gesehen.

»Warst du dabei?«, fragte ich.

Sie errötete noch tiefer. »Nicht direkt. Ich war ja noch ein kleines Mädchen, aber meine Mutter war damals bei Mr Alderman in Diensten. Ich – ich weiß noch, wie Hearthstone weinend ins Haus gerannt kam und um Hilfe gebärdete. Er und Mr Alderman stürzten wieder hinaus. Und dann, später … kam Mr Alderman zurück und trug Herrn Andirons Leichnam.«

Ihr Kuhschwanz zuckte hin und her und streifte den Türrahmen. »Mr Alderman hat dann den Brunnmigi getötet, aber er hat Hearthstone gezwungen … die Bestie ganz allein abzuhäuten. Hearthstone durfte erst wieder ins Haus, als er damit fertig war. Dann wurde das Fell gegerbt und als Teppich hier ausgelegt.«

»Götter.« Ich lief im Zimmer hin und her und versuchte, einige der Wörter von einer Tafel zu wischen, aber sie waren mit Permanentmarker geschrieben. Das hätte ich mir ja denken können.

»Und die Münzen?«, fragte ich. »Und die Preislisten?«

Meine Stimme klang wütender, als ich es vorgehabt hatte. Inger zuckte zusammen.

»Das ist Hearthstones Wergeld«, sagte sie. »Die Blutschuld für den Tod seines Bruders.«

Den Teppich bedecken, gebärdete Hearthstone mechanisch, wie ein Zitat, dass er eine Million Mal gehört hatte. *Goldmünzen verdienen, bis kein einziges Haar mehr zu sehen ist. Dann habe ich bezahlt.*

Ich sah mir die Preislisten an – all das Plus und Minus von

Hearthstones Schuldkonto. Ich starrte die wenigen Goldmünzen an, die sich in dem blauen Fell verloren. Ich stellte mir vor, wie der kleine Hearthstone versuchte, genug Geld zu verdienen, um wenigstens einen winzigen Teil dieses riesigen Teppichs zu bedecken.

Ich bebte, aber ich konnte meine Wut nicht abschütteln. »Hearth, ich habe gedacht, deine Eltern hätten dich geschlagen oder so. Aber das hier ist noch schlimmer.«

Inger rang die Hände. »Nein, nein, junger Herr, Schläge gibt es nur für die Dienstboten. Aber Sie haben recht. Mr Hearthstones Strafe war sehr viel schwieriger.«

Schläge. Inger erwähnte sie wie unangenehme Zwischenfälle im Leben, wie angebrannte Plätzchen oder verstopfte Abflüsse.

»Ich mache dieses Haus dem Erdboden gleich«, beschloss ich. »Ich werfe deinen Vater …«

Hearthstone hielt meinen Blick fest. Meine Wut rutschte zurück in meine Kehle. Das hier war nicht meine Aufgabe, das hier war nicht meine Geschichte. Trotzdem …

»Hearth, wir können bei seinen krankhaften Spielchen nicht mitmachen«, sagte ich. »Er will, dass du dein Wergeld bezahlst, ehe er uns hilft? Das ist unmöglich! Sam soll in vier Tagen einen Riesen heiraten! Können wir uns den Stein nicht einfach nehmen? Und in eine andere Welt reisen, ehe Alderman etwas merkt?«

Hearth schüttelte den Kopf. *Stein muss Geschenk sein. Klappt nur, wenn freiwillig gegeben.*

»Und es gibt Wachen«, fügte Inger hinzu. »Sicherheitsgeister, die … denen wollen Sie bestimmt nicht begegnen.«

Ich hatte das ja alles erwartet, aber ich fluchte trotzdem, bis Ingers Ohren rot anliefen.

»Was ist mit Runenmagie?«, fragte ich. »Kannst du genug Gold herbeirufen, um das Fell zu bedecken?«

Wergeld geht nicht mit Betrug, gebärdete Hearth. *Gold muss mit großer Mühe verdient oder errungen werden.*

»Das dauert doch Jahre!«

»Vielleicht auch nicht«, murmelte Inger, als ob sie mit dem blauen Teppich spräche. »Es gibt noch eine andere Möglichkeit.«

Hearth fuhr zu ihr herum. *Wie?*

Inger legte erregt die Hände aneinander. Ich war nicht sicher, ob sie wusste, dass sie damit das Zeichen für »Hochzeit« machte. »Ich – ich will mich ja nicht aufdrängen. Aber es gibt noch den *Wächter.*«

Hearth hob die Hände in der weltweiten Geste für *das soll ja wohl ein Witz sein.* Er gebärdete: *Der Wächter ist eine Sage.*

»Nein«, sagte Inger. »Ich weiß, wo er ist.«

Hearth starrte sie entsetzt an. *Selbst wenn. Zu gefährlich. Wer ihn ausrauben will, ist am Ende tot.*

»Nicht alle«, sagte Inger. »Es ist gefährlich, aber du könntest es schaffen, Hearth. Ich weiß, dass du es schaffen könntest.«

»Wartet mal«, sagte ich. »Wer ist dieser Wächter? Worüber redet ihr hier eigentlich?«

»Das – das ist ein Zwerg«, sagte Inger. »Der einzige Zwerg in Albenheim, außer ...«, sie nickte zu unserem versteinerten Freund hinüber. »Der Wächter hat genug Gold, um den Teppich zu bedecken. Ich könnte euch sagen, wie ihr ihn findet – wenn es euch nichts ausmacht, dass das Risiko zu sterben ausgesprochen hoch ist.«

HEARTHSTONE? EHER DOCH HERZBRECH, ODER?

25

Man sollte keinen Kommentar über den unmittelbar bevorstehenden Tod machen und dann sagen: »Gute Nacht. Wir reden morgen darüber.«

Aber Inger bestand darauf, dass wir uns erst am Morgen auf die Suche nach dem Zwerg machen sollten. Sie erklärte, wir brauchten Ruhe, und brachte uns weitere Kleidungsstücke, Essen, Trinken und einige Kissen. Dann lief sie davon, vielleicht, um verschüttete Getränke aufzuwischen oder Ausstellungsnischen abzustauben oder Mr Alderman fünf Goldstücke für das Privileg zu zahlen, ihm dienen zu dürfen.

Hearth wollte nicht über den Killerzwerg namens Wächter oder dessen Gold reden. Er wollte keinen Trost für seine tote Mutter oder seinen lebenden Vater. Nach einem raschen düsteren Essen gebärdete er einfach *muss schlafen* und fiel dann sofort auf seine Matratze.

Aus purem Trotz beschloss ich, auf dem Teppich zu schlafen. Das war zwar unheimlich, aber wie oft hat man schon die Gelegenheit, sich auf garantiert echtem Brunnenpisserfell auszustrecken?

Hearthstone hatte mir erzählt, dass in Albenheim die Sonne niemals untergeht. Sie taucht einfach kurz hinter den Horizont und kommt dann wieder zum Vorschein, wie im Sommer in der Arktis. Ich hatte überlegt, ob ich wohl schlafen könnte, wenn es keine Nacht gab, aber ich hätte mir keine Sorgen zu machen brauchen – hier in Hearthstones fensterlosem Zimmer ließ mich das Betätigen des Lichtschalters in vollständiger Finsternis versinken.

Ich hatte einen langen Tag hinter mir, hatte gegen demokratische Zombies gekämpft und war dann aus einem Flugzeug in die reichen Vororte von Feinepinkelhausen gefallen. Das Fell dieses schrecklichen Wesens war überraschend warm und behaglich. Ehe ich mich's versah, war ich in einen nicht ganz so friedlichen Schlummer gefallen.

Wirklich, ich weiß nicht, ob es einen nordischen Gott der Träume gibt. Aber wenn ja, dann werde ich sein Haus finden und seine Schlummermatratze mit einer Streitaxt in Stücke hauen.

Mir wurde eine Serie von beängstigenden Bildern serviert, von denen keins besonders viel Sinn ergab. Ich sah, wie das Schiff meines Onkels Randolph im Sturm hin- und hergeschleudert wurde, und hörte seine Töchter im Steuerhaus schreien. Sam und Amir – die dort überhaupt nichts zu suchen hatten – klammerten sich an gegenüberliegenden Seiten des Decks fest und versuchten, einander die Hände zu reichen, bis eine Welle über ihnen brach und sie ins Meer schwemmte.

Der Traum wechselte den Schauplatz. Ich sah Alex Fierro in ihrer Suite in Walhalla, wo sie Tontöpfe in den Innenhof warf. Loki stand in ihrem Schlafzimmer vor dem Spiegel und rückte gelassen seine Paisley-Fliege gerade, während Tongefäße durch ihn durchflogen und an der Wand zerbrachen.

»Das ist doch wohl nicht zu viel verlangt, Alex«, sagte er. »Die Alternative wäre sehr unangenehm. Glaubst du, bloß weil du tot bist, hast du nichts mehr zu verlieren? Da irrst du dich gewaltig.«

»Raus hier!«, schrie Alex.

Loki drehte sich um, aber er war kein *Er* mehr. Der Gott hatte sich in eine junge Frau mit langen roten Haaren und verführerischen Augen verwandelt; ein smaragdgrünes Abendkleid betonte ihre Figur. »Ruhig, ruhig, Liebes«, schnurrte sie. »Vergiss nicht, wo du herkommst.«

Die Wörter vibrierten in der Luft und zerrissen das Bild.

Ich fand mich in einer Höhle voller blubbernder Schwefellöcher und dicker Stalagmiten wieder. Der Gott Loki, nur mit einem Lendenschurz bekleidet, war an drei Felssäulen gefesselt – seine Arme waren weit ausgebreitet und seine Füße zusammengebunden, die Knöchel und Handgelenke waren mit glitzernden dunklen Seilen aus verkalktem Gedärm gebunden. Um einen Stalaktiten über seinem Kopf wand sich eine riesige grüne Schlange, sie riss den Schlund auf und von ihren Hauzähnen tropfte Gift in die Augen des Gottes. Aber statt zu schreien, lachte Loki, während sein Gesicht verbrannte. »Bis bald, Magnus!«, rief er. »Vergiss deine Hochzeitseinladung nicht.«

Ein anderes Bild: ein Berghang in Jotunheim, mitten in einem Blizzard. Auf dem Gipfel stand der Gott Thor, sein roter Bart und seine zottige Mähne waren von Eis gesprenkelt, seine Augen loderten. In seinem dicken Fellmantel und mit seiner verschneiten Lederkleidung sah er aus wie ein rothaariger Yeti. Den Hang herauf liefen tausend Riesen, um ihn zu töten – eine Armee aus muskulösen Goliaths in Rüstungen aus Felsgestein, mit Speeren so groß wie Mammutbäume.

Mit seinen Handschuhen hob Thor seinen Hammer – den mächtigen Mjöllnir. Der Kopf war ein Stück Eisen, stumpf an beiden Seiten und spitz in der Mitte. Runenmuster wirbelten über das Metall. Im doppelfäustigen Griff des Gotts sah Mjöllnirs Stiel so klobig aus, dass es fast komisch war, wie bei einem Kind, das eine Waffe hochhebt, die viel zu schwer ist. Die Armee der Riesen lachte und höhnte.

Dann schlug Thor mit dem Hammer auf den Boden. Zu seinen Füßen explodierte der Berghang. Riesen wurden in einem Millionen Tonnen schweren Mahlstrom aus Felsbrocken und Schnee hochgewirbelt, Blitze zuckten zwischen ihnen, hungernde Greifarme aus Energie verbrannten sie zu Asche.

Das Chaos legte sich. Thor starrte auf die tausend toten Feinde hinunter, die jetzt auf den Hängen herumlagen. Dann schaute er mir ins Gesicht.

»Meinst du vielleicht, das schaffe ich mit einem *Stab*, Magnus?«, brüllte er. »BEEIL DICH MIT DEM HAMMER!« Und da er Thor war, hob er dann das rechte Bein und furzte, dass es nur so donnerte.

Am nächsten Morgen wurde ich von Hearthstone wach geschüttelt.

Ich hatte das Gefühl, die ganze Nacht lang Mjöllnir gestemmt zu haben, aber ich konnte doch unter die Dusche stolpern und mich in elfisches Leinen und Jeans werfen. Ich musste die Ärmel an die sechzehn Mal aufkrempeln, damit das Hemd passte.

Mir war nicht ganz wohl bei dem Gedanken, Blitzen zurückzulassen, aber Hearthstone meinte, unser Freund wäre hier sicherer als dort, wo wir hinwollten. Wir legten ihn auf die Matratze und wickelten ihn in eine Decke. Dann schlichen wir uns aus dem Haus, zum Glück, ohne Mr Alderman zu begegnen.

Wir waren mit Inger am hinteren Ende des Grundstücks verabredet. Sie wartete dort, wo der gepflegte Rasen auf eine Reihe von knorrigen Bäumen und wucherndes Unterholz stieß. Die Sonne stieg jetzt wieder höher und malte den Himmel blutig-orange. Trotz der Sonnenbrille schrien meine Augäpfel vor Schmerz. Blöder schöner Sonnenaufgang in der blöden Elfenwelt.

»Ich kann nicht lange bleiben«, sagte Inger unglücklich. »Ich hab mir vom Herrn zehn Minuten Pause erkauft.«

Das machte mich nun wieder wahnsinnig wütend. Ich hätte gern gefragt, wie viel es wohl kosten würde, auf Mr Alderman zehn Minuten lang mit Stollenschuhen herumzutrampeln, aber ich wollte dann doch nicht Ingers kostbare Zeit vergeuden.

Sie zeigte auf den Wald. »Andwaris Höhle befindet sich im Fluss. Folgt der Strömung flussab zum Wasserfall. Er wohnt in dem Teich darunter.«

»Andwari?«, fragte ich.

Sie nickte nervös. »So heißt er – Wächter eben, in der alten Sprache.«

»Und dieser Zwerg lebt unter Wasser?«

»In Fischgestalt«, sagte Inger.

»Ach. Natürlich.«

Hearthstone fragte Inger in Gebärdensprache: *Woher weißt du das?*

»Ich ... Na ja, junger Herr, Huldren besitzen noch einen Rest Naturmagie. Wir sollen die nicht benutzen, aber – ich habe den Zwerg gespürt, als ich zuletzt im Wald war. Mr Alderman gestattet diesen Fleck Wildnis auf seinem Grundstück nur, weil ... also, Huldren brauchen zum Überleben einen Wald in der Nähe. Und er kann immer ... er kann da immer frische Helfer finden.«

Sie hatte »finden« gesagt. Ich hatte »fangen« verstanden.

Die zehn Minuten Trampeln in Stollenschuhen klangen in meinen Ohren immer besser.

»Dieser Zwerg ...«, sagte ich. »Was treibt der in Albenheim? Wird er vom Sonnenlicht nicht in Stein verwandelt?«

Ingers Kuhschwanz schlug hin und her. »Den Gerüchten nach ist Andwari über tausend Jahre alt. Er ist ein machtvoller Zauberer. Das Sonnenlicht macht ihm kaum etwas aus. Und er bleibt in den dunkelsten Tiefen des Teichs. Ich – ich nehme an, Albenheim kam ihm wie ein sicheres Versteck vor. Sein Gold ist schon häufiger gestohlen worden, von Zwergen, Menschen, sogar Göttern. Aber wer würde hier schon nach einem Zwerg und seinem Gold suchen?«

Danke, Inger, gebärdete Hearth.

Die Huldra errötete. »Bitte, seien Sie vorsichtig, junger Herr. Andwari ist tückisch. Sein Schatz ist bestimmt mit allerlei Zaubern geschützt. Es tut mir leid, ich weiß nur, wo man ihn findet, aber nicht, wie man ihn besiegt.«

Hearthstone umarmte Inger. Ich hatte Angst, die Haube des armen Mädchens könnte abspringen wie ein Kronkorken.

»Ich – bitte – viel Glück!« Sie stürzte davon.

Ich drehte mich zu Hearthstone um. »War sie schon in dich verliebt, als ihr noch Kinder wart?«

Hearth zeigte auf mich, dann drehte er einen Finger an seiner Schläfe. *Du spinnst.*

»Wie du meinst, Mann«, sagte ich. »Ich bin nur froh, dass du sie nicht geküsst hast. Dann wäre sie in Ohnmacht gefallen.«

Hearthstone grunzte gereizt. *Komm schon. Zwerg ausrauben.*

26 WIR SPRENGEN EIN PAAR FISCHE INS TROCKENE

Ich war durch die Wildnis von Jotunheim gewandert. Ich hatte in den Straßen von Boston gelebt. Auf irgendeine Weise aber kam mir das Stück unkultivierten Landes hinter der Alderman-Villa noch bedrohlicher vor.

Als ich mich umsah, konnte ich noch immer die Türme des Hauses über den Baumwipfeln aufragen sehen. Ich konnte den Verkehr auf der Straße hören. Die Sonne schien so grauenhaft fröhlich auf uns herab wie immer. Aber unter den knorrigen Bäumen herrschte tiefe Dunkelheit. Die Wurzeln und Steine schienen mich unbedingt zu Fall bringen zu wollen. Von den oberen Zweigen her musterten Vögel und Eichhörnchen mich voller Verachtung. Es war, als gäbe sich dieses kleine Stück Natur alle Mühe, wild zu bleiben, um ja nicht in einen Garten verwandelt zu werden.

Wenn ich sehe, wie ihr mit einer Krocket-Ausrüstung hier ankommt, schienen die Bäume zu sagen, *dann lass ich euch die Schläger fressen.*

Ich konnte diese Einstellung nachvollziehen, aber unser Spaziergang wurde dadurch ganz schön stressig.

Hearthstone schien den Weg zu kennen. Die Vorstellung, wie Andiron und er als Jungen in diesem Wald gespielt hatten, gab mir neue Hochachtung vor ihrem Mut. Nachdem wir uns durch eine lange Strecke von Dornbüschen durchgekämpft hatten, erreichten wir eine kleine Lichtung, in deren Mitte sorgfältig Steine zu einem Türmchen aufgeschichtet waren.

»Was ist das?«, fragte ich.

Hearthstone hatte sein Gesicht schmerzlich verzogen, als ob wir noch immer durch Dornen brechen müssten. Er gebärdete. *Der Brunnen.*

Die Melancholie dieses Ortes drang mir tief unter die Haut. Das war die Stelle, wo sein Bruder gestorben war. Sicher hatte Mr Alderman den Brunnen zuschütten lassen – oder er hatte Hearthstone gezwungen, es zu tun, nachdem er die Bestie abgehäutet hatte. Das hatte Hearth dann wahrscheinlich zwei Goldstücke eingebracht.

Ich ließ meine Faust vor meiner Brust kreisen, das Zeichen für *tut mir leid.*

Hearth starrte mich an, als ob dieses Gefühl ihm gar nichts sagte. Er kniete neben dem Steinhaufen nieder und nahm einen kleinen flachen Stein herunter. Mit dunkelroter Farbe war eine Rune hineingeritzt:

ᛟ

Othala. Erbe. Das Symbol, das Randolphs kleine Tochter Emma in meinem Traum an sich gedrückt hatte. Als ich es im wirklichen Leben sah, wurde ich wieder furchtbar seekrank. Mein Gesicht brannte bei der Erinnerung an Randolphs Narbe.

Ich dachte daran, was Loki im Hügel des Grabwichts gesagt hatte: *Blut ist mächtig. Durch Randolph kann ich dich immer finden.* Eine Sekunde lang fragte ich mich, ob Loki die Rune auf irgendeine Weise als Mitteilung an mich hier hinterlegt hatte, aber Hearthstone wirkte nicht überrascht, sie zu finden.

Ich kniete neben ihm nieder und fragte: *Warum ist der Stein hier?*

Hearthstone zeigte auf sich selbst. Er legte den Stein vorsichtig zurück auf den Haufen.

Bedeutet Zuhause, gebärdete er. *Oder das, was wichtig ist.*

»Erbe?«

Er überlegte kurz, dann nickte er. *Ich habe den Stein hier hingelegt, als ich vor Jahren weggegangen bin. Diese Rune werde ich nicht verwenden. Sie gehört zu ihm.*

Ich starrte den Steinhaufen an. Waren dies die Steine, mit denen der acht Jahre alte Hearthstone gespielt hatte, während das Monster seinen Bruder angriff? Das hier war mehr als nur ein Denkmal für Andiron. Auch ein Teil von Hearthstone war hier gestorben.

Ich war ja kein Magier, aber mir kam es nicht richtig vor, dass einem Satz Runensteine ein Symbol fehlte. Wie konnte man eine Sprache meistern – noch dazu die Sprache des Universums –, wenn man nicht alle Buchstaben hatte?

Ich hätte Hearth gern zugeredet, die Rune wieder an sich zu nehmen. Andiron hätte das sicher gewollt. Hearth hatte jetzt eine neue Familie. Er war ein großer Magier. Sein Lebensbecher war neu gefüllt worden. Aber Hearthstone wich meinem Blick aus. Es ist leicht, jemanden zu ignorieren, wenn man taub ist. Man sieht ihn einfach nicht an. Hearth richtete sich auf, ging weiter und winkte mir, ihm zu folgen.

Einige Minuten später erreichten wir den Fluss. Er war nicht gerade beeindruckend – einfach ein sumpfiger Bach mit Wolken aus Moskitos über dem feuchten Gras. Der Boden war wie warmer Brotpudding. Wir folgten der Strömung flussab durch dichtes Dorngestrüpp und knietiefen Morast. Der tausend Jahre alte Zwerg Andwari hatte sich wirklich einen reizenden Alterssitz ausgesucht.

Nach den Träumen der vergangenen Nacht lagen meine Nerven blank.

Ich musste immer wieder an den gefesselten Loki in seiner Höhle denken. Und an sein Erscheinen in Alex Fierros Suite: *Das ist doch wohl nicht zu viel verlangt.* Was hatte Loki gewollt?

Ich dachte an den Mörder, den Ziegenkiller, der so gern Fluglehrer in Besitz nahm. Er hatte mir gesagt, ich sollte Alex mit nach Jotunheim nehmen: SIE IST DEINE EINZIGE HOFFNUNG AUF ERFOLG! Das verhieß nichts Gutes.

In drei Tagen wollte der Riese Thrym heiraten. Er würde seine Braut wollen, und dazu die Mitgift, bestehend aus dem Skofnungschwert samt Stein. Im Gegenzug würden wir, vielleicht, Thors Hammer zurückerhalten und verhindern, dass Horden aus Jotunheim in Boston einfielen.

Ich dachte an die tausend Riesen, die in meinem Traum gegen Thor in den Kampf gezogen waren. Ich hatte keine große Lust, einer solchen Streitmacht gegenüberzutreten – nicht ohne einen riesigen Hammer, der Berge in die Luft jagen und Horden von Invasoren in zischende Fetzen zerlegen konnte.

Ich ging davon aus, dass es einen Sinn hatte, was Hearth und ich hier machten: durch Albenheim zu trotten, in dem Versuch, einem alten Zwerg sein Gold zu entreißen, damit wir den Skofnungstein holen und Blitz heilen könnten. Trotzdem ... ich hatte das Gefühl, dass Loki uns ganz bewusst auf Abwege schickte, uns keine Zeit zum Überlegen ließ. Er war wie ein Aufbauspieler, der uns mit den Händen vor dem Gesicht herumfuchtelte und uns ablenkte, damit wir nicht auf das Netz zielten. Hinter dieser Hochzeit steckte mehr als nur der Versuch, Thors Hammer zurückzuholen. Loki hatte noch einen Plan im Plan. Er hatte aus irgendeinem Grund meinen Onkel Randolph dazugeholt. Wenn ich nur einen Moment finden könnte, um meine Gedanken zu ordnen, ohne von einem lebensgefährlichen Problem zum nächsten gehetzt zu werden ...

Toll. Du hast soeben dein gesamtes Leben und Nachleben beschrieben, Magnus.

Ich versuchte mir einzureden, dass alles gut gehen würde. Leider glaubte mein Magen mir nicht. Er hüpfte wie ein Jo-Jo zwischen meiner Brust und meinen Zähnen hin und her.

Der erste Wasserfall, den wir fanden, war ein sanftes Tröpfeln von einem mit Moos bewachsenen Felssims. Auf beiden Ufern erstreckten sich Wiesen. Das Wasser war nicht tief genug, um Fischen ein Versteck zu bieten, und die Wiesen waren zu flach, um wirkungsvolle Fallen wie Giftstachel und Landminen zu verbergen, oder Stolperdrähte, von denen Katapulte mit Dynamit oder blutrünstigen Bibern abgeschossen wurden. Kein Zwerg mit einem Fitzelchen Selbstachtung hätte seinen Schatz hier verborgen. Wir gingen weiter.

Der zweite Wasserfall wirkte durchaus vielversprechend. Der Boden war felsiger, mit glitschigem Moos und tückischen Spalten zwischen den Steinquadern auf beiden Ufern. Die tief herabhängenden Bäume warfen ihre Schatten auf das Wasser und lieferten ausreichend Verstecke für Armbrüste oder Fallbeile. Der Fluss selbst toste über eine natürliche Felsentreppe und fiel dann drei Meter ab in einen Teich vom Durchmesser eines Trampolins. Wegen des wogenden Schaums konnte ich nicht ins Wasser blicken, aber die dunkelblaue Färbung deutete an, dass der Teich sehr tief war.

»Da unten könnte doch alles sein«, sagte ich zu Hearth. »Wie machen wir weiter?«

Hearthstone zeigt auf meinen Anhänger. *Mach dich bereit.*

»Äh, okay.« Ich zog den Runenstein von der Kette und weckte Jack.

»Hallo, Jungs!«, sagte er. »Boah, wir sind in Albenheim! Habt ihr eine Sonnenbrille für mich mitgebracht?«

»Jack, du hast keine Augen«, erinnerte ich ihn.

»Ja, aber trotzdem, ich seh toll aus mit Sonnenbrille. Was machen wir jetzt?«

Ich umriss kurz die Lage, während Hearthstone in seinem Runenbeutel wühlte und sich zu entscheiden versuchte, welches Zauberaroma bei einem Zwerg/Fisch wohl hilfreich sein könnte.

»Andwari?«, fragte Jack. »Ach, von dem Typen hab ich gehört. Sein Gold könnt ihr stehlen, aber bringt ihn bloß nicht um. Das würde wirklich Unglück bringen.«

»Was heißt das genau?«

Schwerter können nicht mit den Schultern zucken, aber Jack kippelte von einer Seite zur anderen, was bei ihm so ungefähr dasselbe bedeutete. »Keine Ahnung. Ich weiß nur, dass es ganz oben auf der Liste der Dinge steht, die man einfach nicht tun darf, wie Spiegel zerbrechen, sich mit Freyas Katzen anlegen oder versuchen, Frigg unter dem Mistelzweig zu küssen. Mann, den Fehler hab ich einmal gemacht.«

Ich hatte das schreckliche Gefühl, dass Jack mir diese Geschichte erzählen wollte. Aber dann hob Hearthstone einen Runenstein über seinen Kopf. Ich konnte gerade noch das Symbol erkennen:

ᚦ

Thurisaz: die Rune des Thor.

Hearthstone schleuderte den Stein in den Teich.

KA-BLAMM! Wasserdunst ließ meine Sonnenbrille beschlagen. Die Luft um uns herum verwandelte sich so schnell in puren Dampf und Ozon, dass sich meine Nebenhöhlen aufblähten wie Airbags.

Ich riss mir die Brille von der Nase. Wo der Teich gewesen war, klaffte jetzt ein zehn Meter tiefer Schlammtrichter. Unten zappelten Dutzende von überraschten Fischen und schlackerten verzweifelt mit den Kiemen.

»Boah«, sagte ich. »Wo ist denn der Wasserfall …?«

Ich schaute auf. Der Fluss wölbte sich über unseren Köpfen wie ein flüssiger Regenbogen und krachte weiter unten ins Flussbett zurück.

»Hearth, wie zum Henker …«

Er drehte sich zu mir um und ich wich nervös einen Schritt zurück. Seine Augen loderten vor Zorn. Sein Gesichtsausdruck war beängstigend und noch untypischer für ihn als in dem Moment, als er sich in einen Ochsenelfen ge*uruz*t hatte.

»Öh, ich mein ja nur, Mann!« Ich hob die Hände. »Du hast an die fünfzig unschuldige Fische erwischt.«

Einer davon ist ein Zwerg, gebärdete er.

Er sprang in den Trichter und seine Stiefel versanken im Schlamm. Er watete umher, zog dabei die Füße mit tiefen Gurgelgeräuschen wieder heraus und sah sich jeden Fisch genau an. Über mir bildete der Fluss noch immer einen Bogen durch die Luft, toste und funkelte im Sonnenlicht.

»Jack«, sagte ich. »Was bewirkt die Thurisaz-Rune?«

»Das ist die Rune von Thor, Señor. He: Thor – Señor. Das reimt sich.«

»Ja, super. Aber äh, wieso ist der Tümpel in die Luft gehüpft? Und warum verhält sich Hearthstone so seltsam?«

»Weil Thurisaz die Rune der zerstörerischen Kraft ist. Wie Thor. Lässt Kram explodieren. Und wenn du Thurisaz anrufst, kannst du ein bisschen … thormäßig werden.«

Thormäßig! Das hatte mir gerade noch gefehlt. Jetzt wollte ich erst recht nicht in den Trichter springen. Wenn Hearthstone anfing, wie der Donnergott zu furzen, dann würde die Luft da unten ganz schön schnell giftig werden.

Andererseits konnte ich die Fische auch nicht der Gnade eines wütenden Elfen überlassen. Klar, es waren nur Fische, aber die Vorstellung, dass so viele sterben würden, bloß weil wir einen getarnten Zwerg ausfindig machen mussten, gefiel mir überhaupt nicht. Leben ist Leben. Das ist wohl so eine Frey-Kiste. Und ich glaubte, dass es Hearthstone auch ganz schön zu schaffen machen würde, wenn er den Einfluss von Thurisaz erst abgeschüttelt hatte.

»Jack, du bleibst hier«, sage ich. »Wache halten.«

»Was mit einer Sonnenbrille leichter und cooler wäre«, klagte Jack.

Ich ignorierte ihn und sprang in den Trichter.

Immerhin versuchte Hearth nicht, mich umzubringen, als ich neben ihm landete. Ich schaute mich um, sah aber keine Spur von einem Schatz – kein X, das die Stelle markiert hätte, keine Falltüren, nur eine Menge nach Luft schnappender Fische.

Wie können wir Andwari finden?, gebärdete ich. *Die anderen Fische brauchen Wasser zum Atmen.*

Wir warten, antwortete Hearth. *Zwerg erstickt, wenn er nicht die Gestalt ändert.*

Diese Antwort gefiel mir nicht. Ich ging in die Hocke, legte meine Hände auf den Schlamm und schickte die Kraft des Frey durch Mott und Schleim. Ich weiß, das klingt komisch, aber wenn ich mit einer Berührung heilen und intuitiv spüren konnte, was im Körper eines Wesens nicht in Ordnung war, könnte ich meine Wahrnehmung vielleicht auch ein bisschen erweitern – so, wie man die Augen zusammenkneift, um besser sehen zu können – und alle unterschiedlichen Lebensformen in meiner Nähe spüren.

Es funktionierte mehr oder weniger. Meine Gedanken berührten das kalte panische Bewusstsein einer Forelle, die einige Fingerbreit neben mir mit den Flossen zappelte. Ich ortete einen Aal, der sich in den Schlamm gebohrt hatte und ernstlich mit dem Gedanken spielte, Hearthstone in den Fuß zu beißen (davon konnte ich ihn abhalten). Ich berührte die winzigen Gemüter von Guppys, deren einziger Gedanke »Iiik! Iiik! Iiiik!« war. Dann nahm ich etwas anderes wahr – einen Zackenbarsch, dessen Gedanken ein wenig zu schnell dahinjagten, als ob er Fluchtmöglichkeiten berechnete.

Ich schnappte ihn mir mit meinen Einherjer-Reflexen. Der Zackenbarsch kreischte: »GAK!«

»Andwari, vermute ich? Nett, dich kennenzulernen.«

»LASS MICH LOS!«, heulte der Fisch. »Mein Schatz liegt nicht in diesem Teich! Ich habe gar keinen Schatz! Vergiss, dass ich das gesagt habe!«

»Hearth, machen wir, dass wir hier wegkommen!«, schlug ich vor. »Füll den Teich wieder auf.«

In Hearthstones Augen erlosch das Feuer ganz plötzlich. Er schwankte.

Von oben brüllte Jack: »Äh, Magnus? Beeilt euch lieber!«

Der Runenzauber wurde jetzt schwächer. Der Wasserbogen begann zu zerfallen, sich zu Tropfen aufzulösen. Ich umklammerte mit der einen Hand meinen gefangenen Zackenbarsch, legte den anderen Arm Hearthstone um die Taille und sprang dann mit aller Kraft geradewegs nach oben.

Leute, versucht das ja nicht nachzumachen. Ich bin ein trainierter Einherje, der nach seinem qualvollen Tod nach Walhalla gekommen ist und sich jetzt vor allem mit einem Schwert herumstreitet. Ich bin ein qualifizierter Profi, der aus zehn Meter tiefen Schlammlöchern hochspringen kann. Ihr, hoffe ich, seid das nicht.

Ich landete in genau dem Moment am Ufer, als der Wasserfall

in den Teich zurückstürzte und den vielen kleinen Fischen ein sehr nasses Wunder und eine Geschichte schenkte, die sie ihren Enkelkindern erzählen konnten.

Der Zackenbarsch zappelte, um sich zu befreien. »Lass mich los, du Verbrecher!«

»Gegenvorschlag«, sagte ich. »Andwari, das ist mein Freund Jack, das Schwert des Sommers. Er kann fast alles zerschneiden. Er singt Schlager wie ein wahnsinnig gewordener Engel. Und er kann einen Fisch schneller filetieren, als du dir das vorstellen magst. Ich werde Jack gleich bitten, das alles auf einmal zu tun – es sei denn, du verwandelst dich langsam und vorsichtig in deine normale Gestalt zurück, damit wir ein bisschen plaudern können.«

In Nullkommanix hielt ich keinen Fisch mehr in der Hand, sondern umfasste die Kehle des ältesten, schleimigsten Zwergs, den ich je gesehen hatte. Er war so widerlich, dass allein die Tatsache, dass ich ihn nicht losließ, eigentlich ausgereicht hätte, um meinen Mut unter Beweis zu stellen und mich ein weiteres Mal nach Walhalla zu bringen.

»Meinen Glückwunsch«, krächzte der Zwerg. »Du hast mich. Und jetzt wirst du deinen eigenen tragischen Abgesang hören.«

LASS MICH SOFORT LOS, ODER ICH MACHE DICH ZUM MILLIARDÄR

27

OOOH, MEIN TRAGISCHER ABGESANG!

Normalerweise wird mir nicht mit einem »tragischen Abgesang« gedroht. Die meisten Leute in den Neun Welten drücken sich nicht so gewählt aus. Sie sagen einfach: »Ich mach dich alle«, oder sie überlassen das Reden ihren in Kettengeflecht gewickelten Fäusten.

Ich war so beeindruckt von Andwaris Wortwahl, dass ich seine Kehle noch fester zusammenpresste.

»Ah!« Der Zwerg schlug um sich und zappelte. Er war glitschig, aber nicht schwer. Sogar für einen Zwerg war der Kerl winzig. Er trug einen Kittel aus Fischhaut und als Unterwäsche eine Windel aus Moos. Schleim überzog seine Glieder. Seine kurzen Arme hämmerten auf mich ein, aber das war nicht schlimmer, als mit Schaumstoffschlägern getroffen zu werden. Und sein Gesicht ... also, ihr wisst doch, wie euer Daumen aussieht, wenn er zu lange unter einem Pflaster gesteckt hat – total runzlig und verfärbt und scheußlich, oder? Stellt euch das als Gesicht vor, mit einem struppigen weißen Backenbart und schimmelgrünen Augen, und dann habt ihr Andwari.

»Wo ist das Gold?«, fragte ich. »Zwing mich ja nicht dazu, die Playlist des Schwertes zu starten.«

Andwari zappelte noch viel mehr. »Ihr Idioten wollt mein Gold doch gar nicht. Wisst ihr, was Leuten passiert, die es an sich reißen?«

»Sie werden reich?«, vermutete ich.

»Nein! Na ja, das schon. Aber danach sterben sie. Oder ... sie *wollen* sterben. Sie müssen immer leiden. Und alle Leute in ihrer Nähe auch!« Er fuchtelte mit seinem schleimigen Finger vor meiner Nase herum, so im Stil von *Bin ich nicht gruselig?!*

Hearthstone hatte leichte Schlagseite nach Backbord, konnte sich aber auf den Füßen halten. Er gebärdete: *Eine Person hat Gold gestohlen, ohne Folgen.* Dann machte er das Namenszeichen, das ich am wenigsten mochte: Zeigefinger und Daumen neben seinen Kopf gepresst, eine Kombination des Buchstaben L und des Zeichens für »Teufel«, was perfekt zu unserem Freund Loki passte.

»Loki hat mal dein Gold genommen«, übersetzte ich. »Und er brauchte nicht zu sterben oder zu leiden.«

»Das schon, na ja, aber so ist eben Loki!«, erwiderte Andwari. »Alle, die nach ihm das Gold an sich nahmen – die sind wahnsinnig geworden! Sie hatten furchtbare Leben, haben eine Spur aus Leichen hinterlassen. Willst du das etwa? Willst du wie Fafnir sein? Wie Siegfried? Wie die Lottokönige?«

»Wie wer?«

»Ach, hör doch auf. Die Geschichten kennst du. Immer, wenn ich meinen Ring verliere, kullert der eine Weile durch die Neun Welten. Irgendein Trottel reißt ihn an sich. Holt dann den Jackpot und wird Millionär. Aber am Ende sind diese Trottel immer pleite, geschieden, krank, verzweifelt und/oder tot. Willst du das etwa?«

Hearth gebärdete: *Zauberring. Der ist das Geheimnis seines Reichtums. Den brauchen wir.*

»Du hast einen Ring erwähnt«, sagte ich.

Andwari erstarrte. »Einen Ring? Ich doch nicht. Hab mich sicher versprochen. Kein Ring.«

»Jack«, sagte ich. »Wie findest du seine Füße?«

»Übel, Señor. Da ist Pediküre angesagt.«

»Dann los.«

Jack flog zur Tat. Nur die wenigsten Schwerter können verkrusteten Algenschaum entfernen, Hornhaut abkratzen, verwachsene Zehennägel glätten und ein Paar Zwergenfüße leuchtend rein hinterlassen, ohne 1.) besagten Zwerg zu töten, 2.) die zappelnden Füße besagten Zwergs abzuhacken oder 3.) die Beine des Einherje abzuschneiden, der besagten Zwerg festhält – und dabei auch noch die ganze Zeit »Can't Feel My Face« singen. Jack ist wirklich einzigartig.

»Ist ja gut! Ist ja gut!«, kreischte Andwari. »Keine Folter mehr! Ich zeig euch, wo der Schatz liegt. Gleich da unter dem Felsen.«

Er zeigte hektisch auf so ungefähr alles, bis sein Finger bei einem Felsquader am Rand des Wasserfalls zur Ruhe kam.

Fallen, gebärdete Hearth.

»Andwari«, sagte ich. »Wenn ich diesen Quader bewege, was für eine Art Falle wird dann aktiviert?«

»Keine!«

»Und wenn ich deinen Kopf als Hebel benutze?«

»Schon gut, da ist eine Bombe angebracht. Explodierende Verwünschungen. Stolperdrähte, die mit Katapulten in Verbindung stehen.«

»Ich hab es gewusst«, sagte ich. »Wie entschärft man die? Und zwar alle!«

Der Zwerg kniff vor Konzentration die Augen zusammen. Ich hoffte jedenfalls, dass er das tat. Wenn nicht, dann hinterließ er gerade etwas in seiner Mooswindel.

»Schon geschehen«, sagte er kläglich. »Ich habe alle Fallen entschärft.«

Ich warf einen Blick zu Hearthstone hinüber. Der Elf streckte die Hände aus, vermutlich um die Umgebung auf Zauber hin abzutasten, so, wie ich Aale und Guppys wahrnehmen konnte. (He, wir haben eben alle unterschiedliche Fähigkeiten.)

Hearth nickte. *Keine Gefahr.*

Andwari baumelte noch immer von meiner Hand hinunter, als ich zu dem Felsquader ging und ihn mit einem Tritt umdrehte (Einherjerkraft ist auch eine nette Begabung).

Unter dem Felsquader befand sich eine mit Zeltbahnen ausgelegte Grube gefüllt mit ... Mannomann. Geld war mir ja normalerweise egal. Aber meine Speicheldrüsen drehten fast durch, als ich diese unglaublichen Mengen sah – Armbänder, Halsketten, Münzen, Dolche, Ringe, Becher, Monopolyfiguren. Ich war nicht sicher, wie viel ein Gramm Gold gerade wert war, aber ich schätzte, dass ich hier so ungefähr eine Gazillion Dollar in Gold ansah, plus/minus.

Jack quietschte: »Ach, sieh doch mal die kleinen Dolche da! Die sind *hinreißend!*«

Hearthstones Augen wurden wieder lebhafter. Dieses viele Geld schien denselben Effekt auf ihn zu haben, als ob jemand unter seiner Nase einen Becher Kaffee geschwenkt hätte.

Zu einfach, gebärdete er. *Muss einen Haken geben.*

»Andwari«, sagte ich. »Wenn dein Name ›Wächter‹ bedeutet, warum bist du so leicht auszurauben?«

»Ich weiß«, schluchzte er. »Ich bin kein guter Wächter. Ich werde immer wieder ausgeraubt. Ich glaube, der Name ist ironisch gemeint. Meine Mutter war eine grausame Frau.«

»Dieser Hort wird also immer wieder gestohlen, aber du bekommst ihn zurück? Wegen dieses Rings, den du erwähnt hast?«

»Welchen Ring meinst du? Da liegt jede Menge Ringe. Nimm sie nur.«

»Nein, ich meine den supermagischen Ring. Wo ist der?«

»Äh, vermutlich irgendwo da in dem Goldhaufen. Such ihn doch.« Andwari zog sich ganz schnell einen Ring vom Finger und ließ ihn in seine Windel gleiten. Seine Hände waren so dreckig, dass mir der Ring niemals aufgefallen wäre, wenn er nicht versucht hätte, ihn zu verstecken.

»Du hast ihn gerade in deine Hose fallen lassen«, sagte ich.

»Nein, hab ich nicht.«

»Jack, ich glaube, der Zwerg braucht eine vollständige brasilianische Enthaarung.«

»Nein!«, heulte Andwari. »Von mir aus, ja, mein Zauberring liegt in meiner Hose. Aber *bitte*, nimm ihn mir nicht weg. Es ist immer so anstrengend, ihn zurückzuholen. Ich hab dir doch gesagt, er ist verflucht. Du willst doch nicht enden wie ein Lottokönig, oder?«

Ich drehte mich zu Hearth um. »Was meinst du?«

»Sag es ihm, Herr Elf!«, sagte Andwari. »Du bist ja offenbar ein gebildeter Elf. Du kennst deine Runen. Ich wette, du kennst auch die Geschichte von Fafnir, oder? Sag deinem Freund, dass der Ring ihm nichts als Ärger einbringen wird.«

Hearth schaute in die Ferne, als ob er eine himmlische Tafel abläse: – 10 GOLD FÜR DIE HEIMHOLUNG EINES VERFLUCHTEN RINGS. + 10 GAZILLIONEN GOLD FÜR DAS STEHLEN EINER GAZILLION GOLD.

Ring ist verflucht. Aber auch der Schlüssel zum Schatz. Ohne Ring ist der Schatz nie genug. Wird immer zu wenig sein, gebärdetet er.

Ich schaute die whirlpoolgroße Senke voller Gold an. »Ich weiß nicht, Mann. Das scheint mir mehr als genug, um deinen Wergeld-Teppich zu bedecken.«

Hearth schüttelte den Kopf. *Ist es aber nicht. Ring ist gefährlich. Aber wir müssen ihn trotzdem mitnehmen. Wenn wir ihn nicht brauchen, können wir ihn zurückgeben.*

Ich drehte den Zwerg zu mir um. »Jetzt oder nie, Andwari.«

Jack lachte. »He, das reimt sich auch.«

»Was hat der Elf gesagt?«, fragte Andwari. »Ich kann diese Gesten nicht lesen.« Er schwenkte seine Patschhändchen und gebärdete aus Versehen *Esel Kellner Pfannkuchen.*

Mir ging langsam die Geduld mit diesem alten Schleimbeutel aus, aber ich gab mir alle Mühe, Hearths Botschaft zu übersetzen.

Andwaris moosgrüne Augen verdüsterten sich. Er bleckte die Zähne, die er offenbar nicht mehr geputzt hatte, seit der Mayflower-Pakt von Zombies beeinflusst worden war.

»Dann bist du ein Narr, Mr Elf«, knurrte er. »Der Ring wird irgendwann zu mir zurückkehren. Das tut er immer. Aber vorher wird er allen, die ihn tragen, Tod und Elend bringen. Und glaub ja nicht, dass er deine Probleme lösen kann. Das hier wird nicht das letzte Mal sein, dass du nach Hause zurückmusst. Die viel gefährlichere Abrechnung hast du nur aufgeschoben.«

Die Veränderung in Andwaris Tonfall ging mir noch mehr auf die Nerven als seine Verwandlung von Zackenbarsch in Zwerg. Das war kein Heulen und Jammern mehr. Er sprach mit kalter Gewissheit, wie ein Henker, der erklärt, wie die Schlinge funktioniert.

Hearthstone sah nicht weiter erschüttert aus. Er hatte denselben Gesichtsausdruck wie am Steinhaufen seines Bruders – als ob er eine Tragödie wiedererlebte, die sich vor langer Zeit zugetragen hatte und nicht rückgängig gemacht werden konnte.

Den Ring, gebärdete er.

Die Geste war so deutlich, dass sogar Andwari sie verstand.

»Schön.« Der Zwerg glotzte mich wütend an. »Auch du wirst dem Fluch nicht entrinnen, Mensch. Bald wirst du sehen, was du von gestohlenem Gut hast.«

Die Haare an meinen Armen sträubten sich. »Wie meinst du das?«

Er grinste aasig. »Ach, nichts. Einfach nur so.«

Andwari rüttelte sich und schüttelte sich und der Ring fiel aus dem einen Beinloch seiner Windel. »Ein Zauberring«, verkündete er. »Fluch im Preis inbegriffen.«

»Nie im Leben heb ich das auf«, sagte ich.

»Hab ihn schon!« Jack schoss nach unten und fischte den Ring mit der Klinge aus dem Schlamm.

Andwari sah sehnsüchtig zu, wie mein Schwert Eierlaufen spielte und den Ring von einer Seite der Klinge auf die andere rollen ließ.

»Das übliche Geschäft?«, fragte der Zwerg. »Ihr lasst mich am Leben und nehmt mir alles, was ich besitze?«

»Das übliche Geschäft klingt super«, sagte ich. »Was ist mit dem vielen Geld in der Grube? Wie sollen wir das tragen?«

Andwari schnaubte. »Amateure! Die Zeltplane, mit der die Grube ausgelegt ist, ist ein riesiger Zaubersack. Zieht an der Schnur und *voilà!* Ich muss den Kram doch transportabel halten, um schnell zu entkommen, wenn ich ausnahmsweise mal verhindern kann, dass ich ausgeraubt werde.«

Hearthstone ging neben der Grube in die Hocke. Und richtig, aus einem Loch im Saum der Zeltplane lugte eine Schlinge aus Bindfaden. Hearth zog daran, und der Sack schnurrte zusammen und schrumpfte zur Größe eines Rucksacks. Hearth hielt ihn für mich hoch – eine Gazillion Dollar in Gold in einem superpraktischen tragbaren Beutel.

»Und jetzt haltet euren Teil der Abmachung ein«, verlangte Andwari.

Ich ließ ihn fallen.

»Hmpf.« Der alte Zwerg rieb sich den Hals. »Genießt euren tragischen Abgesang, ihr Amateure. Ich wünsche euch Qual und Leid und *zwei* Lottogewinne.«

Mit dieser grausamen Verwünschung sprang er zurück in seinen Teich und war verschwunden.

»He, Señor«, rief Jack. »Kopf hoch!«

»Wag ja nicht ...«

Er warf mir den Ring zu und ich fing ihn aus einem Reflex heraus. »Igitt!«

Da es sich um einen Zauberring handelte, hatte ich einen gewaltigen »Herr der Ringe«-Augenblick erwartet, wenn er in meiner Hand landete – gewichtiges Raunen, wirbelnden grauen Nebel, eine Reihe von Watusi tanzenden Nazgûl. Nichts davon geschah. Der Ring lag einfach da und sah aus wie ein normaler Goldring, wenn auch wie einer, der eben erst aus der Mooswindel eines tausend Jahre alten Zwerges gefallen war.

Ich ließ den Ring in meine Hosentasche gleiten, dann sah ich mir die Schleimreste auf meiner Handfläche an. »Meine Hand wird sich nie wieder sauber anfühlen.«

Hearthstone lud sich den kostbaren neuen Rucksack auf den Rücken wie ein Weihnachtsmann für Gazillionäre. Er schaute zur Sonne hoch, die ihren Zenit bereits überschritten hatte. Mir war gar nicht klar gewesen, wie lange wir in der Wildnis in Mr Aldermans Garten unterwegs gewesen waren.

Wir sollten aufbrechen, gebärdete Hearth. *Mein Vater wartet sicher schon.*

28 SOFORT KAUFEN, DANN GIBT'S EINEN VERFLUCHTEN RING DAZU

Sein Vater wartete tatsächlich. Er schritt im Wohnzimmer auf und ab und trank goldenen Saft aus seinem Becher, während Inger bereitstand, um alle Spritzer sofort aufzuwischen.

Als wir hereinkamen, drehte sich Mr Alderman zu uns um und sein Gesicht war eine Maske aus kaltem Zorn. »Wo habt ihr euch ...«

Dann kippte ihm sein klapperdürres Kinn herunter.

Ich vermute, er hatte nicht erwartet, dass wir in Schweiß getränkt sein würden, überdeckt mit Grashalmen und Zweigen, während unsere von Schlamm überzogenen Schuhe auf seinem weißen Marmorboden eine Schneckenspur hinterließen. Mr Aldermans Miene gehörte zu den besten Belohnungen, die ich jemals bekommen hatte, auf einem Niveau mit meinem Tod und meinem Eingang in Walhalla.

Hearthstone ließ den Rucksack mit einem gedämpften Knall auf den Boden fallen. Er gebärdete: *Bezahlung*, drehte eine Handfläche nach oben und strich mit einem Finger darüber in Richtung seines Vaters, als ob er ihm eine Münze zuschnippte. Bei Hearth sah das aus wie eine Beleidigung. Das gefiel mir.

Mr Alderman vergaß, dass er angeblich keine Gebärdensprache akzeptierte. »Bezahlung? Aber wie ...«

»Kommen Sie mit nach oben, dann zeigen wir es Ihnen.« Ich schaute an Alderman vorbei, wo Inger stand, mit großen Augen, während sich langsam ein Grinsen auf ihrem Gesicht ausbreitete. »Lasst uns einen Dämonenteppich bedecken.«

Ach, das Geräusch von goldenen Monopolyfiguren, die über einen Fellteppich rieseln ... Es gibt keinen süßeren Klang, das könnt ihr mir glauben. Hearthstone kippte den Rucksack aus und ein Wasserfall von Reichtum ergoss sich auf das Fell. Mr Alderman wurde noch bleicher. In der Türöffnung sprang Inger auf und ab und klatschte vor Begeisterung in die Hände, ohne zu bedenken, dass sie ihrem Herrn für dieses Privileg nichts bezahlt hatte.

Als das letzte Goldstück gefallen war, trat Hearthstone zurück und warf den leeren Rucksack auf den Boden. Er gebärdete: *Wergeld bezahlt.*

Mr Alderman sah total verdutzt aus. Er sagte nicht: *Gut gemacht, Junge*, oder: *Ich bin aber noch reicher*, oder: *Habt ihr das Albenheimer Finanzamt ausgeraubt?*

Er ging in die Hocke und untersuchte den Schatz, Münze für Münze, Dolch für Dolch. »Da sind winzige Hunde und Dampflokomotiven«, sagte er. »Warum?«

Ich hüstelte. »Ich glaube, der, äh, der Vorbesitzer spielte gern Brettspiele. Brettspiele aus massivem Gold.«

»Hmmm.« Alderman setzte seine Inspektionsrunde fort, um sich davon zu überzeugen, dass der gesamte Teppich bedeckt war. Seine Miene wurde immer unzufriedener. »Habt ihr das Grundstück verlassen, um das hier an euch zu bringen? Denn ich hatte euch nicht gestattet ...«

»Nix da«, sagte ich. »Der Wald hinter dem Garten gehört doch Ihnen, oder?«

»Ja, tut er«, rief Inger. Der Hausherr starrte sie wütend an, und sie fügte eilig hinzu: »Denn, äh, Mr Alderman ist ein überaus wichtiger Mann.«

»Hören Sie, Mr Alderman«, sagte ich. »Hearthstone hat es geschafft. Der Teppich ist bedeckt. Geben Sie das doch einfach zu.«

»Das entscheide immer noch ich«, fauchte Alderman. »Es geht hier um *Verantwortung*, und davon habt ihr jungen Leute keine Ahnung.«

»Sie wollen, dass Hearthstone es nicht schafft, oder?«

Alderman sah mich wütend an. »Ich gehe davon aus, dass er es nicht schafft. Das ist der Unterschied. Der Junge hat seine Strafe verdient. Ich bin nicht überzeugt davon, dass er die Fähigkeit besitzt, seine Schulden zu bezahlen.«

Ich hätte fast geschrien: *Hearthstone bezahlt schon sein Leben lang!* Ich hätte Alderman zu gern Andwaris Schatz in die Kehle gestopft und gefragt, ob ihn das denn von den Fähigkeiten seines Sohnes überzeugte.

Hearthstone strich mit dem Finger über meinen Arm. *Ruhig. Halt den Ring bereit.*

Ich versuchte, ruhig zu atmen. Ich begriff nicht, wie Hearthstone die Gemeinheiten seines Vaters ertragen konnte. Er hatte zwar viel Übung, aber der alte Elf war einfach unerträglich. Ich war froh, dass Jack wieder zum Anhänger geworden war, denn ich hätte ihm befohlen, Mr Alderman eine vollständige brasilianische Enthaarung zu verpassen.

Andwaris Ring war so leicht in meiner Hosentasche, dass ich ihn kaum spürte. Ich musste dem Drang widerstehen, ihn alle paar Sekunden herauszuziehen. Mir ging auf, dass das einer der Gründe war, aus denen mich Mr Alderman so wütend machte. Er sollte sagen, dass die Schuld bezahlt war. Ich wollte nicht, dass Hearth recht hatte und wir auch noch den Ring brauchten.

Eigentlich hätte ich den Ring gern behalten. Nein, Moment. Das stimmt nicht ganz. Ich wollte ihn Andwari zurückgeben, damit wir uns nicht mit dem Fluch herumschlagen müssten. Meine Gedanken zu diesem Thema wurden immer wirrer, als ob mein Kopf mit Flussschlamm gefüllt wäre.

»Aha!«, rief Mr Alderman triumphierend. Er zeigte auf den oberen Rand des Teppichs, auf den Nacken, wo das Fell am dicksten war. Ein einziges blaues Haar lugte wie ein trotziges Unkraut zwischen den Goldstücken hervor.

»Ach, hören Sie doch auf«, sagte ich. »Da brauchen wir doch bloß zwei Münzen zu verschieben.«

Ich bewegte die Münzen und das Haar war bedeckt. Aber sofort tauchte ein anderes an der Stelle auf, wo ich die eine Münze weggenommen hatte. Es war, als ob das eine blöde blaue Haar mich die ganze Zeit verfolgte und meine Bemühungen zunichtemachte.

»Das ist kein Problem«, beharrte ich. »Ich muss nur schnell mein Schwert herbeirufen. Oder haben Sie eine Schere?«

»Die Schuld ist *nicht* bezahlt«, erklärte Mr Alderman. »Wenn du das letzte Haar nicht jetzt sofort bedecken kannst, mit noch mehr Gold, werde ich euch in Rechnung stellen, dass ihr mich enttäuscht und meine Zeit verschwendet habt. Mit, sagen wir ... der Hälfte des Schatzes.«

Hearthstone drehte sich zu mir um – er zeigte keine Überraschung, nur düstere Entschlossenheit. *Den Ring.*

Eine Welle mörderischer Verärgerung durchströmte mich. Ich wollte den Ring nicht hergeben. Aber dann sah ich die vielen Tafeln an den Wänden an: all die Regeln und Strafkataloge, all die Erwartungen, von denen Mr Alderman annahm, dass Hearthstone sie *nicht* erfüllen würde. Der Fluch von Andwaris Ring war ziemlich stark. Er flüsterte mir zu, ich sollte ihn behalten und schweinereich werden. Aber der Wunsch, Hearthstone von seinem Vater befreit zu sehen und wieder mit Blitzen zusammen, und weit weg von diesem vergifteten Haus ... der war stärker.

Ich zog unseren geheimen letzten Rest des Schatzes hervor.

Ein hungriges Licht leuchtete in Mr Aldermans Alienaugen auf. »Sehr gut. Leg ihn dazu.«

Vater, gebärdete Hearthstone. *Warnung. Der Ring ist verflucht.*

»Ich ignoriere deine Handbewegungen.«

»Sie wissen aber, was er sagt.« Ich hob den Ring hoch. »Dieses Ding besudelt alle, die es besitzen. Es wird Sie ruinieren. Meine Güte, ich habe ihn erst seit einigen Minuten, und schon bringt er mein Gehirn durcheinander. Nehmen Sie das Gold, das auf dem Teppich liegt. Erklären Sie die Schuld für beglichen. Zeigen Sie, dass Sie vergeben können, dann werden wir den Ring seinem bisherigen Besitzer zurückgeben.«

Mr Alderman lachte bitter. »*Vergeben?* Was kann ich mir denn dafür kaufen? Bringt mir das etwa Andiron zurück?«

Ich hätte dem alten Trottel ja gern eine reingehauen, aber Hearthstone trat auf seinen Vater zu. Er sah ehrlich besorgt aus. *Der Fluch des F-A-F-N-I-R*, gebärdete er. *Lass es.*

Andwari hatte diesen Namen auch schon erwähnt. Er kam mir vage bekannt vor, aber ich konnte ihn nicht unterbringen. Vielleicht war Fafnir auch so ein Jackpot-Gewinner?

Hearthstone gebärdete *bitte* – flache Hand auf die Brust, dann einen Kreis beschreiben. Mir ging auf, dass *bitte* einfach eine gelassenere, weniger wütende Form von *Entschuldigung* war.

Die beiden Elfen starrten einander über den Goldhaufen hinweg an. Ich konnte Albenheim fast in den Zweigen des Weltenbaumes schwanken spüren. Trotz allem, was Alderman ihm angetan hatte, wollte Hearthstone seinem Vater immer noch helfen ... Er machte einen letzten Versuch, um seinen Dad aus einem Loch zu ziehen, das viel tiefer war als das von Andwari.

»Nein«, entschied Mr. Alderman. »Ihr bezahlt das Wergeld oder ihr steht in meiner Schuld – alle beide.«

Hearthstone ließ geschlagen den Kopf hängen. Er winkte mir, den Ring herzugeben.

»Zuerst den Skofnungstein«, sagte ich. »Zeigen Sie mir, dass Sie Ihren Teil des Handels einhalten.«

Alderman grunzte. »Inger, hol den Skofnungstein aus der Vitrine. Das Passwort ist Greta.«

Hearthstone zuckte zusammen. Ich nahm an, dass seine Mutter Greta geheißen hatte.

Die Huldra lief davon.

Einen Moment lang standen Hearthstone, Alderman und ich um den Teppich herum und starrten einander an. Keiner schlug eine Runde Monopoly vor. Keiner schrie »Jippie!« und sprang mitten zwischen die Goldstücke (obwohl ich zugeben muss, dass ich kurz in Versuchung war).

Endlich kam Inger mit dem blaugrauen Wetzstein in den Händen zurück. Sie hielt ihn Alderman mit einem Knicks hin.

Alderman nahm den Stein und reichte ihn seinem Sohn. »Ich gebe ihn dir aus freien Stücken, Hearthstone, und du kannst damit machen, was du willst. Mögen seine Kräfte dir gehören.« Er sah mich wütend an. »Und jetzt her mit dem Ring.«

Ich hatte keinen Grund mehr, zu zögern, aber es fiel mir noch immer schwer. Ich holte tief Luft, kniete nieder und legte Andwaris Ring zu den anderen Schätzen, um das letzte blaue Haar zu bedecken.

»Es ist vollbracht«, sagte ich.

»Hä?« Aldermans Blick war auf den Schatz gerichtet. »Ja, ja, fehlt nur noch eins. Du hast mir einen Auftritt für die Medien versprochen, Magnus Chase. Ich habe für heute Abend eine kleine Party arrangiert. Inger!«

Die Huldra zuckte zusammen. »Ja, gnädiger Herr. Die Vorbereitungen sind schon im Gange. Alle vierhundert Gäste haben dankend zugesagt.«

»Vierhundert?«, fragte ich. »Wie haben Sie denn das so schnell hingekriegt? Und woher haben Sie gewusst, dass wir es schaffen würden?«

»Ha!« Das irre Leuchten in Mr Aldermans Augen konnte meine Nerven nicht gerade beruhigen. »Ich wusste nicht, dass ihr es schaffen würdet, und es war mir auch egal. Ich hatte vor, jeden Abend eine Party zu geben, solange du hier bist, Magnus, am liebsten für immer. Aber da ihr das Wergeld so schnell bezahlt habt, ist heute Abend eben besonders wichtig. Und zur Frage, *wie* – ich bin Alderman aus dem Hause Alderman. Niemand würde es wagen, eine Einladung von mir auszuschlagen.«

Hinter seinem Rücken nickte Inger mir fieberhaft zu und zog sich einen Finger über die Kehle.

»Und jetzt …« Mr Alderman riss den verfluchten Ring vom Teppich. Er steckte ihn sich an den Finger und hielt ihn von sich ab, um ihn bewundern zu können. »Ja, das wird zu meinem Abendanzug wunderbar aussehen. Hearthstone, ich erwarte dich und deinen Gast … Hearthstone, wo willst du hin?«

Offenbar hatte Hearthstone seinen Vater jetzt satt. Mit dem Skofnungstein in der einen Hand riss er Blitzen an dem aus dem Schal geknoteten Tragegeschirr auf die Füße und zog ihn zum Badezimmer.

Einen Moment darauf hörte ich die Dusche rauschen.

»Ich, äh, geh ihm mal helfen«, sagte ich.

»Was?«, Alderman fuhr hoch. »Ja, von mir aus. Was für ein wunderschöner Ring. Inger, sorg dafür, dass unsere jungen Schurken für die Party passend angezogen sind, und schick einige Bedienstete, die mir mit dem Gold helfen. Ich muss jedes Stück wiegen und registrieren lassen. Und polieren. Wenn alles poliert ist, wird es wunderbar aussehen. Und wenn du schon dabei bist …«

Ich wollte Inger nicht mit Mr Ringwahnsinn allein lassen, aber mir wurde langsam schlecht davon, wie Alderman den Schatz anhimmelte. Ich rannte zu meinen Freunden ins Badezimmer.

Was ist noch beunruhigender als ein abgehackter Götterkopf im Schaumbad? Ein blutender Granitzwerg in der Dusche.

Hearth hielt Blitzen unter den Duschkopf. Sowie das fließende Wasser über Blitzens Kopf strömte, wurden seine Umrisse weicher. Sein kaltes graues Gesicht wurde zu warmem braunen Fleisch. Blut strömte aus seinem verwundeten Unterleib und wirbelte in den Abfluss. Seine Knie gaben unter ihm nach. Ich rannte in die Duschkabine, um ihn festzuhalten.

Hearthstone machte sich an dem Skofnungstein zu schaffen. Er presste ihn auf die blutende Wunde und Blitz keuchte auf. Der Blutstrom verebbte sofort.

»Ich bin erledigt«, krächzte Blitz. »Vergiss mich, du verrückter Elf!« Er spuckte Wasser aus. »Wieso regnet es?«

Hearthstone presste ihn an sich und zerquetschte Blitzens Gesicht an seiner Brust.

»He!«, beschwerte sich Blitz. »Krieg keine Luft.«

Hearth konnte ihn natürlich nicht hören und achtete nicht auf ihn. Er wiegte sich weiter mit dem Zwerg in den Armen hin und her.

»Okay, Kumpel.« Blitz streichelte ihn mit schwachen Bewegungen. »Ist ja gut.« Er schaute zu mir auf und stellte mir mit den Augen mehrere tausend stumme Fragen, wie: *Warum duschen wir drei zusammen? Warum bin ich nicht tot? Warum riechst du wie ein stinkender Tümpel? Was ist in meinen Elfen gefahren?*

Als wir sicher waren, dass er durch und durch entsteinert war, drehte Hearth das Wasser aus. Blitzen war zu schwach, um sich zu bewegen, deshalb ließen wir ihn an der Wand nach unten gleiten, bis er in der Duschkabine auf dem Boden saß.

Inger kam mit einem Stapel Handtücher und sauberer Kleidung ins Badezimmer gestürzt. Aus Hearths Schlafzimmer war das Klirren von Münzen zu hören wie von Dutzenden Spielautomaten, ab und zu begleitet von einem irren Lachen.

»Ihr könnt euch hier gern Zeit lassen«, sagte Inger warnend und schaute sich nervös um. »Es ist ein bisschen … hektisch da draußen.« Dann ging sie und zog die Tür hinter sich zu.

Wir gaben uns alle Mühe, uns zu säubern. Ich machte aus einem Gürtel, den niemand brauchte, einen Trageriemen für den Skofnungstein und band ihn mir um die Taille, dann zog ich mein Hemd darüber, um ihn zu tarnen, falls Mr Alderman auf die Idee käme, dass Wiederholen doch nicht gestohlen sei.

Blitzens Wunde hatte sich sehr schön geschlossen und nur noch eine kleine weiße Narbe war zu sehen, doch er beklagte sich, dass sein Anzug verdorben sei – der Riss, den das Schwert in die Mitte gefetzt hatte, der dicke Blutfleck! »Das kriegt man auch mit einem Meer von Zitronensaft nicht mehr weg«, sagte er. »Wenn Stoff erst einmal in Granit verwandelt worden ist und zurück, dann ist die Verfärbung dauerhaft.«

Ich machte mir nicht die Mühe, darauf hinzuweisen, dass er immerhin am Leben war. Ich wusste, er stand unter Schock und konzentrierte sich deshalb auf die Dinge, die er begriff und mit denen er umgehen konnte – wie seine Garderobe.

Wir saßen zusammen auf dem Boden des Badezimmers. Blitzen

hatte sein Nähetui hervorgezogen und nähte Badetücher aneinander, als zusätzlichen Sonnenschutz, während Hearthstone und ich ihm abwechselnd erzählten, was inzwischen passiert war.

Blitzen schüttelte staunend den Kopf. »Das alles habt ihr für mich getan? Ihr wahnsinnigen, wunderbaren Idioten, das hätte doch euer Tod sein können! Und Hearth, du hast dich deinem Vater unterworfen? Ich hätte dich nie darum gebeten! Du hast geschworen, nie wieder hierher zurückzukehren, und das mit gutem Grund!«

Ich habe auch geschworen, dich zu beschützen, gebärdete Hearth. *Es war meine Schuld, dass du erstochen worden bist. Und Samirahs.*

»Hör sofort damit auf«, sagte Blitz. »Es war nicht deine Schuld, und ihre auch nicht. Eine Weissagung kannst du nicht austricksen. Diese tödliche Wunde musste mir geschlagen werden, aber jetzt habt ihr alles wieder in Ordnung gebracht, also brauchen wir uns deshalb keine Sorgen mehr zu machen. Außerdem, wenn du einen Schuldigen willst, dann nimm doch diesen Trottel Randolph.« Er schaute zu mir herüber. »Nimm das nicht persönlich, Kleiner, aber ich würde deinen Onkel nur zu gern umbringen.«

»Das nehme ich nicht persönlich«, sagte ich. »Ich würde dir nur zu gern dabei helfen.«

Und doch dachte ich jetzt an Randolphs Entsetzensschrei, als er auf Blitzen eingestochen hatte, und wie er Loki wie ein geprügelter Hund gefolgt war. Ich wollte meinen Onkel so gern hassen, aber ich hatte doch Mitleid mit ihm. Jetzt, wo ich Mr Alderman kannte, ging mir auf: Egal, wie schrecklich deine Familie ist, es geht immer noch schrecklicher.

Hearth hatte Blitzen jetzt mit Gebärdensprache auf den neusten Stand gebracht und ihm geschildert, wie wir Andwari ausgeraubt hatten und mit mehrfachen Lottogewinnen bedroht worden waren.

»Es war der pure Wahnsinn von euch, gegen diesen Zwerg anzutreten«, sagte Blitzen. »Er ist in Nidavellir berüchtigt – er ist noch gerissener und gieriger als Eitri junior.«

»Könnten wir den bitte unerwähnt lassen?«, flehte ich. Ich hatte noch immer Albträume von dem alten Zwerg, der Blitz im vergangenen Januar zu einem Wettschmieden herausgefordert hatte. Ich wollte in meinem ganzen Leben nie wieder einen Rollator mit Raketenantrieb sehen müssen.

Blitzen sah Hearth stirnrunzelnd an. »Und du sagst, jetzt hat dein Vater den Ring?«

Hearthstone nickte. *Ich habe versucht, ihn zu warnen.*

»Ja, aber trotzdem ... dieses Ding kann das Gemüt seines Besitzers bis zur Unkenntlichkeit entstellen. Nach allem, was Hreidmar, Fafnir und Regin und den ganzen Lottogewinnern passiert ist ... es gibt eine endlose Liste von Leuten, die der Ring zerstört hat.«

»Wer sind die alle?«, fragte ich. »Diese Leute, die der Ring zerstört hat?«

Blitzen hob seine Badetuchkreation hoch – eine Art Frotteeburka mit einer auf die Gucklöcher geklebten Sonnenbrille. »Lange, tragische Geschichte, Kleiner. Jede Menge Tote. Die Hauptsache ist, dass wir Mr Alderman überreden, den Ring aufzugeben, ehe es zu spät ist. Wir müssen eine ganze Weile auf dieser Party bleiben, oder? Das ist unsere Chance. Vielleicht ist er dann besserer Laune und wir können ihn zur Vernunft bringen.«

Hearthstone grunzte. *Meinen Vater? Eher nicht.*

»Na gut«, sagte ich. »Und wenn er von Vernunft nichts wissen will?«

»Dann laufen wir«, sagte Blitz. »Und hoffen, dass Alderman nicht ...«

Aus dem Nebenzimmer rief Inger: »Mr Hearthstone?«

Sie schien kurz vor der Panik zu stehen.

Wir stolperten aus dem Badezimmer und sahen, dass Hearths Schlafzimmer vollständig ausgeräumt worden war. Die Matratze war verschwunden. Die Tafeln waren entfernt worden und hatten nur helle Flecken auf den fast ebenso weißen Wänden hinterlassen. Der Haufen Gold und der blaue Fellteppich waren verschwunden, als ob die Sache mit dem Wergeld niemals passiert wäre.

Inger stand mit verrutschtem Häubchen in der Tür. Ihr Gesicht war gerötet und sie zupfte sich nervös Haarbüschel aus der Schwanzspitze. »Junger Herr, die – die Gäste sind schon da. Die Party hat angefangen. Ihr Vater fragt nach Ihnen, aber …«

Hearthstone gebärdete: *Was ist los?*

Inger versuchte, etwas zu sagen. Sie zuckte hilflos mit den Schultern, als könnte sie die entsetzlichen Dinge, die sie auf Mr Aldermans Stehparty beobachtet hatte, nicht in Worte fassen. »Es – es ist wohl besser, Sie sehen sich das mit eigenen Augen an.«

29 NÖCK, NÖCK!

Alderman wusste wirklich, wie man eine Party schmeißt. Und er wusste auch, wie man bei einer Party Sachen herumschmeißt.

Von oben an der Treppe starrten wir hinunter in einen mit gepflegten Elfen in eleganter weißer, silberner und goldener Kleidung gefüllten Saal hinab. Ihre bleichen Augen, ihre hellen Haare und ihr kostbarer Schmuck funkelten im Abendsonnenlicht, das durch die Fenster fiel. Dutzende von dienstbaren Huldren bewegten sich durch die Menge und boten Getränke und Häppchen an. Und in allen Vitrinen und Nischen, wo vorher Sammlerstücke und Mineralien ausgestellt gewesen waren, glitzerte jetzt Andwaris Schatz und ließ den ganzen Raum aussehen wie ein Schmucklager nach einem Tornado.

Über dem Kaminsims, unter Andirons Porträt, hing ein goldenes Banner mit roten Buchstaben: WILLKOMMEN, MAGNUS CHASE, SOHN DES FREY, GESPONSERT VON HAUS ALDERMAN! Und darunter in kleinerer Schrift: HEARTHSTONE IST ZURÜCKGEBRACHT WORDEN.

Nicht »zurückgekehrt«. *Zurückgebracht worden.* Als ob eine elfische Polizeistreife ihn aufgegriffen und in Ketten nach Hause geschleift hätte.

Alderman selbst zog in wildem Tempo seine Kreise durch die Menge, warf seinen Gästen Goldmünzen zu und hielt ihnen Schmuck vor die Nase. »Könnt ihr solche Schätze fassen? Umwerfend, oder? Hättet ihr gern eine goldene Bimmelbahn? Könnte ich Sie mit einem Dolch verlocken?«

In seinem weißen Smoking, mit seinen wilden Augen und seinem strahlenden Lächeln sah er aus wie ein diabolischer Oberkellner, der im Restaurant *Zum Massenmörder* die Gäste empfängt. Seine Gäste lachten nervös, wenn er sie mit Gold bewarf. Wenn er weiterging, tuschelten sie miteinander; vielleicht überlegten sie, wie sie von der Party entfliehen konnten, ohne unhöflich zu sein. Alderman bahnte sich einen Weg durch das Zimmer, verteilte goldenen Schnickschnack und die Menge wich ihm aus wie Katzen, die einen außer Kontrolle geratenen Staubsaugerroboter beobachteten.

Hinter uns murmelte Inger: »Ach du meine Güte. Er wird immer schlimmer.«

Hearthstone gebärdete: *Das kommt von dem Ring.*

Ich nickte. Ich fragte mich, wie angeschlagen Mr Aldermans geistige Gesundheit wohl vorher schon gewesen war. Seit Jahren hatte er von seinem Groll gezehrt, hatte Hearthstone für Andirons Tod verantwortlich gemacht. Jetzt hatte sich Hearthstone plötzlich von dieser Schuld befreit. Andwaris Ring hatte das neue Vakuum einfach mit einem ganzen Haufen Irrsinn gefüllt.

Blitzen packte das Treppengeländer mit seinen behandschuhten Händen. »Das ist nicht gut.«

Er trug seine Badetuchburka, um sich vor dem Albenheimer Licht zu schützen. Sein üblicher Tropenhelm mit dem Schleier würde nicht ausreichen, hatte er uns erklärt, da er nach der Versteinerung noch schwach war. Er sah aus wie eine Miniversion von Vetter It von der Addams Family.

»Aha!« Mr Alderman entdeckte uns oben auf der Treppe und grinste noch breiter. »Mein Sohn und seine Gefährten! Der Zwerg –

ich nehme jedenfalls an, dass das da unter den Handtüchern der Zwerg ist – und Magnus Chase, der Sohn des Frey.«

Die Menge fuhr herum, schaute zu uns auf und ließ allerlei »Ah« und »Oh« hören. Ich hatte noch nie besonders gern im Mittelpunkt gestanden. In der Schule und später in Walhalla hatte ich es gehasst. Und dass mich diese wunderschönen Elfen anglotzten, als wäre ich ein köstlicher Schokoladenbrunnen, der gerade zu ihrer Unterhaltung aufgedreht worden war, hasste ich noch mehr.

»Ja, ja!«, Mr Alderman gackerte wie ein Verrückter. »Diese ganzen Schätze, die ihr hier sehen könnt, meine Freunde, das ist nichts im Vergleich zu Magnus Chase. Mein Sohn hat endlich einmal etwas richtig gemacht. Er hat mir ein Kind des Frey als Teil seiner Wergeldzahlung gebracht. Und jetzt wird dieser junge Magnus Chase mein fester Hausgast sein. Wer Fotos mit ihm möchte, kann sich an der Bar anstellen …«

»Moment«, sagte ich. »So war das nicht abgemacht, Alderman! Wir gehen direkt nach dieser Party.«

Hearthstone gebärdete: *Vater, der Ring. Er ist gefährlich. Zieh ihn ab.*

Die Menge trat nervös von einem Fuß auf den anderen und wusste nicht, was sie von alldem halten sollte.

Aldermans Lächeln erstarb. Er kniff die Augen zusammen. »Mein Sohn bittet mich, meinen neuen Ring abzulegen.« Er hob die Hand, bewegte den Finger hin und her und ließ den goldenen Reif die Sonne einfangen. »Warum mag er das wohl wollen? Und warum sollte Magnus Chase mit dem Aufbruch drohen … es sei denn, diese Verbrecher wollen meinen Ring stehlen.«

Blitzen schnaubte. »Die haben dir den Ring doch gerade erst gebracht, du Elfentrottel. Warum sollten sie ihn gleich wieder stehlen?«

»Du gibst es also zu!« Alderman klatschte in die Hände. Alle Wohnzimmertüren schlossen sich mit einem Knall. Vor den Wänden brachen Wassersäulen aus dem Boden und bildeten vage menschenähnliche Gestalten, wie mit Wasser gefüllte Tierballons … nur ohne Ballons.

Blitzen wimmerte. »Das sind Sicherheits-*Nöcken.*«

»Was?«, fragte ich.

»Sie werden auch *Nixen* genannt«, sagte er. »Wassergeister. Gar nicht gut.«

Hearthstone packte Inger am Arm. *Hast du noch immer Verwandtschaft im Wald?*

»J-ja«, sagte sie.

Geh jetzt, sagte er. *Ich entbinde dich vom Dienst an meiner Familie. Komm nicht zurück. Und ruf die Polizei.*

Inger sah verwirrt und verletzt aus, aber dann warf sie einen Blick auf die Wassergeister, die unten die Menschenmenge umzingelten.

Sie küsste Hearthstone schnell auf die Wange. »Ich – ich liebe dich.«

Sie verschwand in einer Wolke aus Dampf, der nach frischer Wäsche duftete.

Blitzen hob eine Augenbraue. »Hab ich etwas verpasst?«

Hearthstone warf ihm einen gereizten Blick zu, aber ihm blieb keine Zeit für Erklärungen.

Unten im Wohnzimmer brüllte ein älterer Elf: »Alderman, was hat das zu bedeuten?«

»Was das zu bedeuten hat, Herr Bürgermeister?« Alderman grinste mit einer Intensität, die nicht gesund sein konnte. »Ich habe jetzt begriffen, warum ihr alle hergekommen seid. Ihr wollt meinen Schatz stehlen, aber ich habe euch auf goldener Tat ertappt.

Sicherheitsnöcken, macht diese Diebe nieder! Hier kommt niemand lebend raus!«

Tipp für guten Benimm, wenn ihr den richtigen Moment sucht, um eine Party zu verlassen: Wenn der Gastgeber brüllt, »hier kommt niemand lebend raus!«, ist das euer Stichwort.

Elfen schrien und stürzten zu den Ausgängen, aber die Glastüren waren fest verschlossen. Sicherheitsnixen bewegten sich durch die Menge und änderten ihre Gestalt von Tier zu Mensch zu erstarrter Welle, umhüllten einen Elfen nach dem anderen und warfen alle als elegante feuchte Bündel zu Boden. Alderman lachte und tanzte derweil durch den Raum und entriss seinen gefallenen Gästen die goldenen Geschenke wieder.

»Wir müssen raus hier, und zwar sofort«, sagte Blitzen.

»Aber wir müssen den Elfen helfen«, sagte ich.

Abgesehen von Hearthstone hatte ich zwar von den Elfen, die ich bisher kennengelernt hatte, keine besonders hohe Meinung – die Guppys in Andwaris Teich hatten mir besser gefallen. Aber ich fand die Vorstellung unerträglich, Mr Alderman und seinen flüssigen Nixenschlägern auf Gedeih und Verderb vierhundert Elfen zu überlassen. Ich zog meinen Anhänger hervor und weckte Jack.

»He, Leute«, sagte Jack. »Was geht hier – ah, Nöcken? Soll das ein Witz sein? Bei denen kann man doch nichts abschneiden.«

»Tu einfach, was du kannst!«, schrie ich.

Zu spät, gebärdete Hearth. *Geigen.*

Ich war nicht sicher, ob ich das Zeichen richtig verstanden hatte. Dann schaute ich nach unten. Die Hälfte der Nixen hatte sich in menschlicher Gestalt überall im Raum postiert und zog Geigen und Bögen aus ... na ja, irgendwo aus ihrer flüssigen Gestalt. Das schien mir ein sehr schlechter Aufbewahrungsort für Saiteninstrumente, aber die Nixen hoben ihre hölzernen Geigen an ihre wässrigen Kinne.

»Ohren zu!«, warnte Blitz.

Ich presste mir in dem Moment die Hände an den Kopf, als die Nöcken zu spielen anfingen. Es half nur wenig. Das Klagelied war so traurig und ergreifend, dass meine Knie weich wurden. Tränen traten mir in die Augen. Überall im Raum brachen Elfen weinend zusammen – außer Mr Alderman, der gegen alles immun zu sein schien. Er gackerte weiter und sprang umher und trat seine VIP-Gäste ab und zu ins Gesicht.

Blitz ließ unter seiner Frotteehaube einen erstickten Schrei hören: »Macht, dass es aufhört, sonst sterben wir in Minutenschnelle an gebrochenem Herzen!«

Ich glaube nicht, dass er in Bildern sprach.

Zum Glück war Hearthstone von alldem nicht betroffen.

Er schnippte mit den Fingern, um unsere Aufmerksamkeit auf sich zu lenken, dann zeigte er auf Jack: *Schwert. Geigen zerschneiden.*

»Du hast ihn gehört«, sagte ich zu Jack.

»Nein, hab ich nicht«, widersprach Jack.

»Bring die Geigen um!«

»Na gut. Es ist mir ein Vergnügen.«

Jack flog zur Tat.

Hearthstone hatte derweil einen Runenstein hervorgefischt. Er warf ihn von der obersten Treppenstufe, und der Stein explodierte in der Luft und malte ein riesiges leuchtendes H über die Köpfe der Elfen:

ᚺ

Draußen verdüsterte sich der Himmel. Regen hämmerte gegen die Glasfenster und übertönte den Klang der Geigen.

Mir nach, befahl Hearth.

Er lief die Treppe hinunter, während der Sturm stärker wurde. Riesige Hagelkörner prasselten gegen die Fenster, ließen das Glas zerbrechen und das ganze Haus beben. Ich presste mir die Hand auf die Hüfte, um sicherzugehen, dass der Skofnungstein an Ort und Stelle war, dann rannte ich hinter Hearth her.

Jack flog von Nöck zu Nöck, zerhackte die Geigen und zerbrach damit die Hoffnungen und Träume einiger überaus begabter Nöckmusiker. Die Wasserwesen schlugen nach Jack, aber sie schienen das Schwert ebenso wenig verletzen zu können, wie Jack sie verletzen konnte. Jack beschäftigte sie lange genug, dass wir bis unten an die Treppe gelangen konnten.

Hearthstone blieb stehen und hob die Arme. Mit einem gewaltigen *BUUUM!* zersprang jedes Fenster und jede Glastür im Haus. Hagel flog herein und prasselte auf Elfen, Nixen und Huldren gleichermaßen ein.

»Weg hier!«, brüllte ich der Menge zu. »Kommt schon!«

»Narren!«, rief Alderman. »Ihr gehört mir! Ihr könnt nicht entkommen!«

Wir gaben uns alle Mühe, die Leute in den Garten zu lotsen. Draußen hatten wir das Gefühl, durch einen Sturm aus Basketbällen rennen zu müssen, aber das war besser, als im Kreise von fiedelnden Nöcken zu sterben. Ich wünschte, ich hätte die Voraussicht besessen, mich wie Blitzen in Badetücher zu hüllen.

Die Elfen liefen auseinander und stürzten davon. Die Nixen kamen hinter uns her, aber der Hagel machte sie träge, schlug auf sie ein und machte aus ihnen eisigen Schaum, bis sie aussahen wie aus ihren Bechern entkommene Milkshakes.

Wir hatten die Rasenfläche zur Hälfte hinter uns gebracht und stürzten auf den Wald zu, als ich die Sirenen hörte. Aus dem Augenwinkel sah ich Blaulicht, während Streifenwagen und Rettungswagen vor dem Haupttor vorfuhren.

Über uns rissen die dunklen Wolken auf. Der Hagel legte sich. Ich fing Hearthstone auf, als er stolperte, und dachte schon, wir könnten den Wald erreichen, als hinter uns eine Stimme brüllte: »Halt!«

Fünfzig Meter von uns entfernt hatten unsere alten Freunde, die Wachtmeister Wiesenblume und Sonnenfleck, ihre Schusswaffen gezogen und machten sich bereit, uns wegen Herumlungerns, Hausfriedensbruchs und unbefugten Weglaufens zu erschießen.

»Jack!«, schrie ich.

Mein Schwert jagte auf die Bullen zu und kappte ihre Waffengürtel. Sofort fielen ihnen die Hosen auf die Knöchel. Elfen, das sah ich jetzt, sollten niemals Shorts tragen. Sie haben bleiche dürre Beine, die kein bisschen elegant oder graziös sind.

Während die beiden versuchten, ihre Würde zurückzugewinnen, stürzten wir in den Wald. Hearthstone war fast am Ende seiner Kräfte und stützte sich auf mich, während wir weiterrannten, aber ich hatte ja genug Übung darin, ihn zu tragen. Jack kam neben mich geflogen.

»Das hat Spaß gemacht!«, verkündete er. »Hab aber Angst, dass ich sie nur vorübergehend aufgehalten habe. Ich erahne da weiter vorn eine gute Stelle für den goldenen Schnitt.«

»Den goldenen Schnitt?«, fragte ich.

»Er meint, zwischen den Welten«, sagte Blitzen. »Ich weiß ja nicht, wie ihr das seht, aber mir wäre jede von den anderen acht im Moment lieber.«

Wir taumelten auf die Lichtung, wo früher der Brunnen gewesen war.

Hearthstone schüttelte mit Mühe den Kopf. Er gebärdete mit einer Hand und zeigte in allerlei Richtungen. *Überall, nur nicht hier.*

Blitzen drehte sich zu mir um. »Was ist das hier?«

»Hier ist Hearths Bruder … du weißt schon.«

Blitzen schien unter seinem Berg aus Handtüchern zu schrumpfen. »Ach.«

»Das ist die beste Stelle, Leute«, beharrte Jack. »Oben auf dem Steinhaufen ist ein sehr dünnes Portal zwischen den Welten. Ich kann …«

Hinter uns fiel ein Schuss. Alle zuckten zusammen, nur Hearthstone nicht. Etwas summte wie ein nerviges Insekt an meinem Ohr vorbei.

»Mach schon, Jack«, schrie ich.

Er jagte zu dem Steinhaufen. Seine Klinge zerschnitt die Luft und öffnete einen Spalt, dahinter war absolute Finsternis.

»Ich liebe Finsternis«, sagte Blitzen. »Los.«

Gemeinsam zogen wir Hearthstone durch Brunnenpissers altes Domizil und sprangen in den Raum zwischen den Welten.

30 IRGENDWO HINTER DEM REGENBOGEN GEHT IRGENDEIN VERDAMMT WIRRER KRAM AB

Wir taumelten einige Treppenstufen hinab auf einen Absatz aus Beton. Da lagen wir drei dann auf einem Haufen, keuchend und verdutzt. Wir waren offenbar in einem Notausgang gelandet – nackte Backsteinmauern, grüne Geländer wie in einer Fabrik, Feuerlöscher und leuchtende EXIT-Schilder. Direkt über uns stand auf einer Metalltür: 6. STOCK.

Ich klopfte fieberhaft auf meine Hüfte, aber der Skofnungstein saß dort fest und war unversehrt. Jack war wieder zu seiner Anhängerform zurückgekehrt. Er hing friedlich an seiner Kette, während alle Energie, die er im Kampf mit den Nixen verbraucht hatte, aus meiner Seele strömte. Meine Knochen fühlten sich bleischwer an. Vor meinen Augen verschwamm alles. Wer hätte gedacht, dass es so anstrengend war, Geigen zu zerhacken und Polizisten die Hosen abzuschneiden?

Hearthstone war nicht in viel besserer Form. Er klammerte sich ans Geländer, um sich auf die Füße zu ziehen, aber seine Beine schienen ihm nicht gehorchen zu wollen. Ich hätte ihn normalerweise für betrunken gehalten, aber ich hatte noch nie gesehen, dass er etwas Stärkeres getrunken hätte als Sergeant Pepper light in Nidavellir.

Blitzen streifte seine Badetuchburka ab. »Wir sind in Midgard«, teilte er mit. »Diesen Geruch würde ich überall erkennen.«

Für mich roch dieses Treppenhaus nur nach nassem Elfen, nassem Zwerg und nassem Magnus, aber natürlich glaubte ich Blitzen jedes Wort.

Hearth schwankte und ein roter Fleck breitete sich auf seinem Hemd aus.

»Kumpel?« Blitz stürzte zu ihm. »Was ist passiert?«

»He, Hearth.« Ich brachte ihn dazu, sich zu setzen, und untersuchte die Wunde. »Schussverletzung. Unsere elfischen Freunde und Helfer haben ihm ein Abschiedsgeschenk verpasst.«

Blitz nahm seinen Frank-Sinatra-Hut ab und schlug mit der Faust voll hindurch. »Können wir bitte mal vierundzwanzig Stunden haben, ohne dass einer von uns tödlich verwundet wird?«

»Keine Panik«, sagte ich. »Die Kugel hat nur seine Rippen gestreift. Halt ihn fest.«

Ich gebärdete für Hearth: *Nicht so schlimm. Kann ich heilen.*

Ich presste die Hand auf die Wunde. Wärme sickerte zu Hearthstone hindurch. Er schnappte nach Luft, dann fing er an, ruhiger zu atmen. Die Wunde in seiner Haut schloss sich.

Erst, als ich meine Hand wegnahm, ging mir auf, was für Sorgen ich mir gemacht hatte. Ich zitterte am ganzen Leib. Ich hatte meine Heilkräfte nicht mehr genutzt, seit Blitzen erstochen worden war, und ich hatte befürchtet, dass sie nicht mehr funktionieren würden.

»Siehst du?« Ich versuchte ein vertrauenerweckendes Lächeln, aber ich vermute, es sah eher aus, als ob ich gerade einen Schlaganfall erlitten hatte. »Schon viel besser.«

Danke, gebärdete Hearth.

»Du bist noch immer schwächer, als mir lieb ist«, sagte ich.

»Wir ruhen uns hier erst mal kurz aus. Heute Abend brauchst du eine ordentliche Mahlzeit, jede Menge Flüssigkeit und Schlaf.«

»Dr. Chase hat gesprochen.« Blitz starrte den Elfen stirnrunzelnd an. »Und hier wird nicht mehr in streunende Kugeln gerannt, ist das klar?«

Hearths Mundwinkel zuckten. *Ich kann dich nicht hören. Ich bin taub.*

»Humor«, sagte ich. »Das ist ein gutes Zeichen.«

Wir saßen da und genossen das ganz neue Gefühl, nicht gehetzt, verletzt oder entsetzt zu sein.

Na ja, okay, ich war noch immer ziemlich entsetzt, aber nur eins von dreien war gar nicht so schlecht.

Langsam ging uns der volle Schrecken unserer dreißig plus x Stunden in Albenheim auf. Ich hätte gern geglaubt, dass wir diese durchgeknallte Gegend für immer verlassen hätten – keine schussgeilen Bullen mehr, keine manikürten Gärten und kein stechendes Sonnenlicht. Kein Mr Alderman mehr. Aber ich konnte nicht vergessen, was Andwari gesagt hatte: Bald würde ich den Preis von gestohlenen Geschenken erfahren, und Hearthstones Schicksal war es, wieder nach Hause zurückzukehren.

Die viel gefährlichere Abrechnung hast du nur aufgeschoben.

Der Othala-Runenstein lag noch immer oben auf dem Steinhaufen, wo Andiron gestorben war. Ich hatte das Gefühl, dass Hearthstone irgendwann diesen fehlenden Buchstaben seines kosmischen Alphabetes zurückholen müsste, ob er das nun wollte oder nicht.

Ich starrte Hearth an, der mit seinem Hemd wedelte, um das Blut darauf zu trocknen. Als er endlich meinen Blick erwiderte, gebärdete ich: *Das mit deinem Dad tut mir leid.*

Er nickte und zuckte zugleich mit den Schultern.

»Der Fluch des Fafnir«, sagte ich. »Darf ich fragen ...?«

Blitzen räusperte sich. »Vielleicht könnten wir damit warten, bis er seine Kraft zurückgewonnen hat.«

Ist schon gut, antwortete Blitzen.

Er lehnte sich an die Wand und stützte sich so gut ab, dass er mit beiden Händen gebärden konnte. *Fafnir war ein Zwerg. Andwaris Ring hat ihn in den Wahnsinn getrieben. Er ermordete seinen Vater, nahm dessen Geld. Hat den Schatz in einer Höhle bewacht. Und sich dann irgendwann in einen Drachen verwandelt.*

Ich schluckte. »Das alles wegen des Rings?«

Blitzen zupfte sich am Bart. »Der Ring bringt das Schlimmste in den Menschen zum Vorschein, Kleiner. Vielleicht hat Mr Alderman nicht so viel Böses in sich. Vielleicht ... bleibt er nur ein Ekelelf und gewinnt im Lotto.«

Ich dachte daran, wie Hearths Vater gekichert hatte, als er seine Gäste trat, und herumgetanzt war, während die Nixen die Menge angriffen. Was immer Alderman in sich hatte, ein wuscheliges Kätzchen war es bestimmt nicht.

Ich sah an der Treppe nach oben, wo ein Schild mitteilte: ZUGANG ZUM DACH.

»Wir sollten uns auf die Suche nach Sam machen«, sagte ich. »Wir sollen doch mit dem Gott Heimdall sprechen und uns den Weg zu irgendeinem Ort in Jotunheim erklären lassen ...«

»Kleiner?« Blitzens Augen zuckten. »Ich glaube, Hearth braucht noch ein bisschen Zeit, ehe wir uns mit Samirah treffen und losdüsen, um gegen Riesen zu kämpfen. Ich könnte auch eine Ruhepause brauchen.«

»Gut.« Ich hatte ein schlechtes Gewissen, weil ich unsere To-do-Liste zur Sprache gebracht hatte. Zu viele Leute, die wir treffen sollten, zu viele gefährliche Welten, in die wir mussten. Drei Tage hatten wir noch, um Thors Hammer zu finden. Bisher hatten wir eine scharfe Schwertdame und einen blauen Stein gefunden, hätten uns um ein Haar umbringen lassen und hatten Hearthstones Vater aufs Kriminellste in den Wahnsinn getrieben. Bis jetzt war es also eigentlich ganz gut gelaufen.

»Möchtet ihr in Walhalla übernachten?«, fragte ich.

Blitzen grunzte. »Die Thane mögen es nicht, wenn sich Sterbliche unter die ehrenvollen Toten mischen. Geh du schon mal vor. Ich nehme Hearth mit nach Nidavellir, dann kann er sich bei mir ausruhen. Seine Sonnenbank steht noch bereit.«

»Aber … wie kommt ihr da hin?«

Blitz zuckte mit den Schultern. »Wie ich dir schon mal gesagt habe, es gibt in Midgard jede Menge Eingänge in die Zwergenwelt. Vermutlich ist hier unter diesem Gebäude auch einer. Wenn nicht, suchen wir uns eben den nächsten Gully.«

Wir lieben Gullys, gebärdete Hearth.

»Komm mir jetzt ja nicht mit deinem Sarkasmus«, sagte Blitz. »Kleiner, was hältst du davon: morgen früh an unserem alten Treffpunkt?«

Ich musste lächeln bei der Erinnerung an die guten alten Zeiten, als ich noch mit Hearth und Blitz herumgehangen hatte, in ständiger Sorge, wo wir unsere nächste Mahlzeit hernehmen sollten und wann wir das nächste Mal überfallen werden würden. Die guten alten Zeiten waren echt übel gewesen, aber auf eine viel weniger komplizierte Weise als die irren neuen Zeiten.

»Der alte Treffpunkt, alles klar.« Ich umarmte sie beide. Ich wollte nicht, dass Hearth oder Blitz mich verließen, aber keiner von beiden war heute Nacht noch fit genug für irgendwelche Gefahren, und ich war nicht sicher, was mich über uns auf dem Dach erwartete. Ich löste den Skofnungstein von meinem Gürtel und reichte ihn Blitz. »Nimm du ihn. Pass auf ihn auf.«

»Werden wir«, versprach Blitz. »Und, Kleiner … danke.«

Sie stolperten Arm in Arm die Treppe hinunter und stützten sich gegenseitig. »Tritt mir nicht dauernd auf die Zehen«, grummelte Blitz. »Hast du zugenommen? Nein, mit dem linken Fuß zuerst, du blöder Elf. So ist gut.«

Ich stieg die Treppe hoch und fragte mich, wo in Midgard ich wohl gelandet war.

Das Nervige an der Reise zwischen den Welten: Ihr taucht oft genau da auf, wo ihr hinmüsst, ob ihr wollt oder nicht.

Auf dem Dach standen vier Menschen, die ich kannte, wenn ich auch nicht wusste, was sie dort machten. Sam und Amir waren unter einer riesigen erleuchteten Reklamewand mit gedämpften Stimmen in eine Meinungsverschiedenheit vertieft. Es war übrigens nicht irgendeine Reklamewand. Über uns ragte das berühmte Boston-Citgo-Schild auf, achtzehn Quadratmeter voller Leuchtdioden, die das Dach in Weiß, Orange und Blau tunkten.

Am Rand des Daches saßen Halbgeboren Gunderson und Alex Fierro und sahen überaus gelangweilt aus.

Sam und Amir waren zu sehr in ihren Streit vertieft, um mich zu bemerken, aber Halbgeboren nickte mir zu. Er wirkte überhaupt nicht überrascht.

Ich ging zu meinen Miteinherjern hinüber. »Äh … was geht?«

Alex ließ einen Kieselstein über das Dach springen. »Ach, wir amüsieren uns hier königlich. Samirah wollte Amir das Citgo-Schild zeigen. Es hat irgendwas mit Regenbögen zu tun. Und sie brauchte einen männlichen Verwandten als Anstandswauwau.«

Ich blinzelte. »Du bist also …«

Alex machte eine übertrieben tiefe Verbeugung. »Stets zu Diensten. Ich bin ihr männlicher Verwandter.«

Mir wurde kurz schwindelig, als sich die Realität auf den Kopf stellte und mir aufging, dass, ja, dass Alex Fierro gerade ein *er* war. Ich wusste nicht so genau, woher ich das wusste, außer, weil er es mir gesagt hatte. Seine Kleidung war nicht geschlechtsspezifisch. Er trug seine üblichen rosa Hightops zu grünen Röhrenjeans und einem langärmligen rosa T-Shirt. Seine Haare waren möglicherweise sogar ein bisschen länger, noch immer grün, mit nachgewachsenen schwarzen Ansätzen und in einer Welle zur Seite gekämmt.

»Meine Pronomen sind *er, sein, ihm, ihn*«, bestätigte Alex. »Und du kannst aufhören zu glotzen.«

»Ich habe nicht ...« Ich riss mich zusammen. Ein Streit hätte nichts gebracht. »Und du, Halbgeboren, was machst du hier?«

Der Berserker grinste. Er trug T-Shirt und Jeans, vielleicht, um zwischen den Sterblichen nicht aufzufallen, obwohl die Streitaxt, die er sich über den Rücken geschnallt hatte, ihn ohnehin verriet. »Ich? Ich bin der Anstandswauwau für den Anstandswauwau. Und mein Geschlecht ist unverändert, danke der Nachfrage.«

Alex verpasste ihm einen Hieb, auf den sogar Mallory Keen stolz gewesen wäre.

»Au!«, beschwerte sich Halbgeboren. »Für einen Ergi haust du aber gewaltig zu.«

»Was hab ich dir über dieses Wort gesagt?«, erwiderte Alex. »Ich entscheide, was männlich, unmännlich, weiblich oder unweiblich für mich ist. Zwing mich ja nicht, dich noch mal umzubringen.«

Halbgeboren verdrehte die Augen. »Du hast mich nur ein einziges Mal umgebracht. Und das war nicht mal ein fairer Kampf. Zum Mittagessen hatte ich's dir schon heimgezahlt.«

»Von mir aus.«

Ich starrte die beiden an. Mir ging auf, dass sie irgendwann in den vergangenen anderthalb Tagen Freunde geworden waren ... mit markigen Sprüchen und immer bereit, sich gegenseitig umzubringen, wie Freundschaften im neunzehnten Stock eben so funktionierten.

Alex zog seine Garotte aus den Gürtelschlaufen. »Also, Magnus, hast du deinen Zwerg heilen können?«

»Äh, ja. Habt ihr davon gehört?«

»Sam hat es uns erzählt.« Er fing an, den Draht zu einem Fadenspiel zu verformen, und schaffte es irgendwie, sich dabei nicht die Finger abzuschneiden.

Ich fragte mich, ob es ein gutes Zeichen war, dass Samirah neuerdings mit Alex Informationen austauschte. Vielleicht hatten sie ja Vertrauen zueinander gefasst. Oder Sams verzweifelter Wunsch, Loki aufzuhalten, war stärker als ihre Vorsicht. Ich hätte Alex gern nach dem Traum gefragt, in dem ich Loki in seiner Suite gesehen hatte und er Alex sagte, das sei *ja wohl nicht zu viel verlangt*, während Alex ihn mit Tongefäßen bewarf. Aber jetzt war vielleicht nicht der passende Moment, zumal Fierros Garotte so dicht bei meinem Hals war.

Alex wies mit dem Kinn zu Sam und Amir hinüber. »Geh doch rüber. Sie warten schon die ganze Zeit auf dich.«

Das glückliche Paar stritt sich noch immer – Sam hatte flehend die Handflächen erhoben und Amir raufte sich die Haare, als wollte er sich das Gehirn aus dem Kopf reißen.

Ich sah Halbgeboren stirnrunzelnd an. »Woher wussten sie, dass ich herkommen würde? Ich wusste das ja selbst nicht.«

»Odins Raben«, sagte Halbgeboren, als sei das die perfekte logische Erklärung. »Aber jetzt schalt dich da drüben endlich ein. Die kommen mit ihrer Auseinandersetzung nicht weiter und ich langweile mich.«

Halbgeborens Definition von Langweile war *ich bringe gerade nie-*

manden um und sehe auch nicht zu, wie jemand auf interessante Weise umgebracht wird. Deshalb hatte ich kein besonderes Verlangen, ihn von seiner Langweile zu befreien. Dennoch ging ich zu Sam und Amir hinüber.

Zum Glück wurde ich nicht von Sam mit der Axt zerspalten. Sie wirkte sogar erleichtert, als sie mich sah. »Magnus, gut.« Das Licht des Citgo-Schildes lief über sie hinweg und gab ihrem Hidschab die Farbe von Baumrinde. »Ist mit Blitzen alles in Ordnung?«

»Es geht ihm besser.« Ich erzählte ihr, was passiert war, aber sie wirkte fahrig. Ihre Augen suchten immer wieder Amir, der weiterhin versuchte, sich das Gehirn aus dem Kopf zu reißen.

»Und«, beendete ich meinen Bericht, »was habt ihr so gemacht?«

Amir lachte bellend. »Ach, du weißt schon. Das Übliche.«

Der arme Junge klang nicht gerade so, als hätte er noch alle Runen im Beutel. Ich sah seine Hände an, um mich davon zu überzeugen, dass er nicht einen neuen verfluchten Ring trug.

Sam legte vor ihrem Mund die Hände zusammen. Ich hoffte, dass sie heute kein Flugzeug mehr fliegen wollte, sie sah zu erschöpft aus. »Magnus ... Amir und ich haben die ganze Zeit geredet, während du weg warst. Ich bin mit ihm hergekommen, weil ich gehofft habe, ihm einen Beweis zeigen zu können.«

»Einen Beweis wofür?«, fragte ich.

Amir breitete die Arme aus. »Götter natürlich. Die Neun Welten! Einen Beweis dafür, dass unser ganzes Leben eine Lüge ist!«

»Amir, unser Leben ist keine Lüge.« Sams Stimme zitterte. »Es ist nur ... schwieriger, als dir klar war.«

Er schüttelte den Kopf. Seine Haare ragten auf wie ein wütender Hahnenkamm. »Sam, Restaurants zu leiten, das ist schwierig. Meinen Dad und meine Großeltern und deine Großeltern zufriedenzustellen, das ist schwierig. Noch zwei Jahre zu warten, bis wir heiraten können, wo ich doch die ganze Zeit mit dir zusammen sein will – das ist schwierig. Aber dies hier? Walküren? Götter? Einher … ich kann dieses Wort nicht mal aussprechen!«

Samirah wurde rot, glaube ich. In dem Licht war das schwer zu sagen.

»Ich will auch mit dir zusammen sein.« Ihre Stimme war ruhig, aber sie war vollkommen überzeugend. »Und ich versuche, es dir zu beweisen.«

Da ich mitten in ihr Gespräch hineingeplatzt war, kam ich mir so fehl am Platze vor wie ein Elf in Badehose. Außerdem hatte ich ein schlechtes Gewissen, weil ich Sam zugeredet hatte, Amir gegenüber ehrlich zu sein. Ich hatte ihr gesagt, er sei stark genug, um die Wahrheit ertragen zu können. Ich wollte nicht hören müssen, dass ich mich geirrt hatte.

Mein Instinkt riet mir, abzuhauen und die beiden allein zu lassen, aber ich hatte das Gefühl, dass Sam und Amir nur so offen zueinander waren, weil sie drei Anstandspersonen dabeihatten. Diese verlobten Teenager von heute werden mir ewig ein Rätsel bleiben.

»Sam«, sagte ich. »Wenn du ihm einfach nur Beweise für den ganzen Irrsinn liefern willst, dann fahr doch deinen lodernden Speer aus. Flieg einmal um das Dach. Du kannst eine Million Dinge tun …«

»Aber die sind alle nicht für die Augen von Sterblichen bestimmt«, sagte sie bitter. »Es ist paradox, Magnus. Ich darf meine Fähigkeiten keinem Sterblichen zeigen, wenn ich es also versuche, funktionieren sie nicht mehr. Ich sage, *he, schau mal, ich kann fliegen*, und plötzlich kann ich eben nicht mehr fliegen.«

»Das ergibt doch keinen Sinn«, sagte ich.

»Danke«, sagte Amir.

Sam stampfte mit dem Fuß auf. »Versuch du es doch, Magnus. Zeig Amir, dass du ein Einherje bist. Spring auf das Citgo-Schild.«

Ich schaute hoch. Zwanzig Meter ... schwierig, aber machbar. Doch bei dem bloßen Gedanken wurden meine Knie weich. Meine Kraft verließ mich. Ich vermutete, wenn ich es jetzt versuchte, würde ich zwei Zentimeter hoch springen und mich perfekt blamieren, und Halbgeboren und Alex würden das sicher überaus komisch finden.

»Ich verstehe, was du meinst«, gab ich zu. »Aber was ist damit, dass Hearthstone und ich einfach so aus dem Flugzeug verschwunden sind?« Ich drehte mich zu Amir um. »Das hast du doch bemerkt, oder?«

Amir sah verwirrt aus. »Ich – ich glaube schon. Sam erinnert mich dauernd daran, aber meine Erinnerung wird immer verschwommener. Wart ihr denn bei dem Flug dabei?«

Sam seufzte. »Sein Gehirn versucht, das auszugleichen. Amir ist flexibler als Barry, der euch vergessen hatte, sowie wir gelandet sind. Aber trotzdem ...«

Ich fing Sams Blick auf, und ich begriff, warum sie sich solche Sorgen machte. Indem sie Amir ihr Leben erklärte, war sie mehr als nur ehrlich. Sie versuchte im wahrsten Sinne des Wortes, das Denken ihres Freundes neu zu programmieren. Wenn ihr das gelang, könnte sie vielleicht seine Wahrnehmung erweitern. Er würde die Neun Welten so sehen wie wir. Wenn nicht ... bestenfalls würde Amir irgendwann alles vergessen. Seine Erinnerung würde alles glätten, was geschehen war. Schlimmstenfalls würde diese Erfahrung dauerhafte Narben hinterlassen. Es wäre möglich, dass er sich niemals ganz davon erholte. Und so oder so, wie sollte er Samirah je wieder mit denselben Augen sehen? Er würde immer den bohrenden Verdacht haben, dass etwas nicht stimmte, nicht ganz richtig war.

»Okay«, sagte ich. »Warum bist du denn nun mit ihm hergekommen?«

»Weil«, begann Sam, als ob sie das an diesem Abend schon zwanzigmal erklärt hätte, »Sterbliche von allen übernatürlichen Dingen die Bifröstbrücke am leichtesten sehen können. Wir müssen ja ohnehin zu Heimdall, oder? Ich dachte, wenn ich Amir beibringe, wie man die Brücke sieht, dann könnte das vielleicht seine Sinne auf Dauer erweitern.«

»Bifröst«, sagte ich. »Die Regenbogenbrücke nach Asgard.«

»Ja.«

Ich schaute zum Citgo-Schild hoch, der größten Werbetafel in New England, die seit über einem Jahrhundert Benzin anpries. »Du willst mir sagen …«

»Das hier ist der hellste Punkt in Boston«, sagte Sam. »Die Regenbogenbrücke ist nicht immer hier verankert, aber meistens eben doch …«

»Leute«, fiel Amir ihr ins Wort. »Wirklich, ihr braucht mir gar nichts zu beweisen. Ich kann doch … ich kann euch doch einfach glauben.« Er stieß ein nervöses Lachen aus. »Ich liebe dich, Sam. Ich glaube dir. Vielleicht habe ich gerade einen Nervenzusammenbruch, aber von mir aus! Ist schon in Ordnung. Wir können etwas anderes unternehmen.«

Ich begriff, warum Amir hier wegwollte. Ich hatte allerlei verrückte Dinge gesehen – sprechende Schwerter, strickende Zombies, den reichsten Zackenbarsch der Welt. Aber sogar mir fiel es schwer zu glauben, dass das Citgo-Schild der Eingang nach Asgard sein könnte.

»Hör mal, Mann.« Ich packte ihn an den Schultern. Körperkontakt war mein größter Vorteil. Samirah durfte ihn vor der Heirat nicht anfassen, aber nichts ist so überzeugend, wie von einem

Freund zur Vernunft geschüttelt zu werden. »Du musst es versuchen, okay? Ich weiß, du bist Muslim und glaubst nicht an eine Götterbande.«

»Das sind keine Götter«, schaltete Sam sich ein. »Das sind nur mächtige Wesen.«

»Egal«, sagte ich. »Mensch, ich bin Atheist. Ich glaube an nichts. Aber trotzdem ... das hier ist wirklich. Es ist das totale Chaos, aber es ist wirklich vorhanden.«

Amir biss sich in die Lippe. »Ich – ich weiß nicht, Magnus. Ich bin ziemlich durcheinander.«

»Ich weiß, Mann.« Ich glaubte wirklich, dass er versuchte zuzuhören, aber es war, wie ihn anzubrüllen, während er schallisolierte Kopfhörer trug. »Ich bin auch ziemlich durcheinander. Einiges von dem Kram, den ich erfahren habe ...« Ich verstummte, denn ich hielt es nicht für den richtigen Augenblick, um meine Cousine Annabeth und die griechischen Götter zu erwähnen. Ich wollte ja schließlich nicht, dass Amir vom Schlag getroffen würde.

»Konzentrier dich auf mich«, befahl ich. »Schau mir in die Augen. Kannst du das?«

Eine Schweißperle lief ihm über die Schläfe. Mit einer Anstrengung, als müsste er ein Gewicht von dreihundert Kilo hochheben, schaffte er es, meinen Blick zu erwidern.

»Okay, und jetzt hör zu«, sagte ich. »Sprich mir nach: Wir schauen jetzt zusammen nach oben.«

»Wir sch-schauen jetzt zusammen nach oben.«

»Wir werden eine Regenbogenbrücke sehen«, sagte ich.

»Wir werden«, seine Stimme versagte kurz, »eine Regenbogenbrücke sehen.«

»Und unser Gehirn wird nicht explodieren.«

»... nicht explodieren.«

»Eins, zwei, drei.«

Wir schauten hoch.

Und verflixt – da war sie.

Unsere Perspektive auf die Welt schien sich zu ändern und wir blickten nicht mehr senkrecht zum Citgo-Schild hoch, sondern aus einem Winkel von fünfundvierzig Grad daran entlang. Vom oberen Rand des Schildes führte ein lodernder Bogen aus allen erdenklichen Farben in den Himmel.

»Amir«, sagte ich. »Siehst du das?«

»Ich glaub es nicht«, murmelte er, in einem Tonfall, der klarstellte, dass er es auch sah.

»Allah sei Dank«, sagte Sam, und sie lächelte strahlender, als ich das je bei ihr erlebt hatte. »Dem Gnadenvollen, dem Allerbarmer.«

Und dann erscholl aus dem Himmel eine überaus quietschige und ungöttliche Stimme: »HE, LEUTE! KOMMT RAUF!«

31 HEIMDALL MACHT MIT ALLER WELT EIN SELFIE

Amir hätte fast den Einherje gemacht. Wenn ich ihn nicht festgehalten hätte, wäre er zwanzig Meter weit gesprungen.

»Was war das denn?«, wollte er wissen.

Samirah strahlte. »Das hast du gehört? Das ist fantastisch. Das war Heimdall, der uns oben sprechen möchte.«

»Oben, wie … oben?« Amir wich vom Citgo-Schild zurück. »Wieso ist das fantastisch?«

Halbgeboren und Alex kamen zu uns herüber.

»Seht euch das an.« Alex klang nicht sonderlich beeindruckt von der kosmischen Brücke, die in den Himmel führte. »Kann man das Ding betreten?«

Halbgeboren legte den Kopf schräg. »Vermutlich, wenn Heimdall sie eingeladen hat. Oder sie verbrennen zu Asche, sowie sie einen Fuß auf den Regenbogen gesetzt haben.«

»*Was?*«, jammerte Amir.

»Wir werden nicht verbrennen.« Sam starrte Halbgeboren wütend an. »Uns passiert gar nichts.«

»Ich mache mit«, verkündete Alex. »Ihr zwei Irren braucht schließlich Begleitschutz, damit ihr nichts Verantwortungsloses tut.«

»Verantwortungslos?« Amirs Stimme wurde wieder eine halbe Oktave höher. »Wie zum Beispiel auf einem brennenden Regenbogen in den Himmel zu steigen?«

»Ist schon gut, Mann«, sagte ich, obwohl mir klar war, dass meine Definition von »gut« während der vergangenen Monate ganz schön dehnbar geworden war.

Halbgeboren verschränkte die Arme. »Ihr könnt euch gerne amüsieren. Ich bleibe hier.«

»Warum?«, fragte Alex. »Schiss?«

Der Berserker lachte. »Ich bin Heimdall schon mal begegnet. Diese Ehre brauche ich nur ein Mal.«

Das klang gar nicht gut in meinen Ohren. »Warum? Wie ist er denn so?«

»Wirst du schon sehen.« Halbgeboren feixte. »Wir sehen uns dann in Walhalla. Amüsiert euch gut bei der Erforschung des interdimensionalen Raums.«

Sam grinste. »Amir, ich kann es nicht erwarten, dir das alles zu zeigen. Komm schon.«

Sie trat auf das Citgo-Schild zu und verdampfte zu vielfarbigem Licht.

»Sam?«, schrie Amir.

»Hey, cool!« Alex sprang vor und verschwand auf die gleiche Weise.

Ich klopfte Amir auf die Schulter. »Denen ist nichts passiert. Stark bleiben, Mann. Jetzt kann ich die vielen Falafelteller, die du mir ausgegeben hast, als ich auf der Straße gelebt habe, wiedergutmachen. Ich zeige dir die Neun Welten.«

Amir holte tief Luft. Ich muss zu seiner Ehrenrettung sagen, dass er nicht zusammenbrach, sich zu einer Kugel zusammenrollte oder weinte – was alles eine sehr akzeptable Reaktion darauf gewesen wäre, dass es oben im Himmel Wesen mit Quietschstimmen gab, die Menschen auf ihren Regenbogen einluden.

»Magnus?«, fragte Amir.

»Ja?«

»Erinner mich daran, dass du nie wieder Falafel von mir kriegst.«

Zusammen traten wir in das orange Leuchten.

So weit nicht gerade spektakulär. Nur vier Teenager, die einen nuklearen Regenbogen hochstiegen.

Strahlen umgaben uns, flirrend und heiß. Statt über eine glatte, feste Oberfläche zu wandern, hatte ich das Gefühl, durch ein hüfthohes Weizenfeld zu laufen ... mit Weizen aus hochgradig radioaktivem Licht.

Unterwegs hatte ich irgendwo meine Sonnenbrille aus Albenheim verloren. Ich glaube aber nicht, dass sie mir eine große Hilfe gewesen wäre. Das Licht hier war auf andere Weise intensiv. Die Farben ließen meine Augen pochen wie Zwillingsherzen. Die Hitze schien einen Millimeter über meiner Haut zu flirren. Unter unseren Füßen dröhnte die Brücke leise, wie eine immer wieder abgespielte Aufnahme einer Explosion. Halbgeboren Gunderson hatte sicher recht: Ohne Heimdalls Segen wären wir in dem Moment verdampft, in dem wir einen Fuß auf die Brücke gesetzt hätten.

Hinter uns wurde Boston zu einem schwachen Leuchten. Der Himmel war schwarz und voller Sterne, wie ich es früher auf den Wanderungen mit meiner Mom gesehen hatte. Bei dieser Erinnerung bekam ich einen Kloß im Hals. Ich dachte an den Geruch von Lagerfeuern und gerösteten Marshmallows, an Mom und mich, wie wir uns gegenseitig Geschichten erzählten und neue Sternbilder erfanden, wie den Zwinkerstern und die Beutelratte, und uns dabei kringelig lachten.

Wir gingen so lange weiter, dass ich mich schon fragte, ob am anderen Ende des Regenbogens überhaupt etwas zu finden wäre. Vergesst Töpfe voll Gold. Vergesst Asgard. Vielleicht war das Ganze einfach ein Witz. Vielleicht würde Heimdall Bifröst einfach verschwinden und uns in der Leere schweben lassen. *DU HAST RECHT*, würde seine Quietschstimme verkünden. *ES GIBT UNS NICHT. LOL!*

Langsam wurde die Finsternis grau. Am Horizont tauchten die Umrisse einer anderen Stadt auf; leuchtende Mauern, goldene Tore und dahinter die Türme und Kuppeln der Götterpaläste. Ich hatte Asgard erst einmal gesehen, von innen, als ich aus einem Fenster in Walhalla geschaut hatte. Aus der Ferne war es noch beeindruckender. Ich stellte mir vor, wie ich mit einer Armee aus Riesen über diese Brücke preschte. Angesichts dieser riesigen Festung würde ich sicher den Mut verlieren.

Und vor uns auf der Brücke stand breitbeinig ein hochgewachsener Krieger mit einem riesigen Schwert.

Ich hatte mir einen eleganten, lässigen Gott vorgestellt – eine Art Filmstar. Der echte Heimdall war irgendwie eine Enttäuschung. Er trug einen gefütterten Umhang aus Stoff und wollene Wickelgamaschen, alles in Beige, wodurch er komplett die Farben von Bifröst annahm. Das war seine Tarnung, wie mir aufging – die perfekte Art und Weise, mit einem Regenbogen zu verschmelzen. Seine Haare waren weißblond und zottig wie die Wolle eines Widders. Sein grinsendes Gesicht war tief gebräunt – vielleicht passierte das, wenn man jahrtausendelang auf einer radioaktiven Brücke herumstand. Ich hoffte, dass er keine Kinder mehr wollte.

Alles in allem sah er aus wie diese Blödmänner, neben denen man in der Schule lieber nicht sitzen möchte. Nur zwei Dinge waren anders: sein gezogenes Schwert, das fast so groß war wie er selbst, und das riesige gewundene Widderhorn, das er sich über die linke

Schulter geworfen hatte. Horn und Schwert sahen beeindruckend aus, nur waren sie so lang, dass sie dauernd gegeneinanderstießen. Ich hatte das Gefühl, wenn Heimdall jemanden umbrachte, dann nur, weil er stolperte und dabei eine falsche Bewegung machte.

Als wir näher kamen, winkte er begeistert und Schwert und Horn stießen wieder zusammen: *klink, donk, klink, donk*. »Hey, Leute!«

Wir vier blieben stehen. Sam verbeugte sich. »Herr Heimdall.«

Alex sah sie an, als ob sie dächte: Wieso denn »Herr«?

Neben mir kniff sich Amir in die Nase. »Ich kann nicht glauben, was ich da sehe.«

Heimdall hob seine zottigen Augenbrauen. Seine Iris war ein Ring aus purem Alabaster. »Oooh, was siehst du denn?« Er starrte an uns vorbei ins Leere. »Du meinst den Typen mit der Knarre in Cincinnati? Ach, der ist schon in Ordnung. Der will nur zum Schießgelände. Oder meinst du den Feuerriesen in Muspellheim? Der kommt in unsere Richtung ... nein, warte! Er ist gestolpert! Das war zum Brüllen! Ich wünschte, ich hätte das gefilmt.«

Ich versuchte, Heimdalls Blick zu folgen, aber ich sah nur leeren Raum und Sterne. »Was hast du ...«

»Ich habe wirklich scharfe Augen«, erklärte der Gott. »Ich kann in alle Neun Welten blicken. Und mein Gehör erst! Ich hab genau zugehört, wie ihr euch da unten auf dem Dach gestritten habt. Deshalb hab ich dann beschlossen, euch einen Regenbogen zuzuwerfen.«

Samirah schluckte. »Äh, du hast unseren Streit gehört?«

Heimdall lächelte. »Jedes Wort. Ihr beide seid total niedlich. Ach ja, und könnte ich ein Selfie mit euch machen, ehe wir über Geschäfte reden?«

Amir sagte: »Äh ...«

»Super!« Heimdall machte sich an seinem Horn und seinem Schwert zu schaffen.

»Brauchst du Hilfe?«, fragte ich.

»Nein, nein. Geht schon.«

Alex Fierro stellte sich neben mich. »Dann wäre es auch nur halb so witzig.«

»Ich kann dich hören, Alex«, warnte der Gott. »Ich kann über fünfhundert Kilometer hinweg den Mais wachsen hören. Ich kann Frostriesen in ihren Burgen in Jotunheim rülpsen hören. Euch kann ich also *auf jeden Fall* hören. Aber keine Sorge, ich mache dauernd Selfies. Also, mal sehen …«

Er fummelte an dem riesigen Widderhorn herum, als ob er einen Startknopf suchte. Sein Schwert ruhte derweil in einem gefährlichen Winkel in seiner Armbeuge, während die fast zwei Meter lange Klinge sich uns entgegensenkte. Ich hätte gern gewusst, was Jack über dieses Schwert denken würde, ob es eine scharfe Frau war oder ein Footballprofi oder vielleicht beides.

»Aha!« Offenbar hatte Heimdall den richtigen Knopf gefunden. Sein Horn schrumpfte zu dem größten Smartphone zusammen, das ich jemals gesehen hatte; das Display war so groß wie ein Stück Pizza und die Hülle war aus glänzendem Widderhorn.

»Dein Horn ist ein Handy?«, fragte Amir.

»Ich glaube, die korrekte Bezeichnung ist Phablet«, sagte Heimdall. »Aber es stimmt, das ist Gjallar, das Horn und/oder Phablet des Weltuntergangs. Wenn ich einmal in dieses Schätzchen blase, dann wissen die Götter, dass es in Asgard Ärger gibt, und kommen angerannt. Wenn ich zweimal blase, dann ist Götterdämmerung, Baby!« Er wirkte hingerissen von der Vorstellung, dass er zur Schlacht blasen könnte, die die Neun Welten zerstören würde. »Meistens benutze ich es aber nur für Fotos und Kurznachrichten und so was.«

»Das ist kein bisschen unheimlich«, sagte Alex.

Heimdall lachte. »Du hast doch keine Ahnung. Einmal hab ich aus Versehen den Weltuntergang eingeleitet. So was von peinlich! Ich musste all meinen Kontakten eine Nachricht schicken, *falscher Alarm!* Trotzdem kam eine Menge Götter angerannt. Ich hab hier ein GIF davon, wie sie Bifröst hochwetzen und dann merken, dass es keine Schlacht geben wird. Unbezahlbar!«

Amir blinzelte mehrere Male, vielleicht, weil Heimdall eine feuchte Aussprache hatte. »Du bist für den Weltuntergang zuständig. Du bist wirklich ein … ein …«

»Ein Ase?«, fragte Heimdall. »Jawoll. Ich bin einer der Söhne Odins. Aber ganz unter uns, Amir, ich glaube, Samirah hat recht.« Er beugte sich zu ihm vor, damit die Leute auf den fünfhundert Kilometer entfernten Maisfeldern ihn nicht hören könnten. »Ehrlich gesagt sehe ich uns auch nicht als *Götter.* Ich meine, wenn du einmal Thor sturzbesoffen auf dem Boden gesehen hast, oder Odin im Bademantel, wie er Frigg anbrüllt, weil sie seine Zahnbürste genommen hat … es ist schwer, das Göttliche in meiner Familie zu sehen. Meine Moms haben immer gesagt …«

»Moms, Plural?«, fragte Amir.

»Ja, mich haben neun Mütter geboren.«

»Wie …«

»Frag nicht. Am Muttertag ist das der Horror. Neun Anrufe. Neun Blumensträuße. Als Kind musste ich immer neunmal Frühstück ans Bett bringen … meine Fresse, Mann. Aber egal, lasst uns das Bild machen.«

Er zwängte sich zwischen Sam und Amir, die total verdutzt aussahen, weil zwischen ihnen plötzlich das grinsende Gesicht eines Gottes auftauchte. Heimdall streckte sein Phablet aus, aber sein Arm war nicht lang genug.

Ich räusperte mich. »Bist du sicher, dass ich nicht …«

»Nein, nein. Niemand kann das mächtige Phablet Gjallar halten, nur ich. Aber kein Problem! Kurze Pause, Leute.« Heimdall trat zurück und machte sich wieder an Phablet und Schwert zu schaffen, offenbar versuchte er, beides miteinander zu verbinden. Nach einigem Gefummel (und vermutlich mehreren versehentlichen Aufrufen zum Ende der Welt) streckte er triumphierend das Schwert aus, und nun steckte das Phablet auf der Spitze. »Ta-da! Meine beste Erfindung bisher.«

»*Du* hast die Selfiestange also erfunden«, sagte Alex. »Ich hab mich schon gefragt, wer die verbrochen hat.«

»Das ist, genauer gesagt, ein Selfieschwert.« Heimdall quetschte abermals sein Gesicht zwischen Sam und Amir. »Sagt *Gammelost!*« Gjallar leuchtete auf.

Wieder Gefummel, als Heimdall sein Phablet von der Schwertspitze löste und sich das Bild ansah. »Perfekt.«

Stolz zeigte er uns den Schnappschuss, als ob wir nicht dabei gewesen wären, als er vor drei Sekunden entstanden war.

»Hat dir schon mal irgendwer gesagt, dass du verrückt bist?«, fragte Alex.

»Verrückt macht Spaß!«, sagte Heimdall. »Los, seht euch mal ein paar andere Bilder an.«

Er schob uns vier um sein Phablet zusammen und fing an, seine Bilder durchzuwischen, aber ich war ziemlich abgelenkt davon, dass Heimdall nach nassen Schafen stank.

Er zeigte uns ein majestätisches Bild des Tadsch Mahal, auf dem Heimdalls Gesicht im Vordergrund prangte. Dann kam der Speisesaal von Walhalla, total unscharf, mit Heimdalls gestochen scharfer Nase im Vordergrund. Dann ein Bild nach dem anderen vom Präsidenten der Vereinigten Staaten bei einer Rede.

Bilder aus allen Neun Welten, Selfies allesamt.

»Donnerwetter«, sagte ich. »Die sind … überzeugend.«

»Mein Hemd auf diesem Bild gefällt mir nicht.« Er zeigte uns einen Schnappschuss von Elfenpolizisten, die mit Gummiknüppeln auf eine Huldra einschlugen. Heimdall grinste im Vordergrund und trug ein blau-weiß gestreiftes Polohemd. »Aber wartet, irgendwo hier hab ich doch ein umwerfendes Foto aus Asgard, wo ich so tue, als wollte ich Odins Palast auffressen.«

»Heimdall«, schaltete Sam sich ein. »Das ist wirklich interessant, aber eigentlich wollten wir dich um Hilfe bitten.«

»Hmmm? Ach, ihr wollt ein Foto mit uns zu fünft? Vielleicht mit Asgard im Hintergrund? Aber gern!«

»Ehrlich gesagt«, sagte Sam, »sind wir auf der Suche nach Thors Hammer.«

Alle Begeisterung verschwand aus Heimdalls Alabasteraugen. »Oh, nicht schon wieder. Ich hab Thor doch gesagt, dass ich den nicht sehen kann. Jeden Tag ruft er an, schreibt SMS, schickt mir unaufgefordert Bilder seiner Ziegen. ›Schau genauer hin! Schau genauer hin!‹ Ihr könnt mir glauben, der ist nirgendwo. Seht doch selbst.«

Er wischte sich durch weitere Schnappschüsse. »Kein Hammer. Kein Hammer. Hier bin ich mit Beyoncé, aber kein Hammer. Hmmm. Das sollte ich vielleicht als Profilbild nehmen.«

»Weißt du, was?« Alex reckte sich. »Ich lege mich einfach hier hin und bringe niemanden um, egal, wie sehr er nervt, in Ordnung?« Er legte sich auf den Rücken auf Bifröst, streckte die Arme aus und bewegte sie lässig durch das Licht, als wollte er einen Regenbogenengel machen.

»Äh, na ja«, sagte ich. »Heimdall, ich weiß, es ist lästig, aber meinst du, du könntest dich noch mal umsehen? Wir glauben, dass Mjöllnir in der Erde versteckt ist, und da …«

»Na, das wäre eine Erklärung. Ich kann durch soliden Felsen nur, sagen wir, höchstens einen Kilometer weit sehen. Wenn es tiefer ist …«

»Alles klar«, Sam schaltete sich wieder ein. »Vielleicht hilft es, dass wir wissen, wer ihn gestohlen hat. Ein Riese namens Thrym.«

»Thrym!« Heimdall sah beleidigt aus, als würde er niemals so tief sinken, mit dem Kerl ein Selfie zu machen. »Dieser schreckliche, hässliche …«

»Er will Sam heiraten«, sagte Amir.

»Das wird ihm aber nicht gelingen«, sagte Sam.

Heimdall stützte sich auf sein Schwert. »Also, hör zu. Das ist ein Dilemma. Natürlich könnte ich euch sagen, wo Thrym ist. Aber er ist nicht so blöd, den Hammer in seiner Festung aufzubewahren.«

»Das wissen wir.« Ich fürchtete, wir hatten das Ende von Heimdalls Konzentrationsfähigkeit erreicht, aber ich erzählte ihm trotzdem von Lokis gemeinen Hochzeitsplänen, vom Skofnungschwert und von dem dazugehörigen Stein, von der Frist von nur noch drei Tagen und vom Ziegenkiller – der vielleicht auf unserer Seite stand und vielleicht auch nicht und der uns gesagt hatte, wir sollten zu Heimdall gehen und ihn nach dem Weg fragen. Immer wieder warf ich aufs Geratewohl das Wort »Selfie« ein, um den Gott bei der Stange zu halten.

»Hmmm«, sagte Heimdall. »In dem Fall suche ich natürlich gern noch mal die Neun Welten ab und finde diesen Ziegenkiller. Ich muss nur schnell wieder mein Selfieschwert bereit machen.«

»Vielleicht«, schlug Amir vor, »könntest du einfach nachsehen, ohne dein Handy zu benutzen?«

Heimdall starrte unseren sterblichen Freund an. Amir hatte ausgesprochen, was wir alle dachten, und das war ganz schön mutig bei seinem ersten Besuch im nordischen Weltraum – aber ich hatte

Angst, Heimdall könnte sein Schwert jetzt zu etwas anderem benutzen wollen als zu Weitwinkelaufnahmen.

Zum Glück streichelte Heimdall einfach nur Amirs Schulter. »Schon gut, Amir. Ich weiß, du bist verwirrt von den Neun Welten und überhaupt. Aber ich fürchte, was du da redest, ergibt keinen Sinn.«

»Bitte, Heimdall«, sagte Sam. »Ich weiß, es klingt ... seltsam, aber ein direkter Blick in die Neun Welten könnte dir vielleicht eine neue Perspektive geben.«

Der Gott sah nicht überzeugt aus. »Es muss doch einen anderen Weg geben, um euren Ziegenkiller zu finden. Vielleicht könnte ich Gjallar blasen und die Götter herholen. Wir könnten sie fragen, ob sie den Hammer gesehen ...«

»Nein!«, schrien wir alle wie aus einem Munde. Alex stimmte ein bisschen spät ein, weil er noch immer auf dem Boden lag und Lichtengel machte. Vielleicht fügte er seinem »Nein« einige bunte Untertöne hinzu.

»Hmpf.« Heimdall runzelte die Stirn. »Also, das ist überaus unorthodox. Ich will doch nicht mit ansehen müssen, wie ein großer hässlicher Riese zwischen so ein niedliches Paar tritt wie euch.« Heimdall schwenkte seinen Finger zwischen Sam und mir hin und her.

»Äh, es geht eigentlich um diese beiden«, korrigierte ich und zeigte auf Amir.

Alex schnaubte auf dem Regenbogen.

»Stimmt«, sagte Heimdall. »Entschuldigung. Ihr seht alle so anders aus, wenn ich euch nicht in der Kamera-App sehe. Vielleicht ist das gar nicht so dumm mit der neuen Perspektive. Mal sehen, was wir in den Neun Welten finden können.«

32 GODZILLA SCHICKT MIR EINE WICHTIGE NACHRICHT

Heimdall schaute in die Ferne und taumelte sofort rückwärts. »Bei meinen neun Müttern!«

Alex Fierro setzte sich auf und wirkte plötzlich interessiert. »Was ist los?«

»Äh ...« Heimdalls Wangen nahmen jetzt die gleiche Schafsfarbe an wie seine Haare. »Riesen. Jede Menge. Sie – sie scheinen sich an den Grenzen von Midgard zu sammeln.«

Ich fragte mich, welche anderen Bedrohungen Heimdall wohl so verpasst hatte, während er den Präsidenten fotografiert hatte. Wenn man sich diesen Kerl und den hammerlosen Thor ansah, war es kein Wunder, dass die Sicherheit von Asgard an völlig unvorbereiteten Leuten hing wie ... na ja, uns.

Sam schaffte es, ihre Stimme ruhig klingen zu lassen. »Wir wissen von den Riesen, Herr Heimdall. Sie vermuten, dass Thors Hammer verschwunden ist. Wenn wir ihn nicht bald zurückholen ...«

»Ja.« Heimdall leckte sich die Lippe. »Ich – ich glaube, ihr habt so was angedeutet.« Er hielt sich die Hand hinters Ohr und lauschte. »Sie reden über ... eine Hochzeit. Thryms Hochzeit. Einer von den Generälen der Riesen ... der murrt, weil sie bis nach der Hochzeit warten müssen, ehe sie einmarschieren dürfen. Offenbar hat Thrym ihnen für nach der Trauung eine gute Nachricht versprochen, etwas, das die Invasion sehr viel einfacher machen wird.«

»Ein Bündnis mit Loki?«, vermutete ich, obwohl etwas daran nicht ganz richtig klang. Das konnte noch nicht alles sein.

»Außerdem«, fuhr Heimdall fort, »hat Thrym gesagt ... seine eigenen Truppen werden sich erst nach der Trauung der Invasion anschließen. Er hat den anderen Armeen klargemacht, dass es unhöflich wäre, den Krieg ohne ihn anzufangen. Ich – ich glaube nicht, dass die Riesen Thrym fürchten, aber wenn ich richtig gehört habe, dann haben sie schreckliche Angst vor seiner Schwester.«

Ich dachte an meinen Traum, an die scharfe Stimme der Riesin, die mein Einmachglas vom Tresen gefegt hatte. »Heimdall«, fragte ich. »Kannst du Thrym sehen? Was macht er gerade?«

Der Gott kniff die Augen zusammen und schaute tiefer ins Leere. »Ja, da ist er, ganz am Rand meines Blickfeldes, unter ungefähr einem Kilometer Felsboden. Sitzt da in seiner grauslichen Festung. Warum er in einer Höhle haust, die wie eine Bar eingerichtet ist, ist mir ein Rätsel. Ah, der ist so hässlich. Mir tut ja die Person leid, die ihn heiraten muss.«

»Super«, murmelte Sam. »Und was treibt er so?«

»Er trinkt«, sagte Heimdall. »Und jetzt rülpst er. Jetzt trinkt er wieder. Seine Schwester Thrynga – oh Mann, ihre Stimme klingt wie Ruder, die über Eis schrappen. Sie sagte etwas darüber, dass seine Heirat eine blöde Idee ist und sie sollten die Braut gleich bei ihrer Ankunft umbringen.«

Heimdall legte eine Pause ein, vielleicht war ihm eingefallen, dass Samirah diese bedauernswerte Braut war. »Äh ... tut mir leid. Aber, wie ich mir schon gedacht habe, da ist nirgendwo ein Hammer. Das überrascht mich nicht. Diese Erdriesen, die können Dinge verstecken ...«

»Lass mich raten«, sagte ich. »In der Erde?«

»Genau!« Heimdall schien von meinen Kenntnissen über Erdriesen überrascht zu sein. »Und sie können diese Dinge einfach zurückholen, indem sie sie in ihre Hand rufen. Ich glaube, dass Thrym bis nach der Hochzeit warten will. Wenn er dann die Braut und die Mitgift hat, wird er den Hammer herbeirufen ... natürlich nur, wenn er Lust hat, seinen Teil des Handels einzuhalten.«

Amir sah jetzt noch kränker aus als ich an Bord der Cessna Citation. »Sam, das kannst du nicht machen! Das ist zu gefährlich.«

»Werd ich auch nicht.« Sie ballte die Fäuste. »Herr Heimdall, Ihr seid der Hüter des geheiligten Ehebettes, oder nicht? In den alten Geschichten heißt es, Ihr wärt bei den Menschen umhergewandert und hättet Paare beraten, ihre Kinder gesegnet und die unterschiedlichen Klassen der Wikingergesellschaft eingerichtet.«

»Das hab ich getan?« Heimdall sah sein Handy an, als wollte er diese Informationen gern überprüfen. »Äh, ich meine, ja. Natürlich.«

»Dann hört meinen heiligen Schwur«, sagte Sam. »Ich schwöre bei Bifröst und allen Neun Welten, dass ich niemals einen anderen heiraten werde als diesen Mann, Amir Fadlan.« (Zum Glück zeigte sie in die richtige Richtung und zog mich nicht in die Sache hinein. Sonst hätte die Situation wirklich peinlich werden können.) »Ich werde nicht einmal vortäuschen, diesen Riesen Thrym zu heiraten. Das wird nicht passieren.«

Alex Fierro erhob sich stirnrunzelnd. »Äh ... Sam?«

Ich schätze mal, dass Alex dasselbe dachte wie ich: Wenn Loki tatsächlich Sams Handlungen kontrollieren konnte, würde sie ihren Eid vielleicht nicht einhalten können.

Sam warf Alex einen warnenden Blick zu. Zu meiner Überraschung sagte Alex nichts mehr.

»Ich habe meinen Eid abgelegt«, verkündete Sam. »Inschallah, ich werde ihn halten und Amir Fadlan heiraten, wie der Koran und der Prophet Mohammed, der Friede sei mit ihm, es befehlen.«

Ich fragte mich, ob die Bifröstbrücke jetzt unter dem schweren heiligen muslimischen Eid zusammenbrechen würde, den Sam da abgelegt hatte, aber nichts passierte, außer dass Amir ein Gesicht machte, als ob er mit einem Phablet zwischen den Augen getroffen worden wäre.

»Der Friede sei mit ihm«, stammelte er.

Heimdall schniefte. »Ach, war das süß!« Eine Träne so weiß wie Pflanzensaft glitt über seine Wange. »Ich hoffe, ihr verrückten Kinder tut es dann auch. Wirklich, das hoffe ich. Ich wünschte ...« Er legte den Kopf schräg und lauschte auf das ferne Gemurmel des Universums. »He! Ich stehe nicht auf der Gästeliste für deine Hochzeit mit Thrym, verdammt.«

Sam sah mich an, wie um zu fragen, *habe ich mir die letzten Minuten nur eingebildet?* »Herr Heimdall, meint Ihr ... die Hochzeit, von der ich eben geschworen habe, dass sie nicht stattfinden wird?«

»Ja«, antwortete er. »Ich bin sicher, es wird wunderschön, aber deine angehende Schwägerin Thrynga sagt die ganze Zeit ›Keine Asen, keine Wanen‹. Offenbar haben sie erstklassige Sicherheitsschleusen für die Gäste.«

»Die wollen nicht, dass Thor reinkommt«, vermutete Alex. »Und sich seinen Hammer zurückholt.«

»Das klingt überzeugend.« Heimdall schaute weiter zum Horizont. »Es ist nur so, diese unterirdische Festungsbar, die sie da haben ... ich habe gesehen, wie die funktioniert. Es gibt nur einen Eingang, und der Tunnel dorthin wandert dauernd und öffnet sich jeden Tag an einem anderen Ort. Manchmal taucht er hinter einem Wasserfall auf oder in einer Höhle in Midgard, oder unter einer Baumwurzel. Selbst, wenn Thor einen Angriff planen wollte, wüsste er nicht, wo er hinsoll. Ich kann mir nicht vorstellen, wie ihr es schaffen wollt, den Hammer zu holen.« Er runzelte die Stirn. »Thrym und Thrynga reden noch immer über die Gästeliste. Nur Verwandte und Riesen sind eingeladen. Und … wer ist Randolph?«

Ich hatte das Gefühl, dass jemand die Heizung auf Bifröst aufgedreht hatte. Mein Gesicht schmerzte, als ob sich auf meiner Wange eine handförmige Brandwunde bildete.

»Randolph ist mein Onkel«, sagte ich. »Kannst du ihn sehen?«

Heimdall schüttelte den Kopf. »In Jotunheim ist er nicht, aber Thrym und Thrynga ärgern sich sehr darüber, dass er auf der Gästeliste steht. Thrym sagt dauernd: ›Loki will das so.‹ Thrynga schmeißt mit Flaschen.« Heimdall zuckte zusammen. »Tut mir leid, ich musste kurz wegschauen. Ohne Kamera kommt mir alles so 3-D vor.«

Amir sah mich voller Besorgnis an. »Magnus, du hast einen Onkel, der in die ganze Sache verwickelt ist?«

Ich wollte nicht darauf eingehen. Die Szene aus dem Zombiehügel lief vor meinem inneren Auge ab: Randolph, der weinend das Skofnungschwert in Blitzens Unterleib rammte.

Zum Glück wechselte Alex Fierro das Thema.

»He, Mr Selfie«, sagte er. »Was ist mit dem Ziegenkiller? Den müssen wir als Erstes finden.«

»Ah, ja.« Heimdall hob die Schwertklinge wie ein Visier über seine Augen und hätte mich dabei fast enthauptet. »Du hast gesagt, eine Gestalt in schwarzer Kleidung, mit einem Metallhelm und einem Visier wie ein zähnebleckender Wolf?«

»Genau der«, sagte ich.

»Den sehe ich nicht. Aber hier ist etwas anderes Seltsames. Ich weiß, ich habe gesagt, keine Kamera, aber … ich bin nicht sicher, wie ich das beschreiben soll.« Er hob sein Phablet und machte ein Bild. »Was bedeutet das hier?«

Wir vier drängten uns um das Display zusammen.

Es war schwer, die Größenverhältnisse zu ermessen, denn das Bild war aus dem interdimensionalen Raum heraus aufgenommen worden. Oben auf einem Felsen stand eine Art riesiges Lagerhaus. Über das Dach zog sich eine Schrift aus gewaltigen Neonbuchstaben, fast so auffällig wie die des Citgo-Schildes: UTGARD-BOWLING.

Dahinter, noch größer und beängstigender, waberte ein aufblasbarer Godzilla, wie manchmal bei einem Autohändler oder so. Godzilla hatte ein Pappschild in der Hand:

MAGNUS, WAS GEHT?
KOMM VORBEI!
HAB INFO FÜR DICH. KANNST FREUNDE MITBRINGEN!
EINZIGER WEG THRYM ZU BESIEGEN + GUTES BOWLING.
XOX, DER GROSSE

Ich stieß einige altnordische Verwünschungen aus. Ich hätte gern das Weltuntergangsphablet von der Bifröstbrücke gefeuert.

»Der Große«, sagte ich. »Das hätte ich mir ja denken können.«

»Das ist übel«, murmelte Sam. »Er hat dir ja gesagt, dass du irgendwann seine Hilfe brauchen würdest. Aber wenn er unsere einzige Hoffnung ist, dann sind wir verloren.«

»Warum?«, fragte Amir.

»Ja«, wollte auch Alex wissen, »wer ist dieser Große, der über aufblasbare Godzillas kommuniziert?«

»Ich weiß es!«, sagte Heimdall fröhlich. »Er ist der gefährlichste, mächtigste Riesenzauberer aller Zeiten. Sein richtiger Name ist Utgardloki.«

33 FALAFEL-PAUSE? JA, BITTE

Noch ein echter Wikinger-Tipp: Wenn Heimdall euch anbietet, euch irgendwo abzusetzen, sagt NEIN!

Heimdalls Vorstellung von unserer Rückkehr nach Midgard bestand darin, dass er Bifröst unter unseren Füßen auflöste und uns buchstäblich durch die Unendlichkeit fallen ließ. Als wir aufgehört hatten zu schreien (vielleicht war das auch wieder nur ich; dann bitte ich um Nachsicht), fanden wir uns vor dem Denkmal für Edgar Allan Poe wieder. Inzwischen hatte ich wirklich ein verräterisches Herz. Mein Puls war so laut, man hätte ihn durch eine Backsteinmauer hören können.

Wir waren alle erschöpft, aber gleichzeitig hatten wir Hunger und in uns kochte noch das Post-Regenbogen-Adrenalin. Und vor allem waren wir nur einen Block vom Busbahnhof entfernt, wo die Fadlans ein Restaurant betrieben.

»Wisst ihr …« Amir knackte mit den Fingern, wie um sich davon zu überzeugen, dass sie noch da waren. »Ich könnte uns was zu essen machen.«

»Das ist nicht nötig, Mann«, sagte ich, und ich fand das ganz schön edel von mir, wo ich das Falafelrezept seiner Familie doch so liebte. (Ich weiß, ich sollte ihn daran erinnern, dass ich von ihm keine Falafel mehr bekommen würde, aber ich hatte beschlossen, diese Aufforderung unter Unzurechnungsfähigkeit im Augenblick der Tat zu verbuchen.)

Amir schüttelte den Kopf. »Nein, ich – ich möchte das gerne.«

Ich verstand, was er meinte. Die Welt dieses Jungen hatte soeben einen gewaltigen Riss bekommen. Er brauchte eine vertraute Beschäftigung, um seine Nerven zu beruhigen. Er wollte den Trost von tiefgefrorenen Kichererbsenbratlingen, und, jetzt mal ehrlich, wer war ich denn, da zu widersprechen?

Der Busbahnhof hatte schon geschlossen, aber Amir hatte die Schlüssel. Er ließ uns ein, öffnete Fadlans Falafel und nahm die Küche in Betrieb, um uns ein absolut umwerfendes spätes Abendessen/sehr frühes Frühstück zu machen.

Alex, Sam und ich saßen solange an einem Tisch im dunklen Restaurant und hörten dem Klappern von Töpfen und Frittierkörben zu, das in der großen Halle Echos warf wie metallisches Vogelgeschrei.

Sam sah benommen aus. Sie stieß einen Salzstreuer um und schrieb Buchstaben in die weißen Körner – ich wusste nicht, ob es arabische oder altnordische waren.

Alex legte die Füße in den rosa Turnschuhen auf den Stuhl gegenüber. Er drehte Däumchen und seine zweifarbigen Augen wanderten durch den Raum. »Also, dieser Riesenzauberer ...«

»Utgardloki«, sagte ich.

Jede Menge Leute im nordischen Kosmos hatten mir eingeschärft, dass Namen Macht besitzen. Man durfte sie nur aussprechen, wenn es unbedingt sein musste. Ich nutzte Namen ja lieber ab wie geerbte Klamotten. Das schien mir die beste Methode, ihnen ihre Macht zu nehmen.

»Er ist nicht gerade mein Lieblingsriese.« Ich schaute mich auf dem Boden um, um mich davon zu überzeugen, dass keine sprechenden Tauben in der Nähe waren. »Vor einigen Monaten ist er hier aufgetaucht. Hat mich dazu gebracht, ihm mein Essen zu geben. Dann hat er sich in einen Adler verwandelt und mich quer über die Dächer von Boston geschleppt.«

Alex trommelte mit den Fingerspitzen auf dem Tisch herum. »Und jetzt sollst du zu seiner Bowlingbahn kommen.«

»Und weißt du, was total absurd ist? Das ist das am wenigsten Verrückte, was mir in dieser Woche bisher passiert ist.«

Alex schnaubte. »Aber warum heißt er Loki?« Er schaute Sam an. »Ist der irgendwie mit uns verwandt?«

Sam schüttelte den Kopf. »Sein Name bedeutet Loki aus den Utlanden. Hat nichts mit … unserem Dad zu tun.«

Seit der großen Alderman-Katastrophe dieses Nachmittags hatte das Wort *Dad* nicht mehr so negative Schwingungen im Gespräch hervorgerufen. Als ich Alex und Sam ansah, die sich hier gegenübersaßen, konnte ich mir keine zwei unterschiedlicheren Menschen vorstellen. Und doch hatten sie beide genau den gleichen Gesichtsausdruck: verstimmte Resignation angesichts der Tatsache, dass beide den Gott von Lug und Trug zum Papa hatten.

»Das Gute an der Sache ist«, sagte ich, »dass Utgardloki nicht gerade ein Fan des anderen Loki zu sein scheint. Ich kann mir nicht vorstellen, dass die beiden gemeinsame Sache machen.«

»Sie sind beide Riesen«, widersprach Alex.

»Riesen bekämpfen sich gegenseitig, genau wie Menschen«, sagte Sam. »Und nach allem, was wir von Heimdall erfahren haben, wird es nicht leicht sein, den Hammer von Thrym zurückzuholen. Wir brauchen jeden guten Rat, den wir bekommen können. Utgardloki ist schlau. Er ist vielleicht genau der Richtige, um herauszufinden, wie wir Dads Pläne durchkreuzen können.«

»Den Loki mit dem Loki austreiben«, sagte ich.

Alex fuhr sich durch seine grüne Mähne. »Ist mir egal, wie schlau und gerissen euer riesiger Freund ist. Am Ende werden wir zu der

Hochzeit gehen und den Hammer holen müssen. Was bedeutet, wir selbst müssen Loki gegenübertreten.«

»Wir?«, fragte ich.

»Ich gehe mit«, sagte Alex. »Ist doch klar.«

Ich dachte an meinen Traum von Loki in der Suite von Alex: *Das ist doch wohl nicht zu viel verlangt*. Zwei Kinder Lokis auf der Hochzeit, die beide Lokis Launen unterworfen waren ... das war nicht meine Definition eines freudigen Anlasses.

Samirah zeichnete wieder etwas ins Salz. »Alex, ich kann das nicht von dir verlangen.«

»Du verlangst es ja auch nicht«, sagte Alex. »Ich sage es. Du hast mich ins Nachleben geholt. Dies ist meine Chance, etwas daraus zu machen. Du weißt, was wir zu tun haben.«

Sam schüttelte den Kopf. »Ich – ich halte das noch immer für keine gute Idee.«

Alex hob die Hände. »Bist du eigentlich wirklich mit mir verwandt? Wo ist deine Abenteuerlust? Natürlich ist es keine gute Idee, aber es geht nicht anders.«

»Was für eine Idee?«, fragte ich. »Was geht nicht anders?«

Ich hatte offenbar ein Gespräch der beiden verpasst, aber sie schienen auch keine große Lust zu haben, mich darüber aufzuklären. In diesem Moment brachte Amir das Essen. Er stellte eine überladene Schüssel voll Lammkebab, Dolma, Falafel, Kibbeh und anderen himmlischen Leckerbissen vor uns hin, und ich erinnerte mich daran, was gerade wirklich wichtig war.

»Du, mein Lieber«, sagte ich, »bist ein mächtiges Wesen.«

Er hätte fast gelächelt. Er wollte sich schon neben Sam setzen, aber Alex schnippte mit den Fingern. »Nix da, Romeo. Der Anstandswauwau sagt Nein.«

Amir sah beschämt aus. Er nahm zwischen Alex und mir Platz.

Wir hauten rein (um ehrlich zu sein, haute vielleicht vor allem ich rein).

Amir biss die Ecke von einem dreieckigen Pitabrot ab. »Es kommt mir unmöglich vor … aber das Essen schmeckt so wie vorher. Die Fritteuse frittiert bei genau derselben Temperatur. Meine Schlüssel können dasselbe Schloss öffnen. Und doch … hat sich das gesamte Universum verändert.«

»Nicht alles hat sich verändert«, versprach Sam.

Amir machte ein sehnsüchtiges Gesicht, als erinnere er sich an ein schönes Erlebnis aus seiner Kindheit, das nicht wiederholt werden konnte.

»Das weiß ich zu schätzen, Sam«, sagte er. »Und ich habe auch verstanden, wie du das mit den nordischen Gottheiten gemeint hast. Sie sind keine Götter. Jemand, der mit einem Schwert und einem Widderhorn so viele Selfies macht …« Er schüttelte den Kopf. »Allah hat ja vielleicht neunundneunzig Namen, aber Heimdall ist keiner davon.«

Alex grinste. »Der Typ gefällt mir.«

Amir blinzelte und wusste offenbar nicht so recht, was er mit diesem Kompliment anfangen sollte. »Also … was jetzt? Wie kann man einen Trip über Bifröst noch übertreffen?«

Sam deutete ein Lächeln an. »Na ja, heute Abend muss ich mit Jid und Bibi sprechen und ihnen erklären, warum ich so spät nach Hause komme.«

Amir nickte. »Willst du versuchen, ihnen die Neun Welten zu zeigen, wie du das mit mir gemacht hast?«

»Das kann sie nicht«, sagte Alex. »Die beiden sind zu alt. Ihr Gehirn ist nicht mehr so flexibel.«

»He«, sagte ich. »Du brauchst hier nicht unhöflich zu werden.«

»Ich bin nur ehrlich.« Alex kaute auf einem Stück Lamm herum.

»Je älter du wirst, umso schwerer ist es zu akzeptieren, dass die Welt vielleicht nicht so ist, wie du geglaubt hast. Es ist ein Wunder, dass Amir durch den ganzen Nebel und die Zauber schauen konnte, ohne den Verstand zu verlieren.« Er sah mich einen Moment länger an als notwendig.

»Ja«, murmelte Amir. »Ich kann wirklich von Glück sagen, dass ich nicht den Verstand verloren habe.«

»Alex hat recht«, sagte Sam. »Als ich heute Morgen mit meinen Großeltern gesprochen habe, hatten sie ihre Unterhaltung mit Loki schon fast vergessen. Sie wussten noch, dass sie eigentlich auf mich wütend sein müssten. Sie wussten auch noch, dass ich mich mit dir gestritten hatte. Aber die Einzelheiten ...« Sie machte mit ihren Fingerspitzen eine *Puff*-Bewegung.

Amir rieb sich das Kinn. »Bei meinem Dad war es auch so. Er hat nur gefragt, ob du und ich unsere Meinungsverschiedenheiten beigelegt hätten. Ich habe den Verdacht ... wir könnten ihnen alles darüber erzählen, wo wir heute Abend waren, oder? Auch die fadenscheinigste Ausrede, und sie würden sie bereitwilliger glauben als die Wahrheit.«

Alex versetzte ihm einen Rippenstoß. »Komm hier ja nicht auf irgendwelche Ideen, Romeo. Ich bin weiterhin euer Anstandswauwau.«

»Nein! Ich meine doch bloß ... ich würde niemals ...«

»Keine Panik«, sagte Alex. »War nur ein Spaß.«

»Ah.« Amirs Panik schien nicht so leicht zu vergehen. »Und jetzt? Was nun?«

»Wir gehen nach Jotunheim«, sagte Sam. »Wir müssen mit einem gewissen Riesen reden.«

»Ihr reist in eine andere Welt«, Amir schüttelte staunend den Kopf. »Wisst ihr, als ich diese Flugstunden bei Barry für dich arrangiert habe, da ... da dachte ich, das könnte deinen Horizont erweitern.« Er lachte düster. »Blöd von mir.«

»Amir, das war das schönste Geschenk ...«

»Ist schon gut. Ich beklag mich ja nicht. Ich wollte nur ...« Er seufzte tief. »Wie kann ich dir helfen?«

Sam legte die Hand auf den Tisch und streckte die Finger nach Amir aus, als Luftversion von Händchenhalten. »Vertrau mir einfach. Glaub an mein Versprechen.«

»Das tue ich«, sagte er. »Aber ich muss doch noch etwas anderes tun können. Jetzt, wo ich alles sehen kann ...« Er schwenkte seine Plastikgabel in Richtung Decke. »Ich möchte dir helfen.«

»Das tust du doch«, versicherte Sam. »Du hast mich als Walküre gesehen und bist nicht schreiend davongestürzt. Du hast ja keine Ahnung, was das für eine große Hilfe ist. Sorg einfach dafür, dass dir nichts passiert, bitte, bis wir zurückkommen. Sei mein Anker.«

»Mit Vergnügen.« Er grinste sie so schafsdämlich an, dass es nach Heimdall roch. »Ich habe dich eigentlich noch gar nicht als Walküre gesehen. Meinst du ...«

Sam sprang auf. »Alex, Magnus, wir sehen uns morgen.«

»Am Denkmal im Park«, sagte ich. »Bis dann.«

Sie nickte. »Amir, in zwei Tagen wird das alles vorbei sein. Das verspreche ich dir.« Sie erhob sich in die Luft und verschwand in einem goldenen Blitz.

Amir fiel die Plastikgabel aus der Hand. »Es stimmt«, sagte er. »Ich kann es nicht glauben.«

Alex grinste. »Es ist spät. Du könntest uns noch einen Gefallen tun, Amir, Kumpel.«

»Natürlich. Was auch immer.«

»Wie wäre es mit einem Doggy-Bag für diese Falafel?«

34 WIR BESUCHEN MEIN LIEBLINGSMAUSOLEUM

Am nächsten Morgen erwachte ich in meinem Bett in Walhalla, unausgeschlafen und absolut nicht aufbruchsbereit. Ich packte eine Tasche mit Campingutensilien und Falafelresten und schaute gegenüber bei T. J. vorbei. Der überreichte mir das Skofnungschwert und versprach, parat zu stehen, falls ich Nachschub oder Unterstützung beim Angriff auf feindliche Befestigungsanlagen brauchte. Dann traf ich mich in der Hotelhalle mit Alex Fierro und wir gingen hinaus nach Midgard.

Alex war bereit, mit mir einen Zwischenstopp einzulegen, ehe wir die anderen trafen. Ich war nicht scharf darauf, aber ich fühlte mich verpflichtet zu einem Einbruch in Randolphs Villa in der Back Bay, um nach meinem mörderischen, verräterischen Onkel zu sehen. Denn, ihr wisst schon, wofür hat man schließlich Familie.

Ich war nicht sicher, was ich tun würde, wenn ich ihn fand. Vielleicht würde ich eine Möglichkeit finden, um ihn aus Lokis Krallen zu befreien. Vielleicht würde ich ihm eine Tüte voll Kibbeh ins Gesicht semmeln, auch wenn das eine Verschwendung von Delikatessen wäre.

Zum Glück für Randolph und meine Essensreste war er nicht zu Hause. Ich hebelte die Hintertür auf wie immer – Randolph hatte den Rat, seine Schlösser auf einen moderneren Stand zu bringen, nicht beherzigt –, dann wanderten Alex und ich durch das Haus, bedienten uns an Randolphs Schokoladenvorräten (das musste sein), machten uns über seine spießigen Vorhänge und seinen Nippeskram lustig und endeten schließlich im Arbeitszimmer des alten Herrn.

Dort hatte sich seit meinem letzten Besuch nichts verändert. Auf dem Schreibtisch lagen Landkarten. Das große Wikingergrabsteindings stand in der Ecke, die Gestalt des Wolfes starrte mich noch immer übellaunig an. Mittelalterliche Waffen und Schmuckstücke füllten die Regale, zusammen mit in Leder gebundenen Büchern und Fotos von Randolph auf Ausgrabungsstätten in Skandinavien.

An der Kette um meinen Hals summte Jacks Anhänger vor Spannung. Ich hatte ihn noch nie mit in Randolphs Haus genommen, und offenbar gefiel es ihm dort. Oder vielleicht war er auch nur aufgeregt, weil das Skofnungschwert über meinen Rücken geschnallt war.

Ich drehte mich zu Alex um. »Sag mal, bist du heute weiblich?«

Die Frage war mir herausgerutscht, ehe ich überlegen konnte, ob sie komisch oder unhöflich war oder ob sie mir eine Enthauptung einbringen würde.

Alex lächelte vor Belustigung und nicht vor Mordlust, wie ich hoffte. »Warum fragst du?«

»Wegen Skofnung. In Anwesenheit von Frauen darf das Schwert nicht gezogen werden. Und eigentlich ist es mir auch lieber, wenn es nicht gezogen werden darf.«

»Okay, warte mal.« Alex verzog das Gesicht zu ungeheurer Konzentration. »So! Jetzt bin ich weiblich.«

Meine Miene war sicher unbezahlbar.

Alex prustete los. »Das sollte ein Witz sein. Ja, heute bin ich weiblich. *Sie, ihrer, ihr, sie.*«

»Aber hast du einfach …«

»Durch pure Willenskraft mein Geschlecht geändert? Nein, Magnus. So funktioniert das nicht.« Sie ließ ihre Finger über Randolphs Schreibtisch wandern. Das Bleiglasfenster warf vielfarbiges Licht auf ihr Gesicht.

»Darf ich fragen …« Ich machte eine vage Handbewegung. Mir fehlten die Wörter.

»Wie das sonst funktioniert?« Sie grinste. »Solange du nicht verlangst, dass ich jede gender-fließende Person für dich repräsentiere, okay. Ich bin keine Botschafterin. Ich bin keine Lehrerin und kein Aushängeschild. Ich bin nur …« Sie ahmte meine Handbewegung nach. »*Ich.* Ich versuche, ich zu sein, so gut ich kann.«

Das klang überzeugend. Es war jedenfalls besser, als wenn sie mich geschlagen oder garottiert hätte, um sich dann in einen Gepard zu verwandeln und mich zu verstümmeln. »Aber du bist ein Werwesen«, sagte ich. »Kannst du nicht einfach … du weißt schon, sein, was immer du willst?«

Ihr dunkleres Auge zuckte, als ob ich einen wunden Punkt berührt hätte.

»Das ist die Ironie an der Sache.« Sie hob einen Brieföffner auf und drehte ihn im Bleiglaslicht. »Ich kann aussehen, wie immer ich will. Aber mein Geschlecht? Nein, das kann ich nicht bewusst ändern. Es ist wirklich fließend, und zwar so, dass ich es nicht kontrollieren kann. Meistens fühle ich mich weiblich, aber manchmal habe ich auch sehr männliche Tage. Und bitte, frag mich nicht, woher ich weiß, was ich an welchem Tag bin.«

Das wäre wirklich meine nächste Frage gewesen. »Aber warum nennst du dich nicht einfach *sie* im Plural? Wäre das nicht weniger verwirrend, als immer wieder zwischen den Personalpronomen wechseln zu müssen?«

»Weniger verwirrend für wen? Für dich?«

Mir war offenbar das Kinn heruntergeklappt, denn sie verdrehte die Augen, wie um zu sagen, *du Dussel*. Ich hoffte, dass Heimdall unser Gespräch nicht aufzeichnete, um es dann in Umlauf zu bringen.

»Also, manche sagen wirklich *sie* im Plural«, sagte Alex dann. »Die sind nichtbinär oder in der Mitte des Spektrums oder was auch immer. Wenn sie das sagen wollen, dann sollten sie das ruhig tun. Aber ich persönlich möchte nicht die ganze Zeit dieselben Pronomen benutzen, das wäre nicht ich. Ich ändere mich sehr oft. Wenn ich *sie* bin, bin ich durch und durch sie. Wenn ich *er* bin, bin ich er. Ich bin nicht *sie* im Plural. Verstanden?«

»Wenn ich Nein sage, tust du mir dann was?«

»Nein.«

»Dann nein, eigentlich nicht.«

Sie zuckte mit den Schultern. »Du brauchst es auch nicht zu verstehen. Ein bisschen Respekt reicht, kapiert?«

»Vor dem Mädchen mit dem sehr scharfen Draht? Kein Problem.«

Diese Antwort gefiel ihr offenbar. Ihr Lächeln war jetzt nicht mehr das kleinste bisschen verwirrend. Es ließ das Arbeitszimmer um mindestens fünf Grad wärmer werden.

Ich räusperte mich. »Und jetzt suchen wir alles, was uns vielleicht verraten kann, was mit meinem Onkel los ist.«

Ich fing an, die Bücherregale zu durchsuchen, als hätte ich irgendeine Vorstellung davon, was ich hier tat. Ich fand keine geheimen Mitteilungen oder Hebel, die verborgene Räume öffneten. In den Scooby-Doo-Filmen sah das immer so einfach aus.

Alex durchwühlte die Schubladen von Randolphs Schreibtisch. »In diesem riesigen Mausoleum hast du also gelebt?«

»Zum Glück nicht. Meine Mom und ich hatten eine Wohnung in Allston ... vor ihrem Tod. Danach war ich auf der Straße.«

»Aber deine Familie hatte doch Geld.«

»Randolph hatte Geld.« Ich hob ein altes Foto von ihm zusammen mit Caroline, Aubrey und Emma auf. Es tat weh, es anzusehen. Ich drehte es um. »Du willst wissen, warum ich nicht bei ihm gewohnt habe, statt obdachlos zu sein?«

Alex schnaubte. »Götter, nein. So eine Frage würde ich nie im Leben stellen.«

Ihre Stimme klang bitter, als ob sie sich mit reichen und verrückten Verwandten nur zu gut auskannte.

»Du kommst aus ... so einem Haus wie dem hier?«, fragte ich.

Alex schloss die Schublade. »Meine Familie hatte viele Sachen, nur nicht die, die wichtig waren ... wie einen Sohn und Erben, zum Beispiel. Oder, du weißt schon, *Gefühle*.«

Ich versuchte, mir Alex in so einer Villa vorzustellen, oder auf einer eleganten Stehparty wie die von Mr Alderman in Albenheim. »Wusste deine Familie, dass du ein Kind des Loki bist?«

»Aber klar, dafür hat Loki gesorgt. Meine sterblichen Eltern haben ihn dafür verantwortlich gemacht, dass ich so bin, fließend meine ich. Sie sagten, er habe mich moralisch zersetzt, mir Flausen in den Kopf gesetzt, bla, bla, bla.«

»Und deine Eltern haben Loki nicht ... passenderweise vergessen, so wie Sams Großeltern?«

»Schön wär's. Loki hat dafür gesorgt, dass sie sich erinnert haben. Er hat – er hat ihnen auf Dauer die Augen geöffnet, so könnte man das wohl sagen. Wie du bei Amir, nur waren seine Motive keine guten.«

»Ich habe bei Amir nichts gemacht.«

Alex kam zu mir herüber und verschränkte die Arme. Sie trug

heute ein rosa-grünes Flanellhemd über normalen blauen Jeans. Ihre Wanderstiefel waren einfach nur praktisch, aber die Schnürsenkel glitzerten in Pinkmetallic.

Ihre zweifarbigen Augen schienen meine Gedanken in zwei unterschiedliche Richtungen zu ziehen. »Du glaubst wirklich, dass du nichts getan hast?«, fragte sie. »Als du Amir an den Schultern gepackt hast? Als deine Hände anfingen zu leuchten?«

»Ich … ich habe geleuchtet?« Ich konnte mich nicht erinnern, Freys Macht angerufen zu haben. Ich war nicht einmal auf die Idee gekommen, dass Amir Heilung brauchen könnte.

»Du hast ihn gerettet, Magnus«, sagte Alex. »Sogar ich konnte das sehen. Er wäre unter der Belastung zusammengebrochen. Du hast ihm die Widerstandskraft gegeben, mit der er seinen Geist ausdehnen konnte, ohne ihn zu zerreißen. Der einzige Grund, warum er mental noch heil ist, bist du.«

Ich kam mir wieder vor wie auf der Bifröstbrücke, total überhitzte Farben brannten durch mich hindurch. Ich wusste nicht, was ich mit Alex' beifälligem Blick anfangen sollte oder der Vorstellung, dass ich Amirs Geist vielleicht geheilt hatte, ohne es zu wissen.

Sie schlug mir vor die Brust, gerade so hart, dass es wehtat. »Wie wäre es, hier mal einen Zahn zuzulegen? Ich ersticke noch in diesem Haus.«

»Ja. Ja, klar.«

Auch mir fiel das Atmen schwer, aber das lag nicht am Haus. Die Art, wie Alex mich gelobt hatte … das hatte etwas einrasten lassen. Mir ging jetzt auf, an wen sie mich erinnerte – ihre rastlose Energie, ihre schmächtige Gestalt, ihre ungleichmäßige Frisur, ihr Flanellhemd, ihre Jeans und Stiefel, ihre Gleichgültigkeit dem gegenüber, was andere Leute über sie dachten, sogar ihr Lachen – wenn sie selten mal lachte. Auf seltsame Weise erinnerte sie mich an meine Mom.

Ich beschloss, nicht weiter darüber nachzudenken. Sonst würde ich mich selbst bald noch ausdauernder psychoanalysieren als der Ziegenbock Otis.

Ich warf noch einen letzten Blick auf die Regale. Meine Augen blieben an dem einzigen gerahmten Foto hängen, auf dem Randolph nicht zu sehen war. Es zeigte einen gefrorenen Wasserfall in der Wildnis; Eismassen, die über den Rand eines grauen Felsens hingen. Es könnte eine schöne Naturaufnahme von eigentlich überall sein, aber es kam mir bekannt vor. Die Farben waren lebhafter als auf den übrigen Fotos, als sei dieses hier erst kürzlich gemacht worden. Ich hob es hoch. Dort, wo es gestanden hatte, war kein Staub auf dem Regalbrett. Dafür lag dort etwas anderes – eine grüne Hochzeitseinladung.

Alex sah sich das Foto an. »Da war ich schon mal.«

»Die Bridal Veil Falls«, sagte ich. »New Hampshire. Da bin ich gewandert.«

»Ich auch.«

Unter anderen Umständen hätten wir jetzt vielleicht Wandergeschichten ausgetauscht. Dies war noch eine seltsame Ähnlichkeit zwischen ihr und meiner Mom, und vielleicht der Grund, warum Alex mitten in ihrer Hotelsuite einen offenen Innenhof hatte, genau wie ich.

Aber in diesem Moment jagten meine Gedanken in eine andere Richtung. Mir fiel ein, was Heimdall über Thryms Festung gesagt hatte, deren Eingang sich immer wieder veränderte, so dass es unmöglich war, vorherzusagen, wo er sich am Tag der Hochzeit befinden würde. *Manchmal taucht er hinter einem Wasserfall auf*, hatte er gesagt.

Ich sah mir die Hochzeitseinladung an, die genauso aussah wie die, die Sam weggeworfen hatte. Unter »Zeit« stand jetzt: IN ZWEI

TAGEN. Mit anderen Worten, übermorgen. Unter »Ort« stand noch immer: WIRD NOCH MITGETEILT.

Das Bild der Bridal Veil Falls stand vielleicht rein zufällig hier. Auch der Name, Brautschleier, konnte ein Zufall sein. Oder vielleicht stand Onkel Randolph doch nicht vollständig unter Lokis Herrschaft und hatte mir eine Spur hinterlassen, die sich auch in einem Scooby-Doo-Film gut gemacht hätte.

»Das ist Sams Hochzeitseinladung«, sagte Alex. »Glaubst du, es hat etwas zu bedeuten, dass sie unter diesem Foto versteckt war?«

»Keine Ahnung«, sagte ich. »Aber das könnte ein Eingang für Leute sein, die ein Hochzeitsfest sprengen möchten.«

35 WIR HABEN EIN WINZIGES PROBLEM

Treffpunkt: die George-Washington-Statue im Park. Hearthstone, Blitzen und Samirah waren schon da, zusammen mit einem anderen alten Freund, der zufällig ein achtbeiniges Pferd war.

»Stanley!«, sagte ich.

Der Hengst wieherte und stupste mich mit dem Maul an. Er nickte zu George Washington auf seinem Schlachtross hoch, wie um zu sagen: *Ist das denn zu fassen? So besonders kann der Kerl nicht sein. Sein Pferd hat nur vier Beine.*

Als ich Stanley zum ersten Mal begegnet war, waren wir zusammen von einem Felsen in Jotunheim gesprungen, um in die Festung eines Riesen zu schleichen. Ich freute mich über unser Wiedersehen, aber ich hatte das unangenehme Gefühl, dass wir jetzt bei der Fortsetzung mitmachen sollten – *Felsenspringen II: Der Aufstieg des Großen.*

Ich streichelte Stanleys Maul und wünschte, ich hätte eine Möhre für ihn. Ich hatte aber nur Schokolade und Kibbeh, und ich glaubte, dass keins davon einem achtbeinigen Pferd gut bekommen würde.

»Hast du ihn herbeigerufen?«, fragte ich Hearthstone. »Wieso bist du noch bei Bewusstsein?«

Als Hearth zum ersten Mal *Ehwaz* benutzt hatte, den Runenstein für den Transport, war er zusammengebrochen und hatte eine halbe Stunde über Waschmaschinen gekichert.

Hearth zuckte mit den Schultern, obwohl ich in seinem Gesicht auch einen gewissen Stolz entdeckte. Er sah heute besser aus, nach einer Nacht auf der Sonnenbank. Seine schwarzen Jeans und seine Jacke waren frisch gereinigt und er trug seinen üblichen rot-weißen Schal.

Ist jetzt leichter, gebärdete er. *Ich kann zwei oder sogar drei Runen benutzen, ehe ich zusammenbreche.*

»Cool«, sagte ich.

»Was hat er gesagt?«, fragte Alex.

Ich übersetzte.

»Nur zwei oder drei?«, fragte Alex. »Ich will ja nicht unhöflich sein, aber das klingt nicht gerade viel.«

»Ist es aber«, sagte ich. »Einen Runenstein zu benutzen ist das härteste Training, von dem du je gehört hast. Stell dir einen einstündigen Nonstop-Sprint vor.«

»Na ja, ich sprinte ja eigentlich nicht, also ...«

Blitzen räusperte sich. »Äh, Magnus? Wen hast du da mitgebracht?«

»Entschuldige. Das ist Alex Fierro. Blitzen, Hearthstone. Alex ist ganz neu bei den Einherjern.«

Blitzen trug seinen Tropenhelm, deshalb konnte ich seine Miene durch den Gazeschleier nur erahnen. Aber ich war ziemlich sicher, dass es kein glückliches Grinsen war.

»Noch ein Kind des Loki«, sagte er.

»Jepp«, sagte Alex. »Und ich verspreche dir, dich nicht zu töten.«

Für Alex war das ein ziemliches Zugeständnis, aber Hearth und Blitz schienen nicht zu wissen, was sie von ihr halten sollten.

Samirah lächelte mich vielsagend an.

»Was?«, wollte ich wissen.

»Nichts.« Sie trug ihre Schuluniform, was ich ziemlich optimistisch fand, so nach dem Motto, *ich mach mal kurz einen Abstecher nach Jotunheim und bin dann zur dritten Stunde wieder da.* »Wo habt ihr euch denn rumgetrieben? Ihr seid nicht aus der Richtung von Walhalla gekommen.«

Ich berichtete von unserem Ausflug und dem Foto und der Hochzeitseinladung, die jetzt in meinem Rucksack steckten.

Sam runzelte die Stirn. »Du meinst, von dem Wasserfall kommt man zu Thryms Festung?«

»Vielleicht«, sagte ich. »Oder möglicherweise auch erst übermorgen. Wenn wir das vorher wissen, können wir diese Info vielleicht nutzen.«

Wie?, gebärdete Hearth.

»Äh, ich bin noch nicht sicher.«

Blitzen grunzte. »Ich nehme schon an, dass es möglich ist. Erdriesen können massiven Fels noch besser manipulieren als Zwerge. Sie können ihre Eingänge endlos herumschieben. Und«, er schüttelte angeekelt den Kopf, »ihre Festungen sind fast uneinnehmbar. Tunnelbau, Sprengstoff, Eruptionen göttlicher Kraft – nichts davon funktioniert. Glaub mir, das Z.I.C.I hat es versucht.«

»Das *Zitze?*«, fragte ich.

Er sah mich an, als ob er an meinem Verstand zweifelte. »Das Zwergische Infanteriecorps für Ingenieure. Was sollte das denn sonst bedeuten? Jedenfalls muss man bei Erdriesen immer den Vordereingang benutzen. Aber selbst, wenn dein Onkel wüsste, wo der sich am Hochzeitstag befinden wird, warum sollte er das verraten? Das ist der Mann, der mich erstochen hat!«

Daran brauchte ich nicht erinnert zu werden. Ich sah diese Szene immer wieder vor mir, sowie ich die Augen schloss. Ich hatte keine brauchbare Antwort für ihn, aber nun schaltete sich Alex ein. »Sollten wir nicht aufbrechen?«

Sam nickte. »Du hast recht. Stanley hat nur ein paar Minuten. Er will auch nicht mehr als drei Fluggäste tragen, deshalb dachte ich, ich könnte selbst fliegen und Hearthstone mitnehmen. Magnus, reist du dann mit Alex und Blitz auf unserem pferdischen Freund?«

Blitzen in seinem dreiteiligen marineblauen Anzug trat nervös von einem Fuß auf den anderen. Vielleicht dachte er daran, wie schrecklich sich seine und Alex' Farben beißen würden, wenn sie hintereinander auf dem Pferd säßen.

Ist schon gut, gebärdete Hearthstone in seine Richtung. *Kann nichts passieren.*

»Hmpf. Na gut.« Blitzen schaute zu mir herüber. »Aber ich reserviere mir den vorderen Platz. Nennt man das bei einem Pferd Beifahrersitz?«

Stanley wieherte und stampfte mit den Hufen auf. Ich glaube, es gefiel ihm nicht, dass hier wie bei einem Auto von Beifahrersitzen die Rede war.

Ich reichte Sam das Skofnungschwert. Blitzen gab ihr den Skofnungstein. Da beides zusammen ihre Mitgift sein sollte, fanden wir, sie hätte das Recht, sie zu tragen. Sie konnte das Schwert wegen des Zaubers nicht ziehen, aber sie würde immerhin im Notfall Leute mit dem Stein bewusstlos schlagen können.

Stanley ließ uns aufsteigen – Blitzen zuerst, Alex in der Mitte und ich hinten. Ich nannte das *den Platz, von dem du bei einem raschen Aufstieg herunterfallen und sterben wirst.*

Ich fürchtete, wenn ich mich an Alex festklammerte, würde sie mir den Kopf abschneiden oder sich in eine Rieseneidechse verwandeln und mich beißen oder so, aber sie packte meine Handgelenke und zog meine Arme um ihre Taille. »Ich bin nicht so zerbrechlich. Und auch nicht ansteckend.«

»Ich hab doch gar nichts gesagt ...«

»Halt die Klappe.«

»Ist schon zu.«

Sie roch nach Ton, wie die Töpferwerkstatt in ihrer Suite. Sie hatte zudem eine winzige Tätowierung im Nacken, die ich noch nicht bemerkt hatte – die verschlungene Doppelschlange Lokis. Als ich begriff, was ich da ansah, machte mein Magen einen vorgezogenen Sprung vom Felsen, aber ich hatte nicht viel Zeit, um mir über die Bedeutung dieser Tätowierung Gedanken zu machen.

Sam sagte: »Wir sehen uns in Jotunheim.« Sie packte Hearthstone am Arm und die beiden verschwanden in einem goldenen Blitz.

Stanleys Start war nicht so bescheiden. Er galoppierte auf die Arlington Street zu, sprang über den Zaun des Parks und rannte dann auf das Taj Hotel zu. Eine Sekunde vor dem Zusammenstoß mit der Mauer hob er ab. Die Marmorfassade des Hotels löste sich zu einer Nebelbank auf und Stanley bretterte voll mittendurch und schaffte es irgendwie, uns dabei nicht abzuwerfen. Seine Hufe trafen wieder auf den Boden auf und wir jagten durch eine bewaldete Schlucht, mit Bergen auf beiden Seiten.

Verschneite Kiefern ragten über uns auf. Kanonengraue Wolken hingen schwer und tief herab. Mein Atem verwandelte sich in Dampf.

Ich konnte gerade noch denken, *he, wir sind in Jotunheim,* da schrie Blitzen: »Deckung!«

Der nächste Sekundenbruchteil zeigte, dass ich viel schneller denken kann als reagieren. Zuerst dachte ich, Blitzen habe etwas von einer Decke gesagt. Blitzen hat es ja gern warm. Dann ging mir auf, dass er mir riet, mich zu ducken, was gar nicht leicht ist, wenn man als Hinterster von drei Leuten auf einem Pferderücken sitzt.

Dann sah ich einen riesigen Ast, der genau über unserem Weg hing. Ich begriff, dass Stanley im Spitzentempo darunter hindurchrennen würde. Selbst, wenn es für den Ast ein Warnschild gegeben hätte, hätte Stanley es ja nicht lesen können.

ZACK!

Ich fand mich auf dem Rücken liegend im Schnee wieder. Über mir schwangen Kiefernäste in verschwommenem Technicolor. Meine Zähne taten weh.

Ich schaffte es, mich aufzusetzen. Mein Blickfeld klärte sich und ich sah Alex ein Stück weiter, zusammengerollt und stöhnend auf einem Haufen Kiefernnadeln. Blitzen taumelte herum und suchte seinen Tropenhelm. Zum Glück war das Licht in Jotunheim nicht hell genug, um Zwerge zu versteinern, sonst wäre er bereits zu Stein geworden.

Unser furchtloses Reittier Stanley dagegen war verschwunden. Seine Hufspuren führten unter dem Ast hindurch und dann weiter in den Wald, soweit mein Auge reichte. Vielleicht war die Zeit, für die er herbeigerufen werden konnte, zu Ende und er war wieder nach Hause gelaufen. Oder er würde in seinem Geschwindigkeitsrausch erst nach dreißig Kilometern merken, dass er uns verloren hatte.

Blitzen fischte seinen Tropenhelm aus dem Schnee. »Blöder Gaul. Das war brutal.«

Ich half Alex auf die Füße. Eine scheußlich aussehende Wunde zog sich im Zickzack über ihre Stirn wie ein verkniffener roter Mund.

»Du blutest«, sagte ich. »Das kann ich heilen.«

Sie schlug meine Hand weg. »Mir geht's gut, Onkel Doktor, aber danke für die Diagnose.« Sie drehte sich auf unsicheren Beinen um und starrte in den Wald. »Wo sind wir?«

»Wichtiger ist«, sagte Blitz, »wo sind die anderen?«

Ich starrte wütend den Ast an, gegen den wir geprallt waren. Ich fragte mich, ob Jack ihn abhacken könnte, ehe die nächste Gruppe von armen Trotteln vorbeigeritten kam. Aber die Beschaffenheit des Astes war seltsam. Er zeigte nicht das übliche Rindenmuster, sondern bestand aus schräg verlaufenden grauen Fasern. Er verjüngte sich auch nicht, sondern krümmte sich zum Boden hinunter und wand sich dort durch den Schnee. Es war also gar kein Ast, sondern eher ... ein riesiges Kabel. Das obere Ende des Kabels wand sich am Baum hoch und verschwand dann in den Wolken.

»Was ist das denn?«, fragte ich. »Ein Baum ist das nicht.«

Links von uns bewegte sich eine riesige dunkle Gestalt, die ich für einen Berg gehalten hatte, und dröhnte. Ich erkannte mit blasenquetschender Gewissheit, dass es kein Berg war. Neben uns saß der größte Riese, den ich je gesehen hatte.

»Allerdings nicht«, dröhnte er. »Das ist mein Schnürsenkel.«

Wie hatte ich einen so riesigen Riesen übersehen können? Na ja, wenn man nicht wusste, was man da vor sich hatte, war er einfach zu groß, um erkannt zu werden. Seine Wanderstiefel waren Hügel. Seine angezogenen Knie waren Berggipfel. Sein dunkelgraues Bowlinghemd verschmolz mit dem Himmel und sein flauschiger weißer Bart sah aus wie eine Wolkenbank. Selbst im Sitzen waren die funkelnden Augen des Riesen so hoch oben, dass sie Zeppeline oder Monde hätten sein können.

»Hallo, ihr Kleinen!« Die Stimme des Riesen war tief genug, um weiche Substanzen zu verflüssigen – meine Augäpfel zum Beispiel. »Passt doch auf, wohin ihr geht!«

Er zog den rechten Fuß an. Der Ast/Schnürsenkel, gegen den wir geknallt waren, schwang durch die Kiefern, entwurzelte Büsche, zerbrach Äste und trieb verängstigte Waldwesen in die Flucht. Ein Zwölfender-Hirsch sprang aus dem Nirgendwo hervor und hätte Blitzen fast umgerannt.

Der Riese beugte sich zur Seite und sperrte das graue Licht aus. Er band sich den Schnürsenkel und summte, knüpfte eine riesige Schlinge nach der anderen, und dabei peitschten die Schnürsenkel hin und her und schlugen Schneisen der Verwüstung in den Wald.

Als der Riese dann einen soliden Doppelknoten gemacht hatte, hörte das Erdbeben auf.

Alex schrie: »Wer bist du? Und warum hast du noch nie von Klettverschlüssen gehört?«

Ich bin nicht sicher, woher sie den Mut nahm, ihn anzusprechen. Vielleicht sprach hier ihre Kopfverletzung. Ich versuchte zu entscheiden, ob Jack die Kraft hätte, einen so riesigen Riesen zu töten. Selbst wenn Jack zur Nase des Riesen hochfliegen könnte, so bezweifelte ich doch, dass seine Klinge mehr bewirken würde, als den Riesen zum Niesen zu bringen. Und das wollten wir auf keinen Fall.

Die Riesin setzte sich aufrecht und lachte. Ich fragte mich, ob es in seinen Ohren knackte, wenn er so hoch in die Stratosphäre ragte. »Ho, ho. Die grünhaarige Mücke hat Mumm! Ich heiße Winzi.«

Jetzt, wo ich genauer hinschaute, konnte ich sehen, dass der Name WINZI auf sein Hemd gestickt war, die Buchstaben sahen aus wie die des Hollywood-Schriftzugs aus der Ferne.

»Winzi«, sagte ich.

Ich ging nicht davon aus, dass er mich hören konnte, so wenig, wie ich Ameisen hören konnte, die sich stritten, aber er grinste und nickte. »Ja, du Mickerling. Die anderen Riesen ziehen mich immer auf, weil ich im Vergleich zu den meisten in Utgardlokis Palast eher klein bin.«

Blitzen wischte sich Zweige von seinem blauen Jackett. »Das ist bestimmt eine Illusion«, murmelte er uns zu. »Der kann unmöglich so groß sein.«

Alex berührte ihre blutige Stirn. »Das hier ist keine Illusion. Der Schnürsenkel hat sich ganz schön solide angefühlt.«

Der Riese streckte sich. »Na, gut, dass ihr mich geweckt habt. Ich bin dann mal weg.«

»Moment«, schrie ich. »Du kommst aus Utgardlokis Palast?«

»Hmm? Aber ja. Utgard-Bowling. Wollt ihr zufällig auch dahin?«

»Äh, ja«, sagte ich. »Wir müssen mit dem König sprechen.«

Ich hoffte, dass Winzi uns hochheben und mitnehmen würde. Das war eigentlich das Mindeste bei Reisenden, die einen Zusammenstoß mit seinem Schnürsenkel hatten.

Winzi kicherte. »Ich weiß ja nicht, wie ihr in Utgard-Bowling klarkommen wollt. Wir haben gerade ziemlich viel zu tun, weil wir alles für das Bowlingturnier morgen vorbereiten müssen. Wenn ihr es nicht mal schafft, unseren Schnürsenkeln auszuweichen, könntet ihr aus Versehen zertreten werden.«

»Das schaffen wir schon!«, sagte Alex – wieder mit viel mehr Selbstvertrauen, als ich aufbringen konnte. »Wo ist denn der Palast?«

»Gleich da vorne.« Winzi winkte nach links und verursachte dadurch ein neues Tiefdruckgebiet. »Schafft ihr in zwei Minuten.«

Ich versuchte, dass aus dem Riesischen zu übersetzen. Es bedeutete wahrscheinlich, dass der Palast an die zehn Milliarden Kilometer entfernt war.

»Du kannst uns nicht vielleicht mitnehmen?« Ich versuchte, mich nicht allzu jämmerlich anzuhören.

»Na ja«, sagte Winzi. »Ich bin euch nun wirklich keinen Gefallen schuldig, oder? Ihr müsst die Schwelle der Festung überschreiten, um Gastrecht beanspruchen zu dürfen. Dann erst müssen wir euch gut behandeln.«

»Jetzt geht das wieder los«, knurrte Blitzen.

Ich erinnerte mich, wie das mit dem Gastrecht bei unserem letzten Besuch in Jotunheim funktioniert hatte. Wenn man erst im Haus war und sich als Gast ausgab, durfte der Gastgeber einen nicht umbringen. Natürlich hatte unser Besuch damit geendet, dass wir eine ganze Riesenfamilie niedergemetzelt hatten, weil die uns wie Wanzen zerquetschen wollten, aber immerhin war alles mit auserlesener Höflichkeit vor sich gegangen.

»Außerdem«, fügte Winzi hinzu, »wenn ihr nicht aus eigener Kraft nach Utgard-Bowling gelangen könnt, habt ihr da nichts zu suchen! Die meisten Riesen sind nicht so locker drauf wie ich. Ihr müsst vorsichtig sein, ihr Kleinen. Meine größere Verwandtschaft könnte euch für unbefugte Eindringlinge oder Termiten oder so was halten. Wirklich, ich würde da wegbleiben.«

Ich hatte eine furchtbare Vision von Sam und Hearthstone, wie sie auf der Bowlingbahn landeten und mit der größten Fliegenklatsche aller Neun Welten plattgemacht wurden.

»Wir müssen aber dahin«, brüllte ich. »Wir sind mit zwei Freunden verabredet!«

»Hmmm.« Er hob den Arm und entblößte am Unterarm ein Elvis-Tattoo so groß wie der Mount Rushmore. Der Riese kratzte sich am Bart und ein einzelnes weißes Barthaar wirbelte wie ein Apache-Hubschrauber nach unten und ließ einen Atompilz aus Schnee aufsteigen. »Ich sag euch was. Ihr könnt meine Bowlingtasche tragen. Dann wissen alle, dass ihr Freunde seid. Tut mir diesen kleinen Gefallen, und ich bürge für euch bei Utgardloki. Versucht, mit mir Schritt zu halten. Wenn ihr das nicht schafft, dann müsst ihr unbedingt bis morgen früh in der Burg angekommen sein. Denn dann geht das Turnier los!«

Er stand auf und wollte aufbrechen. Ich konnte gerade noch seinen zottigen grauen Männerdutt bewundern und die riesigen gelben Wörter lesen, die quer über seinen Hemdrücken gestickt waren: *WINZIS TRUTHAHN-BOWLER*. Ich fragte mich, ob sein Team so hieß, oder vielleicht seine Firma. Ich stellte mir kathedralengroße Truthähne vor und wusste, dass die mich bis an den Rest meines Lebens in meinen Albträumen heimsuchen würden.

Dann war Winzi mit zwei Schritten hinter dem Horizont verschwunden.

Ich sah meine Freunde an. »Worauf haben wir uns da eingelassen?«

»Na, die gute Nachricht: Ich habe die Tasche gefunden«, sagte Blitzen. »Die schlechte: Ich habe die Tasche gefunden.«

Er zeigte auf einen nahe gelegenen Berg: eine kahle dunkle Felswand, die sich über zweihundert Meter zu einem weiten Gipfelplateau erhob. Aber natürlich war es kein Berg. Es war eine lederne braune Bowlingtasche.

36 PROBLEMLÖSUNG MIT EXTREM-MODE

An dieser Stelle hätten sich wohl die meisten Leute auf den Boden fallen lassen und aufgegeben. Und mit »die meisten Leute« meine ich mich.

Ich setzte mich in den Schnee und starrte die gewaltigen Felsen des Mount Bowlingtasche an. WINZIS TRUTHAHN-BOWLER war mit schwarzen Buchstaben in das braune Leder gestanzt, aber die Schrift war so verblichen, dass sie eher aussah wie Gebrauchsspuren.

»Das schaffen wir nicht«, sagte ich.

Alex' Stirn blutete jetzt nicht mehr, aber die Haut um die Wunde herum war so grün geworden wie ihre Haare, und das war kein gutes Zeichen. »Ich stimme dir ja nur ungern zu, Maggie, aber du hast recht. Das ist unmöglich.«

»Nenn mich bitte nicht Maggie«, sagte ich. »Sogar Bostonblödie ist besser.«

Alex machte ein Gesicht, als ob sie diese Information zur späteren Verwendung speicherte. »Was wettest du, dass in der Tasche eine Bowlingkugel ist? Und die wiegt vermutlich so viel wie ein Flugzeugträger.«

»Spielt das eine Rolle?«, fragte ich. »Auch wenn sie leer wäre, die Tasche ist trotzdem so groß, dass wir sie nicht bewegen können.«

Nur Blitzen sah nicht so niedergeschlagen aus. Er lief um die Tasche herum, fuhr mit den Fingern über das Leder und murmelte vor sich hin, als ob er irgendwelche Berechnungen anstellte.

»Das muss eine Illusion sein«, sagte er. »So groß kann einfach keine Bowlingtasche sein. So große Riesen gibt's nicht.«

»Die heißen ja nicht umsonst Riesen«, meinte ich. »Vielleicht könnte Hearthstone es mit Runenzauber versuchen, wenn er hier wäre, aber …«

»Kleiner, sei nicht so destruktiv«, sagte Blitz. »Ich versuche, das Problem zu lösen. Das hier ist ein Modeaccessoire. Es ist eine Tasche. Das ist mein Spezialgebiet.«

Ich wollte einwenden, dass Bowlingtaschen mit Mode ungefähr so viel zu tun hatten wie Boston mit China. Ich konnte mir nicht vorstellen, wie ein Zwerg, und sei er noch so begabt, diesen Berg von einem Problem mit ein paar geschickten Styling-Entscheidungen lösen könnte. Aber ich wollte nicht so negativ rüberkommen.

»Was hast du vor?«, fragte ich.

»Na ja, wir können die Illusion nicht einfach zerstören«, murmelte Blitz. »Wir müssen mit dem arbeiten, was wir haben, und nicht dagegen. Ich frage mich …«

Er legte das Ohr an das Leder, wie um zu horchen. Dann grinste er.

»Äh, Blitz?«, fragte ich. »Du machst mich nervös, wenn du so lächelst.«

»Die Tasche ist niemals vollendet worden. Sie hat keinen Namen.«

»Keinen Namen?«, fragte Alex. »So im Sinne von *Hallo, Tasche, ich heiße Alex. Wie heißt du?*«

Blitzen nickte. »Genau. Zwerge benennen alles, was sie herstellen. Kein Handwerksstück ist vollendet, solange es noch keinen Namen hat.«

»Ja, aber, Blitz«, sagte ich, »das hier ist eine Riesentasche! Keine Zwergentasche!«

»Es könnte aber eine sein. Verstehst du nicht? Ich vollende das Werk ja jetzt.«

Alex und ich starrten ihn an.

Er seufzte. »Wisst ihr, während ich mit Hearthstone in der konspirativen Wohnung gesessen habe, habe ich mich ziemlich gelangweilt. Ich habe mir neue Projekte überlegt. Und eins davon … Na ja, du kennst doch Hearthstones persönliche Rune, oder? *Perthro.*«

»Der leere Becher«, sagte ich. »Ja, ich erinnere mich.«

»Der was?«, fragte Alex.

Ich zeichnete die Rune in die Erde:

ᛈ

»Das bedeutet: ein Becher, der darauf wartet, gefüllt zu werden«, sagte ich. »Oder eine Person, die ausgehöhlt ist und auf etwas wartet, das ihrem Leben einen Sinn gibt.«

Alex runzelte die Stirn. »Götter, ist das deprimierend.«

»Die Sache ist die«, sagte Blitz, »dass ich über eine Perthro-Tasche nachgedacht habe – eine Tasche, die niemals gefüllt werden kann. Die Tasche würde sich immer leicht und leer anfühlen. Und vor allem, sie hätte jede Größe, die man will.«

Ich starrte zum Mount Bowlingtasche hinüber. Eine Seite ragte so hoch auf, dass verzweifelte Vögel dagegenflogen. Oder sie bewunderten die feine Handwerkskunst.

»Blitz«, sagte ich. »Dein Optimismus in allen Ehren. Aber ich muss darauf hinweisen, dass diese Tasche ungefähr so groß ist wie Nantucket.«

»Ja, ja. Ideal ist das nicht. Ich hatte gehofft, zuerst einen Prototyp erstellen zu können. Aber wenn ich die Bowlingtasche vollenden kann, indem ich ihr einen Namen gebe, eine schicke kleine Stickerei anbringe und ihr ein Kommandowort zuordne, kann ich vielleicht ihre Magie umleiten.« Er klopfte sich auf die Taschen und zog sein Nähetui hervor. »Hmmmm. Ich brauche besseres Werkzeug.«

»Ja«, sagte Alex. »Das Leder ist wahrscheinlich fast einen Meter fünfzig dick.«

»Aber«, sagte Blitz, »wir haben die beste Nähnadel aller Welten!«

»Jack«, vermutete ich.

Blitzens Augen funkelten. So aufgeregt hatte ich ihn nicht mehr erlebt, seit er die Bauchbinde aus Kettengeflecht kreiert hatte.

»Ich werde auch einige magische Zutaten brauchen«, sagte er nun. »Ihr müsst mithelfen. Ich muss einen Faden aus besonderen Fasern spinnen – etwas mit Kraft, Ausdauer und magischen Wachstumsfähigkeiten. Zum Beispiel aus dem Haar eines Sohnes von Frey.«

Ich fühlte mich, als ob er mir einen Schnürsenkel ins Gesicht gedonnert hätte. »Was hast du da gesagt?«

Alex lachte. »Wunderbare Idee. Er könnte wirklich einen ordentlichen Haarschnitt brauchen. Von wann ist deine Frisur? 1993?«

»Jetzt reicht es aber«, protestierte ich.

»Außerdem ...« Blitz musterte Alex forschend, »muss die Tasche ihre Größe ändern können, was bedeutet, dass ich den Faden mit dem Blut eines Werwesens färben muss.«

Das Lächeln verschwand aus Alex' Gesicht. »Von wie viel Blut reden wir hier?«

»Von ganz wenig.«

Sie zögerte. Vielleicht überlegte sie, ob sie ihre Garotte hervorziehen und das Blut eines Zwergs und eines Einherje anbieten sollte.

Endlich seufzte sie und krempelte ihre Flanellärmel hoch. »Na gut, Zwerg. Dann lass uns eine magische Bowlingtasche herstellen.«

37 FLEISCHMARSHMALLOWS, ÜBER DEM OFFENEN FEUER GERÖSTET

Nichts ist so toll wie ein Campingaufenthalt in einem trostlosen Wald in Jotunheim, während euer Freund Runen auf eine riesige Bowlingtasche stickt.

»Den ganzen Tag?«, klagte Alex, als Blitz abschätzte, wie lange er brauchen würde. Sie war ein bisschen verstimmt, nachdem sie von einem riesigen Schnürsenkel niedergeschlagen und mit einem Messer geschnitten worden war, um dann ihr Blut in einen Thermosbecher fließen zu lassen. »Uns rennt die Zeit davon, Zwerg!«

»Das ist mir schon klar.« Blitz klang gelassen, als ob er es mit einer Vorschulklasse in Nidavellir zu tun hätte. »Ich weiß auch, dass wir hier mitten im Reich der Riesen total ausgeliefert sind und dass Sam und Hearthstone nicht aufgetaucht sind, was mich wahnsinnig macht. Aber unsere einzige Chance, sie zu finden und die Informationen zu bekommen, die wir brauchen, liegt darin, dass wir zu Utgardlokis Palast gelangen. Und die einzige Möglichkeit, das lebend zu schaffen, ist, dass wir diese Tasche verzaubern. Also, wenn du keinen schnelleren Weg weißt: Ja, ich werde den ganzen Tag brauchen. Vielleicht werde ich auch die Nacht durcharbeiten müssen.«

Alex runzelte verärgert die Stirn, aber gegen Blitzens Logik konnte man so wenig anargumentieren wie gegen sein Modebewusstsein. »Was sollen wir also tun?«

»Bringt mir etwas zu essen und Wasser«, sagte Blitz. »Haltet Wache, vor allem in der Nacht, damit ich nicht von Trollen gefressen werde. Drückt die Daumen, dass Sam und Hearthstone in der Zwischenzeit auftauchen. Und Magnus, leih mir mal dein Schwert.«

Ich rief Jack, der nur zu gern helfen wollte.

»Ach, Nähen?« Die Runen auf seiner Schneide glühten vor Erregung. »Das erinnert mich an das Große Isländische Wettnähen im Jahre 886 n. Chr. Frey und ich haben sie alle vom Platz gefegt. Eine Menge Krieger ging weinend nach Hause, weil wir ihre Stopffähigkeiten so nachdrücklich übertrumpft hatten.«

Ich beschloss, keine Fragen zu stellen. Je weniger ich über die Näh-Siege meines Vaters wusste, umso besser.

Während Blitz und Jack ihre Strategie besprachen, schlugen Alex und ich unser Lager auf. Auch Alex hatte Ausrüstung mitgebracht, und im Nu hatten wir an einer ebenen Stelle zwei kleine Zelte aufgestellt und eine Feuerstelle mit Steinen umlegt.

»Du hast offenbar schon oft gezeltet«, bemerkte ich.

Sie zuckte mit den Schultern und legte Reisig als Anzündholz zurecht. »Ich bin gern draußen. Ich und einige Leute aus meiner Töpferwerkstatt in Brookline Village sind oft in die Berge gegangen, nur um wegzukommen.«

Sie packte sehr viel in das letzte Wort: *wegzukommen.*

»Eine Töpferwerkstatt?«, fragte ich.

Sie runzelte die Stirn, als ob sie hinter der Frage Sarkasmus vermutete. Vielleicht hatte sie schon zu oft blöde Sprüche gehört wie: *Du töpferst also? Ach, wie hübsch. Als ich klein war, hab ich auch gern mit Knetgummi gespielt.*

»Die Werkstatt war der einzige sichere Ort für mich«, sagte sie. »Ich durfte da schlafen, wenn zu Hause alles zu schlimm war.«

Sie zog eine Streichholzschachtel aus ihrem Rucksack. Ihre Finger wirkten unsicher, als sie ein paar herausnahm. Die Wunde auf ihrer Stirn war jetzt von einem noch dunkleren Grün, aber noch immer weigerte sie sich, sich von mir heilen zu lassen.

»Die Sache mit Ton ist die«, sagte sie, »er kann jede Gestalt annehmen. Ich muss nur entscheiden, welche für jedes Stück die beste ist. Ich … höre irgendwie darauf, was der Ton will. Ich weiß, das klingt blöd.«

»Du sagst das zu jemandem, der ein sprechendes Schwert hat.«

Sie schnaubte. »Da hast du sicher recht, aber …« Die Streichhölzer fielen ihr aus der Hand. Sie sank zu Boden und ihr Gesicht war plötzlich kalkweiß.

»He!« Ich rannte zu ihr hinüber. »Du *musst* mich deine Kopfwunde heilen lassen. Die Götter allein wissen, was für Bakterien auf Winzis Schnürsenkel saßen, und du hast für Blitzens Kunstgewerbeprojekt Blut gespendet, das war bestimmt auch nicht gerade hilfreich.«

»Nein, ich will nicht …« Sie geriet ins Stocken. »Ich habe einen Erste-Hilfe-Kasten im Rucksack. Ich kann doch einfach …«

»Ein Erste-Hilfe-Kasten hilft hier nicht weiter. Was wolltest du gerade sagen?«

Alex berührte ihre Stirn und zuckte zusammen. »Nichts.«

»Du hast gesagt, ›ich will nicht‹ …«

»Das hier will ich nicht!«, fauchte sie. »Du steckst deine Nase in meine Angelegenheiten. Samirah hat mir gesagt, wenn du Leute heilst – wie den Elfen oder Hearthstone –, dann gehst du in ihre Köpfe, siehst alles Mögliche. Das will ich nicht.«

Ich wandte mich ab und meine Finger wurden taub. In der Feuerstelle zerfiel Alex' Reisigpyramide. Ihre Streichhölzer bildeten ein runenähnliches Muster, aber falls es etwas bedeutete, dann konnte ich es nicht lesen.

Ich dachte an etwas, das Halbgeboren Gunderson mir einmal über Wolfsrudel erzählt hatte: Jeder Wolf versucht, seine Grenzen im Rudel auszudehnen. Immer wieder versuchen sie herauszufinden, wo sie in der Hierarchie stehen – wo sie schlafen können, wie viel sie von einer frisch geschlagenen Beute fressen dürfen. So machen sie weiter, bis der Alphawolf sie anknurrt und sie daran erinnert, wo ihr Platz ist. Mir war nicht klar gewesen, dass ich meine Rolle auszudehnen versuchte, aber ich war gerade auf erstklassige Alphawolf-Weise angeknurrt worden.

»Ich ... ich habe eigentlich keinen Einfluss darauf, was passiert, wenn ich jemanden heile.« Ich war überrascht darüber, dass meine Stimme noch funktionierte. »Bei Hearth musste ich sehr viel Kraft aufwenden. Er war fast tot. Ich glaube nicht, dass ich bei dir viel lesen könnte, während ich eine entzündete Wunde heile. Ich werde versuchen, nichts zu sehen. Aber wenn du nicht bald geheilt wirst ...«

Sie starrte den Verband an, wo Blitzen Blut aus ihrem Arm entnommen hatte.

»Ja. Ja, okay. Nur ... nur die Stirn heilen. Nichts im Kopf.«

Ich berührte ihre Stirn. Sie glühte vor Fieber. Ich rief die Macht des Frey an und Alex keuchte. Sofort schloss sich ihre Wunde. Die Haut wurde kühler. Ihre Farbe wurde wieder normal.

Meine Hände leuchteten fast gar nicht. Dass wir in der Wildnis waren, umgeben von Natur, machte das Heilen offenbar leichter.

»Ich habe nichts gesehen«, sagte ich beruhigend zu Alex. »Du bist noch immer ein Mysterium, wie ein in Flanell gewickeltes Fragezeichen.«

Sie atmete auf und produzierte ein Geräusch zwischen einem Lachen und einem Seufzer der Erleichterung. »Danke, Magnus. Und jetzt könnten wir vielleicht endlich das Feuer anzünden.«

Sie nannte mich nicht Maggie oder Bostonblödie, und ich beschloss, das als Friedensangebot aufzufassen.

Als wir dann ein schönes Feuer zu Stande gebracht hatten, versuchten wir herauszufinden, wie wir Fadlans Falafel am besten über offener Flamme aufwärmen konnten. Wir lernten eine wichtige Lektion: Man kann aus Lammfleisch und Kichererbsenbratlingen keine Marshmallows machen. Wir aßen vor allem die Schokolade aus Onkel Randolphs Haus.

Blitz war fast den ganzen Morgen damit beschäftigt, auf einer zusammenklappbaren Reisespindel seinen magischen Faden herzustellen. (Natürlich hatte er eine Reisespindel in seinem Rucksack. Wieso auch nicht?) Jack flog derweil an der Seite der Bowlingtasche hoch und nieder und bohrte Löcher für das Muster, das Blitz ihn nähen lassen wollte.

Alex und ich hielten Wache, aber es passierte nichts Besonderes. Sam und Hearthstone ließen sich nicht blicken. Keine Riesen standen uns in der Sonne oder zerstörten den Wald mit ihren offenen Schnürsenkeln. Das Gefährlichste, das wir entdeckten, war ein rotes Eichhörnchen auf einem Ast über unserem Lagerfeuer. Es stellte vermutlich keine Bedrohung dar, aber seit meiner Begegnung mit Ratatosk wollte ich kein Risiko eingehen. Ich behielt es im Auge, bis es in einen anderen Baum sprang.

Am Nachmittag wurde die Sache dann spannender. Nachdem wir Blitz ein Mittagessen serviert hatten, machten er und Jack sich an die eigentliche Näharbeit. Auf irgendeine Weise – äh, vielleicht Magie? – hatte Blitz aus meinem Haar, Alex Fierros Blut und Fäden aus seiner eigenen Weste einen ganzen Haufen schimmerndes rotes Garn gesponnen. Blitz band ein Fadenende an Jacks Griff und Jack flog über einer Seite der Tasche hin und her, tauchte in die Tasche ein und wieder auf wie ein Delfin und hinterließ eine Fährte aus leuchtenden Stichen. Beim Zusehen musste ich daran denken, wie wir den Fenriswolf verschnürt hatten ... eine Erinnerung, auf die ich eigentlich keinen Wert legte.

Blitzen rief Anweisungen: »Links, Jack! Lass den Stich aus. Okay, und jetzt ein Rückstich! Und mach mir an das Ende da einen Hexenstich.«

Alex knabberte an einem Schokoriegel. »Hexenstich?«

»Ich hab keine Ahnung«, gab ich zu.

Vielleicht fühlte Alex sich durch die Näherei inspiriert, jedenfalls zog sie ihre Garotte aus den Gürtelschlaufen. Sie kratzte mit dem Draht den eisigen Matsch von ihren Stiefelsohlen.

»Warum diese Waffe?«, fragte ich. »Sag einfach, wenn ich die Klappe halten soll.«

Alex grinste mich an. »Ist schon gut. Das war mal ein Tonschneider.«

»Tonschneider. Also so ein Draht, mit dem du einen Tonklumpen zerschneidest.«

»Donnerwetter! Hast du das ganz allein herausgefunden?«

»Ha, ha. Ich vermute aber, die meisten Tonschneider sind nicht für den Nahkampf gebaut?«

»Eher nicht. Meine M...« Sie zögerte. »Loki hat mich eines Tages in der Werkstatt besucht. Er wollte mich beeindrucken, mir klarmachen, was er alles für mich tun könnte. Er hat mich Zauber gelehrt, mit denen ich eine magische Waffe herstellen konnte. Ich wollte ihm nicht die Befriedigung geben, dass er mir half. Also habe ich seinen Zauber bei dem blödesten, harmlosesten Ding ausprobiert, das ich überhaupt finden konnte. Ich hätte nicht gedacht, dass ein Draht mit zwei Holzgriffen am Ende jemals eine Waffe sein könnte.«

»Und doch ...«

Alex zeigte auf einen Felsblock in der Nähe – einen riesigen Granitbrocken von Klaviergröße. Sie hielt das eine Ende der Garotte in der Hand wie eine Peitsche und holte aus. Der Draht wurde im Flug länger und das andere Ende wickelte sich fest um den Felsblock. Alex riss ihn zu sich und die obere Hälfte des Felsens glitt mit einem knirschenden Geräusch, das klang wie ein Deckel, der von einem Tonkrug gezogen wird, von der unteren.

Der Draht flog zurück in Alex' Hand.

»Ziemlich gut.« Ich versuchte, meine Augen nicht aus den Höhlen springen zu lassen. »Kann das Ding auch Pommes machen?«

Alex murmelte etwas über blöde Kerle, aber ich bin sicher, das hatte nichts mit mir zu tun.

Das Licht des Nachmittags schwand rasch. Drüben bei der Bowlingtasche arbeiteten Blitz und Jack noch immer an ihrer Eintrittskarte zum Großen Jotunheimer Nähwettbewerb. Die Schatten wurden länger. Die Temperatur sank. Das merkte ich, weil Blitz mir die Haare ziemlich energisch geschoren hatte und mein nackter Hals jetzt fror. Ich war dankbar dafür, dass es hier keinen Spiegel gab, der mir die Verwüstung zeigen konnte, die Blitz auf meinem Kopf hinterlassen hatte.

Alex warf noch einen Ast ins Feuer. »Du kannst einfach fragen.«

Ich fuhr zusammen. »Wie bitte?«

»Du möchtest mich nach Loki fragen«, sagte Alex. »Warum ich sein Symbol in meine Tongefäße ritze, warum ich dieses Tattoo habe. Du möchtest wissen, ob ich für ihn arbeite.«

Diese Fragen waren mir wirklich im Hinterkopf herumgespukt, aber ich begriff nicht, woher Alex das wusste. Ich fragte mich, ob meine heilende Berührung vielleicht nach hinten losgegangen war. Vielleicht hatte ich Alex in *meinen* Kopf blicken lassen.

»Ja, das macht mir schon zu schaffen«, gab ich zu. »Du tust so, als ob du Loki nicht leiden könntest ...«

»Kann ich auch nicht.«

»Warum dann sein Symbol?«

Alex verschränkte die Hände im Nacken. »Dieses Muster, die beiden verschlungenen Schlangen? Die werden meistens die Schlangen von Urnes genannt, nach irgendeinem Ort in Norwegen. Und sie sind nicht zwangsläufig ein Symbol für Loki.« Sie verschränkte die Finger und wackelte damit. »Die Schlangen symbolisieren Veränderung und Flexibilität. Anpassungsfähigkeit. Irgendwann wurden sie dann als Symbol für Loki benutzt, und Loki war das nur recht. Aber ich finde ... wieso darf Loki dieses coole Symbol einfach an sich reißen? Es gefällt mir. Ich eigne es mir an. Er kann das Symbol für Veränderung ebenso wenig besitzen, wie er mich besitzt. Nach Helheim damit, was andere denken.«

Ich sah zu, wie in den Flammen ein weiteres Stück Holz zerbrach; ein Schwarm von orangen Funken stob aus der Grube empor. Mir fiel mein Traum von Alex' Suite ein; Loki, der sich in eine rothaarige Frau verwandelte. Ich dachte an das Zögern in Alex' Stimme, wenn sie über Loki als einen Elternteil sprach.

»Du bist wie das achtbeinige Pferd«, ging mir nun auf.

Alex runzelte die Stirn. »Stanley?«

»Nein, das ursprüngliche achtbeinige Pferd. Wie hieß es doch noch gleich? Sleipnir? Mallory Keen hat mir die Geschichte erzählt, dass Loki sich in eine prachtvolle Stute verwandelt hat, um den Hengst eines Riesen wegzulocken. Und dann ... wurde Loki schwanger. Er – sie brachte Sleipnir zur Welt.« Ich schaute zu Alex hinüber und sah sehr genau, dass die Garotte über ihren Oberschenkeln lag. »Loki ist nicht dein Vater, oder? Er ist deine Mutter.«

Alex starrte mich nur an.

Ich dachte: So, und jetzt kommt der Draht. Lebt wohl, Glieder. Leb wohl, Kopf.

Sie überraschte mich mit einem verstimmten Lachen. »Mir scheint, der Haarschnitt hat deine Denkfähigkeit verbessert.«

Ich unterdrückte den Wunsch, meine abgeschnippelten Locken zu befühlen. »Ich habe also recht?«

»Ja.« Sie spielte an ihren glitzernden Schnürsenkeln herum. »Ich wünschte, ich hätte das Gesicht meines Dad sehen können, als er es erfahren hat. Wenn ich das richtig verstanden habe, hatte Loki sich in die Sorte Frau verwandelt, die meinem Dad gefällt. Mein Dad war schon verheiratet, aber das war für ihn nie ein Hindernis. Er war daran gewöhnt, zu bekommen, was er wollte. Er hatte also eine Affäre mit dieser rothaarigen Wucht. Neun Monate später stand Loki mit einem kleinen Kind als Geschenk auf der Matte.«

Ich versuchte, mir Loki in seiner üblichen schneidigen Gestalt vorzustellen, vielleicht in einem grünen Smoking, wie er an der Tür einer teuren Villa in den Vororten klingelt. *Hallo, ich war die Dame, mit der du dir einen Seitensprung gegönnt hast. Hier ist unser Kleines.*

»Und wie hat deine sterbliche Mom reagiert?«, fragte ich. »Ich meine, die Frau deines Dad … ich meine, deine Stiefmutter.«

»Das ist verwirrend, was?« Alex warf wieder ein Stück Holz ins Feuer. »Meine Stiefmutter war gar nicht begeistert. Ich wurde bei zwei Elternteilen groß, die mich beide nicht leiden konnten und denen ich peinlich war. Und dann war da noch Loki, der zu den unmöglichsten Zeiten auftauchte und mich erziehen wollte.«

»Mann«, sagte ich.

»*Frau,* jedenfalls heute«, korrigierte Alex.

»Nein, ich meine …« Ich unterbrach mich, denn mir war aufgegangen, dass sie mich aufzog. »Was ist dann passiert? Wann bist du von zu Hause abgehauen?«

»Vor zwei Jahren so ungefähr. Und was passiert ist? Sehr viel.«

Diesmal erkannte ich den warnenden Ton in ihrer Stimme. Ich fragte lieber nicht nach weiteren Einzelheiten.

Dennoch ... Alex war ungefähr zu der Zeit obdachlos geworden, als meine Mom gestorben war, zu der Zeit, als ich auf der Straße gelandet war. Das kam mir nicht vor wie ein Zufall.

Ehe ich einen Rückzieher machen konnte, platzte ich heraus: »Hat *Loki* dich aufgefordert mitzukommen?«

Sie starrte mir in die Augen. »Wie meinst du das?«

Ich erzählte ihr von meinem Traum, wie sie ihren Vater (ihre Mutter) mit Tongefäßen bewarf und Loki sagte: *Das ist doch wohl nicht zu viel verlangt.*

Es war jetzt ganz dunkel, auch wenn ich nicht sicher war, wann das passiert war. Im Feuerschein schien Alex' Gesicht sich immer wieder zu verändern. Ich versuchte, mir zu sagen, dass es ihr Loki-Teil war, der sich da zeigte. Es war einfach nur Veränderung, Flexibilität. Diese zuckenden Schlangen an ihrem Hals waren durch und durch harmlos.

»Du hast da was missverstanden«, sagte Alex. »Er hat mir befohlen, das *nicht* zu tun.«

Ein seltsames pulsierendes Geräusch füllte meine Ohren. Mir ging auf, dass es mein eigener Herzschlag war. »Warum könnte Loki das wollen? Und ... worüber hast du gestern Nacht mit Sam gesprochen? Was war das für ein Plan?«

Sie wickelte sich die Garotte um die Hände. »Vielleicht findest du es heraus, Magnus. Und übrigens, wenn du jemals wieder in deinen Träumen bei mir herumspionierst ...«

»Leute!«, schrie Blitzen von der Bowlingtasche herunter. »Seht euch das mal an!«

38 WÜRDEST DU JEMALS IM LEBEN BLITZENS PASSWORT ERRATEN?

Jack schwebte stolz neben seiner Handarbeit.

Heißt es überhaupt Handarbeit, wenn man keine Hände hat?

Mehrere Zeilen in leuchtender Runenschrift waren auf die Seite der Tasche gestickt.

»Was steht da?«, fragte Alex.

»Ach, das sind nur technische Runen.« Blitzens Augen waren von zufriedenen Fältchen umgeben. »Magische Nuten und Bolzen, Bedingungen und Garantien, die Hinweise für den Endverbraucher. Aber da unten steht: *LEERLEDER, eine Tasche, vollendet von Blitzen, Sohn der Freya. Jack hat geholfen.*«

»Das habe ich geschrieben«, rief Jack stolz. »Ich habe geholfen!«

»Gute Arbeit, Kumpel«, sagte ich. »Also ... wie funktioniert das nun?«

»Das werden wir gleich erfahren.« Blitzen rieb sich eifrig die Hände. »Ich werde jetzt das geheime Kommandowort sagen. Dann wird diese Tasche entweder auf eine tragefreundliche Größe schrumpfen oder – also, ich bin sicher, sie wird schrumpfen.«

»Noch mal zurück zu dem *oder*«, sagte Alex. »Was könnte passieren?«

Blitzen zuckte mit den Schultern. »Na ja ... es besteht eine geringe Gefahr, dass die Tasche sich ausweitet und den größten Teil dieses Kontinents bedeckt. Nein, nein, schon gut. Ich bin sicher, ich habe alles richtig gemacht. Jack war sehr sorgfältig, als ich ihm befohlen habe, die Runen in Rückstichen anzubringen.«

»Rückstiche sollte ich machen?« Jack leuchtete gelb auf. »War nur ein Witz. Klar, ich war überaus rückstichig.«

Ich war da nicht so zuversichtlich. Andererseits würde ich, wenn sich die Tasche zu kontinentaler Größe ausdehnte, nicht mehr lange genug leben, um mich zu grämen.

»Okay«, sagte ich. »Wie lautet das Passwort?«

»Nicht!«, schrie Blitzen.

Die Bowlingtasche erbebte. Der gesamte Wald zitterte. Die Tasche sank so rasch in sich zusammen, dass mir von dem Wechsel der Perspektive fast schlecht geworden wäre. Der Lederberg war verschwunden. Zu Blitzens Füßen stand eine normal große Bowlingtasche.

»JAWOLL!« Blitzen hob sie auf und schaute hinein. »Drinnen liegt eine Bowlingkugel, aber die Tasche fühlt sich total leer an. Jack, wir haben es geschafft!«

Sie machten High Five – oder High One, da Jacks Schneide ja keine Finger hatte.

»Moment mal ...«, sagte Alex. »Ich meine ... gute Arbeit und so. Aber hast du wirklich *Passwort* als Passwort genommen?«

»NICHT!« Blitz schleuderte die Bowlingtasche in den Wald wie eine Handgranate. Sofort wuchs sie wieder zu Berggröße heran und löste eine Flutwelle aus zerfetzten Bäumen und verängstigten Tieren aus. Die unzuverlässigen Eichhörnchen taten mir fast leid.

»Ich hatte es eilig«, schnaubte Blitzen. »Ich kann das P ... das Kommandowort nachher noch ändern, aber dafür brauche ich mehr Faden und mehr Zeit. Für den Moment, könntet ihr bitte vermeiden, das ... ihr wisst schon, das *Wort* zu sagen?«

Er sagte das *Wort*. Die Tasche schrumpfte auf Normalgröße.

»Das hast du großartig gemacht, Mann«, sagte ich. »Und, Jack ... schöne Stiche.«

»Danke, *Señor.* Ich bin hin und weg von deiner abgesäbelten Frisur! Jetzt siehst du nicht mehr so aus wie dieser Typ von Nirvana. Eher wie, ich weiß nicht ... Johnny Rotten? Oder eine blonde Joan Jett?«

Alex brach zusammen. »Wieso kennst du diese Leute überhaupt? T. J. hat mir gesagt, dass du tausend Jahre auf dem Grund eines Flusses gelegen hast.«

»Hab ich auch, aber ich habe alles nachgeholt.«

Alex kicherte. »Joan Jett!«

»Haltet einfach beide die Klappe«, knurrte ich. »Wer hat Lust auf eine Runde Bowling?«

Niemand hatte Lust auf eine Runde Bowling.

Blitzen kroch in eins der Zelte und brach vor Erschöpfung zusammen. Dann beging ich den Fehler, Jack wieder zum Anhänger werden zu lassen, und brach meinerseits vor Erschöpfung zusammen, und zwar mit einem Gefühl, als ob ich den ganzen Tag auf Felsen herumgekraxelt wäre.

Alex versprach, Wache zu halten. Ich glaube jedenfalls, dass sie das sagte. Sie hätte auch sagen können, *ich werde Loki zu uns einladen und euch alle im Schlaf ermorden, HAHAHAHAHA*, und ich wäre trotzdem in Tiefschlaf versunken.

Ich träumte von Delfinen, die glücklich durch ein Meer aus Leder sprangen.

Ich erwachte, als der Himmel von Dunkel zu Kohlpechrabenschwarz wechselte, und bestand darauf, dass sich auch Alex für einige Stunden aufs Ohr legte. Als wir dann alle drei aufgestanden waren, gegessen und unser Lager abgebrochen hatten, war der Himmel eine dicke Decke aus schmutzigem Grau.

Fast vierundzwanzig Stunden verloren. Samirah und Hearthstone waren noch immer verschollen. Ich versuchte, sie mir in Sicherheit am Feuer bei Utgardloki vorzustellen, wo sie Geschichten austauschten und gut verpflegt wurden. Stattdessen stellte ich mir eine Bande von Riesen am Feuer vor, die sich über die köstlichen Sterblichen unterhielten, die sie in der vergangenen Nacht verschlungen hatten.

Hör auf damit, sagte ich zu meinem Gehirn.

Außerdem ist morgen die Hochzeit, sagte mein Gehirn.

Hau ab aus meinem Kopf!

Mein Gehirn weigerte sich, aus meinem Gehirn abzuhauen. Manche Gehirne nehmen aber auch gar keine Rücksicht!

Wir wanderten durch die Schlucht und versuchten, die Richtung beizubehalten, in die Winzi gezeigt hatte. Man sollte meinen, wir hätten einfach seinen Fußspuren folgen können, aber es war schwer, sie von den natürlichen Tälern und Abgründen zu unterscheiden.

Nach ungefähr einer Stunde konnten wir unser Ziel sehen. Auf einem gewaltigen Felsen in der Ferne erhob sich eine Art kastenförmiges Lagerhaus. Der aufblasbare Godzilla war verschwunden (wahrscheinlich kostete es ein Vermögen, so ein Ding einen Tag lang zu mieten), aber noch immer flimmerte das Neonschild: UTGARD-BOWLING. Die Buchstaben leuchteten zuerst einer nach dem anderen auf, dann alle zusammen und dann mit Glitzerrand – alles nur, damit man nicht das einzige Neonschild auf dem höchsten Felsen in Jotunheim verpasste.

Wir trotteten einen kurvenreichen Pfad hoch, der wie geschaffen war für riesige Esel, für kleine Sterbliche aber eher nicht. Der kalte

Wind warf uns hin und her. Meine Füße taten mir weh. Zum Glück hatten wir Blitzens magische Bowlingtasche, denn die ausgewachsene Version den Felsen hochzuschleppen wäre unmöglich gewesen und hätte echt keinen Spaß gemacht.

Als wir oben angekommen waren, ging mir erst auf, wie riesig Utgard-Bowling wirklich war. Das Gebäude an sich hätte fast für die gesamte Bostoner Innenstadt Platz geboten. Die kastanienbraune gepolsterte Doppeltür war mit Messinggriffen besetzt, von denen jeder so groß war wie ein durchschnittliches Haus mit vier Zimmern. In den verdreckten Fenstern leuchtete Neonreklame für Met und Limo. An die Pfosten draußen waren gewaltige Reittiere angebunden: Pferde, Widder, Yaks, und, ja, Esel – jeder ungefähr von der Größe des Kilimandscharo.

»Keine Angst«, murmelte Blitz vor sich hin. »Das ist genau wie eine Zwergenbar. Nur … größer.«

»Wie gehen wir jetzt vor?«, fragte Alex. »Direkter Frontalangriff?«

»Ha, ha«, sagte ich. »Sam und Hearth sind vielleicht da drinnen, also halten wir uns an die Spielregeln. Wir bitten um Gastrecht. Versuchen zu verhandeln.«

»Und wenn das nicht hilft«, sagte Blitz, »dann improvisieren wir.«

Alex, die total auf Veränderung und Flexibilität stand, sagte: »Beknackter Vorschlag.« Dann sah sie mich stirnrunzelnd an. »Außerdem musst du mir einen ausgeben, weil du von mir geträumt hast.«

Sie marschierte auf den Eingang zu.

Blitzen hob die Augenbrauen. »Möchte ich das genauer wissen?«

»Nein«, sagte ich. »Möchtest du nicht.«

An den Türen vorbeizukommen war kein Problem. Wir gingen

einfach darunter hindurch und brauchten nicht einmal die Köpfe einzuziehen.

Drinnen befand sich die größte, überfüllteste Bowlingbahn, die ich je gesehen hatte.

Links an der Bar hingen zwanzig bis dreißig Riesen von Größe der Freiheitsstatue herum, sie saßen auf Hockern, die sehr schöne Hochhäuser abgegeben hätten. Die Riesen trugen Bowlinghemden in Neonfarben, die sie bestimmt in der Disco-Ära aus einem Laden der Heilsarmee gestohlen hatten. An ihren Gürteln hingen massenweise Messer, Äxte und Stachelkeulen. Sie lachten und beleidigten sich gegenseitig und leerten Metbecher, die sämtliche Felder in Kalifornien ein Jahr lang hätten bewässern können.

Ich fand es noch ein bisschen früh für Met, aber vielleicht zechten diese Typen ja schon seit 1999. Das war jedenfalls das Lied, das gerade aus den Lautsprechern dröhnte.

Zu unserer Rechten standen Spielautomaten, an denen weitere Riesen Flipper und *Riesen-Pac-Man* spielten. Hinten im Raum, ungefähr so weit entfernt wie, zum Beispiel, Boston von New Hampshire, hatten sich noch mehr Riesen zu viert oder fünft vor den Bowlingbahnen versammelt, und alle trugen knallige Overalls und Bowlingschuhe aus Wildleder. Ein Banner an der Rückwand hatte die Aufschrift: UTGARD BOWLING SUPERTURNIER! WILLKOMMEN U.B.S.T.-Mitspieler.

Einer der Riesen warf eine Kugel. Donner dröhnte, als die Kugel über die Bahn rollte. Der Boden bebte und ich wurde durchgerüttelt wie ein Aufziehhase.

Ich hielt Ausschau nach Winzi in seinem grauen Hemd, konnte ihn aber nicht entdecken. Winzi hätte eigentlich leicht zu sehen sein müssen, aber vom Boden aus betrachtet waren einfach zu viele Hindernisse im Weg.

Dann öffnete sich eine Schneise in der Menge. Auf der anderen Seite des Raumes entdeckte ich einen Riesen, den ich noch viel weniger sehen wollte als Winzi, und er starrte mich an. Er saß in einem hohen Ledersessel auf einer Tribüne, von der er alle Bowlingbahnen überblickte, wie ein Schiedsrichter oder der Bahnwart. Sein Bowlinghemd war aus Adlerfedern genäht und seine Hose war aus braunem Polyester. Seine mit Eisen beschlagenen Stiefel sahen aus wie aus recycelten Zerstörern aus dem Zweiten Weltkrieg hergestellt. Ein goldener mit Blutsteinen besetzter Thanenring umschloss seinen Unterarm.

Sein Gesicht war kantig und auf eine grausame Weise gut aussehend. Glatte kohlschwarze Haare fielen ihm bis auf die Schultern. Seine Augen funkelten vor Belustigung und Bosheit. Bei der Wahl zum Mr Jotunheim wäre er mindestens unter die ersten zehn gekommen. Obwohl er ungefähr dreißig Meter größer war als bei unserer letzten Begegnung, erkannte ich ihn sofort.

»Der Große«, sagte ich.

Ich bin nicht sicher, wie er meine Piepsstimme durch das ganze Chaos hören konnte, aber er nickte, als ob er mich erkannt hätte.

»Magnus Chase!«, schrie er. »Wie schön, dass du kommen konntest!«

Die Musik verstummte und die Riesen an der Bar drehten sich um und starrten uns an. Der Große hob die Faust, als wolle er mir ein Mikrofon hinhalten. Zwischen seinen Fingern hingen, wie winzige Puppen, Figuren, Samirah und Hearthstone.

39 ELVIS HAT DIE BOWLINGTASCHE VERLASSEN

»Wir fordern Gastrecht«, schrie ich. »Utgardloki, lass unsere Freunde frei!«

Ich fand das ganz schon mutig von mir, schließlich standen wir vor einer schwerbewaffneten, schlecht angezogenen Freiheitsstatuen-Versammlung.

Die Riesen lachten.

Einer an der Bar schrie: »Was hast du gesagt? Lauter!«

»Ich habe gesagt ...«

Der Barmann drehte »1999« wieder auf und meine Stimme ertrank im Lärm. Die Riesen heulten vor Schadenfreude.

Ich sah Blitzen stirnrunzelnd an. »Du hast gesagt, Taylor Swift sei Zwergenmusik ... bedeutet das, dass Prince ein Riese war?«

»Hä?« Blitzen starrte die ganze Zeit Hearthstone an, der noch immer gefangen in Utgardlokis Faust zappelte. »Nein, Kleiner. Das bedeutet nur, dass Riesen einen guten Musikgeschmack haben. Meinst du, Jack könnte unsere Freunde aus der Hand des Riesen schneiden?«

»Ehe Utgardloki sie zerquetscht? Wohl kaum.«

Alex wickelte sich die Garotte um die Hand, obwohl ich mir nicht vorstellen konnte, was das helfen sollte, außer, sie wollte die Zahnzwischenräume der Riesen säubern. »Was ist unser Plan?«

»Ich arbeite daran.«

Endlich zog sich Utgardloki einen Finger über die Kehle (nicht meine Lieblingsgeste). Wieder verstummte die Musik. Die Riesen kamen zur Ruhe.

»Magnus Chase, wir haben euch schon erwartet.« Utgardloki grinste. »Was deine Freunde angeht, die sind keine Gefangenen. Ich habe sie nur hochgehoben, damit sie sehen könnten, dass ihr da seid. Ich bin sicher, sie sind überglücklich!«

Sam sah nicht gerade überglücklich aus. Sie verdrehte die Schultern bei dem Versuch, sich zu befreien, und ihre Miene machte deutlich, dass sie gern alle umgebracht hätte, die ein Bowlinghemd trugen, und dazu noch etliche, die das nicht taten.

Was Hearth anging: Ich wusste, wie schrecklich es für ihn war, wenn seine Hände festgehalten wurden. Er konnte nicht kommunizieren, konnte keine Zauber legen. Die kalte Wut in seinen Augen erinnerte mich an seinen Vater, Mr Alderman, und diese Ähnlichkeit gefiel mir überhaupt nicht.

»Lass sie runter«, sagte ich. »Wenn sie wirklich keine Gefangenen sind.«

»Wie du willst.« Utgardloki stellte Sam und Hearth auf den Tisch. Sie waren nicht mal so groß wie die Metbecher der Riesen. »Wir haben sie wirklich freundlich aufgenommen, während wir auf euer Eintreffen warteten. Winzi hat erwähnt, dass ihr spätestens heute Morgen seine Bowlingtasche bringen würdet. Ich dachte schon, ihr würdet es nicht schaffen.«

So, wie er sich ausdrückte, klang es wie ein Austausch von Geiseln. Ein kaltes, schweres Gefühl breitete sich in meinem Bauch aus. Ich fragte mich, was Sam und Hearth passiert wäre, wenn wir nicht mit der Tasche aufgetaucht wären. Wir hatten sie vierundzwanzig Stunden hier in Gefangenschaft warten lassen, und vermutlich hatten sie sich die ganze Zeit gefragt, ob wir überhaupt noch am Leben waren.

»Wir haben die Tasche!«, sagte ich. »Keine Sorge.«

Ich stupste Blitzen an.

»Äh, genau!« Blitzen trat vor und hob seine Kreation hoch. »Hier seht ihr Leerleder, bald berühmt unter den Bowlingtaschen, vollendet von Blitzen von Freya! Und Jack hat geholfen!«

Unser alter Freund Winzi bahnte sich einen Weg durch die Menge. Sein graues Hemd war von Metspritzern übersät. Sein grau melierter Männerdutt hatte sich geöffnet. Wie er uns schon gesagt hatte, sah er im Vergleich zu den anderen Riesen im Saal wirklich winzig aus.

»Was habt ihr mit meiner Tasche gemacht?«, rief er. »Habt ihr die mit dem richtigen Programm gewaschen? Die ist doch total eingelaufen!«

»Wie gut«, höhnte ein anderer Riese.

»Klappe halten, Hugo«, schrie Winzi.

»Keine Angst!«, versprach Blitzen, aber seine Stimme demonstrierte, wie Angst sich anhört. »Ich kann der Tasche ihre normale Größe zurückgeben. Aber zuerst muss euer König mir versichern, dass uns Gastrechte gewährt werden – uns dreien und unseren Freunden dort auf dem Tisch.«

Utgardloki grinste. »Na, Winzi, die haben dir ja offenbar den Gefallen getan. Und deine Tasche hergebracht.«

Winzi zeigte hilflos auf seine neue, extrakleine Bowlingtasche. »Aber ...«

»Winzi ...«, sagte der König und seine Stimme wurde schärfer.

Winzi starrte uns wütend an. Er sah jetzt nicht mehr so locker aus.

»Ja«, sagte er durch zusammengebissene Zähne, »sie haben

ihren Teil der Abmachung eingehalten. Ich garantiere für sie … auf sehr, sehr kleine Weise.«

»Da habt ihr es«, Utgardloki strahlte. »Ihr seid jetzt alle offizielle Gäste in meiner Bowlinghalle.« Er hob Sam und Hearth hoch und stellte sie auf den Boden. Glücklicherweise waren Skofnungschwert und -stein noch immer auf Sams Rücken geschnallt.

Der König drehte sich zu den versammelten Riesen um. »Meine Freunde, wenn wir diese Gäste in unserer derzeitigen Größe bewirten, dann verderben wir uns die Augen bei dem Versuch, nicht auf sie zu treten. Wir müssten ihnen das Essen mit Pinzetten servieren und ihre winzigen Gläser aus der Pipette füllen. Das macht keinen Spaß. Machen wir diese Party ein paar Takte kleiner, ja?«

Die Riesen knurrten und brummten, aber niemand schien dem König widersprechen zu wollen. Utgardloki schnippte mit den Fingern. Der Saal drehte sich um sich selbst. Mein Magen rotierte vor Verwirrung.

Die Bowlinghalle schrumpfte von gewaltig auf nur noch riesig. Die Riesen waren jetzt so im Schnitt zwei Meter zehn. Ich konnte sie ansehen, ohne mir den Hals zu verrenken oder in ihre höhlenhaften Nasenlöcher zu blicken.

Samirah und Hearthstone kamen zu uns herübergelaufen.

Alles in Ordnung?, fragte Blitz Hearth in Gebärdensprache.

Wo wart ihr?, gab Hearth zurück.

Samirah warf mir ein gequältes Ich-bring-dich-nachher-um-Lächeln zu. »Ich hatte euch für tot gehalten. Und was ist mit deinen Haaren passiert?«

»Lange Geschichte«, sagte ich.

»Ja, tut mir leid, dass wir so spät kommen«, sagte Alex. Ihre Entschuldigung überraschte mich mehr als alles andere bisher an diesem Tag. »Was haben wir verpasst?«

Sam starrte sie an, wie um zu sagen: *Wenn ich es dir erzählte, du würdest es nicht glauben.*

Ich konnte mir nicht vorstellen, dass ihre Geschichte noch bizarrer sein könnte als unsere, aber ehe wir Erfahrungen austauschen konnten, stolperte Winzi auf Blitzen zu. Der Riese schnappte sich seine Bowlingtasche, die jetzt gerade die richtige Größe für ihn hatte.

Er öffnete den Reißverschluss und seufzte erleichtert auf. »Den Himmeln sei Dank. Elvis!«

Er zog seine Bowlingkugel heraus und untersuchte sie vorsichtig. Auf die Oberfläche war ein Elvis Presley der Siebzigerjahre in seinem weißen Overall mit den Strasssteinen gesprüht. »Haben sie dir was getan, Baby?« Winzi küsste die Kugel und drückte sie an die Brust. Wütend schaute er Blitzen an. »Dein Glück, dass du Elvis nichts getan hast, Zwerglein.«

»Ich habe kein Interesse daran, Elvis etwas zu tun.« Blitzen riss Winzi die jetzt leere Tasche aus der Hand. »Aber Leerleder behalte ich als Pfand. Du bekommst sie zurück, wenn wir hier unversehrt rauskommen. Wenn du irgendwas Übles versuchst, dann lass dir gesagt sein, die Tasche ändert ihre Größe nur beim Kommandowort, und das wirst du nie im Leben erraten.«

»Was?«, kreischte Winzi. »Ist es Presley?«

»Nein.«

»Ist es Graceland?«

»Nein.«

»Freunde, Freunde!« Utgardloki kam mit weit geöffneten Armen auf uns zu. »Heute ist der Tag des Turniers. Wir haben besondere Gäste. Da wollen wir uns doch nicht streiten. Wir wollen feiern und wetteifern. Werft die Musik an. Und eine Runde für alle!«

»Little Red Corvette« dröhnte aus den Lautsprechern. Die meisten Riesen kehrten zum Metpicheln und zu ihrem Bowling zurück. Einige der Riesen – vor allem die in grauen Hemden wie Winzis – sahen aus, als ob sie uns gern umgebracht hätten, Gastrecht oder nicht, aber ich tröstete mich damit, dass wir ja eine Götterdämmerungsoption hatten. Schlimmstenfalls konnten wir immer noch »Passwort« rufen und alle im Gebäude in einer Lawine aus feinem, von Zwergenhand besticktem Leder umkommen lassen.

Utgardloki klopfte Winzi auf den Rücken. »Richtig so! Hol dir einen Jotunsaft!«

Winzi drückte Elvis an sich und steuerte die Bar an, starrte über seine Schulter aber wütend zu uns herüber.

»Utgardloki«, sagte ich. »Wir brauchen eine Auskunft …«

»Jetzt nicht, du Idiot.« Er behielt sein Grinsen bei, aber seine Stimme war ein verzweifeltes Fauchen. »Mach ein glückliches Gesicht. So, als ob wir hier einen Witz nach dem anderen reißen.«

»Was?«

»Kapitaler Witz«, brüllte der Riesenkönig. »Ha, ha, ha!«

Meine Freunde versuchten, in die Nummer einzusteigen. »Ja, ha, ha«, sagte Sam. Blitzen ließ ein gutes zwergiges Bauchlachen hören. »Zum Schießen«, steuerte Alex bei.

»*H-A, H-A*«, gebärdete Hearth.

Utgardloki lächelte mich weiter an, aber sein Blick war messerscharf. »Kein Riese hier will euch helfen, nur ich«, sagte er ganz leise. »Wenn ihr euch nicht als würdig erweist, werdet ihr diese Bowlinghalle niemals lebend verlassen.«

»Was?«, zischte Blitzen. »Du hast uns Gastrecht versprochen. Du bist der König.«

»Und ich habe jeden letzten Rest von Glaubwürdigkeit und Einfluss verbraucht, um euch zu helfen. Sonst wärt ihr lebend gar nicht so weit gekommen.«

»Uns zu helfen?«, fragte ich. »Indem du unsere Ziege umgebracht hast?«

»Und Walhalla infiltriert hast?«, fügte Sam hinzu. »Und in einen unschuldigen Fluglehrer gefahren bist?«

»Nur, um euch sterbliche Stümper daran zu hindern, Loki in die Falle zu gehen. Was ihr bisher ja trotzdem geschafft habt.« Er wandte sich um und brüllte für die Zuschauer: »Gut geprahlt, kleiner Sterblicher. Aber die Riesen wirst du nie besiegen!«

Er senkte seine Stimme wieder. »Nicht alle hier finden, dass Loki gestoppt werden muss. Ich sage euch, was ihr wissen müsst, um ihm das Spiel zu verderben, aber ihr müsst hier mitmachen. Wenn ihr euch nicht als würdig erweist und den Respekt meiner Anhänger erwerbt, werde ich abgesetzt und einer von den Trotteln da drüben wird der neue König. Und dann sind wir allesamt tot.«

Alex schaute sich in der Menge um, als wolle sie entscheiden, welchen Trottel sie als ersten garottieren sollte. »Hör mal, das hättest du uns alles schon vor Tagen per SMS mitteilen können. Was soll das ganze Getue und das mit dem aufblasbaren Godzilla?«

Utgardloki rümpfte die Nase. »Ich konnte dir keine SMS schicken, *Kind des Loki*, und zwar aus mehreren Gründen. Vor allem, weil dein Vater seine Möglichkeiten hat, Dinge in Erfahrung zu bringen. Stimmst du mir da nicht zu?«

Alex bekam rote Flecken im Gesicht, sagte aber nichts.

»Also«, erklärte der König, »auf zum Fest. Ich zeige euch euren Tisch.«

»Und danach?«, fragte ich. »Wie können wir uns als würdig erweisen?«

Utgardlokis Augen funkelten auf eine Weise, die mir überhaupt nicht gefiel. »Ihr unterhaltet uns mit beeindruckenden Leistungen. Ihr besiegt uns im Wettbewerb. Oder ihr sterbt bei dem Versuch.«

40 KLEIN BILLY HAT ES NICHT ANDERS VERDIENT

Das Bowling-Frühstück für Champions: Erdnüsse, lauwarme Hotdogs und fade Tortilla-Chips, besprenkelt mit orangefarbenem Schleim, der keinerlei Ähnlichkeit mit Käse hatte. Der Met war schal und schmeckte nach Süßstoff. Immerhin waren die Portionen riesengroß. Ich hatte seit dem Vortag außer Schokolade und Falafelresten kaum etwas gegessen, deshalb langte ich tapfer zu.

Die Riesen saßen an den Bowlingbahnen in ihren Teams zusammen – sie warfen mit Essen um sich, rissen Witze und prahlten mit ihren Fähigkeiten als Pin-Vernichter.

Sam, Hearthstone, Blitz, Alex und ich setzten uns in ein Viereck aus Plastikbänken, durchsuchten das Essen nach den genießbarsten Teilen und sahen uns nervös die versammelten Riesen an.

Utgardloki hatte darauf bestanden, dass wir unsere normale Fußbekleidung gegen Bowlingschuhe tauschten – alle viel zu groß und knallig neongrün und pink. Als Blitzen seine Schuhe sah, dachte ich schon, er werde einen allergischen Schock erleiden. Alex dagegen schienen die Schuhe zu gefallen. Immerhin brauchten wir keine identischen Team-Hemden zu tragen.

Beim Essen erzählten wir Sam und Hearth von unseren Erlebnissen im Wald.

Sam schüttelte angewidert den Kopf. »Magnus, immer kommst du billig davon.«

Ich hätte mich fast an einer Erdnuss verschluckt. »Billig?«

»Hearth und ich haben einen ganzen Tag lang hier versucht zu überleben. Wir wären sechsmal fast ums Leben gekommen.«

Hearth hob sieben Finger.

»Ach ja«, sagte Sam. »Die Sache mit den Toiletten.«

Blitzen schob die Füße unter die Bank, bestimmt, um seine furchtbaren Schuhe nicht ansehen zu müssen. »Haben die Riesen euch kein Gastrecht zugesagt?«

»Das war das Erste, worum wir gebeten haben«, sagte Sam. »Aber diese Bergriesen ... die versuchen, dir das Wort im Mund umzudrehen und dich höflich umzubringen.«

»Wie diese Schwestern, die wir im Januar besucht haben«, sagte ich. »Die unsere Stühle hochfahren wollten und versucht haben, uns damit an der Decke zu zerquetschen.«

Sam nickte. »Gestern habe ich um etwas zu trinken gebeten. Der Barmann ließ mich in einen vollen Bierkrug fallen. Erstens bin ich Muslimin, ich trinke keinen Alkohol. Zweitens waren die Seiten so glitschig, dass ich nicht rausklettern konnte. Wenn Hearth nicht das Glas mit einer Rune zum Zerspringen gebracht hätte ...«

Wir mussten auf jedes Wort aufpassen, gebärdete Hearth. *Ich habe um einen Schlafplatz gebeten ...* Er schüttelte sich angewidert. *Wäre fast in einer Ballwurfmaschine zermangelt worden.*

Sam übersetzte für Alex. »Aua«, Alex krümmte sich. »Kein Wunder, dass ihr so übel ausseht. Ist nicht böse gemeint.«

»Das war noch nicht das Schlimmste«, sagte Sam. »Ich habe versucht zu beten, während Hearthstone Wache stand. Unmöglich. Und die Riesen wollten uns dauernd zu gezinkten Geschicklichkeitswettbewerben herausfordern.«

Illusionen, gebärdete Hearthstone und ließ seine Handflächen kreisen, um zwei sich ändernde Bilder zu symbolisieren. *Nichts hier ist so, wie es aussieht.*

»Jepp.« Blitz nickte mit ernster Miene. »Genau wie bei Winzi und seiner Bowlingtasche. Utgardloki und seine Leute sind berüchtigte Illusionskünstler.«

Ich schaute mich um und fragte mich, wie groß die Riesen wirklich waren und wie sie ohne Zauberei aussahen. Vielleicht waren die grauenvollen Bowlingklamotten nur Trugbilder, die uns in die Irre führen sollten. »Woher weiß man denn, was eine Illusion ist und was wirklich?«

»Und die wichtigste Frage ist«, Alex hielt ein Stück Tortilla-Chip hoch, das von dem orangefarbenen Schleim durchweicht war, »kann ich so tun, als sei das hier wirklich ein Burrito aus Annas Taqueria?«

»Wir müssen auf der Hut sein«, sagte Sam mahnend. »Gestern Abend, nachdem wir unsere Bitte sehr sorgfältig formuliert hatten, haben sie uns dann endlich Schlafsäcke gegeben, aber wir mussten ›unsere Stärke beweisen‹, indem wir sie selbst ausrollten. Wir haben das ungefähr eine Stunde lang versucht. Die Säcke wollten sich einfach nicht bewegen. Dann gab Utgardloki endlich zu, dass sie aus gekräuselten Titanspänen bestanden. Das fanden die Riesen zum Totlachen.«

Ich schüttelte den Kopf. »Was soll daran denn witzig sein?«

Hearth gebärdete: *Erzähl von der Katze.*

»Uähhh« sagte Sam. »Also, da war eine Katze. Als ›Nettigkeit‹. Ehe wir etwas zu essen bekamen, sollten wir Utgardlokis Katze vor die Tür setzen.«

Ich schaute mich um, konnte aber keine Katze sehen.

»Die ist hier irgendwo«, versicherte Sam. »Nur konnten wir sie nicht hochheben, weil die Katze in Wirklichkeit ein sieben Tonnen schwerer afrikanischer Buschelefant war. Wir haben das aber erst gemerkt, als die Riesen es uns Stunden später erzählt haben – nachdem wir uns die ganze Zeit abgemüht und das Abendessen verpasst hatten. Sie finden es köstlich, ihre Gäste schwach und jämmerlich aussehen zu lassen.«

»Es funktioniert«, murmelte Blitz.

Ich stellte mir vor, wie ich versuchte, eine Katze aufzuheben, ohne zu merken, dass ich einen Elefanten vor mir hatte. So etwas würde mir normalerweise auffallen.

»Wie können wir denn dagegen ankämpfen?«, fragte ich. »Wir sollen die bei einem Haufen von Wettkämpfen beeindrucken? Tut mir leid, Schlafsäcken aus Titan und afrikanischen Buschelefanten fühle ich mich nicht gewachsen.«

Sam beugte sich über den Tisch. »Egal, was du zu sehen glaubst, vergiss nie, dass es ein Trick ist. Denk in neuen Bahnen. Tu etwas Unerwartetes. Brich die Regeln.«

»Ach«, sagte Alex. »Du meinst, wie jeden zweiten Tag in meinem Leben.«

»Dann müsste sich deine Erfahrung ja bezahlt machen«, sagte Sam. »Übrigens, diese Sache, dass Utgardloki behauptet hat, er wollte uns helfen – ich glaube kein Wort …«

»Hallo, Gäste!«

Für einen gigantischen Kerl in einem gefiederten Bowlinghemd war der Riesenkönig ganz schön leise. Utgardloki lehnte sich über die Trennwand hinter unserem Tisch und schaute mit einer in Maisteig frittierten Wurst in der Hand auf uns herab. »Wir haben fast keine Zeit mehr. In einer Minute oder so beginnen die Spiele.«

»Die Spiele«, sagte Sam. »So wie die, die wir schon seit gestern spielen?«

Utgardlokis Augen passten zu seinem Adlerfederhemd. Er hatte einen Raubvogelblick, als wolle er gleich zum Sturzflug ansetzen und sich zum Abendessen ein Nagetier schnappen – oder vielleicht einen kleinen Menschen. »Also, Samirah, das musst du schon verstehen. Meine Vasallen sind empört, dass ich euch eingeladen habe, deshalb müsst ihr jetzt mitspielen. Für Unterhaltung sorgen, uns eine gute Show liefern, euch als würdig erweisen. Während der Wettkämpfe könnt ihr von mir keinerlei Unterstützung erwarten. Meine Männer würden sich gegen mich wenden, wenn ich euch auf irgendeine Weise bevorzugte.«

»So ein richtiger König bist du also gar nicht«, sagte ich.

Utgardloki grinste böse. Um seine Gefolgsleute in Sicherheit zu wiegen, brüllte er: »Mehr könnt ihr nicht essen, ihr sterblichen Winzlinge? Sogar unsere Babys schaffen mehr Tortilla-Chips!« Er wies mit seinem Zepter aus Mais und Wurst auf mich und wurde leiser: »Du hast wenig Ahnung von Führung, Magnus Chase. Zur Königsherrschaft braucht man die richtige Mischung aus Eisen und Met, Angst und Großzügigkeit. So gut es mir auch gelingt, Zauber zu wirken, trotzdem kann ich meinen Riesen meinen Willen nicht aufzwingen. Sie werden immer in der Mehrheit sein und ich muss mir ihren Respekt jeden Tag neu verdienen. Und jetzt müsst ihr das auch.«

Alex rückte von dem König ab. »Wenn das alles so gefährlich für dich ist, warum willst du uns dann helfen, Mjöllnir zurückzuholen?«

»Thors Hammer ist mir total egal! Die Asen haben sich immer viel zu sehr auf die Furcht verlassen, die er hervorruft. Er ist zwar eine gewaltige Waffe, aber wenn die Götterdämmerung losbricht, wird Thor in der Minderheit sein. Die Götter werden trotz des Hammers sterben. Er ist ein Bluff, eine Illusion von überwältigender

Kraft.« Der Riese grinste. »Und sogar die besten Illusionen haben ihre Grenzen, das könnt ihr einem Zaubermeister glauben. Mir geht es nicht um den Hammer. Ich will Lokis Plan vereiteln.«

Blitzen kratzte sich den Bart. »Den Plan, Sam und Thrym zu vermählen? Hast du Angst vor diesem Bündnis?«

Utgardloki spielte jetzt wieder seine Rolle und brüllte für sein Publikum: »Pah! Das sind die gewaltigsten Maiswürstchen in Jotunheim! Nichts kann sich mit denen messen!« Er biss energisch hinein und schleuderte dann den Würstchenspieß über seine Schulter nach hinten. »Blitzen, Sohn der Freya, denk doch mal nach. Natürlich fürchte ich ein Bündnis. Diese hässliche Kröte Thrym und seine Schwester Thrynga würden Jotunheim zu gern in den Krieg führen. Ein Bündnis mit Loki und Thors Hammer in seinem Besitz würden Thrym zum Than der Thane machen.«

Sam kniff die Augen zusammen. »Thors Hammer in seinem Besitz? Heißt das, selbst, wenn ich auf diese Heirat einginge – was ich nicht tun werde –, würde Thrym Mjöllnir nicht zurückgeben?«

»Ach, es würden schon Brautgaben ausgetauscht werden, aber nicht so, wie du dir das vorstellst.« Utgardloki streckte die Hand aus und schnippte gegen das Skofnungschwert, das noch immer auf Sams Rücken geschnallt war. »Jetzt kommt schon, ihr Lieben. Ehe ich euch eine Lösung liefern kann, müsst ihr das Problem erfassen. Seht ihr wirklich nicht, worum es Loki geht?«

Auf der anderen Seite des Raumes brüllten die Riesen: »Unser König, was ist mit dem Wettbewerb? Warum flirtest du mit diesen Sterblichen?«

Andere Riesen lachten schallend und stießen schrille Pfiffe aus.

Utgardloki richtete sich zu seiner vollen Höhe auf und grinste seine Untertanen an, als wäre das alles nur ein herrlicher Spaß. »Klar, los geht's! Meine Damen und Riesen, lassen wir das Spiel beginnen!« Er feixte auf uns herab. »Meine verehrten Gäste, mit welchen verblüffenden Fähigkeiten wollt ihr uns beeindrucken?«

Alle Riesen drehten sich zu uns um und wollten offenbar dringend erfahren, für welches peinliche Versagen wir uns entscheiden würden. Meine bedeutendsten Fähigkeiten waren *die Flucht ergreifen* und *Falafel stehlen*, aber nach einer fetten Mahlzeit aus Hotdogs und chemisch aufbereiteten Tortilla-Chips glaubte ich eigentlich nicht, dass ich in einer dieser beiden Disziplinen eine Goldmedaille holen könnte.

»Nicht so schüchtern!« Utgardloki breitete die Arme aus. »Wer möchte den Anfang machen? Wir wollen sehen, was ihr Champions aus der Welt der Sterblichen so könnt. Wollt ihr uns unter den Tisch trinken? Unter den Tisch rennen? Unter den Tisch ringen?«

Samirah stand auf. Ich sprach im Stillen ein Dankgebet für furchtlose Walküren. Selbst zu meiner Zeit als ganz normaler sterblicher Schüler hatte ich es gehasst, den Anfang machen zu müssen. Die Lehrer versprachen immer, beim ersten Freiwilligen nicht so streng zu sein oder ein Auge zuzudrücken. Nein danke. Das war die Extra-Angst nicht wert.

Sam holte tief Luft und trat vor die Menge. »Ich kann gut mit der Axt umgehen«, sagte sie. »Wer will mich zum Axtwerfen herausfordern?«

Die Riesen johlten und pfiffen.

»Also dann!« Utgardloki sah begeistert aus. »Du hast da zwar eine sehr kleine Axt, Samirah al-Abbas, doch ich bin sicher, dass du sie meisterlich wirfst. Hmmm. Normalerweise würde ich Björn Schädelspalter als unseren besten Axtwerfer aufstellen, aber ich will nicht, dass du dich gar zu unterlegen fühlst. Wie wäre es, stattdessen gegen Klein Billy anzutreten?«

Aus einem Haufen Riesen am anderen Ende der Halle löste sich ein Riesenkind mit Lockenkopf. Es sah aus wie ungefähr zehn, hatte seinen Schmerbauch in ein Wo-ist-Walter-T-Shirt gezwängt und seine Schuljungenhose mit Hosenträgern gesichert. Dazu schielte es gewaltig. Als es auf uns zukam, rannte es immer wieder gegen Tische und stolperte über Bowlingtaschen, was die anderen Riesen ungeheuer komisch fanden.

»Billy lernt das Werfen gerade erst«, sagte Utgardloki. »Aber für dich müsste er ein passender Gegner sein.«

Samirah biss die Zähne zusammen. »Gut. Wonach werfen wir?«

Utgardloki schnippte mit den Fingern. Am anderen Ende der Bowlingbahnen 1 bis 3 riss der Boden auf und flache Holzfiguren schossen heraus, jede bemalt mit einem Bildnis Thors, mit seinen wilden roten Haaren und dem langen Bart. Sein Gesicht war dermaßen verzerrt, als ob er mitten in einem Furz feststeckte.

»Drei Würfe jeweils«, verkündete Utgardloki. »Samirah, möchtest du vielleicht anfangen?«

»Nein, nein«, sagte sie. »Kinder zuerst.«

Klein Billy watschelte zur Startlinie. Neben ihm stellte ein anderer Riese ein Lederbündel ab und packte drei Tomahawks aus, von denen jeder fast so groß war wie Billy.

Billy hob mit großer Mühe den ersten hoch. Er kniff die Augen zusammen, um die Zielscheibe in der Ferne sehen zu können.

Ich konnte gerade noch denken: *Vielleicht schafft Sam es ja. Vielleicht hilft Utgardloki ihr ja doch irgendwie.* Dann legte Billy los. Er warf einen Tomahawk nach dem anderen, so schnell, dass ich seinen Bewegungen kaum folgen konnte. Als er fertig war, steckte einer tief in Thors Stirn, der nächste in seiner Brust und der dritte im gewaltigen Gemächt des Donnergottes.

Die Riesen johlten.

»Nicht schlecht«, sagte Utgardloki. »Und jetzt wollen wir sehen, ob Samirah, der Stolz der Walküren, einen schielenden Zehnjährigen besiegen kann.«

Neben mir murmelte Alex: »Sie hat keine Chance.«

»Greifen wir ein?«, fragte Blitz besorgt. »Sam hat gesagt, wir sollen in neuen Bahnen denken.«

Ich dachte an ihren Rat: *Tu etwas Unerwartetes.*

Meine Finger schlossen sich um meinen Anhänger. Ich fragte mich, ob ich aufspringen, Jack herbeirufen und alle mit dem Duett »Love Never Felt So Good« ablenken sollte. Hearthstone rettete mich vor dieser Peinlichkeit, indem er die Finger hob: *Warte.*

Sam musterte ihren Gegner, Klein Billy. Sie starrte die Tomahawks an, die er in die Zielscheibe versenkt hatte. Dann schien sie zu einem Schluss zu kommen. Sie trat an die Startlinie und hob ihre Axt.

Respektvolles Schweigen senkte sich über den Saal. Oder vielleicht holten unsere Gastgeber auch nur tief Luft, um besonders laut lachen zu können, wenn Sam versagte.

Mit einer einzigen fließenden Bewegung drehte Sam sich um und schleuderte ihre Axt auf Billy. Die Riesen schnappten nach Luft.

Klein Billy schielte noch mehr als ohnehin schon, als er die aus seiner Stirn hervorragende Axt anstarrte. Er kippte rückwärts um und knallte auf den Boden.

Die Riesen brüllten empört. Einige sprangen auf und zogen ihre Waffen.

»Halt!«, brüllte Utgardloki. Er starrte Sam wütend an. »Erkläre dich, Walküre. Warum sollten wir dich für diese Untat nicht töten?«

»Weil«, sagte Sam, »ich nur dadurch den Wettbewerb gewinnen konnte.«

Sie klang bemerkenswert ruhig, wenn man bedenkt, was sie gerade getan hatte und wie viele Riesen bereitstanden, um sie in

Stücke zu reißen. Sie zeigte auf Klein Billys Leichnam: »Das ist kein Riesenkind.«

Das verkündete sie mit der ganzen Autorität eines Fernsehkommissars, aber ich konnte sehen, dass unter ihrem Hidschab eine Schweißperle hervorsickerte. Ich konnte sie fast denken hören: *Bitte, mach, dass ich recht habe. Bitte, mach, dass ich recht habe.*

Die Riesenbande starrte Klein Billys Leichnam an. Er sah noch immer aus wie ein albern angezogenes totes Riesenkind. Ich wusste, dass die Meute sich jeden Moment auf Samirah stürzen würde, und dann würden wir um unser Leben rennen müssen.

Doch da begann die Gestalt des Riesenknaben langsam, sich zu verändern.

Sein Fleisch verwelkte, bis er aussah wie einer der Draugen Fürst Gellirs. Seine ledrigen Lippen kräuselten sich über seinen Zähnen. Dünne gelbe Haut zog sich über seine Augen. Seine Fingernägel wuchsen zu verdreckten Sensen heran. Klein Billy der Zombie kam mühsam auf die Beine und riss sich die Axt aus der Stirn.

Er fauchte Sam an. Eine Welle puren Entsetzens wogte durch den Saal. Einigen Riesen fiel das Glas aus der Hand. Andere fielen auf die Knie und weinten. Mein Gedärm verschlang sich zu einem Seemannsknoten.

»D-da«, sagte Sam jetzt ziemlich kleinlaut. »Wie ihr sehen könnt, ist das nicht Klein Billy. Das ist *Furcht*, der rasch zuschlägt und immer sein Ziel trifft. Man kann Furcht im Wettkampf nur durch einen Frontalangriff besiegen. Das habe ich getan. Deshalb habe ich gewonnen.«

Furcht warf Sams Axt angeekelt auf den Boden. Mit einem letzten entsetzlichen Fauchen löste er sich in weißen Rauch auf und war verschwunden.

Der ganze Saal seufzte erleichtert auf. Mehrere Riesen stürzten zu den Toiletten, vermutlich, um sich zu übergeben oder ihre Unterhose zu wechseln.

Ich flüsterte Blitzen zu: »Woher zum Henker wusste Sam das? Wie konnte dieses Ding da Furcht sein?«

Blitzens Augen sahen ein bisschen gelbsüchtig aus. »Ich – ich vermute, sie ist Furcht schon einmal begegnet. Ich habe Gerüchte gehört, nach denen die Riesen sich mit etlichen Gottheiten minderen Rangs gut verstehen – *Zorn, Hunger, Seuche*. Vermutlich bowlt *Greisentum* mit den Utgard Ultimates. Aber ich hätte nie gedacht, dass mir Furcht persönlich begegnen würde ...«

Alex erschauderte. Hearthstone sah düster aus, aber nicht überrascht. Ich fragte mich, ob er und Sam in den letzten scheußlichen vierundzwanzig Stunden noch weiteren Gottheiten zweiten Rangs begegnet waren.

Ich war froh, dass Sam den Anfang gemacht hatte und nicht ich. Bei meinem Pech hätte ich gegen *Glück* antreten und mit dem Schwert auf ihn einschlagen müssen, bis ihm das Lächeln vergangen wäre.

Utgardloki wandte sich mit einem winzigen Funkeln der Bewunderung in den Augen an Sam. »Ich denke mal, wir werden dich nicht umbringen, Samirah al-Abbas, da du nur getan hast, was für den Sieg notwendig war. Diese Runde geht an dich!«

Sam ließ erleichtert die Schultern sinken. »Dann haben wir uns als würdig erwiesen? Der Wettbewerb ist vorüber?«

»Nicht so schnell!« Der König riss die Augen auf. »Was ist mit unseren anderen vier Gästen? Wir müssen doch wissen, ob sie ebenso fähig sind wie du.«

IM ZWEIFEL EINFACH IN EIN STECHENDES INSEKT VERWANDELN

41

Ich fing an, das Große Bowlingturnier von Utgard zu hassen.

Hearthstone trat als Nächster an. Er zeigte auf die Bowlingbahnen und forderte mit meiner Hilfe als Dolmetscher die Riesen auf, ihren erfolgreichsten Champion aufzustellen, und zwar für irgendein Spiel nach Wahl des Teilnehmers. Hugos Jotun-Jammers-Team nominierte einen gewissen Kyle, der zur Skee-Ball-Bahn hinüberging und das Höchstergebnis von tausend Punkten erzielte. Während die Riesen jubelten, ging Hearthstone zum *Starsky and Hutch*-Flipperautomaten und ließ eine rote Goldmünze in den Schlitz fallen.

»Warte!«, protestierte Hugo. »Das ist doch gar nicht dasselbe Spiel!«

»Muss es ja auch nicht«, sagte ich. »Hearth hat gesagt, ein Spiel nach Wahl des Teilnehmers. Euer Mann hat sich für Skee-Ball entschieden, Hearth für Flipper.«

Die Riesen murrten, aber am Ende gaben sie sich geschlagen.

Blitzen grinste mich an. »Jetzt kannst du dich freuen, Kleiner. Hearth ist ein Magier.«

»Das weiß ich.«

»Nein, ich meine, ein Flipper-Magier.«

Hearthstone ließ die erste Kugel los. Ich konnte nicht sehen, dass er irgendwelche Zauber anwandte, aber blitzschnell hatte er Kyles Punktzahl übertroffen, was allerdings nicht ganz fair war, weil es beim Flippern viel höher geht als nur bis tausend Punkte. Selbst, als er über fünfhundert Millionen hatte, spielte Hearth immer noch weiter. Er ruckelte an der Maschine und schlug mit solcher Begeisterung auf die Flipper, dass ich mich fragte, ob er an seinen Vater dachte und an die vielen Münzen, die er für ihn hatte erarbeiten müssen. An diesem Automaten wurde Hearth rasch zu einem Illusionsmilliardär.

»Genug!«, schrie Utgardloki und zog den Stecker des Flippers. »Du hast deine Fähigkeiten unter Beweis gestellt. Ich finde, wir können alle zustimmen, dass dieser taube Elf ein Killer am Flipper ist. Wer jetzt?«

Blitzen forderte die Riesen zu einem kompletten Neustyling auf. Er versprach, jeden Riesen in eine modische und elegante Erscheinung verwandeln zu können. Die Riesen nominierten einstimmig einen gewissen Grum, der offenbar seit vierzig Jahren unter dem Tresen schlief und dort Dreck und Fussel angesammelt hatte. Ich war sicher, er war der niedere Gott Verwahrlosung.

Blitzen ließ sich nicht abschrecken, zog seine Nähutensilien hervor und ging ans Werk. Er brauchte einige Stunden, um aus allen möglichen Dingen, die er im Andenkenladen der Bowlinghalle fand, neue Kleidungsstücke zu schneidern. Dann zog er sich mit Grum zu einer kompletten Schönheitskur in ein Badezimmer zurück. Als sie wieder zum Vorschein kamen, hatte er Grum die Augenbrauen gewachst und Grums Bart und Haare sorgfältiger zurechtgestutzt als die des metrosexuellsten Hipsters. Er trug ein schimmerndes goldenes Bowlinghemd, auf das quer über die Brust »Grum« gestickt war, und dazu eine silbrige Hose und passende Bowlingschuhe. Die Riesendamen seufzten tief. Die Riesentypen wichen ihm aus, eingeschüchtert von so viel Glamour. Grum kroch zurück unter den Tresen und fing an zu schnarchen.

»Schlechte Gewohnheiten kann ich nicht kurieren«, sagte Blitz. »Aber ihr habt ihn gesehen. Hab ich gewonnen oder was?«

Viele murrten, aber niemand wagte zu widersprechen. Selbst durch Zauber hervorgerufene Hässlichkeit ist einem zwergischen Diplom in Modedesign eben nicht gewachsen.

Utgardloki beugte sich zu mir vor und murmelte: »Ihr macht eure Sache sehr gut. Als Letztes werde ich euch eine sehr schwere Aufgabe stellen müssen, damit ihr eine hohe Chance habt zu sterben. Das müsste euch den Respekt meiner Gefolgsleute sichern.«

»Moment, was?«

Der hilfsbereite König wandte sich der Menge zu und hob die Hände. »Damen und Riesen! Wir haben hier wirklich einige interessante Gäste, aber keine Angst. Die Rache wird unser sein! Zwei Gäste bleiben noch. Wie es das Schicksal so will, ist das die perfekte Anzahl für ein Doppel-Bowlingturnier. Da wir heute schließlich zum Bowlen hergekommen sind, wollen wir unsere beiden letzten Gäste gegen die Titelverteidiger von Winzis Truthahn-Bowlern antreten lassen.«

Die Riesen johlten und grölten. Winzi schaute zu mir herüber und machte das Finger-über-der-Kehle-Zeichen, das ich inzwischen reichlich satthatte.

»Die Sieger erhalten den üblichen Preis«, verkündete Utgardloki. »Und zwar den Kopf der Verlierer.«

Ich schaute zu Alex Fierro hinüber und mir ging auf, dass wir jetzt ein Team waren.

»Ich vermute, es ist ein schlechter Moment, um dir das zu sagen«, sagte Alex. »Aber ich habe noch nie gebowlt.«

Unsere Gegner von Winzis Truthahn-Bowlern waren Brüder mit den hübschen Namen Herg und Blerg. Es war sehr schwer, sie auseinanderzuhalten. Sie waren nicht nur eineiige Zwillinge, sie trugen noch dazu identische graue Hemden und Footballhelme – Letztere vermutlich, damit wir ihnen keine Axt ins Gesicht schmeißen konnten. Der einzige Unterschied, den ich sehen konnte, waren die Bowlingkugeln. Die von Herg war mit dem Gesicht von Prince besprüht (vielleicht hatte er für die Playlist in der Bar gesorgt). Sein Bruder Blerg hatte eine rote Kugel mit dem Gesicht von Kurt Cobain. Blerg schaute zwischen mir und der Kugel hin und her, als ob er versuchte, sich mich ohne meinen zurechtgesäbelten Haarschnitt vorzustellen.

»Alles klar, ihr Lieben«, erklärte Utgardloki. »Wir spielen eine verkürzte Partie mit drei Frames.«

Alex beugte sich zu mir herüber. »Was sind drei Frames?«

»Pst«, mahnte ich. Ich versuchte gerade, mich an die Bowlingregeln zu erinnern. Ich hatte seit Jahren nicht mehr gespielt. Im Hotel Walhalla gab es eine Bahn, aber da die Einherjer fast alles bis zum Tod betrieben, hatte ich noch keine große Lust gehabt, sie auszuprobieren.

»Ein sehr einfacher Wettkampf«, sagte jetzt Utgardloki. »Die höchste Punktzahl gewinnt. Erstes Team: Die *Belanglosen Sterblichen.*«

Niemand jubelte, als Alex und ich zum Start gingen.

»Was meinst du?«, flüsterte Alex.

»Im Grunde«, sagte ich, »musst du nur die Kugel über die Bahn rollen lassen und die Bowling-Pins umwerfen.«

Sie starrte mich wütend an und ihr helles Auge war doppelt so leuchtend und zornig wie das dunkle. »Das weiß ich auch. Aber wir sollen doch die Regeln brechen, oder? Was ist hier die Illusion? Meinst du, Herg und Blerg sind Götter zweiten Ranges?«

Ich schaute mich zu Sam, Blitz und Hearth um, die uns hinter der Trennwand zusehen mussten. Ihr Gesichtsausdruck sagte mir nichts, was ich noch nicht gewusst hätte: Wir hatten ein ziemliches Problem.

Ich schloss die Finger um meinen Anhänger und dachte: *He, Jack, irgendein Rat?*

Jack brummte vor sich hin, wie er das in Anhängerform immer macht. *Nein.*

Danke, dachte ich. *Was ist mir das magische Schwert doch für eine Hilfe.*

»Belanglose Sterbliche«, rief Utgardloki. »Habt ihr ein Problem? Wollt ihr aufgeben?«

»Nein«, antwortete ich. »Nein, alles in Ordnung.«

Ich holte tief Luft. »Okay, Alex, wir haben drei Frames. Also, drei Spielrunden. Wir warten erst mal ab, wie die erste verläuft. Vielleicht bringt uns das auf eine Idee. Schau zu, wie ich bowle.«

Ich hätte ja nie gedacht, dass ich das jemals sagen würde. Bowlen gehörte nicht zu meinen Superkräften. Trotzdem trat ich mit meiner rosa Bowlingkugel mit den Plüschwürfeln darauf an den Start. (He, das war die einzige, die für meine Finger passte!) Ich versuchte, mich an die Tipps zu erinnern, die mir unser Werklehrer, Mr Gent, gegeben hatte, als wir unsere Mittelschulparty auf der Lucky-Strike-Bowlingbahn feierten. Ich trat an die Linie, zielte und warf mit all meiner Einherjerkraft.

Die Kugel rollte langsam und träge los und blieb auf halber Strecke liegen.

Die Riesen heulten vor Lachen.

Ich holte mir die Kugel und ging mit brennendem Gesicht zurück. Als ich an Alex vorbeikam, knurrte sie: »Danke, das war sehr lehrreich.«

Ich kehrte zu meinem Platz zurück. Hinter der Trennwand machte Sam ein düsteres Gesicht. Hearthstone gebärdete mir einen ganz besonders guten Rat: *Besser werden.* Blitzen grinste und hob beide Daumen, weshalb ich mich fragte, ob er überhaupt Ahnung vom Bowling hatte.

Alex ging an die Linie. Sie warf wie eine Oma, schwang die Kugel zwischen ihren Beinen durch und ließ sie über die Bahn kullern. Die dunkle blaue Kugel sprang einmal hoch, zweimal, rollte ein bisschen weiter als meine und fiel dann in die Rinne.

Die Riesenbande lachte wieder. Einige klatschten sich ab. Goldmünzen wechselten die Besitzer.

»Und jetzt die Truthahn-Bowler«, brüllte Utgardloki.

Tosender Applaus, als Herg vor die nächste Bahn trat.

»Moment mal«, sagte ich. »Müssen die nicht dieselbe Bahn nehmen wie wir?«

Winzi drängte sich durch die Menge und riss in gespielter Unschuld die Augen auf. »Oh, davon hat der König nichts gesagt. Er hat nur gesagt, die höchste Punktzahl gewinnt. Also los, Jungs.«

Herg warf Prince' Kopf. Der rollte in Blitzgeschwindigkeit die Bahn entlang und knallte mit einem Lärm wie eine explodierende Marimba zwischen die Pins.

Die Riesen jubelten und schwenkten die Fäuste. Herg drehte sich um und grinste hinter dem Gesichtsschutz seines Helms. Er klopfte Blerg auf die Schulter und sie wechselten einige Worte.

»Ich muss wissen, was sie sagen«, sagte Alex. »Ich bin gleich wieder da.«

»Aber ...«

»ICH MUSS PISSEN!«, schrie Alex.

Einige Riesen runzelten die Stirn angesichts dieser Unterbrechung, aber wenn jemand *ich muss pissen!* in die Menge ruft, dann machen meistens alle Platz. Die Alternativen sind ja nicht gerade verlockend.

Alex verschwand im Mädchenklo. Blerg trat inzwischen an den Start. Er hob seine Kurt-Cobain-Kugel und ließ sie über die Bahn rollen. Cobains Gesicht war zwischendurch immer wieder zu sehen und sagte *Hallo, Hallo, Hallo,* bis es gegen die Pins traf und sie mit richtiger Rockerwucht fliegen ließ.

»Noch ein Treffer!«, schrie Winzi.

Überall Jubel und Metkonsum – nur nicht bei mir und meinen Freunden.

Blerg und Herg trafen sich an der Kugelausgabe, sie kicherten und schauten in meine Richtung. Während die Menge noch immer jubelte und neue Wetten abschloss, kam Alex von der Toilette zurück.

»JETZT HABE ICH GEPISST!«, verkündete sie.

Sie kam zu mir gerannt und packte meinen Arm. »Ich hab Herg und Blerg zugehört«, flüsterte sie.

»Wie das denn?«

»Ich habe sie belauscht. Das mache ich immer in Gestalt einer Stechfliege.«

»Oh«, ich schaute zu Sam hinüber, die tiefernst die Stirn runzelte. »Die Sache mit der Stechfliege kenne ich.«

»Sie haben eine normale Bowlingbahn«, berichtete Sam. »Aber unsere … ich weiß nicht. Ich habe Herg sagen hören: *Da brauchen sie aber Glück, wenn sie die White Mountains treffen wollen.*«

»Die White Mountains«, wiederholte ich. »In New Hampshire?«

Alex zuckte mit den Schultern. »Falls es nicht auch in Jotunheim White Mountains gibt. Jedenfalls sind das da keine Bowling-Pins.«

Ich starrte zum Ende unserer Bahn hinüber, aber die Pins sahen noch immer aus wie Pins und nicht wie Berge. Aber Klein Billy hatte ja auch nicht ausgesehen wie Furcht … bis er dann tot war.

Ich schüttelte den Kopf. »Wie kann das sein …?«

»Keine Ahnung«, sagte Alex. »Aber wenn unsere Bowlingkugeln zu einem Gebirge in einer anderen Welt rollen sollen …«

»Dann werden wir das Ende der Bahn nie erreichen. Und Pins werden wir schon gar nicht umwerfen können. Wie können wir den Zauber beheben?«

»Los jetzt, Belanglose Sterbliche!«, schrie Winzi. »Haltet den Betrieb nicht länger auf!«

Es war schwer, zu denken, während mich eine Bande Riesen anschrie. »Ich – ich bin nicht sicher«, sagte ich zu Alex. »Ich brauche mehr Zeit. Das Beste, was mir für den Moment einfällt, ist ihre Bahn zu sabotieren.«

Es war eine impulsive Handlung, das gebe ich zu. Aber ich rannte zum Start und schleuderte meine rosa Kugel mit aller Kraft mitten auf die Bahn von Herg und Blerg. Die Kugel landete mit solcher Wucht, dass sie den Hartholzboden zum Bersten brachte, in die Menge zurückgeworfen wurde und einen Zuschauer zu Boden gehen und dabei wie ein verwirrtes Huhn gackern ließ.

»OOOH«, schrien die Zuschauer.

»Was war das?«, brüllte Winzi. »Du hast Eustis k.o. geschlagen!«

Utgardloki machte ein finsteres Gesicht und erhob sich von seinem Thron. »Winzi hat recht, Sterblicher. Du kannst nicht die Bahn wechseln. Wenn du dich einmal für eine entschieden hast, musst du dabei bleiben.«

»Das hat niemand gesagt«, widersprach ich.

»Na, dann sage ich es jetzt. Und jetzt weiter!«

Ein Riese rollte meine rosa Kugel zu mir zurück.

Ich sah Alex an, konnte ihr aber keinen Rat geben. Wie soll man bowlen, wenn das Ziel ein Gebirge in weiter Ferne ist?

Alex murmelte vor sich hin. Als sie zum Start lief, verwandelte sie sich in einen ausgewachsenen Grizzlybären. Sie watschelte auf den Hinterbeinen und hielt die Bowlingkugel mit den Vorderpfoten. Sie bückte sich zur Startlinie, ließ sich auf alle viere nieder und schleuderte die Kugel mit dreihundert Pfund schierer Kraft. Die Kugel hätte fast den ersten Pin erreicht, ehe sie liegen blieb.

Die Riesen seufzten allesamt erleichtert auf.

»Jetzt sind wir dran!« Winzi rieb sich eifrig die Hände. »Los, Jungs.«

»Aber, Boss«, sagte Herg. »In unserer Bahn ist ein dickes Loch.«

»Dann geht einfach eine Bahn weiter«, sagte Winzi.

»Oh nein«, sagte ich. »Ihr habt den König gehört. Wer sich einmal eine Bahn ausgesucht hat, muss dabei bleiben.«

Winzi murrte. Sogar das Elvis-Tattoo auf seinem Arm sah wütend aus. »Schön. Herg, Blerg, tut einfach euer Bestes. Ihr liegt schon unerreichbar in Führung.«

Herg und Blerg sahen nicht glücklich aus, aber sie bowlten auch diese Runde. Sie konnten dem Loch in der Bahn ausweichen, aber ihre Kugeln rollten in die Rinne und brachten ihnen keine weiteren Punkte ein.

»Ist schon gut«, versicherte ihnen Winzi. Er fauchte Alex und mich an. »Ich wäre im Wald fast auf euch draufgetreten, aber jetzt bin ich froh, dass ich es nicht getan habe. Wenn ihr beim letzten Frame nicht perfekt bowlt, könnt ihr nicht mal ausgleichen. Also zeigt, was ihr könnt, Sterbliche. Ich kann es nicht erwarten, euch den Kopf abzuhacken.«

42 ODER IHR KÖNNT EINFACH LEUCHTEN. DAS FUNKTIONIERT AUCH

Manche mögen Energydrinks. Ich dagegen finde, dass die Gefahr unmittelbarer Enthauptung mich ebenfalls wunderbar wach macht.

Voller Panik sah ich mich zu meinen Freunden um. Hearthstone gebärdete: *F-R-E-Y.*

Ja, Hearth, dachte ich. *Frey ist mein Vater.*

Aber wie mir das helfen sollte, wusste ich nicht. Es war nicht so, dass der Gott des Sommers in einer Wolke aus Kampfgeist erscheinen und die White Mountains für mich einreißen würde. Er war der Gott der freien Natur. In einer Bowlinghalle würde er sich nur über seine Leiche blickenlassen …

Aber nun sickerte eine Idee durch meinen Kopf, wie Ahornsirup. Die freie Natur. Die White Mountains. Freys Kraft. Sumarbrander, Freys Schwert, das Öffnungen zwischen den Welten schneiden konnte. Und etwas, das Utgardloki vorhin gesagt hatte: *Sogar die besten Illusionen haben ihre Grenzen.*

»Belanglose Sterbliche«, rief Utgardloki. »Gebt ihr euch geschlagen?«

»Nein!«, schrie ich. »Sekunde noch …«

»Musst du pissen?«

»Nein! Ich muss nur ... ich muss kurz mit meiner Teamkameradin reden, ehe wir brutal enthauptet werden.«

Utgardloki zuckte mit den Schultern. »Das klingt fair. Also los.«

Alex beugte sich zu mir herüber. »Bitte, sag, dass du eine Idee hast.«

»Du hast gesagt, dass du schon mal bei den Bridal Veil Falls warst. Hast du oft in den White Mountains gezeltet?«

»Ja, klar.«

»Gibt es irgendeine Chance, dass diese Bowling-Pins wirklich die White Mountains sein könnten?«

Sie runzelte die Stirn. »Nein. Ich kann mir nicht vorstellen, dass irgendwer mächtig genug sein könnte, um ein ganzes Gebirge in eine Bowlinghalle zu versetzen.«

»Stimmt. Ich habe überlegt ... diese Bowling-Pins sind einfach nur Bowling-Pins. Die Riesen könnten kein Gebirge in eine Bowlinghalle versetzen, aber sie können die Bowling-Pins aus der Halle hinausschicken. Es gibt mitten auf unserer Bahn ein Portal zwischen den Welten. Es ist von Illusionen versteckt oder was auch immer, jedenfalls schickt es unsere Kugeln geradewegs nach New Hampshire.«

Alex starrte das Ende der Bahn an. »Na, wenn das der Fall ist, warum ist meine Kugel dann ganz normal zurückgerollt?«

»Weiß ich nicht. Vielleicht haben sie eine identische Kugel bereitgelegt, damit du nichts merkst.«

Alex knirschte mit den Zähnen. »Diese betrügerischen Meinfretur. Was machen wir jetzt?«

»Du kennst die White Mountains«, sagte ich. »Ich auch. Schau die Bahn entlang und konzentriere dich darauf, diese Berge zu sehen. Wenn wir das beide gleichzeitig machen, können wir das

Portal vielleicht sichtbar werden lassen. Und dann kann ich es vielleicht schließen.«

»Du meinst, indem du unsere Wahrnehmung änderst?«, fragte Alex. »So ungefähr wie … die Heilung, die du bei Amir durchgeführt hast?«

»Glaub schon …« Ich wünschte, ich hätte größeres Vertrauen zu meinem eigenen Plan. So, wie Alex es ausdrückte, klang ich wie ein New-Age-Guru. »Aber hör mal, es würde besser funktionieren, wenn ich deine Hand hielte. Und … ich kann nicht versprechen, dass ich nicht, du weißt schon, irgendwas von deinem Leben erspüre.«

Ich konnte sehen, wie sie schwankte, die Möglichkeiten abwägte.

»Ich kann entweder meinen Kopf verlieren oder dich in meinen Kopf lassen«, knurrte sie. »Tolle Alternativen.« Sie packte meine Hand. »Dann los.«

Ich sah das andere Ende der Bahn an. Ich stellte mir ein Portal zwischen uns und den Kegeln vor – ein Fenster, das auf die White Mountains blickte. Ich dachte daran, wie aufgeregt ich immer auf den Wochenendausflügen mit meiner Mom gewesen war, wenn sie die Berge am Horizont entdeckte: *Schau mal, Magnus, wir sind bald da!*

Ich rief die Macht des Frey herbei. Wärme durchströmte mich. Meine Hand in Alex Fierros fing an zu dampfen. Ein leuchtendes goldenes Licht umhüllte uns beide – wie die Mittsommersonne, die den Nebel verbrennt und die Schatten zerstört.

Aus dem Augenwinkel sah ich, wie die Riesen sich wanden und ihre Gesichter bedeckten. »Aufhören!«, rief Winzi. »Du blendest uns!«

Ich konzentrierte mich auf die Bowling-Pins. Es wurde noch heller. Gedankenfetzen von Alex Fierro wirbelten durch meinen Kopf –

ihr tödlicher Kampf gegen die Wölfe, ein dunkelhaariger Mann in Tenniskleidung, der über ihr aufragte und schrie, sie sollte abhauen und sich nie wieder blickenlassen, eine Gruppe von Teenagern, die die zehn Jahre alte Alex umstanden, sie traten und als Missgeburt bezeichneten, während sie sich zur Kugel aufrollte, um sich zu schützen, zu verängstigt, um ihre Gestalt zu ändern.

Wut brannte in meiner Brust. Ich war nicht sicher, ob das meine Empfindung war oder die von Alex, aber wir hatten jetzt beide diese Illusionen und Täuschungen satt.

»Da!«, sagte Alex.

Mitten auf der Bahn tauchte ein schimmernder Riss auf, wie die Risse, die Jack zwischen den Welten schnitt. Auf der anderen Seite, in der Ferne, ragte der verschneite Wipfel des Mount Washington auf. Dann verbrannte das Portal. Das goldene Licht um uns herum verschwand und wir standen vor einer ganz normalen Bahn mit Bowling-Pins am Ende, die genauso aussah wie vorher.

Alex zog ihre Hand zurück. Eilig wischte sie sich eine Träne ab. »Haben wir es geschafft?«

Ich wusste nicht, was ich sagen sollte.

»Belanglose Sterbliche!«, riss mich Utgardloki aus meinen Gedanken. »Was war das? Beratet ihr euch immer untereinander, indem ihr ein blendendes Licht erzeugt?«

»Entschuldigung«, rief ich der Menge zu. »Wir sind jetzt so weit.«

Das hoffte ich jedenfalls. Vielleicht hatten wir es geschafft, die Illusion wegzubrennen und das Portal zu schließen. Oder Utgardloki ließ mich nur in dem Glauben, ich hätte seinen Trick durchschaut. Es konnte eine Illusion in einer Illusion sein. Ich beschloss, dass es keinen Sinn hatte, mein Gehirn in den vielleicht letzten Minuten, die es auf meinem Hals verbrachte, zu überanstrengen.

Ich hob meine Bowlingkugel, trat an die Linie und ließ das blöde rosa Ding mitten über die Bahn laufen.

Ich muss euch sagen, der Klang der fallenden Pins war das Schönste, was ich an diesem Tag bisher gehört hatte (tut mir leid, Prince. Du hast aber einen guten zweiten Platz geschafft).

Blitzen schrie: »Treffer!«

Samirah und Hearthstone fielen sich um den Hals, was beiden nicht so richtig ähnlichsah.

Alex riss die Augen auf. »Es hat funktioniert? Es hat funktioniert!«

Ich grinste sie an. »Jetzt brauchst du nur noch alle deine Bowling-Pins umzuwerfen und wir haben aufgeholt. Hast du irgendeine Wergestalt, die vielleicht ...«

»Keine Sorge.« Ihr hinterhältiges Lächeln hatte sie zu hundert Prozent von ihrer Mutter Loki geerbt. »Das hab ich im Griff.«

Sie wuchs zu gewaltiger Größe heran. Ihre Arme verwandelten sich in dicke Vorderbeine, ihre Haut wurde grau und runzlig und ihre Nase verlängerte sich zu einem meterlangen Rüssel.

Alex war jetzt ein afrikanischer Buschelefant, obwohl ein verwirrter Riese ganz hinten im Saal schrie: »Sie ist eine Katze!«

Alex hob die Bowlingkugel mit dem Rüssel. Sie stürmte zur Linie, schleuderte die Kugel, stampfte aus voller Kraft auf und ließ die gesamte Bahn erbeben. Ihre Bowlingkugel warf nicht nur alle Pins um, ihr wildes Stampfen vernichtete die Pins in allen zwölf Bahnen und machte Alex zum meines Wissens ersten Elefanten aller Zeiten, der perfekte 300, nämlich zwölf Volltreffer, mit einem einzigen Wurf erzielt hatte.

Kann schon sein, dass ich auf und ab gehüpft bin und in die Hände geklatscht habe wie eine Fünfjährige, die soeben ein Pony bekommen hat. (Was habe ich darüber gesagt, dass man nie zu streng urteilen sollte?) Sam, Hearth und Blitz kamen angerannt und wir umarmten uns alle gegenseitig wie die Wilden, während die Riesen uns verstimmt anstarrten.

Herg und Blerg schleuderten ihre Footballhelme auf den Boden.

»Das können wir nicht schlagen«, jammerte Herg. »Haut uns einfach den Kopf hab.«

»Die Sterblichen sind Betrüger!«, beschwerte sich Winzi. »Zuerst haben sie meine Tasche schrumpfen lassen und Elvis beleidigt. Und jetzt haben sie die Truthahn-Bowler entehrt!«

Die Riesen rückten auf uns vor.

»Halt!« Utgardloki hob die Arme. »Das ist noch immer *meine* Bowlinghalle, und dieses Team hat gewonnen ... äh, mit Abstand, wenn auch nicht mit Anstand.« Er drehte sich zu uns um. »Wollt ihr die abgehackten Köpfe von Herg und Blerg?«

Alex und ich wechselten einen Blick. Schweigend entschieden wir, dass die abgehackten Köpfe nicht zur Einrichtung unserer Hotelzimmer passen würden.

»Utgardloki«, sagte ich. »Wir möchten nur die Information, die du uns versprochen hast.«

Der König drehte sich zur Menge um. Er breitete die Arme aus, wie um zu sagen, *was soll man machen?* »Liebe Freunde, ihr müsst zugeben, dass diese Sterblichen Mumm haben. Wir haben uns alle Mühe gegeben, sie zu demütigen, aber stattdessen haben sie uns gedemütigt. Und gibt es irgendetwas, das wir Bergriesen höher schätzen als die Fähigkeit, die eigenen Feinde zu demütigen?«

Die anderen Riesen murmelten in widerstrebender Zustimmung.

»Ich möchte ihnen helfen«, erklärte Utgardloki. »Ich glaube, sie haben bewiesen, dass sie dessen würdig sind. Wie viel Zeit gebt ihr mir?«

Ich verstand die Frage nicht so ganz, aber die Riesen murmelten unter sich. Winzi trat vor. »Ich sage, fünf Minuten. Alle dafür?«

»Aye!«, brüllte die Menge.

Utgardloki verbeugte sich. »Das ist mehr als fair. Kommt, meine Gäste, wir reden draußen weiter.«

Als er uns durch die Bar und durch den Haupteingang lotste, fragte ich: »Äh, was passiert in fünf Minuten?«

»Hmmmm?« Utgardloki lächelte. »Ach so, dann dürfen meine Vasallen euch jagen und töten. Ihr habt sie ja schließlich gedemütigt.«

43 STÄNDIG SAGST DU »HILFE«. ICH GLAUBE NICHT, DASS ES BEDEUTET, WAS DU GLAUBST, DASS ES BEDEUTET

Utgardloki führte uns hinter die Bowlinghalle. Dann folgten wir einem vereisten Pfad in einen riesigen Wald, während ich ihn mit Fragen löcherte wie: »Uns jagen? Uns umbringen? Was?« Er klopfte mir einfach auf die Schulter und kicherte, als ob ich einen guten Witz gemacht hätte.

»Ihr alle habt eure Sache sehr gut gemacht«, sagte er dann. »Normalerweise haben wir langweilige Gäste wie Thor. Ich sag ihm ›Thor, trink den Met hier‹. Er versucht es und versucht es. Er kommt nicht einmal auf die Idee, dass der Metbecher mit dem Ozean in Verbindung steht und nicht geleert werden *kann.*«

»Wie verbindet ihr einen Metbecher mit dem Ozean?«, fragte Sam. »Nein, warte, ist egal. Wir haben dringlichere Dinge zu besprechen.«

»*Fünf Minuten?*«, fragte ich wieder.

Der Riese schlug mir auf den Rücken, wie um etwas zu lockern – meine Kehle vielleicht oder mein Herz. »Ach, Magnus! Ich muss zugeben, als du die erste Runde versiebt hast, bin ich nervös geworden. Dann die zweite ... na ja, pure Gewalt hätte es nie gebracht, aber es war ein netter Versuch. Alex, deine Kugel hat fast das Taco-Bell-Restaurant an dem Highway südlich von Manchester erreicht.«

»Danke«, sagte Alex. »Das hatte ich auch angepeilt.«

»Aber als ihr dann die Illusion gebrochen habt!«, Utgardloki strahlte. »Das war erstklassig gedacht. Und natürlich der Elf mit den Flipper-Fähigkeiten und der Zwerg als Modezar, und wie Sam Furcht die Axt ins Gesicht geschleudert hat – gut gemacht, allesamt. Es wird mir eine Ehre sein, euch bei der Götterdämmerung alle vier zu erschlagen.«

Blitzen schnaubte. »Das Vergnügen ist ganz auf unserer Seite. Aber ich glaube, du bist uns jetzt ein paar Auskünfte schuldig.«

»Ja, natürlich.« Utgardloki änderte seine Gestalt. Plötzlich stand der Ziegenkiller vor uns, in seinem schwarzen Fell, seinem rußgeschwärzten Kettenhemd und seinem Eisenhelm, sein Gesicht verborgen hinter dem Visier, das aussah wie ein zähnefletschender Wolf.

»Könntest du die Maske abnehmen?«, fragte ich. »Bitte?«

Utgardloki klappte sein Visier hoch. Darunter sah sein Gesicht aus wie bisher, seine dunklen Augen funkelten mörderisch. »Sagt mal, Freunde, habt ihr inzwischen Lokis wahres Ziel erkannt?«

Hearthstone legte eine Faust geballt über die andere und zog sie dann auseinander, wie um ein Blatt Papier zu zerreißen: *Vernichten.*

Utgardloki schmunzelte. »Dieses Zeichen verstehe sogar ich. Ja, mein Flipper-Magier, Loki will seine Feinde vernichten. Aber das ist im Moment nicht sein dringlichstes Vorhaben.« Er drehte sich zu Sam und Alex um. »Ihr seid seine Kinder. Ihr müsst es doch wissen.«

Samirah und Alex wechselten einen verlegenen Blick. Sie hatten eine stumme, sehr geschwisterliche Unterredung: *Weißt du das? Nein, ich dachte, du wüsstest das. Ich weiß es nicht, ich dachte, du wüsstest das.*

»Er hat euch in den Hügel des Grabwichts gelockt«, sagte

Utgardloki als Hilfe. »Trotz all meiner Bemühungen seid ihr hingegangen. Und?«

»Da war kein Hammer«, sagte Blitzen. »Nur ein Schwert. Ein Schwert, das mir zutiefst verhasst ist.«

»Genau ...« Der Riese wartete darauf, dass wir die Puzzleteile zusammenfügten. Ich hatte es immer gehasst, wenn Lehrer das taten. Ich hätte gern geschrien: *Ich hasse Puzzles!*

Dennoch begriff ich, worauf er hinauswollte. Mir schwebte schon lange so etwas vor, aber mein Unterbewusstsein hatte versucht, diesen Gedanken zu verdrängen. Ich dachte an meine Vision von Loki, der in seiner Höhle lag, an Felssäulen gefesselt, mit dem gehärteten Gedärm seiner ermordeten Kinder. Ich dachte an die Schlange, die ihm Gift ins Gesicht träufelte, und daran, wie Loki geschworen hatte: *Schon bald, Magnus!*

»Loki will seine Freiheit«, sagte ich.

Utgardloki warf den Kopf in den Nacken und lachte. »Wir haben einen Gewinner. Natürlich, Magnus Chase. Das will Loki seit tausend Jahren.«

Samirah hob die Handfläche, um die Vorstellung wegzuschieben. »Nein, das darf nicht passieren.«

»Und doch«, sagte Utgardloki, »hast du die einzige Waffe, die ihn befreien könnte, auf deinen Rücken geschnallt – das Skofnungschwert!«

Meine Halskette schien mich erwürgen zu wollen, der Anhänger strebte über mein Schlüsselbein, wie um sich Sam zu nähern. Jack war offenbar aufgewacht, als er »Skofnung« gehört hatte. Ich riss ihn zurück und sah dabei sicher so aus, als ob ich einen Floh im Hemd hätte.

»Es ging hier nie um Thors Hammer«, ging mir jetzt auf. »Loki will das Schwert.«

Utgardloki zuckte mit den Schultern. »Na ja, der Diebstahl des Hammers war ein guter Katalysator. Ich stelle mir vor, dass Loki Thrym die Idee eingeflüstert hat. Schließlich hat Thryms Großvater einmal Thors Hammer gestohlen, und das ist nicht so gut ausgegangen. Thrym und seine Schwester wollen sich schon ihr ganzes Leben lang an dem Donnergott rächen.«

»Thryms Großvater?« Ich erinnerte mich an den Namen in der Hochzeitseinladung: *Thrym, Sohn des Thrym, Sohn des Thrym.*

Utgardloki machte eine wegwerfende Handbewegung. »Danach kannst du Thor fragen, wenn du ihn siehst, was sicher sehr bald passieren wird. Die Sache ist die: Loki hat Thrym zu dem Diebstahl angestachelt und ein Szenario erschaffen, in dem einer Gruppe von Champions wie euch einfach nichts anderes übrig bleibt, als den Hammer zurückzuholen ... und Loki dabei vielleicht gleichzeitig genau das zu bringen, was er eigentlich haben will.«

»Warte!« Alex legte die hohlen Hände zusammen, als ob sie es mit einem Tonklumpen auf der Töpferscheibe zu tun hätte. »Wir bringen das Schwert mit, um es Thrym zu geben. Wie kann da Loki ...«

»Die Mitgift.« Sam sah plötzlich krank aus. »Ach, wie konnte ich nur so blöd sein.«

Blitz runzelte die Stirn. »Äh ... na gut, ich bin ein Zwerg, ich habe keine Ahnung von euren patriarchalischen Traditionen – aber ist die Mitgift nicht etwas, das der Bräutigam bekommt?«

Sam schüttelte den Kopf. »Ich war so damit beschäftigt, sicherzustellen, dass es nie zu dieser Hochzeit kommen wird, dass ich nicht daran gedacht habe ... an die altnordischen Hochzeitsbräuche.«

»Die auch in Jotunheim gepflegt werden«, sagte Utgardloki zustimmend.

Hearthstone schniefte, wie um seine Nase von etwas Unangenehmem zu befreien. Er buchstabierte: *M-U-N-D-U-R?*

»Ja, die Mundur«, sagte Sam. »Das ist nämlich gar keine Mitgift, sondern das altnordische Wort für Brautpreis. Und den bekommt nicht der Bräutigam. Sondern der Vater der Braut.«

Wir blieben mitten im Wald stehen. Hinter uns war Utgard-Bowling kaum noch zu sehen, aber das Neonschild übergoss die Baumstämme mit rotem und goldenem Licht.

»Du meinst«, sagte ich, »was das Skofnungschwert und den Skofnungstein angeht, sind wir die ganze Zeit herumgelaufen, um Geschenke für *Loki* zu sammeln?«

Der Riesenkönig kicherte. »Das ist wirklich komisch, zumal Loki seine Freiheit will, um uns alle umbringen zu können.«

Sam lehnte sich gegen den nächststehenden Baum. »Und der Hammer ... das ist die Morgengabe?«

»Genau«, sagte der Riese zustimmend. »Die *Morgun-Gifu.*«

Alex legte den Kopf schräg: »Was für ein Tofu?«

Hearthstone gebärdete: *Das Geschenk an die Braut vom Bräutigam wird erst übergeben, wenn die Hochzeit ...* Seine Finger ließen ihn im Stich. *... vollzogen ist. Am Morgen danach.*

»Ich muss kotzen«, sagte Sam.

Ich übersetzte das, was Hearth gesagt hatte, für Alex.

»Der Hammer geht also an dich«, Alex zeigte auf Sam. »Theoretisch, wenn du die Braut wärst, was du aber nicht sein wirst. Aber erst nach der Hochzeitsnacht und ... Ich muss auch gleich kotzen.«

»Es wird noch schlimmer«, sagte der Riese mit ein wenig zu großer Schadenfreude. »Die Morgengabe gehört der Braut, wird aber von der Familie des Bräutigams für sie aufbewahrt. Wenn du also die Hochzeit hinter dich bringst und Thors Hammer zurückbekommst ...«

»Dann bleibt der bei Thrym«, sagte ich. »Der Riese bekommt durch die Hochzeit sein Bündnis *und* den Hammer.«

»Und Loki bekommt das Skofnungschwert.« Sam schluckte. »Nein, das ergibt noch immer keinen Sinn. Loki kann ja gar nicht in seiner tatsächlichen Gestalt zur Hochzeit kommen. Er kann höchstens eine Erscheinung schicken. Sein physischer Körper sitzt noch immer in der Höhle fest, in der er gefangen gehalten wird.«

»Und die ist unmöglich zu finden«, sagte Blitzen. »Und der Zutritt ist auch unmöglich.«

Utgardloki grinste aasig. »Wie bei der Insel Lyngwi?«

Leider hatte Utgardloki damit ins Schwarze getroffen, und deshalb hätte ich mich gern zu Sam an den Kotzbaum gestellt. Der Ort, an dem der Fenriswolf gefangen gehalten wurde, war angeblich unter den Göttern ein gut gehütetes Geheimnis, aber das hatte uns nicht daran gehindert, im Januar dort ein kleines Treffen zu veranstalten.

»Und das Schwert?«, fuhr Blitzen fort. »Warum Skofnung? Warum nicht Sumarbrander oder eine andere magische Waffe?«

»Ich bin nicht ganz sicher«, gab Utgardloki zu. »Ich bin auch nicht sicher, wie Loki das Schwert an seinen eigentlichen Aufenthaltsort schaffen oder dort verwenden will. Aber ich habe gehört, dass Lokis Fesseln sehr schwer zu sprengen sind, da es sich um durch Eisen verhärtetes Gedärm handelt – stark, klebrig und ätzend. Da wird jedes Schwert stumpf, sogar das schärfste. Man könnte mit Sumarbrander vielleicht eine der Fesseln zerschlagen, aber danach wäre die Klinge unbrauchbar.«

Jacks Anhänger summte unglücklich.

Ganz ruhig, Kumpel, dachte ich. *Niemand wird von dir verlangen, mit Eisen verstärktes Gedärm zu zerschneiden.*

»Mit Skofnung wäre es genauso …« Dann stieß Blitzen eine Verwünschung aus. »Natürlich! Die Schneide hat einen magischen Wetzstein. Deshalb braucht er das Schwert *und* den Stein.«

Der Riesenkönig klatschte langsam in die Hände. »Na also, mit etwas Hilfe habt ihr es zusammengepuzzelt. Gut gemacht.«

Blitz und Hearth starrten einander an, wie um zu sagen: Können wir es jetzt, wo wir es zusammengepuzzelt haben, bitte wieder auseinanderreißen?

»Wir finden also eine andere Möglichkeit, um den Hammer an uns zu bringen«, sagte ich.

Der Riese kicherte. »Viel Glück. Der ist irgendwo über zehn Kilometer tief in der Erde vergraben, wo nicht einmal Thor ihn erreichen kann. Ihr könnt ihn nur bekommen, wenn ihr Thrym überredet, ihn euch zu holen.«

Alex verschränkte die Arme. »Ich habe jetzt schon ziemlich viele schlechte Nachrichten von dir gehört, Riese. Aber ich habe noch nichts gehört, was ich als *hilfreich* bezeichnen würde.«

»Wissen ist immer hilfreich«, sagte Utgardloki. »Aber so, wie ich das sehe, gibt es zwei Möglichkeiten, um Lokis Plan zu vereiteln. Erste Möglichkeit: Ich bringe euch alle um und nehme das Skofnungschwert an mich. Damit verhindere ich, dass es Loki in die Hände fällt.«

Sams Hand näherte sich langsam ihrer Axt. »Die erste Möglichkeit gefällt mir nicht.«

Der Riese zuckte mit den Schultern. »Na ja, sie ist einfach, effektiv und relativ idiotensicher. Sie bringt euch zwar den Hammer nicht zurück, aber wie gesagt, der interessiert mich nicht. Mir geht es darum, dass Loki gefangen bleibt. Wenn er freikommt, wird er sofort die Götterdämmerung auslösen, und ich bin noch nicht so weit. Wir haben am Freitag Damenabend in der Bowlinghalle. Die Götterdämmerung würde uns alles versauen.«

»Wenn du uns umbringen wolltest«, sagte ich, »hättest du das längst erledigen können.«

Utgardloki grinste. »Ich weiß! Es hat mir auch gewaltig in den Fingern gejuckt. Aber, meine winzigen Freunde, es gibt noch eine Möglichkeit mit einem höheren Risiko und größerer Gewinnspanne. Ich wollte erst sehen, ob ihr fähig seid, das durchzuziehen. Nach eurer Leistung bei den Wettkämpfen weiß ich, dass ihr es schaffen könnt.«

»Diese ganzen Aufgaben«, sagte Sam. »Du hast uns auf die Probe gestellt, um herauszufinden, ob wir es verdient haben, am Leben gelassen zu werden, oder nicht?«

Hearthstone machte einige Gebärden, die ich lieber nicht übersetzen wollte, aber Utgardloki schien sie ohnehin verstanden zu haben.

»Aber, aber, Flipper-Magier«, sagte der Riese. »Kein Grund, beleidigend zu werden. Wenn ich euch laufenlasse und ihr Loki in seinem eigenen Spiel schlagen könnt, dann bekomme ich dieselben Belohnungen und dazu die Befriedigung, dass der Gott der Bosheit, dieser Emporkömmling, mit meiner Hilfe gedemütigt worden ist. Wie ich vielleicht schon erwähnt habe, lieben wir Bergriesen es, unsere Feinde zu demütigen.«

»Und weil du diese Demütigung inszeniert hast«, sagte Alex, »ist dir der Respekt deiner Gefolgsleute sicher.«

Utgardloki verbeugte sich bescheiden. »Vielleicht bekommt ihr dabei dann auch Thors Hammer zurück. Vielleicht auch nicht. Mir ist es wirklich egal. Meiner Ansicht nach ist Thors Hammer nichts weiter als ein asgardisches Schwindelunternehmen, und ihr könnt Thor ruhig sagen, dass ich das denke.«

»Das würde ich nicht einmal dann tun«, sagte ich, »wenn ich wüsste, was damit gemeint ist.«

»Sorgt dafür, dass ich stolz auf euch sein kann«, sagte Utgardloki. »Findet einen Weg, um die Regeln von Lokis Spiel zu ändern, so, wie ihr das bei unserem Fest gemacht habt. Ihr könnt doch sicher einen Plan ersinnen.«

»Das soll die zweite Möglichkeit sein?«, fragte Alex empört. »Denkt euch was aus? Das nennst du also Hilfe?«

Utgardloki presste die Hände auf die Brust. »Ich bin verletzt. Ich habe euch so viel gegeben. Außerdem sind unsere fünf Minuten vorbei.«

Ein BUUUMMM hallte im Wald wider – das Geräusch von Eingangstüren, die aufgerissen wurden, gefolgt vom Gebrüll erboster Riesen.

»Beeilt euch, ihr Kleinen«, drängte Utgardloki. »Geht zu Thor und erzählt ihm, was ihr wisst. Wenn meine Vasallen euch fangen … na ja, ich fürchte, sie sind große Fans der ersten Möglichkeit.«

44 WIR WERDEN MIT RUNEN UND GUTSCHEINEN BESCHENKT

Ich war schon von Walküren gejagt worden. Ich war von mit Schusswaffen ausgerüsteten Elfen gejagt worden. Ich war von Zwergen mit einem Panzer gejagt worden. Und jetzt hatte ich das Glück, von Riesen mit Bowlingkugeln gejagt zu werden.

Eines Tages würde ich gern mal eine Welt verlassen, ohne dabei von einer wütenden Meute verfolgt zu werden.

»Lauft!«, schrie Blitz, als wären wir von selbst niemals auf diese Idee gekommen.

Wir rannten alle fünf durch den Wald, sprangen über umgestürzte Baumstämme und verschlungene Wurzeln. Hinter uns wurden die Riesen mit jedem Schritt größer. Im einen Augenblick waren sie vier Meter, im nächsten schon sieben.

Ich hatte das Gefühl, von einer Flutwelle verfolgt zu werden. Die Schatten der Riesen überholten uns, und nun wusste ich, dass es keine Hoffnung gab.

Blitzen erkaufte uns einige Sekunden. Mit einer Verwünschung warf er die Tasche Leerleder hinter uns und brüllte »Passwort!«. Die Riesenmeute stellte fest, dass das Erscheinen von Mount Bowlingtasche ihnen den Weg versperrte, aber sie wurden rasch groß genug, um einfach darüber hinwegzusteigen. Bald würden wir zertrampelt werden. Nicht einmal Jack könnte gegen so viele etwas ausrichten.

Hearthstone sprintete vorweg und gebärdete fieberhaft *schneller!* Er zeigte auf einen Baum mit schmalen Ästen und Dolden aus roten Beeren, die gerade im grünen Blattwerk reiften. Der Boden darunter war mit weißen Blütenblättern übersät. Der Baum fiel wirklich auf zwischen den riesigen Kiefern von Jotunheim, aber ich begriff nicht, warum Hearth ausgerechnet dort sterben wollte.

Dann öffnete sich der Baumstamm wie eine Tür. Eine Dame trat hervor und rief: »Hierher, meine Helden!«

Sie hatte feine elfenhafte Züge und rotgoldene Haare, üppig und warm und glänzend. Ihr orangerotes Kleid wurde an der Schulter von einer grünsilbernen Brosche zusammengehalten.

Mein erster Gedanke war: *Das ist eine Falle.* Meine Erfahrung mit Yggdrasil hatte mir ein gesundes Misstrauen gegen sich plötzlich in Bäumen öffnende Türen eingegeben. Die Dame sah aus wie eine der dryadischen Baumgeister, die meine Cousine Annabeth beschrieben hatte, aber ich konnte mir nicht vorstellen, was eine Dryade in Jotunheim zu suchen hatte.

Sam zögerte nicht. Sie rannte hinter Hearthstone her, als die rotgoldene Frau die Hand ausstreckte und rief: »Beeilt euch!«

Mir kam das vor wie ein reichlich überflüssiger Rat.

Der Himmel über uns wurde jetzt mitternachtsschwarz. Ich schaute hoch und sah die yachtgroße Sohle eines riesigen Bowlingschuhs, die bereit war, uns platt zu treten. Die rotgoldene Dame zog Hearth in den Baum. Sam sprang als Nächste durch die Tür, gefolgt von Alex. Blitz konnte nicht so große Schritte machen, deshalb packte ich ihn und sprang. In dem Moment, in dem sich der Schuh des Riesen senkte, verschwand die Welt in absoluter stummer Dunkelheit.

Ich blinzelte. Ich war offenbar nicht tot. Blitzen zappelte unter meinem Arm, deshalb nahm ich an, dass auch er noch lebte.

Plötzlich wurde ich von einem grellen Licht geblendet. Blitz grunzte besorgt. Ich stellte ihn auf die Füße und er versuchte ungeschickt, seinen Tropenhelm aufzusetzen. Erst, als er sicher verhüllt war, sah ich mir unsere Umgebung an.

Wir standen in einem riesigen Raum, der eindeutig keine Bowlinghalle war. Über uns ließ eine neunseitige Glaspyramide das Tageslicht herein. Der ganze Raum war von Panoramafenstern umgeben und zeigte uns die Dächer von Asgard von oben. In der Ferne konnte ich die Hauptkuppel von Walhalla erkennen. Gehämmert aus hunderttausend goldenen Schilden sah sie aus wie der Panzer des elegantesten Gürteltiers aller Zeiten.

Der Saal, in dem wir uns befanden, war von neun Bäumen umstanden, von denen jeder aussah wie der, durch den wir in Jotunheim eingetreten waren. In der Mitte, vor einer Art Podium, knisterte fröhlich und rauchlos ein Feuer. Und auf dem Podium stand ein reich verzierter Sessel aus weißem Holz.

Die Frau mit den rotgoldenen Haaren stieg auf das Podium und nahm im Sessel Platz.

Wie ihre Haare war alles an ihr elegant, fließend und hell. Die Bewegung ihres Kleides erinnerte mich an eine Wiese voll roter Mohnblumen, die sich in einer warmen Sommerbrise wiegen.

»Willkommen, Helden«, sagte die Göttin. (Oh, ich hab die Pointe verraten. Aber ich war inzwischen ziemlich sicher, dass wir es mit einer Göttin zu tun hatten.)

Hearthstone rannte nach vorn und kniete vor dem Thron nieder. Ich hatte ihn zuletzt so ehrerbietig gesehen, als … Na ja, eigentlich noch nie, nicht einmal, als er Odin persönlich gegenübergestanden hatte.

Seine Finger buchstabierten: *S-I-F.*

»Ja, mein lieber Hearthstone«, sagte die Göttin. »Ich bin Sif.«

Blitz lief zu Hearth und kniete ebenfalls nieder. Ich stand ja nicht so auf Kniefälle, aber ich verbeugte mich vor der Dame und schaffte es, dabei nicht auf die Nase zu fallen. Alex und Sam standen einfach da und sahen leicht vergrätzt aus.

»Herrin«, sagte Sam mit deutlichem Widerwillen. »Warum habt Ihr uns nach Asgard geholt?«

Sif rümpfte ihre zarte Nase. »Samirah al-Abbas. Die Walküre. Und das da ist Alex Fierro, die ... die neue Einherje.« Sogar die Polizisten Sonnenfleck und Wiesenblume wären von ihrem angewiderten Blick begeistert gewesen. »Ich habe euch das Leben gerettet. Ist das nicht ein Grund zur Dankbarkeit?«

Blitz räusperte sich. »Herrin, Sam meinte ja nur ...«

»Ich kann selbst sprechen«, sagte Sam. »Ja, ich weiß die Rettung zu schätzen, aber es war irgendwie ein verdächtiger Zufall. Habt Ihr uns beobachtet?«

Die Augen der Göttin leuchteten auf wie Münzen unter Wasser. »Natürlich habe ich euch beobachtet, Samirah. Aber ich konnte euch doch nicht herholen, solange ihr nicht wusstet, wie meinem Gatten geholfen werden kann.«

Ich sah mich um. »Euer Gatte ist ... Thor?«

Ich konnte mir nicht vorstellen, dass der Donnergott in einem so schönen und sauberen Haus lebte, mit unversehrter Glasdecke und Fenstern. Sif wirkte so verfeinert, so elegant, bestimmt würde sie in der Öffentlichkeit niemals furzen oder rülpsen.

»Ja, Magnus Chase.« Sie breitete die Arme aus. »Willkommen in unserem Haus Bilskirnir – der berühmten Villa *Heller Spalt.*«

Um uns herum sang ein himmlischer Chor »Ahhhhh!« und verstummte dann so plötzlich, wie er eingesetzt hatte.

Blitzen half Hearthstone auf die Füße. Ich kannte mich nicht aus mit göttlichen Benimmregeln, aber ich vermutete, wenn der himmlische Chor erklungen war, durfte man sich erheben.

»Das größte Wohnhaus in Asgard!« Blitzen staunte. »Ich habe Geschichten über diese Villa gehört. Und was für ein schöner Name. Bilskirnir!«

Wieder sang ein Chor »Ahhhhhhh!«.

»Heller Spalt?« Alex wartete nicht einmal ab, bis die Engel fertig waren, ehe sie fragte. »Ist das gleich neben Arschritze?«

Sif runzelte die Stirn. »Das da gefällt mir nicht. Vielleicht schicke ich es zurück nach Jotunheim.«

»Nenn mich ja nicht wieder *es*«, fauchte Alex. »Versuch es nicht mal!«

Ich hielt meinen Arm vor sie, wie eine Brüstung, obwohl ich wusste, dass ich eine Amputation per Tonschneider riskierte. »Äh, Sif, vielleicht könntet Ihr uns sagen, warum wir hier sind?«

Sifs Blick blieb an mir haften. »Ja, natürlich, Sohn des Frey. Frey habe ich immer schon gemocht. Er sieht ziemlich gut aus.« Sie hob ihre Haare an. Ich hatte aus irgendeinem Grund das Gefühl, dass Sif mit *er sieht gut aus* meinte, *er könnte meinen Mann eifersüchtig machen.*

»Wie gesagt«, fügte sie dann hinzu, »ich bin Thors Gattin. Mehr wissen die meisten Leute nicht über mich, aber ich bin auch die Göttin der Erde. Es war einfach für mich, eure Bewegungen durch die Neun Welten zu verfolgen, wann immer ihr durch einen Wald gegangen oder auf lebendes Gras oder Moos getreten seid.«

»Moos?«, fragte ich.

»Ja, mein Lieber. Es gibt sogar eine Moosart, die Sifs Haar genannt wird, nach meinen üppigen goldenen Locken.«

Sie sah sehr selbstzufrieden aus, aber ich war mir nicht sicher, ob ich es so aufregend finden würde, wenn ein Moos nach mir hieße.

Hearth zeigte auf die Bäume um den Innenhof und gebärdete *Eberesche.*

Sif strahlte. »Du weißt viel, Hearthstone. Die Eberesche ist in der Tat der mir geheiligte Baum. Ich kann von einer zur anderen durch alle Neun Welten schreiten, und so habe ich euch in meinen Palast gebracht. Die Eberesche ist der Quell so vieler Sagen. Wusstet ihr, dass mein Sohn Ull aus Ebereschenholz den ersten Bogen und die ersten Skier gemacht hat? Was war ich damals stolz.«

»Ja, sicher.« Ich dachte an ein Gespräch, das ich einmal mit einer Ziege in Jotunheim geführt hatte. (Es ist deprimierend, dass ich mit Fug und Recht diesen Satz sagen kann.) »Otis hat Ull erwähnt, aber ich wusste nicht, dass er Thors Sohn ist.«

Sif legte sich einen Finger an die Lippen. »Er ist ja auch mein Sohn aus erster Ehe. Thor ist da ein bisschen empfindlich.« Diese Tatsache schien ihr zu gefallen. »Aber wo wir gerade von Ebereschen reden, ich habe ein Geschenk für unseren elfischen Magier.«

Sie zog einen Lederbeutel aus dem Ärmel ihres eleganten Kleides.

Hearth hätte fast das Gleichgewicht verloren. Er machte einige wilde Gesten, die eigentlich nichts bedeuteten, aber so ungefähr wirkten wie *Keuch!*

Blitzen packte seinen Arm, um ihn festzuhalten. »Ist – ist das ein Runenbeutel, Herrin?«

Sif lächelte. »Richtig, mein gut angezogener zwergischer Freund. Auf Holz geschriebene Runen haben eine ganz andere Kraft als Runen auf Stein. Sie sind voller Leben, voller Geschmeidigkeit. Ihre Magie ist weicher und formbarer. Und Ebereschenholz ist das beste Holz für Runen.«

Sie winkte Hearth zu sich und drückte ihm den Lederbeutel in die zitternden Hände.

»Die wirst du im bevorstehenden Kampf brauchen«, sagte sie zu ihm. »Aber sei gewarnt – eine Rune fehlt, genau wie in deinem anderen Beutel. Wenn ein Buchstabe fehlt, wird die gesamte Sprache der Magie geschwächt. Eines Tages wirst du das Symbol zurückholen müssen, um dein volles Potenzial zu entfalten. Wenn es so weit ist, dann suche mich wieder auf.«

Ich dachte an die Rune *Erbe*, die Hearthstone auf dem Steinhaufen seines Bruders hinterlassen hatte. Wenn Sif durch Bäume springen und in Gedanken mit Moos kommunizieren konnte, dann begriff ich nicht, warum sie Hearth nicht ganz einfach ein neues *Othala* geben konnte. Aber andererseits hatte ich ja auch kein Diplom von dem Wochenendseminar »Runenmagie mit dem Allvater« vorzuweisen.

Hearthstone senkte dankbar den Kopf. Er trat vom Podium zurück und wiegte seinen neuen Powerbeutel wie ein gewickeltes Baby.

Sam trat von einem Fuß auf den anderen und umklammerte ihre Axt. Sie starrte Sif an, als könnte die Göttin eine neue Erscheinungsform von Klein Billy sein. »Edle Sif, das ist sehr gütig. Aber Ihr wolltet uns sagen, warum Ihr uns hergeholt habt.«

»Um meinem Gatten zu helfen«, sagte Sif. »Ich gehe davon aus, dass ihr jetzt wisst, wie ihr den Hammer ausfindig machen und an euch bringen könnt?«

Ich schaute meine Freunde an und fragte mich, ob jemand von uns auf diplomatische Art *na ja, irgendwie schon, aber eigentlich nicht* sagen konnte.

Sif seufzte und wirkte ein kleines bisschen verächtlich. »Ach, ich sehe schon, ihr wollt erst über die Bezahlung sprechen.«

»Äh«, sagte ich, »das war eigentlich nicht …«

»Einen Moment.« Sif fuhr sich mit den Fingern durch ihre langen Haare, wie beim Weben. Rotgoldene Strähnen fielen auf ihren Schoß und fingen an, sich zu einer Art von Gestalt zusammenzuflechten, wie bei einem 3-D-Drucker, der massives Gold ausspuckt.

Ich drehte mich zu Sam um und flüsterte: »Ist sie wie Rapunzel?«

Sam hob eine Augenbraue. »Was glaubst du wohl, woher dieses Märchen stammt?«

Nach kurzer Zeit, ohne irgendwelche sichtbaren Schäden an Sifs Frisur, hielt die Göttin stolz eine kleine goldene Trophäe hoch: »Jeder und jede von euch bekommt so eine.«

Es war eine kleine goldene Kopie des Hammers Mjöllnir. In den Sockel, auf dem er thronte, war eingraviert: PREIS FÜR KÜHNE TATEN BEI DER RÜCKEROBERUNG VON THORS HAMMER. Und in kleineren Buchstaben, die ich nur mit zusammengekniffenen Augen erkennen konnte: GUTSCHEIN FÜR EINE ZWEITE VORSPEISE GLEICHEN WERTES BEI BESTELLUNG EINER VORSPEISE IN DEN TEILNEHMENDEN RESTAURANTS VON ASGARD.

Blitz quietschte auf. »Das ist umwerfend! Was für eine Schmiedekunst. Wie …?«

Sif lächelte und fühlte sich offenbar geschmeichelt. »Na ja, da meine echten Haare nach diesem *schrecklichen* Streich, den Loki mir gespielt hat, durch magische Haare aus massivem Gold ersetzt wurden«, ihr Lächeln verschwand, als sie einen Blick zu Alex und Sam hinüberwarf, »habe ich zumindest den einen Vorteil, dass ich aus meinen Haaren jede Menge goldener Gegenstände machen kann. Ich muss mit solchen Gutscheinen das Personal hier bezahlen, auch Helden wie euch. Thor ist so reizend. Er weiß meine Fähigkeiten dermaßen zu schätzen, dass er mich seine Trophäenfrau nennt.«

Ich blinzelte. »Oh.«

»Ich weiß!« Sif errötete. »Also, wenn ihr eure Aufgabe erfüllt habt, bekommt ihr eure Trophäen.«

Blitzen griff mit sehnsüchtiger Miene nach dem Musterstück. »Eine Gratisvorspeise in – in jedem teilnehmenden Restaurant?« Ich hatte schon Angst, er würde vor Freude in Tränen ausbrechen.

»Ja, mein Lieber«, sagte die Göttin. »Aber wie wollt ihr den Hammer denn nun zurückholen?«

Alex hüstelte. »Also, ehrlich gesagt …«

»Ist auch egal, sagt es mir nicht!« Sif hob die Hand, wie um Alex nicht ins Gesicht schauen zu müssen. »Ich überlasse Details lieber dem Hilfspersonal.«

»Dem Hilfspersonal«, sagte Alex.

»Ja. Also, eure erste Aufgabe wird nicht leicht sein. Egal, was für Informationen ihr habt, ihr müsst sie meinem Gatten überbringen. Der Fahrstuhl ist da drüben. Ihr findet Thor in seiner – wie nennt er das noch gleich? – seiner *Männerhöhle.* Aber seid gewarnt, er war in letzter Zeit furchtbar schlechter Laune.«

Sam trommelte mit den Fingern auf dem Schaft ihrer Axt herum. »Ich nehme nicht an, Ihr könntet ihm einfach etwas ausrichten?«

Sifs Lächeln verhärtete sich. »Nein, das könnte ich nicht. Und jetzt geht. Und versucht, Thor nicht in mörderische Wut zu versetzen. Ich habe keine Zeit, noch eine neue Gruppe von Helden anzuheuern.«

45 NOCH NIE HABEN ZÖPFCHEN SO BEDROHLICH AUSGESEHEN

Sif nervt«, murmelte Alex, sowie sich die Fahrstuhltüren geschlossen hatten.

»Vielleicht ist jetzt nicht der richtige Augenblick, um so etwas zu sagen«, meinte ich, »schließlich stehen wir in ihrem Fahrstuhl.«

»Wenn die Sagen zutreffen«, fügte Blitz hinzu, »hat diese Villa mehr als sechshundert Stockwerke. Ich würde auf dem Weg in den Keller lieber nicht abstürzen.«

»Auch egal«, knurrte Alex. »Was ist *Heller Spalt* überhaupt für ein Name?«

Ein zwei Sekunden langer Chor voller himmlischer Glückseligkeit erscholl aus den Lautsprechern an der Decke.

»Das ist eine Kenning«, sagte Blitzen. »Ihr wisst schon, wie *Blutstrom* für den Skofnungschwert-Typen. *Heller Spalt …*«

Ahhhhhh!

»… ist nur eine poetische Umschreibung für den Blitz, da Thor doch der Donnergott ist und überhaupt.«

»Hmpf«, sagte Alex. »An *Heller Spalt* ist nichts poetisch.«

Ahhhhhhh!

Seit Hearthstone den neuen Runenbeutel bekommen hatte, war er noch zurückhaltender als sonst. Er lehnte in der Ecke des Fahrstuhls und zupfte an der Schnur des Lederbeutels. Ich versuchte, seine Aufmerksamkeit zu erregen, wollte fragen, ob bei ihm alles in Ordnung sei, aber er erwiderte meinen Blick einfach nicht.

Sam fuhr die ganze Zeit mit den Fingern über den Rand ihrer Axt, als ob sie damit rechnete, sie bald benutzen zu müssen.

»Du kannst Sif auch nicht leiden«, sagte ich.

Sam zuckte mit den Schultern. »Warum sollte ich? Sie ist eine eitle Göttin. Ich finde die Streiche, die mein Vater anderen so spielt, oft nicht so toll, aber dass er Sif damals die Haare abgeschnitten hat – das kann ich verstehen. Er wollte damit etwas klarstellen. Ihr Aussehen ist ihr wichtiger als alles andere. Dass sie mit ihren kostbaren neuen Haaren Dinge herstellen kann, die ganze Sache mit ihr als Trophäenfrau – ich bin sicher, dass mein Dad auch das geplant hatte. So was findet er komisch. Sif und Thor sind nur zu blöd, um das zu kapieren.«

Hearthstone hatte es offenbar kapiert. Er stopfte sich den Runenbeutel in die Tasche und gebärdete: *Sif ist weise und gütig. Göttin der wachsenden Dinge. Du ...* Er zeigte auf Sam und machte dann zwei Okay-Zeichen und eine Bewegung, wie um Papier zu zerreißen – das Symbol für *unfair.*

»He, Elf?«, sagte Alex. »Ich verstehe ja, was du meinst, aber wenn du Sif verteidigen willst, dann muss ich sagen, dass ich ganz mit Sam übereinstimme.«

»Danke!«, sagte Sam.

Hearthstone machte ein unzufriedenes Gesicht und verschränkte die Arme, das taube Äquivalent zu *ich rede jetzt überhaupt nicht mehr mit euch.*

Blitz grunzte. »Also, ich halte es für verrückt von euch, in Thors eigenem Haus über Thors Frau zu lästern, wo wir gleich ...«

Pling.

Die Fahrstuhltüren öffneten sich.

»Heilige Männerhöhle«, sagte ich.

Wir traten aus dem Fahrstuhl in eine Art Garage. Auf einem hydraulischen Lift schwebte Thors Wagen, die Räder waren abmontiert und aus dem Untergestell hing etwas heraus, das aussah wie eine defekte Getriebeautomatik. An einer an der Wand angebrachten Stecktafel sahen wir Dutzende von Schraubenschlüsseln, Sägen, Schraubenziehern und Gummihämmern. Ich spielte kurz mit dem Gedanken, mir einen Hammer zu schnappen und zu schreien: *Ich hab deinen Hammer gefunden!* Aber ich dachte, der Witz würde vielleicht nicht gut ankommen.

Hinter der Garage öffnete sich der Keller zu einer ausgewachsenen Männerhöhle. Stalaktiten hingen von der hohen Decke und füllten den Raum mit einer Düsterkeit wie in Nidavellir. Die hintere Hälfte der Höhle war ein Kinosaal mit zwei riesigen Leinwänden und etlichen kleineren Plasmabildschirmen dicht über dem Boden, so dass Thor sich gleichzeitig zwei Spielfilme ansehen und ein Dutzend unterschiedliche Sportveranstaltungen verfolgen konnte. Ihr wisst schon, Entspannung. Die Sitze waren Sessel aus Leder und Fellen, an denen Getränkehalter aus Elchgeweihen angebracht waren.

Auf unserer Linken befand sich eine Kochnische: fünf Kühlschränke aus rostfreiem Stahl, ein Herd, drei Mikrowellen, eine Reihe Küchenmixer und eine Schlachtabteilung, die sicher nicht der Lieblingsaufenthaltsort von Thors Ziegen war. Am Ende eines kurzen Durchgangs zeigte ein ausgestopfter Widderkopf den Weg zu den Toiletten, denn an jedem Horn hing ein Schild:

WALKÜREN ⟶

⟵ BERSERKER

In der rechten Hälfte der Höhle standen vor allem Spielautomaten – was so ungefähr das Letzte war, was ich nach Utgard-Bowling sehen wollte. Zum Glück gab es keine Bowlingbahn. Der überdimensionale Tisch, der den Ehrenplatz mitten in der Höhle einnahm, ließ annehmen, dass Thor eher auf Airhockey stand.

Die Höhle war so riesig, dass ich Thor erst sah, als er hinter dem *Dance Dance Revolution*-Automaten hervorkam. Er schien in Gedanken versunken zu sein, lief hin und her und murmelte vor sich hin, während er zwei Airhockeyschläger gegeneinanderschlug, als ob er sich darauf vorbereitete, einen Herzkranken zu defibrillieren. Hinter ihm trotteten seine Ziegen, Otis und Marvin, aber sie waren nicht sonderlich leichthufig. Immer, wenn Thor sich umdrehte, stieß er mit ihnen zusammen und musste sie beiseiteschieben.

»Hämmer«, knurrte er. »Blöde, blöde Hämmer. Hämmer.«

Endlich bemerkte er uns. »Aha!«

Er kam angerannt, seine Augen waren blutunterlaufen und wütend, sein Gesicht so rot wie sein buschiger Bart. Seine Kampfrüstung bestand aus einem zerfetzten Metallica-T-Shirt und Turnshorts, die seine bleichen behaarten Beine zeigten. Seine bloßen Füße brauchten dringend eine Pediküre. Aus irgendeinem Grund hatte er sich die struppigen roten Haare zu Zöpfchen geflochten, aber bei Thor sah das eher beängstigend aus als witzig. Fast, als wolle er uns sagen: *Ich kann mir eine Frisur machen wie eine Sechsjährige und euch trotzdem umbringen!*

»Was gibt's Neues?«, wollte er wissen.

»Hallo, Thor«, sagte ich, mit einer Stimme, die ungefähr so maskulin war wie seine Zöpfchen. »Äh, Sumarbrander möchte dir etwas sagen.«

Ich zog den Anhänger von der Kette und rief Jack herbei. War es feige von mir, mich hinter einem sprechenden Zauberschwert zu verstecken? Ich würde es lieber so formulieren: Es war ein strategisch kluger Schachzug. Ich würde Thor schließlich keinen Gefallen mehr tun können, wenn er mir das Gesicht mit einem Airhockeyschläger zermatschte.

»Hallo, Thor!« Jack lächelte fröhlich. »Hallo, Ziegen. Oh, Airhockey. Nette Butze zum Chillen, Donnermann!«

Thor kratzte sich mit einem Schläger im Bart. Der Name seines Sohnes Modi war in blauer Schrift über seine Fingerknöchel tätowiert. Ich hoffte wirklich, mir diesen Namen nicht aus nächster Nähe ansehen zu müssen.

»Ja, ja, hallo, Sumarbrander«, knurrte Thor. »Aber wo ist mein Hammer? Wo ist Mjöllnir?«

»Also ...«, Jack leuchtete jetzt in dunklerem Orange. Er konnte mich mangels Augen nicht wütend anstarren, aber er kehrte mir stattdessen die scharfe Kante zu. »Gute Nachrichten an dieser Front. Wir wissen, wer den Hammer hat, und wir wissen, wo er ihn aufbewahrt.«

»Hervorragend!«

Jack schwebte einige Fingerbreit rückwärts. »Aber es gibt auch schlechte Nachrichten ...«

Otis seufzte und sagte zu seinem Bruder Marvin: »Ich habe so das Gefühl, dass wir gleich umgebracht werden.«

»Hör auf«, fauchte Marvin. »Bring den Boss ja nicht auf dumme Ideen.«

»Der Hammer wurde von einem Riesen namens Thrym gestohlen«, sagte Jack. »Er ist über zehn Kilometer tief in der Erde vergraben.«

»Nicht hervorragend!« Thor knallte seine Airhockeyschläger gegeneinander. Donner grollte durch die Höhle. Plasmabildschirme und Leinwände fielen herunter. Mikrowellen flackerten. Die Ziegen stolperten hin und her wie auf einem schlingernden Schiff.

»Ich hasse Thrym!«, brüllte der Gott. »Ich hasse Erdriesen!«

»Wir auch!«, sagte Jack zustimmend. »Und jetzt kann Magnus dir von unserem brillanten Plan erzählen, den Hammer zurückzuholen.«

Jack flog hinter mich und schwebte dort mit großer strategischer Klugheit auf der Stelle. Otis und Marvin wichen vor ihrem Herrn zurück und versteckten sich hinter dem *Dance Dance Revolution*-Automaten.

Immerhin versteckten Alex, Sam, Blitz und Hearth sich nicht, aber Alex warf mir einen Blick zu, der zu sagen schien, *he, das ist immer noch dein Donnergott.*

Also erzählte ich Thor die ganze Geschichte: Wie wir dazu gebracht worden waren, das Skofnungschwert aus dem Hügel des Grabwichts zu holen, wie wir dann nach Albenheim geeilt waren, um den Skofnungstein an uns zu bringen, wie wir für ein Selfie mit Heimdall auf Bifröst geklettert waren und wie wir bei Utgardloki um Informationen gebowlt hatten. Ich erzählte von Thryms Bedingungen für ein Hochzeitsbündnis mit Loki.

Ab und zu musste ich eine Pause einlegen, damit Thor die Informationen verarbeiten konnte, indem er umherrannte, mit Werkzeug schmiss und mit den Fäusten gegen die Wände schlug.

Er brauchte sehr viel Zeit zum Verarbeiten.

Als ich fertig war, verkündete Thor seinen wohlüberlegten Ratschluss: »Wir müssen sie alle umbringen!«

Blitz hob die Hand. »Ach, Herr Thor, selbst, wenn wir Euch zu Thrym bringen könnten, so wäre es keine Hilfe, ihn umzubringen. Er ist der Einzige, der genau weiß, wo sich der Hammer befindet.«

»Dann foltern wir ihn, bis er es sagt, und dann bringen wir ihn um. Und danach hole ich mir den Hammer eigenhändig zurück!«

Alex murmelte: »Reizender Typ.«

»Thor«, sagte Sam, »selbst wenn wir das täten – obwohl Folter nicht sonderlich effektiv ist und, na ja, auch ethisch nicht ganz einwandfrei –, selbst wenn Thrym dir genau sagt, wo der Hammer liegt, wie willst du ihn aus über zehn Kilometern Tiefe heraufholen?«

»Ich würde die Erde aufbrechen. Mit meinem Hammer!«

Wir warteten, bis Thors mentale Gangschaltung sich bewegt hatte.

»Oh«, sagte der Gott. »Ich sehe das Problem. Verflucht! Mir nach!«

Er marschierte in die Garage, schleuderte seine Hockeyschläger beiseite und fing an, sein Werkzeug zu durchwühlen. »Es muss doch etwas geben, das zehn Kilometer massives Gestein durchbohren kann.«

Er erwog einen Handbohrer, ein Maßband, einen Korkenzieher und den Eisenstab, für den wir in Geirröds Festung fast gestorben wären. Er warf alles auf den Boden.

»Nichts!«, rief er verärgert. »Nutzloser Müll!«

Vielleicht könntest du deinen Kopf nehmen, gebärdete Hearth. *Der ist doch aus sehr hartem Holz.*

»Versuch gar nicht erst, mich zu trösten, Elf«, sagte Thor. »Es ist hoffnungslos, oder? Man muss einen Hammer haben, um sich einen Hammer zu verschaffen. Und das hier …« Er hob einen Gummihammer auf und seufzte. »Das hilft alles nichts. Ich bin ruiniert. Bald werden alle Riesen wissen, dass ich wehrlos bin. Danach werden sie in Midgard einfallen, die Fernsehindustrie zerstören und ich werde meine Serien niemals wieder sehen können.«

»Es könnte eine Möglichkeit geben, den Hammer heraufzuholen.« Das war mir herausgerutscht, ehe ich mir überlegt hatte, was ich da sagte.

Thors Augen leuchteten auf. »Hast du eine große Bombe?«

»Äh, nein. Aber Thrym will doch morgen heiraten. Wir können so tun, als gingen wir darauf ein, und …«

»Vergiss es«, knurrte Thor. »Ich weiß schon, was du vorschlagen willst. Nie im Leben. Thryms Großvater hat mich ausreichend gedemütigt, als er meinen Hammer gestohlen hatte. Das mache ich nicht noch einmal.«

»Was denn?«, fragte ich.

»Ein Hochzeitskleid anziehen«, sagte Thor. »Mich als die Braut des Riesen ausgeben, als Freya, die sich weigerte, Thrym zu heiraten. Diese Egoistin! Ich wurde beleidigt, gedemütigt und … wieso grinst du denn so?«

Diese letzte Frage war an Alex gerichtet, die eilig ein ernstes Gesicht aufsetzte.

»Nur so«, sagte sie. »Einfach die Vorstellung … du in einem Hochzeitskleid.«

Jack, der hinter meiner Schulter schwebte, flüsterte: »Er sah um-wer-fend aus!«

Thor grunzte. »Das alles war natürlich Lokis Idee. Es hat auch funktioniert, ich habe die Hochzeit gesprengt, meinen Hammer geholt und die Riesen umgebracht – na ja, abgesehen von den kleinen Kindern, Thrym dem Dritten und Thrynga. Aber als ich dann wieder in Asgard war, hat Loki die Geschichte so oft erzählt, dass alle über mich gelacht haben. Mich hat jahrhundertelang niemand ernst genommen!« Thor runzelte die Stirn, als sei ihm ein Gedanke gekommen, was sicher eine schmerzliche Erfahrung war. »Wisst ihr, ich wette, das war die ganze Zeit Lokis Plan. Bestimmt hat er den Diebstahl und dann die Lösung nur arrangiert, um mich zu blamieren.«

»Das ist schrecklich«, sagte Alex. »Wie hat denn dein Hochzeitskleid ausgesehen?«

»Ach, das war weiß, vorn hochgeschlossen und mit weißen Spitzen besetzt, und es hatte wunderschöne muschelförmige ...« Thors Bart sprühte plötzlich Funken. »DAS SPIELT KEINE ROLLE!«

»Jedenfalls«, ich schaltete mich ein, »dieser Thrym, also Thrym der Dritte oder was auch immer, der rechnet damit, dass du diesen Trick noch einmal versuchst. Deshalb hat er irgendwelche Sicherheitsmaßnahmen getroffen. Kein Gott kommt unbemerkt durch den Vordereingang. Wir brauchen eine andere Braut.«

»Na, da bin ich aber erleichtert.« Thor grinste Samirah an. »Und ich bin dir sehr dankbar, dass du einspringen willst, meine Liebe. Ich bin froh, dass du nicht so egoistisch bist wie Freya. Ich schulde dir ein Geschenk. Sif soll eine Trophäe für dich machen. Oder vielleicht hättest du gern eine leckere Pastete? Ich hab da welche in der Tiefkühltruhe ...«

»Nein, Thor«, sagte Sam. »Deinetwegen heirate ich keinen Riesen.«

Thor blinzelte schlau. »Richtig ... du tust nur so, als ob du ihn heiraten willst. Und wenn er dann den Hammer rausholt ...«

»Ich tu nicht so«, sagte Sam.

»Aber ich«, sagte Alex.

46 HIER KOMMT DIE BRAUT, UND/ODER DER MEUCHELMÖRDER

Alex wusste, wie sie unsere Aufmerksamkeit erregen konnte. Hearth und Blitz starrten sie ungläubig an. Jack leuchtete hellgelb auf. Thor runzelte die Stirn und seine Augenbrauen sprühten Funken wie Straßenbahnkabel. Sogar die Ziegen kamen angetrottet, um sich diese Verrückte genauer anzusehen.

»Was ist denn los?«, fragte Alex. »Sam und ich haben darüber geredet. Sie hat Amir versprochen, diesen Riesen nicht einmal zum Schein zu heiraten, klar? Diese Maskerade macht mir überhaupt nichts aus. Ich verkleide mich, lege mein Gelübde ab, bringe meinen neuen Ehemann um, was auch immer. Sam und ich sind ungefähr gleich groß. Wir sind beide Kinder Lokis. Sie kann meine Brautjungfer sein. Das ist die beste Lösung.«

Ich starrte Sam an. »Darüber hast du mit Alex gesprochen?«

Samirah spielte mit den Schlüsseln an ihrem Gürtel. »Alex glaubt, dass sie Lokis Kontrolle widerstehen kann … anders als ich in Provincetown.«

Zum ersten Mal sprach sie so offen über diesen Zwischenfall. Ich dachte daran, wie Loki mit den Fingern geschnippt hatte, wie Sam zusammengebrochen und alle Luft aus ihrer Lunge entwichen war. Sam war eine Walküre. Sie hatte mehr Willenskraft und Disziplin als alle, die ich sonst kannte. Wenn sie sich Lokis Herrschaft nicht entziehen konnte …

»Alex, bist du sicher?« Ich versuchte, meine Stimme von Zweifeln frei zu halten. »Ich meine, hast du schon einmal versucht, Loki zu widerstehen?«

Alex' Miene verhärtete sich. »Was soll das denn heißen?«

»Nichts«, sagte ich eilig. »Ich meinte nur …«

»Das Schlimmere ist«, schaltete Thor sich ein, »dass du nicht mal ein richtiges Mädchen bist. Du bist ein Ergi.«

Die Luft stand still, wie in der Sekunde vor einem Donnerschlag. Ich war nicht sicher, welche Möglichkeit ich beängstigender fand, dass Thor Alex angriff oder Alex Thor. Der Ausdruck in ihren Augen brachte mich auf die Idee, dass wir einfach Alex an die Grenze zu Jotunheim stellen sollten, um die Riesen zu verscheuchen, statt unsere Zeit mit Thor und seinem Hammer zu vergeuden.

»Ich bin ein Kind des Loki«, sagte sie mit ruhiger Stimme. »Genau das, was Thrym erwartet. Wie Loki bin ich vom Geschlecht fließend. Und wenn ich weiblich bin, dann bin ich wirklich weiblich. Ein Hochzeitskleid aus Spitze steht mir jedenfalls besser als dir.«

Thor schäumte. »Solche Gemeinheiten sind wirklich unnötig.«

»Außerdem«, fügte Alex hinzu, »werde ich nicht zulassen, dass Loki mir seinen Willen aufzwingt. Das habe ich noch nie und das werde ich auch nie. Ich sehe auch keine sonstigen Freiwilligen für dieses eheliche Himmelfahrtskommando.«

Otis trat vor und seufzte. »Na ja, wenn ihr einen Freiwilligen zum Sterben braucht, dann kann ich das machen. Ich habe Hochzeiten immer schon geliebt und …«

»Halt das Maul, du Dussel«, sagte Marvin. »Du bist eine Ziege!«

Thor hob seine Eisenstange auf. Er stützte sich nachdenklich darauf, tippte mit den Fingern darauf herum und ließ allerlei Bilder über die Oberfläche flimmern – ein Fußballspiel, einen Einkaufssender, *Gilligans Insel.*

»Na ja«, sagte er endlich. »Ich glaub ja noch immer nicht, dass ein Ergi das schaffen kann …«

»Eine *geschlechtsmäßig fließende Person«*, korrigierte Alex.

»Eine geschlechts … na, von mir aus«, Thor gab sich geschlagen. »Aber ich schätze mal, rein respektmäßig hast du am wenigsten zu verlieren.«

Alex bleckte die Zähne. »Ich verstehe langsam, warum Loki dich so liebt.«

»Leute«, sagte ich. »Wir haben noch andere Dinge zu besprechen, und wir haben nicht viel Zeit. Thrym rechnet damit, dass seine Braut morgen eintrifft.«

Alex verschränkte die Arme. »Dann ist es entschieden. Ich werde den riesigen Kotzbrocken ehelichen.«

Ja, du heiratest ihn, gebärdete Hearth. *Ich wünsche euch viele glückliche Jahre und reichen Kindersegen.*

Alex kniff die Augen zusammen. »Ich sehe schon, ich muss Gebärdensprache lernen. Aber ich vermute mal, dass du gesagt hast, *ja, Alex, danke, Alex, für deine Tapferkeit und deinen Heldenmut.«*

So ungefähr, gebärdete Hearth.

Ich fand die Vorstellung von Alex als Köder im Brautkleid noch immer nicht gut, aber ich musste Bewegung in die Sache bringen. Diese Truppe hier beim Thema zu halten, war, wie einen Wagen ohne Ziegen und mit einem defekten Getriebe zu fahren.

»Wir müssen jedenfalls davon ausgehen«, sagte ich, »dass wir Thor nicht in die Hochzeitsgesellschaft einschmuggeln können.«

»Und er kann auch nicht so einfach in die Höhle eines Erdriesen reinplatzen«, fügte Blitz hinzu.

Thor räusperte sich. »Ich hab es schon versucht, das könnt ihr mir glauben. Die blöden Riesen sind zu tief in zu dumpfem Gestein begraben.«

»Mit dumpf kennst du dich ja aus«, vermutete Alex.

Ich warf ihr einen *Klappe halten*-Blick zu. »Wir müssen also die Eingangstür nehmen. Ich vermute, sie werden uns erst in letzter Minute sagen, wo die sich befindet, um einen Überfall oder ungebetene Gäste zu vermeiden.«

»Was steht denn in der Einladung?«, fragte Sam.

Ich zog die Einladung hervor und zeigte sie ihr. Unter *Zeit* stand jetzt: MORGEN VORMITTAG!!! Bei Ort hieß es noch immer: WIRD NOCH MITGETEILT.

»Ist schon gut«, sagte ich. »Ich glaube, ich weiß, wo der Eingang sein wird.«

Ich erzählte Thor von dem Foto der Bridal Veil Falls.

Der Donnergott sah nicht gerade glücklich aus. »Entweder irrst du dich und es ist einfach ein zufälliges Foto, oder du hast recht und verlässt dich auf Informationen, die von deinem verräterischen Onkel stammen.«

»Na ja ... schon. Aber wenn es der Eingang ist ...«

»Ich könnte das herausfinden«, sagte Thor. »Ich könnte ein Team aus Göttern hinschicken, undercover, die hinter der Hochzeitsgesellschaft herschleichen können.«

»Ein Team aus Göttern klingt hervorragend«, sagte ich beifällig.

»Kommt auf die Götter an«, murmelte Blitz.

»Wir haben auch einige Einherjer auf Abruf«, meinte Sam. »Gute Krieger. Vertrauenswürdig.«

Sie sagte »vertrauenswürdig«, als sei das ein Wort, das Thor noch nie gehört hatte.

»Hmmm.« Thor spielte an einem seiner Zöpfchen herum. »Das könnte klappen. Und wenn Thrym dann den Hammer herbeiruft ...«

»Falls er das überhaupt tut«, sagte Alex. »Er will den ja als, äh, als Morgengabe nehmen.«

Thor machte ein entsetztes Gesicht. »Egal, er muss ihn trotzdem für die Zeremonie herbeirufen. Die Braut hat das Recht, darauf zu bestehen. Mit dem Symbol meines Hammers wird jede Hochzeit gesegnet. Wenn Thrym den echten Hammer hat, muss er ihn dafür benutzen, wenn du das verlangst. Und sowie er das tut, kommen wir dazu und bringen alle um.«

Außer uns, sagte Hearthstone.

»Genau, Herr Elf. Das wird ein grandioses Blutbad!«

»Aber, Thor«, sagte Sam, »woher weißt du, wann der richtige Moment ist, um hereinzustürzen?«

»Das ist einfach.« Er drehte sich um und streichelte die Köpfe von Otis und Marvin. »Ihr fahrt in meinem Wagen zur Hochzeitshalle. Das ist ganz üblich in der vornehmen Welt. Mit einer gewissen Konzentration kann ich dann sehen und hören, was meine Ziegen sehen und hören.«

»Stimmt«, sagte Otis. »Dann kriege ich so ein Prickeln gleich hinter den Augäpfeln.«

»Still«, sagte Marvin. »Niemand interessiert sich für deine prickelnden Augäpfel.«

»Wenn der Hammer auftaucht« – Thor grinste boshaft –, »dann schlagen wir zu. Götter und Einherjer. Wir schlachten die Riesen ab und alles wird gut. Ich fühle mich jetzt schon besser.«

»Jawoll!«, jubelte Jack und machte einen High Five mit Thors Stange. Oder einen High One.

Samirah hob den Zeigefinger, wie um zu sagen, *Moment noch.* »Das ist noch nicht alles. Loki will das Skofnungschwert haben, um damit seine Fesseln zu zerschneiden. Wie können wir dafür sorgen, dass das nicht passiert?«

»Das wird niemals geschehen«, sagte Thor. »Lokis Gefängnis ist an einem ganz anderen Ort, und die Götter haben es vor langer Zeit versiegelt. Loki kann nicht leibhaftig an der Hochzeit teilnehmen. Selbst, wenn Thrym das Skofnungschwert an sich bringen kann, wird er keine Zeit haben, Loki zu suchen oder ihn zu befreien – denn wir kommen ja dann dazu und bringen den Riesentrottel um.«

Thor schwenkte den Eisenstab, um seine Ninjakünste unter Beweis zu stellen. Dabei löste sich links ein Zöpfchen, und das verstärkte die beängstigende Wirkung nur noch.

Ein kaltes Gefühl breitete sich in mir aus. »Ich bin mir nicht sicher, was diesen Plan angeht. Ich habe noch immer das Gefühl, dass uns etwas Wichtiges dabei fehlt.«

»Mein Hammer!«, sagte Thor. »Aber den haben wir ja bald wieder. Herr Elf und Herr Zwerg, warum geht ihr nicht nach Walhalla und alarmiert die Einherjer?«

»Das würden wir ja gern tun«, Blitz rückte seinen Tropenhelm gerade. »Aber wir dürfen Walhalla eigentlich nicht betreten, da wir, du weißt schon, gar nicht tot sind.«

»Da kann ich Abhilfe schaffen.«

»Bring uns nicht um!«, wimmerte Blitz.

Aber Thor wühlte nur auf seinem Arbeitstisch herum, bis er ein Kantholz gefunden hatte, an dessen einem Ende ein Schlüssel befestigt war. In die Seite des Kantholzes waren Wörter eingebrannt: THORS UNIVERSALPASS.

»Damit kommt ihr nach Walhalla«, versprach er. »Bringt ihn mir nur zurück. Ich werde den Wagen fertig machen, damit unsere geschlechtsergigige Braut ihn morgen benutzen kann. Dann werde ich mein Überfallkommando zusammenrufen und den Tatort ausbaldowern, die Bridal Veil Falls.«

»Und wir anderen?«, fragte ich widerstrebend.

»Du und die beiden Kinder des Loki werdet heute Abend unsere Gäste sein«, verkündete Thor. »Geht zu Sif nach oben, dann kümmert sie sich um euch. Und morgen früh werdet ihr dann zu einem glorreichen Hochzeitsmassaker fahren.«

»Oh«, seufzte Otis. »Ich liebe Hochzeiten.«

47 DAS RICHTIGE 80ER-STYLING FÜR DEN KAMPF

In der Nacht vor einem riesigen Massaker hätte ich mich mit Fug und Recht im Bett von einer Seite auf die andere wälzen können.

Aber nix da. Ich schlief wie ein Bergriese.

Sif teilte uns allen Gästezimmer in den oberen Etagen von *Heller Spalt* zu. Ich fiel auf mein Bett aus Ebereschenholz mit den Laken aus gewebtem Gold und bewegte mich erst wieder, als ich am nächsten Morgen den Wecker hörte – eine goldene Kopie von Mjöllnir, die einfach nicht aufhören wollte, den göttlichen Refrain *Ahhhhhhh! Ahhhhhhhh!* zu singen, bis ich ihn vom Nachttisch riss und gegen die Wand schleuderte. Ich muss zugeben, es war eine befriedigende Art, aufzuwachen.

Ich glaube nicht, dass Sam und Alex ebenso gut geschlafen hatten. Als wir uns in Sifs Innenhof trafen, hatten sie beide verquollene Augen. Auf Alex' Schoß stand ein Teller mit ehemaligen Donuts. Sie hatte sie in winzige Stücke gebrochen, um daraus ein stirnrunzelndes Gesicht zu legen. Ihre Finger waren von Puderzucker verklebt.

Sam hielt sich eine Tasse Kaffee an die Lippen, als ob sie sich an den Geruch erinnerte, aber nicht mehr wüsste, wie das mit dem Trinken geht. Das Skofnungschwert hing ihr über den Rücken.

Sie sah zu mir hoch und fragte: »Wohin?«

Zuerst verstand ich die Frage nicht. Dann ging mir auf, dass sie fragte, ob ich wüsste, wohin wir an diesem Tag gehen würden.

Ich durchwühlte meine Taschen nach der Hochzeitseinladung.

Unter *Zeit* stand jetzt: HEUTE! UM 10! SCHON AUFGEREGT?

Unter *Ort* hieß es: ZUM TACO-BELL-RESTAURANT AUF DEM HIGHWAY 95 SÜDLICH VON MANCHESTER. DORT AUF WEITERE INSTRUKTIONEN WARTEN. KEINE ASEN, ODER DER HAMMER WIRD ES BÜSSEN!

Ich zeigte diese Mitteilungen Alex und Sam.

»Das Taco Bell?«, murmelte Alex. »Diese Monster.«

»Hier stimmt etwas nicht.« Sam trank einen Schluck Kaffee. Die Tasse zitterte in ihren Händen. »Magnus, ich habe die ganze Nacht darüber nachgedacht, was du gesagt hast. Uns fehlt etwas Wichtiges, und damit meine ich nicht den Hammer.«

»Vielleicht«, sagte die Stimme unserer Gastgeberin, »fehlt euch die angemessene Garderobe?«

Vor uns stand Sif, sie war aus dem Nichts aufgetaucht, wie Göttinnen das so tun. Sie trug dasselbe rotorange Kleid, dieselbe grünsilberne Brosche und dasselbe aufgesetzte Lächeln, das sagte: *Ich glaube, ihr gehört zum Personal, aber ich kann mich nicht an eure Namen erinnern.*

»Mein Mann hat mir gesagt, ihr möchtet euch verkleiden.« Sie musterte Alex von Kopf bis Fuß. »Ich vermute, bei dir wird es leichter als bei Thor, dich in ein Hochzeitskleid zu stecken, aber vor uns liegt trotzdem eine Menge Arbeit. Also los.«

Sie schlenderte durch einen Gang am anderen Ende der Halle und winkte Alex über ihre Schulter mit einem gekrümmten Finger zu sich.

»Wenn ich in einer Stunde noch nicht zurück bin«, sagte Alex,

»dann habe ich Sif erwürgt und bin dabei, den Leichnam zu verstecken.«

Ihre Miene machte sehr deutlich, dass das kein Witz war. Sie stolzierte davon und machte Sifs Gang so hervorragend nach, dass ich ihr dafür eine Trophäe gegeben hätte.

Sam erhob sich. Mit der Kaffeetasse in der Hand ging sie an ein Fenster in der Nähe und starrte hinaus auf die Dächer von Asgard. Ihre Augen schienen an der mit Schilden gedeckten goldenen Kuppel von Walhalla hängenzubleiben.

»Alex ist noch nicht so weit«, sagte sie.

Ich ging zu ihr ans Fenster. Eine dunkle Haarsträhne an ihrer linken Schläfe war dem Hidschab entwischt. Ich verspürte den beschützerischen Drang, die Haare unter das Kopftuch zu schieben. Da ich meine Hand behalten wollte, ließ ich es sein.

»Meinst du, sie hat recht?«, fragte ich. »Kann sie, du weißt schon, deinem Dad widerstehen?«

»Sie *glaubt*, dass sie recht hat«, sagte Sam. »Sie hat so eine Theorie, nach der sie ihre eigenen Kräfte in Besitz nimmt und nicht zulässt, dass sie von Loki besessen wird. Aber ich glaube nicht, dass sie es jemals mit unserem Vater aufgenommen hat. Nicht so richtig.«

Ich dachte an mein Gespräch mit Alex in den Wäldern von Jotunheim, wie zuversichtlich sie erzählt hatte, dass sie das Bild der Schlangen von Urnes für sich benutzte, um aus dem giftigen Schatten ihres Elternwesens herauszutreten. Es war eine schöne Vorstellung. Leider hatte ich gesehen, wie leicht es Loki fiel, andere zu manipulieren. Ich hatte gesehen, was er mit meinem Onkel Randolph gemacht hatte.

»Wenigstens wird sie nicht allein sein.« Ich schaute zu dem fernen Walhalla hinüber. Zum ersten Mal verspürte ich einen Hauch von Heimweh nach diesem Ort. Ich hoffte, dass Blitz und Hearth unversehrt dort angekommen waren. Ich stellte mir vor, wie sie mit der Clique vom neunzehnten Stock zusammentrafen, wie sie ihre Waffen bereit machten und sich in Hochzeitsgewänder warfen, um mit einem tollkühnen Einsatz unsere Hintern zu retten.

Und Thor … von dem erwartete ich nicht viel. Aber mit etwas Glück würden er und eine Bande von anderen Asen sich bei den Bridal Veil Falls eingraben, gekleidet in Tarnklamotten und mit geladenen Handkatapulten oder Raketenspeeren oder was für Waffen Götterkommandos derzeit eben so hatten.

Sam schüttelte den Kopf. »Hilfe hin oder her … Alex weiß nicht, wie das im Hügel des Grabwichts war. Ihr ist einfach nicht klar, wozu Loki im Stande ist, wie leicht er …« Sie schnippte mit den Fingern.

Ich wusste nicht so recht, was ich sagen sollte. *Ist schon gut, du konntest es nicht ändern* wirkte nicht gerade hilfreich.

Sam nippte an ihrem Kaffee. »Ich müsste das Hochzeitskleid tragen. Ich bin eine Walküre. Ich besitze Kräfte, die Alex nicht hat. Ich habe mehr Kampferfahrung. Ich …«

»Du hast Amir etwas versprochen. Du hast Grenzen, die du nicht übertreten darfst. Das ist keine Schwäche. Das gehört zu deinen Stärken.«

Sie musterte mein Gesicht, vielleicht um zu sehen, wie ernst mir das war. »Manchmal kommt es mir nicht vor wie eine Stärke.«

»Nach allem, was in diesem Grab in Provincetown passiert ist?«, sagte ich. »Du weißt, wozu Loki fähig ist, und du weißt nicht, ob du es schaffen wirst, ihm zu widerstehen, aber trotzdem gehst du zurück, um ihn zu bekämpfen. Wenn du mich fragst, ist das ganz schön viel mehr als Mut auf dem üblichen Walhalla-Niveau.«

Sie stellte ihre Tasse auf die Fensterbank. »Danke, Magnus. Aber wenn du heute die Wahl hast ... Wenn Loki versucht, Alex und mich als Geiseln zu nehmen, oder ...«

»Sam, nein.«

»Egal, was er vorhat, Magnus, du musst ihn daran hindern. Wenn wir ausgeschaltet werden, bist du vielleicht der Einzige, der das kann.« Sie schüttelte sich das Skofnungschwert vom Rücken und gab es mir. »Behalte es. Lass es nicht aus den Augen.«

Selbst im Morgenlicht von Asgard, in der Wärme von Sifs Innenhof, fühlte sich die lederne Schwertscheide so kalt an wie der Deckel einer Tiefkühltruhe. Der Skofnungstein war jetzt am Schwertgriff befestigt. Als ich mir das Schwert über den Rücken warf, bohrte sich der Stein in mein Schulterblatt.

»Sam, zu dieser Entscheidung wird es nicht kommen. Ich lasse nicht zu, dass Loki meine Freundinnen umbringt. Und ich lasse ihn schon gar nicht in die Nähe dieses Schwertes. Es sei denn, er will die Klinge fressen. Da hätte ich nichts gegen.«

Sams Mundwinkel zuckte. »Ich bin froh, dass du hierbei an meiner Seite bist, Magnus. Ich hoffe, eines Tages, wenn ich meine richtige Hochzeit feiere, wirst du auch dabei sein.«

Das war seit langer Zeit das Schönste, was irgendwer zu mir gesagt hatte. Aber so chaotisch wie die letzten Tage gewesen waren, kam das vielleicht nicht überraschend. »Ich werde da sein«, versprach ich. »Und nicht nur, weil Fadlans Falafel für grandiose Verpflegung sorgen wird.«

Sie schlug mir auf die Schulter, was ich als Kompliment auffasste. Meistens ging sie jeder Form von Körperkontakt aus dem Weg. Ich vermute, einem befreundeten Trottel ab und zu eine überzuziehen, war gestattet.

Eine Zeit lang sahen wir dem Sonnenaufgang über Asgard zu. Wir waren sehr weit oben, aber wie damals, als ich Asgard von Walhalla aus betrachtet hatte, konnte ich in den Straßen keine Bewegung erkennen. Ich staunte über die vielen dunklen Fenster und leblosen Innenhöfe, die ungepflegten Gärten, in denen alles vor sich hin wucherte. Welche Götter hatten in diesen Villen gelebt? Und wohin waren sie alle verschwunden? Vielleicht hatten sie die schlampigen Sicherheitsvorkehrungen sattgehabt und waren in eine bewachte Wohnanlage gezogen, wo der Hüter nicht die ganze Zeit damit verbrachte, himmlische Selfies zu knipsen.

Ich bin nicht sicher, wie lange wir auf Alex warten mussten. Lange genug, um Kaffee zu trinken und ein stirnrunzelndes Gesicht aus zerbröselten Donuts zu verzehren. Lange genug, um mich zu fragen, warum Alex so lange brauchte, um Sifs Leichnam zu verstecken.

Endlich kamen die Göttin und die angehende Braut wieder zum Vorschein. Alle Feuchtigkeit entwich aus meinem Mund. Elektrizität sprang von einer Pore in meiner Kopfhaut zur anderen.

Alex' weißes Seidenkleid leuchtete vor Goldstickereien, von den Quasten an ihren Ärmeln bis zu den Korkenziehertroddeln an dem Saum, der ihre Füße umgab. Ein Halsband aus goldenen Ringen schlang sich um ihren Hals wie ein umgekehrter Regenbogen. An ihren schwarz-grünen Locken war ein weißer Schleier befestigt, der jetzt zurückgeschlagen war, um ihr Gesicht zu zeigen: ihre zweifarbigen Augen, umgeben von zurückhaltend aufgetragener Wimperntusche, ihre Lippen, die jetzt ein warmes Rot aufwiesen.

»Schwester«, sagte Sam, »du siehst umwerfend aus.«

Ich war froh darüber, dass Sam das gesagt hatte. Meine Zunge hatte sich aufgerollt wie ein Schlafsack aus Titan.

Alex starrte mich wütend an. »Magnus, könntest du bitte aufhören zu glotzen, als ob ich dich ermorden wollte?«

»Ich habe nicht …«

»Denn wenn nicht, dann ermorde ich dich wirklich.«

»Na gut.« Es war schwer, in eine andere Richtung zu blicken, aber das tat ich dann.

Sif hatte ein selbstzufriedenes Funkeln in den Augen. »Wenn ich von der Reaktion unserer männlichen Testperson ausgehen darf, dann ist meine Arbeit hier wohl vollendet. Bis auf eins …« Von ihrer eigenen Taille zog die Göttin eine lange Goldschnur, die so dünn und fein war, dass ich sie kaum sehen konnte. An jedem Ende saß ein goldener Griff in Form eines S. Eine Garotte, wie die von Alex, nur eben aus Gold. Sif legte sie Alex um die Taille und verhakte die beiden S ineinander, so dass sie aussahen wie die Schlangen von Urnes.

»So«, sagte Sif. »Diese aus meinen eigenen Haaren gewirkte Waffe besitzt dieselben Eigenschaften wie deine andere Garotte, nur passt sie zu deinem Kleid und stammt nicht von Loki. Möge sie dir gute Dienste leisten, Alex Fierro.«

Alex sah aus, als sei ihr eine Trophäe angeboten worden, die der Trägerin jeden Wunsch erfüllte. »Ich – ich weiß nicht, wie ich dir danken soll, Sif.«

Die Göttin legte den Kopf schräg. »Vielleicht könnten wir uns beide größere Mühe geben, nicht nach dem ersten Eindruck zu urteilen?«

»Das … ja. Einverstanden.«

»Und wenn du eine Gelegenheit fändest«, fügte Sif hinzu, »es käme mir sehr passend vor, deinen Vater mit einer Garotte aus meinen magischen Haaren zu erdrosseln.«

Alex machte einen Knicks.

Die Göttin wandte sich Sam zu. »Und jetzt, meine Liebe, mal sehen, was wir für die Brautjungfer tun können.«

Nachdem Sif Samirah durch den Gang der magischen Verwandlungen geleitet hatte, drehte ich mich zu Alex um und gab mir alle Mühe, nicht zu glotzen.

»Ich, äh …« Meine Zunge war schon wieder dabei, sich aufzurollen. »Was hast du zu Sif gesagt? Sie scheint dich plötzlich zu mögen.«

»Ich kann sehr charmant sein«, sagte Alex. »Und keine Sorge, du kommst auch bald an die Reihe.«

»Mit … charmant sein?«

»Das wäre unmöglich.« Alex rümpfte auf eine sehr Sif-artige Weise die Nase. »Aber du könntest dich wenigstens etwas aufbrezeln. Mein Anstandswauwau muss sehr viel schicker aussehen.«

Ich bin nicht sicher, ob ich *schick* schaffen würde.

Während Samirah angekleidet wurde, kam Sif zurück und brachte mich in die Herrengarderobe. Warum die Göttin überhaupt eine Herrengarderobe hatte, wusste ich nicht so recht, aber ich ging davon aus, dass Thor nicht viel Zeit dort verbrachte. Hier gab es keinerlei Turnshorts oder Metallica-T-Shirts.

Sif verpasste mir einen goldweißen Smoking, der mit Kettengeflecht à la Blitzen gefüttert war. Jack schwebte in der Nähe herum und summte vor Aufregung. Ihm gefielen vor allem die aus goldenen Sifhaaren gewebte Halsbinde und das Rüschenhemd.

»Super!«, rief er. »Jetzt brauchst du nur noch den richtigen Runenstein auf dieser feschen Tracht!«

Ich hatte noch nie erlebt, dass er so scharf darauf war, sich in einen stummen Anhänger zu verwandeln. Die Rune des Frey fand ihren Platz gleich unterhalb meiner Halsschleife und verkroch sich in den Rüschen wie ein Osterei. Mit dem Skofnungschwert auf dem Rücken sah ich aus, als ob ich einen Boogie hinlegen und gleichzeitig meine nächsten Verwandten erstechen könnte. Leider war das ja auch so ungefähr die Situation.

Kaum war ich wieder bei den anderen, krümmte Alex sich vor Lachen. Es war irgendwie zutiefst demütigend, von einem Mädchen in einem Hochzeitskleid ausgelacht zu werden, vor allem von einem Mädchen, das in diesem Hochzeitskleid einfach umwerfend aussah.

»Ach, meine Götter«, schnaubte sie. »Du siehst aus, als ob du zu einer Hochzeit in Vegas im Jahre 1987 willst.«

»Um dich zu zitieren«, sagte ich, »halt die Klappe.«

Sie kam auf mich zu und rückte meine Halsbinde gerade. Ihre Augen tanzten vor Vergnügen. Sie roch nach Holzrauch. Warum roch sie noch immer wie ein Lagerfeuer?

Sie wich zurück und schnaubte noch einmal. »Jepp. Jetzt brauchen wir nur noch Sam – oh, cool!«

Ich folgte ihrem Blick.

Samirah tauchte aus dem Gang auf. Sie trug ein grünes Abendkleid mit schwarzer Stickerei, die das Spiegelbild von der auf Alex' Kleid war – Korkenzieherkräusel von den Ärmeln hinunter bis zum Saum. An Stelle ihres Hidschabs hatte sie eine grüne Seidenkapuze in Form einer Sturmhaube vor der Nase. Nur ihre Augen waren zu sehen, und selbst die waren verschattet.

»Du siehst großartig aus«, sagte ich zu ihr. »Und in *Assassin's Creed* wärst du fantastisch.«

»Ha, ha«, sagte Sam. »Und ich sehe, du bist bereit für den Abschlussball. Alex, hast du schon deinen Schleier getestet?«

Mit Sams Hilfe zog sich Alex den Vorhang aus weißer Gaze vor das Gesicht. Mit diesem Schleier hatte sie etwas Gespenstisches, als ob sie jeden Moment davonschweben könnte. Man konnte zwar sehen, dass sie ein Gesicht hatte, aber ihre Züge waren vollständig verwischt. Wenn ich es nicht besser gewusst hätte, hätte ich sie für Sam gehalten. Nur ihre Hände verrieten sie: Alex' Haut war ein wenig heller als Sams. Das versteckte sie, indem sie Spitzenhandschuhe anzog. Ich wünschte wirklich, Blitzen wäre bei uns, er hätte die elegante Kleidung wirklich zu schätzen gewusst.

»Meine Helden«, Sif stand jetzt neben einer ihrer Ebereschen. »Es ist so weit.«

Der Baumstamm öffnete sich und zeigte einen Spalt aus lila Licht in genau der Farbe einer Taco-Bell-Reklame.

»Wo ist der Wagen?«, fragte Alex.

»Der wartet auf der anderen Seite auf euch«, sagte Sif. »Nun geht, meine Freunde, und tötet viele Riesen.«

Freunde, registrierte ich, nicht *Personal*.

Vielleicht hatten wir die Göttin wirklich beeindruckt. Oder sie ging davon aus, dass wir bald sterben würden, und da konnte ein bisschen Freundlichkeit ja nicht schaden.

Alex drehte sich zu mir um. »Du zuerst, Magnus. Wenn auf der anderen Seite Feinde auf der Lauer liegen, wird dein Smoking sie blenden.«

Sam lachte.

Vor allem, um diese Peinlichkeit zu überspielen, schritt ich durch die Eberesche in eine andere Welt.

CHEESY GORDITA EXPRESS! ALLE EINSTEIGEN!

48 Das einzig Feindselige auf dem Parkplatz des Taco Bell war Marvin, der gerade seinen Bruder Otis zusammenstauchte.

»Ganz toll hast du das hingekriegt, dass wir in gefüllte Pasteten verwandelt worden sind, du Obertrottel!«, brüllte Marvin. »Du weißt doch wohl, wie furchtbar Thor sich ärgern muss, ehe er uns in dieser Form isst?«

»Sieh mal!« Otis zeigte mit den Hörnern in unsere Richtung. »Da sind unsere Fahrgäste!«

Bei ihm hörte sich »Fahrgäste« an wie »Henker«. Ich vermutete, für Otis bedeuteten diese beiden Wörter oft dasselbe.

Beide Ziegen waren vor den Wagen gespannt, und der stand parallel zu der Fahrbahn, die mitten durch das Restaurant führte. Ihre Halsbänder waren besetzt mit goldenen Glöckchen, die fröhlich bimmelten, wenn Otis oder Marvin den Kopf schüttelten. Der Wagen selbst war umkränzt mit gelben und weißen Blumen, die den zählebigen Geruch des verschwitzten Donnergottes nicht ganz überdecken konnten.

»He, Jungs«, sagte ich zu den Ziegen. »Ihr seht ja festlich aus!«

»Ja«, murmelte Marvin. »Und so fühle ich mich auch. Du weißt doch hoffentlich, wohin wir fahren, oder? Vom Geruch der Burritos wird mir schlecht.«

Ich sah mir die Einladung an. Unter *Ort* stand jetzt: BEGEBT EUCH ZU DEN BRIDAL VEIL FALLS. IHR HABT NUR FÜNF MINUTEN.

Ich las es zweimal, um sicherzugehen, dass ich mir nichts eingebildet hatte. Ich hatte richtig geraten. Onkel Randolph hatte vielleicht wirklich versucht, mir zu helfen. Jetzt hatten wir die Möglichkeit, einen göttlichen Partystörer einzuschmuggeln.

Andererseits konnten wir uns jetzt nicht mehr vor der Hochzeit drücken. Ich hatte in einer Lotterie gewonnen, Hauptgewinn: ein Ausflug in die Höhle eines gemeinen Erdriesen, voller Einmachgläser, Bierflaschen und Tod, und das alles ohne Rückfahrkarte. Ich bezweifelte sogar, dass die Gutscheine von Sifs Trophäen dort gültig waren.

Ich zeigte den Ziegen und den Damen die Einladung.

»Du hast also recht gehabt«, sagte Sam. »Vielleicht kann Thor …«

»Pst«, mahnte Alex. »Von nun an sollten wir davon ausgehen, dass Loki zusieht und zuhört.«

Noch so eine erbauliche Vorstellung. Die Ziegen sahen sich um, als ob Loki sich in der Nähe versteckt haben könnte, möglicherweise getarnt als Grande Burrito.

»Ja«, sagte Marvin ein bisschen zu laut. »Vielleicht ist Thor jetzt traurig, weil er nie im Leben in nur fünf Minuten mit einem Überfallkommando nach Bridal Veils gelangen kann, da wir diese Information erst jetzt erhalten haben und damit schwer im Nachteil sind. So ein Pech!«

Er war fast so ein begabter Lügner wie Otis. Ich fragte mich, ob die beiden Ziegen wohl identische Trenchcoats, Hüte und Sonnenbrillen besaßen.

Otis ließ seine Glöckchen fröhlich bimmeln. »Dann sollten wir uns wohl beeilen, damit wir nicht zu spät zum Sterben kommen. Fünf Minuten ist ja wirklich keine lange Zeit, nicht einmal für Thors Wagen. Springt auf.«

Sam und Alex in ihren Hochzeitskleidern konnten nicht springen. Ich musste sie hochziehen, was keiner von beiden gefiel, wenn ich die Kommentare und Verwünschungen hinter ihren Schleiern richtig deutete.

Die Ziegen rannten in gestrecktem Galopp los ... oder wie immer man das bei Ziegen nennt. Trab? Trott? Stechschritt? Am Rand des Parkplatzes hob der Wagen ab. Wir bimmelten, als wir von dem Restaurant wegflogen, wie der Schlitten vom Taco-Weihnachtsmann, der allen braven kleinen Mädchen und Jungen und Riesen ganz besonders leckere Tacos brachte.

Die Ziegen wurden immer schneller. Wir durchschnitten mit über fünfzehnhundert Stundenkilometern eine Wolkenbank, und der kalte Nebel klatschte mir die Haare an den Kopf und ließ meine Hemdenrüschen schlaff werden. Ich wünschte, ich hätte einen Schleier wie Sam und Alex, oder wenigstens eine Motorradbrille. Ich fragte mich, ob Jack als Scheibenwischer dienen könnte.

Dann, ebenso plötzlich, ging es abwärts. Unter uns breiteten sich die White Mountains aus, wogende graue Felsenhänge mit weißen Adern, wo sich Schnee in den Rissen festgesetzt hatte.

Otis und Marvin hielten im Sturzflug auf ein bestimmtes Tal zu und hinterließen meine inneren Organe oben in den Wolken. Das Pferd Stanley wäre zufrieden gewesen. Sam war das nicht. Sie klammerte sich am Wagenrand an und murmelte: »Geschwindigkeitsbegrenzungen, Jungs. Nicht ganz so schnell im Anflug.«

Alex kicherte. »Spiel hier nicht die Verkehrspolizei!«

Wir landeten in einer bewaldeten Schlucht. Die Ziegen trabten weiter und Schnee umstob die Räder wie Speiseeis. Otis und Marvin schien das nichts auszumachen. Sie stürmten weiter, bimmelten und dampften, und zogen uns immer tiefer in den Schatten der Berge.

Ich behielt die Bergspalten über uns im Auge, in der Hoffnung, Asen und Einherjer zu entdecken, die sich im Unterholz versteckt hatten und bereit waren, einzugreifen, wenn etwas schiefging. Ich hätte zu gern das Funkeln von T. J.s Bajonett oder Halbgeborens bemaltes Berserkergesicht gesehen oder eine gälische Verwünschung von Mallory gehört. Aber die Wälder schienen leer zu sein.

Mir fiel ein, was Utgardloki gesagt hatte – dass es viel leichter wäre, uns zu töten und das Skofnungschwert an sich zu reißen, als die Hochzeitspläne zu Ende zu bringen.

»He, Leute ... Woher sollen wir wissen, ob Thrym nicht ein Fan von der ersten Möglichkeit ist?«

»Er würde uns nicht umbringen«, sagte Sam. »Nicht, wenn es nicht sein muss. Er will dieses Bündnis mit Loki, und das heißt, er braucht mich – ich meine, sie, Samirah«, sie zeigte auf Alex.

Marvin schüttelte die Hörner, als wolle er sich von den Glöckchen befreien. »Ihr befürchtet einen Hinterhalt? Müsst ihr nicht. Hochzeitsgesellschaften wird freies Geleit gewährt.«

»Stimmt«, sagte Otis. »Aber die Riesen können uns immer noch nach der Zeremonie töten, hoffe ich.«

»Du meinst, du vermutest es«, sagte Marvin. »Nicht, du hoffst es.«

»Hmmmm? Ach, richtig.«

»Still jetzt«, meckerte Marvin. »Wir wollen doch keine Lawine auslösen.«

Das Risiko einer Frühlingslawine wirkte nicht sehr groß. So viel

Schnee lag nicht mehr. Aber nach allem, was wir durchgemacht hatten, wäre es ganz schön blödsinnig gewesen, in diesem schicken Smoking unter einer Tonne von gefrorenem Abfall begraben zu werden.

Endlich erreichte der Wagen einen ungefähr zehn Stock hohen Felsen. Eisschichten hatten das Gestein überzogen wie Zuckerguss. Darunter erwachte der Wasserfall langsam wieder zum Leben, er gurgelte und blubberte und pulsierte vor Licht.

»Die Bridal Veil Falls«, sagte Alex. »Ich war einige Male zum Eisklettern hier.«

»Aber nicht im Hochzeitskleid, nehme ich an«, tippte ich. (Oder vielleicht *hoffte* ich das auch. Otis hatte mich verwirrt.)

»Was machen wir jetzt?«, fragte Sam.

»Na, das waren vier Minuten«, sagte Marvin. »Wir kommen nicht zu spät.«

»Wäre ja eine Schande, wenn wir den Eingang verpassen«, sagte ich (und das war ziemlich sicher eine Hoffnung).

Wie aufs Stichwort grummelte es jetzt in der Erde. Der Wasserfall schien sich zu strecken, aus dem Winterschlaf zu erwachen, Eisschichten abzuwerfen, die zersplitterten und nach unten in den Fluss fielen. Die Felswand teilte sich genau in der Mitte, das Wasser zog sich auf beide Seiten zurück und legte den Eingang zu einer riesigen Höhle frei.

Aus der Dunkelheit trat eine Riesin hervor. Sie war ungefähr zwei Meter zehn, etwas mickrig für eine Riesin. Sie trug ein aus weißen Fellen genähtes Kleid, und mir taten die Tiere leid – sicher vor allem Eisbären –, die ihr Leben dafür gelassen hatten. Die knallweißen Haare der Frau waren zu zwei Zöpfen geflochten, und ich wünschte mir eigentlich, dass sie einen Schleier hätte, denn – *uäh.* Ihre Glubschaugen waren so groß wie Navelorangen.

Ihre Nase sah aus, als sei sie schon mehrmals gebrochen gewesen. Als sie grinste, sah man, dass ihre Lippen und Zähne schwarz gefleckt waren.

»Hallo, allesamt!« Sie hatte diese kratzige Stimme, an die ich mich aus meinem Traum erinnerte. Ich zuckte unwillkürlich zusammen und hatte Angst, sie könnte mein Einmachglas vom Tresen fegen.

»Ich bin Thrynga«, sagte sie nun. »Fürstin der Erdriesen, Schwester von Thrym, Sohn des Thrym, Sohn des Thrym! Ich bin hier, um meine neue Schwägerin willkommen zu heißen.«

Alex drehte sich zu mir um. Ich konnte ihr Gesicht nicht sehen, aber das leise Krächzen, das sie ausstieß, bedeutete bestimmt *bloß weg hier!*

Sam knickste. Sie sprach mit schrillerer Stimme als sonst: »Danke, Thrynga. Meine Herrin Samirah ist glücklich, hier zu sein. Ich bin ihre Brautjungfer …«

»Prudence«, schlug ich vor.

Sam sah mich an und ihr Auge zuckte über dem Rand ihrer Sturmhaube. »Genau, Prudence. Und das ist …«

Ehe sie mich aus Rache Clarabelle oder Horatio Q. Pluderhose nennen konnte, sagte ich: »Magnus Chase. Sohn des Frey und Überbringer der Mitgift. Schön, Sie kennenzulernen.«

Thrynga leckte sich die schwarz gefleckten Lippen. Ich fragte mich, ob sie in ihrer Freizeit an Kugelschreibern lutschte.

»Ach ja«, sagte sie. »Du stehst auf der Gästeliste, Sohn des Frey. Und das auf deinem Rücken ist das Skofnungschwert? Sehr gut. Das übernehme ich gleich.«

»Erst, wenn während der Trauung die Geschenke ausgetauscht werden«, widersprach ich. »Wir wollen doch die Traditionen wahren, oder nicht?«

Thryngas Augen blitzten bedrohlich – und hungrig. »Natürlich. Traditionen. Und wo wir schon davon reden …« Aus ihren Eisbärfellärmeln zog sie ein großes steinernes Paddel. Mich erfasste eine kurze Panik und ich fragte mich, ob Riesen ihre Hochzeitsgäste traditionsgemäß mit Paddeln bewusstlos schlugen.

»Ihr habt doch wohl nichts gegen einen kurzen Sicherheitscheck?« Thrynga bewegte das Paddel über den Ziegen. Dann untersuchte sie den Wagen und am Ende noch uns. »Gut«, sagte sie. »Keine Asen in der Nähe.«

»Mein Therapeut sagt, Marvin habe einen Gottkomplex«, sagte Otis hilfsbereit. »Aber ich glaube nicht, dass das zählt.«

»Halt die Fresse, oder ich mach dich alle«, knurrte Marvin.

Thrynga runzelte die Stirn, als sie unseren Wagen ansah. »Dieses Vehikel kommt mir bekannt vor. Es riecht sogar bekannt.«

»Na, Sie wissen doch«, sagte ich, »feine Herrschaften fahren oft mit der Kutsche zu Hochzeiten. Die hier ist gemietet.«

»Hmmmm.« Thrynga zupfte an den weißen Haaren an ihrem Kinn. »Ich nehme an …« Sie schaute wieder mit einem gierigen Funkeln in den Augen das Skofnungschwert auf meinem Rücken an. Dann zeigte sie auf den Höhleneingang. »Hier lang, ihr kleinen Menschen.«

Ich fand es nicht fair von ihr, uns *klein* zu nennen. Sie war ja selbst nur ein Persönchen von zwei zehn. Sie lief in die Höhle und unsere Ziegen folgten ihr und zogen den Wagen mitten durch den geteilten Wasserfall.

Der Tunnelgang war glatt poliert und gerade breit genug für unsere Kutsche. Der Boden war von Eis bedeckt und führte so steil nach unten, dass ich Angst hatte, Marvin und Otis könnten ausrutschen und uns ins ewige Vergessen ziehen. Thrynga dagegen hielt sich offenbar problemlos auf den Beinen.

Wir hatten vielleicht sechzehn Meter zurückgelegt, als ich hörte, dass sich der Höhleneingang hinter uns schloss.

»He, Thrynga«, sagte ich. »Sollten wir den Wasserfall nicht offen lassen? Wie sollen wir denn nach der Feier wieder rauskommen?«

Die Riesin grinste tintenfleckig. »Rauskommen? Ach, da würde ich mir keine Sorgen machen. Außerdem müssen wir den Eingang geschlossen halten und den Tunnel immer wieder verlegen. Wir wollen doch an diesem Tag der Freude keine Störungen, oder?«

Der Kragen meines Smokings wurde schweißnass. Wie lange war der Tunneleingang offen geblieben, nachdem wir ihn passiert hatten – eine Minute? Zwei Minuten? Hatten Thor und sein Team hereinkommen können? Waren sie überhaupt dort gewesen? Ich hatte nichts gehört, nicht einmal ein diskretes Furzen, deshalb war es schwer zu sagen.

Meine Augen wollten aus den Höhlen springen. Meine Finger zuckten. Ich wollte mit Alex und Sam reden, wollte einen Plan B machen, für den Fall, dass etwas schiefging, aber das ging ja nicht, solange die weiße Riesin Thrynga so dicht vor uns war.

Im Gehen zog Thrynga eine Kastanie aus einer Tasche in ihrem Kleid. Sie fing an, die Kastanie zerstreut in die Luft zu werfen und wieder aufzufangen. Eine Kastanie erschien mir als seltsamer Glücksbringer für eine Riesin. Aber ich hatte schließlich einen Runenstein, der sich in ein Schwert verwandelte, da durfte ich wohl nicht so kritisch sein.

Die Luft wurde kälter und dichter. Die Steindecke schien uns nach unten zu drücken. Ich hatte das Gefühl, dass wir zur Seite glitten, aber ich war nicht sicher, ob das die Räder auf dem Eis waren oder ob meine Milz gegen meine Rippen stieß und herauswollte.

»Wie weit nach unten geht denn dieser Tunnel?« Meine Stimme hallte von den Felswänden wider.

Thrynga kicherte und drehte die Kastanie in den Fingern. »Angst vor der Tiefe, Sohn des Frey? Keine Sorge. Wir sind bald da. Diese Straße führt natürlich weiter bis nach Helheim. Das tun eigentlich die meisten unterirdischen Gänge.«

Sie blieb stehen und zeigte mir ihre Schuhsohlen, die mit Eisenspikes besetzt waren. »Riesen und Ziegen sind für solche Straßen am besten ausgerüstet. Ihr Kleinen würdet ausrutschen und den ganzen Weg bis zur Leichenmauer schlittern. Und das wollen wir doch nicht.«

Ausnahmsweise stimmte ich der Riesin zu.

Der Wagen rollte weiter. Der Geruch der Blumenkränze wurde süßer und kühler und erinnerte mich an das Bestattungsunternehmen, in dem mein sterblicher Leib in einem Sarg aufgebahrt gewesen war. Ich hoffte, dass mir keine zweite Beerdigung bevorstand. Und wenn doch, würde ich dann wohl neben mir begraben werden?

Thryngas Vorstellung von »bald da« entsprach vier weiteren Stunden. Den Ziegen schien das nichts auszumachen, aber ich wurde wahnsinnig vor Kälte, Sorge und Langeweile. Ich hatte an diesem Morgen bei Sif nur eine Tasse Kaffee und einige Donutfragmente zu mir genommen. Jetzt war ich hungrig und erschöpft. Ich bestand nur noch aus einem leeren Magen, ausgefransten Nerven und einer vollen Blase. Unterwegs sahen wir keine Tankstellen oder Raststätten, nicht einmal einen schützenden Busch. Die Mädchen litten ebenso. Sie traten von einem Fuß auf den anderen und wippten auf ihren Absätzen.

Endlich erreichten wir eine Tunnelabzweigung. Die Hauptstraße führte weiter in die eisige Dunkelheit, aber zu unserer Rechten endete ein kurzer Weg an einem mit Eisen beschlagenen Eichenportal mit Türklopfern in Form von Drachenköpfen.

Auf der Fußmatte stand: GESEGNET SEI DIESE HÖHLE.

Thrynga grinste. »Da sind wir, ihr Kleinen. Ich hoffe, ihr freut euch schon.«

Sie stieß die Türen auf und unser Wagen rollte hindurch … Direkt in den Barraum aus *Cheers*.

49 THRYM!

Plötzlich hätte ich es gar nicht so schlecht gefunden, doch die Straße nach Helheim zu nehmen.

Kein Wunder, dass Thryms Höhle mir so bekannt vorgekommen war, als ich ihn im Traum durch das Einmachglas gesehen hatte. Es war eine fast perfekte Kopie der Kneipe Bull & Finch aus der alten Fernsehserie *Cheers*.

Weil die echte Kneipe dem Bostoner Park genau gegenüberlag, war ich als Obdachloser einige Male dort gewesen – um mich an einem kalten Wintertag aufzuwärmen oder die Gäste um einen Hamburger anzubetteln. Es war immer voll und laut dort, und irgendwie fand ich es absolut logisch, dass es bei den Erdriesen ein Gegenstück dazu gab.

Als wir hereinkamen, drehte sich ein Dutzend Riesen an der Bar zu uns um und hob die Metgläser. »Samirah!«, riefen sie wie aus einem Munde.

Weitere Riesen drängten sich an Tischen und in Sitznischen, verschlangen riesige Hamburger und kippten sich Met hinter die Binde.

Die meisten Gäste waren etwas größer als Thrynga. Sie trugen eine bunt zusammengestückelte Mischung aus Smoking, Fell und Rüstung, und mein eigener Anzug wirkte plötzlich viel zu bescheiden.

Ich sah mich im Raum um, konnte aber weder Loki noch meinen Onkel Randolph entdecken. Ich wusste nicht so recht, ob ich erleichtert sein oder mir Sorgen machen sollte. Am hinteren Ende des Tresens saß unter einem riesigen Fernseher auf einem schlichten hölzernen Thron der König der Erdriesen persönlich: Thrym, Sohn des Thrym, Sohn des Thrym.

»Endlich!«, brüllte er mit seiner Walrossstimme.

Der König erhob sich schwankend. Er hatte eine solch unheimliche Ähnlichkeit mit Norm aus der Fernsehserie *Cheers*, dass ich mich fragte, ob er Tantiemen bekam. Sein Körper war kugelrund und in eine Polyesterhose und ein rotes T-Shirt gestopft, mit einem breiten schwarzen Schlips. Zottige dunkle Haare rahmten sein Mondgesicht ein. Er war der erste Riese ohne Gesichtsbehaarung, den ich je gesehen hatte, und ich wünschte mir wirklich, er ließe sich einen Bart wachsen. Sein Mund war nass und rosa. Sein Kinn war so gut wie nicht vorhanden. Seine gierigen Augen verschlangen Alex wie eine verlockende Schüssel voller Cheeseburger.

»Meine Königin ist eingetroffen!« Thrym streichelte sich den Schmerbauch. »Das Fest kann beginnen!«

»Bruder, du hast dich ja noch gar nicht umgezogen!«, schrie Thrynga. »Und warum ist es hier so dreckig? Ich hab dir doch gesagt, du sollst sauber machen, während ich unterwegs bin.«

Thrym runzelte die Stirn. »Wie meinst du das? Wir haben doch sauber gemacht. Wir haben Schlipse umgebunden!«

»Schlipse!«, schrie die Riesenmeute.

»Ihr wertlosen Nichtsnutze!« Thrynga schnappte sich den nächstbesten Hocker und knallte ihn einem Riesen auf den Kopf, worauf der zusammenbrach. »Schaltet den Fernseher aus! Wischt den Tresen ab! Wascht euch das Gesicht!«

Sie fuhr zu uns herum. »Entschuldigt diese Idioten! Ich hab sie gleich so weit.«

»Ja, ist schon gut«, sagte ich und tanzte den Ich-muss-dringend-pissen-Tanz. »Bitte – die Toiletten?«

»Da hinten im Gang!« Thrynga zeigte die Richtung an. »Lasst den Wagen hier stehen. Ich sorge dafür, dass niemand eure Ziegen verspeist.«

Ich half Sam und Alex vom Wagen und wir bahnten uns einen Weg durch das Chaos, wichen Mopps und Besen und stinkenden Riesen aus, während Thrynga durch die Menge pflügte und die Gäste anbrüllte, sie sollten sich ganz schnell für den freudigen Anlass des Tages bereit machen oder sie würde ihnen den Kopf abreißen.

Die Toiletten lagen ganz hinten im Lokal, genau wie in *Cheers*. Zum Glück war dieser Teil des Ladens leer bis auf einen Riesen, der in einer Sitzecke schnarchte, während sein Kopf in einem Teller Tortilla-Chips ruhte.

»Ich finde das verwirrend«, sagte Alex. »Warum ist das hier *Cheers?*«

»Viele Elemente sickern aus Boston in die anderen Welten durch«, sagte Sam.

»Deshalb sieht Nidavellir auch aus wie Southie«, sagte ich. »Und Albenheim wie Wellesley.«

Alex schüttelte sich. »Ja, aber warum muss ich ausgerechnet in *Cheers* heiraten?«

»Später reden«, sagte ich. »Jetzt pissen.«

»Jepp«, sagten die Mädchen wie aus einem Munde.

Als männliches Wesen, das nicht von einem Hochzeitskleid behindert wurde, war ich zuerst fertig. Einige Minuten darauf tauchten auch die Mädchen auf, und eine Schleppe aus Toilettenpapier klebte am Saum von Alex' Kleid. Ich glaubte zwar nicht, dass irgendein Riese es gesehen oder als störend empfunden hätte, aber Sam entfernte das Papier trotzdem.

»Meint ihr, unsere Freunde haben es geschafft, reinzukommen?«, fragte ich.

»Das will ich doch hoffen«, sagte Alex. »Ich bin so nervös, ich … *URF!*«

Diese letzte Silbe klang wie ein Bär, der sich an Karamellschokolade verschluckt hat. Ich schaute um die Ecke, um mich davon zu überzeugen, dass der Riese nichts gehört hatte. Er murmelte im Schlaf vor sich hin und drehte den Kopf auf seinem Chips-Kissen.

Sam streichelte Alex' Schulter. »Schon gut.« Sie sah mich an. »Alex hat sich auf der Toilette in einen Gorilla verwandelt. Sie schafft das schon.«

»Was hat sie?«

»Das kommt vor«, sagte Sam. »Bei Werwesen. Wenn die nervös werden und sich nicht gut genug konzentrieren …«

Alex rülpste. »Es geht mir schon wieder besser. Ich glaube, ich bin jetzt wieder ein Mensch. Wartet …« Sie wackelte unter ihrem Kleid, als versuche sie, einen Kieselstein loszuschütteln. »Ja. Alles bestens.«

Ich wusste nicht, ob sie Spaß machte oder nicht, und ich war auch nicht sicher, ob ich das wissen wollte. »Alex, wenn du aus Versehen deine Gestalt änderst, während du da draußen bei den Riesen bist …«

»Werd ich nicht«, versprach sie.

»Halt einfach den Mund«, sagte Sam. »Du sollst doch die schüchterne, errötende Braut sein. Ich übernehme das Reden. Halt dich einfach an mich. Wir werden alles so lange herauszögern wie nur möglich, und das gibt Th – unseren Freunden hoffentlich Zeit genug, um in Stellung zu gehen.«

»Aber wo ist Loki?«, fragte ich. »Und wo ist mein Onkel?«

Sam verstummte. »Keine Ahnung. Aber wir müssen die Augen offen halten. Und sowie wir den Ham…«

»Da seid ihr ja!« Thrynga tauchte aus dem Durchgang auf. »Wir warten schon auf euch.«

»Natürlich«, sagte Sam. »Wir sprachen nur gerade darüber, äh, wie gern wir Hamburger essen. Ich hoffe, beim Fest gibt es Hamburger.«

Ich zwinkerte ihr zu. *Spitzen-Ausrede. Geradezu auf Otis-Niveau.*

Thrynga schob uns zurück in die Bar. Dem Geruch nach hatte hier offenbar jemand reichlich Zitronenduft versprüht. Die meisten Glasscherben und Essensreste auf dem Boden waren weggefegt worden. Der Fernseher war ausgeschaltet und alle Riesen standen nebeneinander vor der hinteren Wand – sie hatten sich die Haare gekämmt, die Schlipse gerade gerückt und die Hemden in den Hosenbund gesteckt.

Wie aus einem Munde leierten sie: »Guten Tag, Miss Samirah!«

Alex machte einen Knicks.

Die echte Samirah sagte: »Guten Tag, äh, liebe Schüler. Meine Herrin Samirah ist zu überwältigt, um etwas zu sagen, aber sie ist sehr glücklich darüber, hier zu sein.«

Alex schrie wie ein Esel. Die Riesen schauten unsicher zu Thrynga hinüber, um sich Verhaltenstipps geben zu lassen.

König Thrym runzelte die Stirn. Er hatte einen schwarzen Smoking angezogen und sich eine rosa Nelke ans Revers geheftet, wodurch er auf noch elegantere Weise hässlich aussah. »Warum klingt meine Braut wie ein Esel?«

»Sie weint vor Freude«, sagte Sam rasch, »weil sie endlich ihren gut aussehenden Bräutigam erblickt hat.«

»Hmmm.« Thrym fuhr sich mit einem Finger zwischen seinen vielen Doppelkinnen herum. »Das klingt überzeugend. Komm, süße Samirah. Setz dich zu mir, dann kann das Fest beginnen!«

Alex nahm auf dem Sessel neben Thryms Thron Platz. Thrynga

stand neben ihrem Bruder wie eine Leibwächterin, deshalb stellten Sam und ich uns auf Alex' andere Seite und versuchten, offiziell auszusehen. Unsere Aufgabe schien vor allem darin zu bestehen, nichts zu essen, den gelegentlichen Metbecher, der zufällig in Alex' Richtung flog, aus der Luft zu schlagen und unserem Magenknurren zuzuhören.

Der erste Gang bestand aus Tortilla-Chips. Was fanden diese Riesen bloß an Tortilla-Chips?

Thrynga grinste die ganze Zeit zu mir herüber und starrte das noch immer auf meinen Rücken geschnallte Schwert an. Es war deutlich, dass sie es haben wollte. Ich fragte mich, ob irgendwer ihr erzählt hatte, dass es in Anwesenheit von Frauen nicht gezogen werden durfte. Ich wusste nicht, was passieren würde, wenn es jemand versuchte, aber ich glaubte nicht, dass es etwas Gutes sein würde.

Versuch es, Jacks Stimme summte in meinen Gedanken, als ob er einen schönen Traum hätte. *Oh Mann, ist die toll.*

Die Riesen lachten und warfen Tortilla-Chips ein, wobei sie die ganze Zeit Thrynga im Auge behielten, um sicherzugehen, dass sie sie nicht wegen schlechten Benehmens mit einem Barhocker k. o. schlagen würde. Otis und Marvin standen in ihrem Geschirr noch immer da, wo wir sie verlassen hatten. Ab und zu flog ein versprengtes Stück Tortilla-Chip in ihre Richtung und eine Ziege schnappte es aus der Luft.

Thrym gab sich alle Mühe, mit Alex zu plaudern. Die wandte sich schüchtern ab und schwieg. Aus purer Höflichkeit steckte sie sich ab und zu einen Tortilla-Chip unter den Schleier.

»Sie isst so wenig!«, sagte Thrym besorgt. »Sie wird doch nicht krank sein?«

»Nicht doch«, sagte Sam. »Vor lauter Aufregung hat sie keinen Appetit, Majestät.«

»Hmmm.« Thrym zuckte mit den Schultern. »Dann weiß ich doch immerhin, dass sie nicht Thor ist.«

»Natürlich nicht!« Sams Stimme wurde eine Oktave höher. »Wie kommst du denn auf die Idee?«

»Vor langer Zeit, als Thors Hammer von meinem Großvater gestohlen wurde …«

»Von *unserem* Großvater«, korrigierte Thrynga und musterte ihre Glückskastanie.

»Da kam Thor als Braut verkleidet, um ihn zurückzuholen.« Thryms feuchte Lippen stülpten sich nach innen, als ob er versuchte, seine Backenzähne zu finden. »Ich kann mich gut daran erinnern, obwohl ich noch ein Kind war. Die falsche Braut aß einen ganzen Ochsen und trank zwei Fässer Met.«

»Drei Fässer«, sagte Thrynga.

»Thor konnte zwar seinen Körper in einem Hochzeitskleid verstecken«, sagte Thrym, »aber seinen Appetit konnte er nicht verbergen.« Der Riese lächelte Alex an. »Aber mach dir keine Sorgen, Samirah, Geliebte! Ich weiß, du bist kein Gott. Ich bin klüger als mein Großvater.«

Thrynga verdrehte ihre riesigen Augen. »Was uns die Asen vom Leib hält, Bruder, sind *meine* Sicherheitsmaßnahmen. Kein Gott könnte unsere Türen passieren, ohne Alarm auszulösen.«

»Ja, ja«, sagte Thrym. »Jedenfalls, Samirah, wurdet ihr allesamt auf magische Weise durchleuchtet, als ihr hereingekommen seid. Du bist, wie es sich gehört, ein Kind Lokis.« Er runzelte die Stirn. »Aber das ist auch deine Brautjungfer.«

»Wir sind verwandt!«, sagte die echte Sam. »Das ist doch ganz üblich, oder? Es wird oft eine nahe Verwandte als Brautjungfer genommen.«

Thrym nickte. »Das stimmt. Wie auch immer, nach dieser Hochzeit wird das Haus Thrym seine alte Größe zurückgewinnen. Das Versagen meines Großvaters wird in Vergessenheit geraten. Wir werden mit dem Haus des Loki verschwägert sein!« Er schlug sich mit den Fäusten auf die Brust, worauf sein Riesenbauch wackelte und sicher ganze Nationen von Bakterien in seinem Gedärm ertranken. »Und endlich werde ich mich rächen können.«

Thrynga murmelte: »*Ich* werde mich rächen können.«

»Was war das, Schwester?«, fragte Thrym.

»Nichts.« Sie bleckte ihre schwarzen Zähne. »Wir servieren jetzt den zweiten Gang, ja?«

Der zweite Gang bestand aus Hamburgern. Das war wirklich nicht fair. Sie rochen so gut, dass mein Magen rotierte und einen hysterischen Anfall erlitt.

Ich versuchte, mich abzulenken, indem ich an den bevorstehenden Kampf dachte. Thrym kam mir ziemlich dumm vor. Vielleicht könnten wir ihn wirklich besiegen. Leider hatte er etliche Dutzend Erdriesen hinter sich, und seine Schwester machte mir Sorgen. Ich wusste jetzt, dass Thrynga ihre eigenen Pläne verfolgte. Obwohl sie versuchte, es zu verbergen, schaute sie Alex ab und zu mit mörderischem Hass an. Mir fiel etwas ein, was Heimdall von ihr aufgeschnappt hatte: dass sie die Braut einfach gleich nach ihrem Eintreffen töten sollten. Ich fragte mich, wie lange die Asen brauchen würden, um herzukommen, wenn erst der Hammer präsentiert worden war, und ob ich Alex so lange am Leben halten könnte. Ich fragte mich, wo Loki steckte und wo Onkel Randolph …

Endlich beendeten die Riesen ihre Mahlzeit. Thrym rülpste laut und wandte sich seiner angehenden Gemahlin zu.

»Endlich ist es Zeit für die Zeremonie!«, sagte er. »Gehen wir?«

Meine Innereien verkrampften sich. »Gehen? Wie meinst du das?«

Thrym kicherte. »Na, wir führen die Zeremonie doch nicht hier durch. Das wäre unhöflich. Es sind ja gar nicht alle Hochzeitsgäste anwesend!«

Der König erhob sich und schaute die Wand der Bar gegenüber an. Riesen sprangen beiseite und schoben Tische und Stühle weg.

Thrym streckte die Hand aus. Die Mauer barst und ein neuer Tunnel schlängelte sich durch die Erde. Die sauer riechende, feuchte Luft darin erinnerte mich an etwas, das ich nicht ganz unterbringen konnte – etwas Unangenehmes.

»Nein«, Sam klang, als ob ihr die Kehle zusammengeschnürt würde. »Nein, dahin können wir nicht gehen!«

»Aber ohne den Brautvater können wir doch nicht Hochzeit feiern«, verkündete Thrym fröhlich. »Kommt, Freunde! Meine Braut und ich werden unser Gelöbnis in der Höhle des Loki ablegen!«

50 EIN ERFRISCHENDER SPRITZER GIFT GEFÄLLIG, DER HERR?

Ich hasse Puzzles. Habe ich das schon mal erwähnt?

Ich hasse es vor allem, stundenlang ein Puzzlestück anzustarren, mir den Kopf darüber zu zerbrechen, wo es hingehört, und dann kommt irgendwer vorbei, legt es an die richtige Stelle und sagt: *Hier, du Dussel.*

Genauso kam ich mir vor, als ich endlich Lokis Plan durchschaut hatte.

Ich erinnerte mich an die Landkarten, die Onkel Randolphs Schreibtisch bedeckt hatten, als Alex und ich dort gewesen waren. Ich hatte damals schon irgendwo im Hinterkopf gedacht, wie seltsam das war. Randolphs Suche nach dem Schwert des Sommers war zu Ende. Warum sollte er sich da noch immer in Landkarten vertiefen? Aber ich hatte Alex – oder mich selbst – nicht danach gefragt. Ich war viel zu abgelenkt gewesen.

Jetzt hätte ich gewettet, dass Randolph Landkarten von New England studiert und sie mit alten nordischen Aufzeichnungen und Sagen verglichen hatte. Er war zu einer anderen Suche abkommandiert worden – er sollte die Koordinaten von Lokis Höhle in Beziehung zu Thryms Festung finden. Wenn das jemand schaffen könnte, dann ja wohl mein Onkel. Deshalb hatte Loki ihn am Leben gelassen.

Kein Wunder, dass Loki und Randolph nicht am Tresen standen. Sie warteten am Ende des Tunnels auf uns.

»Wir brauchen unsere Ziegen!«, schrie ich.

Ich drängte mich durch die Menge zu unserem Wagen, packte Otis am Kopf und presste meine Stirn gegen seine.

»Test«, flüsterte ich. »Ist diese Ziege eingeschaltet? Thor, kannst du mich hören?«

»Du hast wunderschöne Augen«, sagte Otis zu mir.

»Thor«, sagte ich. »Alarmstufe Rot! Wir brechen auf. Sie bringen uns zu Lokis Höhle. Ich – ich weiß nicht, wo die ist. Der Tunnel ist hier rechts und geht nach unten. Du – musst uns einfach finden! Otis, hat er die Nachricht erhalten?«

»Welche Nachricht?«, fragte Otis verträumt.

»Magnus Chase!«, brüllte der Riesenkönig. »Bist du so weit?«

»Äh, ja«, rief ich zurück. »Wir müssen aber mit dem Wagen fahren, weil ... aus traditionellen Hochzeitsgründen.«

Die anderen Riesen zuckten mit den Schultern und nickten, als fänden sie das total vernünftig. Nur Thrynga machte ein misstrauisches Gesicht. Ich fürchtete schon, dass ihr langsam Zweifel kamen, ob das wirklich ein Mietwagen war.

Plötzlich kam mir die Bar viel zu klein vor mit all den Riesen, die ihre Mäntel anzogen, ihre Schlipse gerade rückten, den letzten Met pichelten und versuchten, ihren Platz im Brautzug zu finden.

Samirah und Alex hatten den Wagen erreicht.

»Was machen wir jetzt?«, flüsterte Alex verzweifelt.

»Ich weiß nicht«, sagte Sam. »Wo bleibt die Verstärkung?«

»Wir werden am falschen Ort sein«, sagte ich. »Wie sollen sie uns da finden?«

Das war alles, was wir zueinander sagen konnten, denn jetzt kam Thrym herüber und packte die Zügel unserer Ziegen. Er zog unseren

Wagen in den Tunnel, seine Schwester ging neben ihm und die restlichen Riesen wanderten paarweise hinter uns her.

Kaum hatten die letzten Riesen den Tunnel betreten, da wurde der Eingang hinter uns versiegelt.

»He, Thrym!« Meine Stimme hatte eine peinliche Ähnlichkeit mit der von Mickymaus und ich fragte mich, von welchen seltsamen Gasen dieser Tunnel wohl erfüllt war. »Bist du sicher, dass es eine gute Idee ist, Loki zu vertrauen? Ich meine ... war es nicht Lokis Idee, Thor bei der Hochzeit deines Großvaters einzuschmuggeln? Hat er nicht Thor geholfen, deine Familie umzubringen?«

Der Riesenkönig blieb so abrupt stehen, dass Marvin ihm gegen die Hacken knallte. Ich wusste, dass das eine unhöfliche Frage war, zumal dieser Typ gerade Hochzeit feierte, aber ich war zu allem bereit, wenn es nur unseren Vormarsch verlangsamte.

Thrym drehte sich um, seine Augen leuchteten wie feuchte rosa Diamanten in der Finsternis. »Meinst du, das wüsste ich nicht, Mensch? Loki ist ein Trickster. Das liegt in seiner Natur. Aber *Thor* war es, der meinen Großvater umgebracht hat, meinen Vater, meine Mutter, meine ganze Familie.«

»Nur mich nicht«, murmelte Thrynga. In der Finsternis leuchtete sie schwach – eine zwei Meter zehn große Erscheinung aus Hässlichkeit. Das war mir vorher gar nicht aufgefallen. Vielleicht war das mit dem Leuchten eine Fähigkeit, die Erdriesen ein- und ausschalten konnten.

Thrym achtete nicht auf sie. »Dieses Bündnis ist Lokis Art, um Entschuldigung zu bitten, begreifst du das nicht? Ihm ist jetzt klar, dass die Götter schon immer seine Feinde waren. Er bereut den Verrat an meinem Großvater. Mit vereinten Kräften werden wir Midgard an uns reißen und dann die Stadt der Götter stürmen.«

Hinter uns brachen die Riesen in ohrenbetäubendes Gebrüll aus: »Bringt die Menschen um!«

»Aufhören«, schrie Thrynga. »Hier sind Menschen unter uns.«

Die Riesen murmelten untereinander. Irgendwer ganz hinten sagte: »Anwesende ausgenommen.«

»Aber, großer König Thrym«, sagte Sam, »habt Ihr wirklich Vertrauen zu Loki?«

Thrym lachte. Für einen dermaßen großen Kerl hatte er winzige Zähne. »In seiner Höhle ist Loki ein Gefangener. Hilflos. Er hat mich zu sich eingeladen. Er hat mir den Weg beschrieben. Ist das etwa kein Vertrauensbeweis?«

Seine Schwester schnaubte. »Meine Güte, Bruder. Vielleicht braucht er einfach einen Erdriesen, der ihm einen Tunnel in seinen Kerker buddelt? Weil er seine Freiheit will?«

Ich wünschte mir fast, Thrynga wäre auf unserer Seite, abgesehen davon, dass sie eine machthungrige, rachsüchtige Riesin war, die unbedingt alle Menschen ausrotten wollte.

»Wir Riesen haben die Macht in den Händen«, erklärte Thrym. »Loki würde es nicht wagen, uns zu betrügen. Außerdem bin ich es doch, der Lokis Höhle öffnet. Er wird mir dankbar sein. Solange er seinen Teil des Handels erfüllt, werde ich ihn gern freilassen. Und die schöne Samirah …« Thrym grinste Alex gierig an, »ist das Risiko wert.«

Alex krächzte unter ihrem Schleier wie ein Papagei. Es war so laut, dass Thrynga vor Schreck fast an die Decke stieß.

»Was war das denn?«, wollte die Riesin wissen. »Erstickt die Braut etwa?«

»Nein, nein!« Sam klopfte Alex den Rücken. »Das war nur ein nervöses Lachen, Samirah ist es unangenehm, wenn ihr jemand ein Kompliment macht.«

Thrym kicherte. »Dann wird ihr noch vieles unangenehm sein, wenn sie erst meine Frau ist.«

»Oh, Eure Majestät«, sagte Sam. »Niemals wurde ein wahreres Wort gesprochen.«

»Weiter!« Thrym schritt den vereisten Pfad hinab.

Ich fragte mich, ob dieser Wortwechsel unserer Verstärkung Zeit erkauft hätte. Falls wir überhaupt Verstärkung hatten. Konnte Thor noch immer unseren Weg durch Augen und Ohren seiner Ziegen verfolgen? Konnte er auf irgendeine Weise Blitz und Hearth und meine Einherjergenossen aus dem neunzehnten Stock informieren?

Der Tunnel schloss sich hinter uns, als wir nach unten vorrückten. Ich hatte eine furchtbare Vision von Thor in der Bar der Riesen, wie er versuchte, die Wand mit Korkenzieher und Handbohrer zu durchbrechen.

Nach einigen weiteren Minuten wurde der Tunnel enger. Thrym ging jetzt langsamer. Ich hatte das Gefühl, dass die Erde selbst gegen ihn kämpfte, versuchte, ihn zurückzudrängen. Vielleicht hatten die Asen Lokis Gefängnis mit einer magischen Sperre umgeben.

Aber wenn, dann war die nicht stark genug. Wir trotteten weiter nach unten, wobei die Achse der Wagenräder jetzt gegen die Wände stieß. Hinter uns gingen die Riesen im Gänsemarsch. Neben mir murmelte Sam leise vor sich hin – ein Sprechgesang auf Arabisch, den ich von ihren Gebeten her kannte.

Ein übler Gestank stieg aus der Tiefe zu uns auf – wie saure Milch, faule Eier und verbranntes Fleisch. Ich fürchtete, dass der Geruch nicht von Thor stammte.

»Ich kann ihn spüren«, flüsterte Alex, und das war das Erste, was sie seit fast einer Stunde gesagt hatte. »Oh nein, nein, nein, nein ...«

Der Tunnel wurde plötzlich breiter, als ob Thrym den Widerstand der Erde endlich durchbrochen hätte. Und wir betraten alle nacheinander die Kammer Lokis.

Ich hatte die Höhle schon im Traum gesehen, war aber dadurch noch lange nicht auf die Wirklichkeit vorbereitet. Die Höhle war ungefähr so groß wie ein Tennisplatz, mit einer hohen gewölbten Decke aus rissigen Steinen und abgebrochenen Stalaktiten, deren Überreste den Boden vollmüllten. Ich konnte keinen anderen Ausgang entdecken. Die Luft war abgestanden und es roch widerlich süß nach Fäulnis und verbranntem Fleisch. An den Wänden der Höhle ragten massive Stalagmiten vom Boden auf. An anderen Stellen blubberten und dampften zähe Flüssigkeiten in Kratern und füllten die Höhle mit ekelerregenden Gasen. Die Temperatur betrug an die 40 Grad und die vielen Erdriesen, die jetzt hereintrampelten, milderten die Hitze und den Gestank auch nicht gerade.

Mitten im Raum lag Loki auf dem Bogen ausgestreckt, genau wie ich es in meinem Traum gesehen hatte. Seine Fußknöchel waren zusammengebunden und an einen Stalagmiten gefesselt, seine Arme waren weit ausgestreckt und an zwei weiteren Stalagmiten befestigt.

Anders als in seinen Erscheinungen bisher war der echte Loki weder gut aussehend noch charmant. Er trug nur einen zerlumpten Lendenschurz. Sein Leib war abgemagert, verdreckt und von Narben übersät. Seine langen strähnigen Haare waren früher vielleicht mal rötlich braun gewesen, aber nach Jahrhunderten in dieser giftigen Höhle waren sie versengt und gebleicht. Und sein Gesicht – oder das, was davon noch übrig war – war eine halb geschmolzene Maske aus Narbengewebe.

Über Lokis Kopf hatte sich eine riesige Schlange um einen Stalaktiten gewunden, starrte auf den Gefangenen hinunter und ließ aus ihren Hauzähnen gelbes Gift tropfen.

Neben Loki kniete eine Frau in einem weißen Kapuzengewand. Sie hielt eine Metallschüssel über Lokis Gesicht, um das Gift aufzufangen. Die Schlange aber produzierte Gift in rauen Mengen; es troff aus ihrem Maul wie aus einer zur Hälfte aufgedrehten Dusche. Die Schüssel der Frau war viel zu klein.

Vor unseren Augen füllte sich die Schüssel bis an den Rand mit Gift. Die Frau drehte sich um, um sie zu leeren, und kippte das Gift in einen der kochenden Krater hinter ihr. Sie bewegte sich rasch, aber dennoch traf neues Gift Lokis Gesicht; er wand sich und schrie. Die Höhle bebte. Ich glaubte, die Decke werde über uns einstürzen, aber aus irgendeinem Grund hielt sie stand. Vielleicht hatten die Götter die Kammer erdbebenfest konstruiert, sie hatten ja schließlich auch Lokis Fesseln unzerreißbar gemacht und dafür gesorgt, dass die Schlange niemals aufhörte und die Schüssel der Frau niemals groß genug war.

Ich war nicht religiös, aber die ganze Szene erinnerte mich an ein Kruzifix in einer katholischen Kirche – ein Mann unter grauenhaften Qualen, die Arme ausgestreckt. Natürlich konnte man sich Loki nicht als Erlöser vorstellen. Er war nicht gut. Er opferte sich nicht für eine edle Sache. Er war ein böser Unsterblicher, der für seine Verbrechen bezahlte. Aber als ich ihn hier vor mir sah – besiegt, verdreckt und gefoltert –, tat er mir eben doch leid. Niemand hatte eine solche Strafe verdient, nicht einmal ein Mörder und Lügner.

Die Frau in Weiß hob abermals die Schüssel, um sein Gesicht zu schützen. Loki schüttelte sich das Gift aus den Augen, holte zitternd Luft und warf einen Blick in unsere Richtung.

»Willkommen, Magnus Chase!« Er grinste aasig. »Ich hoffe, du entschuldigst, wenn ich nicht aufstehe.«

»Götter«, murmelte ich.

»Oh nein, hier gibt es keine Götter«, sagte Loki. »Die kommen nie zu Besuch. Sie haben die Höhle versiegelt und uns verlassen. Hier sind nur ich und meine geliebte Frau Sigyn. Sag Guten Tag, Sigyn.«

Die Frau in Weiß schaute auf. Unter ihrer Kapuze war ihr Gesicht so mager, sie hätte auch ein Draug sein können. Ihre Augen waren tiefrot, ihre Miene ausdruckslos. Blutrote Tränen liefen über ihr ledriges Gesicht.

»Ach, richtig.« Lokis Stimme war noch ätzender als die Luft. »Sigyn hat seit tausend Jahren nichts mehr gesagt – seit die Asen in ihrer unendlichen Weisheit unsere Söhne abgeschlachtet und uns hier eingesperrt haben, damit wir in alle Ewigkeit leiden müssen. Aber wo habe ich nur meine Manieren? Dies ist ein freudiger Anlass. Wie geht es dir, Thrym, Sohn des Thrym, Sohn des Thrym, Sohn des Thrym?«

Der König sah nicht so richtig gut aus. Er schluckte dauernd, als ob seine Tortilla-Chips nicht unten bleiben wollten. »H-hallo Loki! Es sind eigentlich nur drei Thryms. Und ich bin bereit, unser Bündnis mit einer Hochzeit zu besiegeln.«

»Ja, natürlich. Magnus, du hast das Skofnungschwert mitgebracht.«

Das war eine Feststellung, keine Frage. Er sprach mit solcher Autorität, dass ich dem Drang widerstehen musste, das Schwert abzuschnallen und ihm zu zeigen.

»Wir haben es dabei«, sagte ich. »Aber immer der Reihe nach. Wir wollen den Hammer sehen.«

Loki lachte – ein feuchtes, gurgelndes Geräusch. »Wir wollen uns zuerst einmal davon überzeugen, dass die Braut wirklich die Braut ist. Komm her, meine liebe Samirah. Zeig mir dein Gesicht.«

Beide Mädchen liefen schwankend auf ihn zu, als ob sie an Fäden gezogen würden.

Mein Puls schlug gegen den Kragen meines Smokinghemdes. Ich hätte daran denken sollen, dass Loki sicher unter die Schleier der Mädchen schauen würde. Er war schließlich der Gott von Lug und Trug. Obwohl Alex mir versichert hatte, dass sie Lokis Befehlen widerstehen könnte, ging sie jetzt mit steifen Bewegungen auf ihn zu, genau wie Samirah.

Ich fragte mich, wie schnell ich mein Schwert herbeirufen, wie viele Riesen ich töten könnte. Ich fragte mich, ob Otis und Marvin im Kampf irgendetwas taugten. Vermutlich hoffte ich vergeblich, dass sie Ziegen-Fu trainiert hatten.

Alex' Hände hoben sich zuckend, wie die einer Marionette. Sie fing an, ihren Schleier zu heben. In der Höhle war nichts zu hören außer dem Blubbern der heißen Quellen und dem konstanten Tropfen des Gifts in Sigyns Schüssel.

Alex schlug den Schleier zurück und zeigte – Samirahs Gesicht.

Für eine Sekunde geriet ich in Panik. Hatten die Mädchen auf irgendeine Weise die Plätze getauscht? Dann ging mir auf – ich weiß nicht, weshalb, vielleicht war es etwas in ihren Augen –, dass Alex noch immer Alex war. Sie hatte sich Sams Aussehen gegeben, aber ob das Loki täuschen könnte …

Ich legte die Finger um meinen Anhänger und fing in Gedanken an, mein Testament zu machen.

»Also …«, sagte Loki endlich. »Ich muss zugeben, dass ich überrascht bin. Du hast wirklich meinen Befehl befolgt. Braves Mädchen. Ich vermute, das bedeutet, deine Brautjungfer ist …«

Sigyn rutschte die Schüssel aus der Hand und das Gift strömte in Lokis Gesicht. Der Gott schrie auf und wand sich in seinen Fesseln. Die Mädchen wichen eilig zurück.

Sigyn hob die Schüssel auf und versuchte, Loki mit dem Ärmel das Gift aus dem Gesicht zu wischen, aber er schrie nur noch mehr. Als sie die Hand zurückzog, war der Ärmel am Saum durchlöchert und rauchte.

»Blöde Kuh!«, heulte Loki.

Einen Moment lang schien Sigyn meinen Blick zu erwidern, aber das war wegen ihrer tiefroten Augen schwer zu sagen. Ihre Miene veränderte sich nicht. Die Tränen strömten weiter. Aber ich fragte mich, ob sie das Gift bewusst verschüttet hatte. Ich konnte mir nicht vorstellen, warum; soweit ich wusste, kniete sie seit vielen Jahrhunderten getreulich an der Seite ihres Gatten. Dennoch ... es kam mir vor, als sei ihr dieses Versehen zu einem seltsam passenden Zeitpunkt passiert.

Thrynga räusperte sich – ein wundervolles Geräusch, wie eine Kettensäge, die durch Schlamm schneidet. »Du hast nach der Brautjungfer gefragt, edler Loki. Sie sagt, ihr Name sei Prudence.«

Loki kicherte und versuchte noch immer, das Gift aus seinen Augen wegzublinzeln. »Das kann ich mir vorstellen. In Wirklichkeit heißt sie Alex Fierro und ich hatte ihr verboten, heute herzukommen, aber egal! Fangen wir an. Thrynga, hast du den Ehrengast mitgebracht, um den ich gebeten hatte?«

Die Riesin kräuselte ihre tintenfleckigen Lippen. Sie zog die Kastanie hervor, mit der sie vorher gespielt hatte.

»Dein Ehrengast ist eine Kastanie?«, fragte ich.

Loki lachte heiser. »Nein, aber er kann Kastanien aus dem Feuer holen. Mach schon, Thrynga.«

Thrynga bohrte den Daumennagel in die Schale und brach sie auf. Sie warf die Kastanie auf den Boden und etwas Kleines und Dunkles kullerte heraus – aber nicht das Fruchtfleisch, sondern eine winzige menschliche Gestalt. Sie wurde immer größer, bis ein korpulenter Mann vor mir stand. Sein zerknitterter schwarzer Smoking war von Kastanienresten übersät und seine Wange war durch eine grauenhafte Brandwunde in Form einer Hand entstellt.

Das letzte bisschen Optimismus, an das ich mich noch geklammert hatte, verschwand schneller als Sifs goldene Haare.

»Onkel Randolph.«

»Hallo, Magnus«, sagte er und sein Gesicht verzog sich vor Verzweiflung. »Bitte, mein Junge … gib mir das Skofnungschwert.«

HALLO, VERFOLGUNGSWAHN, MEIN ALTER FREUND

51 Deshalb hasse ich Familientreffen.

Immer begegnet man dem Onkel, den man am wenigsten sehen möchte – ihr wisst schon, den, der aus einer Kastanienschale krabbelt und ein Schwert verlangt.

Ein Teil von mir hätte Randolph gern mit dem Skofnungstein k. o. geschlagen. Ein Teil von mir wollte ihn zurück in seine Kastanie stopfen, sicher in meiner Tasche verstauen und von Loki wegschaffen. Aber kein Teil von mir verspürte das Verlangen, ihm das Schwert zu geben, das Loki befreien könnte.

»Das kann ich nicht, Randolph«, sagte ich.

Mein Onkel wand sich. Seine rechte Hand war noch immer verbunden, da ich ihm zwei Finger abgehackt hatte. Er presste sie gegen die Brust und streckte die linke aus, seine Augen waren verzweifelt und trübe. Ein Geschmack wie nach Kupfer breitete sich auf meiner Zunge aus. Mein reicher Onkel sah einem Bettler jetzt ähnlicher als ich in meinen beiden Jahren auf der Straße.

»Bitte«, sagte er. »Ich sollte es doch heute herbringen, aber dann hast du es an dich gerissen. Ich – ich *brauche* es.«

Das war seine Aufgabe, begriff ich. Er hatte die Lage der Höhle feststellen müssen und sollte nun Loki befreien, das Skofnungschwert schwingen, wie das nur jemand von edlem Geblüt konnte.

»Loki wird dir nicht geben, was du willst«, sagte ich zu ihm. »Deine Familie ist nicht mehr da.«

Er blinzelte, als ob ich ihm Sand in die Augen geworfen hätte. »Magnus, du verstehst nicht ...«

»Kein Schwert«, sagte ich. »Nicht, bevor wir Thors Hammer gesehen haben.«

Der Riesenkönig schnaubte. »Der Hammer ist die Morgengabe, du dummer Mensch! Der wird erst nach der Hochzeitsnacht überreicht.«

Neben mir zuckte Alex zusammen. Die goldenen Bögen ihres Halsbandes erinnerten mich an die Regenbogenbrücke, daran, wie sie so gelassen und kühl auf Bifröst gelegen und Lichtengel gemacht hatte. Ich konnte nicht zulassen, dass sie einen Riesen heiratete. Ich wünschte nur, ich hätte gewusst, wie ich das verhindern sollte.

»Wir brauchen den Hammer, um die Ehe zu segnen«, sagte ich. »Das ist das Recht der Braut. Zeig ihn uns und lass ihn in der Zeremonie Verwendung finden. Dann kannst du ihn wieder an dich nehmen, bis ... bis morgen.«

Loki lachte. »Daraus wird nichts, Magnus Chase. War aber ein netter Versuch. Und jetzt das Schwert ...«

»Moment«, sagte Thrynga und richtete ihren Ich-komm-dir-gleich-mit-dem-Barhocker-Blick auf Loki. »Das Mädchen hat absolut recht. Wenn sie mit dem Hammer gesegnet werden will, dann soll sie diesen Segen bekommen. Oder will mein Bruder mit dieser heiligen Tradition brechen?«

Thrym wand sich. Sein Blick huschte von seiner Schwester über seine Gefolgsleute zu Loki. »Ich ... äh ... nein. Das heißt, ja. Meine Braut Samirah muss ihren Segen haben. Zum richtigen Zeitpunkt während der Zeremonie werde ich Mjöllnir holen. Fangen wir an?«

Thryngas Augen funkelten boshaft. Ich wusste nicht, was sie

für ein Spiel spielte, warum sie den Hammer so früh hervorholen wollte, aber ich mochte ihr nicht widersprechen.

Thrym klatschte in die Hände. Ich hatte es gar nicht bemerkt, aber einige Riesen, die ganz hinten gegangen waren, hatten aus der Bar einige Möbelstücke mitgebracht. Links von Lokis Lager stellten sie eine schlichte hölzerne Bank ab und bedeckten den Sitz mit Fellen. Auf beiden Seiten der Bank stellten sie Holzpfosten auf, wie Totempfähle, die mit wütenden Tiergesichtern und Runeninschriften bedeckt waren.

Thrym ließ sich nieder und die Bank stöhnte unter seinem Gewicht. Einer seiner Riesen setzte ihm eine steinerne Krone auf den Kopf – einen aus einem einzigen Stück dunklen Granits gemeißelten Reif.

»Mädchen, du stellst dich hierhin«, sagte die Riesin zu Alex. »Zwischen deinen Vater und deinen angehenden Gatten.«

Alex zögerte.

Loki schnalzte mit der Zunge. »Komm schon, Tochter. Nicht so schüchtern. Stell dich neben mich.«

Alex gehorchte. Ich wollte glauben, dass sie das tat, weil sie bei dem Spiel mitmachte, und nicht, weil sie dazu gezwungen war, aber ich dachte daran, wie sie vorhin auf Lokis Befehl wie eine Marionette herumgeschwankt war.

Sam stand rechts von mir und hatte nervös die Hände verschränkt. Randolph trottete davon, um zu Lokis Füßen zu warten. Er hockte dort wie ein schuldbewusster Mastiff, der ohne Beute für seinen Herrn von der Jagd zurückgekehrt war.

»Den Becher!«, befahl Thrym.

Einer seiner Männer drückte ihm einen mit Edelsteinen besetzten goldenen Becher in die Hand. Rote Flüssigkeit schwappte über den Rand.

Thrym trank einen Schluck. Dann reichte er den Becher an Alex weiter. »Samirah al-Abbas bint Loki, ich reiche dir den Trunk und damit das bindende Versprechen meiner Liebe. Traun und fürwahr, du sollst meine Frau sein.«

Alex nahm den Becher in ihre von Spitzen umhüllten Finger. Sie schaute sich Hilfe suchend um. Ich befürchtete, dass sie Sams Stimme nicht so gut nachahmen konnte wie ihr Gesicht.

»Du brauchst nichts zu sagen, Mädchen«, sagte Thrynga. »Trink einfach.«

Ich hätte ja Angst vor Infektionen gehabt, aber Alex hob den Rand ihres Schleiers und trank einen Schluck.

»Hervorragend.« Thrynga drehte sich zu mir um und ihre Gesichtsmuskeln zuckten vor Ungeduld. »Und jetzt endlich die Mundur. Gib mir das Schwert, Junge.«

»Schwester, nein«, grollte Thrym. »Das ist nicht für dich.«

Thrynga fuhr zu ihrem Bruder herum. »Was? Ich bin deine einzige Verwandte! Die Mundur muss durch meine Hände gehen.«

»Ich habe eine Vereinbarung mit Loki.« Thrym sah jetzt zuversichtlicher aus, fast selbstzufrieden, da Alex so dicht neben ihm stand. Ich hatte das schreckliche Gefühl, dass er sich das Ende der Zeremonie vorstellte, den Moment, in dem er die Braut küsste. »Junge, gib deinem Onkel das Schwert. Er wird es verwahren.«

Thrynga starrte mich wütend an. Ich sah ihr in die Augen und begriff, was sie wollte. Sie wollte Skofnung und vermutlich auch Mjöllnir für sich behalten. Sie hatte kein Interesse an einem Heiratsbündnis mit Loki. Sie sah in dieser Hochzeit eine Chance, ihrem Bruder den Thron zu rauben. Sie würde alle töten, die sich ihr in den Weg stellten. Vielleicht wusste sie nicht, dass das Skofnungschwert nicht in Anwesenheit einer Frau gezogen werden durfte. Vielleicht dachte sie, sie könnte es trotzdem benutzen. Oder vielleicht reichte es ihr auch, einen Barhocker zu schwingen, solange die beiden anderen Waffen sich sicher in ihrer Obhut befanden.

Unter anderen Umständen hätte ich ihr bei dem Versuch, ihren Bruder zu erschlagen, viel Glück gewünscht. Verdammt, ich hätte ihr sogar eine Trophäe mit einem Gutschein für eine Vorspeise in Asgard gegeben. Leider hatte ich das Gefühl, dass Thryngas Plan darauf hinauslief, auch mich, Sam, Alex und möglicherweise Onkel Randolph umzubringen.

Ich trat einen Schritt zurück. »Ich hab es dir doch gesagt, Thrym. Keinen Hammer, kein Schwert.«

Randolph kam auf mich zugeschlurft und seine verbundene Hand lag auf seiner Bauchbinde. »Magnus, du musst«, sagte er. »Das gehört zum Ablauf der Zeremonie. Zuerst wird die Mundur überreicht, denn bei jeder Hochzeit wird zwingend ein Schwert der Ahnen benötigt, auf das die Ringe gelegt werden. Der Segen mit dem Hammer kommt danach.«

Jacks Anhänger summte an meinem Schlüsselbein. Vielleicht versuchte er mich zu warnen. Oder er wollte nur einen weiteren Blick auf Skofnung werfen, die Sexgöttin unter den Schwertern. Oder er war neidisch, weil er selbst gern das Zeremonienschwert gewesen wäre.

»Was ist los, Junge?«, knurrte Thrym. »Ich habe doch schon zugesagt, dass die alten Traditionen gewahrt bleiben. Hast du kein Vertrauen zu uns?«

Ich hätte fast laut gelacht.

Ich schaute zu Sam hinüber. So verstohlen sie konnte, gebärdete sie: *Hilft alles nix. Aber lass ihn nicht aus den Augen.*

Plötzlich kam ich mir dumm vor. Wir hätten uns schon die ganze Zeit durch Gebärdensprache verständigen und geheime Botschaften austauschen können.

Andererseits hatte Loki Sam vielleicht in seiner Gewalt und zwang sie, das zu sagen. Konnte er in ihre Gedanken eindringen, ohne etwas zu sagen, einfach mit einem Fingerschnippen? Ich dachte daran, was Sam in Sifs Innenhof zu mir gesagt hatte: *Du musst ihn aufhalten. Wenn wir ausgeschaltet werden, bist du vielleicht der Einzige, der das kann.* Und ich war vielleicht wirklich der Einzige hier im Raum, den Loki nicht unter Kontrolle hatte.

Hallo, Verfolgungswahn.

Zwei Dutzend Riesen sahen mich an. Mein Onkel streckte seine unversehrte Hand aus.

Zufällig begegnete ich Sigyns ausdruckslosen roten Augen. Die Göttin legte ein ganz klein wenig den Kopf schräg. Ich weiß nicht, warum das den Ausschlag gab, aber ich nahm das Schwert vom Rücken und legte Skofnung mit dem noch immer schwer am Griff baumelnden Stein in Randolphs Hand.

»Du bist noch immer ein Chase«, sagte ich leise. »Du hast noch immer *lebende* Angehörige.«

Randolphs Auge zuckte. Wortlos nahm er das Schwert entgegen.

Er kniete vor der Bank des Königs nieder. Ein wenig unbeholfen wegen seiner verbundenen Hand hielt er die Scheide waagerecht wie ein Tablett. Thrym legte zwei goldene Trauringe in die Mitte und hielt die Hand darüber wie zu einem Segen.

»Ymir, Ahne der Götter und Riesen, höre meine Worte«, sagte er. »Diese Ringe symbolisieren unsere Ehe.«

Er schob einen Ring auf seinen Finger und einen auf den von Alex. Dann winkte er Onkel Randolph aus dem Weg. Mein Onkel schlurfte mit dem Schwert zur Seite, aber Sam und ich schossen vor und hielten ihn davon ab, dichter an Loki heranzutreten.

Ich wollte gerade auf dem Hammer bestehen, aber Thrynga kam mir zuvor. »Bruder, du musst dein Versprechen halten.«

»Ja, ja«, sagte Thrym zustimmend. »Samirah, meine Liebe, bitte, setz dich.«

Alex trat vor wie in Trance und nahm neben dem Riesen Platz. Es war schwer, unter dem Schleier etwas zu erkennen, aber ich hatte den Eindruck, dass sie den Ring an ihrer Hand anstarrte, als wäre er eine braune Sandspinne.

»Riesen, seid bereit«, sagte Thrym. »Ihr werdet den Hammer umstellen und ihn herbringen. Ihr werdet ihn über meine Braut halten, *sehr vorsichtig,* während wir den Segen sprechen. Dann werde ich ihn unverzüglich zurück in die Tiefen der Erde schicken ...« Er drehte sich zu Alex um. »Bis morgen früh, meine Süße, wenn er ganz offiziell zu deiner Morgengabe wird. Danach werde ich ihn für dich sicher aufbewahren.« Er streichelte Alex' Knie, was ihr fast so gut zu gefallen schien wie der giftige Trauring.

Thrym streckte die Hand aus. Er spannte sich an und sein Gesicht nahm die Farbe von Maulbeergelee an. Die Höhle grollte und bebte. Ungefähr sieben Meter weiter barst der Boden und Kies und Schlamm wurden nach oben geschleudert, als ob ein riesiges Insekt herauswollte. Thors Hammer kam zum Vorschein und blieb in einem Kessel aus Schutt liegen.

Der Hammer sah genauso aus wie in meinem Traum: ein riesiger trapezförmiger Kopf mit wirbelndem Runenmuster und einem dicken braunen, mit Leder umwickelten Griff. Sein Erscheinen erfüllte den Raum mit einem Geruch wie bei einem Gewitter. Während die Riesen losstürzten, um den Hammer zu umstellen, gebärdete ich Sam: *Pass auf Randolph auf.* Dann rannte ich in die andere Richtung zu unserem Wagen.

Ich packte Otis an der Schnauze und presste mein Gesicht gegen seins.

»Es ist so weit«, flüsterte ich. »Hammer ist in Höhle. Ich wiederhole: Hammer ist in Höhle. Roter Oktober. Adler ist gelandet. Abwehrmuster Omega.«

Ich weiß nicht so genau, woher dieser Militärcodekram kam. Ich hielt es einfach für etwas, worauf Thor reagieren würde. Und außerdem war ich total nervös.

»Du hast wunderschöne Augen«, murmelte Otis.

»Bringt den Hammer her«, befahl Thrym seinen Riesen. »Und macht schnell!«

»Ja«, sagte Loki zustimmend und schüttelte sich die von Schlangengift durchtränkten Haare aus den Augen. »Und solange ihr damit beschäftigt seid … Randolph, schneid mich los.«

Und dann rastete Alex aus.

52 MEIN ONKEL KRIEGT EINEN BEGLEITCHOR

Alex riss sich den Schleier ab, schnappte sich die neue goldene Garotte von ihrem Gürtel und schlang sie Thrym um den Hals. Der Riesenkönig sprang auf und brüllte vor Empörung, als Alex auf seinen Rücken kletterte und anfing, ihn zu würgen wie den Lindwurm in Walhalla.

»Ich lass mich scheiden!«, schrie sie.

Thryms Gesicht wurde noch violetter. Seine Augen quollen hervor. Sein Hals hätte einfach durchtrennt werden müssen, aber die Haut um die Garotte schien sich in leuchtendes graues Gestein zu verwandeln – diese blöden Erdriesen und ihre blöde Erdmagie.

»Verrat!« Thryngas Augen tanzten vor Erregung, als sähe sie endlich eine Chance, ihrerseits ein bisschen zur Verräterin zu werden. »Bringt mir den Hammer!« Sie griff nach Mjöllnir, aber Samirahs Axt flog durch den Raum und bohrte sich in Thryngas Seite. Die Riesin kippte vornüber.

Ich rief Jack herbei. Onkel Randolph hatte Loki schon fast erreicht. Ehe ich es zu ihm schaffen konnte, hatten mich die Riesen umzingelt.

Jack und ich legten los, wir arbeiteten ausnahmsweise einmal effektiv zusammen und spalteten einen Erdriesen nach dem anderen. Aber wir waren bitter in der Minderheit und die Riesen (ACH-

TUNG! DAS FOLGENDE LIEGT AUF DER HAND!) waren wirklich riesig! Aus dem Augenwinkel sah ich Thrynga über den Boden kriechen, um den unbewachten Hammer an sich zu bringen. Thrym taumelte noch immer umher und knallte mit dem Rücken gegen die Höhlenwand, in dem Versuch, sich von Alex zu befreien, aber Alex verwandelte sich jedes Mal in einen Gorilla, was es ihr leichter machte, Thrym zu erwürgen. Die Zunge des Riesen hatte Farbe und Größe einer unreifen Kochbanane. Er streckte die Hand nach Thors Hammer aus, vermutlich, um ihn zurück in die Erde zu werfen, aber Alex zog die Garotte stramm und riss Thrym aus seiner Konzentration.

Inzwischen hatte auch Sam ihren Schleier abgerissen. Ihr Walkürenspeer tauchte in ihrer Hand auf und füllte den Raum mit weißen Lichtstrahlen. Zwei Riesen rannten auf sie zu und versperrten mir die Sicht.

Irgendwo hinter mir schrie Loki: »Jetzt, du Idiot!«

»Ich – ich kann nicht!«, heulte Randolph. »Es sind Frauen anwesend!«

Der Gott fauchte. Ich vermute, er hätte Sam und Alex eine Ohnmacht aufzwingen können, aber das hätte das Problem mit Thrynga und Sigyn nicht gelöst.

»Zieh es trotzdem«, befahl er. »Ich pfeife auf die Folgen.«

»Aber ...«

»MACH SCHON!«

Ich war zu sehr damit beschäftigt, Keulen auszuweichen und Riesen zu erstechen, um zu sehen, was nun passierte, aber ich hörte, wie das Skofnungschwert gezogen wurde. Es stieß ein unirdisches Geheul aus – einen wütenden Chor aus zwölf Berserkergeistern, die gegen ihren Willen und gegen ein uraltes Tabu freigesetzt worden waren.

Es war so laut, dass ich doppelt sah. Mehrere Riesen stolperten. Leider war auch Jack betroffen. Er wurde genau in dem Moment in meinen Händen schwer und leblos, als einer der Riesen mich mit der Faust traf und quer durch die Höhle fliegen ließ.

Ich knallte gegen einen Stalagmiten. Irgendetwas in meiner Brust machte *krack*. Das war vermutlich kein gutes Zeichen. Ich versuchte, aufzustehen und die Säure zu ignorieren, die durch meinen Brustkorb schwappte.

Vor meinen Augen verschwamm alles. Onkel Randolph schrie und seine Stimme mischte sich unter das Geheul von Skofnungs Geistern. Nebel stieg von der Klinge auf und umwirbelte ihn, als ob Skofnung sich in Trockeneis verwandelt hätte.

»Beeil dich, du Idiot!«, schrie Loki. »Ehe sich das Schwert auflöst!«

Schluchzend schlug Randolph auf die Fesseln an Lokis Füßen ein. Mit einem Geräusch, als ob auf einer Brücke eine Hochspannungsleitung riss, zersprangen die Riemen.

»Nein!«, brüllte Sam. Sie stürzte vor, aber es war schon zu spät. Loki zog zum ersten Mal seit tausend Jahren die Knie an die Brust. Sigyn wich an die hintere Wand zurück und ließ das Schlangengift ungehindert ins Gesicht ihres Gatten spritzen. Loki schrie und trat um sich.

Sam schleuderte ihren Speer auf meinen Onkel, aber Loki war noch immer geistesgegenwärtig genug, um zu schreien: »Samirah, erstarre!«

Das tat Sam und presste vor Anspannung die Zähne aufeinander. Ihre Augen loderten vor Wut. Sie stieß ein kehliges Geheul aus, das schlimmer war als das des Schwerts, aber sie konnte Lokis Befehl offenbar nicht widerstehen.

Randolph stand schwankend da und starrte das rauchende

Schwert an. Die Schneide wurde schartig, die schwarze Schmiere von Lokis Fessel fraß an der magischen Klinge.

»Der Stein, du Idiot!« Loki trat hilflos nach ihm und drehte das Gesicht von dem tropfenden Gift weg. »Du musst die Klinge wetzen und weitermachen. Du hast nur ein paar Minuten!«

Noch immer war Randolph von Rauch umwirbelt. Seine Haut verfärbte sich jetzt bläulich. Mir ging auf, dass nicht nur das Schwert sich auflöste. Die noch immer heulenden Geister Skofnungs ließen ihren Zorn an meinem Onkel aus.

Ein Riese griff mich mit einem verzierten Totempfahl an. Ich konnte mich zur Seite rollen und ihn ausschalten, indem ich ihn in die Knöchel stach. Meine angeknacksten Rippen pochten empört.

Alex war noch immer damit beschäftigt, den Riesenkönig zu erwürgen. Beide sahen ziemlich übel aus. Thrym taumelte und aus Alex' Ohr sickerte Blut und befleckte ihr weißes Kleid. Ich hoffte, Sif erwartete nicht, dass wir es gereinigt zurückgaben.

Drei der Riesen hatten jetzt wieder Thors Hammer umringt. Nun hoben sie ihn hoch und schwankten unter dem Gewicht.

»Was machen wir damit?«, stöhnte der eine Riese. »Ihn wieder in die Erde stecken?«

»Wagt das bloß nicht!«, schrie Thrynga. Sie stand jetzt wieder aufrecht und griff nach der Axt, die ihr noch immer in der Seite steckte. »Der Hammer gehört mir!«

Ich hatte ja keine Ahnung von den Regeln der Erdmagie, aber angesichts der Mühe, die es Thrym gemacht hatte, den Hammer an sich zu bringen, bezweifelte ich, dass einer der Riesen ihn einfach mehr als zehn Kilometer in den Boden sinken lassen konnte – nicht mitten im Kampfgetümmel, während die Waffen flogen und die Berserkergeister heulten. Ich machte mir größere Sorgen um das Schwert.

Randolph hatte die Klinge bereits wieder gewetzt. Als Sam ihn anschrie, er solle aufhören, näherte er sich Lokis rechter Hand.

»Thrynga!«, brüllte ich.

Die weiße Riesin starrte mich wütend an und ihre Tintenlippen verzogen sich zu einem Fauchen.

»Du hättest gern das Schwert …?«, fragte ich und zeigte auf meinen Onkel. »Dann solltest du dich beeilen.«

Es kam mir vor wie eine gute Idee, eine mörderische Riesin auf Loki zu hetzen.

Leider hasste Thrynga mich ebenfalls. »Das Schwert ist erledigt«, sagte sie. »Es löst sich schon auf. Vielleicht nehme ich lieber deins.«

Sie kam auf mich zu. Ich versuchte, Jack zu heben, aber der lag noch immer wie tot in meiner Hand. Thrynga knallte gegen mich und wir rutschten über den Bogen – voll in einen der blubbernden Krater.

Kurze Mitteilung: Krater voller kochender Flüssigkeit sind *heiß*.

Wenn ich ein gewöhnlicher Sterblicher gewesen wäre, wäre ich in Sekundenschnelle tot gewesen. Als Einherje rechnete ich mit vielleicht einer Minute, ehe die Hitze mich umbrachte. Hurra.

Meine Welt wurde zu einem kochenden Gebrüll reduziert, einem schwefligen gelben Dunst, und zu der weißen Gestalt der Riesin, deren Finger sich in meine Luftröhre bohrten.

Jack lag noch immer in meiner Hand, aber mein Arm kam mir schwer und nutzlos vor. Mit meiner freien Hand kratzte ich blind an Thrynga herum und versuchte, ihren Zugriff um meinen Hals zu lockern.

Durch Zufall fanden meine Finger den Griff von Sams Axt, die noch immer in Thryngas Seite steckte. Ich riss sie heraus und zielte damit grob in die Richtung ihres Kopfs.

Der Druck gegen meine Kehle lockerte sich ganz plötzlich. Ich schob die Riesin weg und kämpfte mich an die Oberfläche. Irgendwie schaffte ich es, mich dampfend und hummerrot aus der heißen Quelle zu ziehen.

Neue Kampfgeräusche: Klinge gegen Klinge. Zerbrechende Steine. Brüllende Riesen. Die Geister des Schwerts Skofnung setzten ihr furchtbares Geheul fort. Ich versuchte, auf die Beine zu kommen, aber meine Haut fühlte sich an wie gekochte Wurstpelle. Ich hatte Angst, dass ich einfach platzen könnte, wenn ich mich zu schnell bewegte.

»Jack«, krächzte ich. »Los.«

Jack verließ meine Hand, aber er bewegte sich nur langsam. Vielleicht war er noch immer betäubt vom Geheul der Geister. Vielleicht wurde er auch durch meinen Zustand geschwächt. Er schaffte es gerade so eben, die Riesen daran zu hindern, dass sie mich endgültig totschlugen.

Vor meinen Augen war alles neblig mit gelben Klecksen, als ob sich meine Augäpfel in hart gekochte Eier verwandelt hätten. Ich sah, wie Thrym zur Hochzeitsbank taumelte, sie mit beiden Händen packte und mit einer letzten Kraftaufwallung über seinen Kopf nach Alex schlug. Die Bank knallte auf ihren Scheitel und sie fiel vom Rücken des Riesen.

In der Nähe hörte ich abermals das Reißen einer Hochspannungsleitung. Lokis rechte Hand war frei.

»Ja!«, rief der Gott. Er drehte sich auf die Seite und fort aus der Reichweite der Schlange. »Die letzte, Randolph, und dann bekommst du deine Familie zurück!«

Sam war noch immer erstarrt. Sie kämpfte so intensiv gegen Lokis Willen an, dass auf ihrer Stirn eine Ader geplatzt war und dort eine rote Linie bildete. Im Licht ihres Speers sah Randolph blauer aus denn je. Seine Haut wurde durchscheinend und die Struktur seines Schädels war zu sehen, als er in aller Eile versuchte, das Skofnungschwert für den letzten Schlag zu wetzen.

Drei Riesen taumelten noch immer mit Thors Hammer umher und wussten nicht, was sie damit anfangen sollten. Der Riesenkönig drehte sich zu Alex um, die jetzt benommen auf dem Boden lag. Ein weiterer Riese kam vorsichtig auf Sam zu, starrte ihren leuchtenden Speer an und fragte sich ganz offenbar, ob sie wirklich so hilflos war, wie sie aussah.

»Jack«, murmelte ich mit einer Stimme wie nasser Sand. Aber ich wusste nicht, was ich ihm sagen sollte. Ich konnte mich kaum mehr bewegen. Ein Dutzend Riesen war weiterhin in Kampfform. Loki war fast frei. Ich konnte nicht Alex und Sam retten und gleichzeitig meinen Onkel aufhalten. Es war zu Ende.

Dann bebte die Höhle. Ein gewaltiger Riss spaltete die Decke, als öffneten sich über uns die Krallen eines Greifarms, und spuckte einen Zwerg, einen Elfen und mehrere Einherjer aus.

Blitz schlug als Erster zu. Als Thrym gerade aufschaute, vorübergehend abgelenkt von dem Plan, seine Braut zu ermorden, landete ein in ein Kettenhemd mit Paisleymuster gewandeter Zwerg auf seinem Gesicht. Blitz war nicht schwer, aber er hatte die Schwerkraft und die Überraschung auf seiner Seite. Der Riesenkönig sackte unter ihm zusammen wie ein Haufen Felsbrocken.

Hearthstone landete mit seiner üblichen elfischen Eleganz auf dem Boden und warf sofort eine Rune auf Loki:

ᛁ

Ich vermute, dieses Zeichen stand für *Eis.* Plötzlich war der Gott des Bösen darin eingeschlossen, seine Augen waren vor Schock weit aufgerissen und sein linker Arm noch immer an den letzten Stalagmiten gefesselt – das machte ihn zum hässlichsten Eisbecher, den ich jemals gesehen hatte.

Meine Kumpels aus dem neunzehnten Stock stürzten sich mit großer Begeisterung ins Gefecht.

»Tod und Ehre!«, brüllte Halbgeboren.

»Alle umbringen!«, sagte Mallory.

»Attacke!«, schrie T. J.

T. J. erstach den nächstbesten Riesen mit dem Bajonett. Mallorys Messer blitzten, als sie zwei weitere mit wohlplatzierten Treffern ins Gemächt erledigte. (Tipp: Niemals ohne Gemächtschutz aus Titan gegen Mallory Keen antreten.) Halbgeboren Gunderson, unsere Antwort auf die Riesen, watete in den Kampf – hemdlos, wie immer, die gesamte Brust mit blutroten Smileys bemalt (ich vermute, Mallory hatte sich auf dem langen Weg nach hier unten gelangweilt). Mit irrem Lachen packte Halbgeboren einen Riesen am Kopf und machte ihn mit seinem rechten Knie bekannt. Halbgeborens Knie trug den Sieg davon.

Da Loki eingefroren war, konnte sich Samirah aus seinem Zugriff befreien. Sofort legte sie mit ihrem Speer los, durchbohrte einen angreifenden Riesen und wandte sich dann Onkel Randolph zu. »Weg da«, fauchte sie.

Einen Moment lang glaubte ich, das Blatt habe sich gewendet. Ein Riese nach dem anderen ging zu Boden. Ich rief Jack in meine Hand und trotz meines zerkochten Zustandes, trotz meiner Erschöpfung konnte ich auf die Füße kommen. Die Anwesenheit meiner Freunde schenkte mir neue Energie. Ich taumelte zu Alex hinüber und half ihr beim Aufstehen.

»Mir geht's gut«, murmelte sie, obwohl sie verwirrt und blutig aussah. Wie sie es geschafft hatte, den Schlag mit der Bank zu überleben, überstieg mein Fassungsvermögen. Ich vermutete, sie hatte eben wirklich einen Dickkopf. »Er – er hatte mich nicht unter Kontrolle. Loki, meine ich. Ich hab nur so getan.«

Sie griff nach meiner Hand und hatte offenbar Angst, ich könnte ihr nicht glauben.

»Ich weiß, Alex«, ich drückte ihre Hand. »Du warst großartig.«

Inzwischen schlug Blitzen Thrym mehrmals mit seiner Halsbinde aus Kettengeflecht ins Gesicht. Dabei sah er mich an und grinste. »Thor hat uns Bescheid gesagt, Kleiner. Gute Arbeit! Für mich war es sogar leichter als für ihn, den Tunnel hierher zu graben, als ich erst die Lage kannte. Die Götter buddeln sich noch immer aus der Höhle dieses Idioten durch. Der Fels ist magisch verhärtet, das hat der hier gemacht« – er schlug Thrym wieder ins Gesicht –, »aber die schaffen das schon.«

Die Körper der gefallenen Riesen lagen überall in der Höhle herum. Nur drei standen noch und bewachten Thors Hammer, aber sie waren so oft mit Mjöllnir herumgetaumelt, hin und her von Thrym zu Thrynga wie Möbelpacker mit einer viel zu großen Couch, dass sie vollkommen erschöpft aussahen. Halbgeboren Gunderson machte mit ihnen per Streitaxt kurzen Prozess. Dann stand er triumphierend über ihnen und rieb sich eifrig die Hände: »Das wollte ich immer schon mal ausprobieren!« Er versuchte, Mjöllnir zu heben, aber der Hammer blieb verstockt an Ort und Stelle.

Mallory schnaubte. »Ich hab dir schon so oft gesagt, dass du nicht so stark bist wie drei Riesen. Und jetzt hilf mir mal hier ...«

»Vorsicht!«, rief Alex.

Halbgeborens Bemühungen um den Hammer hatten uns von Onkel Randolph und Loki abgelenkt. Ich fuhr in dem Augenblick herum, als der Eisblock barst und uns mit gefrorenen Splittern übersäte.

Für einen Moment waren wir blind und mein Onkel sprang mit Skofnung vor. Er schlug auf die letzte Fessel um Lokis linkes Handgelenk und sie zersprang.

Das Schwert löste sich zu einer Rauchwolke auf. Der Chor der wütenden Berserker verstummte. Mein Onkel fiel auf die Knie, er schrie und sein Arm begann, sich zu blauem Dampf aufzulösen.

Hinten in der Höhle erschauderte Sigyn, als ihr Gatte auf die Füße kam.

»Frei«, sagte Loki. Sein ausgezehrter Leib dampfte und sein Gesicht war eine Wüste aus narbigem Fleisch. »Und jetzt fängt der Spaß an.«

IT'S HAMMER TIME! (DAS MUSSTE ENDLICH MAL JEMAND SAGEN)

53

Timing.

Die Asen mussten wirklich an ihrem Timing arbeiten.

Wir hatten noch immer keine göttliche Verstärkung. Wir hatten einen Hammer, aber niemanden, der damit zuschlagen konnte. Und Loki stand befreit vor uns, in all seiner verstümmelten Pracht, mit Eis in den Haaren und Gift, das von seinem Gesicht tropfte.

»Ah«, er lächelte. »Als Allerersten ...«

Er schlug schneller und mit größerer Kraft zu, als das für einen Typen, der tausend Jahre lang angekettet gewesen war, möglich sein dürfte. Er packte die Schlange, die ihn mit Gift betropft hatte, riss sie von ihrem Stalaktiten und hieb damit um sich wie mit einer Peitsche.

Die Wirbel der Schlange zerbrachen mit dem Geräusch von platzender Blasenfolie. Loki ließ sie fallen, als sie so tot war wie ein Gartenschlauch, und drehte sich zu uns um.

»Diese Schlange habe ich wirklich gehasst«, sagte er. »Wer jetzt?«

Jack lag schwer in meiner Hand. Alex konnte sich kaum auf den Beinen halten. Sam hielt ihren Speer bereit, schien aber nicht angreifen zu wollen, wohl weil sie nicht wieder von ihrem Vater in eine Salzsäule verwandelt werden wollte – oder Schlimmeres.

Meine anderen Freunde schlossen sich um mich zusammen: drei starke Einherjer, Blitzen in seinem modischen Kettengeflecht, Hearthstone, dessen Runen aus Ebereschenholz in seinem Beutel klapperten, als seine Finger darin herumsuchten.

»Wir können ihn fertigmachen«, sagte T. J., dessen Bajonett noch nass vom Riesenblut war. »Alle auf einmal. Bereit?«

Loki breitete die Arme zu einer Willkommensgeste aus. Randolph kniete zu seinen Füßen, stumm vor Qual, während der blaue Dampf seinen Arm hochwanderte und sein Fleisch verzehrte. Sigyn stand ganz still an der hinteren Wand, ihre roten Augen waren unergründlich und sie presste sich die leere Giftschüssel an die Brust.

»Dann also los, Krieger Odins«, höhnte Loki. »Ich bin unbewaffnet und schwach. Ihr könnt es schaffen!«

Und da wusste ich aus tiefstem Herzen, dass wir das nicht konnten. Wir würden angreifen und sterben. Wir würden mit gebrochenem Genick auf dem Boden landen, genau wie die Schlange.

Aber wir hatten keine Wahl. Wir mussten es versuchen.

Dann hörten wir aus der Wand hinter uns ein Krachen, gefolgt von einer vertrauten Stimme: »Wir sind durch! Ja, Heimdall, diesmal bin ich sicher. Vermutlich.«

Die Spitze eines Eisenstabes bohrte sich aus dem Felsen und wackelte herum. Die Wand fing an zu zerfallen.

Loki ließ die Arme sinken und seufzte. Er sah eher genervt aus als verängstigt.

»Na gut.« Er zwinkerte mir zu, oder vielleicht zuckte sein Gesicht auch nur nach Jahrhunderten der Giftverätzungen. »Nächstes Mal?«

Der Boden gab unter ihm nach. Die gesamte hintere Hälfte der

Höhle sackte ab. Stalagmiten und Stalaktiten implodierten. Die Krater mit der brodelnden Flüssigkeit verwandelten sich in dampfende Wasserfälle, ehe sie im Nichts verschwanden. Loki und Sigyn stürzten ins Leere. Mein Onkel, der an der Bruchkante gekniet hatte, rutschte ebenfalls in den Abgrund.

»Randolph!« Ich stürzte hinüber.

An die fünfzehn Meter tiefer kauerte Randolph auf einem nassen schrägen Felsen und versuchte, das Gleichgewicht zu halten. Sein rechter Arm war verschwunden, der blaue Dunst kroch jetzt seine Schulter hoch. Er schaute zu mir empor und sein Totenschädel schien durch die dünne Haut zu grinsen.

»Randolph, halt dich fest!«, sagte ich.

»Nein, Magnus.« Er sprach leise, als ob er niemanden aufwecken wollte. »Meine Familie ...«

»*Ich* bin deine Familie, du alter Idiot!«

Vielleicht war das keine besonders liebevolle Anrede. Vielleicht hätte ich *fort mit Schaden* denken und ihn fallen lassen sollen. Aber Annabeth hatte recht. Randolph gehörte nun einmal zur Familie. Die ganze Chase-Sippe lockte göttliche Aufmerksamkeit an, und auf Randolph hatte dieser Fluch schwerer gelastet als auf den meisten anderen von uns. Trotz allem wollte ich ihm noch immer helfen.

Er schüttelte den Kopf und in seinen Augen rangen Trauer und Schmerz miteinander. »Es tut mir leid. Ich möchte sie sehen.«

Er glitt lautlos seitwärts und in die Dunkelheit.

Ich hatte keine Zeit zu trauern, keine Zeit, das Geschehene zu verarbeiten, denn nun brachen drei Götter in Kampfmontur durch die Wand.

Alle trugen Helme, Infrarotbrillen, Soldatenstiefel und Kevlar-Schutzkleidung mit den Buchstaben GRRM quer über der Brust. Ohne die wilden Bärte und die nicht gerade vorschriftsmäßige

Bewaffnung hätte ich sie für ein normales Überfallkommando gehalten.

Thor stürmte als Erster herein, er hielt seinen Eisenstab wie ein Gewehr und fuchtelte wild damit herum.

»Seht in den Ecken nach!«, schrie er.

Der nächste Gott war Heimdall; er grinste, als ob er sich köstlich amüsierte. Er hielt sein gewaltiges Schwert ebenfalls wie ein Gewehr und hatte das Weltuntergangsphablet auf die Spitze gesteckt. Er fegte durch die Höhle und machte Bilder von sich aus allen erdenklichen Perspektiven.

Den dritten Gott erkannte ich nicht. Er trat mit einem *KLANG* in die Höhle, weil sein rechter Fuß in dem groteskesten überdimensionalen Schuh steckte, den ich je gesehen hatte. Er war aus Stücken von Leder und Metall, Resten aus Turnschuhen in Neonfarben, Klettverschlüssen und alten Messingschnallen zusammengesetzt. Vom großen Zeh ragte außerdem ein halbes Dutzend Stöckelabsätze auf wie Stachelschweinspieße.

Die drei Götter rannten herum und suchten nach Gefahren.

Mit ungeheuer schlechtem Timing kam der Riesenkönig Thrym wieder zu Bewusstsein. Der Gott mit dem komischen Schuh stürzte zu ihm hinüber und hob den rechten Fuß. Der Schuh wuchs zur Größe eines Geländewagens heran – ein Block aus der Müllpresse, zusammengesetzt aus alten Schuhteilen und Altmetall, komprimiert zu einem riesigen Todesstampfer. Thrym konnte nicht einmal mehr schreien, ehe Schuhmann auf ihn drauftrat.

PLATSCH. Keine Gefahr mehr.

»Gut gemacht, Widar!«, rief Heimdall. »Könntest du das wiederholen, damit ich ein Foto machen kann?«

Widar runzelte die Stirn und zeigte auf den Matschfleck am Boden. In perfekter Gebärdensprache teilte er mit: *Der ist jetzt platt.*

Auf der anderen Seite der Höhle keuchte Thor: »Mein Süßer!«

Er rannte an seinen Ziegen vorbei und riss den Hammer Mjöllnir an sich. »Endlich. Alles in Ordnung mit dir, Mi-Mi? Haben die bösen Riesen deine Senderchen neu programmiert?«

Marvin ließ die Glöckchen an seinem Halsband erklingen. »Uns geht's gut, Boss«, murmelte er. »Danke der Nachfrage.«

Ich sah Sam an. »Hat er den Hammer eben Mi-Mi genannt?«

Alex runzelte die Stirn. »He, ihr Asentrottel!« Sie zeigte auf den soeben entstandenen Abgrund. »Loki ist da lang!«

»Loki?« Thor fuhr herum. »Wo?« Blitze zuckten durch seinen Bart, was vermutlich seine infrarote Schutzbrille ruinierte.

Mit noch schlechterem Timing als Thrym suchte sich die Riesin Thrynga ausgerechnet diesen Augenblick aus, um zu zeigen, dass sie noch lebte. Sie sprang wie ein Wal, der durch die Wasseroberfläche bricht, aus der nächstbesten Giftlache und landete dampfend und keuchend zu Heimdalls Füßen.

»Ich bring euch alle um!«, krächzte sie, was nicht die klügste Bemerkung ist, wenn man sich drei Göttern in Kampfmontur gegenübersieht.

Thor richtete seinen Hammer so lässig auf Thrynga, als ob er zwischen Fernsehsendern zappen wollte. Lichtfäden schossen aus den ins Metall eingravierten Runen. Die Riesin zersprang in eine Million kleine Schuttstücke.

»Blödmann!«, beschwerte sich Heimdall. »Ich hab dir doch gesagt, dass du nicht so nah bei meinem Phablet blitzen darfst. Willst du etwa das Motherboard grillen?«

Thor grunzte. »Na, Sterbliche, gut, dass wir rechtzeitig eingetroffen sind, sonst hätte diese Riesin am Ende noch jemanden verletzt. Was hattet ihr da noch über Loki gesagt?«

Die Sache mit Göttern ist, man kann ihnen eigentlich keine reinhauen, wenn sie sich blöd verhalten.

Sie hauen dann nämlich einfach zurück und bringen dich um.

Außerdem war ich zu erschöpft, geschockt, gekocht und traurig, um mich zu beklagen, auch wenn die Asen Loki hatten entkommen lassen.

Nein, korrigierte ich mich. *Wir haben Loki entkommen lassen.*

Während Thor seinem Hammer süße Nichtigkeiten zuflüsterte, stand Heimdall am Rande des Abgrunds und lugte in die Finsternis. »Führt bis hinab nach Helheim. Von Loki keine Spur.«

»Und von meinem Onkel?«, fragte ich.

Heimdall drehte mir seine weißen Augen zu. Dieses eine Mal lächelte er nicht. »Weißt du, Magnus ... manchmal ist es besser, nicht so weit zu blicken, wie man kann, oder sich alles anzuhören, was man hören kann.«

Er klopfte mir auf die Schulter und ging weg, und ich stand da und fragte mich, was zum Henker er damit gemeint hatte.

Widar, der Gott mit dem Schuh, lief umher und suchte nach Verwundeten, aber alle wirkten einigermaßen unversehrt – alle außer den Riesen, meine ich. Die waren jetzt alle tot. Halbgeboren hatte sich beim Versuch, Thors Hammer hochzuheben, die Leiste gezerrt und Mallory hatte Bauchschmerzen, weil sie so über ihn gelacht hatte, aber diese beiden Probleme waren leicht zu beheben. T. J. hatte die Sache ohne einen Kratzer überstanden, obwohl er sich fragte, wie er das Erdriesenblut von seinem Gewehrkolben entfernen sollte.

Hearthstone ging es gut, obwohl er die ganze Zeit *Othala* gebärdete, den Namen seines fehlenden Runensteins. Er teilte Blitz mit, dass er Loki hätte aufhalten können, wenn er den Stein gehabt hätte. Ich vermutete, dass er einfach zu streng sich selbst gegenüber war,

war mir aber nicht sicher. Blitz schließlich lehnte an der Höhlenwand, nippte an einer Feldflasche und sah müde aus, nachdem er den ganzen Weg bis in Lokis Höhle freigebildhauert hatte.

Gleich nach Eintreffen der Götter war Jack wieder zum Anhänger geworden und hatte etwas darüber gemurmelt, dass er Heimdalls Schwertdiva nicht sehen wollte. Ich glaube, er hatte vor allem ein schlechtes Gewissen, weil er uns nicht mehr geholfen hatte, und war unglücklich, weil Skofnung sich nun doch nicht als Klinge seiner Träume entpuppte. Jetzt hing Jack wieder um meinen Hals und schnarchte unregelmäßig vor sich hin. Zum Glück war er nicht beschädigt worden. Und er war während des Kampfs die meiste Zeit betäubt gewesen, so dass ich kaum Erschöpfung von ihm übernommen hatte. Er würde noch zu anderen Gelegenheiten kämpfen können (und Titel aus den Charts singen).

Sam, Alex und ich saßen am Rand des Abgrunds und lauschten auf die Echos in der Dunkelheit. Widar verband meine Rippen, dann tupfte er ein wenig Salbe auf meine Arme und mein Gesicht und teilte mir in Gebärdensprache mit, dass ich nicht sterben würde. Er bandagierte auch Alex' Ohr und gebärdete: *Leichte Gehirnerschütterung. Wach bleiben.*

Sam hatte keine ernsthaften Verletzungen davongetragen, aber ich konnte die emotionale Qual spüren, die sie ausstrahlte. Sie hatte sich den Speer wie ein Kajakpaddel über die Knie gelegt und sah aus, als ob sie auf direktem Weg nach Helheim fahren wollte. Ich glaube, Alex und ich wussten beide instinktiv, dass wir sie nicht allein lassen durften.

»Ich war wieder vollkommen hilflos«, sagte sie verzweifelt. »Er hat … er hat mich einfach *kontrolliert.*«

Alex streichelte ihr das Bein. »Stimmt nicht so ganz. Du lebst ja noch.«

Ich ließ meinen Blick zwischen den beiden hin und her wandern. »Wie meinst du das?«

Die Pupille in Alex' dunklerem Auge war größer als im helleren – vermutlich durch die Gehirnerschütterung. Dadurch sah sie noch mehr aus wie unter Schock.

»Als es im Kampf wirklich schlimm aussah«, sagte sie dann, »hat Loki einfach … beschlossen, dass wir sterben sollten. Er hat meinem Herzen befohlen, nicht mehr zu schlagen, meine Lunge sollte nicht mehr atmen. Ich vermute, das hat er auch bei Sam gemacht.«

Samirah nickte und ihre Fingerknöchel um den Speer wurden weiß.

»Götter.« Ich wusste nicht, wohin mit der ganzen Wut, die ich in mir hatte. Meine Brust kochte wie das Gift in den Kratern. Ich hatte Loki ja ohnehin schon gehasst, aber jetzt war ich entschlossen, ihn bis ans Ende der Neun Welten zu verfolgen und … ihm etwas wirklich Gemeines anzutun.

Wie ihn mit dem Gedärm seiner Kinder zu fesseln?, fragte eine leise Stimme in meinem Kopf. *Ihm eine giftige Schlange über das Gesicht zu setzen? Was hatten die Asen denn von dieser Sorte Gerechtigkeit?*

»Ihr habt ihm also widerstanden«, sagte ich zu den Mädchen. »Das ist doch gut.«

Alex zuckte mit den Schultern. »Ich habe dir doch gesagt, dass er mich nicht kontrollieren kann. Vorhin habe ich mich nur verstellt, damit er nicht misstrauisch wird. Aber, Sam, ja … das war ein guter Anfang. Du hast überlebt. Du kannst nicht gleich beim ersten Mal vollständige Widerstandskraft erwarten. Wir können das zusammen trainieren …«

»Er ist frei, Alex!«, fauchte Sam. »Wir haben versagt. *Ich* habe versagt. Wenn ich schneller gewesen wäre, wenn ich begriffen hätte …«

»Versagt?« Der Donnergott ragte über uns auf. »Unsinn, Mädchen! Ihr habt meinen Hammer zurückgeholt. Ihr seid Helden und werdet allesamt Trophäen erhalten!«

Ich konnte sehen, dass Sam die Zähne zusammenbiss, um Thor nicht anzubrüllen. Ich hatte Angst, dass ihr vor Anstrengung noch eine Ader platzen würde.

»Das weiß ich zu schätzen, edler Thor«, sagte sie schließlich. »Aber für Loki hat der Hammer nie eine Rolle gespielt. Das war nur ein Vorwand, um seine Freiheit zu erlangen.«

Thor runzelte die Stirn und hob Mjöllnir. »Ach, keine Sorge, Kleine. Wir werden Loki schon wieder in Ketten legen. Und ich verspreche dir, der Hammer wird für ihn sehr wohl eine Rolle spielen, wenn ich ihm den in die Kehle ramme.«

Markige Worte, aber ich konnte meinen Freunden ansehen, dass sie nicht beruhigt waren.

Ich starrte die Buchstaben auf Thors Kevlar-Weste an. »Was bedeutet denn eigentlich G-R-R-M?«

»Das wird Grrm ausgesprochen«, erklärte Thor. »Die Anfangsbuchstaben von *Göttliche Rapide Reaktions-Mobilisierung.*«

»Rapide?«, fauchte Alex. »Soll das ein Witz sein? Ihr habt eine Ewigkeit gebraucht, um herzukommen.«

»Aber, aber.« Heimdall schaltete sich ein. »Ihr wart ein bewegliches Ziel, oder nicht? Wir sind bei den Wasserfällen problemlos in den Tunnel gelangt. Aber dann kam die ganze Sache mit dem Umzug zu Lokis Höhle – das hat uns kalt erwischt. Wir waren von beiden Seiten durch gehärtetes Gestein eingeschlossen. Euch hinterherzugraben ... na ja, selbst für drei Götter war das ganz schön schwer.«

Vor allem, wenn einer dauernd Fotos macht und nicht hilft, gebärdete Widar.

Die anderen beiden Götter ignorierten ihn, aber Hearthstone gebärdete zurück: *Die hören nie zu, oder?*

Weiß ich, antwortete der Gott. *Leute mit Gehör. Alle doof.*

Ich beschloss, dass ich Widar irgendwie leiden mochte. »Entschuldigung«, sagte ich zu ihm und gebärdete gleichzeitig, »bist du der Gott der Schuhe? Oder der Heilkunst? Oder ...«

Widar grinste zufrieden. Er krümmte beide Zeigefinger, hielt sich einen unter das Auge, dann tippte er mit dem anderen dagegen. Ich hatte dieses Zeichen noch nie gesehen, konnte es aber deuten: *Auge um Auge. Krallen und Haken.* »Du bist der Gott der Rache.«

Das kam mir seltsam vor, da er so freundlich und außerdem stumm war. Aber andererseits trug er einen aufblasbaren Schuh, der Riesenkönige platt treten konnte.

»Widar ist unser Mann fürs Grobe«, sagte Heimdall. »Dieser Schuh ist aus allen Schuhabfällen genäht, die jemals weggeworfen worden sind. Er kann ... na, ihr habt ja gesehen, was der Schuh kann. He, meint ihr, wir können ein Gruppenbild von uns allen machen?«

»Nein«, sagten alle.

Thor starrte den Hüter der Brücke wütend an. »Widar wird auch der Stille genannt, was bedeutet, dass er nichts sagt. Er knipst auch nicht ununterbrochen Selfies, und das macht ihn zu einem angenehmen Mitstreiter.«

Mallory Keen steckte ihre Zwillingsmesser ein. »Na, das ist zweifellos alles sehr faszinierend. Aber solltet ihr Asen jetzt nicht lieber etwas Konstruktives unternehmen, zum Beispiel ... na ja, Loki zu finden und ihn wieder zu verschnüren?«

Die Kleine hat recht, gebärdete Widar. *Die Zeit läuft davon.*

»Wie der tapfere Widar sagt, Mädchen«, sagte Thor. »Loki zu fangen kann noch warten. Jetzt sollten wir erst einmal die Rückeroberung meines Hammers feiern.«

Das habe ich nicht gesagt, gebärdete Widar.

»Außerdem«, fügte Thor hinzu, »brauche ich den Schurken gar nicht erst zu suchen. Ich weiß genau, wo er hinwill.«

»Wirklich?«, fragte ich. »Wohin denn?«

Thor schlug mir in den Rücken – zum Glück mit der Hand und nicht mit dem Hammer. »Darüber reden wir in Walhalla. Das Essen geht auf meine Rechnung.«

Eichhörnchen vor dem Fenster sind manchmal größer, als sie aussehen

54 Ich finde es toll, wenn Götter mir ein Essen ausgeben, das schon bezahlt ist.

Fast genauso toll finde ich Überfallkommandos, die erst nach dem Überfall auftauchen.

Ich kam jedoch nicht dazu, mich deshalb zu beschweren. Kaum waren wir in Walhalla angekommen – was wir Thors überfülltem Wagen zu verdanken hatten –, wurde für uns eine Siegesfeier veranstaltet, die sogar nach Wikingermaßstäben als wild bezeichnet werden konnte. Thor paradierte grinsend durch die Festhalle, schwenkte Mjöllnir über dem Kopf, schrie: »Tod unseren Feinden«, und richtete allgemeines Chaos an. Partyhörner wurden geblasen. Met wurde gesoffen. Mit dem mächtigen Mjöllnir wurden Süßigkeitenpakete zertrümmert und verschlungen.

Nur unsere kleine Gruppe schmollte, wir drängten uns an unserem Tisch zusammen und ließen uns das Schulterklopfen und die Komplimente der anderen Einherjer nur halbherzig gefallen. Alle versicherten uns, dass wir wirklich Helden seien. Wir hatten nicht nur Thors Hammer zurückgeholt, wir hatten eine ganze Hochzeitsgesellschaft aus gemeinen, schlecht angezogenen Erdriesen vernichtet.

Niemand hatte an der Anwesenheit von Blitz und Hearth etwas auszusetzen. Niemand achtete auf unseren neuen Freund Widar, trotz seiner seltsamen Fußbekleidung. Der Stille machte seinem Namen alle Ehre, er saß schweigend bei uns und stellte Hearthstone ab und zu Fragen in einer Art von Gebärdensprache, die mir unbekannt war.

Heimdall brach früh auf, um sich zurück auf die Bifröstbrücke zu begeben. Er musste dort wichtige Selfies machen. Thor feierte derweil wie ein Besessener, bodysurfte über die Menge aus Einherjern und Walküren. Was immer er uns über Lokis Verbleib hatte erzählen wollen – er schien es vergessen zu haben, und in dieser Meute wollte ich nicht in seine Nähe kommen.

Mein einziger Trost: Einige der Herren am Tisch der Thane sahen ebenfalls beunruhigt aus. Ab und zu schaute der Manager Helgi düster auf die Menge, als ob er gern gebrüllt hätte, was ich dachte: *HÖRT MIT DEM FEIERN AUF, IHR IDIOTEN! LOKI IST FREI!*

Vielleicht hatten sich die Einherjer einfach dafür entschieden, sich keine Sorgen zu machen. Vielleicht hatte Thor auch ihnen versichert, dass sich dieses Problem problemlos lösen lassen würde. Oder vielleicht feierten sie auch, weil die Götterdämmerung bevorstand. Diese Vorstellung machte mir am meisten Angst.

Nach dem Essen fuhr Thor mit seinem Wagen davon, ohne uns weiter zu beachten. Er brüllte der versammelten Menge zu, dass er jetzt an die Grenzen von Midgard eilen und die Macht seines Hammers unter Beweis stellen müsse, indem er einige Riesenarmeen in brutzelnde Fetzen verwandelte. Die Einherjer jubelten und strömten nach und nach aus der Festhalle, zweifellos zu kleineren und noch wilderen Partys.

Widar nahm nach einem kurzen Gespräch mit Hearthstone in dieser seltsamen Sprache ebenfalls Abschied. Was immer er gesagt hatte, der Elf wollte es offenbar nicht mit uns teilen. Meine Flurgenossen boten an, mir Gesellschaft zu leisten, aber sie waren zu einer Nach-Nachfeier eingeladen und ich sagte, sie sollten hingehen. Sie hatten ein bisschen Spaß verdient nach der öden Graberei bis zu Lokis Höhle.

Sam, Alex, Blitz und Hearth begleiteten mich zu den Fahrstühlen. Ehe wir dort ankamen, tauchte Helgi auf und packte meinen Arm.

»Du und deine Freunde, ihr müsst mit mir kommen.«

Die Stimme des Managers klang düster. Ich hatte nicht das Gefühl, dass uns Trophäen und Gutscheine für unsere tapferen Taten erwarteten.

Helgi führte uns durch Flure und über Treppen, die ich noch nie gesehen hatte, hoch in die fernsten Ecken des Hotels. Ich wusste, dass Walhalla groß war, aber immer, wenn ich auf Entdeckungsreise ging, war ich wieder überrascht. Es nahm einfach kein Ende – wie ein richtig großes Kaufhaus oder eine Chemiestunde.

Endlich erreichten wir eine schwere Eichentür mit einer Messingtafel mit der Aufschrift MANAGER.

Helgi schob die Tür auf und wir folgten ihm in ein Büro.

Drei der Wände und die Decke waren mit Speeren bedeckt – polierte Eichenschäfte mit funkelnden Silberspitzen. Die vierte Wand hinter Helgis Schreibtisch war ein riesiges Glasfenster mit Blick auf die endlosen wehenden Zweige des Weltenbaumes.

Ich hatte schon viele unterschiedliche Ausblicke von den Fenstern Walhallas genossen. Das Hotel hatte einen Zugang zu jeder der Neun Welten. Aber ich hatte noch nie mitten in den Baum geblickt. Ich war desorientiert, als ob wir in den Zweigen schwebten – was wir, kosmisch gesehen, ja auch taten.

»Setzt euch.« Helgi zeigte auf einen Halbkreis aus Sesseln auf der

Besucherseite des Schreibtisches. Sam, Alex, Blitz, Hearth und ich machten es uns mit viel Lederknirschen und Holzknacken bequem. Helgi ließ sich hinter seinen riesigen Mahagonitisch fallen, der leer war bis auf so ein Schreibtischdings mit hängenden Silberkugeln, die man hin und her schubsen konnte.

Oh … und bis auf die Raben. Auf den vorderen Ecken des Schreibtischs hockte jeweils einer von Odins Zwillingsraben und beide starrten mich an, als ob sie nicht wüssten, ob sie mich festnehmen oder den Trollen zum Fraß hinwerfen sollten.

Helgi ließ sich zurücksinken und legte die Fingerspitzen aneinander. Er hätte beängstigend ausgesehen, wären da nicht seine struppigen Haare und die Festmahlsreste in seinem Bart gewesen.

Sam spielte nervös an ihrem Schlüsselring herum. »Herr Manager, was in Lokis Höhle passiert ist … das war nicht die Schuld meiner Freunde. Ich übernehme die volle Verantwortung …«

»Nach Helheim mit der Verantwortung!«, fauchte Alex. »Sam hat sich nichts zu Schulden kommen lassen. Wenn du irgendwen bestrafen willst …«

»Hört auf!«, befahl Helgi. »Hier wird niemand bestraft!«

Blitzen atmete erleichtert auf. »Na, das ist gut. Wir hatten nämlich keine Zeit, Thor das hier zurückzugeben, obwohl wir das wirklich vorhatten.« Hearthstone zog Thors Kantholzpass hervor und legte ihn vor den Manager auf den Tisch.

Helgi runzelte die Stirn. Er ließ den Pass in die Tischschublade fallen und ich fragte mich, wie viele von der Sorte er dort wohl liegen hatte.

»Ihr seid hier«, sagte der Manager dann, »weil Odins Raben nach euch gefragt haben.«

»Hugin und Munin?« *Gedanke* und *Erinnerung*, das wusste ich noch aus dem *Führer durch das Hotel Walhalla.*

Die Vögel stießen das seltsame krächzende Geräusch aus, das Raben so gern machten, als ob sie die Seelen aller Frösche ausspien, die sie im Laufe der Jahrhunderte verschlungen hatten.

Sie waren viel größer als normale Raben – und unheimlicher. Ihre Augen waren wie Portale ins Leere. Ihr Gefieder war in tausend verschiedenen Schattierungen so schwarz wie Ebenholz. Wenn das Licht darauf fiel, leuchteten in den Federn Runen auf – dunkle Worte, die sich aus einem Meer aus schwarzer Tinte erhoben.

Helgi tippte das Pendeldings auf seinem Schreibtisch an. Die Kugeln setzten sich in Bewegung und stießen mit nervigem *Klick, Klick, Klick* gegeneinander.

»Odin wäre auch gekommen«, sagte der Manager, »aber er muss sich um andere Angelegenheiten kümmern. Hugin und Munin vertreten ihn. Das hat den Vorteil«, Helgi beugte sich vor und senkte die Stimme, »dass die Raben keine Motivations-PowerPoint-Präsentation vorführen.«

Die Vögel krächzten zustimmend.

»Und jetzt zum Geschäft«, sagte Helgi. »Loki ist entkommen, aber wir wissen, wo er sich aufhält. Samirah al-Abbas ... dein nächster Einsatz als Odins Walküre für besondere Aufgaben wird es sein, ihn ausfindig zu machen und wieder in Ketten zu legen.«

Samirah ließ den Kopf sinken. Sie sah nicht überrascht aus – eher so, als sei ihr letztes Gnadengesuch bei einer Todesstrafe abgelehnt worden, gegen die sie schon ihr Leben lang gekämpft hatte.

»Natürlich«, sagte sie, »werde ich diesen Befehl ausführen. Aber nach dem, was bei meinen letzten beiden Begegnungen mit meinem Vater geschehen ist, bei der Leichtigkeit, mit der er mich unterworfen hat ...«

»Du kannst lernen, dich dagegen zu wehren«, fiel Alex ihr ins Wort. »Ich kann dir helfen ...«

»Ich bin nicht du, Alex! Ich kann nicht …« Sam wies auf ihre Schwester, wie um all die Dinge aufzuzeigen, die Alex war und die Sam niemals sein könnte.

Helgi wischte sich Essensreste aus dem Bart. »Samirah, ich habe nicht behauptet, dass es leicht sein wird. Aber die Raben sagen, dass du es schaffen kannst. Du musst es schaffen. Und du wirst es schaffen.«

Sam starrte die hin und her schlagenden Kugeln an. *Klick, klick, klick.*

»Der Ort, wo mein Vater sich aufhält …«, sagte sie dann. »Wo ist das?«

»Die Küsten des Ostens«, sagte Helgi. »Genau wie die alten Geschichten es sagen. Jetzt, da Loki frei ist, ist er zu dem Hafen gereist, wo er hofft, Naglfari fertig bauen zu können.«

Hearthstone gebärdete: *Das Nagelschiff. Das ist nicht gut.*

Mir wurde kalt … und ich war plötzlich seekrank.

Ich dachte daran, wie ich dieses Schiff im Traum gesehen hatte, wie ich an Deck eines wikingischen Langschiffes von der Größe eines Flugzeugträgers gestanden hatte, das ganz und gar aus Fuß- und Fingernägeln von Toten bestand. Loki hatte mir gesagt, dass er zu Beginn der Götterdämmerung mit dem Schiff nach Asgard segeln, die Götter vernichten, ihre Muffins klauen und ein Massenchaos auslösen würde.

»Wenn Loki frei ist, ist es dann schon zu spät?«, fragte ich. »Ist seine Befreiung nicht eines der Signale, die den Beginn der Götterdämmerung ankündigen?«

»Ja und nein«, sagte Helgi.

Ich wartete. »Soll ich mir eine Antwort aussuchen?«

»Die Befreiung Lokis trägt dazu bei, die Götterdämmerung auszulösen«, sagte Helgi. »Aber wir wissen nicht, ob dieser Ausbruch sein letzter und endgültiger ist. Es ist vorstellbar, dass ihr ihn einfangt und wieder in Ketten legt und auf diese Weise den Letzten Tag hinauszögert.«

»Wie wir es beim Fenriswolf gemacht haben«, murmelte Blitz. »Das war ja das pure Zuckerschlecken.«

»Genau«, Helgi nickte begeistert. »Zucker.«

»Das war sarkastisch gemeint«, sagte Blitz. »Ich vermute, in Walhalla gibt es genauso wenig Sarkasmus wie brauchbare Friseure.«

Helgi wurde rot. »Hör mal, Zwerg ...«

Er wurde von einer riesigen rotbraunen Gestalt unterbrochen, die gegen das Fenster knallte.

Blitzen fiel aus dem Sessel. Alex sprang auf und hängte sich in Gestalt eines Gleitbeutlers unter die Decke. Sam erhob sich kampfbereit mit der Axt in der Hand. Ich verkroch mich tapfer vor Helgis Schreibtisch auf dem Boden. Hearthstone blieb einfach sitzen und musterte das Rieseneichhörnchen stirnrunzelnd.

Warum?, gebärdete er.

»Ist schon gut, allesamt«, versicherte Helgi. »Das ist nur Ratatosk.«

Die Wörter »nur« und »Ratatosk« passten nicht zusammen. Ich war von diesem monströsen Nager durch den Weltenbaum gejagt worden. Ich hatte seine seelenzerreißende, schimpfende Stimme gehört. Nichts war jemals gut, wenn er auftauchte.

»Wirklich«, beharrte Helgi, »das Fenster ist schallisoliert und eichhörnchensicher. Das Mistvieh kommt nur ab und zu vorbei und verspottet mich.«

Ich lugte über die Schreibtischkante. Ratatosk bellte und kreischte, aber durch das Glas drang kaum etwas. Er bleckte die Zähne und presste die Wange gegen das Fenster.

Den Raben schien das egal zu sein. Sie schauten hinüber, wie um zu sagen, *ach, du bist das*, dann fingen sie wieder an, ihr Gefieder zu putzen.

»Wie hältst du das aus?«, fragte Blitzen. »Dieses … dieses Ding da ist doch tödlich.«

Das Eichhörnchen presste die Schnauze gegen das Glas, zeigte uns Zähne und Zahnfleisch und fing dann an, am Fenster zu lecken.

»Mir ist es lieber, wenn ich weiß, wo er ist«, sagte Helgi. »Manchmal weiß ich, was in den Neun Welten los ist, wenn ich sehe, wie aufgeregt das Eichhörnchen ist.«

So, wie Ratatosk sich gerade aufführte, nahm ich an, dass in den Neun Welten gerade ganz schön viel los war. Um uns zu beruhigen, erhob sich Helgi, ließ die Jalousien herunter und setzte sich dann wieder. »Wo waren wir gerade?«, fragte er. »Ach ja, Zucker und Sarkasmus.«

Alex fiel von der Decke und nahm wieder ihre normale Gestalt an. Sie hatte sich für das Festmahl umgezogen und trug jetzt nicht mehr das Hochzeitskleid, sondern ihren alten karierten Pullunder. Sie zupfte lässig daran herum, wie um zu sagen, *ja, ich wollte mich unbedingt mal in einen Gleitbeutler verwandeln.*

Sam ließ ihre Axt sinken. »Helgi, was diesen Einsatz angeht … Ich weiß nicht einmal, wo ich anfangen soll. Wo liegt dieses Schiff vor Anker? Die Küsten des Ostens können sich doch in jeder Welt befinden.«

Der Manager hob die Handflächen. »Ich habe die Antworten nicht, Samirah, aber Hugin und Munin werden dich unter sechs Augen informieren. Geh mit ihnen an die hohen Orte von Walhalla. Dort werden sie dir Gedanken und Erinnerungen zeigen.«

Für mich klang das wie eine von Drogen hervorgerufene Vision, in der Darth Vader in einer nebligen Höhle auftauchte.

Sam sah auch nicht gerade begeistert aus. »Aber, Helgi …«

»Keine Diskussion«, erklärte der Manager. »Odin hat dich auserwählt. Er hat diese gesamte Gruppe ausgesucht, weil …« Er verstummte abrupt und legte sich einen Finger ans Ohr. Ich hatte nie bemerkt, dass Helgi einen Ohrstöpsel benutzte, aber offenbar hörte er irgendwem zu.

Er schaute uns wieder an. »Entschuldigung. Wo war ich? Ah ja, ihr fünf wart allesamt bei Lokis Ausbruch zugegen. Deshalb werdet ihr alle mithelfen müssen, um den vogelfreien Gott wieder einzufangen.«

»Mitgefangen, mitgehangen«, murmelte ich.

»Genau«, Helgi grinste. »Und jetzt, wo das geklärt ist, müsst ihr mich entschuldigen. Im Yogastudio ist es zu einem Massaker gekommen und sie brauchen saubere Matten.«

55 GÄNSEBLÜMCHEN IN ELFENGESTALT

Kaum hatten wir das Büro verlassen, da führten die Raben Sam eine andere Treppe hoch. Sie schaute sich nervös zu uns um, aber Helgi hatte ja deutlich gemacht, dass wir anderen nicht eingeladen waren.

Alex machte auf dem Absatz kehrt und marschierte in die Gegenrichtung.

»He!«, rief ich. »Wohin …«

Sie schaute sich um und ihre Augen waren so zornig, dass mir meine Frage im Hals stecken blieb.

»Später, Magnus«, sagte sie. »Ich muss nur schnell …«, sie machte mit den Händen eine Würgebewegung. »Später.«

Da stand ich mit Blitzen und Hearthstone, die beide im Stehen schwankten.

»Und ihr wollt …?«

»Schlafen«, sagte Blitzen. »Sofort. Bitte.«

Ich führte sie zu meinem Zimmer. Wir legten uns ins Gras mitten im Innenhof. Das erinnerte mich an die alten Zeiten, als ich im Park übernachtet hatte, aber ich kann nicht behaupten, dass ich Heimweh nach der Obdachlosigkeit hatte. Kein Mensch könnte jemals Heimweh nach der Obdachlosigkeit haben. Aber trotzdem, wie gesagt, das Leben damals war viel leichter als das eines untoten

Kriegers, der entlaufene Götter durch die Neun Welten jagte und wichtige Gespräche führte, während ein Rieseneichhörnchen durch die Fensterscheibe Fratzen schnitt.

Hearthstone schlief zuerst ein. Er rollte sich zusammen, seufzte leise und war weg. Wenn er so still dalag, schien er in seiner schwarzen Kleidung mit den Schatten im Gras zu verschwimmen. Vielleicht war es elfische Tarnung – ein Überbleibsel aus der Zeit, als sie eins mit der Natur gewesen waren.

Blitz lehnte sich mit dem Rücken an einen Baum und starrte Hearth besorgt an.

»Wir gehen morgen zu *Blitzen's Best*«, sagte er zu mir. »Wir werden den Laden wiedereröffnen. Ein paar Wochen damit verbringen, alles wieder in den Griff zu bekommen und dazu zurückzukehren, was ... was eben *normal* ist. Ehe wir uns auf die Suche nach ...« Die Vorstellung, sich wieder Loki stellen zu müssen, war so schrecklich, dass er den Gedanken nicht zu Ende brachte.

Ich hatte ein schlechtes Gewissen, weil ich in den letzten Tagen gar nicht mehr an Hearthstones Kummer gedacht hatte. Ich war zu sehr mit Thors blödsinnigem Fernsehhammer beschäftigt gewesen.

»Das ist eine gute Idee«, sagte ich. »Albenheim war hart für ihn.«

Blitz faltete die Hände ungefähr da, wo ihn das Skofnungschwert durchbohrt hatte. »Ja, ich mache mir Sorgen, weil Hearth da noch einige Rechnungen offen hat.«

»Ich wünschte, ich hätte ihm mehr helfen können«, sagte ich. »Euch beiden.«

»Nicht doch, Kleiner. Manche Arten von Hilfe kann man nur selber leisten. Hearth ... der hat ein vaterförmiges Loch im Herzen. Daran kannst du nichts ändern.«

»Sein Vater wird nie ein netter Typ werden.«

»Das kannst du wohl sagen. Aber Hearth muss sich mit diesem

Gedanken versöhnen. Früher oder später wird er ihm gegenübertreten ... und auf irgendeine Weise seine Erbschaftsrune zurückholen müssen. Aber wann und wie das passieren wird ...« Er zuckte hilflos mit den Schultern.

Ich dachte an meinen Onkel Randolph. Wie sollte man entscheiden, ob jemand unwiderruflich verloren war – weil dieser Jemand so schlecht oder gemein oder ganz einfach so festgefahren in seinen Gewohnheiten war, dass man die Tatsache akzeptieren musste, dass er sich niemals ändern würde? Wie lange konnte man versuchen, solche Menschen zu retten, und wann gab man auf und trauerte um sie, als ob sie bereits tot wären?

Es war leicht für mich, Hearthstone gute Ratschläge für den Umgang mit seinem Vater zu erteilen. Der Typ war das Letzte. Aber mein eigener Onkel, der an meinem Tod schuld war, der meinen Freund erstochen und den Gott des Bösen befreit hatte ... Ich brachte es noch immer nicht ganz über mich, ihn abzuschreiben.

Blitzen streichelte meine Hand. »Was immer passiert, Kleiner, wir stehen bereit, wenn du uns brauchst. Wir schaffen das hier; wir werden Loki wieder in Ketten legen, und wenn ich die Ketten eigenhändig schmieden muss.«

»Deine wären jedenfalls viel eleganter«, sagte ich.

Blitzens Mundwinkel zuckten. »Ja. Ja, das wären sie. Und hab kein schlechtes Gewissen, Kleiner. Du hast deine Sache gut gemacht.«

Da war ich mir nicht so sicher. Was hatte ich denn geschafft? Ich hatte das Gefühl, die letzten sechs Tage nur herumgerannt zu sein, um Schadensbegrenzung zu betreiben, meine Freunde am Leben zu erhalten und die schlimmen Folgen von Lokis Plan zu minimieren.

Ich stellte mir vor, was Samirah sagen würde: *Das reicht jetzt, Magnus.* Sie würde vermutlich darauf hinweisen, dass ich Amir geholfen hatte. Und dass ich es geschafft hatte, Blitzen zu heilen.

Ich hatte Thors Überfallkommando in die Riesenhöhle gelotst, um den Hammer zurückzuholen. Ich hatte mit meiner Partnerin, der afrikanischen Buschelefantin, eine richtig verschärfte Bowlingrunde hingelegt.

Dennoch ... Loki war frei. Er hatte Sam verletzt. Er hatte ihr Selbstvertrauen übel beschädigt. Und dann war da noch die Kleinigkeit mit den Neun Welten, die jetzt in der Gefahr schwebten, ins Chaos gestürzt zu werden.

»Ich fühl mich elend, Blitz«, gab ich zu. »Je mehr ich trainiere, je mehr Kraft ich bekomme ... die Probleme scheinen doch immer zehnmal größer zu sein. Wird das niemals aufhören?«

Blitz gab keine Antwort. Sein Kinn ruhte auf seiner Brust. Er schnarchte leise.

Ich zog eine Decke über ihn. Dann sah ich mir noch lange durch die Zweige im Baum die Sterne an und dachte über Löcher in den Herzen der Leute nach.

Ich fragte mich, was Loki jetzt wohl machte. Ich an seiner Stelle würde zu dem gewaltigsten Rachefeldzug aufbrechen, den die Neun Welten jemals gesehen hatten. Vielleicht wirkte Widar, der Gott der Rache, deshalb so sanft und still. Er wusste, dass nicht viel nötig war, um eine Kettenreaktion von Gewalt und Tod auszulösen. Eine Beleidigung. Ein Diebstahl. Eine gerissene Kette. Thrym und Thrynga hatten einen generationenalten Groll gehegt. Sie waren nicht nur einmal, sondern zweimal von Loki ausgenutzt worden. Und jetzt waren sie tot.

Irgendwann muss ich eingeschlafen sein. Als ich am nächsten Morgen aufwachte, waren Blitzen und Hearthstone verschwunden. Ein Beet voller Gänseblümchen blühte an der Stelle, wo Hearthstone geschlafen hatte – vielleicht wollte er damit sagen, *Wiedersehen, danke, bis bald.* Ich war noch immer deprimiert.

Ich duschte und zog mich an. Zähneputzen kam mir nach den vergangenen Tagen lächerlich normal vor. Ich wollte gerade zum Frühstück gehen, als ich einen Zettel sah, der unter meiner Tür durchgeschoben worden war. Er war in Samirahs eleganter Schlingenschrift beschrieben:

Hab Vorschläge. Thinking Cup? Bin den ganzen Morgen da.

Ich ging hinaus auf den Gang. Mir gefiel die Vorstellung, Walhalla für eine Weile zu verlassen. Ich wollte mit Sam sprechen. Ich wollte einen guten sterblichen Kaffee. Ich wollte in der Sonne sitzen und einen Mohnmuffin essen und so tun, als sei ich gar kein Einherje, der einen ausgebrochenen Strafgefangenen einfangen musste.

Dann schaute ich mich auf dem Flur um.

Zuerst würde ich noch eine schwierige und gefährliche Aufgabe erledigen müssen. Nämlich, nach Alex Fierro zu sehen.

Alex öffnete die Tür und begrüßte mich mit einem fröhlichen »Verpiss dich!«.

Feuchter Ton klebte in ihrem Gesicht und an ihren Händen. Ich schaute an ihr vorbei und sah, was da auf ihrer Töpferscheibe stand.

»Hey, Mann …«

Ich ging hinein. Aus irgendeinem Grund erlaubte Alex das.

Die ganzen Topfscherben waren entfernt worden. Die Regale waren mit neuen Tongefäßen und Tassen gefüllt, die gerade trockneten und noch nicht glasiert waren. Auf der Scheibe stand eine große Vase, fast einen Meter groß und geformt wie ein Pokal.

Ich grinste. »Für Sif?«

Alex zuckte mit den Schultern. »Wenn sie gut wird.«

»Ist das ein ironisches Geschenk oder ein ernsthaftes?«

»Muss ich mich da entscheiden? Weiß nicht. Es ... kam mir einfach richtig vor. Zuerst hab ich sie gehasst. Sie hat mich an meine Stiefmutter erinnert, so pedantisch und verkniffen. Aber ... vielleicht sollte ich da ein paar Zugeständnisse machen.«

Auf dem Bett lag das golden-weiße Hochzeitskleid, noch immer mit Blut bespritzt, der Saum war total verdreckt und von Säure zerfressen. Aber dennoch hatte Alex es sehr sorgfältig glatt gestrichen, als ob sie es aufbewahren wollte.

»Äh, Magnus, kommst du aus einem bestimmten Grund?«

»Na ja ...« Es fiel mir schwer, mich zu konzentrieren. Ich starrte die Reihen von perfekt geformten Tongefäßen an. »Das hast du alles heute Nacht gemacht?«

Ich hob einen hoch.

Alex nahm ihn mir aus der Hand. »Nein, den darfst du nicht anfassen, Magnus. Danke fürs Fragen, Magnus. Ja, die meisten heute Nacht. Ich konnte nicht schlafen. Töpfern ... dabei fühle ich mich besser. Und jetzt wolltest du sagen, warum du gekommen bist, und mich dann ganz schnell wieder in Ruhe lassen, oder?«

»Ich treff mich mit Sam in Boston. Ich dachte ...«

»Dass ich mitkommen will? Nein, danke. Wenn Sam bereit zum Reden ist, weiß sie, wo sie mich findet.«

Alex marschierte zurück zur Töpferscheibe, griff zu einem Spatel und fing an, die Seiten ihrer Trophäe zu glätten.

»Du bist sauer auf sie.«

Alex kratzte weiter.

»Das ist eine ganz schön beeindruckende Vase«, sagte ich versöhnlich. »Ich weiß nicht, wie du so was zu Stande bringst, ohne dass es auseinanderfällt. Ich hab im Kunstunterricht versucht, mit einer Töpferscheibe zu arbeiten, ich glaube, in der fünften Klasse. Aber das Einzige, was mir gelungen ist, war ein schiefer Klumpen.«

»Ein Selbstporträt, mit anderen Worten?«

»Ha, ha. Ich wollte sagen, ich wünschte, ich könnte auch so was Cooles.«

Keine sofortige Antwort. Vielleicht, weil ich nicht viel Raum für eine geistreiche Beleidigung gelassen hatte.

Endlich schaute Alex misstrauisch auf. »Du heilst andere, Magnus. Dein Dad ist ein *helfender* Gott. Du hast diese ganze ... sonnige, warme, freundliche Sache am Laufen. Ist das nicht cool genug für dich?«

»Ich bin noch nie *sonnig* genannt worden.«

»Komm schon. Du spielst gern den Harten und Sarkastischen, aber du bist ein Supersoftie. Und um deine Frage zu beantworten, ja, ich bin wütend auf Sam. Wenn sie ihre Haltung nicht ändert, dann bin ich nicht sicher, ob ich es ihr beibringen kann.«

»Loki zu ... widerstehen.«

Alex griff nach einem Lehmklumpen und zerquetschte ihn. »Das Geheimnis ist, du musst dich wohlfühlen beim Wechseln. Die ganze Zeit. Du musst Lokis Macht zu deiner Macht machen.«

»Wie bei deinem Tattoo.«

Alex zuckte mit den Schultern. »Ton kann man formen und umformen, wieder und wieder, aber wenn er zu trocken wird, wenn er fest wird ... dann kann man kaum mehr etwas mit ihm anfangen. Wenn es so weit kommt, dann sollte man sicher sein, dass er die Form hat, die man für immer haben will.«

»Du sagst, dass Sam sich nicht ändern kann.«

»Ich weiß nicht, ob sie es kann oder ob sie es überhaupt will. Aber eins weiß ich: Wenn ich ihr nicht beibringen darf, wie sie Loki widerstehen kann, wenn sie es nicht wenigstens versuchen will – dann sind wir alle tot, wenn wir ihm das nächste Mal gegenübertreten.«

Ich holte zitternd Atem. »Okay, genug aufmunternde Sprüche. Wir sehen uns beim Abendessen.«

Als ich die Tür erreicht hatte, fragte Alex: »Woher hast du es gewusst?«

Ich drehte mich um. »Was denn?«

»Als du hereingekommen bist, hast du *Mann* gesagt. Woher hast du gewusst, dass ich männlich bin?«

Ich überlegte. Zuerst wusste ich nicht, ob es einfach ein Spruch gewesen war, ein Ausruf, der nichts mit Geschlechtern zu tun hatte. Aber je mehr ich darüber nachdachte, umso sicherer war ich, dass ich wirklich begriffen hatte, dass Alex männlich war. Oder eher, dass Alex männlich gewesen war. Jetzt, nachdem wir einige Minuten miteinander geredet hatten, kam sie mir eindeutig vor wie eine Sie. Aber woran ich das merkte, wusste ich nicht.

»Das ist wohl mein aufmerksames Wesen, nehme ich an.«

Alex schnaubte. »Klar doch.«

»Aber jetzt bist du ein Mädchen.«

Sie zögerte. »Ja.«

»Interessant.«

»Du kannst jetzt gehen.«

»Machst du mir eine Trophäe für meine Aufmerksamkeit?«

Sie griff zu einer Tonscherbe und warf sie nach mir.

Ich zog die Tür in dem Moment zu, als die Scherbe an der Innenseite zerbrach.

WIR VERSUCHEN DAS NOCH MAL MIT »WIR TREFFEN UNS ZUM KAFFEE«

56

Wenn ich von den leeren Tassen ausgehen durfte, dann war Sam beim dritten Espresso angekommen.

Sich einer bewaffneten Walküre mit so viel Espresso im System zu nähern war eigentlich keine gute Idee, trotzdem ging ich langsam auf sie zu und nahm ihr gegenüber Platz. Sie sah mich nicht an. Ihre Aufmerksamkeit galt den beiden Rabenfedern, die vor ihr lagen. Es war ein windiger Morgen. Sams grünes Kopftuch kräuselte sich um ihr Gesicht wie Wellen an einem Strand, doch die beiden Rabenfedern bewegten sich nicht.

»Hallo«, sagte sie.

Es war viel freundlicher als »verpiss dich!«. Sam war so anders als Alex, aber in ihren Augen sah ich eine Ähnlichkeit – eine brennende Dringlichkeit direkt unter der Oberfläche, die keine Ruhe fand. Lokis Erbe schien in meinen beiden Freundinnen zu brodeln und zu versuchen, die Herrschaft an sich zu reißen.

»Du hast Federn bekommen«, stellte ich fest.

Sie berührte die linke Feder. »Eine Erinnerung. Und die hier«, sie tippte die rechte an, »ist ein Gedanke. Die Raben sprechen eigentlich nicht. Sie starren dich an und du kannst ihr Gefieder streicheln, bis die richtige Feder herausfällt.«

»Und was sollen die Federn bedeuten?«

»Diese hier, die Erinnerung …« Sam fuhr mit einem Finger an der Feder entlang. »Das ist eine Ahnen-Erinnerung. Von meinem Vorfahren Ahmad Ibn Fadlan Ibn al-Abbas.«

»Der Typ, der mit den Wikingern gereist ist.«

Sam nickte. »Als ich die Feder angefasst habe, konnte ich seine Reise mit eigenen Augen verfolgen, als ob ich dabei gewesen wäre. Ich habe vieles erfahren, was er nie aufgeschrieben hat – Dinge, die seiner Meinung nach am Hofe des Kalifen in Bagdad nicht gut angekommen wären.«

»Hat er nordische Götter gesehen?«, fragte ich. »Walküren? Riesen?«

»Und noch vieles andere. Er hat Sagen über das Schiff Naglfari gehört. Der Ort, wo es vor Anker liegt, an den Küsten des Ostens, befindet sich an der Grenze zwischen Jotunheim und Niflheim – im wildesten, abgelegensten Teil beider Welten. Er ist unzugänglich, vollständig von Eis abgeriegelt, nur an einem Tag nicht – Mittsommer.«

»Dann will Loki also lossegeln.«

»Und dann müssen wir dort sein, um ihn aufzuhalten.«

Ich wollte dringend einen Espresso, aber mein Herz jagte schon so sehr, dass ich eigentlich keinen mehr brauchte. »Und was jetzt? Warten wir einfach bis zum Sommer?«

»Es wird dauern, den genauen Ort zu finden. Und ehe wir aufbrechen können, müssen wir uns vorbereiten, trainieren, sichergehen, dass wir ihn besiegen können.«

Ich dachte daran, was Alex gesagt hatte: *Ich bin nicht sicher, ob ich es ihr beibringen kann.*

»Wir schaffen das.« Ich versuchte, mich zuversichtlich anzuhören. »Was bedeutet die zweite Feder?«

»Das ist ein Gedanke«, sagte Sam. »Ein Plan, wie wir vorrücken werden. Um die Küsten des Ostens zu erreichen, müssen wir durch die fernsten Zweige des Weltenbaumes segeln, durch die alten Wikingerländer. Dort ist die Riesenmagie am stärksten, und dort werden wir den Seeweg zu Naglfaris Ankerplatz finden.«

»Die alten Wikingerländer.« Meine Finger prickelten. Ich war nicht sicher, ob vor Erregung oder Angst. »Meinst du Skandinavien? Ich bin ziemlich sicher, dass es von Boston aus Flüge gibt.«

Sam schüttelte den Kopf. »Wir müssen über das Meer fahren, Magnus. Den Weg, auf dem die Wikinger hergekommen sind. So, wie man Albenheim nur durch die Luft erreichen kann, kann man die wilden Grenzlande an den Küsten des Ostens nur durch Salzwasser und Eis erreichen.«

»Schon klar«, sagte ich. »Weil nichts jemals einfach ist.«

»Nein, ist es nicht.«

Sie klang zerstreut, sehnsüchtig. Mir ging auf, dass ich nicht gerade feinfühlig war. Sam hatte jede Menge andere Probleme neben ihrem schrecklichen Vater.

»Wie geht es Amir?«, fragte ich.

Nun lächelte sie sogar. Ihr Hidschab schien sich im Wind zu verwandeln, von Wellen in Wiesen und dann in spiegelndes Glas.

»Er ist wunderbar«, sagte sie. »Er nimmt mich, wie ich bin. Er will unsere Verlobung nicht lösen. Du hattest recht, Magnus. Er ist viel stärker, als ich ihm zugetraut hatte.«

»Das ist toll. Was ist mit deinen Großeltern und seinem Dad?«

Samirah lachte trocken. »Na, man kann nicht alles haben. Sie erinnern sich nicht mehr an Lokis Besuche. Ich muss mir also wieder Entschuldigungen ausdenken, warum ich mitten aus dem Unterricht oder nach der Schule davonstürzen muss. Ich gebe eine Menge ›Nachhilfestunden‹.« Sie malte mit den Fingern Anführungszeichen um dieses Wort.

Ich dachte daran, wie müde sie ausgesehen hatte, als wir uns vor sechs Tagen hier getroffen hatten. Wenn es überhaupt möglich war, wirkte sie jetzt noch erschöpfter.

»Das muss bald mal besser werden, Sam«, sagte ich. »Du machst dich doch kaputt.«

»Ich weiß.« Sie legte die Hand auf die Feder des Gedankens. »Ich habe Amir etwas versprochen – wenn wir Loki wieder gefangen haben und ich sicher bin, dass die Götterdämmerung abgewendet worden ist, wenigstens für den Moment, dann bin ich fertig.«

»Fertig?«

»Ich werde bei den Walküren aussteigen. Ich werde mich aufs College und auf meinen Flugunterricht konzentrieren und ... auf die Ehe, natürlich. Wenn ich achtzehn bin, heiraten wir, wie geplant.«

Sie errötete wie ... na ja, wie eine Braut.

Ich versuchte, nicht auf das hohle Gefühl in meiner Brust zu achten. »Und das willst du wirklich?«

»Das ist meine freie Entscheidung. Amir unterstützt mich dabei.«

»Walküren können einfach so aufhören?«

»Natürlich. Das ist nicht wie ... äh ...«

Wie bei Einherjern, meinte sie natürlich. Ich war einer der Wiedergeborenen. Ich konnte durch die Welten reisen. Ich besaß umwerfende Stärke und Widerstandskraft. Aber ich würde nie wieder ein normaler Mensch sein. Ich würde bleiben, wie ich war, bis in die Ewigkeit im selben Alter – oder bis zur Götterdämmerung, was immer zuerst kam. (Es kann zur Verkürzung der Laufzeit kommen. Bitte lesen Sie dazu unsere Allgemeinen Geschäftsbedingungen.)

»Magnus, ich weiß, ich habe dich in dieses bizarre Nachleben geholt«, sagte Sam. »Es ist nicht fair, wenn ich dich verlasse, aber ...«

»He.« Ich berührte ganz kurz ihre Hand. Ich wusste, dass Sam das nicht so gut fand, aber sie und meine Cousine Annabeth waren für mich so etwas wie Schwestern. »Samirah, ich will doch nur, dass du glücklich bist. Aber, na ja, wenn wir die Neun Welten vorher noch davon abhalten könnten, zu verbrennen, dann wäre das schon ganz nett.«

Sie lachte. »Na gut, Magnus. Abgemacht. Wir werden ein Schiff brauchen. Und auch sonst noch jede Menge Sachen.«

»Ja, klar.« Salz und Eis schienen sich schon jetzt in meiner Kehle häuslich niederzulassen. Ich dachte an unsere Begegnung mit der Meeresgöttin Ran im Januar – als sie gesagt hatte, ich würde Ärger bekommen, wenn ich mich je wieder aufs Meer hinauswagte.

»Zuerst brauchen wir Informationen«, sagte ich. »Darüber, wie man durch magische Gewässer segelt, wie man mit bizarren Meeresungeheuern kämpft und wie man es vermeidet, von einem Haufen wütender Wassergottheiten totgeschlagen zu werden. Und seltsamerweise weiß ich genau, mit wem wir uns da unterhalten sollten.«

»Mit deiner Cousine«, vermutete Sam.

»Genau«, sagte ich. »Annabeth.«

57 Ich lasse mir ein paar Gefallen zurückzahlen

SMS und Telefon funktionierten nicht, deshalb schickte ich einen Raben.

Als ich T. J. erzählte, dass ich es nicht schaffte, meine Cousine zu erreichen, sah er mich an, als ob ich nicht zurechnungsfähig wäre. »Schick doch einfach einen Vogel, Magnus.«

Ich Blödmann war nun schon seit Monaten in Walhalla, ohne zu begreifen, dass ich mir einen Raben mieten, ihm eine Nachricht ans Bein binden und die an jede Adresse in den Neun Welten schicken konnte. Das Ganze kam mir ein bisschen zu sehr vor wie in *Game of Thrones*, aber egal. Es funktionierte.

Der Rabe kam postwendend mit Annabeths Antwort zurück.

Wir verglichen Zugzeiten und trafen uns auf halber Strecke zwischen New York und Boston, in New London, Connecticut. Annabeth kam vor mir an, sie stand auf dem Bahnhof, in Jeans und Sandalen und einem langärmligen lila T-Shirt mit einem aufgedruckten Lorbeerkranz und den Buchstaben SPQR: UNR.

Sie drückte mich an sich, bis ich solche Glubschaugen hatte wie Thrynga. »Ich war so erleichtert«, sagte sie. »Ich hätte nie gedacht, dass ich mich so über einen Raben an meinem Fenster freuen würde, aber … alles okay bei dir?«

»Ja, ja.« Ich musste ein nervöses Lachen unterdrücken, denn

»okay« war nicht ganz das richtige Wort, um meinen Zustand zu beschreiben. Zudem war sofort klar, dass bei Annabeth auch so allerlei nicht »okay« war. Ihre grauen Augen kamen mir schwer und müde vor, sie sahen heute weniger aus wie Sturmwolken und mehr wie Nebelbänke, die nicht so richtig abheben konnten.

»Wir haben viel zu besprechen«, sagte ich. »Gehen wir was essen.«

Wir fanden einen Tisch auf der Terrasse des Muddy-Waters-Café. Es war bestimmt nach dem Bluesmusiker benannt, aber es kam mir trotzdem wie ein böses Omen vor, wenn ich an die Wasser dachte, die ich bald durchsegeln musste. Annabeth und ich saßen im Sonnenschein, bestellten Cola und Cheeseburger und sahen den Segelbooten zu, die zum Long Island Sound unterwegs waren.

»In New York war es total verrückt«, sagte Annabeth. »Ich dachte, die Kommunikation sei nur zwischen Halbgöttern zusammengebrochen – ich meine, *meine* Sorte, die griechischen und römischen – aber dann ging mir auf, dass ich auch von dir nichts gehört hatte. Es tut mir leid, dass ich das nicht früher bemerkt habe.«

»Moment, wieso ist die Kommunikation zusammengebrochen?«

Annabeth kratzte mit den Gabelzinken auf dem Tisch herum. Ihre blonden Haare hingen ihr heute offen über die Schultern. Sie ließ sie offenbar wachsen. Die Haare fingen das Sonnenlicht auf eine Weise auf, die mich an Sif erinnerte ... aber ich versuchte, diese Vorstellung abzuschütteln. Ich wusste, dass Annabeth alle vernichten würde, die sie in irgendeiner Hinsicht als Trophäe bezeichneten.

»Es gibt ein Problem«, sagte Annabeth. »Ein Gott ist als Mensch auf die Erde gefallen. Die fiesen römischen Kaiser sind wieder da und machen Ärger.«

»Ach, das Übliche also.«

Sie lachte. »Ja. Diese fiesen Römer haben irgendwie eine Möglichkeit gefunden, die Kommunikation zwischen den Halbgöttern zu sabotieren. Nicht nur die üblichen magischen Kommunikationskanäle, auch Mobiltelefone, WLAN, was auch immer. Es überrascht mich, dass der Rabe es zu mir geschafft hat. Ich wäre ja früher schon nach Boston gekommen, um nach dir zu sehen, aber ...« Sie zuckte hilflos mit den Schultern. »Ich hatte alle Hände voll zu tun.«

»Ist mir schon klar«, sagte ich. »Ich sollte dich eigentlich nicht ablenken. Du hast genug am Hals ...«

Sie griff über den Tisch und drückte mir die Hand. »Machst du Witze? Ich will dir doch helfen. Was ist denn los bei dir?«

Es tat so gut, ihr alles zu erzählen. Ich dachte daran, wie seltsam es gewesen war, als wir zum ersten Mal Erfahrungen ausgetauscht hatten – sie ihre mit den griechischen Göttern, ich meine mit den nordischen. An jenem Tag hatten wir beide das Gefühl gehabt, unsere Akkus seien durchgebrannt und unsere Gehirne stünden kurz vor der Kernschmelze.

Jetzt hatten wir immerhin eine Art Rahmenwerk, an dem wir uns orientieren konnten. Natürlich war das alles noch immer lächerlich verrückt. Wenn ich zu lange darüber nachdachte, würde ich loskichern wie ein Irrer. Aber ich konnte Annabeth meine Sorgen erzählen, ohne befürchten zu müssen, dass sie mir nicht glaubte. Jetzt begriff ich, wie wichtig es für Sam sein musste, dass sie Amir gegenüber nun ganz und gar offen sein konnte.

Ich erzählte Annabeth von Lokis Flucht und Sams Vorschlägen, wie wir ihn ausfindig machen könnten – in einem vereisten Hafen an den fernsten Grenzen von Jotunheim und Niflheim (oder Skandinavien, je nachdem, wo wir zuerst hinkämen).

»Eine Schiffsreise«, sagte sie. »Ach du meine Güte. Das weckt schmerzliche Erinnerungen.«

»Ja. Ich weiß noch, was du darüber erzählt hast, wie ihr nach

Griechenland gefahren seid und ... ja.« Ich wollte diese ganzen Schrecklichkeiten nicht wieder aufwühlen. Sie hatte geweint, als sie mir davon erzählt hatte, was ihr auf dieser langen Reise passiert war, vor allem, wie sie und ihr Freund Percy in eine Unterwelt namens Tartarus gefallen waren.

»Hör mal«, sagte ich. »Ich will dich ja nicht unter Druck setzen. Ich dachte nur ... ich weiß nicht ... vielleicht hast du einen Vorschlag, irgendeinen Rat.«

Ein Zug fuhr dröhnend durch den Bahnhof. Die Ansicht der Bucht flackerte zwischen den Waggons wie bei einer alten stockenden Filmrolle.

»Du hast gesagt, du hast Probleme mit Meeresgöttern«, sagte Annabeth.

»Ja. Vor allem Ran ... diese Müllsammlerin mit dem Netz. Und ich glaube, ihr Mann hasst mich jetzt auch. Er heißt Ägir.«

Annabeth tippte sich an die Stirn. »Ich brauche mehr Gedächtnisspeicher für diese vielen Namen. Okay, ich weiß nicht, wie das mit den vielfachen Meeresgöttern funktioniert. Sind die nordischen Götter einfach im Norden und Poseidon ist im Süden, oder arbeiten sie, na ja, in Schichten ...?«

Ich dachte an eine alte Witzzeichnung, auf der Schäferhunde ihre Stempelkarten in die Stechuhr schoben, wenn sie zur Schicht kamen, um die Schafsherde vor den Wölfen zu beschützen. Ich fragte mich, ob auch die Götter Stempelkarten hatten oder ob sie vielleicht alles in Heimarbeit erledigten. Konnten Meeresgötter zur Arbeit pendeln?

»Ich weiß es nicht«, gab ich zu. »Aber ich möchte verhindern, dass alle meine Freunde in einem Tsunami umkommen, sobald wir Boston verlassen.«

»Aber ihr habt noch Zeit?«

»Bis zum Sommer«, sagte ich. »Wir können nicht los, solange die Meere gefroren sind oder so.«

»Gut. Dann sind wir fertig mit der Schule, haben endlich Examen.«

»Ich gehe nicht zur Schule. Oh ... mit *wir* meinst du dich und deinen Freund?«

»Genau. Zumindest, wenn er dieses Halbjahr durchhält und die Prüfungen einigermaßen schafft und wenn diese römischen Kaiser uns nicht alle umbringen und die Welt zerstören ...«

»Ja. Loki wäre stocksauer, wenn römische Kaiser die Welt zerstören, ehe er die Götterdämmerung anpfeifen kann.«

»Dann müssten wir genug Zeit haben, um dir zu helfen, zumindest um Erfahrungen auszutauschen und uns ein paar Gefallen zurückzahlen zu lassen.«

»Äh, was für Gefallen?«

Annabeth lächelte. »Ich kenne den Ozean nicht besonders gut, mein Freund aber schon. Ich glaube, es wird Zeit, dass du Percy kennenlernst.«

GLOSSAR

Ägir: Meeresgott

Ahmed ibn-Fadlan-ibn-al-Abbas: arabischer Reisender, der im 10. Jahrhundert einen Besuch bei einem Wikingerstamm namens Rus beschrieb

Albe: auch Alb, Elf, mythologische Fabelwesen, auf irgendeine Weise verwandt mit den Asen

Albenseid: Magie der Alben; Seid ist ein altes Wort für Magie, das im Deutschen noch bis ins 16. Jahrhundert existiert hat

Albenheim: eine der Neun Welten, Wohnsitz der Alben

Alikarl: altnordische Beschimpfung, bedeutet so ungefähr Fettwanst

Allvater: Beiname Odins, des höchsten Gottes

Andwari: kunstfertiger und zauberkundiger Zwerg, Hüter eines gewaltigen goldenen Schatzes, es ist unklar, wer ihm dieses Amt übertragen hat. Er warnt alle, die ihm den Schatz wegnehmen wollen, dass auf dem Schatz ein Fluch laste, aber niemand hört auf ihn. Wenn der Fluch dann wirksam geworden ist, kehrt der Schatz zu Andwari zurück und die Sache beginnt von vorn. Andwari bedeutet »Wächter«, in manchen alten Handschriften heißt er auch Alberich, was »Albenkönig« bedeutet.

Asen: Göttergeschlecht

Asgard: Wohnsitz der Asen

Crispus Attucks: ca. 1723–1770, Hafenarbeiter in Boston mit Wurzeln in Afrika und bei den Wampanoag. Er war die erste Person, die während des Massakers von Boston durch die britischen Truppen erschossen wurde und wird daher auch als erster Märtyrer der Amerikanischen Revolution bezeichnet.

Berserker: wilder Wüterich, der im Rausch kämpft und keine Schmerzen verspürt

Bifröst: die Regenbogenbrücke zwischen Midgard und Asgard

Bilskirnir: Thors Palast in Asgard

Jim Bowie: 1796–1836, Soldat der US-Army, kämpfte im texanischen Unabhängigkeitskrieg, fiel in der Schlacht um Fort Alamo. Nach ihm wurde ein Messer benannt.

Brautpreis: Zahlung der Sippe des Bräutigams an die der Braut.

Brunnmigi: ein Wesen, bei dem nicht klar ist, ob es zu Riesen oder Dunkelalben gehört, es lebt in Brunnen und Quellen, sein Name bedeutet »Brunnenpisser«. Die Brunnenpisser waren gefürchtet, weil das Wasser in den von ihnen bewohnten Brunnen für Menschen nicht mehr trinkbar war.

Draug: gespenstisches Wesen, das den Menschen böse Streiche spielt

Dunkelalben: Albengeschlecht, es gibt die bösartigen Dunkelalben und die guten Lichtalben, die untereinander heftig verfeindet sind

Eid: legendärer Wikinger, der angeblich das Schwert Skofnung aus dem Grab des Heerführers Rolf Krake gestohlen hat

Einherje: ehrenhaft im Kampf gefallener Krieger

Eitri: Zwerg und berühmter Schmied

Ergi: auch Argr, bedeutet eigentlich »unmännlich«, wurde dann aber zu einem Wort, das alle bezeichnete, die ihr Geschlecht änderten oder sich anders verhielten, als von ihrem Geschlecht allgemein erwartet wurde

Fafnir: ungeheuer starker Zwerg und kunstfertiger Schmied. Er reißt das Gold des Zwerges Andwari an sich, das eigentlich seinem Vater zusteht, und ist der erste, der von dem Fluch des Goldes getroffen und zum Mörder wird.

Fenriswolf: Sohn des Loki und der Riesin Angrboda, wird auf einer Insel gefangen gehalten, da selbst die Götter ihn fürchten, zu Beginn der Götterdämmerung aber freikommen

Feuerriesen: Riesengeschlecht, Feinde der Asen, leben in Muspellheim

Folkwang: das Reich der Göttin Freya, Aufenthaltsort derer, die nicht im Kampf gefallen sind

Frey: Wane, Gott des Frühlings und des Sommers, des Wachstums und der Fruchtbarkeit, Bruder der Freya, galt als besonders schöner Mann, Herr über Albenheim

Freya: Göttin der Liebe und der Schönheit, Schwester Freys, Herrin über Folkwang

Frigg: Göttin der Ehe und der Mutterschaft, Gattin des Odin, Herrscherin über Asgard

Gammelost: wörtlich »alter Käse«, eine ganz besonders bittere, stinkende Käsesorte, schmeckt, als ob auch ihr ein Fluch auferlegt sei

Geirröd: Riese, der Sage nach von Thor erschlagen

Gellir: dänischer Fürst, Sohn des Thorgil

Ginnungagap: der Urnebel zwischen den Welten

Gjallar: das Horn, auf dem der Gott Heimdall bläst, wenn er etwas verkünden möchte

Glasir: Wald in Asgard, wunderschön und mit goldenen Blättern

Götterdämmerung: das Ende der Welt, wie wir sie kennen

Grabwicht: Wesen aus den nordischen Sagen, klein und mit den Wichteln verwandt, aber sehr boshaft

Heimdall: Ase, Gott der Wachsamkeit, bewacht die Brücke Bifröst

Hel: Herrscherin des Totenreiches, Tochter des Loki und der Angrboda, von ihrem Namen ist das Wort Hölle abgeleitet

Helgi: heldenhafter Krieger, Urenkel Odins, deshalb von diesem zum Herrscher über Walhalla gemacht

Helheim: das Reich der Hel, Aufenthaltsort derer, die keines ehrenhaften Todes gestorben sind

Hreidmar: habgieriger Zwergenkönig, Vater des Fafnir

Hugin: einer der beiden Raben Odins, die ihm über die Geschehnisse in den neun Welten Bericht erstatten

Huldra: schöne Waldfee, die furchtbar gern Männer in ihre Höhle lockt; wenn der Mann dann irgendwann entkommt, sind hundert Jahre vergangen und niemand erkennt ihn mehr. Eine Huldra, so schön sie ist, ist aber an ihrem Kuhschwanz zu erkennen. Beim Männerfang stellt sie sich also so hin, dass das ausersehene Opfer sie nie von hinten sehen kann.

Hunding: berühmter Krieger, von Helgi erschlagen

Jörmungand: die Midgardschlange, Sohn des Loki und der Riesin Angrboda, sein Schlangenleib ist so lang, dass er ihn einmal um die Erde wickeln kann

Jotun: Riese

Jotunheim: eine der Neun Welten, Reich der Riesen

Kenning: Beiname, der irgendeine Eigenschaft oder Fähigkeit des Benannten bezeichnet, z. B. Allvater für Odin

Lärad: Baum in Walhalla, in dessen Ästen viele Tiere leben, die die Welten mit allerlei Gaben beschenken, z. B. die Ziege Heidrun

Loki: Ase, obwohl er der Sohn eines Riesenpaares war, er ist kein Gott mit klaren Befugnissen und immer damit beschäftigt, die anderen Götter gegeneinander aufzustacheln, ohne dass jemals klar wird, was er eigentlich davon hat

Lyngwi: die Insel, auf der der Fenriswolf gefangen gehalten wird

Magni: Sohn des Thor und der Sif

Meinfretur: Plural Meinfretrar, altnordisches Schimpfwort, die Bedeutung ist umstritten, jedenfalls war es ganz furchtbar und hatte irgendetwas mit »stinken« zu tun

Midgard: die Welt, in der die Menschen wohnen

Migardschlange: Sohn des Loki und der Riesin Angrboda, die Weltenschlange

Mimir: Ase, der zusammen mit Hönir als Geisel zu den Wanen geschickt wurde. Gott der Weisheit und des Wissens

Mitgift: Vieh, Geld oder Land, das die Braut mit in die Ehe brachte. Damit stellte die Familie der Braut klar, dass hier eine Ehe unter Gleichen geschlossen wurde und dass die Familien in Zukunft zusammenhalten müssten.

Mjöllnir: magischer Hammer des Thor, geschmiedet vom Zwerg Brokkr, dem Bruder des Eitri

Modi: Sohn des Thor und der Sif, Bruder des Magni

Morgengabe: auf Altnordisch Morgun-Gifu, Geschenk des Bräutigams an die Braut am Morgen nach der Hochzeit. Die Morgengabe gehörte der Braut und sollte sicherstellen, dass sie beim Tod ihres Mannes, oder wenn sie beschloss, ihn aus irgendeinem Grund zu verlassen, nicht arm und mittellos und auf die Hilfe ihrer Sippe angewiesen wäre.

Mundur: altnordisch, bedeutete eigentlich »Obhut«, bezeichnete aber auch den Brautpreis. Durch die Zahlung des Brautpreises ging die Braut in die Obhut der Familie des Bräutigams über, die nun berechtigt war, für sie Geschäfte zu führen oder ihre Sache beim Thing zu vertreten. Das Wort hat überlebt in deutschen Wörtern wie *Vormund* oder *mündig*.

Munin: einer der beiden Raben Odins, die ihm über die Geschehnisse in den neun Welten Bericht erstatten

Naglfari: aus den Finger- und Fußnägeln der Toten gebautes Schiff

Nidavellir: eine der Neun Welten, Wohnort der Zwerge

Nidhögg: Drache, der unter dem Weltenbaum lebt und an dessen Wurzeln nagt

Niflheim: die Welt von Eis und Nebel

Nöck: Wassergeist, Wassermann, meistens ziemlich wild, versucht, Wanderer durch wunderbaren Gesang oder Saitenspiel ins Wasser zu locken, um sie dann auszurauben. Der Fluss Neckar wurde angeblich nach einem besonders wilden Wassermann so getauft.

Norne: eine der drei Schwestern, die über das Schicksal von Göttern und Menschen entscheiden

Odin: auch Wotan genannt. Ase, der oberste Gott, Gott des Krieges und des Todes, aber auch der Weisheit und der Dichtkunst. Gatte der Frigg

Ostara: alter Frühlingsanfang, der Name ist verwandt mit Eos, dem griechischen Wort für Morgenröte. Jacob Grimm vermutete, dass es eine germanische Frühlingsgöttin namens Ostara gegeben haben könnte, von der sich das Wort »Ostern« ableitet, fand aber keine Beweise für diese Vermutung.

Otis: siehe Tanngnjostr

Edgar Allan Poe: 1809–1840, amerikanischer Schriftsteller, Autor früher Schauergeschichten

Ernie Pyle: 1900–1945, Journalist aus den USA, Kriegsberichterstatter, kam beim Landgang in Okinawa in Japan ums Leben

Ran: Meeresgöttin

Ratatosk: Eichhörnchen, das am Weltenbaum auf- und abrennt und Nachrichten und Klatsch übermittelt

Regin: Zwerg, Bruder von Andwari

Rolf Krake: sagenhafter dänischer König, historisch nicht nachweisbar, taucht in vielen Texten aus dem Mittelalter auf, seinen Beinamen verdankt er einem alten Wort für »Baum«, das spielt auf seine kräftige Gestalt an

Rotgold: Währung von Asgard und Walhalla

Rune: altnordisches Schriftzeichen

Sährimnir: Tier, das in Walhalla jeden Tag aufs Neue geschlachtet wird, sein Fleisch schmeckt ganz nach Wunsch wie jede beliebige Fleischsorte

Seid: altes Wort für Zauber, im Deutschen noch bis ins 16. Jahrhundert benutzt

Sigyn: Gattin Lokis, über sie ist weiter nichts bekannt

Siegfried: auch Sigurd genannt, taucht in vielen alten Texten auf, am bekanntesten ist das Nibelungenlied. Er raubt Andwari (Alberich) den Goldschatz, wird vom Fluch getroffen und in der Folge zum Mörder, Vergewaltiger und Betrüger, bis er selbst erschlagen wird.

Sif: Asin, Gattin des Thor, wird meistens beschrieben als Göttin ohne Ämter, manchmal auch als Erdgöttin

Skofnung: das Schwert des sagenhaften Königs Rolf Krake

Sleipnir: achtfüßiges Pferd des Odin, Sohn des Loki

Sumarbrander: Schwert des Sommers

Tanngnjostr und Tanngrisnir: die beiden Ziegenböcke, die Thors Wagen ziehen; hier nennen sie sich Otis und Marvin

Than: im Mittelalter angelsächsische Grundbesitzer und Gefolgsleute der angelsächsischen Könige in England

Thor: auch Donar, Gott des Donners, Sohn des Odin und der Frigg

Thrym: Riesenkönig, er wollte Freya heiraten und stahl deshalb Thors Hammer, um ihn dann gegen Freya einzutauschen

Thing: Versammlung der freien Männer, bei der über Belange der Gemeinde und des Landes entschieden und Gerichtsverhandlungen abgehalten wurden

Tjost: Zweikampf zu Pferd, bei dem die Recken mit Lanzen nacheinander stoßen

Tyr: Gott des Mutes und der Mutproben, ihm wird vom Fenriswolf eine Hand abgebissen

Ull: Ase, Gott des Winters und des Bogenschießens

Utgardloki: König der Bergriesen, mächtiger Zauberer in Jotunheim

Vättar: kleine Geister, die meistens in der Nähe von Wohnhäusern leben, sich manchmal auch nützlich machen. Sind verwandt mit den Wichten.

Vali: Lokis Sohn, der in einen Wolf verwandelt wurde

Völva: Seherin

Walhalla: Wohnort der Krieger, die ehrenhaft im Kampf gefallen sind

Walküre: Dienerin Odins, die entscheidet, welche Gefallenen tapfer genug sind, um nach Walhalla gebracht zu werden

Wanen: Göttergeschlecht, verwandt mit den Alben

George Washington: 1732–1799, erster Präsident der USA

Wergeld: Summe, die als Buße zu zahlen war, wenn man einen anderen Menschen getötet hatte. Die Summe wurde vom Thing festgelegt und richtete sich nach der sozialen Stellung des Opfers: Eine allgemein bekannte und verehrte Seherin umzubringen war z. B. viel teurer als einen Sklaven.

Werwesen: Menschen oder Tiere, die ihre Gestalt verändern konnten. Es gab allerlei Methoden. Manchen war die Fähigkeit angeboren, andere wurden verzaubert, noch andere konnten es durch bestimmte Vorkehrungen erreichen, indem sie z. B. durch einen magischen Gürtel krochen. Das ganze Mittelalter hindurch gab es Berichte über Werbären, Werhirsche, Werhunde, Werpferde, am bekanntesten aber wurden die Werwölfe.

Widar: Sohn des Odin und der Riesin Grid, Gott der Rache und fast so stark wie Thor

Wikinger: Seefahrer und Entdecker aus nordischen Ländern, zogen auch auf Raubzüge aus, später vor allem als Kaufleute in der gesamten damals bekannten Welt aktiv

Yggdrasil: der Weltenbaum, dessen Äste alle neun Welten erreichen und miteinander verbringen

Ymir: größter Riese, Vater von Riesen und Göttern, wurde von Odin und dessen Brüdern erschlagen, aus seinem Fleisch wurde Midgard erschaffen

DIE NEUN WELTEN

Asgard: Heimat der Asen

Wanenheim: Heimat der Wanen

Albenheim: Heimat der Lichtalben

Midgard: Heimat der Menschen

Jotunheim: Heimat der Riesen

Nidavellir: Heimat der Zwerge

Niflheim: Heimat von Eis, Nebel und Kälte

Muspellheim: Heimat der Feuerriesen und der Dämonen

Helheim: das Haus der Hel und der unehrenhaft gestorbenen Toten

RUNEN

Dagaz: Neuanfang, Veränderung ᛞ

Ehwaz: Pferd, Transport ᛖ

Fehu: Rune Freys ᚠ

Hagalaz: Hagel ᚺ

Isa: Eis ᛁ

Othala: Erbe ᛟ

Perthro: der leere Becher ᛈ

Thurisaz: Rune Thors ᚦ

Uruz: Ochse ᚢ

PERCY JACKSON UND SEINE FREUNDE SIND ZURÜCK – DIE SAGA GEHT WEITER!

Rick Riordan
HELDEN DES OLYMP 1: DER VERSCHWUNDENE HALBGOTT
Hardcover
592 Seiten
ISBN 978-3-551-55601-1
Auch als Taschenbuch und E-Book erhältlich

JASON ERINNERT SICH AN GAR NICHTS – nicht einmal an seine besten Freunde Piper und Leo. Und was hat er in Camp Half-Blood zu suchen, wo angeblich nur Kinder von griechischen Göttern aufgenommen werden? Zu allem Überfluss gehören die drei Freunde laut Prophezeiung zu den legendären sieben Halbgöttern, die den Olymp vor dem Untergang bewahren sollen. Kein Problem – Leo treibt einen mechanischen Drachen als Transportmittel auf und los geht's! Und dann gilt es auch noch einen seit längerem verschwundenen Halbgott zu finden, einen gewissen Percy Jackson …

WWW.CARLSEN.DE